中島敦全集

別巻

筑摩書房

昭和十六年

撫山を囲んで（明治三十九年）
前列、左より有楽、盛彦、志津、祖母きく、那都
後列、左より賾臣、翊、祖父撫山、開蔵、田人、比多吉

撫山葬儀後（明治四十四年六月、久喜にて）
前列、左より四人め志津、二人おいて祖母きく、三人おいて有楽
後列、左より二人め比多吉、田人、開蔵、賾臣、端、竦、翊

祖母八十初度寿筵（大正四年八月）　前列、左より洸、敦、第二母カツ、婁子、
　志津、美恵子、ふみ、祖母きく、山本のぶ、泱、まつ、美奈子
中列、左より緒留、弥生、操子、愛子、盛彦、順子、春中
後列、左より田人、比多吉、翊、端、開蔵、竦、正献
円内、左より有楽、関輝、賾臣、那都

比多吉帰国記念（昭和十年四月、目黒区洗足の開蔵宅にて）
前列、左より二人め開蔵、翊、ふみ、竦、田人、澄子
後列、左より二人め敦、二人おいて比多吉、右より三人めコウ

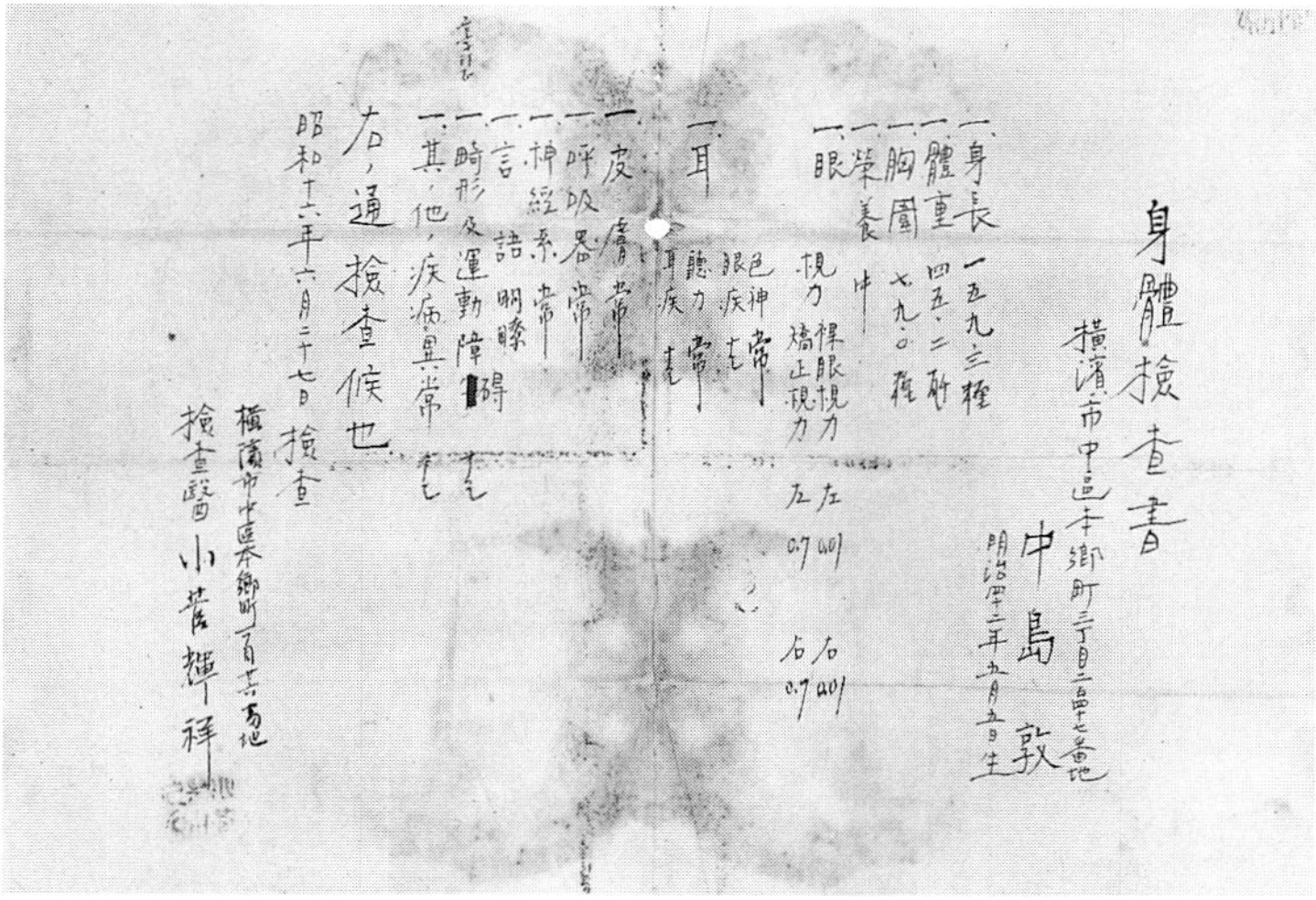

身體検査書

横濱市中区本郷町三丁目二百四十七番地

中島敦

明治四十二年五月五日生

一、身長 一五九・三糎

一、體重 四五・二瓩

一、胸囲 七九・〇糎

一、栄養 中

一、眼 視力 裸眼視力 左0.7 右0.7

身体検査書(昭和十六年)

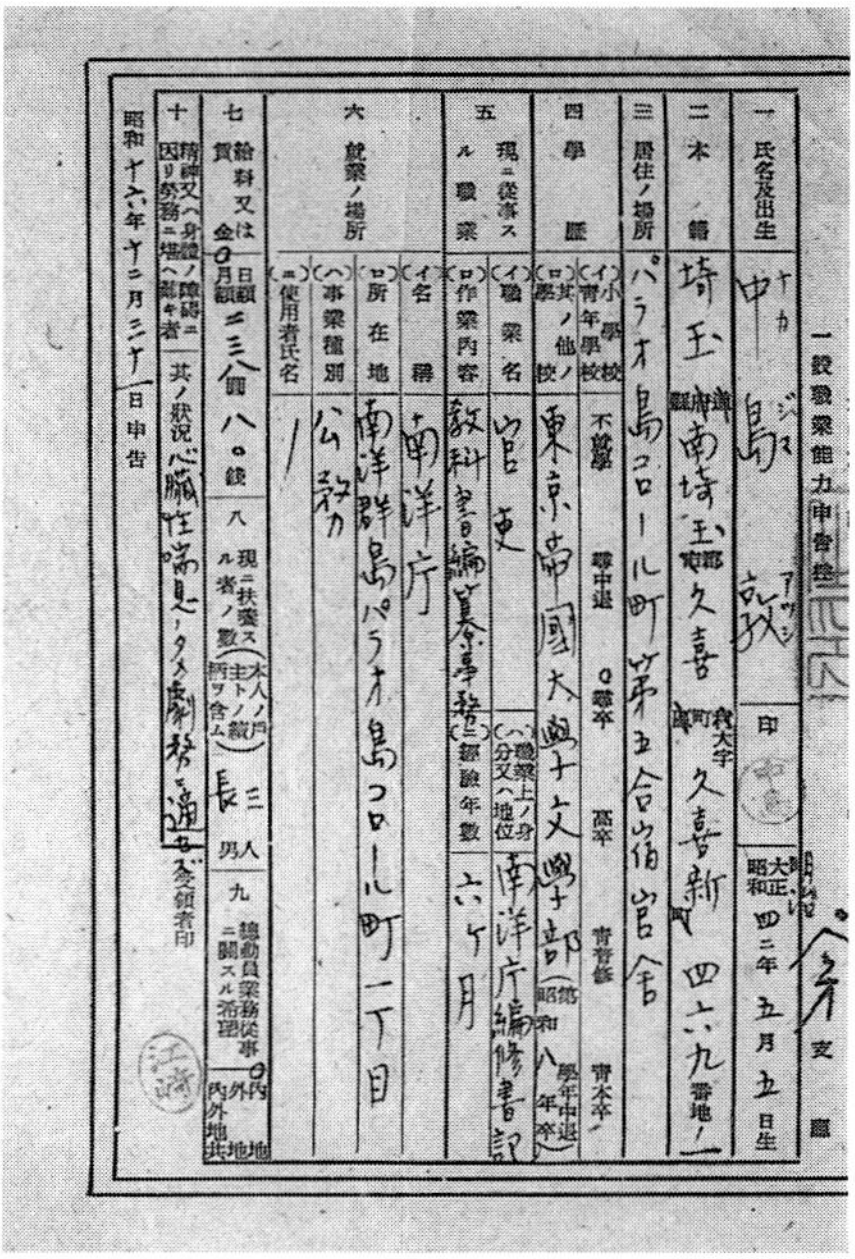

一般職業能力申告書(昭和十六年)

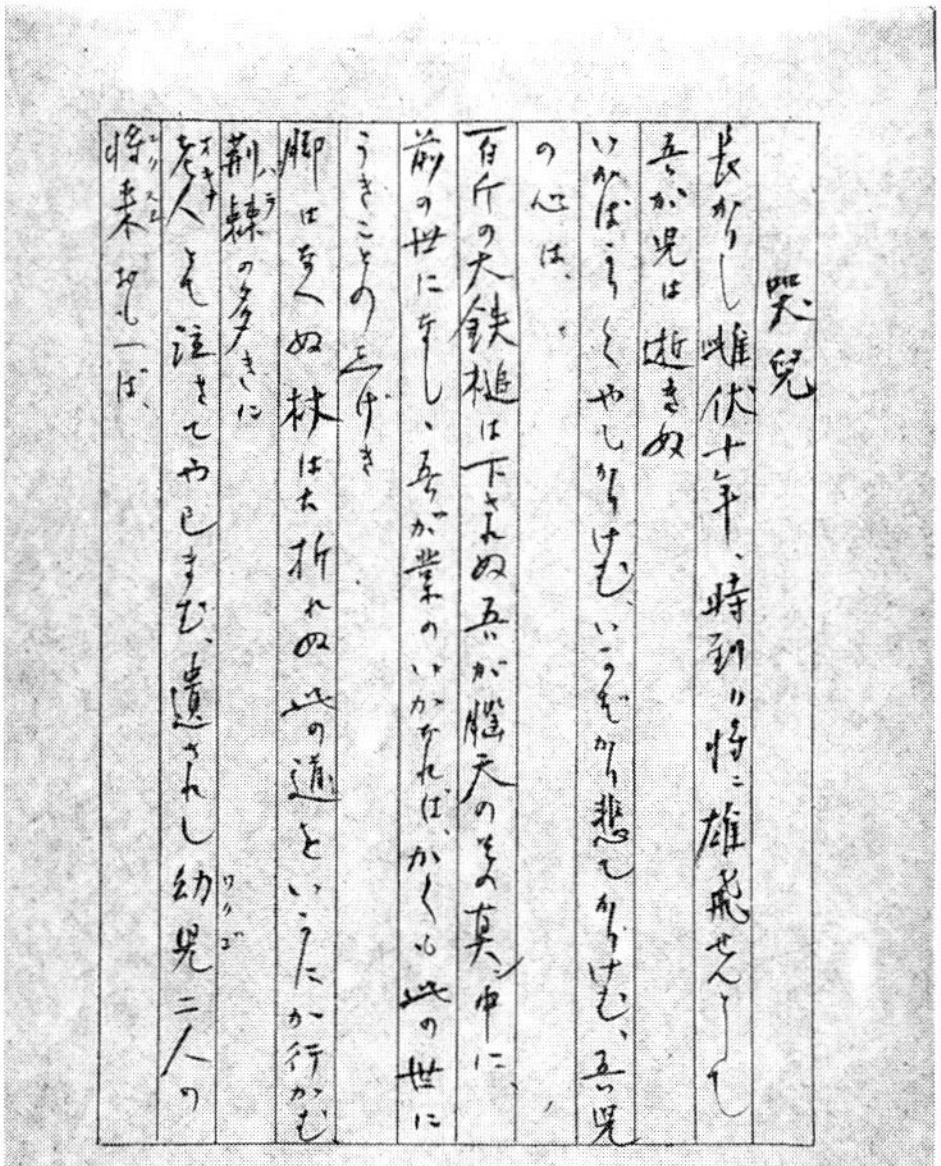

哭児

長かりし雌伏十年、時到り将に雄飛せんとし

吾が児は逝きぬ

いかばかりくやしかりけむ いかばかり悲しかりけむ、吾児の心は、

百千の大鉄槌は下されぬ 吾が脳天の真中に

前の世に犯し、吾が業のいかなれば、かくも此の世に

うきことのしげき

郷は見えぬ林は未だ折れぬ 此の道といづこに行かむ

荊棘の多きに

老人を注ぎてやしまむ、遺されし幼児二人の

将来おもへば、

田人筆「哭児」
(昭和十七年、敦の死去に際して)

中島敦全集 別巻　目次

評論・回想・同時代評

評論

同時代評

来簡

年譜

中島敦全集 別巻

装幀　中島かほる

評論・回想・同時代評

評論

中島敦論

中村光夫

中島敦の作品が上海に紹介され、好評を博してゐるといふ。僕等生前の知友にとつてこれほど嬉しい報知はない。しかしそれだけにまた彼の死を惜しむ気持が今更のやうに湧き起るのである。

故人もこれを聞いたらさぞ喜んだであらう。ことに中島の小説の声価は我国の文壇ではまだ必ずしも定まつたとは云ひ難いので、この思ひがけぬ味方の出現は、どれほど貴重な自信と勇気とを（そしてこの二つこそ小説家としての彼の才能に一番欠けたものであつた）与へたことであらうか。

中島の小説で最初に中国に翻訳され、世評を得たのは「山月記」であるといふ。これはいろいろな意味で興味のある事実である。

とにかくこの小説は彼の全作品のうち最も優れた出来栄えのものであらう。彼が我国の文壇の一部に認められたのも、この短篇によつてであつた。しかしもし仮りに彼が生きてゐて、中国の雑誌からその作品の紹介を申込まれたら、おそらく彼は自分の代表作として「山月記」を推すことに多少の危懼と逡巡を覚えずにはゐられなかつたに違ひない。「山月記」は中国の古伝説に取材した小説である。そして作家が外国に取材した制作でその外国の読者を感動させることがどれほど難しいかを考へて見れば、自作を初めて外国に紹介される若い小説家の抱く危懼の性質はかなり判つ

きり推察される筈である。外国に題材をとつて自国の読者の異国趣味を刺戟し、あはせて自分の博識や風変りな生活経験を誇示するのは、小説家にとつてかなり易しいことであらう。そして実際外国の風物を描いた小説にはこの程度の作品が多いのである。

しかしかういふ類の小説は一旦その取材した国の読者の眼に曝されれば、一切の化の皮を剝がされてしまふ。多くの作家が外国の事物や風俗やことに人間の心理などを観察する場合に陥り勝ちな、浅薄な誤解や滑稽な独合点など忽ち白日の下に曝けだされてしまふ。

つまりこれを一般化して云へば、或る外国に取材した小説にとつて、一番恐い読者はそこに扱はれた国の読者である。そして「山月記」のやうな伝説に取材した小説でも、もし作者の学識や想像力が尋常なものにすぎなかつたら、中国の読者には何か滑稽な辻褄の合はぬところをすぐ看破されたに違ひない。その方がむしろ普通である。たとへば平安朝時代に題材をとつて僕等を感心させるやうな短篇を書いた外国人はこれまでに一人もゐないのである。

おそらく中島の臆病な自尊心は「山月記」を翻訳されるにあたつてこのやうな危懼を抱いたに違ひない。そしてかう考へて僕等は初めて「山月記」の中国の読者に対する成功の意味を本当に評価し得るのである。それは現代文学の実状から見れば異例な事件だと云つてよい。しかし今仮りに戦争の当事者には少しも面白くない戦争小説の横行などの象徴する現代文化の歪みを離れて、文学を真の芸術として見れば、或る外国を扱つた文学はその外国の読者の心を捕へてこそ初めて本物の文学であらう。作者にとつて一番恐い読者こそ、もし讃められれば本当に嬉しい読者である。だから「山月記」が中国の読者の賞讃を博したことは、どれだけ彼の自信に貴重な糧を与へたことであらうか。おそらくそれは彼の揺ぎがちな作家的自尊心の内奥の空洞を或る強い歓喜で満したに違ひない。ここから彼の才能はどのやうな新しい展開を示したであらうか。

しかし彼の死がもはや動かせぬ事実である今日ではかういふ仮定は無益な空想にすぎまい。僕等はただここに「山月記」を中心とする「古譚」の僕等に与へる或る異様な感銘が、決して一部の人々の疑ふやうな異国趣味と博識の詐術ではない確証を見れば足りる。

中島の文学的才能は異常であるがためにややもすれば偽物と誤られた。たしかに彼の文学は善くも悪くも尋常なものではなかつた。しかし彼の文学の異常はまづ何より彼の教養と才能の過剰から来るものであり、しかも彼自身がその最初の犠牲者だとすれば、誰が彼にむかつてそれを咎めることができようか。我国には外国の文学や文化の専門の研究家が沢山ゐる。しかしそのうち幾人が中島の中国について持つたと同等の教養を独逸なり仏蘭西なりについて持

つてゐるであらうか。

中島は彼自身の言葉をかりれば「父祖伝来の儒家」の出である。そして幼時から漢学者である父の薫陶を受けたのみでなく、それぞれに違つた形ではあるが学問への献身といふ点では等しく彼に立派な模範として映つた二人の伯父の感化のもとに育てられた。彼の漢学の素養が現代の青年にはまつたく異例な深さを持つのは、かうした生れによるものであつた。むろん彼の教養は単に漢学にのみ限られてゐたのではない。彼が大学で専攻した学科は国文学であり、またその旺盛な読書欲にまかせて、ギリシャ、ラテンの古典からジイド、ヴァレリイ等の現代作家にいたるまで、西欧文学の代表的作品は驚くべき貪婪さでほとんど剰すところなく渉猟してゐたことは、その作品からも窺はれる通りである。

その或る箇所で彼は自分の精神を「いそつぷの話に出て来るお洒落鴉」にたとへ、「レヲパルディの羽を少し。ショペンハウエルの羽を少し。ルクレチウスの羽を少し。荘子や列子の羽を少し。モンテエニュの羽を少し。何といふ醜怪な鳥だ。」と自ら嗤つてゐる。この自嘲には——あらゆる自嘲の例をもれず——多少の誇張が含まれてゐる。だが僕等はここに彼の精神が実際に育てあげた教養の色彩を窺ふことができるのである。

しかしこの該博であると同時に多少の雑駁を免れなかつた彼の教養のうちで、本当に彼の身について、他のすべての基礎をなしたのは、何と云つても彼が父親から血に享けた漢学であつたと思はれる。そして彼の漢学の教養の本質は、その知識の深さや広さより、むしろその豊かな学識を自由に駆使する態度の自然さに存した。

一体或る学問についての広い知識や深い研究などは誰しも努力次第で可成の程度まで行くものである。しかしかういふ努力によつて得られた知識の堆積は、必ずしもその持主の教養にはならないのである。教養とは単なる知識の獲得ではない。獲得された知識を己れの精神の機能の一部に消化することである。学問ではなく、むしろ生活に密着した嗜みである。だからたとへば外国語を使ひこなす上で、中年から学んだ者はどんなに骨を折つても結局それは子供のときから馴染んだ者に敵はぬやうに、すべて意識的な努力によつて得られた教養は、これを自然に易々として得てしまつた者から見れば、必ずどこかぎごちないところを持つものである。つまり成上り者と生れながらの貴族との相違である。一方が苦労した末摑んだものを他方が生れながらに得てゐるとき、どちらがそれを駆使するに巧みであるかは改めて問ふまでもない。着物の着方ひとつにもそれは現はれるのである。

そして僕等が中島の漢学に感ずるのは、まづ何よりから

した教養の生れの良さである。彼にとつて漢学の知識は母親の乳と一緒に呑んで育つたものであつた。自分が父親の息子だといふ事実から生じた自然の結果であつた。むろんこれは彼があれだけの漢学の素養を得るのに何の努力も払はなかつたといふのではない。しかしおそらくこの努力も彼にとつては父母の膝下で体得した躾の一部であつた。いはば彼は漢学を勉強したのではない。むしろそれを仕込まれたのである。彼は自分の意志からでなく環境の自然な強制によつて学んだ。そしてかうした強制こそおよそ本当の意味での教育の最も大切な前提ではなからうか。

つまり中島にとつて漢学の教養はその生れながら自然と身についた芸のやうなものであつた。無償で受継いだために、惜しげなく浪費できる財産のやうなものであつた。だからこそ彼の精神はその若さに拘らず、知識の集積によつて、或る柔軟な自由を失はなかつた。いはば彼はその該博な知識の世界を自分の生きた趣味に消化できた人であつた。

これは考へて見れば当然なことであらう。教養といふものは、ことに芸術家の教養はかうなくてはならぬ筈である。知識に精神を縛られるやうな者は必ず人間として何処か不具だからである。

しかし教養が本来かうなければならぬといふのは、必ずしもそれがいつも実際さうだといふことを意味しない。むしろ現代ではその反対の例が多いとさへ云へる。そして中島の短い一生はかうした時代に真の教養が陥り勝ちな不幸の生々しい象徴と考へられるのである。

世の中には知識を生活の手段として求める人がゐる。また知識を知識のために求める人もゐる。前者のやうに知識的俗物の群については ここに論ずる必要はないが、後者の場合にも、そのいはば、純粋な知的衝動は必ずしも真に教養ある人間を作らないのである。愛智がそのまま賢人の道に通じたのはもはや遠い昔語りである。現代のやうに知識がそれぞれ細かい専門に分化した時代には、人々の専門の分野における学殖の多寡が、必ずしも彼等の人間としての賢愚を計る尺度にならないのは自明のことである。そして実際或る専門をやりすぎたために馬鹿になつたと思はれるやうな人に僕等は時として出会ふのである。

僕等は哲学とか文学とか美術とか実際生活の必要とはあまり縁のないものについての知識を殖やすのを、教養をつむことだといふ風に漠然と考へてゐる。しかし哲学について夥しい正確な知識を持つてゐる専門家が必ずしも優れた思索家であると限らぬやうに、古文や外国語がすらすら読め、文学史上の事実について豊富明快な学識を持つ人も、必ずしも優れた文学者とは云はれないのである。人々が教養と考へるものが、実際はその持主の人間としての価値と何等の関係もない知識の集積にすぎない場合は実に多いのである。どれほど厖大に積み重ねられようと知識そのもの

が教養になることは断じてない。知識が人間の心の高さまたは豊さに溶け込んだとき初めて教養と云へるのである。

かう考へれば、僕等が本当の教養の持主に出会ふ機会が如何に稀であるかは誰しもすぐ気付くことであらう。そして世間から学者といはれるやうな人々に却つて無教養な者が多いのも当然の事として頷ける筈である。彼等の所謂教養とは、多くの場合単に無用な知識の堆積にすぎない。ただ幸か不幸か、いかなる知識の死灰も、それを抱く者の眼から見れば、自分の払つた或る現実の努力の結果でないものはない。お蔭で当人はこれほど骨の折れた仕事が無意味な筈はないといふ無邪気な確信から、勿体ぶつた顔をしてゐられるのである。

かうした似而非教養ほどその持主の傲慢心を刺戟するものはない。だから一見無償の熱情に似た彼等の知識欲は、実に十二分にその報酬を貪つてゐるわけである。この点で彼等は単に生活の手段として知識を求める大多数の知識階級より更に手の込んだ俗物だと云つてよい。しかも現代のやうに多くの知識人がそれぞれに細かく分化した専門の領域以外では驚くほど無知であることが止むを得ず認められる時代は、かういふ偽物の教養が蔓るに甚だ好条件を備へてゐるのである。

偽物が蔓り易いといふのは、つまり本物が生きるに困難だといふのと同じである。そして中島のまるで線香花火のやうに呆気なかつた生涯が、現代に向つて何等かの意味を持つとしたら、それは真の教養が今日の時代に生きる難かしさを身を以て切実に体現した点にあると僕は信じてゐる。

中島の教養は本物であつた。といふよりむしろ本物すぎたのである。彼の漢学は子供の時から知らず識らずに仕込まれたお家芸のやうなものであつた。だからその知識がどれほど該博細緻であらうと、それが彼の意志的な努力の結果でない以上、彼自身にとつては何等誇りの種になるものでなかつた。少なくも彼が漢学から得たストイシズムと、真の旧家の子弟に特有な潔癖な心情とは、かういふ安易な自己満足と絶対に相容れぬものであつたに違ひない。おそらく彼自身もその異常に豊富な学識を、おのれの肉体を流れる旧家の血の或る純潔な弱さと区別できなかつたであらう。そしてこの二つは共に彼の自負心を鼓舞する具となるどころではなく、かへつて逆に彼の生活の重荷であつた。世に処して行く上で邪魔物であつたのみではない、(「かめれおん日記」の吉田に対する作者の羨望の情は真実である。)彼の精神を何より苦しめた病的な孤独はこの二つの「嫌ふべき特権」の結果にほかならなかつた。彼の青春の歌はすべてこのことを判つきり意識した場所から歌はれてゐる。文学とは彼にとつてこの重荷に押しひしがれた心が自己を救済するために試みた必死の足掻きであつた。そして彼の文学の青春性、すなはち或る未熟さと、それだけに

限られない将来への展望はここから生れたと云へるのである。

言葉をかへて云へば、中島の文学の基調は旧家に生れてその血の弱さを判つきりと意識した鋭敏な青年の苦悩である。彼の制作はすべてこの苦悩を歌ひ切らうとする必死の願ひの具現であつた。かうした彼の青春の闘ひを僕等は、「斗南先生」「かめれおん日記」「狼疾記」など、ほとんど彼の死と同時に発表された身辺小説にまざまざと辿ることができる。ことに後の二つは無気力な教師生活に縛られた主人公の焦燥と倦怠を通じて、中島の青春の憂鬱がほとんど手で触れられるほど生々しい姿で描かれてゐる。これらの小説は「古譚」「光と風と夢」など彼の表向きの作品に対して、いはば舞台と楽屋との関係をなしてゐる。おそらく中島もこの二つの日記か覚書めいた小説は別に発表する当なしに書いたのであらう。そしてこの「過去帳」(中島はこれらの私小説をかういふ不吉な名で呼んでゐる。)はもとより文学作品として一般に通用するやうな価値を持つとは云はれない。ここに描かれた主人公にはどこか人間として読者を惹きつける大切な力が欠けてゐるのである。

しかしたとへば、「山月記」や「光と風と夢」にともかく架空の人間映像をあれほど生々しく読ませた作者の手際を多少とも認める人々は、ここに彼の異常な教養や激しい想像力がどのやうな姿でその実生活に生きるかを見ることに、作者の才能の評価に応じた好奇心を抱く筈である。

つまり敢へて大袈裟な比喩と聞えるのを恐れずに云へば、この二種の小説の間の関係はちやうどフロオベルの初期の試作と「マダム・ボヴァリイ」以後の諸作との関係と全く同じものである。かういふ比喩が突飛に見えるのは、ただフロオベルと中島敦との小説家たる才能が比較するのも滑稽なほど距つてゐるからにすぎない。彼等の作家たる心の内的な動きには、云ひかへれば彼等の自我に対する態度には、おそらく不気味なほど似たところがあるのである。

すなはち中島の自我は、フロオベルのそれと同じく文学的な告白に堪へぬ自我であつた。己れの心を一人称では謳へぬ詩人であつた。彼にはまづ何より我国の私小説の巨匠をして芸術家たらしめた或る素朴な臆面のない自負心が欠けてゐた。これは芸術家として彼の弱味であつた。そして彼の文学者としての努力の新しさはまさしくかうした天成の弱点を逆用して、架空の創造を自己の内心の必然によつて血塗る試みに懸けられてゐた。むろんこの試みは必ずしも全部成功したとは云ひ難い。しかし、彼が好んで古代支那やサモア島などに題材をとるのが、決して単なる趣味や博識の戯れでないことを、その身辺小説は有力に証拠立ててくれる。千里の空を翔る阿呆鳥が、一旦地上に降ると却つてその長い翼に歩行を妨げられるやうに、中島の逞しい想像力の翼も自由に羽搏くには無限の虚空を必要とした。

そして時空を隔絶し、歴史からもまた葬られた古代や異域に却つて自己の心の伸び伸び生きる場所を見出した。悲しい心である。そしてかうした心の悲しみを作者がどう嚙みしめてゐるか、この重い想像力の翼を引摺つた阿呆鳥は現実の世界でどんな醜い滑稽を演じてゐるか、彼の「過去帳」はかういふ彼の自我の実際に生きる醜い姿をはつきりと描いてくれるのである。

さきに僕は中島の身辺小説は芸術にならぬと云つた。これはまたそこに描かれた彼の姿を敢へて醜いと云つた。今彼がこれらの作品で力の及ぶ限り自分の心を暴いてゐる告白が、いかにも真摯であるが、そこに或る美しさの欠けてゐることを感ずるからである。彼がここで披瀝してゐる苦悩には、たとへ当人が此上なく真剣であつても、常にどこか架空な観念の臭ひがつきまとつて読者の自然な共感を妨げてしまふ。更に一歩すすめて云へば彼がここに綿々と展開する自己反省自己呵責は、鋭すぎるために却つて浅薄であり、結局のところ観念の遊戯にすぎない。

しかしここで翻つてかうした観念の無償の戯れこそ青春を青春たらしめる所以と考へれば、すなはちこの「過去帳」を文学作品としてでなく、単に或る特異な個性の遺した青春の記録と見れば、少なくとも彼と同じ世代に属する読者には興味深いのではなからうか。

僕個人のことを云へば、僕は中島とは性質がまるで違ふだけでなく、育つて来た環境もまつたく別である。しかしここに彼が露骨な姿で曝けだして行つた憂鬱に、何かこれまで誰の文学も表現してくれなかつた、僕等の世代の青春の生きた形に接する思ひを禁じ得ない。謳ふことを許されぬ苦悩とはどのやうなものか、ただそれを嘗めた者だけが識つてゐる。これらの記録は中島が僕等と同じ時代の犠牲者であつたことを明瞭に語つてゐる。そして僕等は中島の苦悩がおそらく中島自身より長い生命を持つことを信じ、併せて彼が芸術家として時代の犠牲者から時代の体現者たるべき困難な大道を歩む強靭な肉体に恵まれなかつたのを悲しむのである。

あらゆる遊戯は人生から独立した方法と規則によつて成立つとすれば、青年の観念の遊戯もまさしくさうに違ひない。しかしまた一面においてすべて遊戯はほんたうに真剣に演ぜられるとき、必ずそれを理解する者の心を動かさずには置かぬ。競馬、相撲、囲碁、将棋などその実例はここにあげるまでもあるまい。何故なら人間は遊戯に生命を賭することもできるし、また遊戯が遊戯たる生命を保つのは必ずその法則が人生の法則になぞらへて作られてゐるためだからである。

そして中島の青春の内容をなす或る特異な観念遊戯も、それを演ずる彼の態度の真剣さで僕等に一種の感動を与へ

ずにおかない。

ここに曝けだされた彼の自我はいかにも醜いものである。しかしこの鋭敏な青年の心はおそらく他人に冷淡な以上に自分自身に対して苛酷である。少なくとも苛酷であらうと希つてゐる。したがつて彼の心情と現実との間の傷ましい食ひ違ひの意識はたえず彼を苛だたしい自己反省に駆りたてる。彼の鋭すぎる内省は、「周囲の健康な人々」に伍して自分を或る精神上の怪物と考へざるを得ない。そして自己反省の過剰によつて実際さういふ怪物になつて行く。むろんこれは誰しもの青年時代の思索が一度は通つたことのある尋常な筋道とも云へるであらう。しかし中島の場合、このいはば青春の観念の生理はほとんど病的な強さに達してゐる。おそらく「かめれおん日記」や「狼疾記」を専門の医者が読んだら、精神病に片足を踏み込んだ神経衰弱の典型的症状の列記と見るに違ひない。

そして敢へて残酷な云ひ方をすれば、この狂気と隣合せな彼の神経衰弱こそ彼の青春が実際の世間から得た唯一の財産であつた。いはばそれは架空の観念の世界に生きた彼の苦痛の現実性の唯一の保証であつた。或る青年がどれほど怪奇な妄想に耽らうと、その結果たる病気は常に確乎たる現実の事件たるを失はない。したがつて中島にとつてこれこそ疑ひ得ぬ彼自身の姿であり、いはばこの醜い自我こそ観念の大海に漂流する彼の精神の把んだ唯一の手応へのある拠り場所であつた。「畢竟、俺は俺の愚かさに殉ずる外に途はない……凡てが云はれ、考へられた後に結局、人は己が性情の指さす所に従ふのだ。……」彼の病気はつまりこの「性情の愚かさ」の所産であり、またその証拠であつた。

そしてここで大切なのはかういふ平凡な言葉が、彼の心には或る沁み沁みした実感を籠めた決意として生きたといふ事実である。おそらくこの短い言葉の背後には中島の青春を呑み尽した観念の激しい闘ひが彼の心にもたらした苦痛のすべてが隠れてゐる。そして青春とはその理想の典型についていへば自己に対する漠とした闘ひに始つて、自己の実際に生きる姿の発見に終る観念の劇だとすれば、僕等はこれを彼の青春の結語と見てもよいのである。すなはち彼にとつて青春の闘ひとは、自己を「周囲の健康な人々」と比較して「ものの感じ方、心の向ひ方が、どうも違ふ。みんなは現実の中に生きてゐる。俺はさうぢやない。かへるの卵のやうに寒天の中にくるまつてゐる。現実と自分との間を寒天質の視力を屈折させるものが隔ててゐる。直接そのものに触れ感じることが出来ない。」といふ不安な孤独感から出発した彼が、やがてかうした自我の現実性を信ずるに至る過程と見られるのである。彼はこの自我に身を以て殉じて生き、そして死んだ。彼の小説もおそらく或る意味でかうした自我の現実性を自分に納得させ、また他

人に証明するための必死の試みであつた。彼にとつて小説の制作は単に既成の素材を自己の感受性でなぞることではなかつた。むしろ逆に制作とは或る素材の裡に彼の感受性を生かす試みであつた。

したがつてその小説の芸術としての成否は、そのまま彼の精神の存在理由を決定した。この点で彼は文学に本当の意味で自分を賭けたのであり、芸術が彼にとつて生命の本源に直接繋る営みであり得たのもこのためであつた。「山月記」の虎の号泣がその荒唐無稽な筋を離れて彼等の心を動かすのは作者がこの実在する筈のない怪物を自己の精神の象徴と判つきり意識し、これに筆先には現はれぬ親身な愛情を注いでゐるからである。すなはちここには「マダム・ボヴァリイは私だ」といつた近代小説の始祖と同じ精神の作業が極めて小規模ながら行はれてゐる。そして僕等が中島の文学に或る本質的な新しさを認めるのはこの点においてである。いはばそれは自然主義以来我国の文壇を支配して来た私小説の理想に対するまともな反抗であり、物語と人間的真実との結婚を目指す近代小説の正道を歩む試みであつた。

したがつて彼がその文学を大成する暇もなく、わづかに天才の片鱗を遺したのみで、夭折して終つたのは惜しんでも余りあることである。彼自身もひどく心残りだつたに違ひないが、我国の文学界にとつても眼に見えぬ大きな損失である。有為な新人の死は冷静に考へれば書くべき作品を書きつくしてしまつた老大家の死より、同時代の文学に実際の損害を与へるものであらう。そして中島の死はこの意味で近年最も惜むべき死であつた。蕪雑な混濁の境に低迷する今日の我国の小説界に、再び彼のやうな明晰な頭脳に教養と気品とを兼ね備へた作家が現はれるまで、僕等はおそらく幾年か待たねばなるまい。いはば彼は我国の文壇の瘠土に珍らしく生えた純正な近代文学の萌芽であつた。本物であるだけに周囲の雑草に伍して厳しい気候の下に生きる力を持たぬ弱々しい芽であつた。そして僕等はこの傷ましく枯死した芽の弱さを責めるより、むしろそこに孕まれてゐた種々の可能性に思ひを致すべきではなからうか。しかし多くの人々は過去を懐しむことを知るが、喪はれた未来を惜しむ術を知らない。そのためにはまづ豊かな夢と強い純粋な意欲とを要するからである。

よかれあしかれ中島の代表作である「光と風と夢」はこの空しく埋没した可能性の片鱗と見れば、かなり興味ある問題を含んでゐる。南海のロバート・スチヴンスンを扱つたこの長篇は、小説としての出来栄えから云へば彼の作品のうちむしろ失敗の部であらう。主題が二三に分裂してゐるため全体として散漫な印象を与へるのみでなく、スチヴンスン以外の登場人物は単に活字の名前といふだけの感銘

をしか与へず、スチヴンスン自身もあまり中島敦臭くなつてゐる。これは云ふまでもなくこの困難な素材に対比して作者の力量の不足を語るものであるが、かうした欠点または未熟さが、作者の企図の大胆な独創性と不可分の表裏をなしてゐる点に、この小説があのやうに相反する世評を呼んだ原因があつた。そしてこの小説の企図の独創性とは一言にして云へば、作者がここでスチヴンスンに対して試みた放胆な感情移入にあつたと僕は信じてゐる。つまりこの小説の一応の欠点と見られるスチヴンスンの中島臭さが或る度を越したために却つてその本質的長所に転じたとも云へるのである。更に一歩を進めて云へば、中島はここでスチヴンスンの姿を藉りて、ふだんの中島より一層中島らしさを発揮してゐる。あたかも「山月記」の虎がその前身たる李徴より一層詩人らしいやうに、この南島の病詩人の感慨に託して作者はその身辺小説よりずつと判つきりと大胆に自分の心を語つてゐる。

英文学の知識に暗い僕はこの小説がどれほどの史実に拠つたものかは知らぬ。ただ確かなのは大概の文学史が一行で片付けてしまふ筈のこの病詩人の風変りな晩年に中島が己れの心の或る詩的必然の動くのを感じたといふことである。そしてかうした一片の冷い資料を自己の血で温め、時空を超えて或る他人の生活を生きて見ることを希ふ熱情こそ、今日の我国の作家に最も欠けたもののひとつではないか。

したがつて中島のこの放胆な試みは、それだけでも意味のある仕事だつたと云つてよい。たとへ実現し得たところは稚拙であり、未熟を免れなかつたにしろ、少なくも彼の企図の性格はそのままの形で、やがて「サラムボオ」のフロオベル、「パルムの僧院」のスタンダアルに通ずる性質のものであつた。

この小説は、雑誌に発表された当時、芥川賞の有力な候補に上りながら、遂に銓衡委員の大多数の反対のため、賞を与へられなかつた。当時の委員の大部分を占めてゐた私小説の名人達が、この未熟な知的作家の不敵な独創性に好意を示さなかつたのは、或る意味で当然であらうが、その経緯が発表されたとき、僕は中島の落選を惜しむより、現実のある巧まぬ皮肉に微笑を禁じ得なかつた。「光と風と夢」がこれまで芥川賞を受けた諸作（そのなかには凡作愚作も決して少なくはない）に比べて決して劣つてゐないのは勿論の話であるが、更に広く考へて、現代の青年作家のうちその資質や作風から見て長短ともに最も芥川龍之介に近いのは中島敦ではないか。二人はその異常な博識、虚弱な肉体、臆病な自尊心等、知識人の長所と弱点をともに極端な形で併せ持つた点で似てゐるのみでない。芥川の小説の発想法は、少なくもその初期の短篇において

は、中島のそれと全く同じである。そして更に敢へて云へば中島の短篇の出来のよいものは、芥川の初期の制作に較べても決して見劣りはしない。或るものはむしろ優れてゐるのである。この意味で中島は現代の小芥川と云つてもよい。おそらく芥川がもし生きてゐたら、かつて漱石が「鼻」を認めたやうに「山月記」を称揚したであらう。

しかし今日はもはや芥川の死後二十年である。そして彼の名を冠した文学賞が石川達三や火野葦平のやうな作家を生みだしたのも、すべて止むを得ぬ時勢の流れであらう。だが仮りに冥府の芥川龍之介が新参の中島と出会つたとしたら、彼等は何を語り合ふであらうか。

僕等は現代の文化が臨んでゐる危機の正体は判つきり把めない。またそれがどのやうな可能性を孕んでゐるのかも判つきり解らない。

そして今日どことも知れず激しい勢で流れて行く文化の潮流は、その混濁に堪へて生きる力を持たぬ者を、あたかも自然の淘汰に似た無慈悲さで片付けて行く。

わづかここ十年の間を考へて見ても、いはば時代の混濁に堪へて生きられぬ純潔な才能を僕等はどれほど喪つて来たであらうか。

古くは梶井基次郎、牧野信一を初め、北条民雄、中原中也などみなそれぞれの意味で現代文学の犠牲者であつた。そして今僕は中島の霊を、これらの何処からも聖者の称号を贈られぬ文学の殉教者のささやかな群に加へたいと思ふ。彼等はみな掛け替へのない生命を賭しておのおのの青春を力の限りに生きた。その激しい燃焼に已れの肉体の亡びるのを惜しまなかつた。いはば彼等は人間の持つ最も尊いものに敢へて殉ずる決意に生死した。そして文学の精神とは、つきつめて見れば、これ以外にないのである。

(昭和十八年三・四月合併号(四月)「批評」、原題「青春と教養――中島敦について」、昭和四十七年四月二十日筑摩書房刊『中村光夫全集』第五巻所収)

作家の狼疾

——中島敦『わが西遊記』をよむ

武田泰淳

子が父を憎むこと、父が子を恐れること、はては子がその父を殺すこと。これは暗い、ありうべからざるほど暗い事実だ。人間があれほど大切に守っているもの、その中に身を置いて安心し、そこにとじこもって世間に眺められる堡塁のような倫理道徳を、その石垣の一つ一つ、その煉瓦の一片ずつを蝕み、ゆるませ、ホロホロと剝落せしむる事実である。

中島敦の『古俗』の二篇は、わが子に対する父のこの種の恐怖をとりあつかっている。『盈虚』は衛の荘公、『牛人』は魯の叔孫豹、ともに政治家の陰惨な最期をテーマにしている。中島は中国古典に記録されたこれらの事件を、きわめてわずかな修飾を加えただけで、発表している。しかも古代文献の、あの明確痛烈な文体を、よく日本語、ことに中島自身のことばに改めている。『古俗』二篇にかぎらず、『山月記』も唐の李景亮の伝奇を、ほとんど全文を完全に摂取して、一点の濁り、乱れのない短篇となしている。彼には、戯作者的な附加物で、水を割り、角をとり、近代風な弱さの色づけをすることができないのだ。歴史的事実の外側に甘い空想の幕をはりめぐらす心のゆとりはない。中国古代の事実は、事実だけで純粋に彼の心を打つ。ことに、子に殺される政治家の運命の事実が彼を瞬時にしてとらえてしまうのだ。

『わが西遊記』の跋文で、平田次三郎氏は、中島の作品のほとんどすべてが、フィクションである点を強調している。しかしこれは誤解をまねきやすい批評である。

『山月記』も『古俗』も、それぞれ立派な短篇的構成を持っている。いわゆる創作、虚構にたくみな芥川的短篇の外貌を持っている。しかしこれらは決してフィクションではない。とりわけ作者中島にとっては、フィクションではない。中国の古典を忠実に、かつ謙虚に、自分の心を打つ記録として受け取っている以上、そこには彼の虚構をたくましくする創造的工作は、きわめてわずかしか働いていないのだ。しかもこの点にこそ、中島の全作品をつらぬく一つの態度、彼自身が「病気」と呼んだ、あの傾向が示されている。

彼が中国古代の政治家たちの死を、自己の物語中の事件としてとらえるより、むしろその古い死が現在の彼をつかまえてしまう。そういう言い方が許されるほど、彼とこれらの古典記録とは、運命的な接触、気味のわるい親しさを

持ち合っている。

叔孫豹はわが子の豎牛に看病され、ついには餓死せしめられる。死にかかった彼は、枕許に立つ、この得体の知れぬ笑いをうかべた牛男を見上げている。すると「その貌は最早人間ではなく、真黒な原始の混沌に根を生やした一個の物のやうに思はれる。叔孫は骨の髄まで凍る思ひがした。己を殺さうとする一人の男に対する恐怖ではない。寧ろ、世界のきびしい悪意といつた様なものへの、へりくだつた懼れに近い。」

『牛人』ではこの「懼れ」は陰険そのものの如き一牛男に象徴されている。しかして、この「懼れ」は、彼の全作品の底を流れる暗い色調をなすものである。世界のきびしい悪意に対するへりくだった「懼れ」、それが彼を、これらの古代史実に吸いよせたのであり、『過去帳』二篇に於ける見事な自己告白をさせたのであり、やがて『光と風と夢』や『弟子』『李陵』の如き長篇へとひきずって行くのである。

中村光夫氏は中島のもっともよき理解者である。彼が「批評」に発表した中島論は三回読んで三回とも面白かった。しかも二、三の見落しはあるようである。たとえば『山月記』が中国で歓迎されたかの如く考えているが、それはまちがいであろう。中島の作品集を上海で翻訳出版した太平書局の性格からしても、また私が以上のべた長所が中国の読者には逆効果をもたらすことからも、これはあやまりである。もう一つは中村氏は中島の作品中、『過去帳』の二篇、すなわち『かめれおん日記』と『狼疾記』を低く評価しているが、この点に私は反対である。

これら中島の私小説的作品を軽視する傾向は平田氏にもあるようだし、また彼を「文学界」に推薦した河上徹太郎氏の「この作者は、日本的アナトール・フランスといつた新人作家だと、私は思つてゐる」ということばにもあらわれている。これらの評価は、それぞれ同情ある理解の美しさの下にかくれてはいるが、私はやはり中島論、ひいては作家の狼疾とその作品の関係をのべるために、これをほじくりだしたい欲求をおぼえる。

『わが西遊記』におさめられた『過去帳』二篇は、技術的にも思想的にも、完成した作品である。ことに「世界のきびしい悪意に対する、へりくだつた懼れ」を現代的感覚で表現した点で、新しさ、ことに戦後の文学の新しさを予言し、啓示している作品である。現今もてはやされている椎名麟三的暗さは、ここですでに梶井基次郎的繊細さで、豊富に、しかも美しく貯えられている。

中島の暗さは、咏嘆的、抒情的なものではない。むしろ極端に理知的で、正確なものである。

彼は小学校四年の頃、受持の教師から地球の運命についての話を聴いた。地球が冷却し人類が滅びる、怖い話であ

る。太陽までが消えてしまうのだ。太陽が冷え、消えて、真暗な空間をただぐるぐると誰にも見られずに黒い冷たい星どもが廻っているだけになってしまう。それを考えると彼は堪らなかった。彼には、それからいつも、この種のたまらなさがついてまわるのである。

彼は何事をも永遠と対比して考えるために、まずその無意味さを感じてしまうのである。理窟で考えるのではなくアア、ツマラナイナアと腹の底から感じ一切の努力を抛棄してしまうのだ。自我の不可解さ、人間的存在の不安さが重なり重なって、万事を無意味な、愚劣な、一種の灰色の腹だたしい気分に追いやってしまう。（何と椎名的人物のせりふに似ていることだろう）。

彼はある時、料理屋で食事している一人の男の頸のつけねに瘤を発見する。すると、それがたまらなく彼を吸いよせ、彼にはたらきかける。その瘤は「此の男の横顔や首のあたりの、赤黒く汚れて毛穴の見える皮膚とは、まるで違つて、洗ひたての熟したトマトの皮のやうに張切つた赤銅色の光である。この男の意志を蹂躙し、彼からは全然独立した、意地の悪い存在のやうに、その濃紺の背広のカラーと短く刈込んだ粗い頭髪との間に蟠踞した肉塊――宿主の眠つてゐる時でも、それだけは秘かに目覚めて晒つてゐるやうな醜い執拗な寄生者の姿が、何かしら三造に、希臘《ギリシャ》悲劇に出て来る意地の悪い神々のことを考へさせた。かういふ時彼はいつも、会体の知れない不快と不安とを以て、人間の自由意志の働き得る範囲の狭さ（或は無さ）を思はない訳に行かない。」

このようにして、彼の一生活人としての、この不快と不安は、作家としての彼の不快と不安の上に重なり合ってますます色濃いどす黒さを加える。何故ならば、中島は、自分がこの種の不快と不安を追求して行くことによって自己の文学を完成しているのだとは、決して信じてはいないからだ。自我にばかりかかずらっている自分自身を、非文学的だとさえ考えた時期があったからだ。それは『西遊記』の妖怪悟浄《ごじょう》が、決して悟浄たることに満足せず、兄弟子悟空の実行力に畏敬の念を抱きつつも、しかも悟浄たることをやめ得ないのと同一である。

彼は考える。というより、彼は何とかこの特種な作家的存在を自己弁護しようとする。女や酒に身を持ち崩す男があるように、形而上的貪欲のために身を亡ぼす自分のような男があってもいいはずではないか。酒と女に身を持ち崩す男が、欣《よろこ》んで文学の素材とされるのに、何故自分のような存在が文学に取上げられないのか。彼は自分のこの奇妙な自我、今まで文学の素材とされなかった自我を文学の素材としてかまわないのだと、何回となく自分に言いきかせる。しかしダメなのだ。そうして苦しんだあげくには、自分の文学的行為までが無意味に、愚劣にさえ想われて来る

のだから。

彼の場合には、自分が文学とはなり得そうもないと感じている素材について、それをこねまわすよりほか方法を持たぬ、その自分の状態以外にはたよるものがないのである。だから悟浄はそのような自分がイヤなのだ。悟空のような濶達無碍の働き、どうしてもそれをせずにいられないものが内に熟して来て、おのずと外に現われる行為、その自由な行為ができない自分がイヤなのだ。かくして彼は、自分の文学的行為のうちに、その自由な、またその故に必然的な行為を発見することができないでいる。（『悟浄出世』『悟浄歎異』）

彼は世界の悪意に対して、謙虚なる懼れを抱く、と言った。この謙虚なるという点が重大なのである。彼は自分の周囲に、まるで造物主の悪意の表現のような人物たちを見出す。国語の教師の吉田、事務員のM氏、それら椎名的人物を、彼はきわめて椎名的率直さで、椎名より緻密に観察する。吉田は疲れることを知らぬ有能な事務家であり、てれることを知らず関西弁で喋りまくり、他人の給料の表をつくる男である。M氏は自分の女房が『日本名婦伝』に記載されていると言って、紫式部などの名とならべて印刷された出版物のそこの箇処を示す男である。

中島はこれらの人びとを決して、自分より愚劣だとは、或はただそれだけだとは考えていない。それらの人物を人間喜劇として書き上げる行為を、ただそれだけでは文学とは思っていない。むしろ彼らによってひきおこされた、一種うす気味わるい恐ろしさと、へんな腹立たしさとの交った妙な気持に襲われる、その自分が切りはなせないのだ。その意味では彼は、アナトール・フランスより、むしろドストエフスキー的出発点に立っている。

その中島が、では何故、一見、アナトール・フランス的、メリメ的と考えられそうな短篇を残したか。そして他のスタイル、他の方向をえらぶことができなかったのか。

狼疾という文字を中島が使用していること、他の誰でもなくて中島が使用していることの意味は深いのである。狼疾とは「指一本惜しいばつかりに、肩や背まで失ふのに気がつかぬ、それを狼疾の人といふ」と孟子にある言葉である。指一本とは中島の自我であり、その自我にこだわる文学的状態である。肩や背とは生活体としての中島の全存在であり、また彼がまさにそこに自分の外にあると目する文学、悟空的自由と三蔵的宏大さを持つ文学である。

中島ははげしい狼疾をわずらっている。彼は指のために肩を失わんとしている。

中島は『過去帳』を書くことによりフィクションやロマンを棄てなければならぬかもしれない。いわゆる「文学」をはなれねばならぬかもしれぬ。事実彼は、離れ、棄てたのだ。『弟子』や『李陵』にしても、フィクション、ロマ

ンというにはあまりに史実の比重がつよい。中国の歴史の暗さ、古代の歴史の重さが、彼の現在の重苦しさにふさわしい、ただそれだけの理由で、それらは彼を、日常的な「文学」の対象からグイと自分の方へ、招きよせる。中国古典に近くない者の眼から見てはこれが作家の冒険、虚構と見えるかも知れぬが、彼自身にとっては日常の重い足どりのちょっとした痕跡、行きずりに踏んだ古い碑の破片の音なのである。

悟浄は水底深く悩みに悩んだのち、法師の力で、水を脱して人間となり、聖天大聖孫悟空に勇気づけられながら新しい遍歴の途に上る。それと同様に彼は史実や古記録にまねきよせられ、それをたよりに、きわめてへりくだった態度で、少しずつ世界の悪意に対する自己の懼れを明らかにして行く。だがそれで問題は解決されてはいない。不満はその方法では消えないのだ。だから『悟浄出世』に於て、悟浄は次の如く独語するのだ。

「どうもへんだな。どうも腑に落ちない。分らないことを強いて尋ねようとしなくなることが、結局、分つたといふことなのか？　どうも曖昧だな！　余り見事な脱皮ではないな！　フン、フン、どうも、うまく納得が行かぬ。とにかく、以前程、苦にならなくなつたのだけは、有難いが。……」

彼はもとより相変らず、不快不安である。そしていつも、「この儘では、第一流の作品となるのには、何処か（非常に微妙な点に於て）欠ける所があるのではないか」と、思いなやみ、思いつめている。それは『山月記』の李徴が、おのれの詩業に絶望し、狂悖《きょうはい》の性はいよいよ発し、執念はいつか彼を猛虎と変じ、残虐なその日その日を送りつつも、産を破り心を狂わせてまで生涯執着したその詩を、せめて人の世に残したしの一念を断ち得ない。あの人虎と化した詩人の詩が、格調高雅、意趣卓逸であり、作者の才の非凡を思わせながら、ついに第一流の作品となり得なかった不思議さに通ずるのである。

かくして、何か欠けている、何か非常に微妙な点が、と彼は想いに沈むのである。だが彼は本当にそれが欠けていたのだろうか。彼の作品は人虎の詩人の如く、ついに「人間」の詩に及ばぬのだろうか。

私は、彼にそれが欠けていた、とは考えない。彼が或は頭脳にえがいた、いわゆる「文学」の意味では欠けていた。彼がただ単に悟空の自由さや、三蔵の弱さの強さなどに心惹かれ、世のいわゆる文学の内容形式にとらわれていたのなら、その旅につきしたがっていたのなら、それは欠けていたのである。しかし彼はすでに、世の文壇の悟空と三蔵、彼自身の自我以外の場所で栄えた文学からは、脱走していたのだ。彼の『過去帳』は彼の無意識の脱走の、忠実無比な記録であり、それ故に戦後に於て新しさを保ち得ている

のだ。彼にこの無意識の脱走がなかったのなら、彼の古俗古譚は、単なるエキゾチズム、アナトール・フランスの日本版としてとどまるにすぎぬ。だが中島が求めていた非常に微妙なものは、彼の懼れの中への沈潜、彼の無意識の脱走のうちに実に自然に、彼自身が気づかぬほどひそやかに、あたかも石の花がひらき、嬰児が声なき声を発しはじめるように、準備されていたのである。

　作家の狼疾は作家を苦しめる。それは作家自身、理解できぬほど、あまりにも彼独自の疾病であるために、彼はそれによって自らを高めつつも、それを意識せずして苦しまねばならぬ。そして、そのことによってのみ、彼は脱走に成功するのである。狼疾は作家をおびやかし、かつ、きたえる。それと反対に、狼疾なき作家は、おびやかされず、きたえられず、ついに脱走し得ない。したがって新しきものを創造できないのである。

　中島はついに自己の狼疾をいかす方法を発見しえなかった。ましてそれを利用して作品を読者に近づけようなどとは考えもしなかった。しかしその彼を苦しめつづけた狼疾、彼が厭悪し、自ら非文学的とさえ思い到ったその彼の自我は、いつの間にか、彼以外の何者も書けなかった新しき文学へと、彼をみちびきつつあったのである。

（昭和二十三年二月「中国文学」第一〇三号、昭和四十七年一月二十日筑摩書房刊『武田泰淳全集12』所収）

中島敦の文学

臼井吉見

中島敦の全集が出たので、この機会に、彼の作品をいくつか読んだのだが、びっくりした。こんなすぐれた天稟の作家であろうとは、つい知らずにいたのが恥ずかしかったが、敬愛する作家を新しくひとり見つけだしたよろこびは一層大きい。

　実のところ、「光と風と夢」と「李陵」を一読したほかは、この作家についてなにも知るところはなかった。関心がなかったといっていい。かつて芥川賞の候補になったという「光と風と夢」は、この作家の代表作のように聞いていたが、前に一読したときと同じように、いま読みかえしてみても、それほどいい作品とは思わないし、格別の感想はなかった。「李陵」は、二年ほど前に読んだことがあり、かなり感心したが、今度読みかえして、実に感銘が深かった。全集第一巻には、「李陵」以下十三篇が収録されているが、ひとつびとついい。とりわけ、「李陵」「山月記」

「悟浄歎異」「幸福」がよく、更にこのなかからぬくとすれば、「李陵」と「山月記」である。強いてひとつだけ残さねばならぬなら、「山月記」であろう。だが、「山月記」と「李陵」をふたつとも残したいというのが僕の考えである。このふたつの作品はむろん性質がちがっている。十三篇のうち、「李陵」の仲間にはいるのは「弟子」で、ほかの十一篇は、みんな「山月記」と同じかたまりとみていいだろう。深い森かなんぞの高い梢の上にからまって、人の知らないところで、小さいが純粋鮮冽な美しい色をのぞかせている、この二輪の花みたいな「李陵」と「山月記」を書き残しただけでも、中島敦は、真に文学を愛する少数のひとの心のなかに生きつづけるにちがいない。

中島敦の作品をいくつかよんで、すぐれた作品だけがもっている、文学の純粋な味わいにたんのうした。こんなことは、日本の近代文学に関するかぎり、滅多にないことだ。こういうものを読んでしまうと、月々の雑誌にのっている夥しい数の小説が、どんなにかつまらなく、ばかばかしく感じられることか。何とか育てようとでも思わぬかぎり、このごろの雑誌小説などについて、批評する気などおこるものではない。読者の無垢な鑑賞力をすりへらすことだけに役立つような小説ばかりが月々の雑誌を埋めている。だが、僕が中島敦の小説にひかれたのは、そういう外部的事情によるのでは決してない。

「李陵」を読むものは、おそらく誰しも鷗外を思いうかべるにちがいない。おおまかでいて、そのくせ緊密な構成、骨格のある明晰な文体、作品が一種の重量感のなかに結晶しているあたり、直ちに鷗外の歴史小説への親近性を語っている。だが、もっと鷗外的といえるのは、作品の世界がアポロニッシュで、観照的な点であろう。「歴史其儘と歴史離れ」のなかで、鷗外は、歴史の自然をできるだけアポロニッシュに、観照的に見ようとしたことを書いている。「李陵」もまさしくそういうところから生れている。作者は多分鷗外の作品に親しんでいたのではないかと思われるし、同時に、この作品が素材を仰いでいるらしい漢書そのものが、僕は何も知らないのだが、おそらくアポロニッシュで、観照的なのではないかという気がする。「李陵」の性格が、以上のようなところからもきているであろうとは、僕のあて推量である。ともかく鷗外の歴史小説と、かなりの親近性をもっていることはうたがいない。しかし、作品の内的な世界にたち入れば、まるでちがうのではないかと思う。歴史其儘であろうと、歴史離れであろうと、鷗外の歴史小説が、人間力信頼の上に成立していることは、改めていうことはあるまい。「護持院ヶ原の敵討」にせよ、「高瀬舟」にせよ、「山椒大夫」にせよ、その点において異る

ところはない。「阿部一族」のごとき、一念を貫ぬこうがためには、相次いで滅びゆくことさえ辞しなかった人たちの強烈な意地が語られている。「寒山拾得」についていうなら、袖を掻き合せて恭しく、「朝儀大夫、使持節、台州の主簿、上柱国、賜緋魚袋、閭丘胤と申すものでございます」と名告った閭丘胤と、このように名告られて二人で顔を見合せ、腹の底からこみ上げてくるような笑声を出して逃げ出した寒山、拾得とが対比されているのだが、このときの鷗外の制作意識をさぐってみれば、彼自身のなかに俗吏閭丘胤を見ていたのでは決してなく、むしろ、当時官を退こうとしていた彼自身を寒山拾得に擬していたことは、「寒山拾得縁起」のなかで、「実はパパアも文殊なのだが、まだ誰も拝みに来ないのだよ」と子供に語ったという言葉をかきつけていることによっても明瞭である。おどろくべき自己信頼、自己肯定である。

「李陵」の中島敦は、こういう鷗外とはまるきりちがっている。鷗外がアポロニッシュで、観照的であろうと努力したといっても、それは自力を恃み、自信に溢れた鷗外の資質からいって、むしろそうなるのが自然だともいえるような、そういう性質のアポロニッシュであり、観照的であろう。中島敦はまるでちがう。全集第二巻の「斗南先生」や「かめれおん日記」や「狼疾記」など、いわば彼の私小説を読めば、彼がいかに自分自身のなかにあるものを憎み、もてあまし、うち消そうと苦しんだか、自分の精神的特徴の一つ一つにむかって、どのように意地の悪い批判の眼を向けていたかは明瞭である。「実際、近頃の自分の生き方、みじめさ情なさ。うぢ〳〵と、内攻し、くすぶり、我と我が身を嚙み、いぢけ果て、それで猶うすつぺらな犬儒主義《シニシズム》だけは残してゐる。こんな筈ではなかつたのだが、一体、どうして、又、何時頃からこんな風になつて了つたのだらう。兎に角、気が付いた時には、既にこんなへんなものになつて了つてゐたのだ。いい、悪い、ではない。強ひて云へば困るのである。ともかくも、自分は周囲の健康な人々と同じでない。勿論、矜恃を以ていふのではない。その反対だ。不安と焦燥とを以ていふのである。」(「かめれおん日記」)

彼の自己嫌悪は、自分の性質、能力などに関してだけではない。存在としての自己に対する嫌悪につながっているのだ。

「会体《えたい》の知れない不快と不安とを以て、人間の自由意志の働き得る範囲の狭さ(或いは無さ)を思はない訳には行かない。俺達は、俺達の意志でない或る何か訳の分らぬもののために生れて来る。俺達は其の同じ不可知なもののために死んで行く。げんに俺達は、毎晩、或る何ものかのために、俺達の意志を超越した睡眠といふ不可思議極まる状態に陥る。……」

「直接に、私といふ個人を形成してゐる私の胃、私の腸、私の肺を、はつきりと其の色、潤ひ、触感を以て、その働いてゐる姿のままに考へて見た。……すると私といふ人間の肉体を組立ててゐる各部分に注意が行き亘るにつれて、次第に、私といふ人間の所在が判らなくなつて来た。私は一体何処にある?」

こういう始末にこまる自己嫌悪ほど、鷗外に無縁なものはない。いうまでもないことだが、このような自己嫌悪こそ、真に人間存在の意味を問い、純粋に根源的に生きようとすることと表裏一体のものだ。ところで、「斗南先生」は、自伝的な作品であるが、漢学者であった伯父について語っている。昔風の漢学者気質と、狂熱的な国士気質との混淆した精神のもちぬしであり、奇矯な言動と偏屈な性向と無垢の真情とで、もっとも純粋に生きぬいた旧時代の最後の人であった。むろん、はたの眼には滑稽としかうつらなかった。この伯父のなかに、中島敦の分身である青年三造は、彼自身と相似のものを見出し、自分の老いたときの姿を目の前にみせつけられるような不安と嫌悪を感じている。つまり中島敦は、この東洋的国士型の伯父などが夢にも思ったことのないような、自己存在に根ざす始末にこまる自己嫌悪に噛まれながら、しかも滑稽な時代おくれの伯父のごとく、純粋に、自由に生きようと苦悩した精神であった。中島敦自身がもてあましたむしろデモーニッシュな精神が、冷静に計量し、造型したところに生れたのが、「李陵」にほかならない。だから「李陵」におけるアポロニッシュな観照と、骨格のある文体と、緊密な構成を支えているものは、鷗外のように、そのままで冷徹でありえた自力的自己信頼の精神とは、まったくうらはらの、傷ついた、孤独の精神なのである。したがって、作品の内的世界は、鷗外の歴史小説のそれとは、明瞭に異質的である。

「李陵」は、自然と虚飾、真実と虚偽、純粋と妥協との混淆を通じ、人間的な弱さと強さをつぶさに嘗めねばならなかった李陵を中心として、困苦・欠乏・孤独のなかに、おのれの運命と意地の張合いをしているような蘇武と、生きることの歓びを失いつくした後も、表現することの歓びだけは生き残りうるものだということを体験した司馬遷と、この三人の人物が、それぞれの運命と戦ったすがたを描いている。描くというよりは彫りあげているといったほうがいい。事実この作品はいわゆる描写を意識的にけずり去っている。とりわけ、心理描写は可能なかぎり避けている。絵画的になることを警戒し、むしろ彫塑的であろうとしている。このところは、歴史小説における鷗外の方法とまったく一致している。この作品の結晶度と気品の高さはむろんそこからも来ているように思う。しかし、一層重大なのは、以上のように、自己の運命と戦う三人の像を全身的に彫りあげることのできたのは、ひとえにみずから傷つくこ

とによって、自身の精神の一部と化した孤独と愛情の深さによって可能であったということだ。

「外へ向つて展かれた器関を凡て閉ぢ、まるで掘上げられた冬の球根類のやうにならうとした。それに触れると、どのやうな外からの愛情も、途端に冷たい氷滴となつて凍りつくやうな石とならうと私は思つた。

我はもや石とならんず石となりてつめたき海を沈み行かばや
氷雨降り狐火燃えむ冬の夜にわれ石となる黒き小石に
眼《め》瞑《と》づれば氷の上を風が吹くわれ石となりて転《まろ》びて行くを
腐れたる魚のまなこは光なし石となる日を待ちて吾がゐる
たまきはるいのち寂しく見つめけりつめたき星の上に独りゐて」（「かめれおん日記」）

どのような外からの愛情も、途端に冷たい氷滴となって凍りつくような石となろうと決意させたほどの孤独が、かえって自身のなかに、はげしい愛情を燃えたたせてきたのである。

「金魚鉢の中の金魚。自分の位置を知り、自己及び自己の世界の下らなさ、狭さを知悉してゐる絶望的な金魚。絶望しながらも自己及び狭い自己の世界を愛せずにはゐられない金魚。」（「かめれおん日記」）

中島敦は、むろん大作家ではなく、「李陵」もまた大作品とはいえないが、この一篇に関するかぎり、鷗外の歴史小説に求めえない近代性を結晶せしめている所以である。

自分自身がもてあました自己否定の精神が、逆に「李陵」のアポロニッシュな観照的世界を造型しえた消息は右のようであるが、「山月記」は、そのようなおのれの精神をそのまま作品に結晶せしめたものということができる。詩人になりそこなって虎になった哀れな男は、中島敦自身の精神がそのままかたちどったものにほかならぬ。別のいいかたをすれば、彼はおのれの精神に実証主義の刃をつきつけ、これをはっきりしたかたちとして観察しようがために、おのれの精神をそのまま客観化したのである。「山月記」がそれである。これでこそはじめて芸術的創造と呼びうるのではないか。

「かめれおん日記」や「斗南先生」や「狼疾記」は、いわば私小説である。かなり上等の私小説である。しかし、僕は中島敦のこれらを私小説とは呼ぶまい。こういうものしか書かなかった作家なら、私小説という一種の小説として扱うのが礼儀であろう。だが、若くして去ったにしても、「李陵」「山月記」以下十数篇の珠玉のごとき作品を残した

彼に向っては、これらは彼の生活記録として見るべきではなかろうか。「李陵」「山月記」は小説である。「悟浄歎異」「幸福」は小説である。「名人伝」「文字禍」は小説である。日本の近代小説として第一流の小説である。だが、いや、だから「かめれおん日記」は生活記録である。「斗南先生」「狼疾記」は生活記録である。日本には生活記録を小説と思いこんでいる小説家が何と大勢いることだろう。

「考へて見れば、元々世界に対して甘い考へ方をしてゐた人間でなければ、厭世観を抱くわけもないし、自惚やか、自己を甘やかしてゐる人間でなければ、さう何時も〈自己への省察〉〈自己苛責〉を繰返す訳がない。だから、俺みたいに常にこの悪癖に耽るものは、大甘々の自惚やの見本なのだらう。実際それに違ひない。全く、私、私、と、どれだけ私が、えらいんだ。そんなに、しよつちゆう私のことを考へてるなんて。」（「かめれおん日記」）しょっちゅう私を考えていたからこそ、「李陵」や「山月記」を創造したのだ。ちっとも私を考えないのが私小説であることは明瞭であろう。

中島敦と鷗外の比較はすでにいったが、ひとは彼の作品にむしろ芥川龍之介を連想するかもしれない。とりわけ「山月記」系統のものにそれを感ずるだろうと思う。繊細な潔癖感の徹った、小さいが美しく結晶している点など、芥川龍之介との親近性は著しい。鷗外と龍之介との間に、一種の親近性の存することを思えば当然でもある。だが、中島敦の作品は、芥川龍之介ともひどくちがった世界を示している。たとえば、「護持院ヶ原の敵討」において、鷗外は懐疑的で行動を失った利平と対立させて、一念を徹しぬく九郎右衛門、りよ、をかいているのは明瞭だが、仮にこれが龍之介だったら、九郎右衛門、りよ、との対照において利平をかいたにちがいない。更に「寒山拾得」についていうなら、芥川龍之介だったら、やはり鷗外とは逆に、あらゆる人間のなかに閭丘胤を見出し、寒山拾得を閭丘胤のレヴェルまでひきおろしたにちがいない。人間心理の方向から、いわばそういう仕事を実行したのが芥川龍之介の文学の意味であったことについては多くをいう要はあるまい。けっきょく、彼の文学は一種の解釈であった。中島敦が傷ついた誇り高いおのれの精神そのものを作品化したのとはちがっているのである。芥川龍之介は「歯車」や「或る阿呆の一生」においても、ついに自己の精神を作品化するまでには至らなかった。

（昭和二十三年十二月号「展望」、昭和六十年六月二十日筑摩書房刊『臼井吉見集1』所収）

再び「中島敦全集」のために

吉川幸次郎

中島さんの「李陵」を、私はかつて「漢書」の李陵伝と対照して読んで見た。そのある部分は「漢書」の文章を、ほとんど逐字逐句的に追っている。しかもそれは中島さんの文章であり、中島さんの文学であった。このことは中島さんの文学が、正確さ、という文学に必須でありながら文学者によって往往なおざりにされやすい条件、それを強く意識しつつ成り立っていることを物語るであろう。故にその文学は、水晶のように緊張している。もっともその緊張は、夭折した人であるゆえに、未完成の部分があるように思われる。それだけに完成を目ざしつつ、しかも未完成に終ったもののみがもつ特殊な美しさ、苦悶をともなった緊張というべきもの、それが老熟した文学よりも、多いように思われる。昭和三十四年四月二十四日。

（昭和三十四年六月文治堂書店刊「中島敦全集」第四巻月報「ツシタラ1」、原題「感想」、昭和四十五年一月三十日筑摩書房刊「吉川幸次郎全集」第十八巻所収）

中島敦論

荒　正人

初めに中島敦との交渉について記しておきたい。交渉といってもおめにかかったことはない。わたしが最初に中島敦という名前を知ったのは、太平洋戦争の最中であった。昭和十七年四月下旬だったかと思う。『文学界』（五月号）に発表された「光と風と夢」を読んだ時であった。

年譜によれば、おなじ年の二月号の『文学界』に「古譚」を発表している。わたしはそれを読まなかったかと思う。その頃、小田切秀雄、佐々木基一たちと、毎週一回研究会を持っていたが、その席上で、この作品について好意のこめられた批評の出たことをよく覚えている。太平洋戦争の第二年めの昭和十七年の春は、物情騒然としていた。文学界もその渦に巻き込まれ、戦争謳歌一色に染められていた。小説らしい小説は、すでに姿を消してしまっていた。一年余り前に、堀辰雄が「菜穂子」を『中央公論』（昭和十六年三月号）に発表した時、中野好夫は月評でこれを激賞し、非常時といえども、こういう作品も一つぐらいあってもよいという良識を述べていた。だが、日中戦争の泥沼から昭和十六年十二月八日に勃発した太平洋戦争以後になると、芸術の世界も国策一点張になってしまった。今日からは想像もできぬことだが、戦争を露骨に讃美または肯定した箇所をはさまなければ、作品発表はまず不可能であった。だが、中島敦という新人の書いた「光と風と夢」には、戦争にふれた箇所は一か所もない。それはひどく爽かな感じであった。検閲関係者は、この作品の舞台が南洋のサモア島であることで、安心したのかもしれぬ。当時南進政策は国策としても強調されていた。この作品はサモア島で生涯を終えたR・L・スティヴンスンの告白体で書かれている。主人公はイギリス人だし、サモア島はイギリスからは遠い遥かな西南太平洋に浮ぶ植民地である。それだけの理由でも、時局向きの作品ではなかった。だが、おおめに見られたのは『文学界』に載った小説だったからかもしれぬ。その辺の事はよく分らぬ。ただし、「菜穂子」とくらべると、「光と風と夢」のほうは遥かに無難であったかと思う。前者は、人妻の情事めいたものを扱っている点で、すでに検閲の対象たりえたであろう。が後者は、R・L・スティヴンスンに寄り添いながら、サモア島の土民との交渉を描くことで、西欧の近代主義を批判し、文明を軽蔑し、原始の自然を讃美することができた。その結果、近代主義の側

からの戦争批判からも自由であった。むろん、中島敦にそんな大それた政治的意図はない。ただ、時局がら、そういう読まれ方もされただけにすぎぬ。近代人中島敦は、R・L・スティヴンスンを描くことで、当時の流行語でいえば、戦争時代を迎えて、新体制に即応した自己革新を企てたのであろう。いや、そんなしかつめらしいことではない。芸術家中島敦にとって、サモア島のR・L・スティヴンスンは、第二の自我であり、理想的自我であった。R・L・スティヴンスンを通じて、新しい自己を獲得しようと努めている。なるほど、表面だけ読めば、近代的自我の否定、抹殺、解体を企てたものといえよう。ただし、それはあくまで表面だけのことである。中島敦の本心は、決して戦争と結んだ「近代の超克」にはない。かれは、時局に最も不向きな人間であった。誤解を恐れずにいえば、天才肌の男にありがちな、孤独で、利己的な個人主義者であった。そのかれが「聖戦」などになんで自己を犠牲にしたりすることがあろうか。わたしは、かれの純粋な利己的個人主義をむしろ祝福したい。「光と風と夢」に漂うあの暖い人間尊重の態度は、かれの利己的個人主義と直結している。かれは、人間の情熱を最後まで信じている。情熱に誠実であるかぎり、自己と他者とはいつかは結び合うと素朴に信じている。余りにも古風な理想主義者である。人間の存在の理念としてのロマン主義を、最後まで失うことはなかった。幸福な中島敦よ、わたしはこうつぶやいてみる。

昭和十九年の初め、わたしは、埼玉県久喜町に疎開した。そこで、中島敦の未亡人中島たかと知り合った。中島たかを通じて、中島敦についていろいろ知ることもできた。年譜によれば、中島敦が橋本たか(愛知県碧海郡依佐美村)と結婚したのは、昭和六年三月、数え年二十三歳の時であった。二人はどこで結ばれたか知らぬ。中島敦はその頃、友人たちと一緒に、浅草の踊り子を組織して、台湾興行を企てたりしていたというから、空想部落の住人であったものとうなずける。橋本たかとの結婚も、世間的な意味では決して幸福ではなかったらしい。夫は余りに多感の性格であった。だが、文学者の妻としての幸福ということになれば、これは全く別の話である。未亡人は、亡き夫を全くの天才と信じ込んでいた。彼女は、夫の隠れた心事を残された手紙で気づいたりしたこともあったが、そのことを語っても、決して恨みがましい表情は見せず、むしろ誇りと喜びに輝いていた。天才である夫の前に、妻としてのたかは、女性に最も根ぶかい感情である嫉妬心をさえ、すっかり棄ててしまっていた。本心はよく分らぬが、話し振りではそんなように感じられた。夫の天才をあれほど素朴に信じることができたのは、中島たかの人柄にもよろうが、やはり、中島敦にそれだけの魅力があったものと思われる。世間的に夫が認められたからということではない。妻はただ、夫

を純金のように無垢な気持で信じつづけたのである。芸術家の妻は不幸な場合が多い。だが、中島たかをまれな例外としてあげてよい。敗戦後の苦しい時代であった。わたしは、彼女から、中島敦の着ていたレーン・コートを一着買わされた。喜んで買った。それは、わたしも着古して、なくなってしまった。つぎに、『わが西遊記』の出版のお世話をさせていただいた。これは京北書房という本屋から刊行された。当時、『近代文学』の同人平田次三郎は顧問のようなことをしていた。かれも中島敦を心から敬愛していて、出版の件はただちに快諾して貰った。中島たかさんは更に遺稿を持参してきた。それは、「石とならまほしき夜の歌」で、これは久保田正文と交渉し、かれの編集していた季刊『芸術』（八雲書店）の昭和二十四年第三号に、これもまた快諾していただいた。その頃、中島たかは生活に困り、茶の行商をしていた。むろん、高等学校時代の友人知己も何かと心配していただいた。文士の未亡人というと、金を集め、バーなどを開いて、破産することもあるが、農村出身の中島たかは健気であった。その後、全集も出たりして、中島敦の名声は急に高くなったから、もうお茶を売って歩く必要もなくなった。わたしが中島敦と多少の交渉を持ったとすれば、以上のことに尽きる。あとは作品との交渉である。

「光と風と夢」は、R・L・スティヴンスンが、一八八九年十二月に、サモア島のアピア港に着き、郊外に土地を買い入れ、療養かたがた熱帯の土民のなかで、ロビンソン・クルーソーやウォルト・ホイットマンやポール・ゴーガンの伝統に立つ生活を実験しようとした時の丹念な記録である。一八九四年十二月一日までの日記で、作者の注釈めいたものも添えられている。なお、R・L・スティヴンスンはこの時、年上の妻ファニーと一緒であった。彼女との結婚生活は、必ずしも幸福ではなかったらしい。だが、この小説では、そのことには全くふれていない。R・L・スティヴンスンの日記はまず、熱帯の島の生命力にあふれた自然についての描写で始まる。北国で、子供の頃から弱く育ったR・L・スティヴンスンには、サモア島は原始の楽園として映ったであろう。R・L・スティヴンスンは、健康も回復し、仕事に熱中した。芸術家としての喜びも悩みも、断片的ながら率直に語られている。これだけなら、サモア島の生活は穏やかな夢物語に終ったであろう。だが、R・L・スティヴンスンの目撃したのは、文明のもとになされるヨーロッパの苛酷な植民政策であった。島民はこのため混乱に陥る。日記では、R・L・スティヴンスンは、素朴な人道主義の立場から、島民の窮情を故国の新聞に投書するが、相手にされず、腹を立てる。また、島民の王たちの悲境に深い同情を寄せ、政治的紛争をまとめようと試みたりもする。R・L・スティヴンスンと島民の交渉は、植民

政策という厚い壁に隔てられているので、人間としての交流や交感は余りない。或る箇所では、中世の物語でも読むような好奇心で、人事の推移を眺めている。鑑賞的な傍観者である。だが一体、異邦人であるかれにとって、それ以上の何ができたであろうか。かれは島民から深く愛されていた。それは事実である。だが、善意のお客さんとして遇されていたにすぎない。タヒチ島に渡ったポール・ゴーガンのように、積極的に島民の生活と交渉を持つことは、初めから期待していなかった。R・L・スティヴンスンには、ポール・ゴーガンのような野性的な意欲はそなわっていなかった。サモア島の現状や歴史に興味を抱いたことは事実である。だが、それはあくまで、ヨーロッパからやってきた旅行者としての関心にすぎなかった。だが、時間の経過のなかで、かれ自身は、もはや一旅行者の好奇の眼を以てではなく、一人の居住者の愛着を以て、この島と島の人びとを愛しはじめたといっている。居住者ということになれば、特別待遇を受けていた風変りな異邦人という注釈をつけなければなるまい。その間、R・L・スティヴンスンは孜々として『退潮《エッブタイド》』（*The Ebb Tide*（1893年11月~1894年2月発表））を書きつづける。これは必ずしも成功しなかった。

　R・L・スティヴンスンは、芸術家としての自分の半生を振り返ってみる。十五歳以後、書くことはかれの生活の中心であった。自分は作家となるべく生れついている。祖父も、父親も、燈台建築技師であったR・L・スティヴンスンは、家系的職業を承け継ごうとしたが、弁護士志望に転じ、ついでフランス文学の強い影響を受けて、文学者になろうと決意した。その間、肺病になり、暖かい土地を求めて、南イングランド、アメリカ、ハワイ、サモアと遍歴し、一旦は、故国に戻ろうとも思ったが、一八九〇年十月、サモア島に第二の故郷を見出すことになった。R・L・スティヴンスンの文学的素養を培ったのは、母親のほかに、カミーと呼ばれる乳母アリスン・カミンガムであったといわれる。彼女は、各種の物語（ロマンス）を読んで聞かせた。——中島敦の生涯を思うと、R・L・スティヴンスンの生涯も二重写しになってくる。

　R・L・スティヴンスンについていえることは、中島敦についてもいえる。頭脳は間違うことがあっても、血統は間違わぬ。中島敦は、そう確信していた。自分の生活の設計に際しては、自分たちより賢い者の導いてくれる唯一の道を、最も素朴、忠実、勤勉に歩むことだけに全力を注ぎ、ほかの一切は棄てて顧みなかった。俗衆の嘲罵や父母の悲嘆をよそに、かれはこの生き方を、少年時代から死の瞬間にいたるまで続けた。「うすっぺら」で、「不誠実」で「好色漢」で、「自惚や」で、「ガリガリの利己主義者」で、「鼻持のならぬ気取りや」の中島敦は、この書くという一

筋の道に於てのみ、終始一貫、修道僧にも似た敬虔な精神を怠らなかった。ほとんど一日としてものを書かずにはすごせなかった。

再びR・L・スティヴンスンの生涯を思い浮べたい。かれは、子供の頃から体が弱く、自分は長生きしないということを知ったとき、一つの安易な将来の道を思い浮かべた。「ディレッタントとして生きること。骨身を削る制作から退いて、何か楽な生業に就き、（彼の父は相当に富裕だったのだから）知能や教養はすべて鑑賞と享受とに用いること。何と美しく楽しい生き方であろう。事実、彼は鑑賞家としても第二流には堕ちない自信があった。しかし、結局、あるのっぴきならぬものが、彼をその楽しい途から、さらって行って了った。正しく、彼でない或るものが。そのものが彼に宿る時、彼は、ブランコで大きく揺上げられる子供の様に、恍惚としてその勢に身を任せるほかはない。彼は満身に電気を孕んだような状態になり、唯、書きに書いた。それが生命をすり減らすであろうとの懸念は何処かへ置忘れられた。養生したとして、どれ程長く生きられようぞ。たとへ長生したとて、斯の道に生きるに非ずして、何の良きことがあろうぞ！」

中島敦は、母親の愛に全く恵まれず、二歳二月、生母中島千代子に別れ、六歳の時父は第二の母、十六歳の時、第三の母を迎えた。彼女たちとの折合いは悪かった。生母の愛に恵まれなかったことは、中島敦の精神形成史に不幸な打撃を与えたと想像される。中島敦の生命を奪った喘息の発作は、二十歳ごろからだったらしい。健康な時は中国旅行までしているが、発作はしだいに激しくなってきたらしい。眠らぬ夜を、一人将棋でまぎらしたりしたこともある。小説を書きはじめたのは、第一高等学校時代からであった。R・L・スティヴンスンと違っている点は、書きに書いたというよりは、才気に任せて、趣味的生活を楽しんでいた形跡がある。大学入学後は、ダンス、マージャン、将棋、フランス語、ラテン語、中国古典、『息子たちと恋人たち』前半翻訳、野球、草花づくり、短歌、相撲、天文学、オルダス・ハックスリーの「スピノザの虫」、「パスカル」翻訳、音楽、能、歌舞伎、アッシリア、エジプトへの興味――といったふうである。この芸術愛好家趣味（ディレッタンティズム）を越える広い趣味は、中島敦の文学の母胎になっている。R・L・スティヴンスンよりも芸術愛好家趣味（ディレッタンティズム）の傾向が濃く健康な時はかなり行動的であった。書きに書いたという感じは余りしない。誤解を恐れずに言えば、大部分は、即興的な仕事ぶりであった。即興的であることにおいてのみ、誠実な芸術家であった。中島敦の性格は多分にR・L・スティヴンスン的であるが、芸術家としての態度という点ではかなり違いがあ

る。それだけに、一面では、R・L・スティヴンスンへの憧憬が強かったともいえよう。「光と風と夢」は、R・L・スティヴンスンに寄り添いながら、中島敦の憧憬を語ったものである。なお、題名だが、これは作者の選んだものではなく、原題は、「ツシタラの死」である。作品の終りでスティヴンスンが死んだ時、一人の老酋長が「トファ（眠れ）！　ツシタラ」とつぶやく。ツシタラとは、「物語り手」の意味である。中島敦もまた、特別な時代に生れたツシタラの一人であった。

　ただし、ツシタラを志して書いた「光と風と夢」を、こんなふうに、いわば私小説的に読むのは邪道かもしれぬ。だが、ただのサモア島におけるR・L・スティヴンスン伝としては読み過せぬものもある。作者としても、意識的に、また、無意識的に、対象への自己投入を試みている。その点を、この作品の長所としてみたい。たんなる物語としてなら、それほど成功しているとはいえぬ。島民たちの悲劇を物語ふうに書くなら、また別の書き方もあったと思う。中島敦は、R・L・スティヴンスンの『南海にて』（*In the South Seas*（1900））や日記を種にこの作品をまとめあげた。そういう場合にともなう書物的《ブッキッシュ》な感じはほとんどない。書物を読む場合、我を忘れて熱中する場合と身につまされて共感する場合と、二通りある。中島敦の読み方は、しかし、我を忘れ、同時に身につまされて読むという特別の読み方をしたように思われる。それは、R・L・スティヴンスンという一人の芸術家の姿についてだけでなく、サモア島の風物についてもいえる。台湾に行ったことはあるが、この小説を書くまで、熱帯地方を訪れたことは全くない。ただR・L・スティヴンスンの文章を通じて心に描いただけである。二人の芸術家が時と所を隔て不思議な邂逅を持ったのである。文章の点でいえば、R・L・スティヴンスンは、多少粘っこく、油絵的な調子で貫いている。中島敦の場合は、むしろさらりとした書き方で、漢詩の情景を連想させる。おなじく絵画的な描写ではあるが、二人の質は全く異る。にもかかわらず、二人は強く結ばれている。中島敦の態度には、多少、ひとり合点的なものも含まれているが、それは、若さのせいであろう。わたしはこの若さを讃えたいと思う。若さだけではなく、性格もあるが。

　中島敦は、昭和十五年、R・L・スティヴンスンその他を熟読していたが、昭和十六年一月末頃、「ツシタラの死」（「光と風と夢――五河荘日記抄」と改題されて、『文学界』昭和十七年五月号に発表される。）を書き上げ、六月二十八日には、南洋庁内務部地方課勤務国語編修書記として、パラオ島に向い、昭和十七年三月十七日、帰京した。わたしは初め、「ツシタラ」（「光と風と夢――五河荘日記抄」）は、南洋での見聞を素材にしているものかと誤解していた。中島たかから、あれは、南洋に出かける前に書いたものです

よ、といわれて、意外に思ったことを覚えている。『南島譚』(「南島譚」三篇、「環礁」「悟浄出世」「悟浄歎異」、「古俗」二篇、「過去帳」二篇収録。今日の問題社、昭和十七年十一月十五日刊)のなかの数篇はこの時の収穫である。率直にいって、「光と風と夢」に劣るのは、現地に出かけるよりも、書物を通じての空想のほうが、かえって創作意欲を強く刺激するということの証拠であろうか。これは、中島敦の本質を考えるにあたって、考慮に入れておいたほうがよい。R・L・スティヴンスンの文章は、中島敦の心に強く焼きつけられ、実際の見聞など遠くおよばなかったのであろう。

中島敦は、遠い人を自分に引き寄せる不思議な才能に恵まれていた。「過去帳」と題された「かめれおん日記」「狼疾記」は、『南島譚』に収められているが、中島敦の作品系列のなかでは私小説的なものと見られている。身辺に素材を求めたという点では、「斗南先生」(昭和七年脱稿)も加えていいであろう。「斗南先生」は、伯父中島斗南(端)のことを書いたもので、中島斗南(端)は昭和五年六月に亡くなった。中島敦はこの年、東京大学国文科に入学した。作品のなかでは、三造という名前で出ている。伯父は七十二歳で死んだが、三造は二十二歳であった。伯父は性行も落ちつかず、秀才ではあったけれども、まとまった仕事もせず、世を罵っていた。中国に長く渡っていたが、ロマン主義と異国趣味に誘惑されたためであった。三造はこの伯父の気質を濃く受けていた。三造は伯父を嫌ったが、それは自己嫌悪であった。瀕死の伯父の寝顔を眺めながら、伯父から受けたものとして、非論理的な傾向、その場の気まぐれ、現実に疎い理想主義的な気質などと数えながら、一種の自己発見と確認を試みる。これは習作というより、なにか筆のすさびといった感じのものだが、思いつきのよいわりには成功していない。結局、伯父も三造も家族主義的感覚で甘やかしているためであろう。人間を扱うばあい、私小説的な厳しさはない。小説としての方法は面白くても、読後の印象は稀薄である。「過去帳」二篇(昭和十七年九月頃脱稿、『南島譚』所収)は、良くも悪くも、中島敦の本質を白日の下にさらけ出している。横浜高女時代の体験を語ったものだが、そのなかで、自分の生活をつぎのように説明する。学校を卒業して二年め、父が死に、係累もなくなり、多少の資産をあてにして、自分の生きる道を新しく決めたのである。二つの道を心に浮かべた。

「一つは所謂、出世——名声地位を得ることを一生の目的として奮闘する生き方である。固より、実業家とか政治家とか、そういうものは三造自身の性質からも、又彼の修めた学問の種類から云っても問題にならない。結局、学問の世界に於ける名誉の獲得ということなのだが、それにしても、将来の或る目的(それに到達しない中に自

分は死んでしまうかも知れない）の為に、現在の一日一日の生活を犠牲にする生き方である点に、変りはない。もう一つの方は、名声の獲得とか仕事の成就とかいう事をまるで考へないで一日一日の生活を、その時に充ち足りたものにして行かうという遣り方、但し、其の黴の生えさうな程陳腐な欧羅巴出来の享受主義に、若干の東洋文人風な拗ねた佗びしさを加味した、極めて（今から考へれば）うじうじといぢけた生き方である」（「狼疾記」）これは、現在を過程として生きるか、目的として生きるかという二者択一を語ったものである。中島敦のような芸術愛好家（ディレッタント）的性格の所有者には、現在をなにかの目的のために過程として犠牲に供することには、到底耐えられぬ。だが、享楽的生活に埋没するには余りに自意識は強い。だが、その物質的基礎には欠けていた。別の言葉で言えば、三造は、芸術愛好家（ディレッタント）として、または、通俗的享楽主義者として生きるには、余りにモラリストでありすぎた。だから、現在身を打ち込める仕事や生活のないことを厳しく自省する。中島敦は、「かめれおん日記」のなかで、こんなふうにもいう。「実際、近頃の自分の生き方の、みじめさ、情なさ。うじうじと、内攻し、くすぶり、我と我が身を嚙み、いぢけ果て、それで猶、うすっぺらな犬儒主義《シニシズム》だけは残している。」「かめれおん日記」には、精力絶倫で、懐疑とか羞恥とか全く知らぬ国語教師が出てくるが、かれは同僚の月給を調べたり、役人に会って興奮したりする。また、Kという英語教師は高等教員検定試験に合格した時、その記事が小さく載っている新聞を、生徒にわざわざ持ってこさせたりする。そういう俗物をも、半ば肯定し、カメレオンを飼いつづけるが、衰弱してきたので、動物園に譲ってしまう。自分の一生のはかないことを思いながら、外人墓地に行き、港を眺める。この結末は朦朧としていて、なぜこんな人物を登場させたかという、作者の意図はぼやけている。

　しかし、「狼疾記」では、自分の妻の伝記の載っている『日本名婦伝』を見せて歩く、学校の事務員Mという男を肯定することで、他者のすべてを肯定する。この男は遅鈍で、物をしゃべるのも余りはっきりしない。だが、「人生というものは、螺旋階段を登って行くようなものだ」という独自の真理を語り、三造を驚かせる。Mを通じて、三造は他者の存在を肯定した。この態度もまた、紛ろうことなきモラリストである。「狼疾記」（昭和十一年十一月脱稿）は、中島敦の自己苛責を書き綴ったものである。凝集力はどうも弱い。私小説というよりは、むしろ、感想や雑記といった感じもする。西ヨーロッパ的観念に立って、芸術家の若い日の肖像として見れば、西欧の芸術家にみられる激しい自覚はなく、日本の家族主義的風土のなかで、やむをえなかったといってしまえば、それまでだが、余りに自分

を甘やかしているように見える。芸術家と市民では、小学生の時、地球が冷却して、人類が滅びるという話を教師から聞き、それは、まだ我慢できるが、太陽も消えてまっ暗な空間を、黒い、冷たい星どもが廻っているだけだという虚無に耐えられずに、神経衰弱のようになってしまったという箇所などは、中島敦の喘息的性格を語るものとしては興味深い。だが、ジェイムズ・ジョイスが（『若い芸術家の肖像』（一九一四―一九一五発表））、スティーヴン・ディーダラスとしての若い日の激しい情熱を語った時のような鮮やかな抵抗感はほとんど見られぬ。強いていえば、俗物への微温的抵抗である。それも、観念的なものに留まっている。西欧の市民階級を支えている俗物精神のように強いものではない。中島敦を取り巻く俗物社会は、かれの存在をむしろ容認している。かれは決して流竄の天使ではない。地上の栄光を受けている。ここで少しく不思議に思われるのは、中島敦が共産主義と全く交渉を持っていないということである。そのモラリスト的性癖から言えば、かれは当然、当時の運動に直接または間接の関係を持つべきであった。いや、持っていても不思議ではなかった。「光と風と夢」のR・L・スティヴンスンは、島民の紛争を前にして、自分は文学者だから、政治のことは分らぬといいながら、なお、イギリスの新聞に投書したり、調停にまで立とうともしている。中島敦が当時の革命運動に関しておなじ姿勢を採っていたにしても、決して不思議ではあるまい。

中島敦から政治的関心、苦悶、参加を奪ったものは、恐らく芸術愛好主義だったと思う。かれはイギリス語訳を通じて、すでにフランツ・カフカを読んでいた。「狼疾記」のなかには、「窖」という小説も引用されている。むろん中島敦には実在的傾向のようなものはない。ただ小学生の時、神経衰弱になったという体験を通じて、カフカ的な世界を理解することはできたかもしれぬ。そういう境地をもっと深く掘り下げていたならば、類まれな短篇作家になったかもしれぬ。だが、「狼疾記」の結びで、三造は酔いざめの眼で、黒い天鵞絨の艶やかな褥の上に光っている真珠の美しさに驚き、ぼんやりと眺め入る。実存主義は審美主義に変貌する。ただ、このばあいも、美しい真珠は決して象徴的役割は与えられぬ。三造の感想の装飾に終っている。
「わが西遊記」と題された「悟浄出世」「悟浄歎異」も、『南島譚』（昭和十七年十一月十五日、今日の問題社刊）のなかに収められている。これは、中国の古典の造詣を巧みに生かした好短篇である。西域の流沙河の河底に住む妖怪悟浄は、一種の形而上的不安に陥っている。毎日不安でたまらない。救いを得るために、つぎつぎと妖怪を訪ねるが、なんの悟りもえられぬ。ただ最後に、夢のなかで菩薩の言葉を聞き、お前も玄奘に従って西方に行け、疑わずしてただ努めよ、という教えを受ける。その年の秋、かれは自ら

出て人間となり代り玄奘の一行に従うことになる。はたして悟りをえたか。

「どうもへんだな。どうも腑に落ちない。分らないことを強いて尋ねようとしなくなることが、結局、分ったということなのか？　どうも曖昧だな！　余り見事な脱皮ではないな！　フン、フン、どうも、うまく納得が行かぬ。とにかく、以前程、苦にならなくなったのだけは、有難いが……」

これは、ある時期の中島敦の心境を語ったというよりも、そういう心境も、特別な状況では見いだせるという希望を語ったものである。知的興味のまさった作品だが、この作者にしては珍しく、主題もはっきりと焦点を結んでいる。

「悟浄歎異」では、天竺に旅する玄奘、悟空、八戒のほかに悟浄が登場する。悟浄は悟空にも八戒にも、自分の到底およばぬ美点、長所を発見し、自己の非力を痛感するが、永遠を見つめている師父の澄んだ寂しげな眼を思い出し、その寝顔を見て安心する。悟空、八戒の書き分けの図式的なのは、強いていえば、中島敦のなかに一人の学者のいる故かもしれぬ。芸術家を制約する学者がいたせいかもしれぬ。それは強身でも弱身でもあった。素材を余りに削りすぎた点が、この短篇の欠点といえば欠点かも知れぬ。師父の姿をもっと具体的に描いてほしかったと思う。むろんこれは、作者の心を訪れる瞬間的な平安であるから、それをこの種の物語の結末にはめこむのは初めから無理であったかもしれぬ。象徴的な書き方のほうが望ましかったかもしれぬ。『西遊記』は、仏教の教えを説いたものだが、作者は宗教的要素を払い除けて、人生の物語として扱っている。これも少し無理であった。哲学を語るにしても、それだけの準備は必要であろう。話としては纏っていても、それだけのことなら別な書き方があったろう。「悟浄出世」と「悟浄歎異」の二篇を比べれば、わたしは前者を採りたい。物語としても面白い。この二篇を人間形成をめざしたものとみなすこともできるが、物語としては、筋よりは、思いつきに力点をおいている。

『古譚』にまとめられている四篇もある。「山月記」「文字禍」「狐憑」「木乃伊」である。いずれも『光と風と夢』（昭和十七年七月十五日、筑摩書房刊）に収録されている。『山月記』のほうは、中国古譚だが、他の三篇は、古代東方諸国の古い物語である。

「山月記」は隴西の李徴の虎になるという変形譚である。作者の狙いは、自我の意識にかかわる。李徴は、詩で名を成そうとしながら、臆病な自尊心と尊大な羞恥心のため、詩友と交ることも、俗物の間に伍することもしなかった。己の珠に非ざることをおそれて、刻苦して磨こうともせず、己の珠なるべきをなかば信じていたので、碌々として瓦に伍することもできなかった。この尊大な羞恥心こそ猛獣だ

ったのである。己を損い、妻子を苦しめ、友人を傷つけ、己の外形をこのように、内心にふさわしいものに変えてしまった。――こんなふうに、虎になった李徴は、通りかかった旧友に語る。芸術家の悲劇をこれほど深刻に語った物語は類例も少い。作者が依拠した物語のほうは、こんなに美しくは輝いてはいない。自由に書き直したというよりは、「狼疾記」に登場する愚かなM氏の言葉から真理を掘り出したように、中国の昔の物語のなかからも、人間洞察の片鱗の粗い玉を発見し、それを磨きあげて一篇の作品に仕上げたのではないか。磨きあげる操作のなかに、かれの人生観なり、生活上の体験を投入したのはむろんである。横浜高女時代の体験も、注意深く読めば、それと輪郭をたどれるような形で使われている。これは、誰しも認めるであろう。芸術家として自立するだけの覚悟はない。周りは俗物で占められている。そのなかで、中島敦は、いかに焦慮し、いかに憧憬したか、容易に想像もできよう。「山月記」の李徴は虎に姿を変える。それを狂気と見るのは、余りに常識的解釈である。李徴は実際虎に変形したのだ。そうみなければ、この物語の面白さはほんとうに理解できぬ。李徴は芸術に囚われて発狂して、虎になったのではない。発狂という中間項は無用である。「臆病な自尊心」と「尊大な羞恥心」とは、李徴を駆りたてて虎に姿を変えてしまったのである。これは、志をえぬ敗残の芸術家の栄光と悲惨である。その根本認識は、中島敦の生涯を支配したのである。

ただ、なぜ「古譚」という形を採ったか。私小説として書く必要は、初めからなかったかもしれぬ。自伝的小説として書くことはできなかったか。完全な仮構の世界を創り出すことはできなかったか。「山月記」に限らず、中島敦の小説的方法は、一種の転移である。自己の理念を、他の物語のなかに転移させる。理念は初めてそこで肉づけされる。かれは、自分を語るばあいも、この方法に依拠したのである。この方法はそれとして純粋な形で存在したのではない。仮に転移と言ってみたが、中島敦は、「古譚」を読み、そのなかから、逆に自己の理念を発見したかもしれぬ。「山月記」では、理念の転移と平行して、「古譚」の発見も制作の深い動機になっている。それは格別に新しい方法でもない。だが、中島敦にあっては、ほかの方法は、ほとんど成立の余地はなかった。「山月記」について、物語的興味と人間的真実の微妙な密着を強調することで、ここに近代小説の正道を見いだすという評価も行われる。そのかぎりでは正しい。だが、いつも「古譚」という形で、物語の成立することに疑念を挟む。物語としての最高を望むならば、なぜ現代の生活から取り出してこなかったか。「山月記」の場合、表面的に見れば、作者の書物的《ブッキッシュ》な興味を指摘することもできる。文献のなかにしか人生を見いだすことができぬ、というのは言いすぎかもしれぬ。だが、実際人生と

いう素材を自ら拒否したことはやはり物足りぬ。文献を素材として扱ったため、広大な自由は拓けた。だが、その自由は、あくまで書物を通して見たものだということも否定できぬ。かれの感受性は、その自由のすべてを満たしていたとはいいがたい。「山月記」の場合は、その理念は、強い感受性に裏打ちされて、支えられていた。だが、いつもそうだとはいえぬ。——「文字禍」「狐憑」「木乃伊」などになると、「山月記」にくらべてかなり見劣りする。「文字禍」はアッシリア時代のアシュル・バニ・アパル大王の宮廷を舞台として、文字の霊を発見した学者の恐れと悲しみを語ったものである。だが、物語としては多少散漫であり、主題はむしろ平凡である。「狐憑」は、スキタイ人の部落に、シャクという狐憑きの男が現れ、面白い物語を沢山語ったが、語りつくして、大鍋で煮られてしまうという話で、「ツシタラの死」を連想させる。だが、それだけの話だ。もっと深い意味を与えることもできたのに。「木乃伊」は、ペルシャ王カンビュセスのエジプトに侵入した時の物語で、その部将にパリスカスという変った男がいて、かれはエジプトのミイラの前で、ある幻想に陥り、精神に異常を来す話である。かれの魂の眼は、前世の自分がミイラに向い合っており、その前世の自分は、そのミイラが前々世の自分の肉体だと確認せねばならぬ。合せ鏡のように、無限に内にたたまれてゆく無気味な記憶の連続を見出し、立ちすくんでしまう。わたしはこの連想を面白いと思う。知的興味と、人生の深淵への恐怖が、自然な動機になっている。だがここでも、恐怖についてもっと強く語ってほしいと少し歯がゆくなる。

中島敦は、古代東方諸国の物語に興味を覚えた一時期があった。この三篇はその収穫であろう。ただし、戦争という苛酷な現実からの逃避のためにそういう物語を愛していたのではない。中島敦は、そういう物語のなかにも、人生を見いだし、物語としての興味に加えて、人生の複雑な意味を書き添えたのである。これは、芥川龍之介に近い。ただ惜しむらくは、根強さと激しさがない。「古譚」では、「山月記」一篇を取ればそれでよい。この種の作品には、中島敦のロマン主義は見出すことがむしろ困難である。最も良質な芸術愛好主義があるだけである。

「李陵」(昭和十七年十月にはほぼ完成していたらしい。『文学界』昭和十八年七月号。題名は、深田久彌が仮りに付けたという。)は、中島敦の代表作と見られている。これは遺稿で初めは、題名もついていなかった。李陵、司馬遷、蘇武の三人を扱ったものだが、李陵を中心に物語は展開する。この作品の素材は、『史記』『漢書』『資治通鑑』『十八史略』を初めとして、『蒙求』『文章軌範』などである。作者の中国古典に関する知識と愛情、血統と肉体の一部と化しているものを最もよく活かしたものである。作者の当時使

ったと見られる紙片には、「漠北悲歌」という文字が書きちらされていたという。これは、作者の意図していた題名であったのかもしれぬ。

『李陵』は三部から成り、第一部は、李陵とその配下の軍隊の戦闘を描き、匈奴の大軍に敗れ、気を失って捕虜となる。第二部は、司馬遷に関する記述にあてられている。第三部は、再び李陵に移り、朔北の生活を語り、蘇武や腐刑に処せられた司馬遷の悩みを述べている。李陵、司馬遷、蘇武は、三人三様の仕方で苦難に耐えている。『旧約』のヨブ的主題だが、ここには神の恩寵はない。それだけに一層悲劇的である。悲劇の原因は三人の内部にはない。ギリシャ悲劇の理念に従って、三人の悲劇の原因は運命であったということができよう。運命は、東洋史的に翻訳すれば、漢人と胡人の対立である。農業社会と遊牧民族との対立である。この悲劇は、一つの世界の事件ではなく、黄河流域とゴビ砂漠の二つの空間にまたがった事件である。李陵は、おなじ捕えられるにしても、漢人の世界で捕えられたのならば、悲劇はもっと別の性質を帯びていたであろう。その際は、問題は相対的であった。だが、匈奴となると、漢人の世界を越えた世界であり、その世界に関係した場合には、悲劇は漢人の側からみれば、絶対的なものとなる。今日の言葉でいえば、漢人と匈奴の対立は二つの世界の政治的、経済的対立である。社会組織は根本的に異り、従って世界観も氷炭相容れない。李陵は、この二つの世界に生きたのである。自らそうしたのではない。歴史の歯車のために、胡地に押しやられたのである。現代でいえば、資本主義社会と第三世界にまたがって生きなければならなかった人間の運命と取り組んだのである。

「李陵」の書出しは、この悲劇の発端に、いかにもふさわしい。漢文脈も勝っているが、必ずしもそれだけではない。この文章は、言葉の純粋な意味で、名文であることは、誰もが条件なしに肯定するであろう。中島敦の文章感覚は、祖父中島撫山（慶太郎）や、父中島田人の兄である中島綽軒（靖）や中島斗南（端）を背景とする家系的なものであったことは、誰もが否定できぬであろう。たとえば、おなじく中国の古代の物語を素材にしている井上靖の文体に比べてみるといい。もうこういう文章の書ける作家は現われぬであろう。その発端の一節を写してみよう。

「漢の武帝の天漢二年秋九月、騎都尉・李陵は歩卒五千を率い、辺塞遮虜鄣を発して北へ向った。阿爾泰山脈の東南端が戈壁沙漠に没せんとする辺の磽确たる丘陵地帯を縫って北行すること三十日。朔風は戎衣を吹いて寒く、如何にも万里孤軍来るの感が深い。漠北浚稽山の麓に至って軍は漸く止営した。既に敵匈奴の勢力圏に深く進み入っているのである。秋とはいっても北地のこととて、苜蓿も枯れ、楡や檉柳の葉も最早落ちつくしている。木

の葉どころか、木そのものさへ（宿営地の近傍を除いては）容易に見つからない程の唯砂と岩と磧と、水の無い河床との荒涼たる風景であった。極目人煙を見ず、まれに訪れるものとては曠野に水を求める羚羊ぐらいのものである。突兀と秋空を劃る遠山の上を高く雁の列が南へ急ぐのを見ても、しかし、将卒一同誰一人として甘い懐郷の情などに唆られるものはない。それ程に、彼等の位置は危険極まるものだったのである。」

漠北の秋冷の感じを過不足ない緊張した文章であるだけではなく、漢の武帝という遠い昔の時代に一人の武将が五千の兵士を引きつれ、秋の空の下を北に向ってとぼとぼ歩いてゆく人間の姿が眼に浮かぶようである。この種の遠写し（ロング・ショット）的風景を写すには、漢文脈は最も適している。欧文脈では、この何倍も字数を使っても、その情景を写すことは全く不可能である。E・A・ポーの「アッシャ家の末裔」の冒頭も名文だが、これは近景描写である。遠写し（ロング・ショット）か近景かということは、それぞれ作品の内容に関係する。朔北にかぎらず、西域やその他の極端に広い光景を写すには、結局、輪郭の明瞭な漢文脈を使わなければならぬらしい。これは、わたしたちが漢文の教養を多少なりとも持ち、その教養にもとづいて、この種の文章に美学的快感を覚えるためかもしれぬ。

余談になるが、ヴァチェスラフ・イワーノフ（一八六六―一九四九）の「蒙古は陰鬱な野獣だ。石も獣、水も獣。蝶のやうなものでさへ、隙もあらば嚙みつかうとする。」（米川正夫訳）という書出しで始まる「餓鬼」という短篇にひどく感心したことがある。漢文脈でなければ表現できぬわけではない。中島敦は漢文脈への感覚を自在に生かしながら、『李陵』を書きはじめたのである。その態度は、一字一句もゆるがせにせぬというのではない。或る箇所は多分に無造作な書き方もしている。だからこそ成功したのだともいえる。作者は、胡兵と戦う李陵の姿を、明るい広角レンズでとらえたように、鮮かに写し出す。心理には立ち入らない。『李陵』の中心人物の行為だけを書き、心理には立ち入らない。ある意味でハード・ボイルド調とも言えよう。変な近代的解釈を試みていないのが、かえって爽快である。これは、李陵の姿をとらえる最も良い方法だったと思う。作者は、行為を通じてのみ李陵を語ったのである。だからといって、李陵の人間としての悩みや苦しみを書いていないとはいえぬ。作者は、中心人物の心理の想像を読者にまかせきっている。これは、近代の文学者としては潔ぎよいやり方である。中島敦は、余白を読者に譲渡している。空白の部分を全く残さないで、過剰な説明をするのは、近代の文学者の悪癖かもしれぬ。その悪癖を克服したのは、戦争のお蔭だったかもしれぬ。だが、逆にいえば、戦争という特別な事態を利用して、近代の欠点を克服したともいえよう。

第二部は、胡軍に捕えられた李陵の問題をめぐり、武帝の激怒する場面で始まる。全軀保妻子の臣のなかで、太史令司馬遷が李陵のために弁じる。かれは、『史記』の編纂に着手していたが、その書き方に迷っていた。みずから新しいものを創るという形で、自分の批判を出そうとした。かれは「作る」ことを極度に警戒した。小さい主観の表現を抑圧した。自分の仕事は「述べる」ことに尽きると思った。大きい主観の表現に従うことを意図した。だが、述べ方にも工夫を必要とする。その時、突然、災厄にあった。かれは悶え苦しんだ。

「司馬遷は最後に忿懣の持って行き所を自分自身に求めようとする。実際、何ものかに対して腹を立てなければならぬとすれば、それは自分自身に対しての外は無かったのである。だが、自分の何処が悪かったのか？　李陵のために弁じたこと、之は如何に考えて見ても間違っていたとは思えない。方法的にも格別拙かったとは考えぬ。諂諛に堕するに甘んじない限り、あれはあれで外にどうしようもない。それでは自ら顧みて疚しくなければ、そのやましくない行為がどのような結果を来たそうとも士たる者はそれを甘受しなければならない筈だ。成程それは一応そうに違いない。だから自分も肢解されようと腰斬にあおうと、そういうものなら甘んじて受けるつもりなのだ。しかし、この宮刑は――その結果斯く成り果てた我身の有様というものは、――之は又別だ。同じ不具でも足を切られたり鼻を切られたりするのとは全然違った種類のものだ。士たる者の加えられるべき刑ではない。之ばかりは、身体のこういう状態というものは、どういう角度から見ても、完全な悪だ。飾言の余地はない。そうして、心の傷だけならば時と共に癒えることもあろうが、己が身体のこの醜悪な現実は死に至る迄つづくのだ。動機がどうあろうと、このような結果を招くものは、結局悪かったといわなければならぬ。しかし、何処が悪かった？　己の何処が？　何処も悪くなかった。己は正しい事しかしなかった。強いていえば、唯「我あり」という事実だけが悪かったのである」

最後は、司馬遷の抱いた実存的自覚として注目に価いしよう。この態度は、第二次大戦以後、話題を呼んだ実存主義に通じる。かれの救いは、『史記』を書くことであった。『旧約』のヨブの秤にかければ、司馬遷の苦悩はまだ浅かったといえよう。いずれにせよ、かれは救われた。だが、ヨブには芸術はなかった。司馬遷の苦悩に反して、煉獄と新生を描いた箇所は、多少なりとも稀薄な感じもする。これは中島敦の世界観、人生観、文学観にかかわる。その大前提として、芸術至上主義、つまり、芸術のためには実人生を犠牲に供してもやむをえないし、供さなければならぬという観念が存在する。それは事実かもしれぬ。だが、芸

術家小説の枠を破るためには、芸術をもっと押し拡げて、一般的な課題にしなければならぬ。だが、司馬遷が新生をえたのは、『史記』を書いていたためだということに狭く断定すると、この作品の主題はむしろ痩せほそってしまう。中島敦にはその自覚がなかった。それを求めるのも無理だったような気がする。病苦に悩みながら生きつづけなければならぬ中島敦にとっては、力を尽して、作品を書きあげるのがやっとであった。「李陵」は、推敲も重ねられ、原稿はやっと判断ができたほど、抹殺や加筆も多かったという。その精進を祝福しよう。この遺稿は、賞讃をもって迎えられた。「李陵」は、中島敦の名前とともに、長く記憶されるであろう。『史記』の場合と本質的には変りない。ただ、第二部についていえば、司馬遷の新生は余りにも近寄りがたい。人間ばなれしているという意味ではない。中島敦の描いた司馬遷は、大ざっぱにいって、芸術家司馬遷であり、人間司馬遷ではなかった。人間としての芸術家ではなかった。ここまで書いてくれれば、事態は明瞭である。中島敦の文学には、大きい落丁があると思う。それは、人間と人間を結びつける愛についての認識を欠いていることである。これは奇異の感じを抱かせる。中島敦が冷酷で、非情な、残忍な人間だったのではない。全くその逆だと思う。かれの人間関係は決して冷たくない。諧謔的なこともある。にもかかわらず、愛については全くと言っていいほど沈黙している。「光と風と夢」で、スティヴンスンとファニーの愛を語っていないのが、物足りなく思われたが、それは他の作品についてもいえる。

第三部は、この作品の最も緊張した部分である。匈奴に捕えられた李陵は、死を決したが、その機会はない。単于の待遇は必ずしも不当なものではない。その首を持って、故国に帰ろうとしても、そんなことをすれば、結局匈奴のなかで消えてしまうだけである。やがて、故国の一族は悉く殺されてしまったという報らせがある。李陵は激しく怒る。それが転機となって、単于の漢に対する軍略にも参劃し、単于の娘を妻に貰う。李陵のこの変化は無理ない。普通の人間の普通の感情を辿っている。その行為もうなずける。ただし、作者は李陵の立場に立っているわけではない。李陵にかぎらず、作中人物に特別の距離をおいている。その結果、作品の世界の全部を肯定しているわけではない。人間の生き方は未だ別にあると考えている。一つは、司馬遷の特別な生き方である。司馬遷は特別な芸術家として自分をみごとにつらぬいている。もう一つの生き方は、蘇武である。かれは、李陵が匈奴に降る一年前から、朔北の地に引き留められていた。李陵にとって、蘇武は昔からの友人であった。李陵には蘇武の生き方がよく分らぬ。なぜ自ら生命を断たぬのかと思う。李陵がそうしないのは、恩愛の絆のできたためである。蘇武にはそれはない。蘇武のほ

うは、自分の特別な信念に生きている。それは、内心の声に従った無償の行為である。行為は純粋になると、それは無償の行為と化してしまう。

「運命と意地の張合いをしているような蘇武の姿が、併し、李陵には滑稽や笑止には見えなかった。想像を絶した困苦、欠乏、酷寒、孤独（しかも之から死に至る迄の長い間）を平然と笑殺して行かせるものが意地だとすれば、この意地こそは誠に凄じくも壮大なものと言わねばならぬ。昔の多少は大人気なくも見えた蘇武の痩我慢が斯る大我慢に迄成長しているのを見て李陵は驚嘆した。しかも此の男は自分の行が漢に迄知られることを予期していない。自分が再び漢に迎えられることは固より、自分がかかる無人の地で困苦と戦いつつあることを漢は愚か匈奴の単于にさえ伝えて呉れる人間の出てくることをも期待していなかった。誰にもみとられずに独り死んで行くに違いない其の最後の日に、自ら顧みて最後まで運命を笑殺し得た事に満足して死んで行こうというのだ。誰一人已が事蹟を知ってくれなくとも差支えないというのである。」

むろん、これは、中島敦の眼に映った蘇武の姿である。蘇武は李陵には以上のように映ったのである。李陵の憧憬とも見られよう。蘇武は決して武帝から厚遇されたわけではなかった。匈奴の地に留まるのは、「譬えようも無く清冽な純粋な漢の国土への愛情」のためであった。ほんとうにそうかどうかなどは問題にならぬ。中島敦は、李陵の眼を通じて、こういう蘇武の特別な心情の一端を描いたまでであろう。それは、義とか節とかいう外部から押しつけられたものではなく、抑え切れずして内心から湧き出る自然の愛情であろう。そういって、間違いではあるまい。だが、私たちはそういう蘇武の姿に余り感動しない。司馬遷には感動しても、蘇武の行為にはそれほど感動しない。行為者を描くのはむずかしいといえばそれまでである。中島敦は初めから、司馬遷に抱いたほどの深い愛情は、蘇武には寄せていなかったかと思う。ただし、これは完全を望んだ話である。描かれた限りでも、蘇武という人間の形、姿はよく分る。これだけに仕上げたのは、確かに中島敦の功績である。蘇武は十九年の後、故国に帰った。別れに臨んで、李陵は友のために宴を張ったが、自分の心情に関しては沈黙していた。李陵のその心情は哀れであり、何事かを囁く。また、司馬遷は、『史記』を書きあげ、身も心もぐったりとくずれたというのもよく分る。だが、美談の主人公として賞讃されるであろう蘇武は、わたしたちから遥かに遠い。『李陵』はこれを、知識人の志操の問題として読むこともできるかと思う。蘇武は非転向者であり、李陵は転向者である。司馬遷は、転向、非転向を超えて、刑罰を受け、芸術の道に自分の新しい生きがいを求めた。中島敦が昭和初

年の革命運動に関係していたとすれば、この作品は一段と面白くなる。だが、前述の通りかれは、その運動には沈黙を守ってきた。思想的傾向ということになれば、心情的にはむしろ国家主義に接近していたかもしれぬ。だが、そのことは、中島敦の芸術には全く関係がない。『李陵』は、二つの世界が対立している場合に、いつでも生じる悲劇である。私たちはこの悲劇に耐えぬく心構えが必要であろう。『旧約』のヨブとして生きぬく限り、私たちの前には、李陵、蘇武、司馬遷の三つの道しか開けていないであろう。作者はどの道を指しているか。李陵かもしれぬし、司馬遷かもしれぬし、蘇武かもしれぬ。いや、三人の道を時間的にも、空間的にも遠く眺めている。三つの道をならべて論じ抜くということは、この作品の製作動機にはなっていない。李陵に力点はおいているが、それは構成の便宜のためで、他の二人の生き方も巧みに織り交ぜながら、中心人物李陵の姿を鮮明に写しだしている。

『李陵』は「古俗」とは別に分類され、同種のものに、「名人伝」「弟子」などがある。「名人伝」(『文庫』昭和十七年十二月号、死去後発表)は、天才第一の弓の名人になろうとした邯鄲の紀昌の物語である。技術の極致を説いたものとして、それほど珍らしい主題ではない。弓の名人は結局弓を忘れることにある、という逆説は、芸術の虚無主義を幾らか平凡に語ったものにすぎない。老子の哲学などの踏襲であろう。わたしは、こういう物語に興じているらしい文学者中島敦に幾らか不満を抱く。少し若すぎるかと思う。しかし、「弟子」(『中央公論』昭和十八年二月号、死去後発表。昭和十七年六月二十四日脱稿(未定稿))は違う。邪の栄え、正の虐げられるのはどうした理由に基くのか、という子路の疑問をやはり面白いと思う。俗人たちには分りきった筈の疑問を心に抱いている弟子の子路は、中島敦でなければ書けなかった人物ではないかと思う。この種の主題は、日本の私小説的美学では、正面から扱わぬのが伝統になっていた。中島敦は、その習慣を平気で踏み越えたのであったと思う。子路も最後に政変に捲き込まれ、無残な死に方をしながらも、「見よ! 君子は、冠を、正しうして、死ぬものだぞ!」と絶叫する。この声に、作者は本音をこめている。知識人としての誇りをこめている。「古俗」(『南島譚』に収録)には「牛人」「盈虚」が収められている。二篇とも、悪意という主題を取り上げているように思う。「牛人」のほうは物語に近く、「盈虚」のほうは歴史に近い。状況いかんではなく、人間存在それ自体につきまとう「原罪」に似た悪の問題に眼を向けている点は面白い。

中島敦は、夭折した作家である。「光と風と夢」が評判になった途端に、死は才能を奪ってしまった。もう少し生きていたならば、「北方行」(昭和十二年十一月から十二月

の間に脱稿）なども別の形にしろ完成品として発表されたのではなかろうか。わたしは、かれが男女の愛という主題について殆ど沈黙を続けてきたことを指摘した。だが、これは製作の順序のためだったかもしれぬ。「光と風と夢」や「李陵」だけでは決して満足することができなかったであろう。「下田の女」や「ある生活」には幼稚な書き方ではあるが、珍らしく女性を登場させている。「北方行」は、もっと完成していたならば、愛の告白を聞いたかもしれぬ。そして、わたしたちの中島敦についての印象も大きく変っていたかもしれぬ。

中島敦を「群小詩人」（マイナ・ポエット）の一人に数えることは間違いである。実験者でもないし、冒険者でもない。中島敦の本質は、漢学を家系的背景とした、神経の最も鋭敏な、最も良質の芸術愛好家（ディレッタント）であったかと思われる。若くして世を去ったということも付け加えなくてはならぬ。だが、「光と風と夢」や「李陵」を書いた時、中島敦はもはや素朴な芸術愛好家（ディレッタント）ではなくなっていた。中国の古典に関する教養から実存的な感覚を通した生存への恐怖、喘息の度かさなる発作の苦痛を重ね、死と直面したこと——にもかかわらず、かれは芸術を深く強く信じた。その点では、幸福であった。その芸術のためには、実人生の犠牲の必要であることも信じていた。その文学の物語としての面白さはむしろ偶然的なものであり、中島敦の最も書きたかったのは、芸術家の苦悩であった。その苦悩を通して眺めた人生であった。これは、西ヨーロッパの文学者たちの永遠の主題でもあった。中島敦は、その水準に達するまでに、もう少し歳月も欲しかったと思う。だが、それは無いものねだりかもしれぬ。中島敦は、戦争という特別の状況のなかで、自分の才能を燃やし尽したといえる。こういう小説家はその後、跡を絶ったとはいわぬが、極めて稀れな存在になった。芥川龍之介や太宰治や三島由紀夫とは全く異なった孤独な作家といえよう。わたしは、その稀有な才能よりも、純粋な芸術家としての素朴で真剣な態度に心打たれる。中島敦よ、と呼びかけて、声をつまらせてしまう。

（昭和三十六年四月十五日文治堂書店刊『中島敦全集』補巻、月報「ツシタラ5」、昭和五十二年四月一日文泉堂出版刊、鷺只雄編『中島敦』所収）

ハンスとフランツ

宗　隆

芝浦に、日本ではじめて、ハーゲンベックというドイツの大がかりなサーカス団の小屋（といっていいかどうかわからないが）がかかった頃の話だから、ずいぶん古い。あまり記憶ははっきりしないが、どうやらドイツでナチが擡頭しはじめる直前の時代だったという気がする。夜中に新橋から品川へ向う電車通りを、ライオンや豹をいれた鉄の檻が、長い行列をつくって進むのを見物に行ってきたというのが、東京市（まだ都ではなかった）中で、案外大きな話題だった。

　当時まだドイツ文学者の卵にもなっていなかったＨ氏の家は、その街道筋、といってはおかしいが、つまりそのハーゲンベック街道とでもいいたくなるような、一種の下町ではありながら、そのくせ山の手くさい、そうかといって郊外では全然ない、商店街のど真中にあるしもたやで、氏の書斎はその中二階みたいなところにあり、硝子窓の下がすぐアスファルトの往来に臨んでいた。いってみれば、小さな卸売商店のせせこましい寝部屋というかんじなのだが、そのくせその部屋に入ると、忽然として高雅なお伽話の世界へ踏みこんだようなあんばいで、なんとも不思議な気持になるのである。そして、どちらかといえばお粗末な、その小さな部屋には、もちろんピアノやステレオがあるわけでもなし、まともな絵一枚かかっていたわけでもなかったのに、今から思えば、そこが意外にも、後年すぐれた才華を放ったひとびとの「サロン」だった、という気がしないでもないのである。

　異常に度の強い近眼鏡の奥から、とんぼのような眼玉をぎょろつかせている、からだの小さな青年に会ったのもその部屋だった。

「彼の目は二度だっていうんだがね、二度となると、ふつうの近眼レンズでは間に合わなくて、望遠鏡のレンズを使うんだそうだ。おまけに、いつ網膜が剥離するかわからないんだって……」

　Ｈ氏は、その男がむっつりとして帰っていったあとで、何か不思議な現象でも語るようにいったものである。

「中島はね、変なものを読んでいるよ。実に変なものをね。ドイツ語が商売のこっちの知らないひとなんだけどね。カフカ、というんです。知ってる？」

　もちろん私が知ってるはずはなかった。Ｈ氏はかなり厚

い英語の本をひっぱり出してきた。

「彼が読んでるのは英語なんだけどね。キャッスル、というの。なんだか夢みたいな話なんだけどね。でも夢とも違うなあ。なんだか恐ろしくリアルなんで、さあ、なんといったらいいだろう。とにかく変な奴なんだよ。中島はひどく面白がってる。ぼくも読んでみたら、ほんとうに面白いの。変なものだなあ！　どうしてこんな変なものをあいつ探してきたんだろうな？」

カフカ？　ははあ、ドイツの「新興芸術派」だな、と私は考えた。当時ちょいちょい翻訳されていた、フランスのフィリップ・スウポウだの、まだ劇作家として名を知られていなかった、ジャン・ジロウドウだのというひとびとを連想しながら、つまり、ドイツ式シュル・レアリストなんだろう、と私は思った。

「ドイツ語で読んだらほんとうに面白いと思うんだけどね。手に入らない。丸善でもみつからないんでね……」

そんなに面白いかねえ。ドイツ人のあのもやもやごそごそした幻想詩かあ。そいつはどうもぼくにはいただけないや。フィリップ・スウポウの方がよっぽど面白いさ。そんなことを考えながら、「キャッスル」を上の空でめくり、H氏の感動した表情を白々しい思いでながめた。

「彼はどうも、これをお手本にして何か書いているらしいよ」

ははあ、そいつはしかし面白いかも知れないな。中島氏は才人らしいからな、とこんどは私が思った。つまりその男は、後の「李陵」の作者、中島敦氏だったのである。

それから二三年後、私は、今はソ連領だか、中共領だかになっているD市へ渡った。D市は中島氏の故郷で、若い学生の頃に、「D市七月叙景」という長篇小説の序曲のようなものを書いていた。（敦さんの全集にこの断章が採り入れられているかどうか）一年程たって、東京へ帰ってくる途中、神戸のLという書店（今でもあるかどうか知らないが）をのぞいていると、ふと、「カフカ」の「ピアニスト」というドイツ語の短篇集が目に入った。私はとたんにH氏と中島氏とを想いだし、そうだ、H氏が、カフカをドイツ語で読みたい、といっていたっけ、と、思いもよらぬ奇遇にびっくりしたり、今式にいえば、こいつはイカスぜ、といったあんばいに、少々胸まで躍らせながら、その赤黄色い布表紙に、「クラヴィア・シュピーレリン」と読める黒文字の印刷のある本を買いこみ、H氏への贈り物とした。その時H氏がひどく喜んだことはいうまでもない。

ところが、ぱらぱらとページをめくっているうちに、H氏はふと私の顔をみて、

「カフカっていうのは、ハンスといいましたかね。ハンス・カフカ！　はてね？」

と呟いたものである。そういわれても、私にはさっぱり

見当がつかない。

「カフカはたしか、フランツじゃなかったですかねえ」

「そうでしたかね。でも、カフカなんて、あんまりお目にかかったことのない名前みたいだから……」

「そりゃ、そう。カフカなんてそうザラにある名前じゃないけど、しかし、ありゃたしかフランツみたいな気がするがなあ！」

「じゃ、兄弟かな？」

私は、トーマス・マンと兄さんのハインリッヒ・マンのことを想い浮べながら答えた。

「そうね。兄弟か、それともいとこか、なんかそんなものかも知れないけれどね。それに……」

と、H氏はいくらか遠慮気味に、おずおずとつけ加えたものである。

「……この小説、ちょっと読んだかんじからいうと、……とすばやく一、二ページ目を通し、幾らかくすぐったそうな笑いを浮べながら、

「なんだか新興芸術家みたいだなあ。ドイツの新感覚派かな！……」

じゃ、どうやら兄弟臭いじゃないか、と「キャッスル」なる小説を知らない私は、勝手にひとりぎめして考えた。

「『キャッスル』とは大分かんじが違いますか？」

H氏は困ったような顔をして呟いた。

「ええどうもね、大分。『キャッスル』って、こんな調子がよくないんですよ。もっとくだくだしていてね。こいつはひどく調子がいいなあ！」

「じゃ、やっぱり違うんですかね。そいつはしくじったな！」

私は入学試験に落第したようにがっかりしていった。

「いや、まあいいですよ。カフカはたしかにカフカなんだから。大体カフカなんて、そうそこらにごろごろしている名前じゃないんだから、ハンス・カフカでも、あれば好い方ですよ。どうもありがとう！」

H氏は逆に私を慰めるような表情で、その本の背中を撫でた。

それからまた一二年ばかりたった。H氏は東京から阪神沿線のAという美しい町に移り、そこから近くのブルジョア学校へ教えに通っていた。私は下関から東京へ帰る途中、神戸で降り、その閑静な住いを訪ねた。その時はもう、いわゆる中日戦争が始まっており、「カフカ」のような「掘り出し物」のおみやげはなかった。四方山話の途中で、H氏はふと私をみつめ、おかしそうにいった。

「ああ、この前は『カフカ』をありがとう」

「ああ、あれどうでした？」

「ええ、やっぱり、カフカはフランツでしたよ」

「じゃ、ハンスはなんですか？　兄弟ですか？」

「いや、それがね、さっぱりわかりませんね。どうもカフカってひとは、兄弟はいなかったらしいんで……。それにあの小説は、ぜんぜんベルリン狂騒曲というところで……」

「おやおや、じゃ赤の他人ですか?」

「ええ、でもね、いとこ、とかなんとかということもあるから。いとこ、ぐらいにしときますか……」

とうとう、カフカにはハンスといういとこができてしまったのだった。恐らくカフカ御一家の夢にも御存知のないところだったであろう。そして、カフカにいとこができてから永い年月がたち、永い戦争が終り、フランツ・カフカという名前を知らないひとがないような日がきて、「李陵」の作者、中島敦さんはとうの昔、鬼界のひととなっていた。

ある日、浦島太郎にでもなったような思いで、再び東京のひととなっていたH氏を訪ねると、年と共にいよいよ厳しい淋しさを加えたH氏の顔が、ふといたずらそうな、人なつっこい微笑を浮べ、遠い海を眺めるような眼差しでいったものである。

「……カフカねえ、この頃カフカの話が出るたんびにいうんですよ。カフカには、ハンスとフランツと二人いるから気をつけろ、ってね……」

(昭和三十九年四月一日「立像」十六号、昭和五十二年四月一日文泉堂出版刊、鷺只雄編『中島敦』所収)

解説

佐々木基一

戦争末期、昭和十七年二月に、中島敦の処女作『古譚』が「文学界」に発表され、続いて五月に『光と風と夢』が同じ雑誌に発表されました。そして両者をあわせた『光と風と夢』と題する単行本が出、さらにその年十一月に、新鋭文学選集の一冊として『南島譚』が刊行されました。『南島譚』には、『幸福』『夫婦』『鶏』『環礁』『悟浄出世』『悟浄歎異』『古俗』『かめれおん日記』『狼疾記』の九編の短篇がおさめられています。わたしは、当時はじめて中島敦の作品に接したときの新鮮な印象をいまだに忘れることができません。

昭和十七年といえば、すでに太平洋戦争がはじまり時局はますます急迫の一途をたどっていました。戦火はまだ国内にひろがっていなかったけれども、文学の世界にも統制が強化され、戦時色一色に塗りつぶされつつありました。岩田豊雄の『海軍』、丹羽文雄の『海戦』が書かれたのも

この年です。中島敦の作品は、そうした殺伐な文学とはまったく無縁のものでした。古典から近代の文学にわたる、また東洋から西欧にわたる深い教養と、繊細な感受性と、近代人的な理知のひらめきをもった、品格高い中島敦の文学は、非文学的雰囲気におおいつくされた戦時下にあって、たしかに、一服の清涼剤でした。同時に、それは、一服の清涼剤以上のものでありました。中島敦が、教養豊かなインテリゲンチャとして現実とのあいだに感じねばならなかった距離、現実のまっただなかに身をたくましくして、たくましく生きる行動者にあこがれながら、そうした行動に身をゆだねることのできぬインテリゲンチャの自意識と、俗悪で、すさまじい、生きるに難い現実のらち外に夢をはせる詩人的感受性の分裂の悩みがそれらの作品にはなまなましく描き出されています。この自意識の問題は、芥川龍之介が自殺して以後、日本のインテリゲンチャが背負わねばならなかった重い荷物のようなものであって、中島敦は、身をもって、その悩みを悩んだのです。それがはっきりと作品のうちに感じられます。また、戦争の激化にともなって、インテリゲンチャはいかに生くべきか、という問題が、あらためて大きな課題になってきました。日本のインテリゲンチャが明治以来孜々《しし》としてその移入につとめ、また身につけてきたヨーロッパの近代文化、近代芸術、近代思想を、戦争というナショナリズムの昂揚期にあって、いかに処理するかという大問題が起こってきたのです。「近代の超克」ということが、かつてヨーロッパの文化や芸術にもっとも深く親しんできた人々によって、唱されはじめたのも、このころです。中島敦は、すっかり身についた近代的な教養を、どうしても捨て去ることができなかったのですが、それを捨て得ないことが逆に大きな悩みとなって、彼の心をさいなみます。中島敦は、近代インテリゲンチャのこうした宿命的な悩みを、あるいは中国の古譚に託し、あるいは日常生活の内面記録を通して描いたのです。

それだから、それらの作品は、肌のざらざらした時局的な小説にくらべて、はるかに高い芸術的品質をたもっているばかりでなく、近代インテリゲンチャの苦悩を通して、えたいの知れぬ宇宙の理法の不可解さと、人間存在の不安の暗い根源にまで鋭く、ほとんど絶望に近い努力をもって迫っていった作品として、わたしたちの心を深くうつのです。

しかし、それらの作品が読者の眼にとまり、鮮やかな印象をのこしたと思う間もなく、作者は、持病の喘息のためその年の暮にはぽっくり死んでしまいました。齢《よわい》わずかに三十三歳でした。まるで、夜空に一瞬光りを発して、たちまち虚空に消え去って行く流星のように、中島敦は、わずか二年間の創作に命を燃やしつくして、その才能を惜しまれつつ、はかなく死んでいったのです。作者の死後、孔子

とその弟子の子路との関係を描いた『弟子』が、昭和十八年二月「中央公論」に発表され、それにつづいて七月「文学界」に発表された遺稿が、この本に収められた『李陵』です。

『李陵』は、中島敦の頂点をなす名作として、世評の高い作品です。作者自身の、いつまでも決着つかぬ迷いと悩みが、あからさまに表面に出ている『かめれおん日記』『狼疾記』、あるいは『悟浄歎異』『悟浄出世』などにくらべて、この作品がいまだに多くの読者をひきつける魅力をもっているのは、漢代の英将李陵の運命の変転が、それだけ書かれても人の心をとらえる物語としてのおもしろさをもっているためです。同時に作者の自我がすべて作品の底に埋没して、作中人物に一個の独立した生命を賦与しているためでもあります。云いかえれば、この小説が、一個の独立した作品としての生命をもっているからです。

しかし、この作品に、そうした生命を吹きこんだのは、ほかならぬ作者自身であります。李陵の事蹟は、中国の古書に記されている通りであって、「そのある部分は漢書の文章を、ほとんど逐字逐語的に追っている」（吉川幸次郎）といわれます。つまり、漢書の翻訳みたいなものというわけです。実際、作者はこの小説のなかに出てくる『史記』の作者司馬遷の口をかりて、自分の方法を語っています。それは「述べて作らず」という方法です。作者は漢の史書に書かれている事実を忠実に「述べる」だけで、想像のおもむくままに、ほしいままな小説的フィクションをこれに加えることをつつましくさしひかえています。それでいて、この作品が、たんなる漢書の翻訳でなく、また英雄の悲劇を史実に忠実に描いたたんなる読物小説でもなく、まぎれもない中島敦の創作作品になっていて、あくまで近代の作品としての性格を備えているのは、なぜでしょう。

中島敦という作家を理解するためには、また一見史実を忠実に追ったかにみられる『李陵』という作品の生命に触れるためには、近代インテリゲンチャとしての中島敦の流血の記録ともいうべき『かめれおん日記』および『狼疾記』をどうしても読まねばなりません。痼疾《こしつ》のごとくつきまとって離れない自我意識、それからの脱出をはげしく願いながら、どうしてもそれを捨て切ることのできないこの自我意識は、近代人のもつ特権であると同時にいとうべき重荷であります。現代の作家はたんに、人生をいかに生くべきかを考えるばかりでなく、人生とはそもそもなにかという、世界と人間の存在の意味についても考えなければなりません。宇宙と世界と人間を、ゆるぎなく存在しているものとして、少しもそれに疑問をもたず、ただそのなかでよりよく、より力強く生きることだけを考えればいい人間は、或る意味で幸福です。彼らが非情な運命に見舞われて、悲劇的な生涯を送らねばならないとしても、彼らはともか

く生きることができたという点で、生きる前に生きることの意味を問わねばならず、意味を問うことに没頭して真に生きることのできなくなった、自意識という痼疾に悩む近代インテリゲンチャにくらべて、より幸福であることにちがいはありません。知慧の木の実をたべた人間は、幸福な楽園から追放されねばなりませんでした。

中島敦もまた、根からの近代人であったが故に、楽園から追放された人間の悩みを悩まねばならなかったのです。そういう近代人としての悩みと苦闘が、大いなる志をもって生きた漢代の人々の雄勁《ゆうけい》な姿に一種の羨望に似たあこがれを抱かせます。そこに自我のろう獄からの解放をもとめさせます。しかし、もしそれだけが『李陵』を書いた中島敦の制作動機だとすれば、それはただの現実逃避、異国的な世界や、自我意識成立以前の古い世界への逃避にすぎないでしょう。中島敦に、そうした近代以前の世界への逃避の夢が、全然なかったとは云えません。現に、中島敦は、文明世界をのがれて南太平洋のサモア島に渡った、あの病弱なからだと繊細な感受性をもつイギリスの作者ロバート・スティブンソンを主人公とする、異国情趣の美しい作品『光と風と夢』を書いています。そして、昭和十六年六月には、気持ちの転換と病気の治療の目的で、南洋庁国語教科書編修書記となってパラオ島に渡りました。しかし同時に、『光と風と夢』のなかにも、この『李陵』のなかにも、彼はみずから嫌悪し、それからの脱出を願ってやまない自我意識を、どうすることもできぬ自分の問題として、どこまでもつきまとって離れない宿命的な問題として、盛りこまないではおれなかったのです。そこに『李陵』という作品の新しさがあり、まぎれもない現代的性格があります。

中島敦は、明治四十二年（一九〇九年）東京に生まれました。父は当時千葉県組合立銚子中学校の漢文教師でした。また父方の祖父中島撫山も漢学者でした。このように、中島敦は「父祖伝来の儒家」に生まれ、生後一年目には父が母と離婚したため、埼玉県久喜町の父方の祖父母のもとにひきとられて、小学校にはいる七歳の年まで、そこで育てられました。それ以後、彼は父の転任に従って、奈良県郡山町、浜松市、それから朝鮮の京城へ移り、京城中学を四年終了で第一高等学校に入学しました。その間、第二の母が病死し、第三の母を迎えるなどのことがありました。こうした環境の変化は、人一倍感受力の鋭い中島少年のうちに、抜きがたい孤独癖を植えつけたように思われます。しかし、同時に、幼いときから祖父や父の膝下《しっか》でたたきこまれた漢学の素養は、中村光夫の言をかりれば「母親の乳といっしょに呑んで育ったもの」として、自然に身について行ったと思われます。「彼は漢学を勉強したのではない」と中村光夫は中島敦の死の直後に書いた作家論のなかで言

っています。彼は「むしろそれを仕込まれたのである。彼は自分の意志からでなく環境の自然な強制によって学んだ。そしてこうした強制こそおよそ本当の意味での教育の最もたいせつな前提ではなかろうか。つまり中島にとって漢学の教養はその生まれながら自然と身についた芸のようなものであった。」

　このように、漢学の素養は、中島敦の感覚とひとつに溶け合い、血となり肉となっていたために、中島敦は、中国の古俗古譚をたんなる物めずらしい知識としてでなく、そのものにおいてみずからの生き方をきたえためす精神の修練場として、自在にこれを生かすことができたのです。漢書に登場する人物たちは、遠い異国の想像上の人物ではなく、幼時から身近かにながめ、親しんできた人物となんのかわりもない生きた人物だったのです。「述べて作らず」という態度を堅持して史実に忠実に書かれた作品が、まがいもなく中島敦の文学になりえたゆえんはそこにあります。

　ところで、中島敦が中国の古代の歴史に見出したものはなんでしょうか。現在に生きている中島敦を、グイとそのほうに引きよせる古代の史実の牽引力は、いったいどこにあるのでしょうか。彼は『西遊記』を読み、自由濶達におのれの欲するところを直ちに行為として外にあらわす孫悟空の生き方に強い羨望を感じます。また、三蔵法師の無抵抗の強さ、宇宙の一切を包容するその宏大無辺な精神に強くひかれます。そして、行動者としての悟空の自由さも、完全な生活放棄者としての三蔵の精神的宏大さも持ち合わせない自分に、はげしい嫌悪を感じます。そして、水底深くひそんで、自我の悩みを悩んでいる悟浄に自らの姿を発見します。しかし、この発見も、彼に喜びをもたらすことはできません。悟浄の悩みをいかに文学的に鋭く描いてみたところで、ついに悟空にも三蔵にもなりえない自らのうちの不満は消滅することがないからです。こういう悟浄的な自我の悩みに執着し、それをしか描くことのできぬ自分の文学は、古来の大文学にくらべて、何か一点欠けるところがある、という不信と不満を彼は持ちつづけねばなりませんでした。そうして、そのような不満と自己にたいする不信の念がつのればつのるほど、彼はますます古い記録や史実の前に頭をたれ、おのれを空しうしてそれらを忠実に再現することをもとめます。古代の歴史の重さが、のっぴきならぬ力をもって、自己不信に悩む中島敦を、グイと引きよせるのです。しかし、古代の歴史のなかに自分を埋めて、虚心にこれを再現するだけで、彼の近代人としての宿《しゅく》痾《あ》ともいうべき自我の悩みは、けっして解消されはしないのです。

『李陵』という作品は、それぞれに大いなる志に生きた行為者蘇武と芸術家司馬遷を両極におき、廉直《れんちょく》にして剛勇な武将李陵が胡《こ》軍の捕虜となり、ついに胡地に骨を埋めるに

いたる運命の数奇と、漢にそむかねばならなかった心境のもだえをその中間において描いたもので、作の構成といい、雄渾《ゆうこん》な文体の格調といい、ほとんど古典的な節度と均衡と輪郭の明確さをもって完全に仕上げられた作品のようにみえます。しかし、ただそれだけに止まるなら、この作品は巧みに構成された一篇の読物にはなっても、ほかならぬ中島敦の文学そのものにはならず、近代的な、あまりに近代的な作家中島敦の署名を冠した近代文学としての性格をもつことはできなかったでしょう。わたしたちは、この作品の古典的な外形の奥に、人力の及ばぬ高みから人間の運命を操《あやつ》っている何ものかへの、心のふるえ、おののきがかくされていることをはっきり読みとらねばなりません。たとえば、司馬遷は李陵のために弁じた故に、宮刑という男子としてもっとも恥ずべき刑に処せられます。そして宮刑にされることによって、司馬遷のなかには勃然《ぼつぜん》と、たんなる歴史の記録者に止まり得ない志が生じてきたのです。『史記』が一個の文学として完成されたのはそのためです。不幸と汚辱《おじょく》と暗い絶望のなかにはぐくまれる文学というものの宿命的な性格に、作者は深く心を通わさざるを得ないのです。そこに世紀末的な近代文学者としての作者の文学観が問わず語りに語られています。実生活上の不幸と汚辱を糧《かて》として、作者が生きることをやめたところから育ってくる文学——それが現代の文学の負わされた重い宿命であるかも知れない、と作者は考えているらしいのですが、しかし、そうした自覚をしっかりと身に体して、そこから現実に向かって逆襲を試みるだけの勇気と自信は、まだ持ち合わせていないように思われます。それというのも、作者のうちにはもっと別の、大きな不安と恐れがあって、それが作者の心をたえずおびやかしてやまないからです。この不安、この恐れとは、この世界を領する運命の悪意にたいする不安と恐れにほかなりません。あのようにすばらしく雄渾な『史記』を書いた司馬遷が、こうむらなければならなかったあの屈辱、あの不幸、そして『史記』を完成してのちは、腑抜けのような脱け殻となって生涯を終えねばならなかった文学者というものの悲惨さ、それが中島敦の心をおびやかすのです。

漢にたいする節を全《まっと》うした蘇武にしても、その兄と弟は、ちょっとした過失のために、共に責を負うて自殺せねばならぬ破目におちいっている。そういう不幸をこえてなお節を全うしなければならぬ人間の生きざまの不可解さに、中島敦の心はひそかにおののいているのです。敵ですらその奮戦ぶりに称賛をおしまない雄将李陵も、胡軍に敗れて捕虜となり、留守宅の一族は武帝の命令でことごとく殺されてしまいました。しかも、そんなに暴逆な君主でありながら、武帝はやはり漢代におけるもっとも傑出した君主と認めないわけにいかないのです。奇妙な矛盾がこの世のいた

るところに歴史のいたるところにころがっていて、人間は波間に揺れるたよりない小舟のように、この悪意と矛盾でみちた運命のまにまにただよっている。わたしたちの住んでいるこの宇宙とは、この地球とは、人類とはいったいなんだろう——そういう懐疑が、そんな懐疑などきれいさっぱりと切りすてて、自由にのびのびと生きたいと願い、そんなうじうじした悩みに濁されない清朗濶達な文学をもとめてやまぬ中島敦の歴史小説のなかに、宿痾のごとくつきまとってやまないのですが、しかし、こうした宇宙的な懐疑と、永遠の問いかけと、運命の悪意にたいする恐れがその作品の底をかすかな基調低音となって流れているからこそ、それはまぎれもない近代の文学となっているのです。あくまで史実に忠実に書かれた『李陵』が、新しい文学の創造であるゆえんがそこにあります。

（昭和三十九年九月五日学習研究社刊『日本青春文学名作選14』解説）

「李陵」と「山月記」

井上　靖

「李陵」を読んだのは戦時中のことである。当時私は毎日新聞社（大阪）の学芸部記者であったが、「李陵」を読んでひどく感動し、会う人ごとにこの小説を読むことを勧めたり、この小説について喋ったりしたことを憶えている。時局とは無関係な小説であることも珍しかったし、題材も特異であり、しかも作者がすでに世にないということにも、胸打たれるものがあった。中島敦は前年「光と風と夢」を発表し、新人作家として登場するや、間もなく他界していた。「光と風と夢」もいい作品であったが、その作風とは全く異った「李陵」に接して、夭折するような文学者の才能というものは、このようなものであろうかと感を深くせずにはいられなかった。

中島敦の作品で一つを選ぶとすると、「李陵」か「山月記」かということになるが、その「山月記」を読んだのは戦後のことである。戦争中の暗い時代に於て、私にとって

は「光と風と夢」と「李陵」の二作が、本当にそれまでになかった新しさを持った新作家の作品と言えるものであった。殊に「李陵」の読後感は清新であった。魅力ある歴史小説というものに初めて接したという意味に於ては、この小説を読んだということは、私にとっては一つの大きな事件であった。

「李陵」「山月記」の二作は、新人作家の初々しさと、同時に一種老成の風の感じられる作品である。出発と同時にある完成されたものを示し、それを世に問うか問わないで、作者はさっさとこの世から退場してしまったのである。生命短かった作家に依ってのみ書き得るような、あいまいなところのない張り詰めた美しさを、この二つの作品は持っている。

「李陵」に登場する人物は、言うまでもなく、主人公の李陵も、蘇武、司馬遷も、みな中国の正史の上に出て来る人物で、彼等の事蹟と運命が、そのままこの作品に於て語られている。李陵のことは史記の「李将軍列伝」並びに漢書の「李広蘇建伝」に記されており、それが小説「李陵」の主軸となっている。司馬遷のことは、史記の「太史公自序」、漢書の「司馬遷伝」に、蘇武も亦、漢書「李広蘇建伝」にその人となりや、その生涯が記述されている。

従って、小説「李陵」は、殆ど史的事実だけで組み立てられたものであるが、これが歴史とは違った小説たり得ているのは、作者がこんとんとした歴史の流れの中から、李陵、蘇武、司馬遷という人物を選び出し、その人間関係を整理して、私たちに見せてくれているからである。ここに書かれているものは歴史の一断面であるが、ここから読者の私たちが受けとるものは人間の問題にほかならないのである。それからもう一つ、作者中島敦自身が、実にみごとな形で、歴史の中にはいり込んでいることも注意しなければならぬ。作者は主人公李陵に近代知識人風の性格を与え、それに依って、こうした型の人間の悩みや懐疑や弱さを、またそれが当然持たなければならぬ運命を描き出しているのである。その意味では、李陵は作者自身であると言っていいと思う。

小説「李陵」を読んで、この時代の歴史を更に深く理解したいなら、吉川幸次郎氏の「漢の武帝」と、武田泰淳氏の「史記の世界」を読むことをお勧めする。前者は武帝を、後者は司馬遷を知る上に逸することのできぬ名著である。

「李陵」の主人公が作者であるように、「山月記」の主人公李徴も亦、作者自身である。詩人になろうとして、ついに詩人にならないで虎になった李徴は、作者の分身であり、この作品が優れているのは、それがまた作者の分身であるばかりでなく、芸術家という一つの型を持った人間の宿命の悲しさを描き出しているからである。作者は人が虎になったという中国の古い説話に材をとり、それに魂を入れ、

これだけの近代小説を作り出しているのである。最後の虎になった李徴が月に向かって吼えるその吼え声は、この作品を読んだ者の心からなかなか消えないだろうと思う。この作品が傑出しているゆえんである。

（昭和四十二年一月十日旺文社文庫『李陵・弟子・山月記他二篇』解説）

わが西遊記

花田清輝

もしもわたしが、中島敦や田中英光にならって、『わが西遊記』といったような作品をかくとすれば、悟空や八戒や悟浄の活躍ぶりもさることながら、なによりかれらの主人である三蔵法師自身を、つぶさに観察してみたいとおもう。ターザン物語をかくにあたって、ターザンよりもチータに――かれの家来にすぎないサルにもっぱら注目するのは、いささか主客転倒の嫌いがあるのではなかろうか。下剋上なら、まだいい。わたしには、そこに、知識人の――中国風にいうならば、読書人の、眼に一丁字なき連中にたいするインフェリオリティ・コンプレックスがうかがわれるような気がして、不満でならないのである。ターザンもまたチータと同様、電光石火の早業で、木から木へとび移って行くであろう。しかし、バローズの原作によれば、ターザンは、ちゃんと字が読めたのだ。かれは、ジャングルで非業の最後をとげた両親の残していったリーダーをたよ

りに、独学で英語をおぼえたのである。それこそターザンにだけできて、チータには真似のできない芸当ではあるまいか。三蔵法師は、中国にある漢訳の経文だけでは、どうしても仏教の真意がつかめないと考えたので、サンスクリットの原文を求めて、タクラマカン砂漠を突破し、パミール高原をこえ、一路、天竺にむかって進んでいったのだ。しかるに、『西遊記』は、そのかんじんの三蔵法師の超人ぶりを、あまりにも軽視しすぎているのではなかろうか。

それだけなら、まだ我慢ができよう。しかし、人間よりも、サルやブタを尊重する連中が、『三国演義』の張飛、『水滸伝』の魯智深、『金瓶梅』の潘金蓮《はんきんれん》などを——要するに、武田泰淳のいわゆる「淫女と豪傑」とを不当に過大評価し、そこに、知識人には求むべくもない、庶民の無限のエネルギーがあるのだといいくるめようとするのをみると、わたしは憤りの念のおこるのを禁じ得ないのである。「反省もない、ためらいもない、ただ生きて行くことの強さ。生きること、淫すること、殺すことの絶対性の前には理くつや詠嘆は無意義となる。」と武田泰淳はいうが、それでは庶民とは、サルやブタとえらぶところのないシロモノであろうか。むろん、人間の一生は、試行錯誤の連続かもしれない。しかし、残念ながら、人間は——たとえかれがターザンのような野育ちの人間であろうとも、錯誤と試行とのあいだには、反省もすれば、ためらいも感ずるのである。

そんな観点からながめるならば、三蔵法師の一行のなかでは、いちばん、影の薄い沙悟浄が、いちばん、人間に近いといいえばいいえよう。中島敦の『悟浄出世』の主人公が、たえず「なぜ」という問いを連発しながら、狐疑逡巡して、決着したところのないゆえんなのだ。これが、庶民の在るがままのすがたというものではあるまいか。

ところが、どうやら中島敦は、悟浄の懐疑を、知識人に特有のものであるとおもいこんでいたらしいのだ。そして、武田泰淳と同様、悟空を庶民の典型としてとらえ、その端《たん》倪《げい》すべからざる幻術を、悟浄のくちをとおして、ひどく単純化している。たとえば『悟浄歎異』の一節には、「悟空によれば、変化の法とはつぎのごときものである。すなわち、或るものになりたいという気もちが、この上なく純粋に、この上なく強烈であれば、ついにはそのものになれる。……変化の術が人間にできずして狐狸にできるのは、つまり、人間には関心すべき種々の事柄があまりに多いがゆえに精神統一が至難であるに反し、野獣は心を労すべき多くの瑣事をもたず、したがって、この統一が容易だからである。云々」とあるのだ。ここでは、ご覧のとおり、化けるということに関するかぎり、人間は、キツネやタヌキ以下のシロモノであると断定されている。しかし、はたして化けるということは、かれが、一心不乱になって、かれ以外のなにものかになりきることであろうか。わたしはそう考

えない。わたしをしていわしむれば、化けるということは、かれが、かれ自身であり続けながら、しかもかれ以外のなにものかになりきるということなのである。ほんのわずかなニューアンスのちがいのようにみえるかもしれないが――しかし、わたしには、わたしのようなものの見かたに立たないかぎり、化けるとはなにかということが――いや、淫することや殺すことの本当の意味もまた、永遠にわからないのではなかろうかといったような気がしてならないのだ。わたしには、いま、ここで、その間の消息について立ちいった解説を試みる余裕はないが、オルガスムとはなにか、カニバリズムとはなにかと、ちょっと頭をひねってみれば、わたしの主張の正しさが、自然に納得できるであろう。

もっとも、そうはいうものの、わたしの三蔵法師像は、悟浄以上に影が薄く、いまだに星雲の状態を脱していない。ただ、つい先だって、河口慧海の『チベット旅行記』を読んでいるうちに、わたしには、なんとなく三蔵法師が、慧海に似ているような気がしだした。それは、二人の境遇が――経文を求めて、僻地へはいりこみ、苦難の旅寝をかさねるといったようなところが似ているためばかりではない。どちらも、「聖者」の古典的な定義に、ピッタリあてはまる人物のようにおもわれてならないからだ。げんに慧海は、法然頭《ほうねんあたま》の所有者だった。つまり、かれの頭は、脳天の真ん中が大きくくびれ、頭蓋の山が前後に二つあったのである。とすると、三蔵法師の頭もまた、そんなかたちをしていたのではあるまいか。しかし、かりにそうだったにしても、頭のかたちだけでは心細い。『わが西遊記』をかくためには、わたしは、三蔵法師の頭のてっぺんから足の爪さきまで、具体的に知らなければならないのである。

（昭和四十三年十二月二十四日筑摩書房刊『世界文学全集9　西遊記』月報、昭和五十三年九月十六日講談社刊『花田清輝全集』第十四巻所収）

「山月記」の遠景
——中島敦文学紀行

足立巻一

多磨霊園にある中島敦の墓に詣でたのは、冬の雨が未明から降りつづいている朝であった。

墓の所在は入り口の事務所で聞いてきたのであるが、早呑みこみをしたせいらしく、なかなかわからず、同じような墓石が立ちならぶ同じような区画のなかの小径をぐるぐる何度も歩きまわらなければならなかった。水滴をたっぷり貯めこんだ常緑樹は思いがけない時に大粒の雨を落下させるので、わたしはいつしかびしょ濡れになったし、墓域の道はひどくぬかるんでいたので靴はどろどろだ。もし「中島敦」と筆跡に似た文字を刻んだ黒い平べたい石を見つけなかったら、もっと難儀していただろう。迷い歩いているうちにも菊池寛などの著名文学者の墓は、墓域も広く標柱もあったのですぐ目についたが、中島家の場合は区画も小さいし、標識もないし、その「中島敦」も道に背を向けるようにして立っていたから捜しあぐねたのである。

それだけに感銘があった。厚い本を調べていて、やっと捜していたページにぶつかった気分に似ていた。墓は五基ならんでいた。どれも雨に濡れそぼち、ほとんど真黒になっている。碑面にはたえず雨滴が垂れるので、刻字も容易に読みとりにくい。ただ、その「中島敦」だけが建碑が新しいので鮮明であった。背面をみると、昭和四十八年に妻タカさんが建てたものであることがわかった。

ほかの四基はどれも古い。敦からいえば、父田人《たびと》、伯父竦《しょう》、伯母志津《しづ》、従兄泱《ひろし》のそれであるが、田人の墓には敦をはじめ家族の遺骨が埋納され、竦のそれには敦の叔父比多《ひた》吉《き》が合葬されている。従兄泱は伯父開蔵の次男で竦の養子となったが戦死したという。これらの墓はどれも端正ではあったけれど、多分に気のせいで儒家一族の墓といったおもむきがあるように思われた。

敦が昭和十一年に書いた「狼疾記」中に「父祖伝来の儒家に育った自分」ということばがある。佐々木充《つとむ》氏の「中島敦年譜」によれば、中島家は尾張国造《おわりのくにのみやつこ》・中島郡領主の裔《すえ》で、神田乗物町を領したという。その第十二代、慶太郎は撫山《ぶざん》と号し、亀田鵬斎《ほうさい》の子綾瀬《りょうらい》について儒学を学び、綾瀬没後はその女婿鶯谷《おうこく》に師事し、『性説 疏義《そぎ》』『演孔堂詩文』（上下）の著書を残した。また、撫山の弟栄之甫《えいのすけ》も同門に学んだ漢学者で杉陰《さんいん》と号した。

撫山には七男三女があり、十三代を継いだ長男靖《やすし》も綽《しゃく》

軒《けん》と号した漢学者で、明治初年栃木県栃木に漢学塾を開いた。次男端《たん》は斗南《となん》と号し、敦の「斗南先生」に描かれているように『支那分割の運命』『斗南存稾』の著書のある奇《き》矯《きょう》な漢詩人であった。三男竦が「斗南先生」の「お髯の伯父」で、物静かな学究であったらしく、敦は「古代文字などを研究しながら、別にその研究の結果を世に問おうとするでもなく、東京の真中に居ながら、髪を牛若丸のように結い、二尺近くもの白髯を貯えて隠者のように暮していた」と書いている。斗南も竦も生涯娶《めと》らず、斗南は「勿葬。勿墳。勿碑」（葬式を出すな。墓に埋めるな。碑を立てるな）と遺言し、遺骨は熊野灘《くまのなだ》に沈められ、竦は敦と同じ墓域に眠っているのだ。

四男翊《たすく》は「斗南先生」の「渋谷の伯父」、五男開蔵は同じく「洗足《せんぞく》の伯父」で、この人は軍艦陸奥《むつ》を設計した海軍技術将校で中将にまで進んだ。開蔵の長男が、「斗南先生」の「圭吉」であり、次男泱はさきにふれたように敦と同じ墓域に葬られている。

その次が同じ場所に眠る次女志津で、独学で検定をとって三十余年女学校の国語教師を勤め、独身をとおして戦後没した。なお、長女ふみは斗南の姉にあたり、早く他家に嫁いだが、兄弟に劣らぬ俊敏な頭脳の持ち主だったという。

志津の次が六男田人で、敦の父である。ずっと中学校の国漢教師を勤め、奈良県、静岡県、朝鮮、大連と転任した。敦が生まれたときは千葉県銚子中学校に勤務していた。

七男比多吉も竦の墓に合葬されている。漢学者ではなかったが、やはり家学の教養が物をいったのか中国語に堪能《たんのう》で満州に渡って関東庁外事課長となった。敦が昭和七年、二十四歳のときに南満州、中国北部を旅行したのはこの叔父を頼ってのことである。

こうして墓の主を一瞥しただけでも、敦がいった「父祖伝来の儒家」は明確な心象となる。また、その名をならべただけで特異な家系ということがわかるが、時代の推移で撫山の子全部が漢学者とならなかったとしても家学がいちように血肉化され、頭脳の格別すぐれた血脈であった事実は明らかである。

敦がこの血を受けていることはいうまでもない。京城《けいじょう》中学での四年間ずっと首席で、平均点九十六点をとって開校以来の秀才といわれ、四年から旧制一高に三番ではいった。それに、よく発達した運動神経、筋肉、また、のちに交響曲のスコアを読みこなすほどの鋭い音感をも天から与えられていた。かれは、自分は学者も教師もダメだ、というようなことをもらしているが、それは芸術家としての才能、純粋性をも多く与えられすぎたからだ。

それに、幼少から孤独を知りすぎた。二歳で母と生別し、埼玉県久喜《くき》町にいた撫山にあずけられる。もっとも、撫山は翌年死亡し、以後二人の継母をつぎつぎに迎える。敦は

「プゥルの傍で」にこう書いている。――「三造は彼を生んだ女を知らなかった。第一の継母は、彼の小学校の終り頃に、生れたばかりの女の児を残して死んだ。十七になったその年の春、第二の継母が彼のところに来た。はじめ三造はその女に対して、妙な不安と物珍しさを感じていた。が、やがて、その女の大阪弁を、また、若く作っているために、なおさら目立つ、その容貌の醜くさを烈《はげ》しく憎みはじめた。そして、彼の父が、彼なぞにはついぞ見せたこともない笑顔をその新しい母に向って見せることのために、彼は同じく、その父をも蔑《さげす》み憎んだ。」

しかし、そのいっぽう、敦が斗南、竦の漢学者であった独身の伯父たちに格別かわいがられていたことは「斗南先生」の行文によくあらわれている。二十九歳のときには、竦と志賀高原に遊んだりしている。敦は継母への憎悪のかわりに、漢学者の伯父に愛情を向けていたのではあるまいか？　こうした血、生い立ちの上に、あの名作「山月記」や「李陵」ははじめて書かれたように思う。

わたしが嘉村礒多、梶井基次郎を知ったのは戦前、それも年少のころであったが、中島敦にふれたのは戦後である。「山月記」を読んだときの驚きは、いまも鮮明だ。わたしは三年あまりを華北山西省の戦線にいた。それは「山月記」とは直接関係がないはずなのに、そのとき見た黄土や山稜《さんりょう》やたくさんの死、そして冷水のような月光がよみがえり、あげくは若くしてこんな作品が書けることが奇跡のように思われた。それに、この作者に奇妙な親しみを覚えた。というのは、中島家のような大秀才の家系ではないけれど、わたしの祖父も父も漢学者、漢詩人で不遇のうちに死に、わたし自身父祖から少なからぬ影響を受け、また、貧窮のうちに放浪して生い立ったことがそんな感じをおこさせたのであろう。「斗南先生」も祖父の同類のように読め、いまも大好きである。

多磨霊園から横浜へ向かったときも、なお冷雨は降りつづき、むしろ激しさを加えていた。

横浜は敦にゆかりの深い町である。昭和八年、東大を卒業した敦は、父の縁故でいまの横浜学園高校の前身である横浜高等女学校の教諭となり、国語と英語とを担当し、昭和十六年六月まで八年間を過ごした。この時期、結婚していたタカ夫人とのあいだに二男一女をなし、「虎狩」「かめれおん日記」「わが西遊記」「山月記」などが書かれた。それとともに喘息が持病となって苦しみ、休職したあげく療養のつもりで南方ゆきを決心するに至る。

横浜学園高校には、敦の同僚だった山口比男《ちかお》氏がいまも勤めていられる。山口氏はこれまで敦の思い出をいろいろ書いたり語ったりしていられるが、その一編「十二月六日まで」（文治堂書店版『中島敦全集』四巻月報収録）によると、山口氏が赴任されたのは敦より二年のちの昭和十年四

月で、理事長に案内されてはじめて職員室のガラス戸をあけたとき、まず目にはいったのは白木の角火鉢、その向こうにしゃがみこんで大福餅を焙《あぶ》っていた大男だったという。「七三に分けた油っ気のない頭髪が、眉のあたり迄垂れさがっている。瘦せた鼻には段があり、度の強い近眼鏡の奥の聡《か》しこそうな眼で、すばやく私を観察した。」そして、あいさつが終わると、その男は焼いた大福餅をいきなり頰ばって、「うん、少し固いけど、うめえや」といい放ったそうだ。「傍の女教師がくすりと笑う。私は彼の傍若無人さに、いささか呆れたが、この大福餅氏が、後に急速に親しくなった国語担任の中島敦であった。」

この初対面にはじまって、作品からは想像のつきにくい敦の一面がいろいろ語られる。「かめれおん日記」のカメレオンが持ちこまれた日の敦のはしゃぎようもおもしろい。これを動物園に届けたのも山口氏である。

そのころ、学校では敦が結婚しているとはだれも知らなかった。さる佳人に適当な配偶者を選ぶ必要に迫られた理事長が敦に持ちかけると、「私には、女房も子供も居ます」といってびっくりさせ、職員室の大騒ぎになったそうである。そのほか、おもしろい話は多いが、いまは山口氏の文章に譲るほかはない。

そんな敦の思い出話を聞きながら、わたしは山口氏に敦ゆかりの地を案内していただいた。そのころの校舎のあった汐汲《しおくみ》坂のいまの付属幼稚園、校友会誌編集によく使った喜久屋洋菓子店、敦の散歩道だった代官坂、谷戸《やと》坂、海を見おろす丘、外人墓地、教会、敦が住んだアパート、家の跡——しかし、雨は激しくなるばかりで風景はすべて白くけぶっていた。幼稚園の前は急勾配の坂になり、溝を雨水が光りながら走っている。「ここに敦の文学碑を建てます」と、山口氏はおだやかな微笑を浮かべながらいった。

別のよく晴れた日、わたしはもう一度横浜をたずねたが、そのうち、タカ夫人にぜひお会いしたくなり、浦和のお宅に押しかけた。いいお天気の日で、庭には色さまざまな草花が咲きあふれている。敦も花と小鳥など小動物が好きだった。

タカ夫人は旧姓橋本、愛知県碧海《あおみ》郡依佐美《よさみ》村の農家の出、明治四十二年十一月十一日生まれ、敦と同年、六か月ほど遅いだけだ。郷里から東京に出て親戚の商家で手伝っているうち、その店がつぶれ、新聞広告を見て一月だけのつもりで本郷のマージャンクラブに勤める。そこへマージャン、ダンスに熱中していた東大学生の敦があらわれ、昭和六年三月に結婚。大学卒業の前々年で、やがて身ごもって郷里で長男を出産したのが大学を出た年の四月であった。

一見してタカ夫人は豊かな母性とともに、根強い生活力を持った人であることがわかった。敦が惹《ひ》きつけられたのもそれであろう。

「母を求める気持ちだったのでしょう。あの人は継母つづきで母の愛を知りませんでしたから……。わたくしにもそれがわかって、すっかり観念いたしました。千ボルトの電気でも通っているようにいつも神経がビリビリしていて、それをやわらげるためにわたくしが必要だったのでしょう。ほんとうは、あの人には五人位の妻が必要だったんでしょうが……」

タカさんはやや早口で、そんなふうに語った。

便所にもギリシア語、フランス語のテキストをぶらさげていたという。小説を書くときはよくひとり言をいうくせがあったが、「山月記」のときはそれが激しかったそうだ。

「書きたいものが次々にあふれ出るような人でした。でも、喘息の発作がおこるとどうしようもありません。モルヒネを使っていてはからだがまいるというので、窓から口を出して呼吸し、じっと耐えておりましたが、だんだんひどくなって、痰《たん》も吐けず、おしめで痰をとったりしたこともございます。横浜の本郷町にはじめて一軒構えましたときも、発作がひどく、そのうち手足が冷たくなって、一晩じゅう肌で暖めてやったりもいたしました。」

敦が南洋庁国語教科書編修書記としてパラオ島へゆく気になったのも、病気のこともあり、また戦争がひどくなって才能をのばす道もなく、貧乏もたまらないというところからだったらしい。落ち着いたら妻子を呼び寄せるつもりであったが、喘息は止《や》まず、南洋庁の教育方針にも失望して昭和十七年三月に帰国した。八月には正式に南洋庁を辞任し、作家として立つことを決意したものの、秋とともに発作がつづき、心臓も衰弱したので、十一月中旬に世田ヶ谷の岡田医院に入院する。

「入院してからは発作の連続でした。食事も好物のサツマイモの砂糖煮、麵《めん》類少々でしたけれど、発作がおさまったときには、よくなったら旅行しようね、宿の女中に三ッ指ついてあいさつしないでくれよ、なんて冗談も申しました。それから二、三日したらひどい発作で、注射しても薬液がたらたら流れる始末でした……息を引きとったとき、苦悶の形相《ぎょうそう》が一度に変わりました。あんな美しい顔、見たことございません。蠟《ろう》人形のようでして……わたくし、メガネをかけさせ、生前のとおりにして人力車に乗せ、膝にだっこして家につれ戻りましたが、桐の木のように軽くフワッとして……」

タカ夫人はもう少しいい環境が与えられ、もう少しいのちが与えられたら、としきりにくりかえした。たしかに中島敦は、芸術家としての天分をも与えられ大秀才であった。しかし、天は健康だけを与えなかった。もし存命しているなら、どんな作家になっていただろうかと想像してみるが、なかなか見当がつかない。

中島敦が死去したのは昭和十七年十二月四日午前六時、

三十三歳であった。そして同六日、多磨霊園の中島家墓地に葬られた。

(昭和五十一年一月一日学習研究社刊『現代日本の文学Ⅱ―7 嘉村礒多・梶井基次郎・中島敦集』所収)

束の間の「光」

安岡章太郎

私にとって、中島敦は何よりも戦争の時代を想い出させる作家である。べつに戦争に触れたことは何も書いていないにもかかわらず、いま読み直してみても、あの時代の暗さが、行間から色濃く漂い出してくるような気がする。「光と風と夢」が芥川賞の候補になって落選したのは昭和十七年の夏だが、こんなこともなぜかハッキリ憶えている。あれはガダルカナルで日本軍が敗北を喫しつつあるという噂がしきりに伝えられており、まだ大学の修業年限が半年短縮されて九月には繰り上げ卒業がおこなわれるという頃で、世の中は芥川賞どころではなくなっていたのだが、こんな世相とあの作品とが私の頭の中では奇妙に合致するのである。

「光と風と夢」が当時の「文芸春秋」に転載されたかどうか――されなかったとしたら何で読んだのか――そのへんの記憶はアヤフヤだが、とにかく学生の私が読んでみて、

これが芥川賞の水準に達しない作品だとは到底思えなかった。かといって、当時のいわゆる国策にそわない反時局的な作品であるとも見えない。ただ、何となく当時のジャーナリズムが軍部その他の意向をおそれて敬遠しそうなという気配は、作品の何処からともなく感じられた。私自身、極く素朴な疑問として、なぜこの人はいまごろロバート・ルイス・スティーヴンスンのことなんか書くんだろうという気がした。それに文章が、しばしば日本人の書いた小説というよりは、サマーセット・モームの「月と六ペンス」か何か、そういう翻訳小説を読んでいるような感じだった。そして正直のところ、この疑問は、いまも私には解決をつけかねるのである。いま読み返しても憶い出すのは、当時の文学者の暗澹たる心境だ。

《豚の悪戯には全く弱る。欧羅巴の豚のやうな、文明のために去勢されて了つたものとは、全然違ふ。実に野性的で活力的で逞しく、美しいとさへ言つていゝかも知れぬ。私は今迄豚は泳げぬものと思つてゐたが、どうして、南洋の豚は立派に泳ぐ。》

私は、北満の部隊で満州の黒豚を見て、これと同じような感想を持ったが、同時にその去勢された欧羅巴の豚に、自分たちがいま散々な目にあわされていることを嘆かざるを得なかった。また、南洋の土人がひどくとぼけた明るい性格だということを説明したあとで、中島氏はスティーヴンスンの口をかりて、こんなことも言っている。

《所で、うちのヘンリ・シメレ君は斯うした彼の種族一般と何処か違つてゐる。その場限りでないもの、組織的なものを求める傾向が、この青年の中にある。ポリネシア人としては異数のことだ。彼に比べると、白人ではあるが、料理人のポールなど、遥かに知的に劣つてゐる。》

ヨーロッパ人が去勢された文明を嘆き、有色人種のなかに白人よりも知的で勤勉な人間がいるのを知って驚くというのは、よくあることだ。しかし、これを日本人の青年が白人の口をかりて言う場合、何かうそ寒い感じがするのは、私だけだろうか。繰り返していうが、この作品が発表された昭和十七年の夏には、私たちは《組織的なものを求める》思考のまったく欠けた戦争に巻きこまれ、この南洋の島々からほど遠くないソロモン群島で、多数の同朋や兵が或いは糧道を断たれ、或いは武器弾薬を失って、戦う手だてもないままに餓死させられつつあったのだ。そして、それからほぼ二年後には、南洋の海全体が敵の手にゆだねられ、私たちはまさに「光も風も夢も」完全に失うことになるわけだ。

正確にいえば、この「光と風と夢」が書かれたのは、発表の一年まえのことだというから、その当時はまだ大東亜戦争は始っておらず、戦況もそれほど絶望的ではなかったことになる。しかしヨーロッパは、すでに戦禍の中にあり、

太平洋にはＡＢＣＤラインが張りめぐらされて、アメリカが戦争にのり出してくるのは時機の問題だと思われていた。こんなときに中島氏は、おそらく束の間の「光」を夢みて自己をスティーヴンスンに託しながら、この長篇を書いたのだろうか。他の作品と違って、これには何か背後でセキ立てられるようなものが感じられるのも、中島氏がこの「光」のやがて消滅することを予感していたからではないか。

もっとも中島氏にとっては、世相だの時代だのという外部のことよりも、氏自身の生命の残り少くなりつつあるということのほうが、よほど気がかりであったろう。「光と風と夢」の主題は、健康な光の中で蝕まれて行く自分の生命を見詰める一人の男の眼である。そして、この作品の欠点といえば、そうした末期の眼をスティーヴンスンに託した結果、最後の数章が、小説というには生硬なスティーヴンスンの弁護論のようなものになってしまったことだろうか。

《をかしいことに、あれ（筆者註「宝島」）を書いてゐる間ずつと、私は、それが少年の為の読物であることをすつかり忘れてゐたらしいのだ。私は今でも、私の最初の長篇たる・あの少年読物が嫌ひではない。世間は解つて呉れないのだ、私が子供であることを。所で、私の中の子供を認める人達は、今度は、私が同時に成人《おとな》だといふことを理解して呉れないのだ。》

これはスティーヴンスンの述懐として聞くべきだろうか、それとも中島敦自身の言葉として受けとるべきだろうか。どっちにしても私には、一人のおとなが内部に子供のままの自己を持ちつづけていると主張することは、あの戦争の時代に外部の暴力から自己を守ろうとした知識人一般の傾向であったように思われる。実際、それ以外にあの時代の愚劣としかいいようのない外部との接触を断つ方法は何もなかったわけであるから。

「光と風と夢」は、中島敦の愛読者の間でさえ、小説として完成されたものではないというのが定評であるようだ。たしかに、これは「山月記」などのような完璧さからは、ほど遠いものだろう。しかし私は、この作品には「山月記」にはない親しみをおぼえるし、またこの作品があって、「山月記」の虎になった読書人、李徴の悲しみも一層深く共感できるように思う。

（昭和五十一年三月十五日筑摩書房刊『中島敦全集』第一巻月報、平成元年十二月十五日講談社刊『歳々年々』所収）

笑いと狼疾

開高健

空襲や重労働や買出しやと、毎日毎日いろいろなことがあって苦しめられたけれど、少年時代前半期は後半期よりもずっとしのぎやすかったと、あとになって考えることがある。その頃は外界と内界にけじめがつかず、事物と心が剝離しなかったので、胸苦しさが骨を嚙むようなことはあまりなかったように思う。後半期は飢餓、孤独、不安、恐怖、焦躁、形のあるの、ないの、毎瞬間ごと、こもごもにあらわれて私を侵し、いてもたってもいられなかった。パンを焼いたり、旋盤で鋳物を削ったりして、手で働いていると、そのあいだだけは何とか潮に溺れないですませられそうなので、私は必死になって働いた。それでお金がもらえ、食べる物が買えるからということ以上に、働くことが好きで働いたものだった。

読書となると、乱読、濫読、手あたり次第にめちゃくちゃに読みまくり、そのため頭はいつも醱酵熱でぼうっとなり、混沌といえば聞えはいいけれど、まるで玩具箱をひっくりかえしたみたいになっていた。そのうちときどき奇妙なことが発生するようになった。本を読んでいて、ふと、ある字に眼が止まり、それをじっと眺めていると、音もなく分解が起るのである。《木》なら《木》、《箱》なら《箱》が、バラバラの何本かの線になってしまい、意味もなくなり、イメージも消えてしまう。なぜそれが木でなければならず、また箱でなければならないのか、そこがわからなくなってしまうのである。魔がこの瞬間に声もなくすれちがっていくのだが、一度起ると、手も足もしびれてしまって、一歩も踏みだせなくなる。一行も読みつぐことができなくなるのだ。文字がそうやって一握の砂のように解体、四散してしまうのだから、その外側にひしめくいっさいの事物はおびただしい異物の氾濫となってしまう。これは名状しようのない恐怖であった。その発作がこわくて、私は一時、本に手をだすことができなくなり、あてどなく町をほっつき歩いた。

その頃たまたま中島敦を読んでみると、おなじことをまざまざと書きつけているので、声にだせないくらいおどろいた。このドッペルゲンゲルのこと、人格剝離のことをいちばんあざやかに書きとめたのは「古譚」のなかの「文字禍」という一篇だろうと思う。彼が論じられる場ではいつも「山月記」や、「李陵」や、「光と風と夢」がとりあげら

れ、他はまったくといってよいほど省みられることがないのだが、私にはそのことが不満だった。この「文字禍」にしても、「わが西遊記」の「悟浄出世」にしても、作品としてはまことに心なごむ仕上げとなっていて、ことに澄明であたたかくて鋭いユーモアの功徳は他の何にもかえられないほどのものなのだが、誰も論ずる人がない。これらのユーモアの背後には作者が孟子を引用して〝狼疾〟と呼んだ暗い崩壊の苦悩がひそめられてあり、そのユーモアは追いつめられた小獣のけたたましい最後の一声のような悲痛を内包しているのだが、誰も嗅ぎとろうとしない。

「李陵」も、「山月記」も、「光と風と夢」も、これらは一言もなく名品である。当時の作者の年齢を考えあわせれば、端正、荘重、ほとんど稟質《ひんしつ》そのものといいたいみごとさで、この若さでこれだけ完成できたのはやはり夭折を深く予感していたためではあるまいかと思いたくなる。かりに彼が病没しないで生きのびることができ、書きつづけることができたとしても、これらの作品のあとでは、どんな作品も予感することができないまでに完璧なのである。梶井基次郎が生きのびていたらどんな作品を書いたことだろうかと、ときどき考えることがあるが、やっぱり想像のはたらく余地がなさそうで、そのこととよく似ている。しかし、当時すでに心の赴くままに中島敦がカフカの短篇をかなり読み、気味悪がりながらもひかれずにいられなかったらしいことを作品中で教えられ、また、《疎外》の感性と知覚がその後どれだけ時代の底流となったかなどと考えあわせていくと、狼疾者だった彼は三十年も四十年も早くに微震計として訴えつづけていたのだと思わずにはいられない。彼は早く生まれすぎたのである。

一本の指のさきを患い、それに心を奪われるために全身を忘れる病いを狼疾と呼ぶのだそうだが、その心の苦痛を彼は「文字禍」や「悟浄出世」などで、珍しく笑いに転化することができた。数万巻の粘土板の本におしつぶされるアッシリアの老学者や流沙河の薄明の水底を彷徨する河童の妖怪に彼は自身を仮託し、たまゆらの心の微光と博識の赴くままに面白がってこれらの心憎い短篇を書いたのだったが、作者が面白がっていることのよくわかる作品は見て見ぬふりをしてとりあげないというこの国に独特の奇習から、見捨てられるままになってしまった。その奇習はいよいよ今日も盛大におこなわれ、おかげで作家たちは面白がる心をすっかり失ってしまい、作品は脱水症状を深める一途である。涸渇また涸渇である。

じつに久しぶりにこれらの作品を読みかえして私はなつかしくもあり、愉しくもあった。太宰治の「ロマネスク」や「諸国噺」や「お伽草紙」も心なごむ短篇群だが、泥のような昏々昧々紛々若々の憂鬱に犯されっぱなしのこの毎日、ひとときの寝床のなかで微笑させてもらった。彼の作品

がまったく風化を知らないみずみずしさを保持していることを教えられるのも爽やかな愕《おどろ》きであった。あの暗澹とした少年時代後半期に「和歌でない歌」を読んで人知れず絶望と昂揚を同時に注入されたことの感銘も書きたかったのだが、もう、紙数がない。しかも四年ごしの作品がまだよろめき歩きばかりでトンネルの前方には針ほどの光も見えない。残念だが私は私の廃園にもどることにする。

（昭和五十一年五月二十五日筑摩書房刊『中島敦全集』第二巻月報、平成五年七月五日新潮社刊『開高健全集』第20巻所収）

中島敦と南島

島尾敏雄

中島敦は、私にとってすぐれて「環礁」と結びついている。記憶はそれほど確かではないが、それを私が読んだのは、奄美に移り住んでからのことだったはずだ。なぜなら、「環礁」の背景として書かれた南洋の島々の有様に甚だ強い共鳴を受けたからだ。それはどうしても、環礁という風景を知るのでなければ受け得なかったような、からだの隅々にはいり来んできて合点を促される種類の印象であった。つまり奄美もそういう環礁の景観を持った地帯であるから、中島敦の「環礁」六篇の中に描かれた環境は、やや時代を古くさかのぼらせれば、奄美と置き変えてもそれほど不都合ではなさそうだという感じを持ったのだった。

たとえば、「堡礁内の」「乳に溶かした翡翠」のような海水に囲繞されたそのミクロネシアの島々のすがたは、読んでいるとどうしても奄美の島々のそれと重なってしまったのだ。そこで感じとられる「却つて妖気」のある「熱帯の

白昼」や、「珊瑚屑の上での静かな忘却と無為の休息」は、また奄美を訪れた旅行者を襲う濃厚な気配でもあった。そして島には「時間という語彙がないのではないか」と思わせられることにも変わりはない。

中島敦が彼のいわゆる「南島」に期待した「南方の至福」は、必ずしも報いられたわけではないが、「土民」としての視点から描いた島の女や少年の中に、要素としてははっきりと感じとられているように思う。彼自身はやや悲観的な表現しかしてはいないが。

つまり彼は、文部省の国語編修書記として当時南洋庁所在のミクロネシアに渡ったのだから、たとえ彼の性質からその権威を充分に発揮することはできなかったにしても、いずれ「ヘルメット帽」をかぶった「役人」の視点から全く自由であることは出来なかった。それは彼のいわゆる「南島譚」ものの中に散見する字句を拾って行けば明らかである。また見るものを鋭く見据えながらも、島のそれぞれの人々の描写の中にうっすら流れている疎隔と異和の情感がそれを示している。結局彼は「一ぺん日本へ帰つたら二度と戻つて」来ない「日本の人」であった。

ところでそれらの舞台をそのまま奄美に移してみても、うまく納まってしまいそうなことに、私は驚いたのだった。彼の「南島譚」を読むと、直接には描かれていないが、日本がミクロネシアを治めた時の日本人の島々での姿勢が透し絵のように見えて来て、ある感慨を強いられて来る。そしてその状況がまたふしぎに奄美や沖縄に重なって、文章が一層立ち上がって来たのであった。

中島敦が南島に関心を寄せたことは、ただの気まぐれとは思えない。彼が小笠原島に旅行し、ポリネシアに於けるスティヴンソンをテーマにした「光と風と夢」を書き、遂にはパラオ島の南洋庁に就職したことの根には、同じ理由の潜んでいたことはまちがいなかろう。大ざっぱな言い方になるが、それはたぶん彼が自ら「狼疾」と呼んでいたところの知識人的な近代意識を、「南方の至福」の地で癒そうと考えてのことだったはずだし、その上「新しい未知の環境の中に己を投出して、己の中にあつて未だ己の知らないでゐる力を存分に試み」ようとしたふしさえも見受けられるように思える。

しかし実際の南島は、「眼の細い・唇の厚い・鼻のつぶれた土人の女達が、腰に一寸布片を捲いただけで、乳房をぶら〳〵させ」て部落うちを歩き、「痩せ」て「目の大きい・腹ばかり出た・糜爛性腫瘍だらけ」の子どもたちがごろごろしているような島として先ず目に写り、やがて彼が圧倒的に取り巻かれたのは、「珊瑚屑の上での」「無為と倦怠」であった。

南洋での彼はおそらく、「病み上り」の神経質そうな小

柄な日本の一人の若い男でしかなかった。しかし彼が見たものは、はかり知れぬ屈折を経て文字にしるされ、われわれの前に掲げられることになったが、そのときのその文字には、その形色からはうかがうことの出来ない変貌が成し遂げられていることを認めなければならないだろう。つまりそこにあらわれている文学は既に手の届かぬ高みに挙げられているわけだ。ただわずかに、島を見る現実の視点に、土人を見るときのそれを尾骶骨さながらに残してはいるが、それはむしろ、高みに挙げられた彼の文学をわれわれが理解し得るための親しみ易い手がかりともなるべき突破口として見るべきものなのかもしれず、結局のところ、われわれは彼の文学の構造が少しも崩れていないことに気づく。刻薄と見えるその視点は、実は彼の創作戦線場裡の対象との距離にほかならないし、その距離の取り方が実にうまくぴたりときまっているからこそ、対象はゆるぎなく表現され尽してしまったわけだ。そのことを私がやや不満の口吻で述べたのは、効果を認めての上でのこと。惻隠の私情がはたらいている文字は事物の真を写すことには程遠い場所をしか得られないだろう。うまく言えないが、ただもう少し相手の懐深くはいりこんでの描写を期待しての、ないものねだりをしたまでのことであった。たとえば「山月記」の達成を読んでしまえば、私のわずかな不満などあとかたもなく飛散してしまおう。その創作術をどのように会得したかなど、私には知ることはできないにしても、他の類似の作品から類推して、彼が中国の史法に学ぶものが少なくなかったことは確かだろう。あの肉の削がれた象形の文字に封印された虚実の骨髄が、峻烈な視点のもとでしか構築され得ないことは言うまでもあるまい。それが彼の文学のいわば間合いなのだから、たとえ筆が南島の温暖に向かったとしても容赦がなかったにちがいない。しかし彼の視点がどれほど峻烈であっても、その根底に狼疾の自覚があるから、その文章はふしぎにやわらかな浸透を以て臨んで来るという現象があらわれるのである。いずれそれぞれの狼疾者が彼の文学を一種の秘薬のように愛用するのはそれだけの効験を含んでいるからにほかならない。そして人々は彼の文字を通過することによって爽快なカタルシスを経験したことに気づくわけである。

（昭和五十一年九月三十日筑摩書房刊『中島敦全集』第三巻月報、昭和五十七年九月二十五日晶文社刊『島尾敏雄全集』第十五巻所収）

「悟浄出世」の自由

竹西寛子

機会を得て、筑摩書房版「日本短篇文学全集」第八巻に収められている中島敦の作品を読み返した。河出書房版「現代日本小説大系」第五十六巻にもあたり直した。この大系ではじめて「李陵」や「山月記」の作者の年譜を読んでから、もう二十年が経っている。

ようやく梅雨あけの青空をみた今朝、中島敦を主人とする私の小さな頭の部屋は、森鷗外、芥川龍之介、梶井基次郎、堀辰雄、三島由紀夫らの時ならぬ来客に賑わっている。客人の中には、プルーストやリルケの顔も見える。

文体といい、主題、構成といい、と、三つのことが同時には言えなくて、一つ一つ分けて言うのさえもどかしいこの三者の、ほとんど完璧に近いと言いたいほどの調和は、「李陵」「山月記」において相変わらず典型的である。

この二作のことを、「深い林かなんぞの高い梢の上にからまって、人の知らないところで、小さいが純粋鮮冽な美しい色をのぞかせている二輪の花」のようだとたとえたのは臼井吉見氏（「人間と文学」）であったが、作者の生存にはおくれながらも、ひとたび確立されるや、持続して今日に及んでいるこの二作への高い世評も、私は改めてうべなうことができた。

最初に「山月記」を読んだ時の、それこそわが身がにわかに収縮してゆくかと思われたような緊張感や、詩人になりそこねて虎になった李徴が、山頂で月に向かって咆える悲しい姿を読み、むしょうに悲しいのに、どこかで自分が慰められてもいることを訝《いぶか》った記憶はいまも新しいが、どういうわけか、このたびは、その「山月記」よりも、「李陵」よりも、「悟浄出世」をおもしろく読んだ。

しかし考えてみると、「毛布の縁から覗いている毛糸の屑がひょっとしたら硬くはないか、鋼鉄の針のように硬くてとがっていはしまいか」、「パジャマのちいさなボタンがぼくの頭より大きいのではないか、大きくて重いのではないか」、「たったいまベッドからこぼれ落ちたひとかけらのパンが、床にあたってガラスのようにこなごなに砕けはしないか」、とおそれた「怖がりんぼ」のマルテに、一時期にもせよ親密感をいだいた経験のある者なら、「悟浄出世」をおもしろいと読むのは当然かという気もする。

まだ、西遊の旅には発っていない、流沙の河底に栖む一万三千余の妖怪の一種として生きていた頃の悟浄がこの作

品の主人公だ。

　不確かさきわまりない自分自身への疑いや嫌悪、不安からどうしても抜け出すことのできない悟浄が、器用に生きている妖怪どもには、あれは悪い病気のせいなんだと嗤われても、何とかしてその苦しみから解放されたくて、大真面目で賢者や医者、占星師、祈禱師などに教えを乞うて巡るのをただただ愉しみながら、自分が、かつてこの度ほどこの作品をおもしろがったことはなかったということに、いささかの感慨を誘われもした。

「一万三千の怪物の中には哲学者も少くはなかった。ただ、彼等の語彙は甚だ貧弱だったので、最もむずかしい大問題が、最も無邪気な言葉で以て考えられておった。彼等は流沙河の河底にそれぞれ考える店を張り、ために、此の河底には一脈の哲学的憂鬱が漂うていた程である」

　微々たる、片々たる「私」の認識に発するほかはない大宇宙のすべてについて、存在の神秘について、何がどのように語られることをも妨げない「悟浄出世」の、これが特殊にしてかつ矛盾なく壮大な舞台なのである。最も難解なことを、最も無邪気な言葉で考える怪物どもとは、まったく手をうちたくなるような設定ではないか。

　悟浄の「病気」たるや、もともと、他をながめるように己れをつきはなしてながめることに発しているのだから、どんなにたしなめられ、同情され、また馬鹿にされても、その眼の変わらない限り、病いは重くなりこそすれ、癒えるはずもないのである。それをしも自慰や自愛というのは自由だが、それなら自慰や自愛もここまで徹底すれば、いっそ別の概念が必要になると言おう。

　なるほど、共同生活には困惑の多い悟浄の性質言動ではあろう。悟浄が、他の妖怪とはどうしても重なりにくい自分の秩序に、真面目になって執すれば執するほど、周囲の嗤い声も高くなる。それでも悟浄は教えられたい一心で、「なぜ?」の眼を守る。

　この、己れの秩序に忠実なる悟浄の愛すべき不器用さを通して徐々に知らされるのは、常識の非常識であり、健康の不健康である。争いや摩擦を嫌う怠惰な慣習の眼の、暴力的ともいえる雑駁さである。しかもそういったことが、深刻な、険しい雰囲気においてではなく、ユーモアのある悠々たる雰囲気において感得されるのであるから、たのしむことは罪とでもいうような、肉付きのよくない観念小説とは、ちょっとわけが違う。

　この河底の詩の自由、すなわち、慣習の眼や統一感覚を失った悟浄を主人公に仕立てることで、そういう眼や感覚を失っていない者以上にのびのびと、深く存在の神秘に分け入ることのできた「悟浄出世」の自由をもってすれば、芥川龍之介の「河童」の知性や笑いも窮屈、あの「山月記」ですら整然とし過ぎてはいないかと思うほどなのだ。

「山月記」は、少し辻褄が合い過ぎてはいないか、などという感想をもつのは、「山月記」ほど整然とした、凝縮度の高い作品とはいえない「悟浄出世」を認めさせられた上で、なお、この作品の途方もない自由が、自由の実感において与える創作の方法的啓示に、いまの私が快い刺激を受けているということでもあろう。

高名な漢学者の血をひく中島敦と違って、私には、彼の多くの作品の拠りどころであり、語るべき己れの託せる事柄の宝庫でもあった漢籍の知識はない。知識はないのに、彼がそれらの書物を、恐らく書くように読んでいたらしいことを、光沢も弾みもある、あの硬質の文章のリズムから大胆にも想像する。

悟浄を病人だと言ったのは、妖怪どもであるが、作者が実際に病弱であったことを知らせてくれたのは、先の小説大系の年譜であった。それが北條民雄や田中英光らの、若くして逝った人々の年譜といっしょにあったのも印象的だったが、病弱を庇い、それでも九年あまり続けた勤務生活を改め、決心して創作専念の生活に入った年に病死したという記事には、未だ文筆生活にはまったくの無縁であった私といえども、小さくない衝撃を受けたものである。

いったいに、日常的な行動力に恵まれない病弱な作者が、夢想や幻想への飛翔、ないしは思考への沈潜で作品を重層化し、作品の幅の狭さを結果的にはカバーしてしまう例は珍しくない。中島敦にもその傾向がないとは言えないけれど、いまはそのことよりも、意識してか、あるいは無意識のうちにか彼がそこに到り、のびやかに行使した河底の詩の自由こそ、大いに謳歌したいと思うのである。(文中の「マルテの手記」は、生野幸吉氏の訳によった)

(昭和五十一年九月三十日筑摩書房刊『中島敦全集』第三巻月報、平成八年六月三十日新潮社刊『竹西寛子著作集』第三巻所収)

「山月記」の詩について

駒田信二

中島敦の「山月記」に、虎に化している李徴が叢の中から、袁傪に対して「お笑ひ草ついでに、今の懐《おもひ》を即席の詩に述べて見ようか。この虎の中に、まだ、曾ての李徴が生きてゐるしるしに。」といって詩を述べる部分がある。それは次のような詩である。

偶因狂疾成殊類　災患相仍不可逃
今日爪牙誰敢敵　当時声跡共相高
我為異物蓬茅下　君已乗軺気勢豪
此夕渓山対明月　不成長嘯但成嗥

これだけで、訓読文はつけられていない。この詩の第七句の「渓山対明月」から「山月記」という標題は出たのであろう。

「あの詩は、中島敦が作った詩でしょうか」

私はときどき学生からそういう質問をされる。これは当然といえば当然といってもよい質問なのである。なぜならば、「山月記」の出典とされている唐の張読の「宣室志」（十巻）の李徴の説話には、ストーリは同じであるけれども、詩ははいっていないからである。「宣室志」は、宋の李昉その他の人々が勅命によって編集した「太平広記」（五百巻）に収められていて、今日、六朝から唐末五代までの小説を読む者はたいていこの「太平広記」によって読む。テキストとして最もすぐれているからである。

「『山月記』は『太平広記』ではなく、『唐人説薈《とうじんせつかい》』に拠っているんだ。『唐人説薈』の方にはあの詩がはいっている。もっと正確にいうならば、中島敦は『唐人説薈』で読んだのではなく、『国訳漢文大成』（文学部第十二巻）の『晋唐小説』で読んだのだろうな。その『晋唐小説』が『唐人説薈』に拠っているんだ」

私はそう答える。「唐人説薈」（二十巻）は「唐代叢書」ともいい、清の陳蓮塘の編集したもので、「山月記」の出典作はその第二十冊に李景亮「人虎伝」として収められている。「太平広記」のものにくらべると作者名がちがうが、文章はほとんど同じで、ちがうところは一篇の詩の挿入されている点である。

私たちが学生のときは、唐代伝奇はたいてい、その頃は比較的に入手しやすかった「唐人説薈」で読んだ。「国訳

漢文大成」がそれによっているのは、それが一般の傾向だった証拠であろう。今日では、「唐人説薈」を読む人はほとんどいない。「太平広記」の方がすぐれたテキストであることが明らかになったからである。

しかし、テキストとしての価値は別として、中島敦は「国訳漢文大成」本で「人虎伝」という小説を読んだことによって「山月記」を書くことが出来たのである。もし「太平広記」で読んだなら、あるいは「山月記」は出来なかったかもしれないし、出来たとしても多少形のちがったものになったかもしれない。――そんなことを私は質問者にいう。

詩は、どう訓読すべきかとたずねられることもある。

偶《たま》ま狂疾に因って殊類《しゅるい》と成る
災患相《あいよ》仍りて逃《のが》るべからず
今日爪牙《そうが》誰か敢て敵せん
当時声跡共《とも》に相《あい》高し
我は異物と為《な》る蓬茅の下
君は已《すで》に軺に乗り気勢《きせい》豪なり
此の夕渓《ゆうべ》山明月に対し
長嘯《ちょうしょう》を成《な》さず但嘷《ただほゆ》るを成す

大体、こう読んでよかろう。

また、おもしろい質問をする学生もいる。

「隴《ろう》西の李徴は博学才穎《さいえい》、天宝の末年、若くして名を虎榜《こぼう》に連ね、ついで江南尉に補せられたが、性、狷介、自ら恃む所頗る厚く、……」

これが「山月記」の書き出しの文章だが、その「博学才穎」という言葉がおかしいというのである。「博学」といって並べるのならば「穎才」とすべきであり、「才穎」という言葉を使って並べるのならば「学博」とすべきだと思うが、どうであろうという。

「そのとおりだ。だが小説を読むとき、そんなことにこだわっていると、おもしろくなかろう?」

「いいえ、そうとは限りません。結構おもしろく読みました」

「そうか、ぼくには原文の方がおもしろい」

「どちらの原文ですか」

「『太平広記』の方だ。詩はつまらん詩だものね。しかし、それと『山月記』の詩とは別だ。これはまあ、飾りのようなものだから。だから訓読もせずに原文のまま挙げているのだ。それが小説としてうまく効いていると思うよ。ほかにも文体の格調を高めるためのむずかしい漢語が多いね。博学才穎も、読者は格調として読むんじゃなかろうか。つまり飾りだ。その言葉の意味が十分にわからなくても、結構、全体としては効果をあげているんだな」

とにかく私には、「山月記」をはじめとして中島敦の中国種の小説は、中国文学の専攻者には書くことのできない

小説だと思われる。それは、原作に対する驚きや発見に専攻者にはない新鮮なものがあって、それが彼の創作意欲の根源になっているからである。

（昭和五十二年九月号「ユリイカ」、昭和五十八年六月三十日勁草書房刊『遠景と近景』所収）

「南島譚」

野呂邦暢

私がはじめて読んだ中島敦の作品は「南島譚」である。二十年ほどまえのことだ。

そのころ私はこれといった定職につかず、毎日のように市立図書館へかよい、手あたり次第に本を読み漁っていた。ある本は最後のページを閉じたとき、二度と自分はこの本を手に取らないだろうと思い、ある本は書架にもどすとき、司書の目さえなければ盗んで自分の家へ持ち帰りたいものだと考えた。自分にかねがあったら、その著者の全作品をそろえるのだが、と思った。いうまでもなく、中島敦の作品は後者に属する。

去年、筑摩書房から「中島敦全集」全三巻が刊行され、私は年来の宿願を果すことが出来た。しかし、中島敦について書く段になるとやはり最初に私が手にした「南島譚」を、もう一度ひもといてみたくなる。全集は今のところ考えられる限り最良の編集である。参考にするのはこの全集

でなければならないが、かつて「南島譚」を読んだ当時の、ういういしい感動を全集で追体験できるとは思われない。おかしなもので、全集を手に入れてしまうと、たわいもなく安心してしまい、おさめられた断簡零墨のたぐいまではまだ読んではいない。もっとも「光と風と夢」や「李陵」「名人伝」などは再読し、それらが「南島譚」よりも文学的な密度が濃いということを確かめはしたけれども。小説としての完成度も「南島譚」よりまた高いことを私は否定しない。

しかしながら私の場合、中島敦といえばたちどころに思いうかべるのは「南島譚」である。小説として構成がどうの未熟だなどというのはどうでもいいことだ。それほど初対面の、といって悪ければ第一印象が強かったのである。

で、私は市立図書館へ出かけて二十年まえに胸をときめかせて読んだ当の本を探したのだが、なぜか見つからない。あのころとちがって書棚は開架式になっている。いちいちカードを繰らなくても目ざす本は探すことが出来る。濃紺の地に淡い黄色もしくは白色でタイトルが抜いてあったようだ。そんなに広くもない書庫をすみからすみまで調べたのだけれども、あの本は消えている。

司書の若い女性は蔵書目録にあたって確かに所蔵されていると私に告げた。だれかが借り出したのかもしれない、と私がいうと、閲覧カードにのっていないから貸し出してはいないと答えた。その司書は中島敦の名前を知らなかった。「そんな作家がいたんですか」

私にかわって今度は司書が探した。私は本の体裁を教えた。「戦時ちゅうに出た本だから粗末な紙で、表紙もだいぶ色褪せてたな」二十年まえでさえも本のページは黄色くやけていたのだ。もしかしたら表紙がとれていて館員の手で装釘し直されているのかもしれない。だから濃紺の表紙を目あてに探しても見つからなかったのだ、とも考えた。

「ありました。この本でしょう、色はちがってるようですけれど」

司書がさし出したのはまさしく「南島譚」である。ただし、紙表紙は紙表紙でも濃紺ではなくて、淡い緑がかった灰色の地に、葡萄や西洋梨の絵をあしらった造りで、私が覚えている装釘とはまるでちがっている。

奥付を見ると、昭和十七年十一月発行、定価一円六十銭、初刷三千部とある。今日の問題社が企画した新鋭文学選集の第二巻として刊行されたことがわかり、奥付の裏ページには、当時の「新鋭」文学者十五人が名前をつらねている。ついでに記せば第一巻は野村尚吾「旅情の華」であるが、私はこの人の名前を知らない。和田芳恵、田中英光という人々がはいっているのは興味ぶかい。しかし全体の半数は第一巻の著者と同じく戦後の仕事について知らない。「新鋭」たちはどこへいったか。

昭和十七年十一月といえば、わが陸海軍がまだ羽振りのよかった時代である。すくなくとも新聞紙の上では、ガダルカナル島では日米五万の兵士が戦っていた。私は毎朝、父が読んでくれる大本営発表にワクワクしていた。あのころの少年は東南アジアはいうに及ばず、ミクロネシア、メラネシア、ポリネシアの島嶼名をそらでいえたものだ。戦争のおかげである。ラジオを毎日きいていたらそうなる。いまの子供たちがCMソングを憶えて口ずさむのと同じだ。年表によると拓務省にかわって大東亜省が設立されたのもこの年の十一月である。いわゆる「戦時色」で日本がぬりつぶされていた時期と思っていい。それでもこのような企画に紙の割当てがあったのだから、国内にはまだいくらか物資のゆとりがあったのだろう。これが十八年十九年になると制限がきびしくなり、出版用の紙は「食べられる野草」とか「激戦ソロモン海」とかいう類の本にしか割り当てられないようになる。

　ところで「南島譚」の表紙をどうして濃紺と思い違いしたのか、そこの所が気になった。私の場合、肝腎なことは忘れるくせに、いい加減なことは憶えている。作品の内容よりも、それを読んだ場所や本の装釘、紙質などの方を印象にとどめていることが多い。思い違いをするには必ず理由がなければならない。私はもう一度、書庫を歩きまわって濃紺の紙表紙本を探した。

　それはあった。

「B島風物誌」梅崎春生著。これだ。戦後まもないころの出版である。表紙の色が違っているだけで、紙質、造本は「南島譚」とさして変らない。

　これを私は「南島譚」と前後して読み、ともにすくなからぬ感銘をうけたのだ。表紙の色彩を私にとり違えさせたのは、両者の共通点（いずれも背景が南洋の島である）というよりその差異であったように思う。中島敦が描く小説に登場する人物は妙に血の気が薄く、おたがいに劇的緊張をはらむほどに対立するということが稀である。散文家としての資質よりも詩人としてのそれが濃かったゆえだろう。欠如しているのは関係である。このような作家は現在を描くときより、歴史や外国に材を採って世界を構築するときに成功することが多い。たとえば「李陵」「光と風と夢」。

　梅崎春生の場合、戦争末期のブーゲンビル島で飢えている兵士を描いても薄気味がわるくなるほどなまなましい。孤立している人間でさえ他者に対し漠然とした悪意を仲立ちにして関係を持っている。中島敦が読者にさし出す主人公はほとんど作者の分身と見なしてもさしつかえがないような温厚な紳士である。（私は「南島譚」や「かめれおん日記」について語っている）。世界に対して他者に対して梅崎のように根源的な憎しみはこれっぽっちも持合せていない。主人公は「私」と呼ばれ、小説の中で一段高い所に

位置して周辺の度し難い俗物どもを見下したり憐れんだりするだけである。愛も憎しみもなしに〝見る人〟としての役割から一歩も踏み出さないので傷つくこともない。そして奇妙なことに私は「南島譚」や「かめれおん日記」の作者である中島敦が好きであることをこの辺で白状してもいいと思う。

これはひいき目に見ても小説とは呼びにくい。前者は紀行文であり、後者はせいぜい感想の域を出ない。せいぜい小説の体をとったエッセイという所だろう。「李陵」「古譚」「光と風と夢」に見られない感傷がたっぷりとまぶしてあるので、同一人の作品とは信じられないくらいだ。

とはいうものの作家は傑作ばかりを書くとは限らない。「李陵」を書いたのも中島敦であり、同じ手で「かめれおん日記」も書いたのだから、作者の本質は二つの作品の中にあると考えて当然である。作者をはかるのに傑作で以てするか失敗作でするかという選択は私はとらない。中島敦の傑作を論じる人にはこと欠かないだろうから、私はあえて失敗作に言及するのであろう。

いい小説とは、「私」をたくみに隠しおおした作品のことを指す。失敗作とはだから「私」がなまの姿をあちこちにのぞかせている作品である。作者がけんめいに消去しようとする手をすり抜けて立ち現われる「私」の素顔と出会うのは興味深い。ただし、中島敦の作品に限ってではあるけれども。

……潮の退いたあとの湿つた砂を踏んで行く中に、先刻から私の前後左右を頻りに陽炎のやうな・或ひは影のやうなものがチラ〳〵走つてゐることに気が付いた。蟹なのである。灰色とも白とも淡褐色ともつかない・砂と殆ど見分けの付かない・一寸蟬の脱け殻のやうな感じの・小さな蟹が無数に逃げ走るのである。（中略）始めてパラオ本島のガラルド海岸で之を見た時、一つ一つの蟹の形は見えずに、唯、自分の周囲の砂がチラ〳〵チラ〳〵と崩れ流れて走るやうな気がして、幻でも見てゐるやうな錯覚に囚へられたものであつた。

右の文章は「環礁」の一節である。ミクロネシヤ巡島記抄と副題を持つこれは「南島譚」に収められている。私が先に指摘した感傷とは、このような件りである。感傷はいいかえれば作者のなまの顔であるといっていい。二十歳をいくらも出ていない文学青年が読んでイカレないならばどうかしている。一連の「南島譚」にはこれに似たさわりがふんだんにちりばめられている。文学青年にはそこの所がなんともいえないし、齢をとったいま再読してみて、やや青臭いとは思いながらそれでも「悪くない」とつぶやいてしまう。「南島譚」から右のようなさわりを除いてしまえ

ば、あとには何も残らないとさえいえる。

ここで私は「復興期の精神」の一節を思い出す。花田清輝はゴーガンを論じて、金融資本主義時代における思想家や芸術家は、植民地における性の問題に異常な興味を寄せる、と指摘している。このゴーガン論がおさめられているだけでも、「復興期の精神」は私にとって不朽の名著たるにあたいする。新宿の安酒場よりも数多いゴーガン論の中で、このような視点から書かれたゴーガン論は他に知らない。

花田清輝は「ブーガンヴィル紀行補遺」のディドロと「野蛮人の性生活」のマリノフスキーを比較し、前者は生の立場にたち後者は死の立場にたっているると述べたあとで、メラネシアの若い娘は子供を生まないという条件さえまもれば、なんでも好き勝手なことができるというマリノフスキーの強調は、金利生活者の享楽欲のジャスティフィケーションであるといっている。花田清輝の言葉をかりれば「死によって韻律づけられたうつくしい土地、かれの作品のライト・モチーフが、山にも、河にも、人間にも、至る処にみいだされる土地——それがゴーガンのタヒチではなかったか」ということになる。

まぎれもなく中部太平洋の島々は中島敦のタヒチではあったが、ゴーガンのタヒチと異なる所はその世界からきれいさっぱり性を捨象した点にあるといわなければならない。

中島敦が南の島々を巡歴したのは昭和十六年の夏である。二年前から喘息の発作が劇しくなっていた。パラオ諸島から帰った昭和十七年の終りに死が訪れる。そういう事情を考えると「南島譚」の随所に散見する感傷も、病者が本能的に予知した自分の肉体的衰弱から来たものと見なしていい。性に興味を寄せるどころではなかったのだ。そのかわりに中島敦は「光と風と夢」を書いた。ここにみなぎっているトーンは花田清輝がいうように死の韻律と呼んでもいいと思う。

（昭和五十二年九月号「ユリイカ」、平成七年五月七日文藝春秋刊『野呂邦暢作品集』所収）

「李陵」の文体へ
——中島敦

富士川義之

1

中島敦と言えば、「山月記」「弟子」「李陵」という、最晩年に書かれたきわめて完成度の高い、見事な結晶度を示す名作に指を屈するというのが大方の評価である。そうした声価に安易に同調するつもりはないが、今度ほぼ二十年ぶりに後期の全作品を再読し、またいままで未読のまま放置してあった初期の習作やノート類を読んで、ぼくもまた改めてそのことを確認した。そして「山月記」や「弟子」もいいが、中島敦の作品から一作を選ぶとすれば、やはり「李陵」に尽きるのではなかろうか、という印象を新たにした。そのことを最初に率直に認めておこうと思う。

「李陵」は言うまでもなく、鷗外のいわゆる「歴史其儘」をまるで絵に描いたような作品と言ってよいくらい、史実を忠実に踏まえて書かれた歴史小説である。少くとも「歴史離れ」の美名のもとに、史実の恣意的な改変を企んでいないことが、この短篇に高い評価をもたらす大きな動因の一つとなっていることは疑うべくもないだろう。「李陵」を通じて「魅力ある歴史小説というものに初めて接し」、それを読んだことは「一つの大きな事件であった」と述懐しているのは井上靖であるが、井上氏をはじめとして、「李陵」がいまなお熱心な愛読者をそのまわりに吸引しつづけ、アクチュアリティーを失わないのは、そこに明瞭に刻み込まれている、歴史に対する安直な近代心理主義風の解釈を可能な限り斥けようとする、中島敦の没主観的な姿勢が何よりも魅力的であることと必ずしも無関係ではないと思われる。ついでに言い添えておくと、「李陵」の影響は、井上氏の場合、少くとも歴史を見据えるその基本的姿勢の面では、『敦煌』や『楼蘭』などのロマネスクな世界構築への意欲を見せるいわゆる典型的な「西域小説」よりもむしろ、もっぱら史実で固めようとした『風濤』のような作品に見出せると思うのだが、それでは、中島敦にとって歴史とは何であったのか。どのような内的衝迫に駆られて歴史に立ち向うようになったのか。

歴史とは「昔あつた事柄で、且つ粘土板に誌されたものである」というのは、「狐憑」「木乃伊」「山月記」とともに『古譚』という総題で纏められた「文字禍」の一節である。古代アッシリアを舞台とした、このボルヘス風な綺譚

の老博士の言葉から、中島敦の歴史意識の一半が汲み取れることは明らかであろう。歴史を「粘土板」すなわち史書に帰着させるという即物性は、後期の中島敦の重要な特徴であり、とりわけ「弟子」や「李陵」の世界は、史実に逐一寄り添いながら、一見無愛想とも無表情とも見える、通俗歴史小説にありがちなメロドラマ的な興趣に乏しい、すこぶる即物的な漢文調の筆致で描かれているからだ。「李陵」における史実とはもちろん、班固の『漢書』(「李陵伝」と「蘇武伝」)及び司馬遷の『任少卿に報ずる書』に誌された事柄を指している。つまりこれら二つの高名な史書が「文字禍」の場合の「粘土板」に相当し、「李陵」を支える史料として全面的に依拠されているのだが、「歴史其儘」と言っても、むろん、典拠とされた古代中国の史書の文字通り一字一句にいたる忠実な再現であるわけではない。過去の史料はあくまでも史料であり、史料とそれをもとにして作り上げられた現代の作品とのあいだには、断るまでもなく埋めがたい断絶がある。その意味で「歴史其儘」という言葉にはある種の自家撞着の響きがつねに纏い付いていると言ってよいだろう(「歴史其儘」という言葉を文字通りに受取るならば、たとえばボルヘスの高名な短篇「『ドン・キホーテ』の著者ピエール・メナール」のように、依拠する原典と一語一語、一行一行そのまま正確に符合するような作品を作り上げることは当然可能なことなのだから)。

断絶から眼を逸らすのではなく、断絶を断絶としてこれを謙虚に認めながら、しかもなお過去の忠実な再現を目指そうと心がけるとき、「歴史其儘」の理想が歴史小説制作上の有効な方法として十分に機能し得ること、それには、すでに幾つかの実り豊かな先例がある。その先例として鷗外や露伴の史伝を挙げるのは常識事項であるが、しかしもちろん、中島敦は鷗外とも露伴とも異る独自の道程を辿り、彼自身の短い文学的生涯を貫く内的必然性に強く促されて、「歴史其儘」の理想を自己の創作上の方法として掲げることができたのである。

その道程や内的必然性を探るために、ここでしばらく迂回しながら、サモア島における晩年のR・L・スティヴンスンの生活を題材とした、唯一の長篇『光と風と夢』のなかの次のような一節にまず注目してみようと思う。

性格的乃至心理的小説と誇称する作品がある。何とうるさいことだ、と私は思ふ。何の為にこんなに、ごた〳〵と性格説明や心理説明をやつて見せるのだ。性格や心理は、表面に現れた行動によつてのみ描くべきではないのか? 少くとも、嗜《たしな》みを知る作家なら、さうするだらう。吃水の浅い船はぐらつく。氷山だつて水面下に隠れた部分の方が遥かに大きいのだ。楽屋裏迄見通しの舞

台のやうな、足場を取払はない建物のやうな、そんな作品は真平だ。精巧な機械程、一見して単純に見えるものではないか。
　さて、又一方、ゾラ先生の煩瑣なる写実主義、西欧の文壇に横行すと聞く。目にうつる事物を細大洩らさず列記して、以て、自然の真実を写し得たりとなすとか。その陋や、哂ふべし。文学とは選択だ。作家の眼とは、選択する眼だ。絶対に現実を描くべしとや？　誰か全き現実を捉へ得べき。現実は革。作品は靴。靴は革より成ると雖も、しかも単なる革ではないのだ。

『光と風と夢』は、『ヴァイリーマ通信』を中心とするスティヴンスンの作品にほぼ忠実に基づいて書かれているが、いわゆる「述べて作らず」の態度を堅持している点で、「弟子」や「李陵」における創作方法の基本とかなり重なり合うところがあるものの、構成力の弱さといい、長篇小説にふさわしい動的な物語展開の欠如などといい、さまざまな局面において一箇の長篇小説としてはいかにも未熟であり、南洋の島の風物や風俗などの描写や、「空想と言葉との織物」としての文学への夢の表白に捨てがたい魅力が感じられるにもせよ、やはり全体としては試作の域にとどまっている印象の濃厚な作品である。失敗の有力な原因の一つは、たとえばほんの導入部のみを書いたまま中絶した初期の習作で、作者の心づもりでは明らかに長篇小説として企図されていた『北方行』の場合ほどははなはだしくはないとしても、語り手であるスティヴンスンと作者自身との距離がしばしば等価なものとして、ほとんど相対化の操作を施されることなく提示されている点に求められるだろう。したがってスティヴンスンが書き記す述懐や感想の類は、一応十九世紀イギリス作家という仮面を借りていながらも、往々にして作者自身のものとして読み取れるのである。また、おおむね、そうした作者自身の肉声に直接還元するような読み方が一般的なようである。仮面としての語り手の言葉のなかに作者自身が投影されることは、それを立証するのははなはだ困難であるとしても、シェイクスピアのようなmyriad-mindedな持主でさえも不可避的だと思われるのだが、要は、小説を書くことと「私」を表現することとが無造作に短絡されすぎているということである。しかもそういう魂胆がいかにも見えすいているような表現技術の拙劣さ、と言うよりもむしろ、それを背後で支えている小説観の未熟さは、中島敦という作家が、作者の影を作品の裏面に絶えず投げかけることを意図した私小説とは別箇の目標を掲げていただけに、あるいはまた、たとえ日常生活のごく限られた領域のみに停滞する私小説風な「私」とはいささか違う、作者の内面生活を支配する、「芸術と世俗」という観念の明白な現われとしての「私」を表現する

ことに力点を置いていたにもせよ、虚構《フイクシヨン》作品としての自立性すらほとんど危うくする致命傷にもなりかねない、ということである。

ここに引いたスティヴンスンの言葉も、その長篇自体の具体的なコンテクストにおいてはほとんど何の意味も持たぬ浮き上がったものでしかないが、中島敦の創作方法という、より一般的なコンテクストのなかに移し変えて初めて何らかの意味合いを帯びてくる幾つかの例の一つである。つまりこれは、山本健吉も名著『小説の再発見』で指摘したように、「スティヴンスンよりも中島自身の文学論、とりわけ日本の近代文学を批判した言葉」として刮目に値いするのだが、その批判は言うまでもなく、心理小説と私小説の伝統に対して向けられている。あるいはむしろ、両者がしばしば未分離のまま直結されて自己告白中心の独特な文学形態を生み出した日本の近代小説の特徴的な歪みや偏向への、中島敦一流の屈折した皮肉の言葉として受取れよう。山本氏の言葉を借りれば、「心理こそ楽屋裏の真実だという偏見が、心理主義の母胎になる。作者の影——事実それは〈影〉でしかないのだが——の尊重が、〈足場を取払はない建物〉のような作品」、ないしは「筋のない小説」、つまりはいわゆる「臍のある小説」を汎濫させることになる。この長篇の一節にあるように、中島敦は、自己告白を競い合っている私小説的文壇の現状を、「縄張を設け、自己の嗜好を神聖なる規則の如きものに迄祭上げ、他の世界には通用しさうもない其の特殊な狭い約束の下に於てのみ、優越を誇つてゐる」ような特殊社会と見ているのだが、そのような現状認識を踏まえて、「性格や心理は、表面に現れた行動によつてのみ描くべきではないのか」という小説の方法を打ち出すのである。しかし、ごたごたした「性格説明や心理説明」、あるいは「煩瑣なる写実主義」よりも、「水面下に隠れた部分」の大きさに眼を向けることによって成立するとの方法論の提唱にもかかわらず、意識的にせよ無意識的にせよ、『光と風と夢』がそうした方法を無惨に裏切る結果に終ってしまっているのは、結局のところ、私小説的な自己告白を否定しながらもスティヴンスンに自己告白を強要させてしまうという、この作品の構成上の不自然さや矛盾、あるいは自己の観念、思弁、心理などを直接そそぎ込むためのある種の容器のようなものとして作中人物を提出する作者自身の、ほとんど体質的と言ってもよい欠陥に由来すると思われる。これはある意味では昭和十年代の私小説的風土の有形無形の圧力に鋭敏に反応せざるをえなかった当然の成行きとも見えようが、そういった外的要因よりもむしろ、文学的出発の当初から中島敦の深部に巣くっていた「自己分析の過剰。行為への怯惰」(『北方行』第一篇二)にその発生源を突きとめることができるのではなかろうか。

中島敦の卒業論文は『耽美派の研究』である。郡司勝義氏作成の年譜によると、これは昭和八年に東京帝国大学国文科に提出されたもので、森鷗外、上田敏と「スバル」派の耽美的傾向を論じ、永井荷風（『つゆのあとさき』まで）及び谷崎潤一郎（『蘆刈』『盲目物語』まで）に終る四二〇枚の論考である。ここではまずポー、ボードレールからペイターやワイルドにいたる世紀末ヨーロッパの唯美主義文学が概観され、次いで、平安朝から鏡花までの日本の文学伝統における、この系譜の文学をも視野に収めたうえで、特に荷風と潤一郎にもっぱら焦点を当てながら、主として作品分析を通じてこの二家の耽美的傾向が鋭く剔出されている。中島敦の文学に一貫して認められる、ある種の老成ぶりがすでにこの論文のなかにも明瞭に窺われるのだが、「自分は作家となるやうに生れついてゐる。誰が何といはうと、それは定つてゐるのだ。」（『北方行』第一篇二）ということを早くから自覚していたにもしろ、そういう文学青年にありがちな気負いや高ぶりなどのいささかも見られぬ、一見冷静な学究的関心によって貫かれていると見えるこの論文には、それにもかかわらず、彼の文学を形成するうえでほとんど決定的役割を果したと思われる重要な因子が顕在していて興味深い。その第一は、それ自体必ずしも創見とは言いがたいにもせよ、耽美派文学を自然主義文学への反動という観点から把握することを通じて、自己の文学のあるべき形相を明確に定めたことである。しかもその際、範とするに足る作家として、鷗外や荷風ではなく、況んやしばしば比較の対象とされる龍之介でもなく、潤一郎を挙げているのは特記すべきである。事実、この論文では潤一郎に関する部分が一番熱がこもっており、さらにその情熱に十分見合うだけの秀逸さを獲得しているが、それはたとえば、潤一郎の「才能に真の〈みがき〉がかかるのは、これからであらう」（傍点中島）と適確な予測を行ないながらも、彼こそは「小器用さを誇り小成に安んずる日本人には珍らしい稟質」の持主、つまり「本格的な構想的ロマン作家」であるという批評や、『吉野葛』『盲目物語』『武州公秘話』等の文体に着目し、それが「文体の古典的情趣化を企てた」ものであることを指摘した箇所などからはっきりと知られるのである。だが、この論文は、一方的な潤一郎讃美によって埋め尽されているわけではない。龍之介が「筋のない小説」の面白味を主張したのに対して、潤一郎が小説の構成的・建築的な美を説いてこれに反駁した高名な論争に触れて、中島敦はこんなことを述べている。

但し前掲の、文学に於て最も構成的なものを小説とする、彼の説については、些か、同意しがたい所がある。私の考へによれば、文学に於て最も構成的力量を必要とするものは、戯曲—劇—である。劇にあつては、人物の

内面心理の文字による説明が省かれ、従つて、凡て、表面の葛藤によつて進められて行くものであるから、小説よりも一層（文字の面白さに依ることなく）構成の面白さが必要となるのである。勿論、小説に於ても、この構成の面白味は大いに認められるが、しかも、小説は、此の外に心理的描写、内面描写をも詳細になし得る所に、その強味があるのである。今、谷崎氏の作品を見るに、不思議に、その戯曲には、堂々たる構成の美を示したものが（小説よりも遥かに）少なく、「白狐の湯」「鶯姫」「象」「春の海辺」「ある男の半日」「愛すればこそ」の如く平面的なものが多い。「恐怖時代」なぞは例外と云つてい丶。「愛すればこそ」の如き、心理的経過に重きを置くべき種類のものを戯曲で書いてゐる——従つて極く表面的な動きしか書けてゐない——のは、この作者の心理観察の不得手なことを示すものであらうか……所詮、この作家に心理的方面の開拓を望むのは無理であるらしい。

「構成的力量を必要とする」戯曲に比べると、小説は「内面描写」や「心理観察」を詳細になし得る所にその「強味」があるというこの見解は、研究論文執筆に際して思いつかれた単に一時的なものなどではなく、中島敦の文学の基底部にあってそれに明瞭な輪郭を与えている本質的な要素の一つにほかならない。したがって、「感覚の世界にあつては、実に縦横無碍の大手腕を示す此の作家が、観念的・心理的な世界では甚だ不手際なのは、一寸滑稽な位である」という谷崎潤一郎に対する批評分析は、単なる鋭利な批評分析の言辞というのみにとどまらず、自己形成期にあった中島敦の文学の未来を予告する、もっと実質的な内容を孕んだものとして読める、と言ってよい。「構成の面白さ」よりも「観念的・心理的な世界」への傾斜こそが、私小説風な「狼疾記」や「かめれおん日記」を経て、『北方行』から『光と風と夢』にいたる彼の一連の作品を貫く歴然とした特質だからである。しかもそうした特質が最も鮮明に刻みつけられているのが、未完の習作『北方行』であることは言うまでもない。

2

中島敦が『北方行』を現在のかたちに纏め上げたのは昭和十二年秋のことだが、彼が大学を卒業した昭和八年秋頃にはすでにその一部を勤先の同僚に朗読してきかせたこともあったようだから、およそ四年越しの作品である。これは一口で言えば、谷崎潤一郎に刺戟されて本格的な長篇小説《ロマン》を志向しながらも、作中人物たちの「観念的・心理的な世界」に固着するあまり、物語展開の構成面で重大な破綻をきたしたために中断せざるを得なくなった小説である。

物語は三人の人物たちを中軸にして展開してゆく素振りを見せたところで唐突として途切れているが、現在残されている未完の『北方行』から知られる限りにおけるプロットを強いて要約的に述べると次のようになるだろう。すなわち、つい最近まで「自分は作家になるやうに運命づけられてゐる」という「奇妙な自覚」を持っていた自己分析癖の強い真面目な青年黒木三造は、彼の従姉で中国人の富豪と結婚した白柳子の住む北平（北京）に向けて船旅をする。五年前に夫に先立たれた白夫人は、美しい自分の娘の家庭教師をしている若い折毛伝吉と不倫の関係を結んでいるが、一方「存在の不確かさ」という形而上学的な不安に絶えず取り憑かれている伝吉は、その不安から逃れるために放浪と自暴自棄の生活を送っていて、白夫人だけではなく、自分の教え子でもある夫人の娘とも醜関係にある。しかもどうやら白夫人は二人の秘密の間柄に気づいたらしい。やがて三造が北京に到着し、白夫人の邸宅に登場人物たちが一堂に会する。時代は、蔣介石の第三次北伐の二年後、南京政府と北方将領の抗争の激化、及び共産軍の急激な台頭を背景とする一九三〇年夏のことである。

こう要約してみると、激動期の中国を舞台とした壮大な物語展開を告げる、いかにもロマンにふさわしい華やかな幕開きのように見える。事実、それを十分に期待させるだけの途方もなく豊かな可能性をこの作品が秘めていることは誰の眼にも明らかだろう。「自己分析の過剰。行為への怯惰」に思い悩むエリート青年三造、暗い過去を背負った虚無的な貧書生伝吉、そして二十年近くも中国人妻として中国で生活を過しながら、何としても中国人蔑視の感情を克服できないで自己嫌悪に駆られる白夫人。人生経験といい、生活環境といい、人生観といい、それぞれ際立った対照を見せるこれら三人の個性的な人物同士の交渉の様態、あるいは各自の内面の変貌の過程を、彼らを取り巻く外的現実とのかかわり合いのもとに叙述していくという基本構想の形象化が、中島敦の重要な関心事であったことは、現行の習作『北方行』からも容易に知られるとおりである。

先にちょっと触れたように、三造、伝吉、白夫人の三者が一堂に会し、とくに二人の青年たちのあいだに相互影響のきざしがかすかに見えはじめるところでこの作品は中断している。あるいは伝吉と白夫人との関係について言えば、自分が「白夫人を殺すやうになるかも知れんぞ」ということを伝吉は予感するが、白夫人にしても彼との愛情のない情事を「生きながらの地獄絵ではないか」と見抜いているし、この不吉な予感の実現が、おそらく、書かれざる『北方行』の物語展開において最も枢要な位置を占めることになるのではないか、ということすら予想させるところで終っているのである。

この作品はなぜ中断し未完のまま筆を擱かれたのだろう

か。この作品をついに放棄したとき、中島敦の脳裡には、彼が敬愛していた谷崎潤一郎に「不完全な失敗作」や「未完成のまま筆を投じた作品」(『耽美派の研究』)の数がいかに多いか、ということがおそらく閃いたに違いない。「弟子」や「李陵」の完成度やこの作家の早熟ぶりなどから類推して、彼は器用な作家と言われることがあるが、彼はむしろ本質的には不器用な、ある意味では大器晩成風な特性をそなえていた作家だったのではあるまいか。小器用に纏めようと思えばどうにでも纏められたはずの『北方行』を、四年の歳月を費やしながら未完成のまま放置したという事実は、何よりも彼の不器用さを雄弁に語っているからである(彼が芥川よりも谷崎に大きな興味を抱いていたこともその有力な証拠の一つに数えられよう)。

　その不器用さが『北方行』で最もあからさまに示されているのは、三人の主要人物たちの内面生活の提示の方法であろう。『北方行』において最も眼につきやすい特徴は、主要人物たちの心理や内面の描写が、彼らの一々の行動からまったく切り離された、分析的説明の対象とされていることだが、したがって当然のことながら、そこで用いられる文体も分析的、説明的な傾向を多分に帯びているのである。「分析的精神」に呪縛された三造について、作品の冒頭部で作者はこう書いている。

> いつのころからか、彼は、自分と現実との間に薄い膜が張られてゐるのを見出すやうになつた。そして、その膜は次第に、そして、つひには、打破り難いまでに厚いものになつて行つた。彼は、その、寒天質のやうに視力を屈折させる力をもつ、半透明な膜をとほしてしか、現実を見ることができなくなつて了つた。彼は、ものに、現実に、直接触れることができない。彼がものに触れ、ものを見、又は行為する場合、それは、彼の影がものに触れ、ものを見、又は行為するのである。彼はこのことを発見した。が、奇妙なことに、この意識は最初の中、彼に満足を与へてゐた。これこそは、文明人の、乃至は知識人の、最後の資格であるといふふうに考へられたのであつた。その中に、しかし、彼は、やうやく、自分が、このやうにして、二進も三進も行かないどんぞこの泥濘に陥つてゐたことに気がつきはじめた。その時、自分が不知不識の中に、いや、むしろ得意然として、進んで行つたその路が、如何に、救ひやうのない頽廃に爛れてゐたか、如何に混沌たる迷蒙に陥つてゐたか、如何に有毒な瘴気につつまれてゐたかを見出して彼は慄然としたのであつた。自分とは何だ。現実とは何だ。そんなことは誰にも分りはしない。が、少くとも現在の三造にとつて、現実とは、今自分のふれてゐるものではないことは確かだつたし、又、自分の行為は、すべて自分の行為ではな

く、自分の影の行為に過ぎないことも、それと同じやうに確かであつた。彼はこの膜をつき破らうとした。彼はどうにかしてこの影を投げうたうとした。彼はこの殻から脱け出さうとした。どんな悪魔でもいい。もしも、それを買ひにくるものがあれば、彼は喜んでその影を売渡したであらう。（傍点作者）

これは具体的な生の現実から疎外され、それに積極的に関与する能力の欠如を訴える三造の、観念ばかりが先行し、しかもそういう観念の先行する意識の状態をつねに反芻し、徹底的に分析解剖してやまぬ内面の屈折した動きが、文末における「た」止めの頻用によって、いかにも切迫した響きとリズムを伴って定着されている。『北方行』のなかで最も印象に残る内面描写の一つである。こうした内面描写は、三造の場合だけではなく、伝吉や白夫人の場合にも顕著に認められるのだが、そこから鮮明に浮び上がってくる共通の特色は、行動よりも心理を、行動の提示よりも心理説明、ないしは心理解剖に重きを置こうとする作者の姿勢である。ここには明らかに「小説は……心理的描写、内面描写をも詳細になし得る所に、その強味がある」という、谷崎潤一郎論で描かれた小説についての大まかな設計図に基づいて、心理的、観念的色合いの濃い小説を書こうとする、若い作者の意気込みがたやすく見て取れるだろう。しかし、そうした心理的描写や内面描写を作品内における具体的な物語展開の構成とどのように有機的に絡み合わせ、微妙なバランスを保っていくか、ということが、とりわけ長篇小説を書きついでいく際には当然問題となるはずである。白夫人とその娘の両者と乱倫関係を結び、しかも白夫人殺害をひそかに予感する伝吉、そして彼らを訪ねて日本からやって来た三造といった具合に、激動期の中国を舞台に選んだこの作品の作中人物たちの意図的な組み合せから、何かしらドラマティックな事件が惹き起こされることを読者に多かれ少かれ予測させるが、そういう具体的なプロットの進行と、未完の『北方行』に細叙されている数多くの事例から十分に察知できるような作中人物たちの「観念的・心理的な世界」への固着とをどう繫ぎ合わせ、連結させていくかという問題が、この作品執筆中の中島敦に次第に重くのしかかっていたと思われるからだ。言葉を換えて言うなら、それはたとえば、

馮玉祥は、戦線にあり、閻錫山はまだ北平に出でこず、要人達は北平と石家荘との間を頻繁に往来してゐた。共産軍事件に北方派は意気揚り、八月七日、最初の拡大会議が懐仁堂に開かれ、政府組織と蔣弾劾に関する宣言が発表されたが、戦局は八月に入つて、いちじるしく北軍に不利になつて来た。十日前後になると、津浦沿線の山

西軍は南から中央軍に圧迫され、大汶口から泰安、泰安から済南と次第々々に追込まれて行った。それにその頃から一旦下野した筈の韓復矩が、新たに中央軍の一翼として高密あたりから膠済線に沿つて済南に進撃しはじめた。十五日つひに済南は中央軍に占領され、高梁と瓜畠の間に砂埃を立てて山西軍は黄河以北に総退却をはじめた。「徳州にて西瓜を喰ひ北平にて仲秋月餅を喰はん」といつた蔣介石の豪語もやがて実現するかに見えた。

（第四篇）

における即物的記述に基づく、「弟子」や「李陵」に直接波及していくような文体と、先ほど掲げたような三造の内面描写を企てた分析的、説明的性質の濃厚な文体とをどう両立させていくか、という問題でもあったはずである。

だが、こうした問題に直面しながらも、中島敦はそれをうまく切り抜けることに失敗した。その最大の要因はやはり、作中人物たちの「観念的・心理的な世界」へとのめり込む作者自身の根本的姿勢にあると言って差支えないだろう。しかも作者自身と作中人物たち（ことに三造と伝吉）とのあいだに当然あるはずの距離はほとんど切り捨てられ、菅野昭正氏も精密きわまる『北方行』論（『小説の現在』所収）ですでに指摘したように、客観化・相対化の手続きを経ることなく、作者と作中人物が無造作に結合されるのである。つまり作中人物たちは、作者自身の取り憑かれていたさまざまな観念を吐露する代弁者と化しているばかりでなく、そうした観念によって心理や行動を規制され、自由にのびのびと身動きできない状態に置かれてしまっている。そのことを誰よりも敏感に感じ取っていたのが、ほかならぬ中島敦自身ではあるまいか。そして『北方行』の完成をついに放棄したとき、彼がこの貴重な試行から学んだ教訓、つまり「私」を求めてひたすら内面や観念の世界へと沈潜することは、そこに意識的な距離設定の操作を施さない限り、結局のところ、ごく狭い外面的な日常生活における「私」から出発して、当然のごとくまたもとの卑俗な「私」へと戻っていく私小説の場合と同様に、卑小な自己に不必要に固執しこだわることになり、その挙句には、自己を普遍という鉱脈へと誘導し、それと結びつけてくれる坑道を切り拓くことを不可能にしてしまうのではないか、ということだったのではないのか。先に引用した『光と風と夢』の一節で、ごたごたした「性格説明」や「心理説明」を歯切れよく否定し、「性格や心理は、表面に現れた行動によつてのみ描くべきではないか」ということを手のひらを返したように説えたのも、窮極的には、『北方行』の挫折によつて得られた彼の新たな認識にその淵源を見出すことができると言ってよい。そしてその認識を見事に定着し得たのは、むろん『光と風と夢』ではなく、中国古典

に題材を仰いだ最晩年の一連の短篇小説、とりわけ「弟子」と「李陵」にほかならないのである。

3

おそらく『北方行』の執筆中に書かれたと推定される「断片七」で、中島敦は心理描写を二つの型に分類している。一つは「心理分析、もしくは心理解剖の名があてはまる」描写であり、もう一つは「作中人物の心理を見るためには、彼等の行動を見、彼等の言葉を聞くより外にない」という類の描写である。前者に属する作家としてはトルストイ、スタンダール、ブールジェ、鷗外が挙げられている。後者の例としてはドストエフスキー、漱石。そして『罪と罰』『赤と黒』『キタ・セクスアリス』等から引例がなされていて、各作品の具体的な心理描写が検討されている。

これはおおよそのところ、客観的な分類と言ってよいが、ここでいささか注意を促されるのは、鷗外に対する微妙な語調である。中島敦の大学院での研究課題は「森鷗外研究」であったことを年譜は教えてくれるが、この「断片七」で鷗外の小説における心理描写は何よりもまず「分析的・説明的傾向」を呈し、その「心理説明が〈理解〉を主とした学究的なものであり、興味に重きを置いていない点が特に指摘されなければならない」とし、「この傾向があまり甚しくなると、小説を離れた、大学の講義に近いものとなる危険がある」というふうに、鷗外の特徴を彼は鋭く衝いているのである。そして『キタ・セクスアリス』が余り成功しなかったのは、「この講義的説明の過多による」とするのだ。これは言うまでもなく、鷗外批評であると同時に、中島自身の自己批評でもある。その点で「心理描写に充ちているが、しかも心理説明は一行もない」作品を書いたとする、ドストエフスキーへの明白な讃嘆の念を滲ませた語調とはきわめて対照的である。もっぱら作中人物の「心理説明」を目指す文体を心理の文体、これに対して作中人物の一々の「行動」の描写を通じてその心理を提示、もしくは暗示しようとする文体を行動の文体と仮に名づけ得るとすれば、『北方行』あたりを境にして、中島敦は心理の文体から行動の文体へと徐々に方向転換していったのではないだろうか。もちろん、一般に小説家の文体は、少くとも心理描写に関する限り、この両極のあいだを微妙に揺れ動くものだが、中島敦の場合、紛れもなく意識的、自覚的に心理の文体を捨て行動の文体へと傾斜していったと思われる。これは夭折した彼の短い文学的生涯における最も劇的な事件だったのではないだろうか。その観点から眺めるならば、『光と風と夢』は、彼が心理の文体から行動の文体創造へと向った、いわば過渡期の刻印を明瞭に刻印した作品と見ることができるのである。そして「古譚」や「わが西遊記」や「古俗」などにおける実験的な模索を経

て、一気に絶頂へと登りつめた最晩年の傑作「李陵」の文体がくる。

前述したように、「李陵」は二つの史書、つまり『漢書』と『任少卿に報ずる書』を典拠にして書かれている。司馬遷の『史記』「李将軍列伝」付載の「李陵伝」も当然これに加えてよいだろう。李陵とは言うまでもなく、『史記』に「射を善くし、士卒を愛す」と記された漢の武帝の時代の将軍であるが、彼は武帝に対して、「臣、願わくば、少を以て衆を撃ち、歩兵五千人もて、単于《ぜんう》が庭《てい》に渉《わた》らん」(『漢書』)と答えて辺塞地方の奥深くに出軍し、匈奴の騎馬軍団を撃破しながら、圧倒的な勢威を誇るその大軍に敗れて、「面目の陛下に報ずるもの無し」の一言を残してついに匈奴に降り、逆臣の汚名をうけて留守中の母や妻子たちをことごとく武帝に殺戮されたため、以後中国へ帰還することなく、帰化人として匈奴の遊牧部族国家で生涯を終らざるをえなかった悲劇の主人公である。単なる悲劇の武人・不遇の英雄たるにとどまらず、遊牧騎馬国家における「帰化人」としての観点から李陵をとらえた興味深い、この短篇を読むうえでの必読の論考に、「烏兎匆匆三十年」李陵に取り憑かれていたという歴史学者護雅夫氏の『李陵』があるが、中島敦の短篇「李陵」は、この悲運の武将李陵の後半生を史実に拠って追究するとともに、彼と深い因縁の絆で結ばれていた二人の当代の人物、すなわち匈奴に降った李陵を弁護したため天子の逆鱗に触れ、「醜陋な宮刑」を科せられた司馬遷、そして匈奴に捕えられながら頑なに降服を肯《がえ》んぜず、北海(バイカル湖)のほとりで牧羊者として天涯孤独の生活を送り、ついに許されて十九年ぶりに帰国する蘇武の後半生が、これもまた史実に則って、簡明忠実に復元され、李陵の物語のなかに巧妙に組み込まれているのである。

「漢の武帝の天漢二年秋九月、騎都尉・李陵は歩卒五千を率ゐ、辺塞遮虜鄣を発して北へ向かつた」というリズミカルな漢文調の書き出しではじまる「李陵」は、二人の武人と一人の文人の悲劇を鮮かに浮彫りにしていて余すところがないが、それにしても中島敦は、二千年以上も昔の中国の故事のどこに心惹かれたのだろうか。かいつまんで言えば、それは何よりもまず、この故事が運命と人間の出会いとの確執の原型をきわめてドラマティックに伝えているからである。しかも李陵をはじめとして、司馬遷も蘇武も、人間の卑小な力などを遥かに超えた運命の邪悪さに翻弄されながらも、自己の内なる「丈夫」の精神を決して放擲せぬ行動の人として提示されているが、とりわけ「丈夫」、ないし「男」という言葉は、「李陵」の主題に直結するキー・ワードとして特筆に値する。たとえば、

とにかくこの単于《ぜんう》は男だと李陵は感じた。(傍点作者)

任立政はさり気なく陵の傍に寄ると、低声で、竟に帰るに意無きやを今一度尋ねた。陵は頭を横にふつた。丈夫再び辱しめらるゝ能はずと答へた。

司馬遷は自分を男だと信じていた。文筆の吏ではあつても当代のいかなる武人よりも男であることを確信してゐた。（傍点作者）

といった具合に用いられているのだが、これは明らかに、遊侠の徒子路に孔子の門へ入る機縁を与えた短篇「弟子」における彼の認識「この人（孔子）はどこへ持つて行つても大丈夫な人だ。潔癖な倫理的な見方からしても大丈夫だし、最も世俗的な意味からいつても大丈夫だ」（傍点作者）などとも照応し合っていて、この両作品における一群の「丈夫」としての人間像を形成しているのである。

　もちろん中島敦は、これらの「丈夫」たちの行動を史実から奔放に離れて潤色したり、それに近代風の心理的解釈を適当に施しているわけではない。それどころか彼らの行動は、余分な誇張や省略をされることなく、いわばあるがままに、即物的にとらえられていて、くだくだしい心理説明はすべて排除され、作中人物の心理は彼らの具体的な行動や言葉から推し量るしかないのである。

歩哨の報告に接した李陵は、全軍に命じて、明朝天明とともにただちに戦闘に入るべき準備を整へさせた。外に出て一応各部署を点検し終はると、ふたたび幕営に入り、雷のごとき鼾声《かんせい》を立てて熟睡した。

十数日間も「地上には一騎の胡兵」をも見ず、翌日は進路を変更することに決定した夜、歩哨が「爛々たる狼星」のすぐ下あたりに匈奴軍の赤黄い灯火が一瞬点滅するのを発見する。その報告に接した李陵のいかにもきびきびした武将らしい行動がここに簡明に記述されているのだが「少を以て衆を撃たん」という豪語にもかかわらず、八万対五千という圧倒的に劣勢な自軍の現状に、翌日の戦闘を前にした一軍の統率者たる李陵の心境にはいろいろ複雑なものがあったに違いない。思い迷うこともあったろうなどと、今日の心理に引きつけて解釈をつけ加えたがるのがわれわれ近代以降の人間の習癖である。しかし、中島敦はそのようないっさいの恣意的な心理解釈を斥け、あたかも李陵のような「丈夫」には当然のことでもあるかのように、ただ素気なく「雷のごとき鼾声を立てて熟睡した」と書くばかりなのだ。われわれはそれをそのまま素直に受け入れるしかないし、このような記述から李陵の心理をあれこれ引き出そうとしても所詮無駄だろう。ここから窺い知れる

のは、李陵が近代的尺度では容易に秤れぬ、まさしく古代の剛毅な「丈夫」に相違ないということなのだから。「丈夫」として当然のことながら、彼は軍規にすこぶる厳しい統率者である。たまたまある兵車中に彼は「男の服を纏うた女」を発見する。「衣食に窮するままに、辺境守備兵の妻となり、あるひは彼らを華客《とくい》とする娼婦となり果てた者」が兵車中にひそかに隠れて従い来たったのである。

李陵は軍吏に女らを斬るべくカンタンに命じた。彼女らを伴ひ来たつた士卒については一言の触れるところもない。澗間《たにま》の凹地に引出された女どもの疳高い号泣がしばらくつづいた後、突然それが夜の沈黙に呑まれたやうにフット消えていくのを、軍幕の中の将士一同は粛然たる思ひで聞いた。

『漢書』「李陵伝」でこれに該当するのは「陵、捜して得、皆な剣もて之れを斬る」という箇所のみである。詩と歴史の真の相違は、一方は韻文で他方は散文で書かれるといった形式上の相違にあるのではなく、歴史が過去に「起ったこと」を述べるのに対して、詩は過去に「起ったかもしれないこと」を述べるところにあるのであって、詩のほうが歴史よりもいっそう「哲学的で高度なもの」であると語ったのはアリストテレス（『詩学』第九章）である。歴史よりも詩を尊ぶのは、前者が「特殊的なもの」を表現しがちであるのに比して、後者が「普遍的なもの」の表現に向うからである。「普遍的なもの」とはつまり、「ある種のタイプの人間が、蓋然性や必然性の法則に従って、折にふれて語ったり行動したりするそのありよう」を意味するのだが、このアリストテレスの見解は、小説と歴史をめぐる問題に鋭い考察を加えた現代の哲学者たちの著作の重要な支柱の一つになっていると言ってよいだろう。たとえば、ルカーチ、たとえば、R・G・コリングウッドの。

アリストテレスの語る「蓋然性や必然性の法則」というのはもちろん、近代科学や哲学におけるようなはなはだ複雑な概念ではなく、性格とか、置かれた状況とかによって、ある人間に起ることが予期されたり、あるいは必ず起るに違いないと思わせるような事柄ほどの意味だろう。つまりこれをいささか敷衍して述べれば、詩人、ないしは小説家にとって、歴史とは、事実という粗い糸で織り上げられた巨大な織物であって、歴史家ならそのままにしておくようなその微妙な欠落部分を修復するために、想像力という糸を用いて手を加え、縫い合わせる、ということになるだろう。ただしその場合、事実に即して縫い合わされるか否かによって、修復された織物の模様が著しく異ってくることは言うまでもない。いわゆる「歴史其儘」と「歴史離れ」の小説は、要するに、その縫い合わせ方いかんにかかって

くるのである。しかし、このいずれにせよ、修復作業が共感と洞察力と節度を基盤にして行われるとき、その織物はある種の変容を蒙ることになる。その種の変容を促す動機は、もちろん過去を現代に引き寄せ、これまで漠然と曖昧にしか見えていなかったものを正確にとらえ、明確な表現を与える、ということになるだろう。だが、問題は、作品の作品としての一貫性と結構を、言い換えれば、その現代性を損うことなく、作者がどこまで過去に肉迫し、過去を過去として掌握し得ているかを見極めることにあると言ってよい。つまり修復作業によって新たに補塡された模様が、織物の地の模様とはなはだしい異和感を起すことなく、それと融合調和して、変容した織物全体に独特の新鮮な魅力をもたらしているか、ということである。歴史小説の魅力は、つまるところ、そこに帰着すると思われる。

このような観点から見るとき、兵車中に隠れひそんでいた女たちを情容赦なく処刑した李陵の行為の記録は、あくまでも史実に即しながら、その欠落部分を想像力によって照し出し、それを細部にわたって丁寧に掘り起し、可視的なイメージとして定着させた、この作品の典型的な例の一つとして眼に映るのである。とりわけ「李陵は軍吏に女らを斬るべくカンタンに命じた」における「カンタン」という片仮名の使用は、現代人が考えるような単なる残忍性や非情とも異る、敵地での激しい戦闘を前にした古代の「丈夫」の精神の緊張と剛毅さを現代的な言語感覚で浮彫りにしていて、「簡単」という漢語を用いた場合よりも遥かに奥行の深い微妙なニュアンスを表現し得ているのである。

さらにまた、女たちの「疳高い号泣」が突然「夜の沈黙に呑まれたやうにフッと消えていく」のを聞いた将士一同が「粛然たる思ひ」にとらわれるという叙述は、斬死させられた女たちの哀れさや命のはかなさを鮮かに伝えていると同時に、李陵や将士たちをいまにも呑み込もうと待ちかまえている死や運命の冷厳な存在をも暗示していて、この作者のいわゆる「水面下に隠れた部分」の大きさを掬い上げた表現の一つとして印象深い。行動の文体がその特性を如実に発揮するのは、こういう場面を措いてほかにはないのである。

「李陵」をはじめとする、中国古典を題材とした中島敦の後期の短篇小説の文体は、雄勁な漢文脈と調べを現代文に採用しようとする作者の果敢な企てとしての性質を著しくそなえているが、これはもちろん、「狼疾記」に書き記されているように、「父祖伝来の儒家に育つた」彼のほとんど体質にまで化していた素養に依るところが多いとはいえ、やはり彼自身の内的必然性に強く促されて意識的に選び取った文体でもあることは否みがたいと思われる。言い換えれば、そうした伝統的、東洋的な漢文調は、素朴な懐古的センチメンタリズムや偏奇な骨董趣味と結びつくのではな

く、中島敦が早くから呪縛されていた、「ものに、現実に直接触れることができない」とか、「存在の不確かさ」といったような、現代的な疎外感や不条理の意識という精神の複雑な屈折を、心理説明や内面描写や自己告白に傾斜しがちな現代口語文の文体によってではなく、一見反現代的・時代錯誤的とも見える漢文調混じりの現代文を駆使することを通じても間接的に表現可能なことを、毅然として例証して見せたものとして受取れるのである。中島敦が李陵、司馬遷、蘇武という悲劇的運命に見舞われた歴史上の人物たちに熾烈な関心を寄せたのも、彼らの悲運な生涯の軌跡を辿ることによって、ほとんど洞視と言ってもよい想像的視覚を働かせながら、「運命」とも「世界のきびしい悪意」（「牛人」）とも呼べるようなものによって押し潰されそうになりながらも、「丈夫」として生き抜いていく彼らのなかに、特殊な個を超えた人間の生き方の普遍的原型を摑み取ることができたからである。そのことを通じて中島敦は、『北方行』に明示されているような観念的な自己肥大の隘路から脱出し、自己の内面の苦渋をより大きな普遍という——すなわち過去と現在を同時に包み込み、両者を確実に繋ぎ留めてくれる普遍という鉱脈を探りあてるべく坑道を掘り進めていったのだ。「李陵」には、そうした坑道を必死に掘り進めている若い作者の緊張と衝迫が言外につねに感じられ、もっぱら題材の奇異性に頼った「名人伝」や「山月記」などよりも遥かに高い文学的緊張度に貫かれていると思うのだが、「述べて作らず」を旨とする仮面としてのその文体は、若くして古典主義的な文学姿勢を身につけたこの作家の、近代的な自意識超克への希求を実現する堅固な架橋として鮮明に印象づけられるのである。

（昭和五十二年九月号「ユリイカ」、昭和六十一年九月三十日沖積舎刊『幻想の風景庭園』所収）

資質としての狼疾

野口武彦

一

「其の一指を養ひ、其の肩背を失ひて知らざれば、則ち狼疾の人と為す」と、これは『孟子』、「告子」上篇の語句であるが、中島敦はこの言葉を自作の小説『狼疾記』のエピグラフに援用している。狼疾とは何か。朱子の『孟子集注』によれば、「狼、善く顧みるも疾《や》めば則ち能はず」とあり、一本の指の痛みに耐えかねて平常心を失った精神状態とでもいった意味であるらしい。幕末の儒者、佐藤一斎は、おそらくこれは戦国当時の俗語だろうといい、「字義は臆度すべからず。大意只だ、悍然と顧みざるのみ」と『孟子欄外書』で断じている。

　定義は臆度すべからず。しかし、この『狼疾記』にかぎらず、中島敦が短命な生涯のうちに書き残した数多からぬ作品のうちには、この狼疾の病症が、さながら一つのトラウマのごとくくっきりと浮き出ているように見える。たしかに中島敦は、その文学的資質の核心部分に一本の病める指、何ものかを指向しようとするが、その行為が耐えがたいうずきをともなって全存在を「昏憒瞀乱《こんかいぼうらん》」せしめる態の心疾を持っていた作家であった。『狼疾記』の主人公、三造はそれを「存在の不確かさ」の感覚というふうに呼んでいる。それはたとえば、たまたま洋食屋で見かけた男の頸の大きな赤い瘤から放散される奇怪な光として主人公を襲ってくるのである。

　この男の意志を蹂躙し、彼からは全然独立した・意地の悪い存在のやうに、その濃紺の背広の襟《カラー》と短く刈込んだ粗い頭髪との間に蟠踞した肉塊――宿主《やどぬし》の眠つてゐる時でも、それだけは秘かに目覚めて栖つてゐるやうな・醜い執拗な寄生者の姿が、何かしら三造に、希臘悲劇に出て来る意地の悪い神々のことを考へさせた。かういふ時、彼は何時も、得体の知れない不快と不安とを以て、人間の自由意志の働き得る範囲の狭さ（或ひは無さ）を思はない訳に行かない。俺達は、俺達の意志でない或る何か訳の分らぬもののために生れて来る。俺達は其の同じ不可知なもののために死んでいく。

　大きな醜い赤い瘤は、いや、その眺めが誘発した想念は、

この主人公にすっかり食欲をなくさせるのに充分であった。

中島敦は、作中主人公を三造と名づけた作品をいくつか書いている。ふつう代表作とされる『光と風と夢』、『弟子』、『李陵』、『山月記』などの系列とは異なる、いわば自伝風の作品の多くはそうであって、それらはほぼ芥川龍之介における保吉物に似た位置を占めているのだが、作者が三造の口から語らせているこうした心的体験の数々は、そのまま中島敦自身の存在に巣喰った狼疾であると見なしてよいだろう。すでに少年時代から自分は「二つの異なつた希求に烈しく悩まされた」と、この主人公は告白している。一つは、「『あらゆる事柄（あるひは第一原理）を知り尽くし度い』といふ欲望」であり、もう一つは、「『出来る限り多くの事物が（あるひは其の事物の原因が）自分の理解を絶した彼方にあればいゝ』といふ前のとはまるで反対の奇体な願望」である。少年が成長するとともに、その心の内部で確実に育ってきたのは、第三の、別の言葉でいえば「此の世界の不確かさ・哀れさに対する恐怖から生れた強い希求」であった。早熟で感受性の強い少年になら、つねにおとずれうる形而上的欲求のたぐいであるともいえばいえる。が、その少年をやがて作家中島敦にしたものは、その欲求が実現不能とわかった後も、心の底に残った形而上的孤独の感覚であった。そしてそれこそが、かの狼疾なるものの本体であったことはいうまでもない。

狼疾といえば、中島敦にはいくつか漢詩の作があるが、気をつけて見ると、そのなかに時おり天狼星のイメージが現われることが眼に留まる。天狼星。大犬座の首星。われわれがシリウスと呼んでいる冬空の一等星の漢名である。

文を攻《をさ》むること二十年
自ら嗤《わら》ふ　世事に疎きを
夜偶《たま》たま書を繙《ひもと》くに倦み
起ちて仰げば天狼熾《さか》んなり

あるいはまた――

平生の懶拙《らんせつ》星を瞻《み》て悦ぶ
半夜霄《そら》を仰ぎて俗説を忘る
銀漢斜めに奔《はし》る白渺茫《べうばう》
天狼沍《こほ》らんと欲して稀に明滅す

もちろんわたしは、これらの詩中の天空に輝いている天狼星をただちに狼疾と結びつけようとしているのではない。しかし、この厳冬の輝星が作者の視野で放つ光芒は、われわれがふつう夜空に見上げるそれよりもはるかに強烈であるという印象をわたしは受ける。満天に散らばるあまたの星屑の中から、天狼星はひときわ熾んな白光を地上の作者

に、いや、作者の内部のそれに呼応する部分に送りつけ、何かの恩寵を約束しているかに見える。とはいえ、天狼星のまたたきが約束する恩寵とは、とりもなおさず、受信者をあの「存在の不確かさ」の感覚のうちに佇立させる以外のものではなかった。「凡てが言はれ、考へられた後に結局、人は己が性情の指さす所に従ふのだ。その論議・思考と無関係に、である」と、『狼疾記』の主人公はふと呟く。そしてもしも中島敦の「己が性情の指さす所」が天空に射影されたとしたら、それは疑いもなく、そのきわだった輝度のゆえに暗黒中の自意識の光点にも比されるべき、天狼星の位置にこそあった。

その中島敦が、他にたとえば、こんな漢詩も作っていることは、決して右の推測を否定するものではあるまい。作者は時として、天空の観念上の中心にも眼を向けることができるのである。

北辰何ぞ太《はなは》だしく廻《めぐ》らん
人事固《もと》より嗤ふに足る
知己無きを嘆くこと莫《なか》れ
星を瞻て自ら怡《たの》しまんと欲す

『論語』、「為政」篇に曰く、「北辰其の所に居り、衆星これに共《むか》ふ」と。北辰、すなわち北極星は現在の小熊座βであるが、周初から秦漢まではその位置が北極点に近かったのでそう呼ばれていた。現在の北極星、小熊座αとは別の星である。夜ごとに旋回する天頂周辺の衆星の中で、天極に近いこの星だけは不動であり、地の中心を南北に貫通する軸の真上にあると信じられていた。世界を秩序が支配することを象徴する、いや、地上に告知する、星辰の荘厳な儀式である。

こうした伝統的なイメージを借りきたり、わが身を北辰に擬したこの詩からは、しかし孤高な不動心というよりも、何かもっと切実な孤独感のようなものが漂い出ている。そもそも北辰は、天狼星ほど煌々たる輝きを夜空に放つことはないのである。そして、これら二つの星の象徴は、さきに『狼疾記』の主人公が語った「二つの異つた欲求」のそれぞれに、ひそかに対応しているかのように観察される。北辰と周囲の衆星が動的に図解する秩序への欲求と、別の詩では「清明未だ到らざるに天狼没す」とされるような、動静つねなき、いわば世界の不安定さの不思議な吸引力と、中島敦の文学が短いながら鮮烈に描いた軌跡は、この二つの重心の間に、しかししだいに後者に傾きながらたどられてゆく径路を示しているのである。

二

初版本全集に付されたかんたんな年譜には、昭和八年、

大学を卒業して横浜高等女学校に就職した中島敦が、この頃、英文学および中国文学を研究し、「とくに、左伝、韓非子、荘子及び列子を愛し」たと記されている。もとよりこの記述はあまり簡略にすぎて、そのままでは何ごとか中島敦について語る根拠とするほどの資料性を持たない。しかし、ここに一見無造作に列挙されている中国古典の書名は、いささかわれわれの眼を引くもののように思われる。なぜ『史記』ではなく『左伝』なのか。なぜ『荀子』でなく『韓非子』なのか。たとえばそんなふうに設問してみることも、われわれにはできそうなのである。

『左伝』、成公十年の条に、以下のような文章がある。

　晋侯《しんこう》夢む。大厲《たいれい》（幽霊——注）髪を被《かぶ》りて地に及び、膺《むね》を搏《う》ちて踊る。曰《いわ》く、余が孫を殺すは不義なり。余、帝に請《こ》ふを得たり、と。大門と寝《しい》門とを壊《やぶ》りて入る。公、懼《おそ》れて室に入る。又戸を壊る。公、覚む。桑田の巫《ふ》を召す。巫の言、夢の如し。

この後には、「病膏肓《やまいこうこう》」に入るという成句の典拠になったもう一つの夢物語が続く。『左伝』中でも特によく知られた文章であるが、一読してわれわれが得る文字どおりに夢魔的な印象は、まことに迫真の一語につきる。いうまでもなく、『左伝』とは『春秋左氏伝』、孔子が制作したと伝えられる魯の国史、『春秋』の経文についての注釈書の一つである。いま引用した箇所は、『春秋』の成公十年六月、ただ簡潔に「丙午晋侯獳卒《どうしゅつ》す」とだけ書かれた記事についての『左伝』の文章である。他の注釈書、たとえば『公羊伝』の同じ条には、まったく何の記載もない。一般に、『春秋』の経文についての注釈がそれ自体一つの物語になっていることが、『左伝』の特色であり、その文学性であるといってよいのである。

頼山陽は『日本外史』の戦闘描写に『左伝』の骨法を借りたといっているが、たとえばそれと同じ意味で、中島敦が『左伝』を愛読したかどうかはわからない。だが、右の文章の行間に浮かび出る異様に鮮明な夢魔の輪郭から、ただちにこの作家の或る作品を思い起こすのは、決してわたしひとりではあるまい。中島敦もまた、奇怪な圧迫感に満ちた夢の場面を再現することから、『牛人』を書きはじめているのである。

「或夜、夢を見た。四辺の空気が重苦しく立罩《たちこ》め不吉な予感が静かな部屋の中を領してゐる。突然、音も無く室の天井が下降し始める。極めて徐々に、しかし極めて確実に、それは少しづつ降りて来る」と、緩慢にすべりだす悪夢のうちに息苦しくあがいているのは、魯国の大夫、叔孫豹なる人物である。もちろん、『春秋』にも『左伝』にも登場しており、この一篇がそれに題材を得ていることはいうま

でもない。

だが中島敦は、『左伝』が主題としている魯国の政争それ自体を描こうとはしなかった。それは物語の後方にいわば舞台背景としてしりぞき、前景にほとんど均衡を失するまでに大きく迫《せ》り出してくるのは、叔孫豹が庚宗の地の一美婦に生ませた庶子、豎牛《じゆぎゆう》の顔である。「豎牛、其の室を乱してこれを有《たも》たんと欲す」と『左伝』に記されたこの野心家の、その内心に立ち入ることさえ作者はしていない。まずはじめに、主人公の悪夢のうちに現われる、だれのものとも知らぬ、異様な面立ちの顔がある。「ふと横を見ると、一人の男が立つてゐる。恐ろしく色の黒い傴僂《せむし》で、眼が深く凹み、獣の様に突出た口をしてゐる。全体が、真黒な牛に良く似た感じである」と語られたこの顔は、やがて数年後、主人公が生ませた子と名のる現実の存在として眼の前に立つことになるだろう。現実。そうはいってもこの現実は、しだいに悪夢の連続に似た様相を呈しはじめるのである。

豎牛の奸計によって二人の息子を次々と失った叔孫豹は、ついに同じ手口で餓死にまで追い込まれる。衰弱して昏睡状態におちいった主人公の眠りの中では、いつかの悪夢とそっくり同じ場面が再現される。いや、悲鳴をあげて夢から醒めたその瞬間、主人公は現実に悪夢と同じ場面のうちにいることに気づくのだ。夢と現実とがメビウスの帯のようにに表裏一体のものであったというべきか。そうではない。『牛人』の結末で語られているのは、その本質が悪夢であるところの現実の開顕だといった方が、この場合はるかに正確なのである。

　傍を見上げると、これ又夢の中とそつくりな豎牛の顔が、人間離れのした冷酷さを湛へて、静かに見下してゐる。其の貌は最早人間ではなく、真黒な原始の混沌に根を生やした一個の物のやうに思はれる。叔孫は骨の髄まで凍る思ひがした。己を殺さうとする一人の男に対する恐怖ではない。寧ろ、世界のきびしい悪意といつた様なものへの、遜《へりくだ》つた懼れに近い。最早先刻迄の怒は運命的な畏怖感に圧倒されて了つた。今は此の男に刃向はうとする気力も失せたのである。（傍点引用者）

「卜筮《ぼくぜい》、象緯及び鬼神の事に逢ひては、輒《すなは》ち津々《しん》として敷衍す」とは、かつて頼山陽が『書左氏伝後』で下した批評であるが、中島敦が『左伝』から受け継いだ血脈は、もしかしたら、現実の世界をその背後にひそむ悪夢の秩序によって再構成する一種の透視眼のようなものではなかったろうか。『牛人』の主人公は、豎牛の行為に、いや、むしろその背後に、「世界のきびしい悪意」の遍在を感知し、それに畏怖をおぼえる。やはり『左伝』に題材を得た『盈

虚』もそうである。衛の太子蒯聵《かいがい》は、宮廷革命によってわが子を追い、衛の侯位について荘公を称する。けっきょくこの人物は叛軍に囲まれて死ぬのだが、ここでも作者がクローズアップして見せるのは、悪夢であり、卜筮による予言である。夢ともうつつともつかぬ「赤銅色に濁つた月」の下で荘公は殺される。手を下す者は私怨をふくんだ異種族の賤民であるが、そのとき荘公が、再びまた、相手に「世界のきびしい悪意」の人格化を見たであろうことは間違いない。

『狼疾記』の主人公は、その生存につきまとう「どうにもならぬ漠然とした不安」を「人生のあらゆる事象の底には此の目に見えぬ暗い流れが走り、それが生の行手を、前後左右を劃《かぎ》つてゐる」と形容し、さらにそれを「パスカル風な伴奏」という言葉で要約している。三十歳に近い頃というから、おそらくは昭和八、九年、『和歌《うた》でない歌《うた》』と表題してまとめられた歌稿中、「遍歴」のうちに、こんな一首が見出される。

　ある時はパスカルの如心いため弱き声をば讃め憐れみき

一首ごとに古今東西の哲人、詩人を詠みこんだこの連作短歌は、なるほど読書家の青年なら、だれしもひととおりは通過する哲学的＝文学的遍歴の栞《しおり》であるかもしれない。事実、中島敦は「『わが西遊記』の中」と副題した『悟浄出世』では、わが身を沙悟浄になぞらえ、「道」を求めてさまよう思想的煩悶の数々をユーモラスに戯画化しているのである。荒野に叫ぶ旧約の予言者あり、仏陀の教えあり、パスカルあり、ヴァレリイらしきものあり、また荘子の寓言ありという具合で、ここには昭和十年前後、いまだなお謳歌されていた旧制高校的教養のパロディが陳列されているといってよいだろう。そして作中の悟浄の人(?)となりが、「常に、自己に不安を感じ、身を切刻む後悔に苛《さいな》まれ、心の中で反芻される其の哀しい自己苛責が、つい独り言となつて洩れる」というふうに紹介されるとき、そこからはまぎれもなく、時代の最大のトピックであった「自意識と云ふ不安な精神」(横光利一)がエコーしているのが聴きとれよう。

だが、このように教養目録のパロディができあがっているということは、それらを雑然とかたちづくる不協和音がかすれて消え、中島敦がみずから「生活の主調低音《グルンド・バス》」(『狼疾記』)と呼ぶものが、しだいに他を圧してひびきはじめたことを意味している。一言でいえば、いわく、パスカル的不安。

しかし、ただ、それだけだろうか。

『悟浄出世』がアフォリズム風に下している「妖怪《ばけもの》」の自

己定義は、われわれに一つの鍵を提供しているように思われる。

何故、妖怪《ばけもの》は妖怪であつて、人間でないか？　彼等は、自己の属性の一つだけを、極度に、他との均衡《つりあひ》を絶して、醜い迄に、非人間的な迄に、発達させた不具者だからである。

パスカルの実存的不安が、さらに増幅されて、いわばカフカ的恐怖へと連接してゆくのは、こうした自問自答を介してなのである。すでに『狼疾記』の作中主人公は、カフカの『窖《あな》』という小説を読んでいると語っている。（現行の邦訳全集では、『家』と表題されたものがこの作品だろう。）その印象として「熱病患者を襲ふ夢魔のやうなものが、この窖に棲む小動物の恐怖不安を通してもやもやと漂つてゐる」と記した中島敦は、早い時期からカフカの愛読者であったばかりでなく、一世代さきがけたその理解者であった。そして、カフカの作品を読むたびに「夢の中で正体の分らないもののために脅かされてゐるやうな気持」につきまとわれると告白するこの作家が、おのれの宿痾を狼疾と命名したとき、その言葉の意味は、にわかに自己増殖をはじめたかのように見受けられるのである。

三

エピグラフにこだわるようだが、「俺」という一人称で書かれた日録風の小説、『かめれおん日記』のそれには、『韓非子』の「説林」下の言葉が引かれている。「虫に、蚘《くわい》なる者有り。一身両口にして、争ひて相齕《か》む。遂に相食《は》み、因りて自殺す」。

ちなみにいえば、「蚘」の音は「蛔」に通じ、人間腹中の寄生虫を意味する言葉である。作者がなぜこれをカメレオンに宛てたのか、もしかしたらそんな註釈でもあるのか、寡聞にしてわたしは知らないが、ともかく作中主人公は家で飼いはじめたその小爬虫類を毎日眺めているうちに、だんだん相手の瞑想癖がのりうつり、すべてが「カメレオンの相のもとに」見えてくるようになるのである。そしてその想念は、いつしかこんなかたちに焦点を結んでゆく。

身体を二つに切断されると、直ぐに、切られた各々の部分が互ひに闘争を始める虫があるさうだが、自分もそんな虫になつたやうな気がする。といふよりも、未だ切られない中から、身体中が幾つもに分れて争ひを始めるのだ。外に向つて行く対象が無い時には、我と自らを嚙み、さいなむより、仕方がないのだ。

冒頭のエピグラフがこうした心的状況の暗示であったことは明白である。なるほど『かめれおん日記』の主人公は、喘息の発作に苦しみながら連日相手と無言の対話を交しはしたが、まだカメレオンになりきるまでにはいたらなかった。しかし、それはすでにあの『山月記』の世界とほとんど連接しているのだ。早くも身のうちに虎を病んでいた作家が、やがて作中の分身に虎を病ませることに何の不思議があろう。隴西の詩人李徴、「狂悖の性」によって虎と化す。「虎は、既に白く光を失つた月を仰いで、二声三声咆哮したかと思ふと、又、元の叢に躍り入つて、再び其の姿を見なかつた」という大尾の一文にこめられた異形の者の悲しみは、つとに当の作者によって存分に味わいつくされていたのではなかったか。

中島敦がまだ一高在学当時に、『校友会雑誌』に発表したいくつかの習作がある。それら全体を通じて受ける印象は、奇妙な言い方になるが、新感覚派風の文体の行間から、どこか国木田独歩を思わせる、品位のある線の細さ、喘鳴性の抒情のあえぎがひびいているとでもいえようか。「一九二三年の一つのスケッチ」と副題された『巡査の居る風景』には、京城中学時代の生活が反映しているが、そこでは「銅色の太陽は其凍つた十二月の軌道を通つて、震へながら赤く禿げた山々に落ちて行つた」というようないかにも横光利一式のスタイルを透かして、日本帝国主義支配下の朝鮮の民衆への眼《まな》ざしがつらぬかれているものである。もしかしたら作者のそうした複雑な感慨は、はるか後年の出世作『光と風と夢』のスティヴンスンが、西欧の搾取に苦しむ南海の原住民に寄せる同情と共感に投影されることになったのかもしれない。

だが、光あふれる亜熱帯の風物を描いた『光と風と夢』を書いたとき、驚くべきことには、作者はまだ南洋に行ったことがなかった。中島敦がパラオ南洋庁に赴任するのは、その作品完成の四箇月後、昭和十六年六月である。紺碧の海と珊瑚礁と椰子の木に囲まれた南洋の島で九箇月、その風光は、いったいあの「存在の不確かさ」の強迫観念をこの作家の頭から追い払ったのだろうか。そうではなかった。中島敦はこの土地でもまた、例の「一身両口」の虫の嚙みあいから逃れることはできなかった、「新しい・きびしいものへの翹望は、何時か快い海軟風の中へと融け去つて、今は唯夢のやうな安逸と怠惰とだけが、懶《もの》う く怡《たの》しく何の悔も無く、私を取り囲んでゐる」(『環礁』)とひとりごちるそばから、「何の悔も無く? 果して、本当に、さうか?」ともう一つの声が問いかけはじめるのである。

これよりさき昭和十一年、未完に終った長編小説『北方行』でこの作家がこころみたのは、体内でせめぎあう「一身両口」の虫を二人の登場人物に配して構想を立てることであった。この作品には三造という周知の名の人物が登場

するにもかかわらず、作者がもうひとり、伝吉という青年を導入し、従前の作品での三造の狷疾の大部分がその性格設定に投入されていることが目立つのである。同時に母と娘の双方に通じ、金のためには官憲のスパイになることも辞さず、いわば意志的にデカダンスを生きようとするこの人物造型は、昭和五年の北京という劇的な舞台背景と相まって、作者が人間の「運命の不確かさ」と正面切って取り組み、不条理の主題と格闘する意欲を持ったことを示している。しかし、この長編小説はついに書き終えられなかった。その代りにわれわれに書き残されたのは、『光と風と夢』から『李陵』、『弟子』へと向ってゆく短篇の系列だったのである。

スティヴンスンの肺結核は、『光と風と夢』というまばゆいばかりの表題とは裏腹に、生涯喘息で苦しんだ作者の自己投影であった。そしておそらくは、作中に引かれたスティヴンスンの日記中の言葉、「十八世紀風の忠実な非叙情的記述」とは、それ以後、中島敦が自己の作品に命じた文体上の指令であった。その文章からは、とめどのない自己内部の対話、抒情的な苦悶の影はいっさい消え失せる。「存在の不確かさ」という主題が見失われたわけではない。それは不安な気分として揺曳するのをやめただけである。新たにわれわれが見出すのは、『李陵』における李陵と蘇武、『弟子』における孔子と子路といった、一対の人格意志が演ずる高度に凝縮された劇なのである。硬質の、骨太の、漢文脈の措辞が、これからはその劇に雄勁な描線を提供することになるだろう。

四

なぜ『史記』ではなくて『左伝』なのか。『荀子』ではなくて『韓非子』なのか。——さきほど提起しておいた設問は、いつしかそれなりの答えを見つけ出したようである。これに『荘子』と『列子』を加えてみればよけいはっきりするが、ひとくちにいって、こうした読書傾向は、儒学的正統への痛烈なアンチ・テーゼをもって特徴づけられるからである。『左伝』については、つとに朱子が「左氏はこれ史学、公・穀（公羊伝および穀梁伝——注）は経学」（『朱子語類』）という批評を記している。

だが、そのことは決して、中島敦が儒学を無視しているとか、安直に否定しているとかいうことではない。さきの北辰と天狼星とに象徴されているように、この作家は、古代中国に舞台を借りて、儒学がその存在を約束し、かつその支配の正当性を説くところの世界秩序に向って、全身的に問題をぶつける精神の劇的葛藤を描破しようとしたのである。

漢の武帝の天漢二年秋九月、騎都尉・李陵は歩卒五千

を率ゐ、辺塞遮虜鄣《しやりよしやう》を発して北へ向つた。阿爾泰《アルタイ》山脈の東南端が戈壁《ゴビ》沙漠に没せんとする辺の磽确《こうかく》たる丘陵地帯を縫つて北行すること三十日。朔風は戎衣を吹いて寒く、如何にも万里孤軍来るの感が深い。

悲劇的な軍旅の出発を叙するみごとにひきしまった書出しである。『李陵』は、『漢書』巻五十四、「李広蘇建伝」にもとづいているが、決してその逐語的なリライトではない。かといって、史実のあいまに描写をはめこんで原文を稀釈した態の文章でもない。『漢書』における班固の筆は、拠実直書主義の伝統にしたがい、史実を起きた順序のとおりに、つまりここではなぜ李陵が騎馬なしで匈奴討伐の遠征に出発せねばならなかったかの記載からはじめている。ただ『李陵』の作者はかならずしもその筆法によらない。その主人公を、行く手で待ち受けている運命に向って、叙述にあたってもっとも効果的なアクセントとエコノミイを計量しつつ、黙々と歩を運ばせてゆくのである。

善戦及ばずして李陵は敵の虜囚となる。だが、それはまだ悲劇ではなかった。真の悲劇は、生きのびた李陵が匈奴の軍師になったという誤報が都にもたらされ、李陵の妻子がことごとく刑戮されたときにはじまる。怒り、絶望した李陵は、ついに匈奴の単于《ぜんう》に仕える。その頃たまたま匈奴の地には、何としても節を枉《ま》げなかった蘇武が囚われていた。蘇武はたとえ死地にのぞんでも中華文明の優位性と正統性、つまりは世界秩序の存在を信じて疑わぬ人間である。だが、まさにその秩序の名において一家を族滅された李陵は、もはや信ずべき何ものも持たない。

二人の対面は『漢書』にも記載されている。しかし、中島敦の作家の眼が史書を読みやぶるのは、その二人の心理的葛藤だけではない。史書の行間にひそんでいる巨大な絶対権力者、漢の武帝の存在が正確に見据えられるのである。漢帝国の壮大な世界秩序を一身に体現したこの帝王は、李陵からすべてを、武人としての最後の誇りまでを奪いながら、しかしあの「世界のきびしい悪意」ではありえない。いや、李陵にとっては事実そうであるのだが、そう認めることは、およそ世界秩序なるものの存在を否定するにひとしいのである。かくして李陵の眼の前には、無記の世界の暗黒が、不条理そのものの露呈が、無気味にひらけるほかはないのだ。

大室幹雄氏の卓抜なエッセイ、『正名と狂言——古代中国知識人の言語世界』はいう。「譬喩的にいえばあらゆる人間の居住する天下=世界は武帝の掌中《てのひら》であり、儒教教学はそれをあやどる絞や線にほかならず、当代の知識人にとってもっとも正統的な自己実現の方途はみずから進んでこの迷路のように絞と線の入りくんだ帝王の掌のうちに跳びこんでいくことをおいてほかには存在しなかった」と。こ

の論法をもってすれば、李陵を弁護したばかりに腐刑の憂き目を見た司馬遷は、まさしくそこに跳びこみそこなった人物であったにちがいない。そして中島敦が描く李陵は、いたってその司馬遷に対してつめたく、いわばこれを相対化する視点が提出されていることは、まことに興味深い。司馬遷が李陵のために吐いたのは儒教的な正理正論であった。しかし当の李陵は、そのときすでに正理正論の彼岸の地に棲息していたのである。

『弟子』の主人公、子路が師事したのは、天が世界秩序の存在証明のためにこの世に送りつけたかのような人物、孔子であった。教えを受けること四十年、なお折あらば口をとがらせて師につっかかるような門弟として、中島敦は子路を描いている。そしてまた、これはもう一人の弟子《ていし》、子貢のこととしてであるが、作者は子貢が孔子に「死」について質問し、「未だ生を知らず、いづくんぞ死を知らん」と答えられる場面を書き添えている。すでに『狼疾記』の主人公が、こんな言葉を吐く男を憎んだと言明し、「未だ死を知らず。いづくんぞ生を知らん」という裏返しの命題を提出していたのを思い出しておくことは、『弟子』を読むにあたって決して無益ではあるまい。中島敦が描くところの孔門の弟子たちは、つねに師の言葉に釈然とばかりしていたわけではない。あたかもそれぞれの狼疾につきうごかされるかのように、世界秩序の人格的象徴たる孔子に問題をぶつけてやまないのである。

「全身膾《なます》の如くに切り刻まれて、子路は死んだ」と簡潔に語られる『弟子』の主人公が、もっとも非妥協的な狼疾の持ち主であったことはいうまでもない。

(昭和五十二年九月号「ユリイカ」、昭和五十六年四月十七日筑摩書房刊『作家の方法』所収)

前世への背走

高橋英夫

風が人間を人界から奪い去ってゆくとき、それは瞬時の事件として起るのが怖しい。しかし人間は、烈風の中に受身で立たされれば、身をかたくし、風に抵抗して己れを持ちこたえようとする筈だ。微風に頬を撫でられれば、しばらくの間はその感覚に耽っていたいと思うに違いない。風は人間にとって持続する時間でもあった筈だ。

そうであればこそ、人間の風への抵抗が敗れるのは瞬時の出来事であり、気がついたとき、人間は風に引き攫われて、中空に吹き飛ばされている。ここで風のもう一つの時間が、激発的、瞬間的であることが確認される。人間は風によって時間の二種類に触れているのだ。風によって引き攫われるものとしての人間の内部には、少くとも意識が、二つの流れを形づくって並行しているだろう。どちらも風に耐えている点では共通している。

その共通性を呈示しながら、共通であるために、風に逆らって耐えていたときと、風に引き攫われて舞い去ったときの決定的な差異を見せているような存在はいないかと探していると、中島敦に到達する。中島敦の肉体は、喘息という風の病に耐えていた。一方、彼の文学を生みだした精神は、さまざまの邪悪な風に追われたり、風を真正面から顔にうけたりしながら、たえず高空に翔けていた。しかも精神は、昂揚期と沈滞期の交代を免れられない。昂揚の真只中では、精神は何ものかを目標に見据え、目標をめざして接近しようとする。そういうとき、志向性を帯びた状態になった精神は風として存在している、と言って差支えない。風が風を呼ぶという現象が起るのは、そんな時である。中島敦の遺作『李陵』の冒頭はそれを暗示しているだろう。

> 漢の武帝の天漢二年秋九月、騎都尉・李陵は歩卒五千を率ゐ、辺塞遮虜鄣を発して北へ向つた。阿爾泰山脈の東南端が戈壁沙漠に没せんとする辺の磽确たる丘陵地帯を縫つて北行すること三十日。朔風は戎衣を吹いて寒く、如何にも万里孤軍来るの感が深い。漠北・浚稽山の麓に至つて軍は漸く止営した。既に敵匈奴の勢力圏に深く進み入つてゐるのである。

騎馬を伴わず、僅か五千の歩兵だけを率いて敵地の奥に潜入してゆく李陵の昂揚した精神は、すでに矢のように敵

に突き刺さろうとする風を思わせる。しかし李陵という風は、秋風の季節とともに、年々漢の版図に迫ってくる匈奴という強風にさそわれ、強風に刃向かって思わずも昂揚したのではなかったか、と想像してみるべきだろう。まさに風が風を呼びさましているのだ。

毎年秋風が立ち始めると決つて漢の北辺には、胡馬に鞭うつた剽悍な侵略者の大部隊が現れる。辺吏が殺され、人民が掠められ、家畜が奪略される。五原・朔方・雲中・上谷・雁門などが、その例年の被害地である。大将軍衛青・嫖騎将軍霍去病の武略によつて一時漠南に王庭無しといはれた元狩以後元鼎へかけての数年を除いては、ここ三十年来欠かすことなく斯うした北辺の災がつゞいてゐた。

秋風は匈奴を象徴しているというよりも、匈奴はほとんど秋風である。それは広大なアジア大陸の北辺からおこり、遠く連る波頭となって寄せてくるかのように感じられる。とはいえ、この秋風は爽やかな自然の風であるよりは、むしろ上空の高燥な大気を一気に地表に吹きおとす脅威的な気配をはじめから隠してはいない。深追いしすぎた李陵の軍勢が後退する道の半ばで、この脅威的な風は李陵を急襲し、彼を捕虜にしてしまう。そういう意味からは、秋風は自然であって自然を超えたもの、敢えて名付ければ運命としての風といったものになる。李陵の運命はこの出軍によって、この秋風に吹き曝されたことによって、決定されてしまったからだ。

中島敦の李陵は、風が風を呼ぶという感応の法則に照してみれば、運命の牽引にしたがった運命的人間であるように思われる。武帝がはじめ李陵を輜重の任に当らせようとしたのを、武芸の名門の出である血気の李陵は不服とし、敢て武帝に嘆願し「少を以て衆を撃たん」と申出ている。その北征は、当初から朔風の気配を嗅ぎとっていたと言えるだろう。李陵は運命に立ち向かう男なのだ。黄塵をあげて遠巻きに取囲んでいる胡軍と「且つ戦ひ、且つ退きつゝ南行」し、折を見ては肉薄襲撃してくる敵を潰走させる李陵の作戦は、向う意気にあふれている。例えば、敵が迫りくる火であるなら、李の軍勢もそれを迎撃する火である。敵が雨とふりそそぐ矢なら、李軍の連弩もそれを押しかえす疾風である。

五日目、漢軍は、平沙の中に時に見出される沼沢地の一つに踏入つた。水は半ば凍り、泥濘も脛を没する深さで、行けども〳〵果てしない枯葦原が続く。風上に廻つた匈奴の一隊が火を放つた。朔風は焔を煽り、真昼の空の下に白つぽく輝を失つた火は、すさまじい速さで漢軍

に迫る。李陵は直ぐに附近の葦に迎へ火を放たしめて、辛うじて之を防いだ。〔中略〕翌朝漸く丘陵地に辿りついた途端に、先廻りして待伏せてゐた敵の主力の襲撃に遭つた。人馬入乱れての搏兵戦である。騎馬隊の烈しい突撃を避けるため、李陵は車を棄てゝ、山麓の疎林の中に戦闘の場所を移し入れた。林間からの猛射は頗る効を奏した。偶〻陣頭に姿を現した単于とその親衛隊とに向つて、一時に連弩を発して乱射した時、単于の白馬は前脚を高くあげて棒立となり、青袍をまとうた胡主は忽ち地上に投出された。親衛隊の二騎が馬から下りもせずに、右左からさつと単于を掬ひ上げると、全隊が忽ち之を中に囲んで素早く退いて行つた。

中島敦の世界では、進むも退くも疾風のように、矢のように迅速である。それは運命というものが、風となって人間を急襲する速度であり、同時に人間が、風に引き攫われてゆく速度である。神速な何かが、そこにおいて人の眼を閃めてすぎてゆく。

しかし反面では、あの蜿蜒として長い持続の時間が、中島敦的人間の行動を特徴づけていたことを忘れるわけにゆかない。李陵の行動と生涯を中島敦的視点で大観してみると、それは胡兵の乱襲にあって失神し、瞬時のうちに十重二十重と折重なる胡軍に捕獲された彼の決定的瞬間のために、はてしない戦塵の難行軍として持続してきたかのようである。またその決定的瞬間を起点として、彼の死の刻まで、胡地での降将としての日々も持続してゆくにちがいない。敗戦の前と後に蜿蜒たる持続があったことを把握し、描きえたから、『李陵』という小篇は運命的人間のすがたを呈示し得たのだ。運命的人間は、そういう時間的な幅に見合う空間的容量を獲得し、人間を超えた人間、つまり英雄と呼ばれる存在になる。風と共に李陵が誘いこまれていった時間と空間は、その意味ではすでに英雄的空間であり、神話空間の一種というに値する。

引攫う風は、人間を別の場所へ連れてゆき、別の場所に人間を潜入させる、と考えることもできる。人間が人間を超えるというのは、別の場所で人間がいったい何になろうとするのかという問題でもある。ふとしたはずみに、人間が我を忘れ、抑制と均衡を手放して錯乱してしまうことも、人間の人間からの脱出の一つの形なのだ。人間的なものを喪失した時、別の場所、別の空間で人間は何ものかに変貌する。神話的英雄の多くがその超越的な力業の輝かしさのために、しばしば魔神的・魔霊的と形容されたことがここで念頭にうかんでくる。英雄はデーモンであり、デーモンに魅入られ、デーモンによって引き寄せられたのだ。すると風が風を呼んだように、デーモンはデーモンを呼ぶだろう。中島敦の特徴的な登場人物は、デーモンに魅入られ、

錯乱し、夢幻の底に別乾坤のイメージを見出している人物ではなかろうか。

例えば、『山月記』の虎になった李徴。『文字禍』の粘土板の書籍に圧し潰された古代アッシリアの碩学ナブ・エリバ。『狐憑』の憑きもののために殺され食われてしまう古代スキュティアのシャクという男。『木乃伊』のかつての己れが宿っていた木乃伊《ミイラ》を見出して不思議な前世の空間を遍歴するペルシア王カンビュセスの部将パリスカス。弓術修業の極点で凡庸にかえってしまった紀昌という男をえがいた『名人伝』。『西遊記』の沙悟浄の内的独白を展開した『悟浄出世』『悟浄歎異』。R・L・スティヴンスンの内面的日記を核にすえた『光と風と夢』。そればかりか、明らかに中島敦自身をモデルとする人物を登場させて、内的自意識の追求のはてに現れる奇怪な錯乱をとらえようとした『かめれおん日記』『狼疾記』……。こうしてみると中島敦の過半数の作品は、人間が人間を超えたものに吸い寄せられて別の場所に立ったときの諸相に視線を注ぎつづけてきたと言ってもよさそうである。そこから、風が風を呼ぶといった、何か本能的な嗅覚が彼に備っていたのではないかと推定したくなる程である。試みに『木乃伊』を取ってみよう。敗走するエジプト軍を追って、パリスカスらペルシア軍は白壁の古都メムフィスに入城するが、パリスカスの「沈鬱な興奮」は前にもまして顕著になっている。パリスカスは一人で地下の墓室に入りこみ、躓いた木乃伊を抱きあげたとき、彼はもう木乃伊の顔から視線をはなすことができなくなってしまう。

今や、闇を劈く電光の一閃の中に、遠い過去の世の記憶が、一《いち》どきに蘇つて来た。彼の魂が曾て、此の木乃伊に宿つてゐた時の様々な記憶が。砂地の灼けつくやうな陽の直射や、木蔭の微風のそよぎや、氾濫のあとの泥のにほひや、繁華な大通を行交ふ白衣の人々の姿や、沐浴のあとの香油の匂や、薄暗い神殿の奥に跪いた時の冷やかな石の感触や、さうした生々しい感覚の記憶の群が忘却の淵から一時に蘇つて、殺到して来た。

古代エジプト人は、肉体から游離した魂がふたたび肉体という宿に戻ろうとした時のために、肉体をミイラとして保存した。この霊魂不滅信仰は、しかしパリスカスのように記憶の尽きるはてで足を踏み外した人間にとっては、彼を狂気や妄想へ引き摺りこむ荒々しい力にほかならないことが『木乃伊』において物語られるのだ。パリスカスは決定的瞬間に、彼の現実の時間から、過去の層へと奪取されてしまう。時間の中を、無限の過去にむかって風となって駆けてゆくパリスカスは、狂気の人間、幻視の人間であるが、このことは彼が、人間的境域を超えたところから、は

るかに牽引の矢を射かけてくる狂気と幻視によって、引き攫われてしまった人間であるのを、ただそれだけを物語っている。

奇怪な神秘の顕現に慄然としながら、今、彼の魂は、北国の冬の湖の氷のやうに極度に澄明に、極度に張りつめてゐる。それは尚も、埋没した前世の記憶の底を凝視し続ける。其処には深海の闇に自ら光を放つ盲魚共のやうに、彼の過去の世の経験の数々が音もなく眠つてゐるのである。

其の時、闇の底から、彼の魂の眼は、一つの奇怪な前世の己の姿を見付け出した。

前世の自分が、或る薄暗い小室の中で、一つの木乃伊と向ひ合つて立つてゐる。をののきつつ、前世の自分は、其の木乃伊が前々世の己《おのれ》の身体であることを確認せねばならない。今と同じやうな薄暗さ、うすら冷たさ、埃つぽいにほひの中で、前世の己は、忽然と、前々世の己の生活を思出す………

人間が個体を超えて、前世へ前世へと還っていったとき、不気味な過去の大連鎖が、個としての人間の意識を冷凍させてしまわないという保証はどこにもない。神話的な悠久の過去への遡源は、もしそれが、人間の内部で演じられる自意識のドラマと、多少なりともかかわりがあるなら、ほとんど合せ鏡の連続の中に人間を封じこめてしまう恐怖と変りはないのだ。中島敦という人間の特異な点は、彼が好んで材とした古代的神話的人間の内部に、そういう自意識の線を辿ることができると信じたところにあった。

（昭和五十二年九月号「ユリイカ」、昭和五十三年十一月十日青土社刊『神話空間の詩学』所収）

治癒の場としての南島

——土方久功　中島敦　島尾敏雄

岡谷公二

日本は、奄美・沖縄や小笠原という亜熱帯の島々を領有し、戦前には、台湾、南洋諸島をその版図の中にもちながら、これらの土地と深くかかわり、それに表現を与えた人々をほとんど知らない。このことは、近代の西欧に存在する南方行の系譜ともいうべきものと対比してみるとき、一つの問題を提起する。

ランボー、ゴーギャン、スティーヴンソン、D・H・ロレンス、アルトー、レリス、ロレンス・ダレルといった人たちにとって、南方とは単なる地理上の場所ではなかった。南方とは、近代の西欧が失ったすべてのもの、つまり抑圧されることのない本能、生きた想像力、宇宙との交感、謎と神秘を具有する世界の謂いであった。だから彼等の南方行は、単なる旅ではなく、死と再生の劇と化したのである。それは、一面では、西欧の自己否定であり、民族学とシュルレアリスムを生み出した原動力でもある。

南方行の系譜を持たないとは、このような精神の劇を欠いていることを意味する。私たちは、この事実をどう考えたらいいのか？　私はここで、土方久功、中島敦、島尾敏雄の三人の南洋諸島行、奄美大島行を通して、この問題にいくらかなりとも近づいてみたい。

土方久功の『文化の果て』を神田の古書店で見かけたのは、もう随分昔のことだ。この本は、昭和二十八年に竜星閣から出版されているのだから、多分その数年後であったろう。題名にひかれて書棚からぬき出し、頁をめくったとき、あちこちに挿入されている、南洋の土民たちを描いたゴーギャン風の木版画にまず興味をそそられた。そして巻末の略歴によって、著者が南洋諸島で長年生活した彫刻家であることを知った。内容は、その南洋生活の中から生れた詩、紀行文、日記の断片だった。日本のゴーギャンとも言うべきその境涯が私を驚かせた。私は、著者に関心を持ったといえる。しかし結局は買わずに店から出てしまった。その作品も生活も、ゴーギャンの亜流じみて見え、ただ風変りなだけで、日本の美術にも文学にも、ほとんど何一つ加えるものがないマイナーな存在と思われたからである。

以来、私は土方久功のことを忘れてしまった。誰も彼のことを知らず、彼について語らなかった。この沈黙は、私が早急に下した判断を裏書きするかに見えた。しかし、私

は時折彼のことを思い出した。私は彼の存在を、どこかで意識しつづけていたらしい。

昭和五十四年の三月、新宿のデパートで土方久功の展覧会がひらかれていると知った時、私は、旧知の人間に会いにゆくような思いで、すぐに出かけていった。会場には、彼の彫刻と絵画だけでなく、その民族学上の業績や、自費出版した数冊の詩集までが展示されていた。

土方久功の作品も生き方も、一見ゴーギャンを思わせながら、あきらかにゴーギャンと異なるひとつの自立した個性を示していた。私はかつての軽率な判断を改める必要を感じた。

土方久功は、昭和四年、二十九歳のとき単身でパラオ島に渡り、以後、南海の全くの孤島であるサテワヌ島での七年間の滞在も含め、十四年間を南洋諸島で暮した。その体験は、きわめて稀有なものだけれども、そのことが却って、彼を美術界や文壇から孤立させ、無名のなかに埋没させる因となった。日本の社会には、去って行った者をことさらに忘れようとしたり、共通の体験を持たない者を忌む傾向がたしかにある。

土方久功の日記をもとに編纂された年譜（丸山尚一編。雑誌『同時代』土方久功特集号）の中には、南洋行の動機について、次のような記述がある。

「『南洋』へと飛びこませたのは、前々からゴーガンの『ノア・ノア』の影響もあって、土人に非常に興味をもっていて、南洋の土人の中へ入って、南洋原始を感じることによって、『日本原始』を作り出すことにあった。それと、当時の彫刻界の朝倉文夫、建畠大夢、北村西望という各派の織りなす芸術の世界では許されない暗闘といったものにつくづく嫌気を感じたことも底流にはあった」

一方、その裏には、母親の死や、私生活上の苦しみもあったらしい。同じ年譜の中には、昭和七年十一月六日付の日記の一節が引用されている。

「……兎モ角、私ハイイ時ニ日本ヲ逃ゲ出シタ。アンナ生活ヲアンナ気持デモウ三年モ五年モ続ケテ居タラ、私ハ本物ノ狂気ニナッタカ、サモナケレバ今頃ハ自殺シテ居タカモシレナイ、私ハアレダケデモ本当ニ忍耐強カッタモノダト思ハズニハ居ラレナイ。十八歳カラ丁度十年ノ間、人間ノ一番大事ナ時ヲ私ハ殆ド他人ニ呉レテヤッタヨウナモノダッタ」

彼の言う「アンナ生活」がどのような生活だったかを詮索してもはじまるまい。ここでは、「日本＋原始」の問題

だけをとりあげよう。

この問題について、彼は別のところで「美術学校を出たころ、フランスから帰った画家たちが、アフリカの未開芸術の影響を受けたピカソやブラック、マチス、ドランの画風を持ち帰って得々としているのを見ると、何もフランスまでいってフランス+アフリカをもらって来るくらいなら、まっすぐ南洋へ飛びこんで、日本+原始を作った方が立派じゃないか、そう思ったものですから」と語っていて、その主旨は明瞭である。

ところで西欧と原始とは対立項である。だから、絵画や彫刻の技法だけのことなら話は別だが、西欧にそのまま原始をプラスすることはできない。それは二者択一なのであり、原始をえらんだ人間は、自分の中の西欧を否定しなければならない。「私は原始的なものに惹かれている」(ベルナールあての手紙)とゴーギャンが言うとき、その背後には、「ヨーロッパは腐敗している」という認識がある。ダニエル・ゲランが編集したゴーギャンの遺文集『オヴィリ』を読むならば、ゴーギャンが、カトリック教会から結婚制度に至るまで、西欧の社会を成立たせている一切に、いかに峻烈な批判を浴びせているかを知って、私たちはおどろく。それはむしろ呪詛に近く、妥協の余地は一片だって残されてはいない。

アルトーにとっても、事は同様だ。彼にとって文化とは、「生命の動きと切り離すことのできない」ものであり、「人間の精神的な諸力と宇宙の諸力との共鳴」である。それなのに西欧の文明は、そのようなものから一切切り離されてしまっており、残っているのは、「死んだ理性」「腐敗した理性」だけである。

一九三五年、ファシズムの脅威を前にし、共産党が中心となって主催した「文化擁護のための作家の国際会議」に出席を拒否して彼は言う。「文化は擁護すべきだとして、そのような文化が〔西欧に〕現在存在するとは、私には思われません」

そして彼は、「人間の新しい観念を求めるために」、メキシコのタラフマラ族のもとへ赴くのである。

このように、西欧人が原始へと向う動きの中には、のっぴきならないものがあり、そこには当然、精神のダイナミックスがはたらく。

日本は、たしかに表面的には原始ではない。しかし少くとも原始は、私たちの精神に二者択一を強いる場ではない。土方久功の著書の中には、日本の社会に対する批判が散見するけれども、それは、ゴーギャンやアルトー的な自己否定とは程遠く、対決という鋭い形にまで激化してはいない。日本はあくまで彼の故郷なのであり、彼は南洋諸島の中に、西欧化されない以前の古い日本の姿を探し求めようとしているかにさえ見える。そして、南洋諸島から帰国して以後

の彼は、戦後の社会に対して一定の距離を保ちながらも、故国の優しい自然に包まれて、静かな晩年を送ることができたのである。

彼は、ゴーギャンやゴッホに惹かれる理由として、「多分ソレハ私ニナイ強烈サヲ二人ガ持ツテイル為ラシイ」と日記に書いていて、このような結果を、彼の個人的な性格に帰してしまうこともできる。しかし私は、土方久功ならずとも、結果は大同小異であったろうと思わずにはいられない。

日本は原始を内包しており、日本と原始とは対立項ではない。それは類似項なのであり、それゆえ日本人が原始へ向うとき、そこに精神の劇が生れることはありえない。そのことを私たちに一番よく感じさせてくれるのは、サテワヌ島に移ってからの一年間の克明な日記である『流木』(未来社刊)という土方久功の著書である。

サテワヌ島は、「面積は僅々一〇〇町歩内外、島民人口三〇〇に足りない」絶海の小島で、ヤップ・パラオ離島航路の船が年四回寄航するだけの、文字通り文化果つるの地である。土方久功は日本人の一人もいないこの島に、昭和六年から昭和十四年まで、満七年滞在した。

これは、あくまで民族学上の調査に主眼をおいた記録であり、個人的な記述はできるかぎり省かれている。それにしても、この平淡な口調はどうだろう。勿論、感動のための昂ぶりが見える個所がないではないが、彼は終始ほとんどこのような口調を崩していない。東京で暮していたときと少しも変らない物静かな眼差で、日々島民たちの風俗習慣を仔細に観察し、書きとめている。稀な体験をしている、といった意識はどこにもない。といって、主観をことさらに抑制した科学者の冷静な筆致ではなく、行間には暖い共感がおのずから滲んでいる。彼は、太古から繰返されてきた島民たちの暮しを、自分の暮しとして、ありのままに受け入れてしまっている、という風だ。

土方久功は、なんの抵抗もなく、島民生活の中に深く入りこんでいるかに見える。彼がいかに島民たちに慕われたかは、彼自身の著作からも、パラオ島で彼と知り合った中島敦の日記や手紙からも察せられる。羽根田弥太氏は、「土方久功展カタログ」の中の一文で、かつてサテワヌ島を訪れたとき、土方久功を酋長と勘違いしたと書いているが、この挿話はなかなか象徴的である。土方が、『サテワヌ島民話』をはじめとして、民族学上きわめてすぐれた業績をあげ得たことが、この点でもうべなわれる。

『ノア・ノア』の中のタヒチは、ゴーギャンの精神の劇の場であり、極言すれば、現実のタヒチとは何ひとつかかわりを持たないが、『流木』の中のサテワヌ島は、現実のサテワヌ島にあたうるかぎり近づいている。土方久功の人柄もさることながら、これは、サテワヌ島民の生活の中に、

日本人にとって異質なものは何一つなかったという事実を意味しているように思われる。実際、『流木』に出てくる月経屋《イマニカットト》にしても、さまざまな禁忌《ビス》にしても、ヤニューとよばれる悪霊にしても、私たちはその一つ一つの向うに、日本の民俗を透かし見ることができる。『流木』を読みながら、私はたえず島尾敏雄の提唱したヤポネシアの構想を思わずにはいられなかった。

この事実は、一方において、土方久功の彫刻と絵画から、ゴーギャンの作品にみられる鋭い緊張感をうばい去っている。そこにあるのは、「母親の腕に抱かれた幼児の安らぎに満ちた明るさ」（池崇一）だ。この二人は、あきらかに異った個性だけれども、私はどうしても二人を比較したい誘惑に駆られる。

実際、土方は、その出発から、ゴーギャンの影を濃く負うているのだ。『土方久功遺稿詩集』の中には、二十歳代のはじめ、まだ美校在学中に作った「眠れぬ夜――Paul Gauguin の“L'esprit veille”に」という詩が収録されており、かなり早くからゴーギャンの作品に関心を持っていたことがわかる。

「ゴーガンの小さな伝記を読む。懐しいゴーガン、最初に好きになったのはゴーガンだ。ゴーガンの幻想的なものがひどく引きつける。『ノア・ノア』は古くに読んだ。手紙も繰り返し読んだものだ。ゴーガンは全く不思議なほどに親しい」

これは、「年譜」に引かれている大正十五年（二十六歳）の日記の一節だ。それ以後にもゴーギャンについての記述はあちこちに散見し、たとえば昭和二十一年には、「ゴーガンの『ノア・ノア』を引き出して読む」という個所があり、ゴーギャンに対する関心は終生のものだったらしい。

「死霊は見守る」（L'esprit veille）は、ゴーギャンの第一次滞在の際の代表作である。『ノア・ノア』の中には、町に出て、夜おそく小屋に帰ってきた彼が、燈油がなくなったため、灯をつけず、暗闇の中で、死霊に対する恐怖におびえながら、身を固くして寝台に寝ていたテフラを発見するくだりがあり、この絵が、実見した光景から着想されているのがわかる。マオリ族の裸婦は、こちらに顔を向けてうつ伏せに寝ており、寝台の裾には、黒い頭巾をかぶり、黒い衣服をつけた老婆の姿の死霊が、横顔を見せ、柱を背にして立ち、背景には、ゴーギャンが「幻想の花」とよぶ燐火めいたものが描かれている。ここに表現されている恐怖と神秘は、ゴーギャンが希求していたもので、彼がヨーロッパを捨ててタヒチへやってきたのは、このようなものに出会うためだったとさえ言うことができる。それらは、造形への契機をこえ、彼の実存そのものにかかわっている。

こうして、対象に対する全人的な共感が、作品にモニュメンタリティを与え、紫、暗青色、橙黄色などの色彩によって生み出された「暗く、物悲しく、おそろしく、弔鐘のように鳴りひびくハーモニー」(妻メットあて手紙)は、マオリ族の女の恐怖だけでなく、ゴーギャンの心の深層までも表出するに至っている。

土方久功には、この作品に想を得たと思われる「妖魔」と題する水彩画(同題のレリーフもある)がある。ここにもやはり、顔をこちらに向けてうつ伏せに寝ている土民の女と、その枕元に立つ、怪奇な姿の妖魔とが見られる。しかし全体の印象は、「死霊は見守る」にくらべると、はるかに素朴だ。類人猿じみた妖魔はどこかユーモラスであり、両足をあげている女は、妖魔に対し、恐怖よりも親しみさえをおぼえているようだ。色彩は簡素で、「死霊は見守る」の色彩に見られるような魔的なものはなにもない。ゴーギャンが遂に西欧から逃がれえず、自己の精神の劇を通してしか、マオリ族の恐怖に触れ得なかったのに対し、土方の方は、むしろ島民の発想そのものに近づいている。土俗の匂いが漂うのは、そのためらしい。

土方久功は彫刻が本領なのだから、その彫刻について語らないのは片手落ちだろう。しかし展覧会でわずか一回見ただけのその彫刻について、私はなにほどのことも語れない。とくに彼の頭部とマスクに見られる独得のユーモア、明るさ、のびやかさ、単純さ。たしかに彼は「日本+原始」を手に入れている。しかし彼の世界は、ゴーギャンが体現した痛切な精神の劇から、なんと遠いことか。

中島敦は、昭和十六年六月、それまで勤務していた横浜高等女学校をやめ、国語編修書記として、パラオ島の南洋庁に単身赴任し、翌年の三月まで、約九ケ月滞在、そのあいだに、周辺の多くの離島をまわった。

彼の南洋行の動機は、一般には宿痾の喘息の治療のためとされており、彼自身、手紙にも書き、人に訊かれると、口でもそう答えている。しかし彼には愛する妻子があり、経済的にも裕かとは言いがたく、その上日米開戦間近の雲行きのあやしい時代とあってみれば、その南洋行はいかにも唐突で、強引な感じを与える。

「中島敦が南島に関心を寄せたことは、ただの気まぐれとは思えない。彼が小笠原島に旅行し、ポリネシアに於けるスティヴンソンをテーマにした『光と風と夢』を書き遂にはパラオ島の南洋庁に就職したことの根には、同じ理由が潜んでいたことはまちがいなかろう」

という島尾敏雄の言葉(「中島敦と南島」)に、少しでも中島敦の文学に親しんだものなら、誰もが肯くだろう。

中島敦は、つねに、「自分と現実との間に薄い膜が張られ」ていて、「ものに、現実に、直接触れることができない」と感じ、「彼がものに触れ、ものを見、又行為する場合、それは、彼の影がものに触れ、ものを見、又行為するのである」(「北方行」)と考えずにはいられない人間だった。「かめれおん日記」や「狼疾記」では、日ごとに強くなってゆくこのような現実からの疎隔感のため、次第に閉塞せられてゆく彼の心の姿が、正確に描き出されている。これは彼が「狼疾」と呼んだものであり、いかにそれから癒えるかが、彼の一生の課題であった。彼はそれ以外のことは一行も書かなかったと言っていいし、彼の行為もすべてそれと深く結びついている。

中島敦の南洋行には、この狼疾を『南方の至福』の地で癒やそう」(島尾敏雄)という一面がたしかにあった。サモア島で客死したスティーヴンソンの晩年を描いた「光と風と夢」を、パラオ島へ出発する前に脱稿していることは、この推測を強める。これは、「南方の至福」の地で狼疾を癒やした——或いは癒やそうとした——一人の男の物語とも読めるからである。

南洋行に取材した「環礁」の中の「真昼」という小文の中では、彼が出発前、周囲の人々には殆んど語らなかったこのような動機が、主人公の内省を通して、生な形で示されている。

「……お前が南方に期待してゐたものは、斯んな無為と倦怠とではなかつた筈だ。それは、新しい未知の環境の中に己を投げ出して、己の中にあつて未だ己の知らないでゐる力を存分に試みることだつたのではないのか。更に又、近く来るべき戦争に当然戦場として選ばれるだらうことを予想しての冒険への期待だつたのではないか。」「怠惰でも無為でも構はない。本当にお前が何の悔も無くあるならば。人工の・欧羅巴の・近代の・亡霊から完全に解放されてゐるならばだ。所が、実際は、何時何処にゐたつてお前はお前なのだ。……お前は今、輝く海と空とを眺めてゐると思つてゐる。……とんでもない。お前は実は、海も空も見てをりはせぬのだ。たゞ空間の彼方に目を向けながら心の中で *Elle est retrouvée !* ——*Quoi ?* ——*L'Eternité. C'est la mer mêlée au soleil.*(見付かつたぞ! 何が? 永遠が。陽と溶け合つた海原が)と呪文のやうに繰返してゐるだけなのだ。お前は島民をも見てをりはせぬ。ゴーガンの複製を見てをるだけだ。ミクロネシアを見てをるのでもない。ロティとメルヴィルの画いたポリネシアの色褪せた再現を見てをるに過ぎぬのだ。そんな蒼ざめた殻をくつつけてゐる目で、何が永遠だ。哀れな奴め!」

これ以上、何も付け加える必要はないだろう。私たちはここに、「南方の至福」の地でもついに狼疾を癒やされることのなかった彼の姿を見る。

中島敦は、三人の中では、西欧近代の南方行の系譜に最も近いところにいる。実際、彼を南方へ赴かせたのは、ランボーであり、ゴーギャンであり、スティーヴンソンであり、メルヴィルだったとさえ言えるのである。

しかし、西欧の系譜に近いだけに、中島敦の南方行は、比較の場に引き出されやすい。そのときそれは、彼等の南方行にくらべ、観念の匂いの強い、挿話的で、腰のきまらぬものに見えてくる。「欧羅巴の・近代の・亡霊」から解放されようとする試み自体が、「欧羅巴の・近代の・亡霊」であるという自己撞着に陥っているところが、彼にはたしかにある。

たとえばゴーギャンの南方行を支えたのは、西欧の社会と文明に向って彼の放った否定と批判の言辞に対する責任感であった。彼のタヒチ滞在、とくに第二次滞在は、貧窮、病気、孤独と、実生活の上では悲惨をきわめた。タヒチは楽園どころか、地獄だった。それなのに、彼をフランスへ帰らせなかったもの、それは、「自分の立場を放棄しない」という考えであり、もし帰ったら、「私の生涯をはずかしめることになる」という思いであった。

ゴーギャンにかぎらず、西欧にあって南方に赴いた人々は、すべて多かれ少かれ、西欧の文明と社会に対するこのような責任意識を共有している。

私たち日本人には、それがない。土方久功や島尾敏雄は勿論、中島敦の口からさえ、彼等の属している近代日本の社会に対する、否定にまで達する激しい批判をきくことができない。彼等を南方へと旅立たせたものは、一人一人の「狼疾《ろうしつ》」である。だから、もし、「狼疾」が癒えるならば、——たとえ癒えなくても——いつでも帰ることができる。日本は、去っていった者をすぐに忘れてしまうが、それだけに、彼等は、何の抵抗もなく戻ってきて、社会の中へ入りこむことができる。彼等の南方行は、一寸長いだけの旅であり、挿話にしかすぎない。日本人にとって、南方は、いつでも、疲れた精神の治癒の場としてだけ働いてきたように思われる。

西欧人にとって、南方とは、治癒の場ではなく、再生の場なのだ。ヨーロッパを去ることによって彼等は一旦死ぬ。それは精神上の自殺だ。そして彼等は、南方の光と闇の中で再生を手に入れようとする。だから彼等は、筋道からすれば、ヨーロッパに戻ることはできない。もし戻るとすれば、否応ない選択を強いられ、大きな負担を背負いこむことになる。ランボーがフランスに戻ったのは死ぬためであり、ゴーギャンはヒヴァ・オア島で客死し、アルトーは狂気の中にしか解決を見出すことができず、レリスは、西欧

社会の中で生きつづけてゆくためには、民族学者に変身しなければならなかった。

このような事実の中に、西欧社会の秩序の強力さと成熟とを見てとるのは容易だろう。ひるがえって、そこから日本の社会の基盤の脆弱さと未成熟を引き出すとすれば、結論は余り図式的にすぎる。私はさし当って、社会の型の相違だけをそこに見たい。

南洋行は、中島敦にとって、全くの期待外れだった。少くとも表面的には旅の目的だった喘息の治療に、パラオ島はなんの役にも立たなかった。「東京横浜の夏の方がパラオよりは（喘息に）ずつと良い。今の様子ぢや、パラオは内地の冬とたいして変らない。イヤになつてしまふ。全くえらい目算違ひだつたなあ」と彼は妻にあてて書く。役人生活は性に合わず、役人仲間からは全く孤立してしまう。度重なる病気、乏しい、味気ない外食生活、一切の意欲を減退させてしまうおそろしい蒸し暑さ。そして孤独。彼はたまたま知り合った土方久功以外に話相手を持たない。日ごとに募ってゆく妻子への情。彼の気をまぎらせるのは、離島めぐりの出張だけだ。

「将来どれだけ生きられるのやら、まるで自信がない。それを思ふと、見栄も意地もない。たゞ〳〵、お前達との平和な生活を静かにたのしみたいといふだけの気持になる。それが一番正直な所だのに、それだのに、オレは今頃こんな病気の体をして、何のために、ウロ〳〵と南の果をウロツイテルンだ。全く大莫迦野郎だなあ、俺は。」

渡島して三月もたたないうちに、彼は妻に向ってこんな泣言を言う。そしてそれから一月後には、「一日も早く今の職をやめないと、身体も頭脳も駄目になつて了ふと思つて、焦つてをります……」という言葉が、父あての手紙の中に見られる。そして危惧していたように、十二月八日には、日米開戦の火ぶたが切られる。

彼をパラオ島にとどまらせるものは、職を紹介してくれた友人や、南洋庁に対する義理以外にはなにもない。「洗面器一杯の吐血」や、「水と、水で煮た少しばかりの米」しかない貧窮や、最愛の娘アリーヌの死をゴーギャンに耐えさせ、タヒチに居続けさせた「立場」は彼にはない。そうだ。私たち日本人は、いつでも戻ることができるのだ。昭和十七年三月初旬、帰国の船に乗りこんだとき、中島敦は、安堵と同時に、ある種の気抜けと徒労感をおぼえたにちがいない。

島尾敏雄と南島のかかわりには、宿命という言葉でしか言い表わすことのできないものがある。

昭和十九年十一月、第十八震洋隊の指揮官として、奄美群島の加計呂麻島に配属されたのは、彼の意志とは全くかかわりのない出来事だった。それなのに私には、南島が、偶然によって彼が投げこまれた場所だとは、どうしても思えない。その後の彼の文学の道すじを考える時、加計呂麻島以外の場所に彼が赴く可能性などありえなかったとさえ感じられてくる。それほどまでに南島は、彼の資質と一致した風土なのである。事実、彼は後に、「私は小学生のころから薩南琉球の列島に救いを求めていたのかも知れない」(「南西の列島の事など」)と書き、或る対談では、始めて奄美に行った時、風土的な抵抗はなかったかと訊かれて、「最初から馴染んだというか、なんかずうっともう無意識の底で生活したことがある先祖の国といいますか、そんなところへ来たという感じがしましたよ」と答えている。

島尾敏雄は、加計呂麻島で、島の娘ミホと恋愛をし、「出孤島記」や「出発は遂に訪れず」などに具象化された、死の顔を眼前にした体験を経たあと、終戦を迎え、昭和二十一年三月、神戸でミホと結婚する。彼は、ミホという一人の女性を愛しただけでなく、彼女の体現している南島を愛したのであり、この結婚は、一面で彼と南島との結婚だったのだ。

やがて二人は東京に移り、ミホの発した狂気が、一家を再び奄美大島へ連れ戻すことになる。『死の棘』の記述を信じるならば、一家を狂気の深淵から救うためのこれは最後の手段であり、ほかに選択の余地があったとは思われない。ここでも、彼の意志は、ほとんど働いていない。そして彼は、昭和三十年から五十年まで、二十年間をこの島で暮すのである。

『死の棘』はたしかに、読者にとってはやりきれない、息を抜く場所とてない小説で、暗澹の気が全巻をおおっているけれども、主人公の夫婦が知り合った南島の記憶や、南島への思いは、闇の中に折々、かすかな光を導き入れ、二人がやがて至りつく治癒の出口を暗示している。

たとえば、妻のミホが、自分の発作を「グドゥマ」にたとえる個所がある。グドゥマとは島の方言で、「岩の間に頑なにくっついて外に出て行こうとしない」貝のことなのである。夫婦のあいだに、たちまちにして地獄を現出させる発作がすぎたあと、「わたしはグドゥマにはならないんだから」とミホが言うとき、「空気のなかに張りつめていた膠質の膜がやっとゆれ動いて吹き」とぶのであり、一瞬ながら、二人は加計呂麻島の陽光にきらめく静かな入江を眼前に見るのだ。また、そうした記憶や思いは、夫婦の逃げ場のない葛藤のさなか、「首都の片隅、裏通りの瓦屋根の下」にも、「浜木綿のにおい」をよみがえらせる。

ミホを狂気へ追いやった嫉妬の、純粋で直截で、美しいとさえ言える姿には、山本健吉氏の指摘するように、記紀

の中の仁徳天皇に対する磐之媛の嫉妬に似て、南島の「神話的＝巫女的な面影」に通うところがある。『奄美のシャーマニズム』（山下欣一）の中には、巫女病と呼ばれる狂気を経たあと、巫女（ユタ）に変身してゆく奄美諸島の女たちの例が沢山あげられている。狂気とは、神に近づくための必須の階梯であるという認識が、今なお南島に生きつづけているのだが、私は、ミホの狂気の持つ聖性を、このような狂気の伝統に近づけてみたい気がする。

『死の棘』は、男女の愛憎を主題とした明治以来の私小説の系譜に位置づけることもできようが、それは、南島に負う部分によって、この系譜につらなる他の作家たちの作品にはない、ひろいパースペクティヴを獲得しており、島尾敏雄が加計呂麻島の特攻隊の基地に赴く折、ただ一冊だけたずさえていったという『古事記』の世界に通じる部分さえ持っているのだ。

一方、『死の棘』は、北によって病み、南によって癒えた男女の物語として読むことも可能である。南島での治癒の有様は、ここには全く記されておらず、わずかに暗示されているだけだけれども、島尾敏雄が後に提唱したヤポネシアの構想と思い合せるとき、そのような読み方へと誘うものが、この作品の中にある。

なるほど、妻ミホの狂気の原因は、直接には「私」の浮気かもしれない。しかしその事実を知る以前から、ミホはすでに北の生活——北とはこの場合、本土のことである——によって、半ば病んでいたように私には思えてならない。まだ古代の影があちこちに漂う奄美から離れて、本土の大都会で生活するということは、それ自体、適応のなかなかむずかしい激しい変化である。しかも北とは、島尾敏雄がヤポネシアをめぐって書いたいくつかの文章の中の言葉を使うならば、「画一」であり、「つんとした顔付」であり、「固さ」であり、「しこってしまった肩のぐりぐり」なのだ。そのような北に、彼女が傷ついたとは十分考えられることである。そして夫は、北への適応を半ば失っているとはいえ、彼女の眼から見るならば、あくまでも北の人間である。彼女は、北に表情を合わせようとして、次第に南島を自分の奥深くへ押しこめてしまう。

だから彼女の傷は二重の性質を持っている。それは、夫の背信によって受けた傷であると同時に、夫を通して、北から受けた傷でもあるのだ。

妻ミホの狂気とは、彼女の中で長いあいだ抑圧されてきた南島の復讐である。狂気という形をとって、南島は、妻の中から荒々しい、ときには狂暴な姿をとって立ちあらわれ、夫をたじろがせる。

「私」は、加害者としての自分を決して許すことができない。以後「私」は、ひたすら妻に尽すことによって、自分を贖おうとする。

このような夫婦にとって、南島は、彼等に残された唯一つの治癒の場である。「奄美大島は病みそして適応を失った私らをやわらかく包んでくれた」（「奄美大島から」）と、島尾敏雄は来島間もない文章の中で書く。彼は別のところで、「南島の治癒力」（「南島について思うこと」）という言葉を、はっきり使っている。

島尾敏雄が南島に同化しようとするのは、南島に深い親和を感じているためでもあるが、一方でそれは、北の人間としての加害者の位置には、今後決して自分を置くまいとする決意と切願のあらわれとも言えるだろう。

ヤポネシアという言葉は、昭和三十六年に書かれた「ヤポネシアの根っこ」という一文の中ではじめて使われているが、その構想自体は、島尾敏雄が早くから懐包していたものらしく、すでに「南西の列島の事など」（昭和三十一年）の中に、大体の輪郭がスケッチされている。

ヤポネシアとは、これまで大陸の方ばかり向いていた人々の視線を南へと誘い、日本の文化を、南太平洋に散らばる島々とのかかわりにおいて、もう一度見直そうとする試みである。それは、日本と、ポリネシア、メラネシア、ミクロネシア、インドネシアの島嶼文化との親近性の強調であり、日本が「南」を自己の中に持っていることの自覚である。このような眼で見るとき、「もう大陸にしがみつこうとしているすがたではなく、太平洋の中でゆったりと手足をのばしているもうひとつの日本のすがた」（「奄美——日本の南島」）があらわれてくる。この考え方は、本土の不毛な画一性をやぶり、その「こつんとした固さ」をやわらげ、日本の文化に、南の熱い樹液を注ぎいれる。

それは、全く新しい展望をひらいた、実りゆたかな構想である。それは、谷川健一氏の指摘通り、これまで私たちが否応なしにえらばされてきた、インターナショナリズムという「日本脱出」か、ナショナリズムという「日本埋没」かの二者択一を拒否する第三の道を指し示している。この構想は、「日本列島社会に対する認識を、同質均等の歴史空間である日本から、異質不均等の歴史空間であるヤポネシアへと転換」（「ヤポネシアとは何か」）させる。

ヤポネシアの構想は、島尾敏雄の生活の中から生れた。『死の棘』の体験を経なければ、彼がこのような視点に達したかどうかは疑わしい。この構想は、妻と彼との治癒への願いを抜きにしては、考えられないからである。もし奄美が、本土に対してつねに被害者の位置に置かれた、単なる辺境であるならば、北を拒否した彼は、妻に寄り添いつつ、どこまでも加害者と被害者の固着した関係の中に生きつづけねばならない。それは、閉された、狭い場所へ自分たちを追いこむことにしかならず、真の治癒は生れないだろう。もし「南」が、日本を成立たせている一つの大きな要素であるならば、ヒエラルキーは崩れ、奄美は、本土と

対等の関係に立つことができる。そのためには、奄美から本土を透視し、本土の「画一」と「固さ」と「こわばり」の下に「南」を発見しさえすればいい。

「……本州や九州に於いて祭やアルコールのたぐいで、意識を解放させたときにあらわれてくる、日常の日本とまるで似つかわしくない放散はいったい何だろう」(「ヤポネシアの根っこ」)

と彼が言うとき、彼はたしかにこの透視に成功している。

こうして、日本の中に「南」が発見できるならば、奄美・沖縄は、もはや日本のどんづまりではない。視界はさらに南の、太平洋の島々へとひらけてゆくだろう。

私は、ヤポネシアの構想は、島尾敏雄の切実な体験とむすびつき、その悲願を通して生れたからこそ、あれほど多くの支持を得たのだと思っている。歴史学者や民族学者が、たとえば文化圏といったたぐいの形で提唱したならば、こうした共感は生れなかったろう。

ヤポネシアの構想の中にある新しさとは、日本人と南方とのかかわりは、西欧人と南方とのかかわりとは根本的に異るという認識である。これは、土方久功と中島敦が、その体験によって実証してみせながらも、思想としてはわがものになしえなかったところだ。島尾敏雄は、この思想を生きた、日本で最初の文学者だ、ということができる。

(昭和五十六年九月二十五日思索社刊『島の精神史』所収)

悟浄とバビロン
——中島敦からボルヘスへ

松枝到

中島敦は、昭和十七年、三十三歳で死んだ。その間に残した作品は二十篇たらず。筑摩書房版『全集』でも、遺稿をふくめて二十一篇をかぞえるにすぎない。しかも、その作品のおおくは短篇で、中篇小説と呼べるのは「光と風と夢」くらいだろうか。寡作といわざるをえないし、じっさいそうなのだが、その作品のひとつひとつの内包する世界のひろがりは、驚くほどおおきい。なぜなのか。

彼の代表作は、教科書によく載っている例の「李陵」や「山月記」、あるいは孔子の弟子たる子路を描いた「弟子」と見るのが一般的だろう。いずれも中国の古典に取材する物語で、これをテクストにして〈換骨奪胎〉ということばを覚えこまされた記憶がよみがえる。中島の一族は、祖父の代から漢学者の系譜を踏んできた。それを強調することで中島文学に儒学思想の影を認めようとするむきがあるが、一概に否定できないことでもある。じっさい、敦の祖父にあたる撫山、その弟の杉陰《さんいん》、伯父の綽軒、斗南、竦《しょう》と、一族あげての儒家であったのはたしかなことであるのだから。とりわけ、文政十二年に亀戸で生まれ、明治四十四年に八十三歳で「溘焉トシテ逝ク」ことになる撫山（本名・慶太郎）は、死ぬまでまげを落とさず、その信念に殉じたといわれる。一族に彼の影響は強く、敦もまた、幼くして四書五経の素読をよくなして、その素養は相当のものであったらしい。彼は十一歳のとき、これまた漢文の教師だった父の田人の転任によって京城に移っているが、その総督府立中学校ではつねに首席をとおしたという。当時の同級生のひとり湯浅克衛は、敦がいつも漢文の教師をやりこめ、大学から移ってきた元教授にさえ兜をぬがした、と回想している。

しかし、中島敦の感性が漢学にのみ開かれていたわけでなかったことは、おなじ文中で英語や数学の時間も同様だったとするくだりからも知れる。ギリシア、ラテンの古典ばかりか、カフカ、ロレンス、ハックスリー、ジイド、ヴァレリーまでにもひろがる敦の関心は、つねに貪欲で執拗だったという。だが、そうした関心のひろさも、彼の文学のなかでは少しさみしげである。自伝的小説「かめれおん日記」のなかで、主人公はこう内省している。あちらこちら、語学や哲学、地理に科学とかじっていながら、それでいて本当にはなにもつかんでいない。「全くの所、私のも

のの見方といつたつて、どれだけ自分のほんものがあらうか。いそつぷの話に出て来るお洒落鴉。レヲパルディの羽を少し、ショペンハウエルの羽を少し、ルクレティウスの羽を少し。荘子や列子の羽を少し。モンテエニュの羽を少し。何といふ醜怪な鳥だ」。この有名な一節を引いて、中村光夫は、中島敦の教養は該博であると同時に多少の雑駁を免れない色彩をもつ、と書いている。しかし、だからといって、彼の教養の土台をふたたび漢学の素養に帰してしまっていいものだろうか。

　ぼくには、中島の漢学の素養は、教養の土台ではなく疾病の土台であるかのように見える。それは文字にたいする偏執であり、過度の偏執ゆえの忘却につながる。もうひとつの自伝的小説「狼疾記」には、「存在の不確かさ」をめぐる次のようなくだりがあって、とても興味ぶかい。「彼が最初に斯ういふ不安を感じ出したのは、まだ中学生の時分だつた。丁度、字といふものは、ヘンだと思ひ始めると、——その字を一部分一部分に分解しながら、一体此の字はこれで正しいのかと考へ出すと、次第にそれが怪しくなつて来て、段々と、其の必然性が失はれて行くと感じられるやうに、彼の周囲のものは気を付けて見れば見る程、不確かな存在に思はれてならなかつた。それが今ある如くあらねばならぬ理由が何処にあるか？　もつと遥かに違つたものであつてい丶筈だ。おまけに、今ある通りのものは可能の中での最も醜悪なものではないのか？　さうした気持が絶えず中学生の彼につき纏ふのであつた」。これは、漢学の病いではあるまいか。

　古来、中国人くらい文字を生き文字に死んだ民族はなく、書くのではなく刻み、読むのではなく敲き、話すのではなく歌うのをつねとしていたことを思いだそう。この表題「狼疾記」も、孟子にある一節「養其一指、而失其肩背、而不知也、則為狼疾人也」（指一本を惜しむばかりに、肩や背まで失うのに気がつかぬ、それを狼疾の人という）からとられている。彼は自我を捜し求め、捜し求めて存在すべてを失うだろう。あるときに、それは顔の輪郭であったりもするのだが（「牛人」）、一部に集中しすぎると全体の構造はゆがみ、変形し、崩壊するにいたる。自我のへりを見つめつづけることで、彼は存在を失うだろう。そのしるし、そのあらわれこそ、文字にほかならない。なぜ文字は文字なのか。どうしてこんなかたちをしているのか。どうしてそれが意味をもつのか。フロイトの語る接頭辞の問題とヤコブソンの語る失語症の問題とのはざまにこの疾病はある。まさしく念を失するのだ。かたちが卒倒する。文字がこわれる。漢学とは、こうした文字の病いの更新をめざし、ついにはみずから文字に住まい、文字となって生きることを究極とするのではないだろうか。

　中島敦の小説「文字禍」は、「文学界」の昭和十七年二

い。中国だろうがエジプトだろうが南洋だろうが、本質的には変わりはない。他者の夢を生きればいいだけの話だ。サイエンス・フィクションの多くは子供の懐疑に根ざしている。『南島譚』には原住民は理解しがたいなどと書いているが、書いているだけである。中島敦にとって原住民に生まれることなどたやすいことに思えただろう。古代中国や古代エジプトに生を享けることも簡単なことだった。にもかかわらずなぜ自分は自分なのか。この問いの前では時間も空間も変容する。

『狼疾記』の有名な例を引くまでもない。誰でも十歳前後に一度は根源的な問いに捉えられる。世界があり自分があるという事実に驚き、なぜあるのかと問う。そして、なぜ人はなぜと問うのかという、より根源的な問いへとつき進む。

たとえば、幸福ということについてでもいい。一般に幸福には二つある。物質的なものと精神的なもの。比べられるものと比べられないもの。比べられるものには際限がない。さらにいっそう、という言葉がつねについて回るからだ。したがって真の幸福ではありえない。だが、比べられない幸福にしても真の幸福ではありえないのである。なぜなら、どのような状況にあってもそれこそが幸福なのだと思えばいいということにしかならないからである。つまり、幸福という言葉そのものが意味をなさなくなるのだ。したがって、幸福が人生のひとつの尺度であるとすれば、その尺度にはまったく意味がないということになる。そんな条件のもとで生きるなんて、まさに恥ずべきことではないか。ああ、みんな、よく生きていられる！

誰でも十歳前後にはこのような疑いを抱く。そしてたいていの場合、疑いはちょっとした錯誤として忘れ去られる。だが、懐疑が身体に棲みつく場合もあるのである。

フロイト流にいえば、中島敦には世界を否定しなければならない個人的な必然があったのである。両親の離婚、二人の継母！　そうでなければどうして世界の無意味という観念にこれほど惹きつけられるだろうか。世界の無意味に恐怖を覚えるのは、無意味であってほしいと思う自分に恐怖し、かつ魅惑されるからである。中島敦の個人史をここで詮索しようとは思わないが、子供の懐疑がこうして身体に棲み着いたという事実は重要だ。

身体に棲み着いた子供の懐疑はどうなるか。世界から意味を剝ぎ取りつづける。『狼疾記』の表現をそのまま用いれば、文字なら文字をじっと見つめていると次第にそれが怪しくなってきて、ついには文字が文字ではなくなってゆくように、世界もまた確かな世界ではなくなってゆくのである。あるいはまた、『南島譚』の表現をそのまま用いれば、世界の意味は、夢と現実の転倒によって、簡単に相対化される。

中島敦全集 別巻

月報 4
2002年5月
筑摩書房

子供の懐疑——中島敦と安部公房

三浦雅士

「もし一種の系図のようなものを引くならば、鷗外の仕事が近代に入って中島敦の作品になり、その姿を今日、継いでいるのが石川淳氏あたりではないか」——吉田健一はかつてそう述べたが、これにはいささか異論がある。石川淳のほうが中島敦より十歳年長、文壇登場も『普賢』が一九三六年、『古譚』が四二年、逆ではないかというような話ではない。森鷗外から石川淳へという流れはあるだろう。けれど森鷗外から中島敦へ、また中島敦から石川淳へ、あるいは石川淳から中島敦へという流れはありえない。かりにあると想定したとしても、理解を深める助けにはならない。中島敦は、森鷗外や石川淳とは質が違う。中島敦と同質なのはむしろ安部公房だという気がする。

　中島敦はたいへんな読書家だったが、特定の作家に影響を受けたという感じはしない。もしも影響という言葉を使うとすれば、十歳前後の自分自身の思索に深甚な影響を受けたとでもいうほかない。奇妙な言い方になるが、子供としての自分に強烈な影響を受けたのである。また、受けつづけた。最後まで子供の思索を払いのけることができなかった。

　子供の思索というよりは、子供の懐疑というべきかもしれない。その懐疑はきわめて深く、精神的というよりほとんど身体的なものだった。たいへんな読書家だったのは、知識欲からではなく、その懐疑をつねに吟味しつづけなければならない身体的必然があったからだろう。

　子供の懐疑はつねに根源的かつ始原的である。したがって歴史がない。大人の懐疑に歴史はありえても、子供の懐疑に歴史はない。いや、大人の懐疑にしても怪しいものだ。デカルトの懐疑、ヒュームの懐疑、カントの懐疑というように、あたかも歴史とともに人間の懐疑が深まってきたかのように語られたりもするが、そんなことはありえない。懐疑に歴史はない。だからこそ中島敦は中国古典にかくもやすやすと入りこめたのである。歴史を云々していたのでは入りこめなかった。

　子供の懐疑にとっては、歴史のみならず民族も文化もな

介」、つまり、片意地で他人と協調しないせいだという。「狼狽」「狡猾」「猖獗」を始めとして「猜」「猥」など、けものへんの憑く性格を帯びてしまったものは、人間社会からいつかは追われてしまう危険を背負う。その頂点をなすのが、「狂」の字だろう。「狂」こそ、けものへんの王者である。また、李徴が一度役人勤めをやめて余生を送ろうと思って戻っていった故郷の地名も、あまりに難しい漢字でわたしのコンピュータには入っていないのでここには書かないが、やはり虎の字が漢字の構成要素として入っている。つまり、この小説は初めの段落から、けものへんに憑かれた存在として李徴という人物を描き出しているとも言える。

そういうことが見えてきたのは、これまで知らなかった中島敦の数々の作品を今回併読することが出来たおかげだと思っている。「山月記」と比べると一見写実的に見える小説「虎狩」でも、漢字は重要な役割を果たしている。語り手は初めから何度も虎狩の話をすると読者に予告しながら、他の話ばかりしていてなかなか本題に入らない。やっと虎狩に出掛けて、虎が出る場面になったかと思うと、主人公はうたた寝してしまう。狩るべき「虎」が、話の中心点であると同時に、話の空白点にもなっているのだ。うたた寝しながら、主人公は虎の出る夢を見ている。そして、いっしょに虎狩に来ている人に、「虎よりも風邪の方がこわいよ」と警告されるのだが、恐怖の対象が虎から風邪にずれてしまって、風邪が恐いというのは、やはり、「風邪」という漢字の中に「牙」という字が隠されているからだろう。

わたしが一番好きな作品は、「文字禍」である。文字でできた書物の世界に一度とりつかれてしまった者、とりつかれたが故に何らかの形で言語との間に距離を置いてしまった者にとって生きるということがどういうことなのかがこれほど鮮やかに描かれている作品は珍しい。本にとりつかれると、この小説に出てくる一人の書物狂の老人のように、目は近眼になり、本に押し付けられっぱなしの鼻の頭にはタコができて醜い顔になり、生活能力がなくなり、それでもいつも幸福そうに見える。文字はまず何より麻薬であるということが分かる。又、本ばかり読んでいると、逆に書かれたものへの猜疑心が生まれ、この小説に出てくる若い歴史家のように「歴史とは昔起こったことか、それとも書かれたことか」などという疑問に悩まされたりもする。これを読んで、フーコーを思い出した。「文字禍」が七〇年代に書かれた作品であるかのような錯覚をおこしながら読んでいったのは、そのせいだけではなく、これが文字の身体性を扱った小説であるということもある。実際には、これだけ現代的なこの作品「文字禍」が発表されたのは一九四二年だというから驚く。

（作家）

本を離れドイツで暮らすようになってから後のもので、日本に住んでいた頃には普通は漢字など意識せずに意味だけを追いながら本を読んでいたように記憶している。だから、「山月記」はわたしにとって本当に例外的であったと言えるだろう。漢字が意味を超えて、言語の身体としての存在感を持って迫ってきたのである。虎のイメージと「虎」という漢字がいっしょになって迫って来たのである。中島敦も日本を離れていたことがあるということをわたしが知ったのは、恥ずかしながらずっと後になってからだった。

最近、中島敦の「狐憑」という作品を読んで、いろいろ発見があった。たとえば、この作品にはホメロスの名が出てくるが、ホメロスの「オデッセイアー」に織り込まれているギリシャの神々の話も変身譚に満ちている。神話の中では、変身は特に不思議なこととしてとらえられていない。「山月記」で李徴が虎に変身したことを知った昔の友人も、それをあまり不思議だと思わない。読者も又なんとなく納得してしまう。わたしたちが現実だと思っていることと現実ではあり得ないということが当然のように共存できるテキスト空間がどのようにして作られているのかについては後で考えてみることにして、まずはこういう「信じられないはずの変身譚」が話の中にごく普通に取り入れられているということで他の例を考えるとヘロドトスの名も思い浮かぶ。「狐憑」にもヘロドトスの「歴史」に登場する民族の名前が出てくるが、ヘロドトスとの関係で中島敦を考えてみるのも面白いかも知れない。ヘロドトスは、神話を排除して「歴史」を書いたのではなかった。この本には、たとえば、ある民族は時々熊に変身するなどという説も記されている。ヘロドトスは自分はそんな話は信じてはいないが、などとコメントをつけながらも、変身譚を「歴史」の外部に置いてしまったりはしない。だからヘロドトスの書物は、魔術と史実の共存できる空間となる。そういう点で、ヘロドトスを読む楽しみには、中島敦を読む楽しみと共通するところもあるような気がする。

「山月記」という作品は、挫折した一人の詩人がなぜ虎になってしまったかが人間心理の面から説明されてしまっているように見えるため、「虎になったというのは、詩人の心理を象徴しているのだ」と解釈されて終わってしまう危険を孕んだ作品である。しかしその一方で、そう簡単に解釈できない不可解さのようなものがいつまでも残る。その理由の一つは、やはりこの作品にちりばめられた漢字の力にあるのではないかとわたしは思っている。小説の初めの部分、主人公李徴の若い頃を紹介する部分には、虎の字やケモノヘンのつく漢字が多く出てくる。たとえば、「虎榜」という単語。李徴は若くして科挙に合格したので、当然、合格者の名前を記した札「虎榜」に名前が載る。そうして一度は役人になったが勤めが続かなかったのは性格が「狷

一般の中島敦愛読者は前者のイメージを大切にし、専門の中島敦研究者は（特に最近の研究者たちは）後者の像を細かく分析する。

中島敦はこの二つの強いイメージで決定されている。

だが、それは少し不幸なことだと思う。

そう、私が一番好きな作家中島敦は、そのいずれでもない。

私が最も愛読している中島敦の作品は「かめれおん日記」と「狼疾記」の二作、つまり「過去帳」と題する私小説的な連作だ。

私はこの二作に、それを連作とは知らずに、大学時代、それぞれ別筋で、「かめれおん日記」は当時私の尊敬していた教授の勧めによって、そして「狼疾記」は武田泰淳の評論によって出会い、強い感銘を受けた。この二作があるだけでも、いや、この二作があればこそ、中島敦は、本当に凄い作家だと思う。

その頃の私はカフカの小説や、サルトルの「嘔吐」の文学的影響を受けていたから、「かめれおん日記」や「狼疾記」も、それにつらなる作品として心動かされた。

つまり、実存主義的青春文学の傑作であると思った。

青春文学とあえて傍点を振ったのは、のちにその二作のことを、初出（初刊）時に中村光夫が批判していたことを知ったからだ。

「文学は老年の事業である」と語ることになる中村光夫は、青春文学に（より正確に言えば「文学」という青春に）否定的だった。

中村光夫にはこの二作の「青くささ」が耐えられなかったのだろう。

だが、その「青くささ」こそが、珠玉なのである。

たとえば今、この二作だけをまとめて、少しゆったりとした組み方で一冊の薄い文庫本を作れば、案外今どきの若い人たちに受けて、中島敦は、別の形でブレイクするかもしれない。

だから、もうそろそろ、中島敦を、中国物あるいは南方物の作家としてだけイメージする見方を、やめにしようではないか。

（文化史研究家）

文字の身体性について

多和田葉子

中島敦というと、子供の時に「山月記」を読んだ印象が強く、心の躍るような漢字をちりばめた物語として記憶に残っていた。

漢字を見て心が躍るなどと言う感覚はわたしの場合、日

ボウチさんと同じくらいの年の人で、とりたてて文学好きってわけではないんだけど、この間、『鳩よ！』読みましたよ、中島敦ですか、ボクは「山月記」が大好きで最初の部分は暗唱出来るんですよ、と言って、本当に暗唱してくれましたよ。

私と同世代のそのディレクターも、たぶん、教科書で「山月記」と出会ったのだろう。

私と同世代と書いたけれど、もっと年の上の人たち、例えば今六十代の人たちにとって、中島敦は、どういう存在だったのだろう。中島敦は、「山月記」は、いつ頃から国語の教科書に採用されはじめたのだろう。戦後民主主義の熱気がさめやらない昭和二十年代には、まだ、中島敦は、「反動」だった気がする。

三好四郎と（昭和十一年八月二十一日）

そういえばこんなに思い出がある。

高校生の頃だ。柴田錬三郎が『週刊プレイボーイ』で人生相談を連載していた。

その人生相談で、柴田錬三郎は、時どき、相談内容に無関係に、文学のことを語っていた（例えば江藤淳批判の回があったことを憶えている）。そしてある時、柴田錬三郎は、中島敦のことを話題にした。芥川龍之介のように知られてはいないが、芥川よりも、漢文はもとより英文学の素養があり、しかも物語の造形力も上である、知る人ぞ知る作家。通好みのする作家である、と。

その秘密めかした口調にちょっと不思議な感じがした。知る人ぞ知る、と言われても、今どきの高校生なら皆、中島敦の名前は知っているのに……。

そうやって私は中島敦という作家になじんで行ったのだが、少し文学的（文学史的）ものごころがつくようになると、中島敦が、「山月記」や「名人伝」、「李陵」、「弟子」といった中国物の作家のみならず、「南島譚」や「光と風と夢」などの南方物の作家でもあることを知った。

そう、中島敦という作家には二つの強いイメージがある。

一つは漢学者の血筋を色濃く反映させている作家。

もう一つは戦中の南進の時代にパラオに赴任した経験を持つ作家。

森鷗外も石川淳も、子供の懐疑を引きずるような人間ではなかった。

（文芸評論家）

「かめれおん日記」と「狼疾記」の作家

坪内祐三

中島敦は特別の懐しさと親しみを感じる作家だ。

夏目漱石が「国民作家」なら「国民マイナーポエット」と呼ばれるべき作家は芥川龍之介だろう。

すると中島敦は裏「国民マイナーポエット」に該当する作家だと思う。

梶井基次郎の方が、さらに裏「国民マイナーポエット」にふさわしいと言う人もいるかもしれないけれど、やはり、梶井基次郎は、堂々たる「国民マイナーポエット」だ。

中島敦の方が、もっと、ひっそりとしている。

ひっそりとしているものの、そこは、たとえ裏ではあっても、「国民マイナーポエット」だから、かなり多くの人たちに、その名前を知られている。

特に、今三十代半ば以上の人は皆、その名前を知っているはずだ。作品にも目を通したことがあるのではないか。

例えば「山月記」という作品に。

中学あるいは高校の国語（現代国語）の教科書で、たいていの人は、「山月記」に出会っているだろう。

私も同様だ。

私は中学の教科書で「山月記」を読んだ。

漢文脈で始まる「山月記」は中学生には読みやすい文章ではなかったが、何度か読み返して行く内に、その簡潔でリズミカルな文章の調子が快感に変わった（良く知られているように、中島敦の文章は、漢文脈でありながら、いや、だからこそ、すっきりとして、実は子供にも読みやすかったりする）。

「山月記」の書き出しによって、私は、「……性、狷介《けんかい》、自ら恃《たの》むところすこぶる厚く……」の、「狷介」や「恃む」という言葉を覚えた。

「山月記」といえば、忘れられないエピソードがある。

今から六、七年前、作家森田誠吾さんの文庫オリジナルの『中島敦』（文春文庫）――この名著が絶版であるのはとてももったいない――が出た頃、雑誌『鳩よ！』で、その本を中心に、作家の亀和田武さんと書評対談した。

当時亀和田さんはTBSテレビの午後のワイドショーの司会者をしていたのだが、その対談の載った雑誌が出た直後、こんな話をしてくれた。

ツボウチさん、あの番組の×曜日のディレクターってツ

要するに現象学的還元である。『狼疾記』では、じっと見つめているうちに怪しくなってゆく文字、怪しくなってゆく世界の記述のあとに、レストランで食事をする男の首の瘤の克明な描写がつづく。サルトルのマロニエの樹の描写を思わせずにおかないが、中島敦自身、この情景を、意味が剝奪されてゆく世界の端的な例として、すなわち現象学的還元として描いているのである。

だが、意味が剝奪されてゆく世界を鮮やかに描いた例としては、サルトル以上に、むしろカフカやリルケやホフマンスタールの名を挙げるべきだろう。中島敦は、世界から意味が剝ぎ取られてゆく過程を描くにふさわしい方法として変身譚があることを立証したが、同じことはカフカも立証しているのだ。また、中島敦の『狼疾記』の主題は、ホフマンスタールの『チャンドス卿の手紙』の主題——「私にはすべてが解体して部分に分かれ、その部分がまた細分化し、もはや何ものもひとつの概念で覆いつくすことができなくなったのです」——と、見事に重なり合っていると言っていい。いや、意味を剝ぎ取られてゆく世界を描いたということでは、「おお、それに夜というものがある、世界空間をはらんだ風が／わたしたちの顔を削ぎとる夜」と書きしるしたリルケの名を逸することはできない。顔すなわち意味であることはいうまでもない。

岩田一男と（昭和八年六、七月頃）

こうして見てくると、中島敦にもっとも近接する日本の作家が安部公房であることは疑いないように思われてくる。少年時代、安部公房はリルケの強い影響下にあった。たとえば処女作『無名詩集』の表題が端的にその事実を示している。誤解してはいけない。ここでいう無名とは世に知られていないということではない。名辞以前の世界、意味を剝ぎ取られた世界という意味なのだ。つまりは現象学的還元。安部公房が中島敦を読んでいたかどうかは知らないが、この二人の作家が同じ精神的気圏から、すなわち子供の懐疑から出発したことは疑いを入れない。

中島敦と安部公房の精神的気圏は、森鷗外や石川淳のそれとは大きく違っている。石川淳と安部公房の交友は有名だが、本人たちがどう考えようと、作品の質は違っている。

月号に発表された。「山月記」とともに「古譚」の総題のもとでまとめられたのである。パラオ島の南洋庁に赴任する前、深田久彌の許に原稿を託していったということ以外、この小説の脱稿された年月を推定する手がかりはない。しかし彼は、この原稿のことをひどく気にしており、夫人宛の書簡にもこう書いている。「オレに万一のことがあつたら、あのバスケットの中の原稿の中、和歌だけを氷上〔英廣〕にやつて、あとは燃やしちまへといつたね。あの言葉を少々訂正しておく。焼かないでもいゝ。氷上にやらないでもいゝ。オレが死んだらね。三好〔四郎〕に頼んで深田氏にあづけてあるものを持つて来て貰ふんだ」〔昭和十六年十一月九日附〕。けっきょく中島は、この小説が発表されてのち病気を悪化させ、昭和十七年の年の暮れに没することになる。

「文字禍」――古代アッシリア、アシュル・バニ・アパル大王の治世第二十年目ごろ、ニネヴェの宮廷にひろがる噂から、この物語ははじまる。その噂とは、毎晩のように図書館でひそひそと話し声がする、というものだった。人々が頭を集めて相談するに、どうしてもそれは書物もしくは文字の声としか思えない、ということになった。そこで大王は、老博士ナブ・アヘ・エリバを召しだして、ことばの精霊の研究を命ずる。そこで老博士は、毎日のように文字を見つめていた。するとそのうち、文字は解体してしまい、意味のない線の交錯としか見えなくなってしまった。さらに、この解体は文字以外のものにも及ぶようになり、家も、人間の身体も、社会生活さえも、みなバラバラの脈絡のないものとしか見えない。これはどうしたことか。ここに来て博士は、武の国アッシリアは文字の精霊にむしばまれており、やがて崩壊の憂き目を味わうことになるだろう、と大王に進言することにした。しかし、この進言は大王の不興を買い、博士は謹慎を命じられた。そして数日後、ニネヴェ・アルベラ地方を大地震が襲い、たまたま自宅の書庫にいた博士は、数百枚の重い粘土板の書物におしつぶされて圧死したという……。

ここにあるのは、たとえば「わが西遊記」のなかで悟浄がアイデンティティを捜し求めるのとはちがって、なによりも文字の失踪であり、文字の復讐である。たかだか四〇〇字詰原稿用紙で十七、八枚の作品だが、その密度は濃く、おそらくは病いもふかい。なぜといって、ここで老博士は自我の探求をおこなうのではなく、むしろ、文字にみずからのアイデンティティをゆだねている人間を発見してしまい、そのため文字に圧殺されてしまうからだ。中島敦は、この点ですでに死んでいる。だからこそ彼は、みずからの『過去帳』(「かめれおん日記」と「狼疾記」を収める)を書いたのだ。そして「文字禍」とは、彼の死に至る病いの記録なのである。おそらくこの点を最初に見通したのは武田

泰淳だが（「作家の狼疾」）、さらに先がある。中島文学は、この病いによる死から出発しているのであり、その死そのものを生きた。そして、この流れは、思いもかけぬ地点に通底しているのだ。だから、この「もの」は重要である。

*

おそらくここで、エリアス・カネッティの『眩暈』を思いおこす読者もおおかろう。中島の掌篇とは比べようもない長篇小説だが、そのテーマの根本のみごとな通底には、驚くほかない。老いたる文献学者が、文字そのものの存在に疑いを抱き、ついには書庫に収まる古今の厖大な文献におしつぶされて死んでしまう話である。カネッティの作品そのものについての言及は避けるが、ここに中島作品との連関を考えることができようか。

たしかに「文字禍」は、中島敦の作品のなかでも、特殊な位置を占めている。彼は、二十五歳をすぎてから喘息のひどい発作がつづくようになると、ギリシア語・ラテン語を学びはじめ、同時に中国へ旅行している。さらにハックスレーの『スピノザの虫』を翻訳し、次男が生まれたころより、アッシリアや古代エジプトの歴史を勉強しだし、プラトンを読破したという。おそらくこのころ「文字禍」を脱稿し、パラオへ行ったのだと思われるのだが、「木乃伊《ミイラ》」という作品はともかく、こうした古代へのまなざしを反映した作品は、「李陵」「名人伝」など、中国古典をテーマにしたもの以外は見られない。なぜか。

思うに、これはアルファベットにおいてのみ語りうる課題だったのだ。つまりは、表音文字という限定を自己に課することで、漢学という病いからの脱出を試みたのではないだろうか。けれども、それは果たせなかった。それゆえにこそ、『わが西遊記』の続篇が問題なのである。「悟浄出世」「悟浄歎異」の二篇しかないこの連作は、自己意識にたいする葛藤にはじまり、永遠にたいする嫌悪とあこがれで途切れている。悟浄は、ついにこの両極に引き裂かれた無間地獄から脱していないのだが、しかしこの探求はプラトンの『パイドロス』によって、つまりは父なきエクリチュールの呪縛を告発する手つづきによって強化されるべきではないか。そのとき悟浄は、エクリチュールなきエクリチュールの方へ、経典《スートラ》をこえた経典たる真言《マントラ》の方へとむかう道に触れるのではないか（彼はけっしてそれに満足しやしないだろうが）。おそらくこの続篇は、「悟浄修羅」と題されるはずだ。道を見いだすとは、あらゆる道にたいして断念の楔《くさび》を打ち込むことだから。そのために彼は、これまでの内省によって内に貯え、圧縮し、ときに歪ませてきたことばのエネルギーを、一息に噴出させ、解体し、差異化しなくてはならないのだから。

じつは、この失われた（？）一篇こそが、中島敦とカネ

ッティとの遠いへだたりのあいだに浮かぶミッシング・リンクなのだ。というのも、昭和十九年に「李陵」が上海で中国語訳されたように、この一篇がスペイン語訳された形跡があるからである。それは、南洋庁に軍属として配任していた粟野鳳洋元中尉の回想録（「坡羅尾奇譚」）によると、ガルシア某という医者の手になるものだという。南洋パラオの風土をもってしても、ついに敦の喘息はおさまることがなかったが、博言の徒として利用されていたこのコスモポリタン的な亡命医師の治療によって急激な発作から救われたことをきっかけに、彼らは短い交友を暖めたのである。昭和十七年三月、敦は未定稿であった小説一篇をガルシアに託して帰京したのだが、「弟子」「李陵」と書き進んだものの、ついに八月には南洋庁を辞職し、やがて入院・死亡する。彼はパラオに帰ることができなかったのだ。その訃報がパラオにもたらされてしばらくのち、ガルシアは姿を消した。ただ「バビロンの河童」と読めるスペイン語の表題のついたノートが残され、そこには「A・Nの想い出に」と記されてあった、と粟野は報告している。それからほどなくして、アルゼンチンの一書肆で、ボルヘス「バビロンの図書館」が印刷機にかけられることになるのだが、このことについては、まだ、いわぬが華というものであろう。

*

ところで、一高時代の敦の友人であった氷上英廣は、中島敦をめぐる回想をいくたびも書いているし、中島にとってはたがいに啓発しえた得がたい知己のひとりでもあった。その回想のひとつで、氷上は、敦が横浜の中区本郷町に住んでいたころ、その丘の上に建つ家に何度か泊ったことを想いおこしてこう書いている。「あるときは、夜、宿痾の喘息の発作を起こしたこともあったが、発作がすむと、たちまちふだんの明朗さをとりもどし、耶律楚材を材料にして何か書きたいという話を始めた。しかしいまかれの遺稿をさがしても『耶律楚材』を見つけることができない」。この時期は、敦が「悟浄歎異」を書いていた時期にあたる。それにしても、耶律楚材とは！　けれども、天竺《てんじく》への歩みを「でもなあ、ちょいとヘンだぞ」とあいかわらずの懐疑的な身ぶりで歩む悟浄の道を、まさに逆照射するのが楚材ではないか。彼は、表音文字の世界からやってきて、ついにインド＝ヨーロッパ語族の侵入を拒む八達嶺を踏み越えるのだから。そのとき「文字禍」の精霊たちは、もうひとつの文字と出会い、別種の解体作業もおこなうのではないか。ミッシング・リンクの謎が解けるのは、じつにこの交錯地点であるだろう。

（昭和六十一年十二月号「ユリイカ」）

私の好きな短篇——中島敦「文字禍」

日野啓三

小説を書いた期間が十年にもみたない中島敦に、初期も後期もないわけだけれど、代表作の「李陵」や「光と風と夢」より前、習作期の私小説風の書き方から、本格的な虚構の短篇を書き始めた最初の作品——「狐憑」「木乃伊」「文字禍」の三篇が、私はとても好きだ。

　この三篇は「山月記」とともに「古譚」というタイトルで四篇ひとまとめに書かれたものらしいが、普通中島敦の主要作品とされる一連の古代中国ものは、私には尊敬はしてもいまひとつ親しくは好きになれないところがあるので、「山月記」を除く三篇ということになる。

　「狐憑」は黒海北岸あたりにいた未開のスキタイ人の、「木乃伊」はエジプトに攻めこんだ古代ペルシャ軍の一部将の、「文字禍」は粘土板の楔形文字をつくり出したアッシリアの、短い物語である。

　いずれも時間的、空間的に遥かに遠い世界の話だ。これらに比べると中国ものはお隣の話ということになる。文章も中国ものに比べて、漢文調の格調より、綺譚風ののびやかさがある。もちろん無駄のない、思い入れの少ない簡潔な文章なのだが、マジメな顔でウソとも本当ともつかぬ話を語る一種のおかしさもある。

　こういう思いきった架空の話、本当に虚構的な物語、想像力の自己展開が、私は好きなのだ。エキゾティズムの要素も働いているだろう。何か心の奥の方から楽しくなるのである。私自身のなかにもあるこの国の文学特有の陰湿な重力から、しばし自由になる。

　多分この種の奔放な想像力は、中島敦がユーラシア大陸の一部である朝鮮の京城で育ったことと無関係でないだろう。だが私が一見荒唐無稽風な虚構の物語の奥に敏感に感じとるのは、風土のにおいだけではない。時代の感覚である。

　この三篇より前の「かめれおん日記」「狼疾記」の中には「存在の不確かさ」という言葉が散見される。いまわれわれが噛みしめている世界と自己の非実体感とでも言うべき感性を、多分この国で最も早く自覚したのが中島敦だ。「狐憑」でスキタイ族の最初の〝詩人〟は「自然に悖《もと》る不吉」な存在として、食われてしまう。「木乃伊」のペルシャ軍人は、かつての自分のミイラに出会い、さらにその前の、その前の前の……と「合せ鏡のやうに、無限に内に畳

まれて行く不気味な記憶の連続」に発狂する。「文字禍」の老学者は、文字をじっと見つめていると線がバラバラになるように、身のまわりのすべてが分解し浮遊して現実感の根底を失う。

道徳的ニヒリズムなら写実主義で書けるが、このような存在論的ニヒリズムの深みは思いきった虚構を要求するのだ、と私は中島敦の早過ぎた現代小説から教えられる。

（昭和六十三年五月号「群像」）

デカルトの末裔・人類の文化

坪内稔典

中島敦は一九〇九（明治四十二）年に東京に生まれ、「山月記」「弟子」「李陵」などの文字どおりに珠玉の小説を残し、一九四二（昭和十七）年に持病の喘息が悪化して亡くなりました。三十三歳でした。「山月記」は亡くなる前年に、「弟子」と「李陵」は他界した年に書かれており、激しく燃え尽きた、というのが、私がこの若い小説家の年譜から受ける印象です。

遍歴《へめぐ》りていづくにか行くわが魂《たま》ぞはやも三十《みそぢ》に近しと
いふを

亡くなる五年前の一九三七年に、彼はこんな歌を作りました。彷徨する自分の魂のゆくえを見定めかねている歌ですが、すでに結婚して子があり、横浜高等女学校の教諭であった敦は、喘息に悩みながらも、多方面への関心をひろ

げていました。その関心は、音楽、旅行、ダンス、将棋、乗馬、園芸から、ラテン語、ギリシャ語の学習に及び、また、ロレンス、ガーネット、ジッド、スピノザ、モンテーニュ、荘子、王維などの東西の文学者や思想家に親しむという具合でした。小説にも手を染め、一九三六年には「狼疾記」「かめれおん日記」を書いています。

さて、さきに引いた歌は、「ある時は……」と歌い出される五十五首の末尾に置かれたもの。この連作は「遍歴」という題名ですが、冒頭にあるのは、

ある時はヘーゲルが如万有をわが体系に統《す》べんともせし

というもの。以下、アミエル、ジイド、ヘルデルリン、フィリップ、ラムボー、ゴッホ、淵明、プラトンと、五十名をこす文学者や思想家などへの共感がうたわれます。あまりにも多くの人に憧れ、そして同化しようとしたために、かえって自分が拡散、霧消してしまい、「遍歴りていづくにか行くわが魂ぞ」ということになってしまうわけです。彼の大学の卒業論文は「耽美派の研究」でしたが、彼の多方面への関心は、耽美的、享楽的であったと言ってよく、そんな精神の一つの悲劇、すなわち自己の拡散が連作「遍歴」にはうかがえます。

敦が短歌を作ったのも、彼の多方面への関心の一つでしたが、一九三六年に中国を旅行した際にまず作り、翌年、今に残っている七一九首の大半が集中して作られました。その年の手帳には、「十一月三日（水）何トナク和歌ガックリタクナル。作リ出スト二十首程タチドコロニデキル」、「十一月四日（木）又、歌三十首ほど」、「十一月五日（金）約三十首」、「十一月六日（土）約二十首」とあり、感興にまかせて一挙に作ったようです。それらの歌は、「和歌《うた》でない歌《うた》」「河馬」「Miscellany」「霧・ワルツ・ぎんがみ」「Mes Virtuoses（My Virtuosi）」「朱塔」「小笠原紀行」という七つの章題のもとにまとめられています。

ひたぶるに詠みけるものか四十日余《よそかまり》五百の歌をわがつくれりし

わがいのちみじかしと思ひ街行けばものことごとに美しきかな

「何故《なにゆゑ》に我は我なりや」人知らず知らずして生くるをかしかりけり

我が歌はおならの如し腹内にたまりたまりてふと打出づる

敷島の大和の和歌《うた》は楽しけどわれのゐるべきところにあらじ

美しき白痴女といひてまし思想をもたぬ和歌《うた》の美しさ

デカルトの末裔われは去《い》なむとす三十一文字を愛《は》しとは思へど

右は「Miscellany」の章にあるものですが、〈デカルトの末裔〉、すなわち西洋近代の思想や文学になじんでいる敦は、和歌にほんとうはなじめないと思いながら、一種口からでまかせに歌を作っています。その即興ぶりは、「あやしくも歌心なん催され」て、「瓶《かめ》にさす藤の花ぶさみじかければたたみの上にとどかざりけり」にはじまる藤の花の歌を作った(『墨汁一滴』)正岡子規のそれに似ています。そう言えば、「ある時は……」と歌い出される「遍歴」も、子規の「足たたば」や「われは」という連作を思い出させます。飾りのない即興ぶり、自分の現実への対応の仕方が似ています。敦の「わがいのちみじかし」は、子規の思いでもありましたが、この二人は、そんな短命の自覚を、現実を存分に享受する旺盛な関心へ転化しています。そして、その歌がともにすこしユーモラスであるのは、命の危機、存在の危機を回避する、それがもっとも有効な精神の手だてであったからでしょう。ちなみに、敦は、大学時代の一九三一年に子規全集を読んでいます。

敦のユーモラスな精神は、とりわけ「河馬」の章に現われています。河馬、狸、獅子、ペリカンなどの動物をよんだ歌を集めたのがこの章です。

うす紅くおほに開《ひら》ける河馬の口にキャベツ落ち込み行方知らずも
この河馬にも機嫌不機嫌ありといへばをかしけれどもなにか笑へず
丘のごと盛上《もりあが》る尻をかつがつも支へて立てる足の短かさ

十二首からなる「河馬の歌」から引きました。「をかしけれどもなにか笑へず」というのがこの人のユーモラスな精神の本質です。河馬のおかしさが、ただちに自分のおかしさとしてはねかえるのです。名作「山月記」は、追い求めている自己がいつのまにか虎の姿をとってしまうという、自己(自分の内面)の得体の知れなさ、やっかいさを描いていますが、「河馬の歌」の敦は、その魂(自己)が河馬になりかけているといえましょう。敦の短歌には、その小説の主題である「おのれとは何か、自己の存在の不確かさへのおそれ、形而上的な懐疑・不安といったもの」がひろがっていると言ったのは、「中島敦の短歌について」(「日本読書新聞」一九六九)を書いた太田一郎ですが、それはたしかにそのとおりです。敦はそれらのテーマを煮つめてゆき、「山月記」の虎に見事に結晶させたのでした。次の歌なども、虎に至る過程を示すものです。

何時《いつ》見ても眠るよりほかにすべもなきライオンの身を
　憐れみにけり
象の足に太き鎖見つ春の日に心重きはわれのみならず
花曇る四月の昼を象の鼻ブラリブラリと揺れてゐたり
　けり
緋に燃ゆる胸毛に嘴《くち》を挿入れて鸚鵡うつうつ眠りてゐ
　るも

敦は「霧・ワルツ・ぎんがみ」の章の前書に、「鬼神をもあはれと思はすると、いにしへ人の言ひけむ三十一文字と、な思ひ給ひそ。これはこれ、眼碧き紅毛人が秋の宵の一ときをハワ゛ナふかしつゝ卓の上にもてあそぶてふトラムプの『三十一《サーティワン》』。首尾良く字数が三十一に近づきましたらば、御手拍子、御喝采の程をと、先づはいさゝか口上めきたれど」と記しています。「和歌《うた》でない歌《うた》」という章題といい、この前書といい、彼が自らの短歌を、いわゆる専門の歌人の歌と区別していることがあきらかです。その区別は、デカルトの末裔である自分の歌は素人の即興にすぎないという、それくらいの意味に受けとれば十分ですが、概念的で歌としては未熟とはいえ、宇宙的な視野や感覚をうたう次のような作品に、素人の大胆さや率直さという美質が現われているのではないでしょうか。

ぬばたまの宇宙の闇に一ところ明るきものあり人類の
　文化
いつか来む滅亡《ほろび》知れれば人間《ひと》の生命《いのち》いや美しく生きむ
　とするか

彼の不安感の底には、ブラック・ホールのようなものがひろがっていましたが、一時期の短歌への集中は、その闇への落下を防ぐ彼なりの手だてだったのかもしれません。その闇では最後に、息子をうたった「チビの歌」(Miscellany)から、ユーモアが時代の諷刺にもなっている楽しい歌をあげておきます。

子の唱《うた》ふ軍歌宜しも我が兵は天に代りて釘を打つとよ

(平成二年十一月十五日六法出版社刊『岡井隆の短歌塾7　鑑賞編　日輪の巻』所収)

中島敦
——我が胸中一片の冰心《ひょうしん》

新保祐司

中島敦について書く時は、できる限り短く書かなければならないと思っていた。無駄な文字は一つもなく、美しく引き締まった文章を書かなければならないと考えていた。少なくとも筆が流れるようなことは、絶対にあってはならないと心に誓っていた。簡潔に、本質的なものだけを、根本的なものだけを力強いタッチのデッサンによって描かなければならないと考えていたのである。以前、中島敦について書こうとして何度か試みたのであるが、それはだんだんと細密画に近付いていってしまい、遠くから全体を見渡すと本当らしくなく、うまくいかないのであった。どうも中島敦の本質は焦点距離の極めて長いレンズ(恐らく近代日本において最長のものの一つ)でのみ見えて来るものを、丁度虫ピンで押えるように、捉えなければならないようである。このレンズでは近くにあり過ぎてはっきりと見えないものは、デッサンの線でなぞられないでよいのである。

小説が殆ど心理小説に等しくなり、あるいは殆ど風俗小説に堕していた時に、中島敦は全く違ったものを創造した。思想すらが風俗になってしまう大風俗時代にあって、文学とは根元的な問いから成り立つものであることをはっきりと示した。この中島敦という宇宙的頭脳は人間の深いところにある、人間が人間である所以のものに焦点をピッタリと合せたのである。

「僕等が学生時代に夢中で文学の話をし合つた友人達は、今では皆散り散りになつてしまつた。そして悪く云へば何んとか収まつて、青春の夢はあてにならぬといつた顔をしてゐるのが大部分である。さうしたなかでひとり黙々と十年の間執拗に昔のまゝの清純さで文学の夢を育んで来た中島氏の心を思つて僕は何か切ないやうな気持にさへなつた。」(「旧知」)

と、若き中村光夫が書いた中島敦の文学を前にして、文学史的位置付けや芸術的味わいなどについて喋《ちょう》々とすべきではない。ましてや、例えば中島敦の小説とその創作材料と目される中国古典との間の比較文学的饒舌は慎まねばならない。それが、

「子路の屍が醢《ししびしほ》にされたと聞くや、家中の塩漬類を悉く捨てさせ、爾後、醢は一切食膳に上さなかつたといふ」(「弟子」)

孔子のように、中島敦を愛読する者の禁欲と言うもので

ある。この「聞くや」の「や」に籠っている高圧電流のような人間性の輝き、瞬間に行われた決断に、この禁欲は繋《つな》がっているのである。そして、何よりも中島敦がその晩年に表現したものはこの人間と人間との交流の厳しさ、あるいは美しさであったからである。それでもなお、書くとしたならばそれは武田泰淳が言うように、

「彼の真価を知る寸心は、われらの間に脈々と受けつがれてゐる。」(「文章千古の事」)

ことを表明するためである。僕がこの中島敦論を書くのも中島敦とほぼ半世紀後の人間である僕の、「脈々と受けつ」ぐ「寸心」を表現したいからに他ならないのである。

*

中島敦全集を読むと、一般に優れた作家の全集について言われるようにその多様性に驚かされる。三十四年の人生を考えれば、一層その思いは強まる。中島敦の頭脳は確かに宇宙的頭脳であった。「わが西遊記」の中の「悟浄出世」や「悟浄歎異」から察せられるように、恐らく形而上から形而下までその頭脳で考えられなかった問いは——少なくとも本質的なものについては——殆どないであろうという意味である。

その作品群は大きく言って、「弟子」「李陵」などの所謂非私小説的作品群と、「かめれおん日記」「狼疾記」などの所謂身辺小説的制作群に分けられるのが普通である。後者に中島敦の本質を見るのは余り正しくない。これらに展開される文字は恐らく夥しい文学青年の日記に書かれ、いつの間にか消え去ってしまっているであろう。これらの青年は中島敦のこの面の世界に淫したことであろう。しかし、零を何乗しても結局零なのである。逆に中島敦は近代日本では数少ない「大人」の読める小説を書いた人間の一人なのである。この辺の事情については中村光夫の次のような見解は正しいと思われる。

「さきに僕は中島の身辺小説は芸術にならぬと云つた。今またそこに描かれた彼の姿を敢へて醜いと云つた。これは彼がこれらの作品で力の及ぶ限り自分の心を暴いてゐる告白が、いかにも真摯であるが、そこに或る美しさの欠けてゐることを感ずるからである。彼がここで披瀝してゐる苦悩には、たとへ当人が此上なく真剣であつても、常にどこか架空な観念の臭ひがつきまとつて読者の自然な共感を妨げてしまふ。更に一歩すすめて云へば彼がここで綿々と展開する自己反省自己呵責は、鋭すぎるために却つて浅薄であり、結局のところ観念の遊戯にすぎない。」(「中島敦論」)

中島敦の形而上的苦悩は、その広さ、深さによってではなく、中島敦本人にとってのその緊急性、その切実性によって感銘を与えるのである。しかし、中島敦に教養主義と

いうか、教養の多さ故の軽薄さが鼻につくように思われるのも否定しがたい。僕はここで中島敦についての「我が毒」を一滴たらさねばならないだろう……。一例を挙げれば足りる。「遍歴」という題の下にまとめられた、「ある時は」で始まる、かの連作の和歌である。

「ある時はヘーゲルが如万有をわが体系に統《す》べんともせし
ある時はアミエルが如つゝましく息をひそめて生きんと
　思ひし
ある時はラムボーと共にアラビヤの熱き砂漠に果てなむ
　心」

このように、ゴッホ、プラトン、ノヷーリス、パスカル、ゲーテ、ツァラツストラ、ボードレエル、あるいは淵明、王維、老子、西行等々と古今東西の天才たちがこの五十余首の和歌に登場するのである。これを続けて読んだ者なら、この教養の広さに脱帽するのではなく、この理解の仕方が実に解説的な、通り一遍の、紋切り型の、敢えて言えば軽薄な感じを受けるのを否めないであろう。例えばボードレエルとは何かに深く思いを潜めたことのある人間は決して、

ある時はボードレエルがダンディズム昂然として道行く
　心

などとは歌わないであろう。

「志賀直哉と葛西善蔵」という批評文の中で、正宗白鳥はまさしく白鳥ならではの鋭さで直哉について次のように書いている。

「私ははじめにこの作者には『温室育ちのお坊ちゃん』風のところがあると云った。しかし、武者小路氏とは、『お坊ちゃん』ぶりが違ふ。武者氏は、正統的お坊ちゃんで、お目出たいところがあるとともに、天空海闊のところがあり、物に拘はらないのび〳〵したところもあるが、志賀氏は、その作物によつて判断すると、なか〳〵に神経質で気六ケしくて細かいところによく気がつくのである。家庭の事情にもよるであらうが、生存に対する不満の影も、彼れの心に差してゐる。これで、生活難があつたら、葛西氏よりもこの方が陰気な厭世家になつてゐたであらうと想像される。」

　この最後の指摘などは、何か呆れかえるしかない発想の批評だが、鋭く本質を衝いているように思われる。この白鳥をして、中島敦を批評せしめたならば、次のように言ったかも知れない。

「持病の喘息や女学校の教師という、ぱっとしない職業をして生活しなければならないという生存の悪条件が、彼の人間と思想を鍛え上げたのであって、もし、強健な肉体に恵まれ長生きし、生活も困らない境遇であったなら、どう仕様もないディレッタントになっていたであろうと想像される。」

「我が毒」——中島敦について——以上である。

さて、中島敦全集を読むと確かに様々な音色が聴こえて来るようである。教養の広さから言っても無類の中島敦の全集は、言わば演奏前のオーケストラの混沌とした音の流れのように、様々な旋律の聴きとれる世界である。例えば、未完の「北方行」に長篇小説の前奏曲を聴くこともできよう。

しかし、このオーケストラがひとたび、演奏した時、それは何か決然としたもので、そのテーマは短いものであった。ただ一つの確信であったのだ。それは「男」（傍点は中島敦自身が打っていた）のテーマであって、これが「弟子」と「李陵」という交響詩の中で美しく決然として演奏されて鳴ったのである。深田久彌は当時その音楽が生まれる現場に近いところで聴いた人だが、それを次のように書いている。

「私は中島敦君の作品を『ますらをの文学』と呼ぶ。『ますらをの文学』は鷗外以後跡を絶つて、『たをやめの文学』のみがはびこつた。君に至つて初めてその復活を見た。『李陵』だけを指して言ふのではない。自意識過剰の初期の作品からして少しも女々しいところがない。」（「中島敦論」）

この「女々しさ」の表現の多様性を競っていた時代の中にあって、中島敦は人間の「ねばならぬ」を追求した。心理と風俗に人間を分解する作業が騒々しく行われている傍らで、中島敦は人間の彫像とでも言うべきヴィジョンを信念に満ちた文体で創造したのである。この辺のもっと詳しい説明には伊藤整が最も相応しいであろう。次のように言う。

「人間を知り、人間と人間との交渉の間に生れる恐怖を知つてゐたといふ意味では、中島敦は、同時代の文壇的作家たちの誰にも増して『大人』であつた。中島敦の作品『弟子』『李陵』等が、中国の歴史の世界に取材してゐるながら、人間関係の冷厳な諸相を把握して稀な高さに達してゐるのは、彼が文壇生活といふ特殊な専門家の中での生活に溺れることができなかつたことも一因をなしてゐると思ふ。

人間性の知的理解者として、多分中島敦は夏目漱石や晩年の幸田露伴に比較される透徹さを持つてゐた。その若さから言へば異常のことである。」（「中島敦」）

「山月記」から「弟子」「李陵」に至る早い晩年数ヶ年の加速度的成熟は、人間性の体系的理解ではなく、人間性の核心についての鋭い理解を深めたのである。

よく言われる「父祖伝来の儒家」の出身であるということとも、中国古典に関する豊かな教養とか漢語が自由に駆使できるとかの次元で捉えられるべきではない。中島敦の処女作とも言える「斗南先生」に表現されている、この伯父の生き方に潜むものを引き継いでいるということなのである。

「伯父は、いつてみれば、昔風の漢学者気質と、狂熱的な国士気質との混淆した精神——東洋からも次第にその影を消して行かうとする斯ういふ型の、彼の知る限りでは其の最も純粋な最後の人達の一人なのであつた。」(「斗南先生」)

そして、

「親戚の多くが、三造(中島敦のこと、引用者註)の気質を伯父に似てゐると云つた。殊に年上の従姉の一人は、彼が年をとつて伯父の様にならなければいゝが、と、口癖のやうに云つてゐた。其の言葉が部分的には当つてゐることを、三造も認めないわけには行かなかつた。」(同右)

のである。

この伯父が史記の中では「小生の最も愛誦致し候ものは李将軍伝。」(「日本文章の堕落に候」)と言っているのも何か偶然でないものを感じさせる。そして、この「斗南先生」の中に大変美しい、或る意味で象徴的な場面が描かれているのである。

「一つの情景が今三造の眼の前に浮んで来る。何でも夏の夕方で、彼はまだ小学校の三年生位である。次第に暮れて行く庭の隅で、彼が小さなシャベルで土を掘つてゐる側に、伯父が小刀で白木を削つてゐる。二人が共に非常に可愛がつてゐた三毛猫が何処かで猫イラズでも喰べたらしく、その朝、外から帰つて来ると、黄色い塊を吐いて、やがて死んで了つた。その墓を二人はこしらへてゐるのである。土が掘れると、猫の死骸を埋め、丁寧に土をかけて、伯父がその上に、白木の印を立てる。黄色く暮れ残つた空に蚊柱の廻る音を聞きながら、三造はその前にしやがんで手を合はせる。伯父は彼の後に立つて、手の土を払ひながら、黙つてそれを見てゐる。」

この静かさが肌に迫つてくるような光景は、感動的である。二人が埋葬したのは、猫の死骸ばかりではない。「其の最も純粋な最後の」或るものだったのかも知れない。そして、中島敦は伯父が死んだ時、それを胸の中に埋めたのである。二十三歳の時書いた「斗南先生」に「十年前の彼は、自分が伯父を少しも愛してゐないと、本気で、さう考へてゐた。人間は何と已れの心の在り処を自ら知らぬものかと、今にして驚くの外はない。」という「あとがき」を付けるのは、昭和十七年、死の年なのである。そして、その埋めたものを「我が胸中一片の冰心」(「弟子」)とも呼んだのである。また、その意味を籠めて「弟子」の中では「大丈夫」という言葉に傍点を付し、「李陵」の中では「男」という言葉に傍点を打ったのである。

「此の人は苦労人だなと直ぐに子路は感じた。可笑《をか》しいことに、子路の誇る武芸や膂力《りよりよく》に於てさへ孔子の方が上なのである。ただそれを平生用ひないだけのことだ。侠者子路は先づ此の点で度胆を抜かれた。放蕩無頼の生活にも経験

があるのではないかと思はれる位、あらゆる人間への鋭い心理的洞察がある。さういふ一面から、又、一方、極めて高く汚れない其の理想主義に至る迄の幅の広さを考へると、子路はウーンと心の底から呻らずにはゐられない。兎に角、此の人は何処へ持つて行つても大丈夫な人だ。潔癖な倫理的な見方からしても大丈夫だし、最も世俗的な意味から云つても大丈夫だ。」（「弟子」）

「一度単于《ぜんう》は李陵を呼んで軍略上の示教を乞うた事がある。それは東胡に対しての戦だつたので、陵は快く己が意見を述べた。次に単于が同じやうな相談を持ちかけた時、それは漢軍に対する策戦に就いてであつた。李陵はハッキリと嫌な表情をしたまま口を開かうとしなかつた。単于も強ひて返答を求めようとしなかつた。それから大分久しく立つた頃、代・上郡を寇掠する軍隊の一将として南行することを求められた。此の時は、漢に対する戦には出られない旨を言つてキッパリ断つた。爾後、単于は陵に再び斯うした要求をしなくなつた。待遇は依然として変らない。他に利用する目的は無く、唯士を遇するために士を遇してゐるのだとしか思はれない。とにかく此の単于は男だと李陵は感じた。」（「李陵」）

このようなところでは、「男」のテーマが、四行音符だけで出来ている単純で美しい旋律のように、明確に、しかし十分な深みをもって鳴り渡っているのである。酔わせる音楽ではない。覚醒させる音楽である。中島敦は陶酔へと導くことはない、痛い程覚醒させるのである。

＊

「弟子」の中で、子路が孔子への悪言を吐いた人間の一胸倉を摑み、右手の拳をしたたか横面に飛ばした」りしたことを書いた後で次のように書かれている。

「其後暫く、同じ様な事が処々で起つた。肩を怒らせ炯々《けいけい》と眼を光らせた子路の姿が遠くから見え出すと、人々は孔子を刺《そし》る口を噤《つぐ》むやうになつた。

子路は此の事で度々師に叱られるが、自分でもどうしやうもない。彼は彼なりに心の中では言分《いひぶん》が無いでもない。所謂君子なるものが俺と同じ強さの忿怒を感じて尚且つそれを抑へ得るのだつたら、そりや偉い。しかし、実際は、俺程強く怒りを感じやしないんだ。少くとも、抑へ得る程度に弱くしか感じてゐないのだ。屹度……。」

この中島敦の小説の中でも数少ない「……。」の中に僕は中島敦の肉声を聴く思いがする。呼吸を感じるように思う。この怒り、この純粋な感情の超過量を虫ピンで止める。中島敦の人間観はこの超過量が根本なのである。例えば漱石は十分な実生活から創作したが、

「自分と現実との間に薄い膜が張られてゐるのを見出す」

（「北方行」）

この中島敦といぅ奇妙な実生活喪失者が、ただ一つ摑みとった確かなもの、そして、そこから初めて本物の文学を創造したものは、この超過量であったと思われる。この超過量が人間に運命的なものをもたらし、人間と人間の間にドラマをひきおこすのである。超過量、わずかの超過量。しかし、この差が全てを決定するのである。この超過量を籠めて中島敦が創り上げた人間像は、確かであり、「男」とはこの超過量を抱えて生きている人間のことなのである。中島敦は人間の間に生きていたのではない。人間の像の間に生きていたのである。また、人間であることに不安なのではない、人間の像の確かさの前に不安なのである。

「最初の感動が過ぎ、二日三日とたつ中に、李陵の中に矢張一種のこだはりが出来てくるのをどうする事もできなかつた。何を語るにつけても、己の過去と蘇武のそれとの対比が一々ひつかゝつてくる。蘇武は義人、自分は売国奴と、それ程ハツキリ考へはしないけれども、森と野と水との沈黙によつて多年の間鍛へ上げられた蘇武の厳しさの前には己の行為に対する唯一の弁明であつた今迄のわが苦悩の如きは一溜りもなく圧倒されるのを感じない訳にいかない。

——中略——

南に帰つてからも、蘇武の存在は一日も彼の頭から去らなかつた。離れて考へる時、蘇武の姿は却つて一層きびしく彼の前に聳えてゐるやうに思はれる。」（「李陵」）

孔子や蘇武が何か物のように描かれているのは、これらが人間ではなく、人間の像だからである。

そして、この超過量がもたらす悲劇とは、例えば次のように書かれる。

「唯一人、苦々しい顔をして之等を見守つてゐる男がゐた。今口を極めて李陵を讒誣《ざんぶ》してゐるのは、数ヶ月前李陵が都を辞する時に盃をあげて、其の行を壮《さか》んにした連中ではなかつたか。漠北からの使者が来て李陵の軍の健在を伝へた時、流石は名将李広の孫と李陵の孤軍奮闘を讃へたのも又同じ連中ではないのか。恬《てん》として既往を忘れたふりの出来る顕官連や、彼等の諂諛《てんゆ》を見破る程に聡明ではありながら尚真実に耳を傾ける事を嫌ふ君主が、此の男には不思議に思はれた。いや、不思議ではない。人間がさういふものとは昔からいやになる程知つてはゐるのだが、それにしても其の不愉快さに変りはないのである。下大夫の一人として朝につらなつてゐたために彼も亦下問を受けた。その時、此の男はハツキリと李陵を褒め上げた。言ふ。陵の平生を見るに、親に事《つか》へて孝、士と交はつて信、常に奮つて身を顧みず以て国家の急に殉ずるは誠に国士の風ありといふべく、今不幸にして事一度破れたが、身を全うし妻子を保《やす》んずることをのみ唯念願とする君側の佞人《ねいじん》ばらが、此の陵の一失を取上げて之を誇大歪曲し、以て上の聡明を蔽はうとしてゐるのは、遺憾此の上極まりない。抑《そもそも》陵の今回の軍

たる、五千に満たぬ歩卒を率ゐて深く敵地に入り、匈奴数万の師を奔命に疲れしめ、転戦千里、矢尽き道窮まるに至るも尚全軍空弩を張り、白刃を冒して死闘してゐる。部下の心を得て之に死力を尽さしむること、古の名将と雖《いへど》も之には過ぎまい。軍敗れたりとはいへ、その善戦のあとは正に天下に顕彰するに足る。思ふに、彼が死せずして虜《ろ》に降つたといふのも、潜《ひそ》かに彼の地にあつて何事か漢に報いんと期してのことではあるまいか。……

並ゐる群臣は驚いた。こんな事のいへる男が世にゐようとは考へなかつたからである。彼等はこめかみを顫《ふる》はせた武帝の顔を恐る〳〵見上げた。それから、自分等を敢て全軀保妻子の臣と呼んだ此の男を待つものが何であるかを考へて、ニヤリとするのである。」

「司馬遷は自分を男だと信じてゐた」と中島敦は書く。これが「男」のテーマが深刻な緊張感をもって、鳴っている箇所なのである。

宮刑が下った後で次のように書かれている。

「怨恨が長く君主に向ひ得ないとなると、勢ひ、君側の姦臣に向けられる。彼等が悪い。たしかにさうだ。しかし、この悪さは、頗る副次的な悪さである。それに、自矜心《じきようしん》の高い彼にとつて、彼等小人輩は、怨恨の対象としてさへ物足りない気がする。彼は、今度ほど好人物といふものへの腹立を感じたことは無い。これは姦臣や酷吏よりも始末が悪い。少くとも側から見てゐて腹が立つ。良心的に安つぽく安心してをり、他にも安心させるだけ、一層怪しからぬのだ。弁護もしなければ反駁もせぬ。心中、反省もなければ自責もない。——中略—— 自分に全軀保妻子の臣といはれても、かういふ手合は、腹も立てないのだらう。こんな手合は恨みを向けるだけの値打さへない。」

これらの洞察が示す現実は、方解石がいくら細かく砕かれようと、平行六面体であり続ける如く、人間の世界の隅々に大小さまざまで、ころがっているのである。古今を通じて、洋の東西を問わず、これは厳然としてあり、この平行六面体が人間のそれぞれの状況において、「男」の試金石として存在するのである。この倫理の躓《つまず》きの石は文字通り、足元にある、日常の中にある、今日という一日にあるのである。中島敦はこの方解石をはっきりと、厳しく、鋭く掘り出したのである。「世界のきびしい悪意といった様なもの」(「牛人」)に対して、形而上的彷徨の末に、倫理でもって、「男」のあり方でもって答えた。「軽薄なる世人の常」(「李陵」)に対して、「男」の悲劇でもって答えたのである。繰り返し出して来る「地球の運命」(「狼疾記」)についての固定観念的な不安についても、その絶望、虚無の果てまで苦悩することで、逆に倫理的なるものへと立ち返ったのである。中島敦は論理の果てに、倫理にたどり着くのである。丁度「漠北」の遠くの方から、一人の騎兵が

見えて来るように、何もない、何の意味もない地球の上に、人間の世界に、「ねばならぬ」が現れて来る。「意地」が「我が胸中一片の冰心」が滲み出して来るのである。

*

現実生活における人間と人間との関係、その中で純粋というものを維持する苦労、しかし、それでもなお、それを持続しようとする志、これらについての洞察が中島敦の中にあるのは、或る意味で意外であった。というのは、女学校の教師生活というものと「かめれおん日記」「狼疾記」などは自然に結びつく。さらには、「山月記」までは結びつこう。しかし、「弟子」「李陵」には結びつかないと思われたからである。

僕は日記や書簡の中に、この洞察を裏付ける具体的事例か具体的人間を探してみたが、なかなか見つからない。ふと、これらの洞察も中島の教養主義的頭脳の所産に過ぎないのではないか、という一抹の疑念が浮んだ。しかし、それにしては、この人間性理解のトーンには真実味があり過ぎるのだ。女学校の教師生活とは組織の中の人間生活として恐らく、標準的なものではないであろう。しかし、パラオ島の役人生活は、たとい、それが半年程の短いものであっても、中島敦の才能をもってすれば本質的なものを理解するのに十分であったと思われる。当然、予想されるように、その生活は、

「実にイヤでイヤで堪らぬ官吏生活（蠟を嚙むどころではございませぬ。こんなあぢきない生活は始めてです）の中で唯一の息抜きの出張旅行とて、今は私も多少元気になつてはをりますが、帰つてからのことを考へると誠に憂鬱です。」（昭和十六年九月十三日、中島田人宛）

「△田島（ぢやなかつた高橋晴貞）は今度、企画院《キクワクヰン》の調査《テウサ》官《クワン》といふのになつた。オレなんぞとちがつて、中々エライ役人なんだよ。あいつは親切ないい友達だな。あいつがオレに呉れた手紙の中に、（兵隊の）石坂のことを心配してゐる所があるが、実に田島の良さを現してゐて、いいと思つたよ。同じ役人でも、あゝいふ男ばつかりだつたらなあ。」（昭和十六年十一月十七日、中島たか宛）

と書かれているように、摩擦係数の高いものであったが、それ故に却って人間と組織との問題にじかに触れ得たのであろうと思われるのである。こうした中、次の書簡を見つけた時、ああ、いた、いた、やはりいたのだと僕は思わず声を発してしまった。その書簡は長いものだが、読まれることも、引用されることも滅多にあるまいと思われるので、以下に引用する。この中に何回も出て来る「男」という文字は単に女との区別において使われているのではないことを注意して読むこととしよう。

「九月三十日。今日の午後で、ヤルートとお別れだ。ヤル

ート滞在中、一人の役人と仲良くなつた。竹内といふ、実に気持の良い男。僕より三つ四つ年上だが、上役と衝突ばかりしてそのため出世できないでゐる男だ。男前もいいし(?)、頭もハツキリしてゐると思ふが、頭のハツキリしてゐることは、役人（小役人）として一番、出世の邪魔になることらしい。余り昇《シヨウ》給させないので、腹を立てゝ、内務部長に『マタ、ゲツキフ、アゲヌ。バカヤラウ』と電報を打つたので有名な男だ。此の男とすつかり仲良くなつちまつて、今日は、この人の家で朝食をたべた。一緒に、役人といふもの（殊に南洋庁の役人）を痛快な程、罵倒《バタウ》した。さて、それから、色々話してゐる中に、『自分は一昨年「風と共に散りぬ」の訳者、大久保康雄を案内して、マーシャルの離島へ行つた』と言出した。お前、おぼえてるかい？　田中西二郎が送つてくれた小説の本に、大久保康雄の南洋の小説が二つあつたことを。あれは皆、この竹内氏が話した材料なんだとさ。尤《モツト》も、当《タウ》の竹内氏は大久保康雄の小説を読んではゐないんだがね。それでね、あの小説を竹内氏に読ませてやりたいと思ふんだがね、決して急ぎは、しないから、何時でもいい、ヒマな時に、あの本二冊（三冊の中、なかを調べて見るんだぜ、大久保康雄のがあるかどうか）（マチガヘテ、『風と共に散りぬ』を送つちや駄目だよ。『妙齢』つていふ、田中の送つて来たヤツだよ）送つてやつて呉れないか。宛名は、南洋群島ヤルート島。〔ジャボール。〕ヤルート支庁竹内虎三様』書留になんか、する必要はないよ。急ぐ必要もないぜ。頼むよ。僕は、この竹内つていふ男が好きなんだよ。どうして、こんな竹を割つたやうな気性の男が、人から憎まれるのかなあ。

　竹内氏は〔ね〕、役人としても相当な手腕をもつてゐると思はれる。島民管理に直接、当つてゐるんだが、大変島民に慕はれてゐるらしい。最近ヤルート島の土人〔で〕に音楽隊を作らせ（土人は音楽が好きだからね）、それを率ゐて、東の方の離れた島々を廻つて歩くんださうだ。僕も、それについて行きたくて、し方がな〔かつ〕いんだが、もう予定が決つてゐるので駄目だ。彼の話によると、東の島々ののどかさは何ともいへないらしい。竹内氏が一人、朝、島へ着くね、さうすると、島中の土人が、一日がかりで、彼一人のため歓迎の準備をするんだとさ。そして夕方になると、酋長の家の庭に、村中の青年や娘が、歌を唱ひながら集まつてくる。そして女達はそれ〳〵今日作つた花輪を持ち、一人一人、竹内君の所まで来ては、プレゼント（この辺は英国人が来てゐたので、英語をつかふんだ）といつて頭や肩や膝《ヒザ》に花輪をかけてくれるので、しまひに、花で埋まつちまふんだといふ。それから篝火を炊《ママ》いて、豚や鶏や魚や、タロ芋の料理が山程出るんだといふから、堪らないねえ。竹内氏も日本人よりは島人が好きだといふし、島民も竹内氏が好きらしい。竹内氏はかう言つてゐた。

『たとひ、世界がどうなつても、私は、太平洋の真中のマーシャルの小島へ行けば、絶対に自分を支持し、世話してくれる土人達がある。それを考へると何だか心強い』とさ。どうも少し、この男一人の話をしすぎたやうだ。」

この「竹内虎三」に対して生き生きと流露しているような親愛の情は、中島敦の書簡の中で、珍しいもので、この手離しの共感は、彼の心の琴線に触れるものがあったことを思わせるのである。やはり、現実の人間によって、その交際と観察によって、彼の人間認識は鍛え上げられていたのである。パラオ島から帰ってから書かれた「弟子」「李陵」に、この「竹内虎三」の思い出が透かし絵のように入っているように思われると言ったら、言い過ぎだろうか。

＊

数年前の晩春の或る夕暮れ、青山通りをタクシーは走っていた。東宮御所や神宮外苑の処々に散りかかった桜の樹が見えた。僕は、僕の勤めている会社の「竹内虎三」と一緒にタクシーに乗っていた。僕は三十一歳で、この「竹内」さんは五十に近かった。直接の上司ではなかったのだが、ふとしたことから、よく交際《つきあ》うようになっていた。僕はその芯のあるところを敬服していたし、彼もそういう僕には普通の同僚には見せない人間的な面を時おり、見せることがあるのだった。それを僕はいつも黙って見ていた。

彼は広報部門の責任者の地位にいたが、もっと上の役職に行こうと思えば行けたに違いないのだが、そのために必要とされる或る種の言動を積極的にやることを自分に許さないのであった。しかし、そういう言動をしなければならない状況に追いこまれた時には——例えば部下の仕事の不首尾を弁明しなければならない時などには——これから、誰々さん（と目上の者のことを言って）の所へ行って、男芸者をやってくるよ、とか言って、それはそれで彼は、やりのけるのであった。部下の責任を自分でとるのが彼の絶対の信念であるらしかった。

タクシーの中で、この「竹内虎三」と僕とは、何げない雑談をしていたのだが、話が社内報（彼はこれの編集責任者でもあった）に、「私の一冊」というような欄を設けたら、どうだろうかという話になった。それぞれの人生において、一番感銘を受けたり、影響を受けた一冊の本について書いてもらおうというのであった。僕は時おり、社内報に寄稿していたので、相談を持ちかけたといったところであったろう。そして、「君だったら、一冊の本といったら何だい？」と突然訊いた。僕が、一瞬とまどいながら、具体的な本の名前が出て来ないので、車窓から桜の樹などに眼をやりながら、困っていると、彼はこう言ったのである。

「僕だったらね、『李陵』だな。」

僕はハッと驚いて、彼の平静な顔を見ながら、

「中島敦のですか？」

と、間の抜けた（『李陵』なら中島敦に決まっているではないか）答えをしたのであった。彼もこれで僕も「李陵」を読んでいることが分って嬉しいらしく、少しトーンの明るくなった声で言った。

「この間も、また読みなおした。いいなあ……。どうしてもゆっくり読まざるを得ない文章なので、とうとう夜中の二時までかかってしまったよ……。」

人生において人は時おり、アリアを歌わねばならぬ。また、他人が時おり、アリアを歌った時には、聴きとらねばならぬ。これが人間と人間との会話の究極的な局面である。ここには、文学が一人の人間によって読まれているという確かな事実があった。それから中島敦というと、タクシーの中で聴いたこのアリアを思い出すのである。

或る作家は、作家修業の勉強のために読まれているかも知れない。また或る作家はその上で夢を見るために頁が開かれているかも知れない。しかし、中島敦の晩年の小説は、日常生活という倫理の麻痺状態の中を、人間的意志をもって生きることに、しっかりと繋がっているのであって、やはり「人生に相渉」っているのである。中島敦を読むことは、人間の間で曖昧に、妥協の堆積の中に生きることではなく、人間の像の間で緊張して生きることへの促しであり、日常の雪崩の中で、事務の氾濫の中で、「我が胸中一片の冰心」が枯渇してしまってはいないか、を絶えず振り返ることなのである。

（一九八五年十月）

（平成三年三月五日構想社刊『文藝評論』所収）

中島敦における歌のわかれ

矢川澄子

1

ひたぶるに詠みけるものか四十《よそ》日《か》餘《まり》五百の歌をわがつくれりし

昭和十二年の秋晩く、年譜によれば十一月から十二月にかけて、いかなるはずみからか中島敦はにわかに劇しい作歌熱の虜となり、夜を日についで一気に五百余首を得ました。

このときの作品は現在、筑摩書房全集版の第二巻によって、ほぼその全容をうかがうことができます。まずここにも収めた「遍歴」をはじめとする一群の「和歌《うた》でない歌《うた》」、生きもの尽しともいうべき「河馬」、そのほか「Miscellany」としてまとめられたものの大方が当時の即興の産物のようです。その狂熱がようやく峠をこえ、作者はいま、あたかも憑き物のおちたように憮然として腕組みしつつ、のこされた歌稿の山に目をやっているところでしょう。

まさしく彼は〝ひたぶるに〟詠みつづけたのでした。とどまるところを知らず、自動的に。というより、これはもう何物かに憑り移られて知らず知らず詠まされてしまったという感じさえあったでしょう。〝詠みけるものか〟の詠嘆にはしかし、よけいな反省や自嘲のいろはたえて見られません。むしろ過ぎ去った荒淫のあとをなつかしみ、いとおしんでいるような風情にもうけとれます。それどころかこの日頃、おのれをかくも陶酔させてくれた三十一文字なる古典的伝承玩具の偉力にあらためて目をみはるといった、初々しい子供のようなおどろきさえうかがわれるのです。

中島敦にこうした短歌作品のあることは意外と知られていません。「山月記」や「李陵」の硬質な文体に魅せられてはじめて全集版を手にした読者は、第一巻の主要作品をひととおり読み了えて二巻目にいたり、ここへきて思わず目をこするのが慣いのようです。

だいたいこの巻には、一巻目の完成作にいたるまでの若書きの習作や異稿などが網羅されており、全体がともすれば前巻の補遺的なやや雑然とした趣きをおびています。そのような構成だけに、それらの散文や雑纂のあいだに居心地わるく挟まれた「歌稿その他」の数十ページほどが、視覚的にも断然きわだって眩しくわたしたちの目をうつので

す。

この煌めきははたしてどこからくるものでしょうか。端正無比な散文の書き手として知られるこの作家にとって、時ならぬこの和歌《うた》狂いははたして何を意味していたのでしょうか。そもそも中島敦にとって短歌とはいったい何だったのか、そのあたりの径庭に少しくこだわってみる必要がありそうです。

2

昭和十二年といえば一九三七年、日中戦争のはじまった年でもありますが、短命の作家にとって個人的にはどのような時期に当っていたでしょうか。

中島敦はこの四年まえの昭和八年、東大の国文科を出て、大学院に通うかたわら横浜高等女学校に国語、英語、博物の教師として就職しています。文筆上でいえば、この年九月の「斗南先生」は、卒業論文以前には同人誌の習作の類しかのこしていない敦にとって、ほぼ処女作とみて差支えないでしょう。

この年はまた、学生結婚だった妻とのあいだに子供もでき、名実共に社会人、家庭人としてあらたな生活のはじまった年でもありました。

それからわずか九年後の昭和十七年、中島敦は宿痾の喘息により早くも世を去っています。とすれば昭和十二年は、足かけ十年ほどの彼のみじかい文筆生活のうちでもほぼ真中の折返し地点に位置しているわけです。

年譜によれば、喘息の発作がはげしくなって敦が体力の衰えを自覚しはじめたのは昭和十四年あたりからです。こしばらく、中島敦は、虚弱とはいえほぼ人並みの社会生活を送っていました。先年、二十五歳で中央公論の新人賞に「虎狩」を応募して佳作となったあと、つづく作品の発表にはあまり意欲がわかなかったのか、書き上げた「狼疾記」や「かめれおん日記」の草稿も手許に止めたままです。少くとも二十代後半のこの時期、彼はひとり書斎にこもることよりも、家族や友人とのつきあいや、コンサート通い、庭作りなど、戸外生活を積極的にたのしんでいたらしいふしさえうかがわれます。勤め先でも週二十三時間の授業をこなし、教員野球チームに加わるほどの元気がありました。春夏の休みを利用して旅に出ることも多く、とりわけ昭和十一年春には小笠原に、また夏には三週間以上をかけて中国の杭州、蘇州あたりまで足をのばしています。

といっても、もちろん、つぎの作品の構想がなかったわけではありません。いや、前年から抱えこんでいた「北方行」は、舞台の設定からいってもこの作家としては従来の枠を一歩も二歩ものりこえた、かなり意欲的な長篇小説に結実するはずでした。

ここで中島敦は、「斗南先生」以来の主人公黒木三造を

すすんで海彼の大陸に赴かせています。そのうえ、作者のもうひとつの分身ともいうべき折毛伝吉を登場させ、三造の年長の従姉である白木亡人や中日混血のその娘たちの織りなす人間模様に当時の大陸の政情をも重ね合せて、少くとも構図の上ではゲエテの「ウイルヘルム・マイステル」にも匹敵するような一種の教養小説か、もしくは蕩々たる国際級の大河小説を展開するに足りるだけの布石を完了していたのでした。

愚人、夢ヲ語ル、といいます。もともとデカルトの末裔を以て任ずるこの作家は、生来徹底した理知のひとであり、荒唐無稽な夢の語り手として出発したのではありませんでした。「斗南先生」が作者の実在の伯父、漢学者中島斗南の正確無比な肖像画にほかならないことは度々指摘される通りですが、そこには語り手である甥・三造（＝敦、すなわち作者自身）の自己分析が、斗南の行動の客観描写とおなじ冷静さでもって終始対比的に描き出されています。

いったいこの作家には一種の実証精神というか、科学的客観性への熄みがたい執着のようなものがあって、語り手を黒木三造とするにせよもしくは地のままの私でゆくにせよ、いざ筆を走らせはじめたがさいご、作家自身の心身両面にわたる厳密な自己分析に及ぶことをほとんど倫理的要請とみなしていたかのような感さえあります。これは初期の作品に共通していえることですが、この頃からしかし作者は、こうしたリアリズムもしくは自然主義のおちいる必然的な陥穽、すなわち対象に正確に迫ろうとすればするほどそれを捉えるレンズそのものの精度を問題にせざるを得ず、またそのようにしてレンズたる作家自身の眼にこだわるかぎり結果的には作品がますます私小説的相貌をおびてきてしまうといったディレンマを、内心煩わしく感じつづけていたにちがいありません。

ほかでもない大学の卒業論文に中島敦はつとに「耽美派」をとりあげ、自然主義の破壊的非建設的側面を見究めた上で、鷗外漁史のディレッタンティズムに共感を表明し、文芸本来の浪漫的精神の再興として谷崎潤一郎の登場を高く評価したのでした。それからわずか四五年のまに彼は自己分析の不毛の泥沼に早くもおちいりつつある自分を見出すのです。

複数の主人公を擁し、地平の彼方にまで射程をひろげた「北方行」は、こうした逼塞からのがれでるための思いきったこころみでもありました。小説の冒頭のシーンが三造の旅立ちの船上であることも、こうしてみるとなにか象徴的です。おのれの「自己分析の過剰」と「行為への怯懦」に愛想をつかし、「この三四年の間、彼を喜ばせ、彼を酔はせてゐた一切のものからの脱走」をはげしく欲り求める、ひとりの青年の。

この小説はしかし、知られるように完結にはいたりませんでした。三造はともかく、作者はついに脱走を果さぬまま、それどころか、複数の病んだ主人公たちのとめどもない独白に雁字がらめで身動きもままならぬまま、続稿を断念せざるをえなくなったのです。

「狼疾記」と「かめれおん日記」とは、未完に終ったこの長篇のいわば副産物ともみられます。この二作をまとめて作家が「過去帳」と名づけていることも、なにか示唆的です。

3

ともあれ、「遍歴」をはじめとする五百余りの和歌は、このような作家によって、このような状況のもとに誕生したのでした。散文作品の上での行きづまりと、この時ならぬ和歌狂いと。偶然か、それとも必然か。この符合はいったい何を物語っているのでしょうか。

「過去帳」のひとつ「かめれおん日記」には〝今迄和歌を作つたことのない私〟が書き散らした〝妙なもの〟として、「石とならまほしき夜の歌」八首のうちの五首までがほぼそのまま引かれています。

　我はもや石とならむず石となりて冷たき海を沈み行かばや

　たまきはるいのち寂しく見つめけり冷たき星の上にわれはゐる

（以下略）

尤も中島敦が和歌をこころみたのはもちろんこれがはじめてではありません。前年の春には「小笠原紀行」として百首、また夏の中国旅行では「朱塔」と題して七十四首、といったように、もっぱら旅日記の役を果したのがこの詩型でした。旅のみにはとどまりません。日記、もしくはメモ。そうです。シャリアピンからティボオにおよぶ一連の「Mes Virtuoses」なども、音楽会めぐりもしくは聴きある記の類ですし、時々折々の感興を即刻定着させるのにこの三十一文字形式は恰好の器であることを敦はつとに知りつくしていて、自在に使いこなしてもいました。

天才はともかく、天分とか天稟とかいった讃辞をこの夭折のひとに冠せてよいならば、こうした硬軟両極のことばを駆使する彼の自在さにこそ呈すべきではありますまいか。歌稿のうちのまたべつのグループ「霧・ワルツ・ぎんがみ」にはつぎのようなト書きが添えられています。

鬼神をもあはれと思はすると、いにしへ人の言ひけむ三十一文字と、な思ひ給ひそ。これはこれ、眼碧き紅毛人が秋の宵の一ときをハヴナふかしつゝ卓の上にもてあそぶてふトラムプの、「三十一《サーティワン》」。首尾良く字数が三十一

に近づきましたらば、御手拍子、御喝采の程をと、先づはいさゝか口上めきたれど。

手品師めかしたせりふの裏に、ほとんど神技にも似たことば使いの巧者のかぎりない自負が見てとれましょう。じっさいこれが和歌であるかどうかは彼自身いささか疑問だったかもしれません。父祖伝来の儒家の子に生れ、幼時から外地にあって異国のことばをきくことも多かった「蒙古《モンゴ》族《オル》われ」＝中島敦にとって、このようにして大和ことばをもてあそぶことは、なにかこう出自を偽って母国語以外のことばで勝負するといったやんちゃな悦びさえ伴っていたかもしれません。
「ある時は……」の林立には及びませんが、「放歌」と題して十二首、わが歌そのものをあげつらった連作があります。

我が歌は拙《つた》なかれどもわれの歌他《こと》びとならぬこのわれの歌
我が歌はをかしき歌ぞ人麿も憶良もいまだ得詠《よ》まぬ歌ぞ

また、

わが歌は腹の醜物《しこもの》朝泄《あさま》ると厠の窓の下に詠む歌
わが歌は吾が遠つ祖《おや》サモスなるエピクロス師にたてまつる歌
わが歌はわが胸の辺《へ》の喘鳴《ぜんめい》をわれと聞きつゝよみにける歌

友人とのたまさかの会食も（聘珍樓雅懐）、愛児との交歓も（チビの歌）、この秋、身辺雑事のことごとくがたちどころに器を得、歌になりました。
この耽溺から作者はしかし、ある日卒然として目ざめます。〝ひたぶるに〟の述懐のあとには、このにわか歌よみがしばしの恍惚からさめてゆく過程自体がつづいてうたわれています。

敷島の大和の和歌《うた》は楽しけどわれのゐるべきところにあらじ
美しき白痴女といひてまし思想をもたぬ和歌《うた》の美しさ

そして、ついに——

デカルトの末裔われは去《い》なむとす三十一文字を愛《は》しとは思へど

4

結論をいそぎましょう。

散文ではとうに行きづまったはずのおのれの自己表白が、ひとたび五七五七七という定型の枠を藉りればいとも楽々となされること。この事実に思いあたったとき、中島敦の胸には忽然として悟るところがあったのではなかろうか、というのがわたしのいささか斜視的な推論なのです。

なにが自分をのびのびとうたわせてくれたのか。いやしくも創作者たるべき自分にとって、この自在感こそがもっとも望ましいものであるとすれば、ひるがえってもっともアクチュアルで不羈奔放な自己表白を達成するためには当然、ある種の制約、ある種の外在的な枠づけが必要とされるのではなかろうか、と。

この枠取りを中島敦がどこに求めたかは、その後の諸作品の物語る通りです。

中島敦＝黒木三造＝折毛伝吉と、とめどもなく自己増殖をつづける不毛の〝私〟は影をひそめ、悟浄が、一万三千の妖怪どもがさざめきはじめました。袁傪が虎となった李徴とことばを交し、子路が、そして司馬遷が語りはじめたのでした。

司馬遷は其の後も孜々として書続けた。此の世に生きることをやめた彼は書中の人物としてのみ活きてゐた。現実の生活では再び開かれることのなくなつた彼の口が、魯仲連の舌端を借りて始めて烈々と火を噴くのである。或ひは伍子胥となつて己が眼を抉らしめ、或ひは藺相如となつて秦王を叱し、或ひは太子丹となつて泣いて荊軻を送つた。楚の屈原の憂憤を叙して、その正に汨羅に身を投ぜんとして作る所の懐沙之賦を長々と引用した時、司馬遷にはその賦がどうしても己自身の作品の如き気がして仕方が無かつた。

そういえば「遍歴」のなかには、〝ある時は司馬遷のごと……〟の一行はたしか見当らなかったな。——わたしはふたたびあの林立する五十余本の列柱を思いうかべます。これはまさしく歌集自体がひとつの壮麗な殿堂です。大げさにいえばここには明治このかた昭和十二年にいたるまでの、この国の知識階級の脳裡に貯えこまれたかぎりでの基礎文献がまるごとおさまっています。知識階級といってわるければ文学青年、もしくは、一日に岩波文庫の星ひとつずつ平らげることをモットオとしたという、旺盛な知的貪欲ぶりを誇ったかつての旧制高校生たちの。

おなじようなリストアップならば、敦ならずともやってのけられる若者が当時いくらもいたかもしれません。しかし、「ある時は○○の如く」の○○になりきること、それ

だけは、ただ創造者であるこの詩人にのみゆるされた特権だったのです。

遍歴《へめぐ》りていづくにか行くわが魂ぞはやも三十路に近しといふを

「遍歴」のさいご、反歌ともいうべきこの一首には、これもまたリストには洩れているもののおそらく彼の親炙していたにちがいないペイターの、いやペイターの「マリウス」に引かれた皇帝ハドリアヌスの、辞世の歌の残照がかすかにうかがわれます。

それともこれはのこされた彼の命数を知るわたしたちの、単なる感傷にすぎないのでしょうか。いや、彼とてもおそらくこの頃にはある程度、早逝を覚悟していたにちがいありません。ともあれその死までのわずか五年ほどの日々を、中島敦はまさしく司馬遷のごとく書きつづけました。そしてここに見られる数々の端正にして瑰麗な作品をわたしたちの手にのこしたのでした。

（平成三年十二月十二日国書刊行会刊『日本幻想文学集成9 中島敦』解説）

漢籍読と翻訳
――オルダス・ハックスリー「クラックストン家の人々」中島敦訳

井上 健

「山月記」、「文字禍」を含む中島敦（一九〇九～四二）の作品集『古譚』を指して「驚くほどしっかりした学識が螺鈿《らでん》のように嵌《は》めこまれて、美しく輝いていた。この螺鈿を乗せた台は、あの暗い時代に稀な強勁な精神と深い詩魂だった。学識はとかく切紙細工になる。中島氏の場合には、意識した喜劇味さえたたえた故意の衒学遊戯が、台の岩乗さの為に悠々としていた」と評して、その作風をリラダンやフロベールに準えたのは渡辺一夫（昭和二十三年、筑摩書房刊『中島敦全集』付録「中島敦全集通信」第一号）である。一方、その翌年、吉川幸次郎と桑原武夫は、中島敦の小説には日本文学には欠けがちな「立体的な結晶の美しさ」があるが、「芥川氏になにかしらついてまわるデカダンスの影、それが中島氏にはない」（第三回毎日出版文化賞審査員評）ので中島を芥川の亜流であるとする批評はあたらない、と述べた。螺鈿と形容され、結晶と形容された

中島の作品世界の硬質な美しさが、幕末以来の儒家の家系に生を受け、漢学者の祖父、漢文教師の父を持つことによって、ごく自然に身についていった漢学の教養を土台とするものであったこと、それに加えて中島敦は、天成ともいえる読書力、語学力を活かして東西の書物を読破し、いわばその両輪の上に渡辺一夫のいう頑丈な「台」を築きあげていったことは言うまでもなかろう。ただここで忘れてならぬのは、そうした中島の「強勁な精神と深い詩魂」が、「芥川氏になにかしらついてまわるデカダンスの影」と全く無縁の地平で形成されていったものではないという事実である。

昭和八年（一九三三）、中島敦は東京帝国大学国文科に「耽美派の研究」と題した卒業論文を提出する。「耽美派一般」、「森鷗外・上田敏・及び詩に於ける耽美頽唐派」、「永井荷風論」、「谷崎潤一郎論」の四章からなるこの四百二十枚の卒論は二十五歳の中島の博覧強記ぶりを物語ってくれるものではあるが、その今日的意義は、「近代耽美派がそれ以前の文学に対して誇りうる所は、新しい感覚美の発見であった」（第一章）というようなまっとうすぎるくらいまっとうな記述にではなく、「昭和七年という時点で、卒業論文にこのテーマを選んだ特異さ」（高橋英夫「運命と人間」）にこそ求めるべきであろう。

此の半年程の間、彼は今迄何年かかって自分の中に造り上げ、画き上げた様々の芸術家達の肖像を、あるいは打壊し、あるいは壁から取外すことに努めていた。ボオドレエル、アナトオル・フランス、ウォルター・ペエタア、エドガア・ポオ、オスカア・ワイルド、スティヴンスン、リスト、レオパルディ、三造は彼等を棄てようとした。……すべてが彼から去ったあとに、ただ、モツァルトだけが残った。

これは、同じく昭和八年十月頃にその一部がまとめられたとされる『北方行』の一節である。導入部のみで中断されたこの未完の長篇の主人公が「棄てようとしている」芸術家の大半が耽美派であるのは、無論偶然であるまい。卒論の第一章「耽美派一般」の見出しに掲げられた芸術家、ポオ、ボオドレエル、ペエタア、ワイルドはすべてここに登場してくる。三造にとってモーツァルトの音楽が何を意味するかは必ずしも明確ではないが、「彼がもし、いつか芸術によって救われることがあるとすれば……それはモツァルトの音楽によってであろう」というあたりから察するに、ひとまずロマン派、耽美派の過剰の解毒剤としての意味合いを持たせられていることは間違いなかろう。いささか図式的な解釈を施せば、卒論で自己の西洋耽美派との関わりを一応清算した中島敦は、以後、モーツァルトの音楽

に象徴される諧調・調和の世界を――そこにおける自己形成への道を――志向していったということになる。そんな過程で中島が改めて対峙し、翻訳した作家こそが、オルダス・ハックスリー（一八九四～一九六三）であった。

　中島敦はまず昭和八年、ハックスリーとは浅からぬ関係にあるD・H・ロレンスの『息子と恋人たち』の翻訳に携わる。昭和十年のパスカル『パンセ』の読書会は、三年後のハックスリー「パスカル」訳出につながるものであったろう。昭和十一年の手帳には「The Gioconda Smile（Huxley）」との書込みが見られる。"The Gioconda Smile" はハックスリーの短篇集 *Mortal Coils*（1922）のなかでも最も名高い短篇で、昭和六年には訳注が出版されてもいる（昭和七年には長篇の代表作『恋愛双曲線』が永松定によって訳出される。この時期をハックスリー紹介元年と呼ぶこともできよう）。昭和十四年に中島は、「パスカル」と同じくハックスリーの随筆集『何をしようと』（*Do What You Will*, 1929）に収められている「スピノザの蟲」を翻訳した。短篇集 *Brief Candles*（1930）所収の短篇「クラックストン家の人々」の翻訳の未定稿もこの年のものと推定される。

> 生命礼讃者の目指す所は、均衡のとれた中庸と過度との長所を結合するにある。……生命礼讃者は……自意識と知性との過剰を、直観の過剰、本能的肉体的生活の過剰によって相殺しようと望み、思索の過剰から生ずる悪結果を、行動の過剰による悪結果によって癒し、過度の孤独を過度の社交性によって、過度の享楽を過度の禁欲によって補正せんと志すものである。（中島敦訳）

「パスカル」の以上のような件は、*Brief Candles* が執筆された頃のハックスリーの思想、立場をわかりやすく伝えてくれよう。知性の過剰と本能・肉体の軽視がもたらす陥穽に警鐘を発するハックスリーは、錯綜し、矛盾した生の姿をそのままに肯定、「礼讃」しつつ、過剰の均衡によってそこにおのずからなる調和が生じるのを待つことのうちに、近代合理主義の病弊からの脱出の道を求めようとしている。ハックスリーは *Brief Candles* と同年にまとめられた評論集『文学における卑俗性』（*Vulgarity in Literature*）では、ポオなどを俎上にのせて、その形式の卑俗に堕することを告発しているが、もし中島がこれを読んでいたとすれば、ハックスリー流の「デカダンス」批判にどう反応したか、興味深いところである。

　前述したエッセイにおけるハックスリーの語り口、切り口はあくまでも鮮やかだが、ハックスリーほどの分析的でブッキッシュな知性の持ち主が、近代の宿痾《しゆくあ》を、それほどあっさりと他人事として切って捨てられるのかという疑問

は残らないでもない。『マクベス』の独白に由来する表題を持つ短篇集 *Brief Candles* が、「パスカル」論などで展開された所説をテーマとしながらも、時に懐疑的、アイロニカルな態度に徹底性を欠くことがあるとすれば、作者自身の自家撞着にその原因の一端は求められて然るべきであろう。収録の四篇中、短篇作品として最も面白く読めるのは、夫への不満から若い男に走る医者夫人を主人公にした“The Rest Cure”だろうか。中島敦の訳した「クラックストン家の人々」は、「自意識と知性との過剰」が招来する愚かしい結果を冷ややかに描きだした、対象を突放して書く態度においては、四篇中、最も徹底した作品といえる。

ハァバァト・クラックストンと妻のマーサは、「自分が人より優れた人間であることを確信」して、ひたすら美しく精神的な生活を追い求め、深い思索生活は物質的生活と両立するはずがないと信じて止まず、「食べるなんて下等なことだ」とその原理を食生活のうえにも及ばさずにはおかないような人種だった。二人の子供のうち、弟のポオルは言うことを聞くので問題なかったが、「自分自身の意志をもっている」姉のシルヴィアはどうにも難物で、マーサはそこに自分の「強情と熱情と堅い決心とに似たもの」を見出だすのであった。やがて勃発した大戦も、「ハァバァト的でありマーサ的である凡ての特徴を、更に強めずには居なかった」。こうした偏った精神的教育は、徐々に子供たちを歪めていき、従順だったポオルさえもいつしかそんな親を嫌悪していくようになる。

中島敦訳「クラックストン家の人々」は、最後が原文にして八行ほど訳し残された未定稿で、訳語が未決定のままに並記されている箇所が少なくない（筑摩書房の『中島敦全集』では、後から書き入れたものを採用し、以前とみなされるものは［　］に入れて表記している）。骨組みのしっかりした、抑制のきいた訳文は、未定稿とは思えぬほどで、漢文読み下しの伝統をしっかり吸収した中島の語学の才をうかがわせるに十分なものであるといえよう。訳語が並記されているのは、「彼女の意志は」を「その意志は」にするような人称代名詞がらみのものと、接続詞、助詞の変更がその大半を占めるが、cried を「叫んだ」から「大きな声でいった」にし、was glad to を「うれしかった」から「ほっとした」とするような、直訳調を可能な限り避けようとした努力の跡も散見される。「これは、彼女が彼を好きだと思った理由であった」が「彼女はこれが、自分の彼を好む理由だと考えていたのであった」に書き換えられているのを見れば、人称代名詞と動詞のわずかばかりの変更が決して恣意的に行なわれたものでないことがよくわかる。

「ハァバァトも私も、家庭教育がいちばん好いと、考え

て居りますの。ねえ、ハァバァト。」［かくて、］そして、ハァバァトも、二人が、それが一番いゝと思っている、と、同意する。家庭教師を傭わない家庭教育、それを、マーサは主張した。人は何故、自分の子供を、他《よそ》の人に感化して貰わなければならないのだろう。

（'Herbert and I believe very strongly in home education, don't we, Herbert?' And Herbert would agree that they believed in it very strongly indeed. Home education without a governess, insisted Martha. Why should one let one's children be influenced by strangers?）

このあたりは、ひとつひとつ日本語に置き換えていったような訳文ではあるが（they や one の訳し方に工夫の余地ありと指摘することも容易ではあろう）、文意ははっきりと伝わってくる。これに続く以下のような箇所などは、未定稿とは思えぬほどの、なかなかに手慣れた訳文といえよう。

教育の方法は、子供にいってきかせて、子供自身で、自分を最も理想的な型につくり上げて行くようにさせるという点にある。自ら、より高い自己をつくりあげて行く道を子供に［指示］示してやる、そして、マーサの所謂、「自己彫塑」（仲々うまい言葉だが）に対する狂熱を子供に吹きこむのである。

（...the art of education was persuading children to mould themselves in the most ideal forms, was showing them how to be the makers of their own higher selves, was firing them with enthusiasm for what Martha felicitously described as 'self-sculpture'.）

こうした翻訳の草稿からもうかがわれる中島の冷静な文体は、「外から内を描く、外界を具体的に、内面を暗示的に描くという方法」（福永武彦「中島敦、その世界の見取図」）とあいまって、人間の形而上的不安、自我追求といったテーマに、日本文学には稀な「立体的な結晶の美しさ」を与え、「李陵」（昭和十七年執筆）に代表されるそのあまりにも早すぎる晩年の傑作を生み出していくのである。

（平成四年四月二十日丸善ライブラリー46『作家の訳した世界の文学』所収）

ツシタラ・アッシの物語

川村　湊

1

三十二歳の若い父親が、南洋のポナペ島から、東京の留守宅の八歳の長男へ絵葉書を出した。それはポナペの海岸の村の風景を描いた絵葉書で、こんな文面だ。

けふ　この村へ行つて土人のうちで　ごちそうになりました。やしの木とパンのみとバナナのごちそうです。とてもおいしいとおもひました。

この土人のうちには　犬とねことぶたとやぎとにはとりとあひるがゐます。コプラ（やしの中にある白いもの）を投げてやると、みんなあつまつて来ますが、その中で一ばん犬がゐばつてゐます。犬がゐない時はぶたがゐばるさうです。犬もぶたもゐないとやぎがゐばるさうです。ぶたがゐばるなんて、ずゐぶんをかしいな！

昭和十六年九月二十三日の日付で、若くてほとんど無名な小説家・中島敦が、息子の〝桓君〟に宛てた葉書なのである。時にポナペ島（を含むミクロネシア）は、南洋庁管轄の日本の植民地支配下にあり、日本人はもとミクロネシアの宗主国人だったドイツ人の代わりに〝ゐばつて〟いたのである。ドイツ人はその前の宗主国人だったスペイン人を追い出して〝ゐばつて〟いたのだ。もともとカナカ人、チャモロ人の住んでいたミクロネシアにスペイン人やドイツ人や日本人が来て〝ゐばる〟こと自体が〝ずゐぶんをかしい〟ことなのだが、植民地獲得に血眼になっていた帝国主義国家群は、たとえ南溟の果ての孤島であったにしても、その貪欲な支配欲、独占欲を満たす対象として見逃しはしなかったのである。

中島敦が〝南洋巡り〟をしていた頃から約半世紀前、四十歳のイギリスの小説家ロバァト・ルゥヰス・スティヴンスンは、その終焉の地となったサモア島のアピア港に着いた。彼は結核の身を養うためにイギリスやアメリカの各地を転々として、ついにマルケサス、タヒチ、ハワイ、ギルバートを経て、ポリネシアのサモアまでやって来たのである。『宝島』や『ジキル博士とハイド氏』を書いた怪奇と冒険物語の作者スティヴンスン。彼が中島敦の代表作の一つである『光と風と夢』の主人公なのである。

中島敦とロバァト・ルゥキス・スティヴンスンとには、顕著な三つの共通点がある。一つは生来身体が虚弱で、三十代（中島敦はゼンソク）と四十代（スティヴンスンは結核）で夭折したこと。二つめは、エキゾチックな異文化に憧れ、綺譚、古譚、物語の類いをこよなく愛し、自らもそうした物語文学の有数の書き手となったこと。そしてもう一つは南洋、南海を航海し、そこに居住し、原住の人々ときわめて親しく交わったこと。

もっともこの最後の共通点というのは、中島敦がスティヴンスンに深く傾倒し、その影響を受けたためといえるかもしれない。南洋庁の国語編修書記（原住民の子供のための日本語教科書編纂）という仕事を見つけて、中島敦が妻と二人の幼い子供を留守宅に残したまま南洋諸島へ単身赴任の旅に出たのは、「ツシタラの死」という原題を持った『光と風と夢』の初稿がすでに出来あがった後のことであり、この作品を書くために読んだスティヴンスンの小説や詩集、評伝や書簡集などが、彼を十分、〃南〃の島と海との光と風のとりこにしていたと思われるのである。

中島敦は、この羸弱《るいじゃく》で、神経症質な〃夢見る少年〃がそのまま大人になったようなイギリス人の小説家に、ほとんどそのままに自分の肖像画を見出していた。満十五歳以後、ほとんど「書くことが彼の生活の中心であつた」。スティヴンスンは、十五、六歳の頃から「作家となるべく生まれついている」と考えていて、見るもの、聞くもの、考えついたことのすべてをノートに取った。そして読んだ書物の中から「適切な表現」と思われたものをやはりノートに書き抜いていった。正確で精妙な文章と称賛される彼の英語の文体は、そうした訓練と努力の賜物であったのだが、やはり近代の日本語の散文としてはその表現力の確かさ、巧妙さ、規矩の正しさを謳われる中島敦の文章も、彼の少年期からの漢文、漢学の素養や訓練に因るものと考えてよいのである。

ここでは書き手の中島敦と、書かれているスティヴンスンとの間には、ほとんど懸隔がない。スティヴンスンの文章修業は、中島敦のそれと似通ったものであり、彼の物語作者としての自覚は、この天性の物語作者スティヴンスンにぴったりと寄り添っている。だがしかし、たとえば次のような文章になると、もはやスティヴンスンを離れて、昭和の文学者・中島敦自身の文学論、小説観を吐露したものといってよいだろう。

「筋のない小説」といふ不思議なものに就いて考へて見たが、よく解らぬ。文壇から余りに久しく遠ざかつてゐたため、私には最早若い人達の言葉が理解できなくなつて了つたのだらうか。私一個にとつては、作品の「筋」

乃至「話」は、脊椎動物に於ける脊椎の如きものとしか思はれない。「小説中に於ける事件」への蔑視といふことは、子供が無理に成人《おとな》つぽく見られようとする時に示す一つの擬態ではないのか？

「『話』のない小説」と「『話』のある小説」という対立点をめぐって論争したのは、芥川龍之介と谷崎潤一郎という、日本の近代文学史においても屈指の物語作家だった二人である。芥川龍之介は、「『話』のない小説」を「最も純粋な小説である」といい、それまでの自分の物語的な作品群を自己否定するような「話らしい話のない小説」を主張して、「筋の面白さ」を強調する谷崎潤一郎と対立したのだ。谷崎潤一郎は小説のいわゆる「話」や「筋」は「構造的美観」であり、むしろ日本の文学にこうした「構造的」「建築的」「構成的」美観が希薄なことこそが問題なのだと反論したのである。

　昭和二年に行なわれたこの文学論争について、当時、文学少年の一人に過ぎなかった中島敦がどちらの側に立って、そうした論争劇を見守っていたのかは明らかなことだろう。「『話』のない小説」を主張する芥川龍之介は、晩年その初期の王朝ものや江戸ものや開化ものの物語性を棄てて、私小説的なものへと接近していった。彼の主張はそうした彼自身の文学の変化に同調したものであって、それは中島敦のような作家には、「物語作家」の気の弱りとしか思えなかったに違いないのだ。「話」「筋」は小説の背骨であって、背骨なしの脊椎動物がいるはずもない。ここで中島敦は、スティヴンスンを腹話術の人形として、芥川・谷崎論争に割り込んで、自らの見解を表明した。むろん、それはエキゾチックでアラベスクなスティヴンスン式の冒険物語を百パーセント肯定するということではないのだが、ロマンチシズムもリアリズムもない小説に対しては断乎たるノーを突き付けることにほかならなかったのである。

2

『光と風と夢』の中における中島敦の小説の固有の問題。むろん「固有の」という言葉を必ずしも必要としないかもしれないが、それは「自分は何者であるか」という、自分の存在に突き刺さった棘のような疑問なのである。午後の日盛りのサモアのアピア街道を歩いていたスティヴンスンは、ふと自分の中に奇妙なことが起こったのに気づいた。すなわち「私が、私に聞いた」のである、「俺は誰だと」いうことを。彼は心の中で問いかける。「一体、お前は何者だ？　この熱帯の白い道に痩せ衰へた影を落して、とぼとぼと歩み行くお前は？　水の如く地上に来り、やがて風の如くに去り行くであらう汝、名無き者は？」と。

「幼い頃一時私を悩ましたことのある永遠の謎『我の意

識』への疑問が、長い潜伏期の後、突然こんな発作となって再び襲つて来ようとは」と、スティヴンスン（作者自身が成り代わったと思われる）は、今さらのようにしつこい「我の意識」への疑問の突然の流露に自ら驚くのである。むろん、「幼い頃」という言葉がある以上、スティヴンスン（あるいは作者）はそれまでも幾度もそうした発作的ともいえる精神異常の状態となったことがあるわけだ。死ぬまで直し切ることのできない病気としての〝狼疾〟。スティヴンスンにとってそれは「俺は誰だ」「お前は何者だ」と、自分自身の存在を問うような根源的な疑問にほかならないのだ。

ところで、「我とは何か？」という根本疑問を持って、世間のありとあらゆる賢者や智者、哲人や宗教者に教えを乞おうと決心したのは、『悟浄出世』と『悟浄歎異』の主人公・沙悟浄である。彼は流沙河の河底に棲む妖怪の一人なのだが、いつの頃からか、「何故？」とすべてのことを問いかけるという病気にかかってしまったのだ。妖怪はすべて何かの生まれかわりだと信じられていたが、昔のことを全く記憶していない自分が、過去の誰かの生まれかわりだとは到底信じられない。それにその生まれかわりというのは、身体のことだろうか、魂のことだろうか。そもそも魂というものは一体何なのだ？

このように疑問が次から次へと無限級数的に増えていくことで、悟浄の精神はパニック状態となり、そうした根本的な疑問に答えてくれる人物（妖怪）を求めて、悟浄は求道ともいうべき精神遍歴を始めるのである。むろん、人生の、人間（妖怪的存在）の根本的疑問を快刀乱麻を断つように解決してくれる智者、賢人とは、悟浄はなかなかめぐり合うことができない。みんなくわせ者であったり、インチキな俗物やレトリックでごまかす輩にしか過ぎないのである。

さて、ここで興味深いのは、悟浄の〝病気〟が、妖怪仲間の間では、彼が妖怪の一類に似合わず「文字」を知っていたということに帰せられていたということだ。「文字の発明は疾《と》くに人間世界から伝はつて、彼等の世界にも知られてをつたが、総じて彼等の間には文字を軽蔑する習慣があつた。生きてをる智慧が、そんな文字などといふ死物で書留められる訳がない。（絵にならまだしも画けようが。）それは、煙を其の形の儘に手で執らへようとするにも似た愚かさであると、一般に信じられてをつた。従つて、文字を解することは、却つて生命力衰退の徴候《しるし》として斥けられた。悟浄が日頃憂鬱なのも、畢竟、渠《かれ》が文字を解するために違ひないと、妖怪共《ばけもの》の間では思はれてをつた」のである。

つまり、悟浄の憂鬱、悟浄の狼疾は、「文字」を知って

いるというところから起こったものなのであり、文字を知るということは、そうした余計な病気を抱え込むということと同義なのである。すなわち、文字というのはそれを知った人間（妖怪）に禍《わざわ》いをもたらすものなのであり、文化の進歩とか、教育の普及といった〝美名〟の裏側には、やはり中島敦の作品である『文字禍』にもあるように、まがまがしい本性を隠し持っているような存在にほかならないのである。

ここで私たちは、本質的に「物語」の人であり、文章の人、言葉の人であるからこそ、また「文字」の人であったロバァト・ルゥヰス・スティヴンスンのことを思い出さずにはいられない。そして、彼が幼い頃から「我の意識」への疑問を持つ子供であったことと、それがサモアの道を歩いていた彼にまた突然襲いかかったということも。つまり、そういう意味では、スティヴンスンも悟浄も、まさに一つの共通する〝狼疾〟としての「我の意識」を病んでいる主人公たちなのである。もちろん、こうした別々の小説の主人公に共通する問題が、また作者とも共有するものであることを疑う必要は私たちには何もないのである。

中島敦は、「文字」に病んだ人間だった。むろん、この場合の「文字」とは、また言葉でもあり、文章でもあって、それは文学、思想というように言い換えても不都合なものではない。彼は人一倍、文字や言葉や文学を身につけていたからこそ、悟浄のように憂鬱となり、その生命力を衰退させていってしまったのである。「我とは何か」と彼は考える。もちろん、それはいくら考え続けても答えの出てくるような問いではない。世界とは何か。人間とは何か。魂とは、心とは、愛とは、憎しみとは。疑問は森羅万象に広がり、問えば問うほど人の心は収拾がつかなくなり、はては哲人ニーチェのように狂死するよりほかに道がなくなってしまうのかもしれないのだ。

文字や、文字に関わる文学は不健康なものであり、その意味ではスティヴンスンや中島敦が早世したことも無理からぬことだったといえるのである。だからこそ、また彼らは「無文字」の世界への限りない憧れを持った。スティヴンスンにとってのポリネシア、サモア、中島敦にとってのミクロネシア、ヤルート。これらの南海の孤島は、地球上でも数少なくなった〝未開〟の「無文字社会」なのであって、『悟浄出世』風にいうと、だからこそ不健康な「我の意識」において疑問を持ち、悩み、憂鬱になるということなど、この社会ではありえないのである。

『光と風と夢』の中で描かれたスティヴンスンは、同じ西欧人、白人よりも、原住民としてのサモアの「土人」たちに親しみを感じ、また彼らに「ツシタラ」として親しまれていた。「ツシタラ」とは原住民たちの言葉で、物語の語

り手を意味するものである。文明の言葉では、詩人、文学者を意味するこの言葉を、スティヴンスンは（中島敦は）愛用する。それには詩人や文学者という言葉が含んでいる「文字の人」という意味合いはまったくなく、文字に頼らない原始の口誦詩人、ただその場その場で消えていく〝声〟の言葉による物語を物語る〝語り手〟であり、物語作者なのである。

さて、こうした無文字社会の南海の楽園を破壊しにやって来たのが、「文字」を持っていた人間、ドイツ人であり、イギリス人であり、フランス人であり、――そこにはまた日本人も「文字」を持って南洋への侵略に加わったのだが――船に大砲とあらくれ者を載せてやって来た〝文明人〟の仲間だったのである。彼らは人を殺傷するのに驚異的な力を持つ武器と、疫病と、過労と怠惰と、そして政治権力と政治抗争ということを、珊瑚礁と椰子の木と昼寝の島の世界へと持ち込んできたのである。

スティヴンスン時代のサモアは、ドイツとイギリスとフランスといった帝国主義国家が、互いにこの小さな島の覇を争っていた。強国はそれぞれ自分たちに都合のよい政権を作ろうと、伝統と慣習の中で微睡《まどろ》んでいた島の中の統治の秩序を再編成させ、銃を与えて彼らの代理として闘わせ、素朴で熱情的な島民たちは、彼らの思い通りに、自らの間で戦争を行い、みすみす彼らの〝植民地支配〟の罠へと塡《は》まっていったのである。スティヴンスンは、こうした白人たちのサモア「土人」たちへの植民地主義的干渉に激しく抗議した。彼は言論の力によって母国のイギリスにサモアの現状を訴え、そのことによって英国の、あるいは他の欧州諸国の海外政策を変更させようとしたのである。

しかし、それはサモアの当の白人社会での彼の立場をますます不利にし、彼を南海の島の〝ドン・キホーテ〟とするばかりだった。「此の島に来た最初から、スティヴンスンは、此処にゐる白人達の、土人の扱ひ方に、腹が立つて堪らなかつた。サモアにとつて禍なことに、彼等白人は悉く――政務長官から島巡り行商人に至る迄――金儲の為にのみ来てゐるのだ」と、『光と風と夢』の中では書いている。だが、こうした言葉を書き付けた中島敦が、半世紀後に日本人がうようよしている南洋世界へ行って見ると、自分が書いた言葉その通りの現実を、今度は自分の問題として見なければならなくなったのである。

中島敦は、日記の中にこう書いている。「蓋し、冬島（トラック諸島――引用者註）の如き交番無き所にては公学校長が一箇の小独裁者として島民に臨みあるものの如し」と。島に交番と公学校のある所では、互いに日本人の巡査と校長とが覇を争っている。巡査がいなければ、校長が

〝ゐばつて〟いる。校長がいなければ、巡査が〝ゐばる〟だろう。よその島からやって来た余所者たちが〝ゐばるなんて、ずゐぶんをかしい〟ことなのだが。

中島敦が、無文字社会として憧れていた南洋、ミクロネシアの島々も、「日本」という文字の国の人々によって汚染されていた。そもそも、彼自身が「国語編修書記」として、これらの島に「文字」をもたらそうとしに来た人間にほかならなかったのである。中島敦自身の中にある「文字」と「無文字」の葛藤。それは『狐憑』の世界の、知られざる原始の詩人（ツシタラ）への憧れと、「文字」を覚えてしまった近代文学者としての中島敦との簡単に折り合うことの不可能な二項対立だったのである。文明と未開。文字文化と無文字文化。声と活字。ツシタラ・アッシと中島敦との間には、大きく、青い南洋の海が横たわっていた。

（平成四年十二月十日講談社文芸文庫『光と風と夢・わが西遊記』解説）

「述べて作らず」の歴史

勝又浩

これでいいのか？　と司馬遷は疑う。こんな熱に浮かされた様な書きっぷりでいいものだろうか？　彼は「作ル」ことを極度に警戒した。自分の仕事は「述べル」ことに尽きる。事実、彼は述べただけであった。しかし何と生気溌剌たる述べ方であったか？　異常な想像的視角を有《も》った者でなければ到底不能な記述であった。彼は、時に「作ル」ことを恐れるの余り、既に書いた部分を読返して見て、それあるが為に史上の人物が現実の人物の如くに躍動すると思われる字句を削る。すると確かに其の人物はハツラツたる呼吸を止める。之で、「作ル」ことになる心配はない訳である。しかし、（と司馬遷が思うに）之では項羽が項羽でなくなるではないか。項羽も始皇帝も楚の荘王もみんな同じ人間になって了う。違った人間を同じ人間として記述することが、何が「述べる」だ？　「述べる」とは、違った人間は違った人間と

して述べることではないか。そう考えてくると、やはり彼は削った字句を再び生かさない訳には行かない。元通りに直して、さて一読して見て、彼はやっと落ちつく。いや、彼ばかりではない。そこに書かれた史上の人物が、項羽や樊噲や范増が、みんな漸く安心してそれぞれの場所に落ちつくように思われる。

（『李陵』）

司馬遷が実際にこんなふうに悩んだものかどうか、事実はむろん分からない。明らかに中島敦が「作」ったのであるが、しかし、父司馬談の遺命に従って、『春秋』を継ぐ歴史を綴らんとした司馬遷、そしてそのなかには、一寸の領地も持たなかった孔子の伝を諸侯と並べて「世家」に配したほどの司馬遷だから、『史記』を書くにあたっては当然、孔子の言った「述而不作」を踏まえて基本の精神としたことは、まず疑いないことだ。そうして、にもかかわらず、その後二千年も人々の文章意識を支配し続けることになった、あの数々の名文章、名場面を描き上げてしまったことも。だから今ふうに言えばやはり、「これでいいのか」と、司馬遷は何度も考えた、ということになるだろう。ここで中島敦自身もまた「潑剌たる述べ方」をしたわけである。

中島敦は、おそらくはその短かかった生涯の最後に書いたと思われる作品『名人伝』の下書きに、「述而不作と孔夫子は言ふ。私もその顰みに倣はうと思ふ。創意無しとの批難は甘んじて受けよう。たゞ、この話の真実なことだけは信じて頂きたい」と、思いがけない端書きを付しているが、改めて中島敦と「述而不作」ということで言えば、『名人伝』の前に『李陵』のこの一節がある。おそらく、司馬遷についてのこの記述からの余韻が『名人伝』にあんな端書きを付けさせた、というのが実際であったろう。司馬遷においての「述而不作」ということのありようを考えることによって、その思想を中島敦は改めて認識し、自覚し、決意もしたのではなかったろうか。『名人伝』の、「私もその顰みに倣はうと思ふ」の一言は、そんな心情からこぼれ出るようにして出てきたことばだったに違いない。

直接的な手掛りと言えば『李陵』と『名人伝』と、この二例しかないのだが、私はかねて、中島敦が作家として最終的に到達したのが「述べて作らず」という思想ではなかったかと考えている。「述べて作らず」の思想――そんなものが、そんな思想があるのかと反問されそうだが、ならばとりあえず次のように言い換えておこうか。それは、『狼疾記』の中島敦から『李陵』の作者への変貌、或いは『山月記』の作者から『名人伝』の中島敦への跳躍、その変貌跳躍の秘密の鍵が、この「述而不作」なのだと。

「述而不作」の思想は、中島敦においては、いわば〝見る《ヴォワイ》人《ヤン》〟に徹することであったが、そして、それは小説『李

陵』の構造のなかにみごとに実現していると私は考えているが、そのことも含めて私は何度か書いているのだが実は旨く言えたためしがない。思うに、それはあの弓の名人紀昌の霍山《かくさん》での九年間、彼の人間をすっかり変えてしまったほどの重大な時でありながら、「その間如何なる修行を積んだものやらそれは誰にも判らぬ」と、作者自ら解説を避けたところへ踏み込むのにも似た作業であるのだろう。ことばにならぬ、一種神秘的な機微が支配しているのであろうが、また同時に、実はどんな怪しい仕掛けがあるのでもない、反って理屈のない子供ならすぐ分かる、単純明快な事実でもあるのだと思う。で、ここにまた何度めかの仕切り直しをしようと思うのだが、さて。

＊

若いころ見て一目惚れ、以来忘れがたい一枚の写真がある。堆《うずたか》く積まれた和装本に囲まれたなかに、膝まで届きそうな長い髯をたたえて、しかしショボンといった感じで座っている、小柄な老人。隠者、それも大隠と言うのであろうか、別段山の中に住むのでもないのに、いかにもこの世のもろもろの俗塵には染まらない静かな雰囲気が伝わってくる。そんな一葉のスナップ写真である。中島竦《しょう》――中島敦の『斗南先生』に「お髯の伯父」としてちょっと出てくる人だ。中島敦の祖父中島撫山の三男（中島敦の父田人は六男）だが、斗南先生（次男）が熱血漢、しばしば奇矯の人であったのとは対照的に、温厚静穏な学究であったらしい。と言っても、若いころ中国に渡り十年余を暮らして、そこで満州語、蒙古語を身につけたこと、或いは遺された文章、また中島田人や敦宛の書簡などには情熱的な人柄が見えているから、単に気力のない静穏さということではなかったはずだ。情熱をうちにたたえた、或いは情熱の現われ方が違ったのであろう。帰国してからはその博徳をかわれて麴町平河町にあった漢学塾善隣書院に入り、教師として一生を送った。昭和十五年に八十歳で亡くなっているが、生涯独身を通したところは斗南先生と同じなのが面白い。墓碑には「終身不娶。君容貌清癯。美鬚髯。眼有異光」「為人寧静寡慾。不近名利。翛然有古高士之風」とある。「古の高士」、そんなことばでは知らなかったが、二十四、五歳の無知な私が一目惚れしたときの感じが、およそこの碑銘に言われたようなことだったのが、いま思えば面白くもあり不思議でもある。それは、この碑文がこうしたものによくある舞文の類ではない証しであるだろうが、もう一つ、まるごとの戦後教育の中で育ってきた私などにも、「古《いにしえ》の高士」を感じ嗅ぎ分ける何かが残り、伝わっているのだという不思議さ、面白さである。

この中島竦のことを、中島敦はこんなふうに書いている。

この伯父（斗南先生）と、それから、すぐ下の伯父

――その牛若丸のような髪を結った隠者のようなお髷の伯父と、この二人の老人の眼は、それぞれに違った趣をもってはいるが、共に童貞にだけしか見られない浄《きよ》らかさを持って、いつも美しく澄んでいるのである。一つは、いつも実現されない夢を見ている人間の眼で、それからもう一つは、すっかりおちつき切って自然の一部になって了《しま》ったような人間の眼である。この二人の伯父を並べて見る度に、三造はバルザックの「従兄ポンス」を思い出す。勿論、上の伯父はポンスよりも気性が烈しく、下の伯父はシュムケよりも更に東洋的な諦観をより多くもち合せているのではあるけれども。

(『斗南先生』)

中島敦はこのシュムケ「お髷の伯父」とは気が合ったようで、学生時代には旅行のお伴をしたり、将棋の相手としてよく通っていたらしい。そんな時に伯父の調べものなども手伝わされたらしく、森鷗外『伊沢蘭軒』に出てくる勝田鹿谷なる人物の伝を、中島敦が調べて報告したらしいことが書簡に見えている。そのあげく、鷗外の書いている鹿谷は麓谷の間違い、君も調べて何か「発見シタラ報ジ越サレタシ」というのだからかなわない。言うまでもないが鹿谷か麓谷か、私などには馬の話なのか牛の話なのかさえ分からない。ちなみに言えば、中島敦が後に進むことになる大学院での研究テーマは森鷗外であったが、むろん鹿谷か麓谷か、そんな関心から発した鷗外研究ではあるまい。

ところで、中島敦は知っていたかどうか、森鷗外の短編『羽鳥千尋』(大正元・8、「中央公論」)に、この「お髷の伯父」中島竦のことがちょっと出てくる。少し解説しておくと、羽鳥千尋は群馬県佐波郡玉村出身の実在の人物で、医家を志して、ついては鷗外家の書生に置いてくれと長い手紙を送りつけてきた青年。鷗外の世話で軍医学校に勤めることになるが、二年経たぬうちに結核のために二十四歳で亡くなってしまう。小説は、志のならなかった彼の死を哀んだ「己」鷗外が、自己紹介のために羽鳥千尋が書き送ってきた手紙、生い立ちの記を紹介するというかたちで、もとの長大な手紙を鷗外の筆で簡潔に要約して載せたもの。その小説の中島竦に触れた部分は既に村山吉廣『中島撫山小伝』(昭58・3、鷺宮町教育委員会)が紹介しているが、鷗外全集『月報(10、11)』にはそのもとになった書簡が翻刻されているので、ここにはそれを引いておこう。

八つの年より漢文の素読を授けられ候、師は埼玉久喜の漢学者中嶋蠔山氏とて父及父の義弟にて県会議長たりし玉村町の一富人を中心にして組織せし晩翠吟社なる結社のために聘せられ、後にはこの富人の屋敷に『玉振学舎』なる塾を開きたる人に候、長き髪を常に麻紐にて結へる、木食人種などゝ呼ばれたりといふ脱俗の士に候ひ

き　学校より馳せ帰るや否や総のつきたる『字つき』と本の包みとをかゝへて、雨の日も風の日もこの人の許に走ることによりて児は十五の春迄に「孝経」より始め四書五経、文章軌範、十八史略、唐宋八家文、等を了へ候ひき　中学に至りて人の苦しむ漢文に於て容易に卓越を得たるは全くこの畸形なる教育の為めに候ひし也

（『羽鳥千尋手柬』その二）

この「蠔山」、また「玉振学舎」の「玉振」が中島竦の別号である。「長き髪を常に麻紐にて結へる、木食人種など、呼ばれたりといふ脱俗の士に候ひき」と、「お髯の伯父」はこの頃まだ「お髯」がなかったようだが、「牛若丸のやうな髪を結つた隠者」ぶりは既に定まっていたようだ。この一節、鷗外は「長い髪を麻の紐で結んでゐた。木食道人と云ふ渾名があつた」と、簡潔に、また好意的に言い換えている。自身、七歳のとき町の米原綱善なる人について四書を学ぶところから学問を始めている鷗外としてはこうした、いわば旧時代の町の学者について、もっと高い立場からの理解をもっていたに違いない。もう一つ言えば、引用の末尾にある「この畸形なる教育」ということばも鷗外は採っていない。羽鳥千尋青年が恩ある私塾での「教育」をこんなふうに言うのは、彼がその後の「教育」によって、「三味の如き音を嫌ふ事蛇を見るよりも甚だしく笛、ピアノ等をきく事の飯よりも好き」というような、鹿鳴館式文化にすっかり洗脳されているからであるだろう。彼の書簡自体が近代、西洋文明に目覚め憧れた明治青年の典型、そのかなり悲惨な症例であって、昭和の「狼疾」人であった中島敦の先輩として、その歴史的な位相に大いに興味があるが、今はこれ以上の寄り道は我慢することとしよう。

この手紙が書かれたのは明治四十三年七月、羽鳥千尋二十四（二？）歳の時であるが、この頃、また鷗外がこんな追悼の小説を書いている頃は、中島竦は既に玉振学舎をたたんで北京に渡っていたことになる。そして十年余の中国滞在の後、帰国してからは善隣書院で教鞭をとっていたことは先に言った。生涯を文字通り野に隠れた学者として送ったわけだが、その間に、私はまだ見ていないが、おそらくは日本人の書いたものとしては草分けの仕事と言ってよい『蒙古通志』や、文字の起源を考証した大著『書契淵源』などがあるという。後に彼の愛した甥っこが『李陵』や『文字禍』などという特異な小説を書くことになるとは想像もしなかったであろうが、やはり血はあらそえない、と言うことが許されるであろう。ついでに言えば、彼ら二人の父・祖父である中島撫山には神代文字の研究がある。中島竦はその他『斗南存稿』の収集編集刊行や、それに類した仕事をかなりやっているが、晩年はもっぱら中島撫山が遺した『亀田三先生伝実私記』の完成に心血を傾けてい

たようで、今それについて少し触れておきたい。

筑摩書房版第二次『中島敦全集』の別巻『中島敦研究』(昭53・12)には参考資料として『増訂亀田三先生伝実私記』なる文献が収録されている。「中島撫山遺著／男竦増訂」というものである。「亀田三先生」とは、中島撫山の先生筋にあたる亀田鵬斎、綾瀬、鶯谷の漢学者三代三人のこと、その考証的伝記である。亀田鵬斎は、学者としてはいわゆる折衷派とされる人だが、書家として人気があって、この『伝実私記』「増訂」部分にも、蜀山人の「書ハ亀田、画ハ文晁ニ、狂歌オレ、芸者お松ニ料理八百善」の狂歌が引かれている。「増訂」はそれに続けて、鵬斎が泉岳寺に赤穂義士顕彰碑を建てたところ大変評判を呼んで拓本が大量に売れ、鵬斎は大儲けをしたというような悪評のあったことを伝えている。鵬斎が酒好きで大分呑み歩いたために、そんなことを言われたらしい。ついでにもう一つエピソードをあげると、「鵬斎は越後に行きて曲りけり」という川柳が残っている。良寛を訪ねてすっかり影響を受けて書体が変わった——そんなふうに諷されるほど大衆的人気のあった人らしい。鵬斎の書画は『伝実私記』が載った「書苑」に写真数点(中には中島敦の父田人所蔵が二点)が紹介されているが、プロらしく様々な書体が示されている。

もう二十年の余も前になるが、私はたまたま知人の家で鵬斎の軸ものを見せてもらう機会があった。その素直で分かりやすい筆跡は町の儒者として庶民的な人気のあった人だということが頷けるように思われた。が、それが「曲」った後なのか前なのか私には判じかねた。ただ、その友人は新潟出の人で、中学校の校長先生であった亡父の収集品の一つだと聞いてちょっとした感動を持ったのを憶えている。我々のほんの一世代前までは確実にその名跡が生きていたということであるようだ。

書についても鵬斎についても私にはほとんど語る資格はないが、ただ前記『増訂亀田三先生伝実私記』で興味をひかれるのは、この一書が成った経緯である。その「叙記」によれば、ある日、亀田鵬斎の出身地群馬県の村長から、村史を編むについて当村出身の鵬斎の伝記を書いてほしいという依頼が中島撫山のところへ来た。ところが、撫山は「平生世間ノ雑書ヲ読ム事ヲ厭」うような学者、鵬斎の学問は承知しているが、「先生ノ逸事雑説ヲ知ラズ」といった人だから、伝記と聞いて困惑したらしい。ちなみに言えば撫山は鵬斎没後三年の生まれだから、むろん面識などあるわけではない。鵬斎の嗣子綾瀬に入門し、綾瀬亡きあとその養継嗣鶯谷について学んだ人だが、後、維新の騒擾を避けて鵬斎以来ゆかりのあった埼玉県久喜に「幸魂教舎」を起こし、その門弟は千数百人に及んだと言われるから、当然その名は近隣に知られ、鵬斎の正統を継ぐ人として認められていたのであろう。ともあれ、亀田家の協力も得て

資料を集め、それらの「採ル可キハ之ヲ採リ、採ル可カラザルハ之ニ駁正ヲ加ヘテ之ヲ存シ、以テ一書ト為セリ」ということになった。そうして大筋はでき上ったが、なお「繊細ヲ尽スコト能ハズ」という状態で、明治四十四年、撫山は八十三歳で亡くなってしまった。以来久しく中島家に埋もれたままであったが、そのまま埋没させてしまうことを惜しむあまり、多年の調査にもとづいて「増訂」し、ここに「信史ヲ伝ヘント欲ス」と、中島竦はこの一編をまとめることになった経緯を書いている。

唯々、今日ニ当リテ、深ク先生ノ事蹟ヲ考フル者、余ヨリ以外殆ド有ル可カラズ、広ク先生ノ事蹟ヲ知レル者モ、亦余ヲ除イテハ多カル可カラズ、因テ想フ、余今齢八十ニ迫リ、餘命幾クモアラズ、今日アリト雖モ、明日ヲ期セズ、若急ニ起テ筆ヲ操ラズンバ、或ハ恐ル埋没ニ近カランコトヲ、故ニ不文ヲ厭ハズ潤色ヲ用キズ是挙アル所以ナリ。

この時おそらく昭和十三、四年。撫山逝って既に二十七、八年が経っていたことになるが、この中島竦も昭和十五年六月、八十歳を数えて亡くなってしまう。「増訂」版も結局は出版には至らずに終った。『亀山三先生伝実私記』はこうして父子二代にわたっての仕事、そして二代にわたっての「遺著」となった。しかし、中島竦没後二年、事情を知る弟子たちが遺稿を雑誌「書苑」（三省堂）に載せて世に送り出した。そのお陰でいま我々も見ることができるわけだ。まるで、倒れた戦士を踏みこえては後続兵士が進軍して行く戦場の光景のようだが、これはこれで学問の世界の一つの伝統であるだろう。

先に中島敦がお髯の伯父と旅行したり、調べものを命じられたらしいことを言ったが、それも実はこの「増訂」作業の一つであって、鵬斎が菅茶山に初めて出会ったのは何時何処であったかという考証の一部なのである。鷗外は『伊沢蘭軒』中に、勝田鹿谷の寿筵で二人が初めて会ったとしているが、それは「必間違ナリ」、「先生ト茶山ト出会サレシハ日本橋ノ上ニテ当時伊勢人河崎敬軒ト云フ人カ文晁ニ其出会ノ画ヲカイテ貰ヒ先生ニ賛シテ貰テ持チ帰リシ者ニテ先年文晁ノ画ノ展覧会ニ出品サレテ一見セシ事アリ」ということになる。「増訂」にはこの他、鷗外の『北条霞亭』からの引用やその検討もあるが、撫山が見なかった「雑書」を中島竦は見る人であったのだろう。漢学については一介のディレッタントにすぎないとは鷗外の自覚自称するところだが、その方面にはこういうコワイ人がたくさんいることを鷗外はよく承知していたに違いない。羽鳥千尋青年の手紙にあった「木食人種」を黙って「木食道人」と改めておく鷗外には、そんな心遣いが見えている。

ちなみに言えば、中島竦は鷗外より一歳の長であった。そして村山吉廣によれば「玉振」の号は『孟子』の「金声玉振」によっていて、「物事を集大成する」という意味だという。自分の仕事について、早くからそういう自覚をもっていたのであろう。

話がそれたが、中島竦の「増訂」仕事はこんなふうであるから大変尨大な分量である。たとえば、撫山が書いた鵬斎の幼名、号、諱についての三行分の事実をめぐって、その「増訂」つまり考証、訂正、注解は九十七行にわたっている、といった具合である。中島竦の学問とはこういうものであった。この『増訂亀田三先生伝実私記』は前述のように二代にわたる遺著となって、中島竦の生前には活字とならなかったわけだが、彼が手掛けて刊行した撫山の著作としては他に『演孔堂詩文』（上下、昭6）と、『性説疏義』（上下、昭和10）がある。このうち後者が幸に手元にあるので少し紹介しておきたい。もとは四巻本からなり、撫山が神道に改宗してから、それまでの楷書を棄てて隷書体を用いるようになったと言われる手蹟——これは中島敦の字にも通じているのが面白いが——をそのままコロタイプ版にして和装の上下二冊に仕立て、中島竦の「跋文」を付している。紹介とは言っても、門外漢である私には、ここでもその内容については何も言えない。ただ面白いと思うのはその形式である。『性説疏義』の「性」は仏性などと言うときの性、理（原理、仕組み）と対応する、ものの本性、本質という意味である。そして「性説」は、性善説性悪説があるように、人性の本質とは何かを論じた諸説のこと。そういう諸説を集め、論評した『性説』なる著作が亀田鵬斎にあって、それに対する中島撫山の「疏義」、つまり立証、考証、解釈、解説を付したものが『性説疏義』である。撫山は巻頭にまず、古典漢籍およびその注解書に見える「性」について書かれた部分を全て（？）抜き書き列挙しているが、今ふうに言えば基本文献、テキストということであろう。本文に入ると、まず鵬斎の文章を数行ずつ引き、その数行に数ページ、数十ページの「疏義」が続いている。先に言った中島竦の「増訂」と全く同じスタイルであるが、その「疏義」部分も大方は古文献からの引用であるから、結局この書物の八、九割は他人の文章だということになる。

孟子荀子の性善説性悪説は、その後、無善悪説や善悪混合説、さらに性気理気一元論、二元論というように中国での展開があるらしいが、撫山『疏義』の特色はおそらく、それらを日本の神道的世界観と結びつけたことにあると思われる。「天御中主神」を中心に、記紀神話にみえる太古の神々の名と、所謂「五行六気」とを結びつけた「渾淪図」なるものが示されている。記紀神話の宇宙観自体が中国文明の取り込みであったのだから、案外こうした解釈も

成り立つかもしれないと、私などは想像してみるばかりである。私の力では厳密なことが言えなくて残念だが、ただ分るのは次のようなことである。古い古い枠組みの中ではあるが、彼ら鵬斎、撫山二代の師弟が揃って性と理、人性の本質と宇宙の原理、その関係、つまり存在の根源を考え続けてきたのだということである。そうして、二歳のとき死別した人ではあったが、中島敦の祖父がこんな人であったということは、私には格別な思いを誘うのである。

中島敦の小説『斗南先生』には、お髯の伯父に『斗南存稿』を大学の図書館に寄贈してくるよう命じられたが、身内の著書を持参する図を想像して、主人公三造が躊躇する場面がある。だが三造は、中島敦は気づいていたのかどうか、その『斗南存稿』には「自嘲戯詠」と題された次のような詩が収録されていた。

我志未嘗譲古人
我材豈不若今人
閑来欲向天公問
何故生斯無用人

我が志は未だかつて古人に譲らず
我が材はあに今人に若かざらんや
閑来、天公に向つて問はんと欲す
何故、斯く無用の人を生みしかと

「閑来」は暇に任せて、あんまり暇だから、くらいの意味だろうか。とすれば、志も才も決して人後に落ちないのに、自分には何の仕事もない、世に容れられない、ということであるだろう。「天公に向つて問はんと欲す」とは、いかにも斗南先生らしい激しさだ。

この戯詩を初めて呼んだとき、「三造」の否定にもかかわらず、やはり中島敦と同じ血だなと、私はまず思った。『弟子』には、孔子が世に容れられぬことを嘆き憤って、「天は何を見ているのだ。其様な運命を作り上げるのが天なら、自分は天に反抗しないではいられない」と、歯軋りしている子路が描かれている。世界の不合理、存在の不条理への強い懐疑と激しい憤りは中島敦の小説に一貫したモチーフでありテーマなのである。

とすると、撫山、斗南、敦の三代、学者、思想家、文学者と、活動した分野は少しずつ異っていたが、異っていながら三代三人がみな天を問い、天に問うような仕事や生き方を示しているのは、何とも美しく、嬉しく、頼もしく、元気の出る光景ではないか。撫山七十五歳の仕事『性説疏義』の性格を知って、私はそんなふうに思う。

しかし、話がまた流れてしまったかもしれない。今度ばかりは、なるべく遠くまで行ってみたいと思っていたのだが。

内容のことは措くとして、今ここに置いて眺めている『性説疏義』上下二巻には、日本の、或は東洋の、この頃の言い方に従えば漢字文化圏の、学問のあり方の永い永い伝統がよく現われている。まず、先生（鵬斎）が、講義として伝えた『性説』、その誰かが記録したノートを、没後の弟子（撫山）が、ほとんど生涯をかけて考証、敷衍、発展させる。だが、この師弟は、ともにそれを進んで出版しようとも、世に問おうともしていない。弟子たちに伝えればそれでよしとしたのであろう。中島竦は跋文に書いている。かつて撫山の教えを受けた者が遠く満洲から書を寄せて、『性説疏義』のあることを伝え、先生没し、塾を閉じて既に三十年、いたずらに紙魚を養うのみなるを深く惜しむと言ってきた。よって古人の篋底を探り、この一編を発見するに至った、と。『性説疏義』出版までにはこんな経緯があったわけだが、これを格別な美談だと見るのは、おそらく近代の感じ方にすぎないであろう。伝統的な学問の世界では、こうした出版のされ方もまた一つの形、伝統としてあったのではないだろうか。著作自体が古文献の引用——「信じて古を好む」行為であったが、それらへの「疏義」や「増訂」という行為、そして先師先考の著作を世に送り出す弟子たちの行為、それら全てを含めて、学問は常に「述べて作らず」なのだ。

　中島竦の編集刊行になる撫山の『演孔堂詩文』に「癸卯新年」（明36）と題された、次の年頭所懐詩がある。

　七十五年強項儒
　謳春沿例酌屠蘇
　斯文不墜伝家有
　自許六経担遞夫

　　七十五年、強項の儒
　　春を謳ひ例に沿つて屠蘇を酌む
　　斯文墜ちず家に伝ふる有り
　　自ら許す六経の担遞夫

「六経の担遞夫」——撫山が教師だから、こんなふうに言ったのではあるまい。学問というものが基本的に「担遞夫」、己の信じた「古」の運び人となることなのだ。

　近代、或いはもう少し遡って江戸の中期頃から、出版技術の発達とともに著作物への観念も少しずつ変わってきたが、それでも、学問は基本的に古書の読み取りであり読み替えであるという精神は受け継がれてきた。近代の我々にも馴染みある例をあげれば、南方熊楠が、狩野亨吉が、みなそういう伝統の中で大きな仕事を残したと思う。そして、そういう精神は文学の方にも生きていて、我々は幸田露伴の大きさをそういうところから考えてみなくてはならないであろう。むろん、晩年には傑出した史伝ものに円熟の筆

を示した森鷗外もその一人に数えなくてはならないが、何故か彼は『歴史其儘と歴史離れ』などと言わずもがなな贅語を吐いた。そのとき彼は「述べて作らず」の語を失念していたのであろう。

「強項」――首の骨が強くて曲がらない――頑固な儒者を自称した祖父を持ち、たくさんの伝統的、正統的学者たちを身近に見ていた中島敦は、幸いに失念することなく、まっすぐ「述べて作らず」の道に還ることができた。

（平成十年七月「季刊文科」第8号、原題「『述而不作』の歴史――引用物語抄」）

回想

中島敦君の作品について

河上徹太郎

中島君の作品を初めて読んだのは、この前の「文学界」を編輯してゐた頃で、深田久彌が推薦して持込んだ原稿によつてであつた。その頃は、文壇小説の型が漸く崩れ、何か清新な知性や野性を持つた新人を迎へたいといふ気持が、我々に強かつた時であつた。深田君が「オリンポスの果実」によつて田中英光君を紹介したのもその頃であつた。

その後中村光夫君の話によつて、中島君は彼の一高時代の同級生であり、当時南洋庁のどこかの島で役人をしてゐることなど知つた。

私が「文学界」で取扱つたのは、「古譚」と「光と風と夢」で前者は中国の古譚を取扱ひ、後者はタヒティ島滞在時代のロバート・ルイス・スティヴンスンを描いたものであり、これらが中島君の文壇への初登場であつたと記憶する。今から見ると当時の批評は簡単ですんだ頃だから、「オリンポスの果実」はスポーツ小説、「古譚」や「光と風と夢」はエクゾティシズムといふ風に分類されて通用し、あとは只内容の問題であつた。そして両君とも所謂作家志望の新人達とは違つた素人つぽさと大胆さがあつて、深田君の好みもさういふ所にあつたに違ひない。

中島君は、遂に面識なく逝かれたが、病弱であつたらしく、又晩年には熱帯の島の生活を嫌つて、東京で、暮してゐたと聞く。氏の作品にも、その題材が何であれ、常に病気と健康の、際どい、しかも紙一重で表裏をなした、交錯がある。大体スティヴンスンは、ゴオガンと同じく世紀末

の頽廃を逃れてタヒティへ行つた筈だが、二人を比較して見るとゴオガンの方が遥かに自身の感覚の健康を築き得てゐる。然し中島君の描く所の、タヒティ島に於けるスティヴンスンは、彼自身の作品に現れる精錬された文明人の生気あるsense of humorが併せ写されることによつて、「第二の健康」ともいふべきものを充分に備へてゐる。それは中島君の作品全体に亘つて之を彩つてゐる、特有の憧憬《センチメンタ》的《リテー》なものである。

　彼の作品は、殆んど中国その他の古典に材をとる稗史的なものであるが、そのスタイルは独特のものがある。先づ大ざつぱにこの方法を作家的なものと学者的なものに分ければ、彼は後者に属する。例が大物過ぎてピッタリしないかも知れぬが、鷗外か露伴かといへば、彼は露伴型である。ましてや芥川でも菊池寛でもない。といふのは、自分で語るより材料に語らせるのである。しかも自分の文章ではなく、相手が性格的に自づと備へてゐる文章で語らせるのだ。

　こゝで誤解しないでほしいが、私は彼が学者肌の人間だとか彼の考証が勝れてゐるとかいつてゐるのではない。寧ろ共にその反対であらう。たゞ私は、例へばスティヴンスンの場合に、作全体の主調が、作家中島のものでも、作者スティヴンスンのものでも、登場人物スティヴンスンのものでもなく、この三つが渾然としてゐる受動性をいふのだ。私はそのどこまでが原典でどこまでが創作か知らない。のみならず、さういふ詮索をする気持を起させない所に、彼の魅力がある。彼が非情になればなる程、そこに彼の憧憬に血が通つて来るのを感じる。武田泰淳君も中国古譚に材をとつた、美しい物語の数々を読ませてくれるが、彼の方が考証的な人間であるにかゝはらず、その作品には彼自身のロマンティシズムの個性的な色彩がいつも紛れもなく支配してゐる。丁度名もない陶工の描いた絵模様に強い主観性があるやうにだ。中島君は素材を手離しにして、山水画のやうな明暗や深みを出さうとする。傑作「李陵」の中で司馬遷が史記を書きながら、歴史は「ツクル」ものではなく「述べる」ものだ、といつて自分を警める所があるが、こゝにチョッピリ彼自身の自戒が現れてゐるのである。彼の雅さがこの手法の大成を約束しながら中絶で終つてゐるのは、残念なことである。

（昭和二十三年十二月二十五日筑摩書房刊『中島敦全集』第二巻月報「中島敦全集通信」第二号、昭和五十三年十二月二十五日筑摩書房刊『中島敦研究』所収）

中島敦の作品

深田久彌

中島敦君のことを思うたびに、私はいつも或る申しわけなさを感じる。君を文壇に送り出すキッカケを作ったのは私であった。しかしそれはおそすぎた。彗星のように文壇に現われたこの異常な光芒は、一年と経たずその姿を消した。もし私の怠慢と不明が無かったら、君の活躍期間はもっと長かったに違いない。

中島敦君が初めて私の家へ訪ねて来たのはいつだったか、はっきり覚えていない。何しろ二十年も前のことである。その間には戦争という、繊細な記憶を打消す、バタバタした大騒ぎもはさまっている。今度私は君のおもな作品をあらかた読返してみた。それらはかつて私が君自身の字で書いた原稿で読んだことがあるにもかかわらず、大半は忘却してしまっていた。ただ時々作中のある事件とか、ある言句とかが、今なお記憶に残っていて、私にハッと思い当らせるのであった。しかしこの忘恩的な健忘性を私は自分に責めない。私は私の最も尊敬する西洋の作家に対しても、同じ経験を繰返しているからである。これから述べる思い出にも、覚えちがいがあるかもしれない。あとからの印象が前のそれとこんぐらからないように、私は中島敦君について語られたものをわざと読むのを見合せて、これを書こうとしているのだが。――

それまで一面識はおろか、その人について一言も聞いたことのなかった中島敦君が、不意に私の許へ訪ねて来られたのは、どういうわけだったろうか。一番常識的に考えられることは、私が君より数年前の一高の先輩で、しかも文学に志していたからであろう。しかしそういう資格なら、小林秀雄君や河上徹太郎君や、その他の有力な諸君がいたはずだ。それらの諸君は、君の作品を私よりもっと深く理解したに違いない。明敏な君はそんなことは分っていただろう。

にもかかわらず、羞ずかしがりの君が、その内部をさらけ出した原稿を、あえて私の所へ持って来たのは、その頃私が書散らしていたものから察して、私が一番くみし易い相手と見たからかもしれない。君の言う「臆病な自尊心と尊大な羞恥心」に対して、私が一番当り工合のいいクッションに思われたのかもしれない。人は誰でも自分と同質のものに警戒するが、その警戒を君は私には不必要と感じたのかもしれない。

私が最初に読んだ君の原稿は、たしか『虎狩』だったと思う。虎狩という特種な題材だったから記憶している。今度二十年ぶりでその短篇を読返してみると、趙大煥という人物のことはすっかり忘れていて、虎の出てくるところだけにおぼえがあった。それから『かめれおん日記』も、妙な題だなと思ったから記憶に残っている。『斗南先生』も、その原稿用紙の最初のページのあの詩をたしか見たような気がする。そのほかに『伯父の話』という短篇があったように今も記憶するのだが、あるいはこれは『斗南先生』のおぼえ違いかもしれない。それから、何か船の上から始まる短篇を読んだような記憶があるのだが、遺稿の中にはそんな作品は見当らないから、これも私の覚え違いかもしれない。

甚だ頼りない先輩であるが、二十年の歳月と、君の作品の質とが、私の記憶をモーローたらしめたのであろう。質というのは、君の作品には、あざとい事件が少なく、抽象的な内面告白が多くを占めているからである。記憶に都合のいいのは前者であって、後者は読んでいる時は感銘を催すが忘却が早い。優秀な肥料は吸収されると跡形もなくなるようなものか。少なくとも私のような頭脳にとってはそうである。『狼疾記』もハッキリおぼえていない。今度新たに眼を通したが、前に読んだような気もするし、そうでないような気もし、甚だおぼつかない。この作品などは、先に言った意味で、記憶に最も困難な質のものである。

そんなふうに中島敦君は訪問ごとに、作品を携えてきた。ほとんど一字の消しも添えもない、清潔な原稿であった。その文字も美しく、私に鷗外の字を連想させた。原稿を預った私はそれを読んで、次の訪問の時、その批評をする責任を負っていたわけだが、さて私はどんな読後感を述べたことやら。抽象的議論の不得手な私にとって、君の作品は苦手な対象だったに違いない。それでも私の感じたことを、下手な口で述べたのだろう。おそらくちっとも核心を衝いていない私の批評を、君は、すべての羞恥心のある芸術家がそうであるように、照れた面持で黙って聞いていたに違いない。そして双方にとってまことに気詰まりなこの課業が終ると、嫌な教室から解放された子供のように、私たちは自由な愉しい話題に走るのであった。

強い近眼で、ちょっと急きこむような口調で、君はいろいろのことを話した。その頃君は横浜の女学校の国語の先生をしていたが、文学については実に広く読んでいたし、その他のことでも実によく物を識っていた。私たちはそれからそれへと語り倦くことがなかった。話もおもしろかったが、それ以上に私は君の人格が好きだった。私は時々いわゆる文学青年の訪問を受けていたが、そういう青年にありがちな、謙遜の裏の傲慢、自己の特質を示そうとするわざとらしい常識への拗ね方、そういう態度も口ぶりも微塵

もなかった。打ちとけながらも、礼儀正しく、義理堅かった。私はいつもこの年少の客を喜んで迎えた。

中島敦君は、私のような頼りにならぬ先輩に懲りもせず、次々と原稿を携えてきた。私は君の特異な才能に惹かれた。殊に自我とか自意識とかのメタフィジックな問題は、私の不得意とするだけに、余計に魅力を感じた。それは認めながらも、作品の文学的完成という点になると、私はまだ十分に承服出来なかった。

これを私の不明とは思わない。今度二十年ぶりで『かめれおん日記』『狼疾記』その他自己告白の勝った作品を読返してみたが、得た感想はやはり同じである。その痛切な自己検討にはやはり打たれた。自己卑下の中にある高い自尊心。それは自虐の旗手太宰治にも通じるものだが、太宰のように甘ったれ子のようなところがない。詠歎に逃れない。理知的で冷静だ。あくまで厳しく自己を追求する。しかしこれらの作品は小説未生前の地下室の作業であって、独り歩き出来る完成した作品としては足りないと感じた。

私は自分の怠慢と不明とを謝したいのは、その後の作品である。ある初夏の一日（年譜を見るとそれは昭和十六年六月である）鎌倉にあった私の家へその頃君が訪ねてきて、私の留守を知ると、分厚な一篇の原稿と書置きを残して行った。古い手紙類を保存しておくほど周到な質でない私だが、偶然その書置きが出てきた。それは中島敦君の名刺の表裏にわたって細かい字で記されたもので、玄関先で走り書きしたものだろう。文句は次のようである。

「突然伺ひまして申訳ございません、

先日は、勝手なことをお願ひ致しまして恐縮に存じます、その上、又々お願ひするなど、誠に厚顔な話で、慚愧に堪へませんが、近い中に南洋（パラオ）の方へ——病気のため、及び、生活のため——行くことになりさうなので、其の前に一度御目にかかり度く、あつかましさをも顧みず、参上致した次第です、

何卒、おひまの折にでも、御一読下さいますやう、お願ひ致します、南洋へ行く前に書上げようと思つて、西遊記（孫悟空や八戒の出てくる）を始めてゐますが、一向にはかどりません、ファウストやツァラトゥストラなど、余り立派すぎる見本が目の前にあるので、却つて巧く行きません、」

この中に「先日は、勝手なことをお願ひ致しまして……」とあるのは、それ以前に、私の一読を促すために置いて行った原稿のことで、その上に又新しい原稿を託されたのである。ついでに言えば「南洋へ行く前に書上げようと思つて、西遊記を始めてゐますが……」とあるのは、『悟浄出世』や『悟浄歎異』を指すものだろう。孫悟空や八戒の出てくる西遊記を書くのに、なぜファウストやツァラトゥストラの見本が邪魔になるのだろうと不審に思ったが、今度

初めてその二作を読んでみて、そのわけがわかった。君の志している西遊記は面白い事件よりも、悟浄の——つまり君の——懐疑的思想を書きたかったのである。

私は中島敦君が遠い南洋へ行ったのをいいことにして、というわけでは決してなかったが、ゴタゴタした日常事に追われて、君が残して行った二つの原稿を長い間読まずにおいた。怠慢とばかりは言えない。作家は活字になった他人の作品は気軽に読めても、あずけられた知人のナマの原稿はなるたけ後廻しにする。読むことに一種の緊張を必要とするからである。

半年もたったある夜半、どういう動機であったか、私はふと君の二篇の原稿を思いだして、その一つを読みにかかった。私はたちまちその中に引込まれた。読み終った時、溜息に似た感歎の声を洩らした。それは君が置いて行った、先の方の原稿で、一番上の用紙の中央に『古譚』と記されてあった。

『古譚』は、シナ及び近東の古い話を題材に採った四つの短篇から成っていた。私はすぐ自信をもって、その傑作を『文学界』に推薦した。当時編集の任にあった河上徹太郎君に、もし四つとも掲載不可能なら、そのうちの若干篇でも採用してくれるように頼み、その四つの短篇に私の標準で順番をつけた。たしか『文字禍』を第一席に置いたと記憶する。河上君も『古譚』の価値を認めて、そのうちの二作『山月記』と『文字禍』を取上げて『文学界』に掲載した。これが中島敦君のデビューだった。『古譚』は好評だった。

もし私がもっと早く、君が南洋へ行く決心をする前に、この原稿を読んで、私の無条件降服的な感服を君に伝え、もっと早くその作品を明るみに出すことが出来たら、どんなに君を勇気づけ喜ばせたことだろう。この俊英な才能が文壇に芽を出す時期をおくらせたのは、私の責任と言えよう。申しわけない。

『古譚』の四篇は、表面は芥川龍之介やアナトール・フランスを連想させる、教養の深い、技巧の行届いた、文体の高雅な、気の利いた短篇にみえるかもしれない。しかし芥川やフランスと違うところは、彼等の作にディレタンティスムの匂が濃いのに引きかえ、君の作には君のナマの血が通っていることだ。彼等の作を読んでも、私はその作品の背後に立っている人物をあまり感じないが、『古譚』の作中人物の言葉や行為は、そのまま中島敦の感慨であり、彼が採りそうな行動である。

『文字禍』や『山月記』を読んで、これほど切々と私たちの胸を打つものは何か。それは芸術至上主義的な名作がもたらす芸術的な陶酔だけではない。何か痛切な悲しみをもって身に迫ってくるものがある。文字の霊におびやかされた老博士ナブ・アヘ・エリバの根底的懐疑に、君の苦悩が

反映していないだろうか。虎に化した李徴の慟哭の中に、君の声を聞かないだろうか。前の諸作に現われた君の露わな私小説的告白は影をひそめて、渾然とした芸術的完成の裡に、君の痛切な叫びがより痛切に響いてはいないだろうか。『山月記』の最後、「一行が丘の上についた時、彼等は、言はれた通りに振返つて、先程の林間の草地を眺めた。忽ち、一匹の虎が草の茂みから道の上に躍り出たのを彼等は見た。虎は、既に白く光を失つた月を仰いで、二声三声咆哮したかと思ふと、又、元の叢に躍り入つて、再び其の姿を見なかつた。」何と力に充ちた悲劇の結びであろう。

『古譚』に感心した私は、もう一つの残された原稿を読んでみた。『ツシタラの死』と題されたその作品にも、私は甲を脱いだ。そしてそれを又『文学界』に推した。『光と風と夢』となって掲載されたのがその作品である。

『ツシタラの死』が『光と風と夢』という題に変ったのは、雑誌社の意見によってであった。「死」と縁起の悪い字を喜ばなかったのである。この作品が『文学界』に載ることに決まった時、編集の河上徹太郎君から、題の変更のほかに、あまり長すぎるから半分くらいに縮めたいと言ってきた。河上君の意見では、南洋サモア島の行動的な事件のみをルポルタージュふうに残し、主人公スティヴンスンの自己反省的独語は削りたいという。私はその反対であった。私に面白かったのは、その作品の合間合間に挿さまれている自我の告白であった。

スティヴンスンが病を得て、生活の立直しのため南洋に行った。ちょうどそれと同じように、中島敦君は「病気のため、及び、生活のため」南洋へ出かけて行った。そして置土産にして行った作品が『ツシタラの死』即ち『光と風と夢』であったとは！　どうして私はスティヴンスンの告白の中に、中島敦を感ぜずに読みすぎることが出来よう。

友人の英文学者の話によると、あれだけ書くには、余程スティブンスン関係の文献を読んだ上でなければ不可能だ、ということだが、私は『光と風と夢』がどれだけスティヴンスンから藉りているか知らない。しかしあの日記中の告白だけは、中島敦君の独創であると思う。

君の原稿について、私と河上君とが意見を交していると ころへ、あまり偶然にも、君がひょっこり南洋から戻ってきた。そこで題の変更も、短縮も、作者に一任することになった。『光と風と夢』という改題は君の案である。

この作品も成功だった。文学に鑑識のある人は皆、この新人の才能に眼を見張った。その年の上半期の芥川賞候補に上ったのも当然だろう。

芥川賞選定の歴史で、昭和十七年上半期は大きな失策を残した。受賞作品ナシという決定である。そして後世に残る二名作が見落されたのだ。それは『光と風と夢』と、石塚友二君の『松風』とである。この夏は異常な暑さであっ

た。私はきっと選衡委員諸氏がこの暑さと戦争騒ぎで少し呆けていたのだろうと思う。

しかし中島敦君の名はすでに識者の間に上っていた。帰国してから『中央公論』に発表した『弟子』の成功は、更に君の作家的地位を固めた。私たちは君のこれからの活躍を大いに期待した。が、それは半年しか続かなかった。天はこの異才を地上から奪ってしまったからである。

南洋から帰って私の家へ訪ねてきた君は、やはり健康はあまり勝れないようであった。南洋の光と風も、君の持疾のゼンソクには、よい効果をもたらさなかったようである。それでも君は相変らずおもしろい話で私を笑わせた。こんな話をおぼえている。君は文部省国語編修書記として南洋パラオ島へ赴任し、島民（邦人）のための国語教科書を編纂するのが仕事だったそうだが、その教科書の中に、乃木大将のことが出ていた。乃木大将が少年時代に厳父からきびしい躾を受けた話で、ある冬の日、乃木少年が寒いとこぼしたところ、厳父が井戸端へ少年を連れ出して裸にし、水を浴びせたというのである。

「その教訓は南洋では利かないんですよ。南洋では冬でも水をかぶることは平気なんだから」

そんな逸話を話す時にも、君の口ぶりには少しもシニックなところがなかった。

その年の終り、君は三十四歳の若さで世を去った。東京郊外の霜解けの泥濘の道を踏んで、私は君の家へお悔みに行った。同じ鎌倉に住む香取任平さんと一緒だった。香取さんは中学時代に、君の厳父の教え子であった。

その時、私は君の奥さんから、分厚な一篇の原稿を渡された。今まで私のあずかった数篇の原稿は、いずれも一字の訂正もない奇麗なものだったのに、その原稿は、満身創痍と言いたいくらい、推敲で真黒になっていた。細かい字の書きこみは欄外にはみ出し、原稿用紙の裏にまで及んでいた。そんなにまで文章に苦労していることを、私は初めて知った。いずれは清書するつもりの、それは草稿だったのだろう。題すらついていなかった。

その草稿を家に持ち帰り、読み終った時の感動を今も私は忘れられない。少し誇張して言えばあたりがシーンとするくらい感動した。すぐその草稿を『文学界』に送ったことは言うまでもない。題がないので、私が仮りに、『李陵』とつけた。出来るだけ私の主観を入れない、淡白な題を選んだつもりだが、故人が考えていたものに添うかどうか。私の危惧は、この無惨に筆を加えられた草稿が、果して文撰工に判読されて正しく活字が拾われるかどうかであった（今でも私はその疑問を持っているが、もとの草稿の失われてしまった現在、ただすべくもない）。

今度中島敦君の作品を読み返してみて、『李陵』が君の最高の作であるという私の意見は変らなかった。君の最高

の作であるのみならず、昭和文学の最も誇るべき収穫の一つであると思う。あの張りのある格調の高い書出し。それは悲劇的な大シンフォニーの最初の鳴り出しにも似て、冒頭から私たちは何か、痛ましい予感に襲われる。その緊張した文体は、事件の哀切と相俟って、最後まで少しの弛みもない。

私は中島敦君の作品を「ますらおの文学」と呼ぶ。「ますらおの文学」は鷗外以後跡を絶って、「たおやめの文学」のみがはびこった。君に至って初めてその復活を見た。『李陵』だけを指して言うのではない。自意識過剰の初期の作品からして、少しも女々しいところがない。

しかしここで私は怱卒に君の作品を論じようと思わない。それには別の機会がある。ここではただ君の作品と私との現実的な関係を述べたにすぎない。いずれ私はもっと準備をして中島敦論を書くつもりである。それは私が君に感じている負目を果そうとしてのみではなく、この稀に見る才能があまり世に知られずにいるのを甚だしく残念に思うからである。

（昭和二十九年四月三十日角川書店刊『昭和文学全集35　中島敦・武田泰淳・田宮虎彦集』月報、原題「中島敦の作品と私」、昭和三十四年十月三十一日文治堂書店刊『中島敦全集』第三巻月報「ツシタラ2」、原題「中島敦君の作品」、昭和三十四年十二月角川書店刊『近代文学鑑賞講座18　中島敦・梶井基次郎』所収）

敦のこと

釘本久春

中島敦、中島トン——わたしたちは、彼のことを、トンと言い慣わしていた——が急逝してから、今年で十七年である。

十七年といえば、かなりの時間が過ぎている、が、彼の人生が、あまりに意外に、理不尽に、断絶させられたからなのであろうか。彼の才能が、いや彼の人間が、あまりに生彩があり魅力があるためなのであろうか。

トンが、絶対にこの世にいなくなり、しかも十七年の歳月が過ぎた、などという実感は、私には、どうしても、来ない。

彼は、いない。トンは、確かに死んだのだ。それにしても、それはついこの間のような気がする。トンが死んだという意外な事実が突然に起り、その事実によって、彼が歳月と共にぐんぐん過去の堆積の中に繰り入れられ、今は、既に十七年という時間の彼方に、とび去ってしまったのだ。

こう考え決めてしまうことは、私には無理であり、不自然であり、承服できない事実のように思える。十七年はおろか、それ以上に遠い、今から三十年も以前の、昭和四、五年のころの中島トンのことが、今も近く、現にそこに在るように、私には実感されて来る。

トンがいなくなって、十七年たった、あるいは三十年以上もたった。そんなことが、あるものか、トンが死んだとしても、ついこの間のはずだ、という気になる。

これはおそらく、愛惜する友人を、死者の戸籍に送り込んだ人間が、だれしも感じている普通のことなのであろう。中島トンのことを思って、このような繰り言めいた感情をさらけ出すことは、こわれた玩具を前にして地団太踏んでいる小児にも似ていよう。児戯に類する、運命へのかいなき憤慨と笑われるでもあろう。

しかし、中島トンの死後、かなりの歳月が経過したという事実が私の実感にならないということには、中島敦の場合、格別の理由があるように思える。その理由とは、彼の人間、もしくは彼が生きた人生の、特異な、個性的な、そして典型的でさえある、価値に在る。意味にある。すくなくとも、それらの与え、残した印象に、在る。

夭折と言ってよいような、意外な、理不尽な、彼の急逝。確実に予見されていた豊饒な文学的可能性を、開花寸前に——友人としての私は、まことに開花寸前にと言いたく思う——断絶させられた、不可思議な運命の中島トンへの強制。もとより、そうした事実への友人としての私の不満、反撥、愛惜。

それにもかかわらず、ふしぎに、トンの急逝という惨酷な事実は、暗鬱な、救われ難い、ジメジメした絶望感を、今もなお私に残していない。透明な悲しみ、人間の運命への憤慨を覚えさせるばかりである。

老齢が迫りつつある今の私自身に、「トンが死んだとしても、それは、つい、この間のことだ。おっつけ、こっちも行くことだ、トンは、そんなに遠くへ行ってはいない。まだ、そのへんにいる。」といった感じを与えるばかりである。亡き人という距離感を、トンは私に全く残していない。

それは、彼の人間、トンの人生が建設し、周囲に発散した雰囲気に、依る。その印象に、依る。彼が造型し、残した自分自身の人間像が厳存することに依る。中島トンは、明確な、青春の人間像を、作品の中におけるよりも以上に、彼の人生自体において、みずから創り出していたのである。飽くなき自己分析や、骨を嚙むような自嘲、卑小な自己を剔抉しようとする潔癖と共に、外なるものすべてへの休まざる興味と同感。要するに、トンみずからの知性と感性との活動に、徹底的に任かせられた、彼の人生。いつでもてれやであり、人の高さや低さには、始めから見透しでき

ているくせに、いつでも他に対する接しかたでは気弱になるトンは、無神経な、私の以下の言いかたを、ただほほえみながら、拒否することであろう。しかし、私は、トンについて、トンがどう思おうとかまわず、これから言うのである。

トンは見事な青春の人間像を、確実に、造り、残している。

トンのイメージが、私に生きている。トンと親しいみんなに生きている。だから、トンは、時間の経過のために、遠くなることは、決してない。

その作品が語っている理知的骨格、官能的享受力の純粋さ、倫理的高潔にもかかわらず、トンの態度・挙措・行動は、私の知るかぎり、常に活溌であり、何ら苦渋佶屈の感じを伴わなかった。

彼の言うところ為すところには、常に、決して、狎れ狎れしさや甘ったれがなく、ましてや押しつけがましさがなかったが、さればと言って、頭の冴えた、潔癖な人間が醸成しやすい気まずさ、つまらなさは、彼と共にいる場面には、全く生じなかった。

トンは、明かるかった。トンと共にいるとき、トンと話しているとき、だれも彼も、そして彼自身も、明かるかった。

もちろん、人と共に在るとき、敏感、純粋なトンは、常に何ほどか努力していたと、今私は、思う。凡ゆる場合に、唯美主義者である欲求を、明きらかに持っていた。従って、人間関係においても、常に何ほどか、社交家であろうとする意欲と余裕は、彼にとって自然だったはずである。

しかし、私は、私なりに信じている。彼トンは、人と共に動き、話すとき、自分の本質に逆ってまで、常に社交家として努力していたのではない。

彼の知的素質、彼が自分で意識していた性格的限界や気質の特異さは、どうであろうと、他者の私の感じていたところでは、人間との接触の断面において、見るとき、彼は、常に明かるかった。

彼と私とに共通な親しい友人の一人は、一高時代から、喜びを以て言うのを常としていた。

「トンといっしょにいると、何をしても、話していても、おれの目の前が、パッと開けてくる。明かるくなる。将棋をさしていても、麻雀をやっていても、川柳の話をしていても、トンといっしょだと、明朗になる。」

この友人は、今川柳研究の大家になっているが二十歳のころから、こう言っていた。

私自身の、トンとの交遊の経験から言えば、私がメソメソしていたり、ガブガブ酒を呑んでいたり、して、トンを悩ました経験は、かなり記憶に残っているが、トンの残して

いる印象は、常に明かるい。そして、私に真っすぐに来る実感は、こうである。

中島は、座談の名手である。トンの座談ぐらい面白い座談は、私にとって、空前であって、おそらく絶後であろう。

彼の座談は、実に豊かで生き生きしていた。だが、奇妙なことに決して雑談という感じを与えないのだ。今考えてみると、彼の座談が面白かったのは、実は、その話をするとき、あるいはそういう話しかたで話をしているとき、彼自身が、話すことにみずから興味と意欲とを自然に持ち、話すことを楽しんでいたからなのだと、思う。

そして、話している刹那刹那に、みずから、楽しんでいるだけに、それだけに、話が整理され、与える印象が光彩陸離となり、我も人も、一種の興奮におち入っていたのであると思う。

もちろん、若いころの、取りとめもない話しあいが多い時期である。中島の座談が面白かったといって、今ふりかえってみると、格別目新しい話がいつも在ったわけではない。しかし、いつも、面白かったのである。

中島の座談の題材は、考えてみると、当然のことながら彼が日常生活で経験した瑣末事が主であった。あるいは、彼が、それらの事実から受けた印象であった。彼が、書こうとしていた文学的主題については、私に関するかぎり、それほど語りきかせられた経験はない。学者や、作家についての批評的言葉も、私に語る機会は、ほとんどなかった。後にも書くように、私に強い印象を残した文学についての感慨を、私にも、時には語っていたけれど、大方は、毎日の生活で感じ取った事実と、それへの反応が、座談の題材であった。

とりとめのないことながら、トンが座談で話したことがらで、印象に残っていることを、いくつか録しておこう。

——むちゃな、イギリス人には、かなわない。『あるく』っていう日本語は、英語から来たと言うんだよ。walkが、『ワルク』と発音され、それから『アルク』と、発音が転化したと言う説だ。そりゃむちゃだと言っても、彼、頑迷にして、自説を固持する。それは、まだ、いい。『ドゾウ』に二いろの意味がある。どうして、二いろの意味が分化して来たのか教えろと、そのヤッコさん、言ってきかない。それぞれ、ちがう言葉なのだといってきかせても承知しない。『ドゾー』の一つの意味は、『土蔵』、土で作った倉庫の意味であり、他のもう一つの意味は、『銅像』即ち銅で作った人間の像の意味である。『土の倉』が、どうして『銅の人間像』の意味に代ったのか、それがわからんと言うんだよ。君の発音が間違っている。『ドゾー』と『ドーゾー』とは、別の言葉なのだと、いくら言っても、ヤッコさん、『バッド、ナカジマサン、Bad Nakajima san』と言って、いうことをき

かない。イギリス人の頑迷さは、救い難く面白いね。」

と、こういった具合である。これは、中島の未完の作品、「北方行」に出て来るトムスンというイギリス人の原型、一九三〇年ころの英国大使館武官補佐官海軍少佐サッチャーという男のことである。

当時、私が軽井沢でイギリス人の友人、陸軍工兵中尉ウォーカー夫妻に、今でいうアルバイトで日本語を教えていたので、中島も、サッチャー少佐に日本語を教えることになったのだが、中島は、この酒のみの、ジョンブル気質のサッチャーに、手を焼きながらも、東京に帰ってからも結構、ふたりで仲よく勉強していた。

そして、「北方行」では、文学化されているが、この一九三〇年代に、北京へ行って来たあとの、彼の座談。その話も、面白かった。ただし、今、他の人が、彼の話の筋だけきかされても、さほど面白くはないかも知れない。いくらかせきこむような調子で語って倦まない彼のあの話しかたを再現することができればなあと思う。

——北京の下宿で、芸術大学の学生というのに、親しくなった。北京には、芸術大学という名の大学があるんだぜ。芸術をやるのに大学がいるのかなあ。芸術家になるやつが、大学生なんだ。何だかおかしいじゃないか。しかし、何になるんでも、大学がいるというのも、理くつだ。日本より、いいかも知れない。面白いだろ。」

今では日本にも同じ名前の大学が出来たので、別に妙な感じはしないが、その頃のことにすれば、芸術大学などと云うと、なんだか大げさで間が抜けているようで、面白かった。それから又同じ旅行の思い出として、彼が話したものの中には、こんな話もあった。

——シナは、面白いよ。下宿でチャーハンでも、カレーライスでも、半分食ってそのまま返すと、半分しか、金を取らないんだよ。日本より、面白いね。」

それから、北京の古本屋のオヤジの話。そのほか、シナの間が抜けていて、しかも日本には、絶えて在り得ない話の数々。

書いて見れば、読む人に他愛もない話である。だれでも、当時の中国を知っていれば、別に中島敦をまたずとも、先刻承知の話だ。私も、その後、何回か中国に行ったから、話としては、トンの話を、観察や印象の特異さで、特に録する必要を認めるわけではない。ただ、満州事変の起ったころ、大学生になり立ての、しかも病弱の日本人学生の中島が、北京へ行って、シナ人の生活や気質を、楽しんで帰り、楽しんで語つた、非凡さ、自由さを、愉快に思い出すのである。

トンの、またほかの座談。

一九三一年のころの秋であったろうか。

夏休みがすぎてから、しばらくぶりで逢ったときの話。

――このごろ、なにか、大ものを読んだかね。」

と、私。

――うん、夏中、勉強したよ。」

と、トン。

――なんだい、それは。」

――アマノソウフ全集を、読み通したよ。もうれつに、勉強した。ヤツは、えらいな。」

と、トン、すましている。

――なんだい、そのアマノソウフっていうのは。学者かい。」

――うん。将棋の天才だ。江戸時代のヤッだ。」

そして、きょとんとしている私に向かって、例のくせで、髪の毛をかき上げながら、笑っていた。

一九四二年、春、南洋から帰って来たときだ。

中島は、肩の荷が、そのとき、いくらか下りた気持がしていたのであろう。

トンは、忙しいのに、夜おそくまで、私の子供たちを相手にして、熱心に、愉快に、笑いつづけながら話していた。あまり面白くて、トンの南洋の座談は、今、ほとんど忘れてしまった。ただ、頭をふり、垂れ下がる髪の毛を、かき上げかき上げ語りつづけてくれた中島の明かるさだけが、私の眼交に生きている。そのときの話の圧巻は、犬の石焼きを御馳走してくれようとした、南洋島民の招待と好意に、彼が辟易したところに在ったと思う。

その話は、作品の「環礁」の中にも書かれているが、トンの経験では、犬の石焼きを饗応されそうになったのは、その時のことばかりではなかったらしい。

こんがりと焼けて、歯をむき出し、足を突っ張らせた犬の料理の描写は、作品の中のものより、話で聞いた時の方がずっと面白かったような気がする。

ただし、私の記憶によると、惨酷な、気味悪さではなく、とぼけた後味と、トンの閉口ぶりのおかしさとを残している。トンの、そのときの座談の明かるさが、そうさせているのであろう。

そう言えば、トンの面白い座談は、あらかた形と味とをかえて、作品の中に生かされているようだ。どこと言って指示できないものがあるが、確かにいつか座談で言っていたなと私に思わせる点が、チカチカと作品の中にちりばめられている。

中島は、作家としての立場で無力感や、一種のコンプレックスを感じつづけていたが、無意識の中にも、作家としての修業に、全時間をたたきこんでいたのでもあろう。座談に興じているうちにも、われ知らず、作家たる修業と実績とを積み上げていたと言えるのかも知れない。

中島は、いうまでもなく俗物が大嫌いであった。また、

立身出世欲は、こと文学者、芸術家に関しても、彼の最も軽蔑していたところである。トンは、通俗的であることから、常に遠かった。

そのくせトンは、きわめて義理固く、礼儀正しかった。

彼が、昭和十七年三月に、病のため休暇を得て、南洋から帰って来たころのことである。

「光と風と夢」が成功して、内地に帰ってみると彼の知らぬ間にトンは芥川龍之介になぞらえられる有望な新人になっていた。もちろん、トンは、こころよかったにちがいない。

当時私は、何度か中島と話す機会を持ったけれど、中島は、格別に快活になったり、浮き浮きしたりすることは、全くなかった。私ばかりでなく、彼と親しい友人たちは皆、トンの作家としての成功を当然のことと思い、むしろ有名になるのが遅すぎたくらいに思っていたから。今から考えると奇妙なことに、彼の成功を祝う集まりは一回も開かれなかった。

彼自身も、得意になったりすることはもちろんないのだが、何となく当然のことのように感じていたのであろう。

そして、こんなことを、何度か言った。

——深田さんや、河上さん、あんな長いものを読んでくれて、大変だったなあ。すまなかった。」

それからまた、いくらかてれながら、

——三好のやつ、ひどいやつだ。あの「ツシタラ」は、きっと焼いちまってくれよと言っておいたのに、焼かないんだからな。ちゃんと約束をしたのに、やっこさん、おれには知らせずに、原稿を持ちまわったりしていたんだ。」

眼鏡の底で、目を細くしながら、親しい三好の背信を指摘していたトンの明かるい笑顔を、今も思い起す。

東京へ帰ってからも、病気の調子がよくない。一方、作品の註文が来る。彼の内部には、書きたいことが一杯である。

ある日、南洋庁を辞職してもよいだろうかと、中島が、相談に来た。

もちろん、さっそく辞職したらいいと、私は即座に賛成した。

そのとき、中島は、めずらしく歯切れが悪かった。

南洋に行っても、旅行をしただけで、何も出来ずに、悪かった、とか。

このままやめたら、私に迷惑が懸かりはしないか、とか。

トンらしくなく、いくらかくどい調子で、何回か、私にそんなことを云っている。

私は、中島の、いつもの明かるい自由な行動を嘆賞しているだけに、この義理固さが、面白くさえ感じられた。

その後、急逝するまで、逢う機会がなかった。夫人に伺うと、それから数ヵ月の間、苦しい発作と、執筆との間に、

「南洋庁をやめてすまなかった」というような言葉を、何度も、語っていたとのことだ。

それを思い出すと、私は、中島の義理固さが、少々悲しく感じられて来る。

義理固さは、さておき、彼の明るい、自由な行動を、思いかえしてみる。

中島は、一時は彼独得のお洒落をしていた。

トンが大学に入って間もないある日のことである。

東大の正門前で、私は、トンを待ち合わせた。現われた大学生の中島は、実に振わざる格好をしている。そのころの私たちは、大学に入ると、旧制高校の弊衣破帽をかなぐりすてて、角帽にサージの学生服を着、スプリングコート代りに真新しいレーンコートを着、皮鞄を下げる。すると、だれも彼も、見違えるように、急にスマートになったのにおたがいに驚く。

ところで、そのときの中島は、何とも貧弱な服装だった。角帽も学生服も、一番安いのを買ったとかで、甚だ安っぽく見える。その上、トンの癖で、ポケットというポケットには、文庫本やら手帖の類をいっぱい詰めこんでふくれあがっている。上着の金釦が引っつれて、シャツがのぞいている。もっとも、一番安いブラサガリを買ったのだそうだから、服のサイズが、そもそも合っていないのであろう。ズボンは丸くなっているし、ひどく短い。

その上に、なんと、中島は、マントを羽織っているのである。

面白事がすきで、おしゃれで、はにかみやのトンとして、何たることであろうかと、私は思い、ややあきれて中島の姿を見つめたものだ。

ところがである。しばらくたち話をして、そのあと五時ごろ、また正門前で落ち合うことにして、一応別れた。

その夕方、また逢った。そして、ひどく、私は、驚かされた。

薄鼠の見るからに柔かいソフトをやや傾けて冠り、ぬくぬくとした感じの、派手なチェックのスプリングコートを着ている。しかもダブルである。太いバンドで腰を締め、肩にもベラベラの肩当てがついているといった、当時の言葉でいう典型的な「モダーン・ボーイ」のスタイル、しかも百万長者の伜れでも着そうな、ぜいたくなスタイルである。洋服は、オックスフォード・グレイのフラノのスーツ。靴は、品のよい、細型の赤靴である。

大学生が背広を着ることの、ほとんどなかった当時のことである。このように派手な、しかもぜいたくな、高級の紳士スタイルで、中島が、現われたのである。四、五時間前のトンと、何という変り方であろう。

新しいソフト・スーツ・コート・靴で、颯爽として、正

門前に立ったトンを見て、私は、何より、彼の勇気に感心した。驚嘆した。

このてれやにして、よくも人の目をそばだたしめる装いが出来たものだ。しかも彼は小さな身体ながら、結構、この豪奢な装いを着こなしている。

女学校教師としての中島は、あるときこんな感想を述べていた。

――女学生というものには、閉口させられるよ。学校で会っているときは、全く子どもなのだ。ところがだよ、日曜日などに、和服を着て訪ねて来たりするときは、全く別人になったようだ。完全に、若い女として、立ち現われる。こっちが固くなっちまう。そして今度は、また、学校で、たとえば海水浴などに連れて行くと、その一人前の女が、たちまち変じて子どもになる。海の中で、先生！　などと声をはりあげて抱きついて来たりする。やれやれと思うよ。」

三好四郎という、トンの仲よしがある。三好は、私の同僚で、私がトンに紹介したところ、三好は、京城中学でトンの後輩であった。一年生の三好は、全校の朝礼のとき、まだ四年生なのに、選び出されて全校生徒に号令をかけていた、有名な秀才であった中島少年のことを、よく覚えていた。

三好と中島は、それぞれ自由で潔癖な性格の共通性から、また支那好きであることなどから、急速に、親しくなって行った。

遠慮のない、ぞんざいな言葉で話しあいながらも、三好は、トンを敬愛し、心から尊敬していた。三好は、私とふたりでいるときは、中島の噂をして倦まなかった。

――トンちゃんは、天才だなあ。」

と、三好は、感に堪えぬといった調子で、よく言った。私の記憶している限りでは、中島を天才だと確信し、言明した最初の友人は、三好だったと思う。

とにかく三好の傾倒ぶりは大変であり（今もなお一層そうであろう）、三好の清潔・明朗の淡白な性格を愛して、中島も三好との交遊を楽しんで、ふたりが、取りとめもない話をし合って興じているのを傍で見ている私も、実に楽しかった。

昭和十一年の夏休み前のことであった。喫茶店でお茶をのみながら三人で話しているとき、トンと三好は、急に、支那旅行を一緒にしようと言い出した。ふたりは、すぐにその計画に熱中した。即座に、日程や費用の相談が始まった。その相談や計画の進め方が、まことにトンらしくて、第三者の私は、いくらかハラハラさせられながらも、愉快でたまらない。

三好が、たしか十日ほど早く出発することになった。支那へゆく前に台湾によってゆこうというのである。そこで、後から出発するトンも、それはいい、それではまず、自分も台湾へ行こうということになった。

では、台湾のどこで落ち合おうかと、二人は、首をひねっている。三好が、台北の何とかいう繁華街の四角に、明治製菓の喫茶室がある、その二階で、八月七日（?）の午後二時と二時半の間に逢おうと、言い出した。

――よし、そうきめた。

中島は、台北へ行ったことはない。また先に出発する三好とトンとの間で、その台北の明治製菓とかで落ち合うまでは、相互に連絡のとりようがないのである。

のん気さと大胆とは、青春の特権である。分別臭い差出口はしないでいたが、二人の打合せは、少々のん気すぎる気はしていた。二人は、首尾よく台北で逢い、それからアメリカ船の三等船客になって、上海へ渡り、蘇州・杭州・南京などを歩き廻って、またアメリカ船の三等船客になって、無事に帰朝した。

二人の帰ってからの座談が面白かったことは、いうまでもない。

中島自身から聞いたのではないが、彼の親しい麻雀やダンスの友人から聞いたことに、大学時代の中島は、非常にダンスがうまかったとのこと。

麻雀や将棋に卓抜であったことは知ってるが、ダンスが、短期間にそう上達していたということは、これまた意外であった。

それも、中島らしい。昭和四、五年ごろの、フロリダといえば、ダンス人口のすくなかった当時、第一流のホールであった。とても、普通の学生などが行って、悠々と踊れるホールではない。

トンは、フロリダに行きつづけ、当時そこのナンバーワンであった某ダンサーとばかり踊っていたという。

そのころ私は、酒ばかり飲んでいて、ダンスなどには興味がなかった。だから、中島のダンスを見たことはない。しかし、フロリダで注目を浴びているという話を聞いて、ダンスをするにしてもやはりトンらしい行き方だなあと、思っていたことである。

ダンスといえば、やはり大学二年のころであろうか。浅草のあるレビュー団に頼まれて、十数人の踊り子たちの監督兼座付作者になり、夏休みをつぶして、台湾へ巡業に行く計画に熱心になっていたこともある。

この計画も、トンらしく、自由で、大胆で、風変りであった。そうして、こういう計画に熱心になり、その計画について語るときの中島は、まことに、はつらつとしていて

生彩があった。

この計画は、何かの都合で取りやめになったが、そのこともあって、後に、支那旅行の途次台湾に寄ることを喜んだのであろう。

とにかく、それらは、中島のエキゾティシズムが、そうしようと求め、またそうさせたことである。


中島が、その作品の中にも書いているように、彼自身の内心の問題について、いつも苦しんでいたことは、確かであった。

しかし前にも書いたように、中島は、人と共にあるとき、暗鬱や苦渋の感じを、決して与えなかった。

中島が、苦しみ悲しんでいることは、分る。

しかし、透明な切々とした感じが、こちらにも伝わるだけであった。

そうしたとき、饒舌な私も、ただ黙って、トンのなんとなく言った言葉の痛切な響きを、自分の中に、感じているだけであった。

今も、私の中に残っている、いくつかの、切々とした中島の表白。

——トルストイが、出ちゃったんだからな。あんなえらいやつが、もう出ちゃってるんだからな。ぼくなんか、書いたって、何の意味もないよ。文学は、えらいのが出ればそれだけでいいんだ。あとは、要らないんだ。」

また、ある時は、俗物を軽蔑して、にやにやしながら言った。

——ああいう男にあっていると、ガリヴァーを思い出す。こっちはちっとも大人物じゃないんだけれど、自分が、小人の国に行っているような気がして来る。へんな気持だな。」

継母にひどく苦しめられた経験を持つトンは、ある時、言った。

——いじめられるのが辛いというばかりじゃない。むしろ、若いその母が、自分につらく当るのは、子どもながら、同情できたくらいだ。ただ自分をいじめるとき、その母が、ヒステリーで滅茶苦茶になるのを見るのが、とても辛かった。その人間喪失ぶりを見るのが、こたえた。」

トンの家は、いわば漢学の名門である。そして親戚きっての秀才神童と言われた彼が、大学卒業後、いっこうぱっとしない。俗物を軽蔑していながら、若い無名のこの作家(?)には、親戚の連中の態度や悪評が、やはり、こたえていた。とにかく不愉快であったに違いない。

ある日、親戚の海軍中将かなんかの伯父の家で、誕生日か何か祝いがあり、その親族会に出ての帰り、私を訪れ、しみじみ独り言をいっていた。

——平凡は、悪かないな。十六ミリの映画を映したりして、伯父や従兄の一家や子供たちを喜ばせている。つまらぬとは思っても、こういう平凡な家庭の幸福も、いいんだなあと思う。ぼくなど、その位のこともできやせぬ。」

子煩悩のトンは、そのとき、もう二人の父親になっていたのである。

トンのことを書けば、きりがない。

おわりにもう一つ、彼の残した言葉を書きつけておこう。トンは、いろいろな機会に、よく言った。

——乏しいということは、嫌だな。ぼくは、豊かなものが、好きだ。何よりも豊かさだ、豊かさだ。」

（昭和三十四年四月）

（昭和三十四年六月二十五日文治堂書店刊『中島敦全集』第四巻月報「ツシタラ1」、昭和五十三年十二月二十五日筑摩書房刊『中島敦研究』所収）

中島敦の思い出

小山政憲

度の強い眼鏡の奥の、細めた眼の一点に澄んだ光を湛えて人を見つめる中島敦は、京城中学四年を終ると、一高へ去っていった。中島敦の一高入学は、私たちの間では少しも驚異でも讃嘆でもなかった。しかし、彼の去った後の一年は、一つの虚ろな空洞が出来たようであった。その空虚感は、彼がどんな人間であったかを、私達に思い知らせた。私達が教室で教師にやりこめられている時、いつも引き合いに出されるのは彼の名で、そのたびに、嘗ての日、彼が難問を捉えて教師に喰いさがっていった姿を思い出すのであった。

私が中島敦を憶って五年生の時校友会誌に書いたのは、「転覆」と題する創作であった。今はその校友会誌も手許になくはっきりとはしないが、一高生の彼が夏の休暇に京城の家に帰り、母亡き後の家を守る一人の妹に、人間的な愛情のひとかけらも示さない父と言い争って、京城の夜の

街をさまよい、そのまま東京へと、京釜線の車上の人となり、その列車の転覆を希うといったものであったように覚えている。少年期から青年期へ移る頃の反抗というよりは、父子相剋を主題にした甘い感傷的なものであったようだ。しかし今でも先ず思い出されるのは、彼がじっと心に抑えていた父への反抗心である。その当時私は彼に家族のことを詳しく訊ねたこともなく、その理由も分らないままに、彼と父との対立感情を感得していたのは、おそらく彼の遣り場のない感情が皮膚を破って噴き出さんばかりであったからであろう。彼の「プウルの傍で」を読んで後それが何であったかに思い当った。彼が私の創作を読んだかどうか分らなかったが、若し読んでいたとしたら、あの光る眼を細めて性急な口調で、「ちがあい、ちがわい。」と言ったであろう。彼は相手の顔を見詰めてじっとその主張を聞いているが、意見を異にすると眼の光がレンズ越しに輝いてきて、相手の言葉の途絶えるやいなや、吃り気味に早口で歯切れよく一気に抑えてしまう。ちょっと斜に体を向けて、横から相手を見据えて言い切る口調が東京生れの私には快い江戸前の啖呵のようで好ましいものであった。

昔の慶熙宮を偲ばせる崇政殿や、古びた木造洋館の校舎を囲む桜の大樹。下の運動場との境の堤にもある桜。京城中学の春はムンムンするような桜の香りに包まれてしまう。新しい学級編成で何となく落着かない休憩時間の遊び仲間がほぼきまる頃は、黒っぽい大地に花片が真白に散り敷いていた。彼と私ともう一人の三人組は、休の時間になると、この花びらの舞い立つ地面に即席のテニスコートを棒切れで書く。ネット代りに三尺程の間隔をおいて、それぞれ一坪程の区域をもつ長方形のコートだ。ゴムまりを手で打ち合って、正規のテニスのルールで遊ぶのである。私達はこの遊びに他の誰も加えなかったようだ。学期試験の最中、他の級友達が血眼になってメモを調べている間も続けたことを覚えている。クラスの中位の背丈の中島敦と、ずっと小さい私ともう一人の友、このたわいない姿を脳裏に描くと微笑を禁じられない。

その頃は始業の鐘が鳴り渡ると、級長である彼が級友を整列させ、号令をかけて教室に入ることになっていた。彼はズボンのポケットを、たった今まで私達と遊んでいたゴムまりで膨らませたまま、面倒臭そうに「前へ」と言って、「進め」は口の中で呟くように、さっと向きを変えると先頭に立って校舎に入ってしまうのであった。列に入ってもざわめいている級友に向き合って列を正すような忠実な級長ではなかった。

木々の若葉が滴るほどの濃緑になり、草の香がなつかしい初夏になると、級友はグループ毎に昼休みを裏山で過した。剣道場の裏手から少し上ると、葉洩れ陽が明るく降っている一面の桜樹の林で、奥はさらに上って薄暗い松林を

突抜けると城壁に出た。茸の群生するような民家を眼下に、眼のあたりに拡がる空には白雲台の岩峰が聳えていた。私は彼と昼の休憩時を裏山で過したのは、僅かの期間であったようだが、今でも忘れられないのは、彼の情熱をふと知った訳詩集と、彼を秀才にした努力の片鱗を示す重要英単語集であった。

博物教室の見下ろせる桜の林の中で、寝転んで見上げる梢の葉越しに高い空があった。彼はポケットから取り出した訳詩集の一節を読む。暫く言葉が絶えたかと思うと、急に激したような彼の性急な声が迸り出て、彼の夢が次から次へと拡がって行き私にはついて行けなくなってしまうのであった。それよりも、私の心に印象を刻んだのは、彼のポケットから、青い表紙の小型で薄い重要英単語五千語集が出て来たことであった。これは明らかに受験の準備であった。赤と青の色の鉛筆で下線がひかれていて、最初の頁の abandon の語が青鉛筆で四角のわくに囲まれてあった。私がその語の意味を知ったのはその時が始めてであったが、彼はそそくさとその単語集をとり上げて、「やるときはやるさ。」と一言洩らした。私は彼がひたむきな努力を注ぐ瞬間を覗き見したような厳粛さを感じた。

修学旅行から帰ってしばらくして、街路樹の影も夏に近づいていた頃、彼をいれた四五人のものが集まりハーモニカの合奏団を組織して練習したことがある。佐伯というのが最も上手で、私はいつも、ドソ、ドソとベースを入れる役であったし、中島敦も私とあまり違いはなかったが、とにかく「君ガ代行進曲」をあげてから何時とはなしに解散した。彼のハーモニカの吹き方も話す口調のように、性急で強い吹奏の仕方であった。

私達が湯浅猛君（克衛氏）等と同人雑誌をやっていたが、彼は校友会誌に投稿するだけで、ついに仲間にはならなかった。後、私が城大予科で文芸委員をしている時、一高の文芸部誌が送られて来て彼の名を委員の中に見つけ出して手紙を書いたら、簡単な葉書が一枚来た。大学は英文科に進むかと思っていたら国文科で、その後横浜女学校にいるのを知った時は、何となく期待を裏切られたような佗びしい気持であったが、これは私が、この時代に彼の蓄えていた想華に思い及ばなかったからで、戦後彼の全集を読んだ時、今更のように讃嘆の声をあげて知友に吹聴した。戦後の文壇に彼が生き残っていたらと残念でたまらない。

（昭和三十五年十一月二十五日文治堂書店刊『中島敦全集』第一巻月報「ツシタラ4」）

ワザあり中島敦

北畠八穂

中島さんは、むきあうと、名人が矢を射る様な、話し方をされた。

強弓を、ズバリ、ズバリ射る。見手が、みとれ肝をぬかれて居ると、

「ね、ウフフフフフ」

と、そのワザの悪戯を微笑する。そして、悪戯をした悔いに、はにかむ。鼻をクンと鳴らしたり、とりかえしつかなげに、膝をゆすったりした。聞きほれた、こっちが申しわけなくなり、キマリわるがらせまいと、全く聞かなかったムカシづらを、とりつくろわねばならない。あわてる。そのあわてさせるのも、敦氏の悪戯のうちではないかと、こづらにくく、おかしく、微笑する。

このワザの、たのしい中島敦氏であった。

敦氏の小説の中に、弓の名人が出てくる。射方が、あまり正確で速かだから、第一矢の矢頭に次の矢尻がささり、三の矢、四の矢と射た矢全部が、ついに手許の矢まで一本につらなる。ここで読む目は笑わずに居ない。

(計算は芸である。芸は、おもむくに、任かせるでない。名人は、ワザをあやつれ)

と、敦氏は、狂いのない、狂わせ加減の呼吸《いき》を、かかずに、漂わせる。

——はかり知れないワザ——のあることを、識って居た敦氏ではなかったろうか。

敦氏が、ズバリと、

「ヤなやつです」

と言われた人を、私は、その頃、この上なく、ウイやつと思いこんで居た。時経つにつれ、その人は、ごくごくヤなやつに化《な》って行った。一人二人でなく、ヤアな根性のヤツとイヤがり、ヤアなザマを、さらけ出した。

予言したことになった敦氏が、つづけて、

「気の毒ですがね」

とイヤがったイヤさに、クンと鼻をならした気の毒さが思い浮かび、このヤなやつが、ヤにもがく故に——はかり知れないワザ——が、やがて、スッキリさせるだろうと、思わせる。

「そうなんですね。中島さん、ア、ウン」

と無電を打ちたい。ついでに、こうも打ちたい。

——あなたが「階段の下へきて、呼ぶんですよ。うるさ

くってね。え、可愛いです」

と言われた御子息には、ヒカリさんという源氏の君と同じ名の御孫さんが生れましたね――

すると、敦氏から、応えがきこえてくる。

――恐縮です――

くつろがせて、すっかりいい気にさせる声だ。

――奥様のたか子さんも、訪ねて下さいました。ありの世で、あなたが、あられたままを、大切に、わかろうと、聖典を探る人になられた御様子です。アホじゃなア中島さんは。

「な、わかったろうが、婆さん、私もな」

と、てれる爺さんになるまで、駄馬となっても生きられませんでしたか。惜しい――

今度は、応えの電波はゴウゴウ流れてきて、感度は強いのだが、声ではない。

敦氏の詩が、手蹟で、みえてくる。

――われ、もはや、石とならんず、
石となりて、冷たき海を沈み行かばや、
氷雨降り、狐火燃えん、冬の夜に
われ石となる、黒き小石に、
目閉ずれば、氷の上を風が吹く、
われ石となりて、転びゆくを、
くされたる魚の目は、光なし
石となる日を待ちて吾いる、
たまきわる、いのち寂しくみつめけり
つめたき星の上に独りいて――

後むきの、少しやせた肩が、遠ざかる。オウウイ、と、呼びかえしたい。が、ひかえさせる後姿だ。

今生で、生前、

「中島さんの御名は、どう読むのでしょうか」

「トンと、アッシですか」

こう聞くと、きっとこの外に、まれな呼び方があって、それがほんとうなのに違いないという気がしてくる敦氏であった。あえて、ここで聞きほじらずとも、いずれ、ひとりでにわかってきて、そうかと思うまで、待とうという心地にされてしまった。

「御らくに、どうぞ」

そろえた膝をくずしてアグラでもかいて下さいとすすめると、中島さんはニコッとして、

「勝手にさせて頂いて、いいでしょうか」

悟浄ぶりになろうと、八戒ぶりになろうと、そこの部分は、まるきり放念することが、何より、らくにさせる礼らしかった。

いま手許に放ったらかしの地面がある。ここを耕し、果樹を植え、牧場にもして、時折、

「手伝いに来て下さい」

と呼びたいのは、中島敦氏と太宰治氏だ。敦氏、治氏の戯詩に興じて、みのりをかじる牧場守りに私はなりたかった。損してしまったと敦氏南洋土産の染ウチワで、秋を扇ぎ出す。

（昭和三十九年十月十九日講談社刊『日本現代文学全集82』月報49）

横浜時代の中島敦

岩田一男

横浜の元町通りから山手に通じる坂がいくつかある。その一つ、塩汲坂に、中島敦が教師をやっていた女学校はあった。なにしろ、長くて急な坂なので、校舎にもじつにたくさん階段がある。その途中に購買部というのがあって、上り下りには、いやでも、その側を通らなくてはならない。ところが、ここに、大変世話好きのおばさんが頑張っていて、若い独身の教師などを見かけると、「先生、ちょいといらっしゃい」と呼び止めては、黒い上っ張りは脱がないように、とか、渡辺はま子先生はじめ女の先生と余り仲よく話してはいけません、などと注意をするのが趣味だった。中島は、さっそく、この人に「ちょいとのおばさん」という綽名《あだな》をつけた。中島のつける綽名は、「おひげのおじ」（『斗南先生』）だとか、「あの、びっくりしたような眼をした女の子」だとか、言い得て妙であった。

さて、中島は、写真でわかるように、髪に油をつけたこ

とがない。いつもバサッと前にたらして、時どき、さっと首を動かしては、ほうり上げていた。一種のおしゃれなのだが、ちょいとのおばさん、なんじょうこれを見逃そう。「ちょいといらっしゃい」と片隅に呼びよせて、校長からだといってポマードを手渡した。食事に瓜《うり》を出された時のように（西瓜《すいか》でも、まくわ瓜でも、およそ瓜という瓜を、瓜のにおいを、中島はきらいだった）じつに困った顔をした。髪をぬらしてつければいいものを、ポマードの使い方を知らなかった。けっきょくお義理で二、三度つけただけで止めてしまった。ちょいとのおばさんも、さじを投げたらしく、髪のことは言わなくなった。

その代わり、他の教師に、「中島先生、金使いが少し荒いのではないですか」ときいていた。月給の前借でもした所を、運悪く、見られたのかもしれない。「読書家だから、本代がかさむのさ」とその教師は逃げたが、そういえば、土曜になると、よく、隣にすわったその教師に、「二円五十銭貸して下さい」と書いた紙切れをそっとよこした。もっとも月給日には、いつも、ちゃんと返した。そういう点、中島はじつにきちんとしていた。しかし、なぜ、金がいるのかは、しばらくの間、わからなかった。

アパートに独り暮らしだったし、その上、所帯じみた所はこれっぽっちもなかったから、誰一人独身を疑うものはなかった。ところが、なんと、東京には奥さんがいたし、子供もいたのである。何かの折、「結婚してしばらくたった女が一番美しい」と言っていたが、自分の奥さんのことを言っていたのだろう。後になって、「おれは独身だと言った覚えはないよ」と言って、にやりと笑った。しかし、妻子があるとも言わなかったのである。

担当は国語。「である」と「であります」と、ごっちゃになっている作文は、絶対にいけない。そういうのには、「黄色と白」と書きつけた。英語も少し持たされていたが、女の子の大部分に英語は必要ない、という考えで、あるグループに、英語はやらなくていい、と宣告した。英語はきらいなくせに差別されたくない女の子たちはわっと泣きだし、大騒ぎになった。それでも、いわゆる人気はなかなかあって、山下町の同潤会アパートから柏葉アパートに移るときには、手伝いを買って出たたくさんの生徒が少しずつ蔵書をもって、えんえんアリの行列のように続いた。

こわい先生、とか、少し変わった先生、ぐらいにしか凡庸な生徒は思っていなかったかもしれないが、少し頭のいい子には、中島先生の立派な所がわかるらしく、中島に教わった当時の生徒にはふしぎと、下品なおかみさんが少ない。

卒業記念のアルバムにサインを求めてくると、ある子には、ただハンコをつくだけ。ある子には「命短し恋せよ乙女」などと書く。好きな子にだけ、きれいな字で漢詩を書

いてやっていた。

一高時代、ドイツ語と哲学とを、『三四郎』の「偉大なる暗闇」のモデルといわれる岩元禎先生に教わっている。岩元さんが遊びに来た学生に「お前は入れ(例えば、近衛文麿)、お前は帰れ(例えば、安倍能成)」と、好き嫌いのはっきりしていたことなど、おもしろがって話していたが、このサインの仕方など、ことによったら、その影響かもしれない。

親しい同志の間では、よく話したたし、その話がじつにおもしろかった。しかし大勢の前では、めったに話をしたことはない。二つ例外がある。一つは、中国へ旅行した後、頼まれて旅行談をやったが、印象あざやかで、楽しい話であった。中国のことを悪く言うような情勢になっていたが、中島は、平気で「中国は好きだ」と言っていた。もう一つは、卒業式の後の謝恩会の席上、ある教師が「皆さんは将来、必ず恋愛をしなければならない」と言った後から、めずらしく中島は立ち上って、ユーモラスに、しかし、きっぱりと、反対意見を述べた。

中島は「楽しい」という言葉と、「汚ない」という言葉をよく口にした。何しろ、いろいろなものの美しさや特徴をすばやく的確にとらえる男だった。麻雀、将棋、登山、野球、旅行(小笠原や二度の中国行き)、草花、天文学、音楽、歌舞伎、能等々、じつに様々な「人生を楽しくさせる」ものに、はげしい興味を感じ熱中していった。そして上達も早かった。自転車などは二時間くらいで乗りこなした。深夜、アパートの独り将棋で、パチリッ! という強い打ちこみに、隣から壁をたたかれることもたびたびだった。シャリアピンの音楽会に行ってきた後「ナンバー・ファーストといって、それから、ナンバー・ワンと言い直したぜ」と真似をしてみせ、「何しろすごい声量だ、あれなら切符を買わないで、外で聞ける」など、その豊かさに感心していた。自分にないものを珍重する傾きがあった。(こうはいっても、中島に豊かさがないなどというのではない)「汚ない」というのは、うそをついたりするような卑劣な行為に対してで、道徳上の批評を審美的な言葉でしている、と笑う仲間もいた。

フランス語は知らなかったが、ラジオ講座で、いつの間にか、覚えてしまった。ラジオ講師に、ルネッサンスの講釈などはどうでもいいから、フランス語だけきちんと教えて頂きたい、という意味を葉書に書いて出したりした。もちろん、ちゃんと住所氏名を書いてである。後にはラテン語なども覚えてしまったようである。

別れるとき、アルチュール・ランボーの「地獄の季節」を記念に贈った。メルキュールの安本だが、お返しに彼は愛蔵の「箋註唐賢詩集」六冊の和とじ本をくれた。えびで

たいを釣った形になった。好きな詩には赤鉛筆で圏点や丸や線がついていて、書き入れもある。

孟浩然の「早寒江上有懐」という題の

木落雁南渡　北風江上寒
我家襄水上　遥隔楚雲端
郷涙客中尽　孤帆天際看
迷津欲有問　平海夕漫漫

の欄外には、美しい、気持ちのいい字で、次のような訳詩を書いた紙切れが貼りつけてある。

雁も去り　　木の葉も落ちぬ
水の上《え》の　　風の寒さや
ふるさとの　　雲も離《さか》りて

水と空　　相会ふあたり
あはれ　　わが棚無小舟《たなしおぶね》
涙のせ　　流れ行くかな

日もゆふべ　　いづこぞ　　此処は
見はろかす　　海は　　はるばる

博識、その他いろいろな点で、芥川龍之介との類似を感じる人は、今も多いが、次の話は、二人《ふたり》の微妙な相違を知るのに役立つだろう。知り合って間もないころ、「芥川をどう思う」ときくと、「全集を売って、奈良京都の方へ遊びに行ったよ」と答えた。もっとも、「五十嵐力博士が朝日新聞で芥川の文章をけなしていたよ」と言うと、憤然——といった感じで、「学者先生に何がわかる」と言った。

「志賀さんの作品では何が好きなの」という問いに対する答えは「『好人物の夫婦』なんかだな」

「君、葛西善蔵は悪人だよ」と突然言ったことがある。気負いこんでいるようなその顔が、何だか子供っぽく見えた。また「滝井孝作のどこがいいのか、君、教えてくれないか」と真顔で言ったことがある。この二つ、当時は軽い気持ちで聞きながしていたが、『光と風と夢』の中で、スティーブンスンが自然主義者ゾラをけなす条《くだり》を読んで、この言葉を思い出した。

「中央公論」新人号に応募した『虎狩』は選外佳作だった。「残念だったね」と言ったら、「丹羽という人、おれより巧いんだから仕方がないよ」と、中島らしい、きわめてあっさりした返事だった。（島木健作については何も言わなかった）そして、丸善から作品集「鮎」を借りて読んでいた。しかし、選外だったことはやはり、相当なショックだったらしいことが、今にして、いろいろ思い当たる。


（昭和四十二年一月十日旺文社刊、旺文社文庫『李陵・弟子・山月記』所収）

中島敦——人と作品

氷上英廣

みじかい生涯　中島敦は、明治四十二年（一九〇九）、東京に生まれ、昭和十七年（一九四二）に、東京で、持病の喘息《ぜんそく》がひどくなり、心臓が衰弱して、みじかい生涯を閉じた。命日は十二月四日である。すでに太平洋戦争がはじまって、もう数日で一年になろうとするころであった。宣戦布告のニュースを、彼は南洋庁の小吏として、サイパン島で聞いた。そして十七年の三月に東京に帰ってきた。もう南洋に帰る気はなく、これまでの職を辞し、作家としての生活にはいろうとしていた。その年の『文学界』二月号に、「古譚」という題下に彼の二つの短編「山月記」と「文字禍」がのり、つづいて五月号に「光と風と夢」ものり、文壇の一部では注目すべき新人と見られていたのであった。この新人は、しかし、登場したかと思うと、舞台をよぎって、あわただしく姿を消してしまったのだ。彼の作家としての活動は、きわめて短期間でありその名を後世にとどめる名作「李陵」「弟子」「名人伝」などは、彼の死後ようやく活字になった。中島敦の名を冠した全集は、死後二回出版されているが、そのなかから未定稿や卒業論文や初期作品や書簡といったものをのぞけば、あとに残る純粋な、一本立ちできる作品はあまり多くない。

作品の魅力とスタイル　中島敦の作品は、字画の多い漢字がならんでいて、現代人にはとっつきにくいのではないかと思われるが、彼を愛読する若い人たちはいつまでもたえない。そうした人たちの感想をきくと、みな一度読みだせば論理がすっきり通っているから、ついてゆくのに骨が折れないという。事実、思いだしてみると中島敦という人物は、話をしてもくどくどしいところがなく、理屈っぽい議論がまるでなく、常に的確で簡潔であった。昭和のはじめごろ、多くの優秀な学生が陥っていたような観念的で迂《う》遠《えん》な思弁からは遠かった。文学を批評するのでも、「おもしろい」とか「つまらないなあ」というだけで、それをいかにもおもしろそうに、あるいはつまらなそうに、抑揚をこめて発言し、それだけでへんに人を納得させる力があった。

かれの作品の、最大の魅力はそのスタイルにあるといえるだろうが、これは雄勁《ゆうけい》とでもいいたいような、率直で健康なリズムをもった漢文調のもの、あるいはその簡明な論理を基礎にした信念的なスタイルであって、これは意識的

に試みたもの、ないしは付け焼き刃といったものではなく、どこまでも彼の精神の生地《きじ》そのものである。こうしたものは、「狼疾記《ろうしつき》」の中にあるように、「父祖伝来の儒家に育つた」彼にしてはじめて可能であったものであり、その体質にまで化していたといえる。

彼の祖父は、撫山と号した漢学者であり、江戸末期の著名な儒者亀田鵬斎《ほうさい》の孫弟子《まごでし》にあたる人であった。撫山には多くの子どもがあったが、敦の父田人《たびと》をふくめて、四人が漢学と深い関係があった。幼いときから、敦の身辺には牛若丸のような髪をゆって長い髯《ひげ》を二尺もたらした、時代離れした家匠や、羅振玉《らしんぎょく》を驚かした「斗南先生」の主人公のような奇異な、しかしひたむきな純粋さと一徹さを失わない人物が存在していた。中国の古典類に対する身近ないぶきが、中島のまわりには幼いころからあったのである。

しかしこうしたいわば伝統的な、東洋的なスタイルがたんに復古的、回顧的な愛着をよみがえらせるというのではなく、中島敦の場合にはこうした旧来のリズムがすこしもためらわずに近代的な西欧の感覚や思考や懐疑に広げられて、表現を駆使しているというところに、独自の魅力がある。近代精神の屈折には、翻訳調の欧文脈のスタイルだけがついてゆけるものと信じられているときに、中島敦は毅《き》然《ぜん》としてひとつの反証を提出したといっても誇張ではあるまい。

学生時代と文学修業　中島は中学時代を、朝鮮の京城ですごした。彼の父は国漢の教師として、その地の中学に勤務していたのである。修学旅行で、敦は満州を見た。彼の作品にはエクゾティシズムの要素が濃いが、そうしたものはこの朝鮮や満州あたりの印象からまず養われていったようである。京城中学の四年から旧制第一高等学校の文科甲類に入学したのは、大正十五年であった。東京へ出てきて、本郷向岡《むこうがおか》の一高の寮にはいったが、二年生になると、肋《ろく》膜《まく》炎にかかって一年間休学するのやむなきに至った。療養に努めて肋膜炎は、なおったが、その後、喘息の発作に見舞われることになった。彼に一生つきまとって、最期まで苦しめた喘息は、このころからはじまったのである。

一高で、彼は文芸部委員になり、校友会雑誌にいくつかの小説を書いた。そのなかに「巡査の居る風景——一九二三年の一つのスケッチ」というのがある。私も委員をしていたので記憶しているのだが、彼はこれを、「蕨《わらび》・竹・老人」という伊豆の風物を背景にした牧歌的な短編とあわせて発表した。二つの原稿を私に見せたとき、中島は後者を説明して、「これは毒消しだ」といった。前のものは、当時日本の支配下にあった韓国人の意識を描いたもので、中島が中学時代をすごした京城が舞台になっている。そのころ（昭和四年）は、ようやく進歩的な学生に対する弾圧が強化されたときで、中島は自己の作品のふくむイデオロギ

ーのためにそうした進歩的な連中と同一視されるのをいやがり、「蕨・竹・老人」のような牧歌的なものと抱きあわせにしたのであった。中島は朝鮮や満州の実情を知っていた。しかしそうした体験は、政治批判的な材料よりもむしろエクゾティシズムとロマンティシズムとして文学的に発酵したのである。彼のような血筋の人間には、満州や中国に対して、観念的な把握《はあく》をこえた一種の親近感がつねにあったとしても、不思議ではない。しかし、少なくとも学生時代の彼についていうなら、彼はむしろそうした伝承的なものに意識的に反発し、もっと広い精神的地平を求め、しきりに欧米の文学や思想を耽読《たんどく》していたのであった。その痕跡《こんせき》は作品そのもののなかに、そしてまた特に彼の歌稿「遍歴」にあきらかである。

彼はきわめて小がらで、強度のめがねをかけていた。喘息の発作のために、疲れきっている日々も少なくなかったが、性格的にはけっして憂鬱《ゆううつ》ではなかった。発作がおこると、まったくはた目にはどうなることかと思われるほどの苦悶だが、そのひとときが過ぎると、たちまち日ごろの無《む》垢《く》な明朗さと哄笑《こうしょう》がもどってきた。その明哲な知性と飄逸《ひょういつ》なところと、人間的な善意には、独得な魅力があった。

東大では文学部の国文科を選んだ。その卒業論文は「耽《たん》美《び》派の研究」と題して、荷風や潤一郎などを分析したもので、対象とした唯美主義、ダンディズム、ディレッタンティズムといったものは、中島敦自身の一面であり、その所々にひらめいている批判的な一家言は、彼のその後の作家的成長と思いあわせるとき、なかなかに興味がある。

教師生活と哲学的懐疑　卒業ということになったが当時は就職難の時代で、文科を出た者には容易に職がなかった。中島は横浜高等女学校の国語の教師となり、英語の時間も持つことになった。その校主が、中島の父にむかし教わったことがあって、父に来てもらいたいと頼んだのを、父は、大学を出てさしづめ職のない息子を推薦したのであった。この教師生活は結局八年つづいた。はじめはアパート暮らしをしていたが、やがて妻子とともに中区本郷町の丘の上に住んだ。

「かめれおん日記」や「狼疾記」には、この教師生活と、その心境が出ている。こうした作品の一特色は、そこに一種の哲学的懐疑、いわば存在論的な不安が書きこまれていることである。中島敦は、彼が子どものときからいだきつづけてきた「存在の不確かさ」といったものへの不安や疑惑を、いろいろなかたちで、その作品のなかに取りいれようとした作家である。この存在論的な懐疑が、女学生を相手にする授業、教員室的な狭い世界、単調な日常生活、持病の喘息といったものを背景にして、モノローグをつぶやきはじめる。この存在論的思索の線はたえず彼の作品の底にあるが、その最もみごとに結晶したものは傑作「悟浄出

世」である。

外国文学の影響　ところで、この「悟浄出世」の中に、悟浄が蒲衣子《ほいし》をたずねるくだりがある。蒲衣子というのは、流沙河の河底《かわぞこ》にすむ奇妙な賢者のひとりだが、かれとその弟子《でし》たちは「自然の秘鑰《ひやく》を探究する」連中である。探究者というより、むしろ陶酔者だ。かれらの努力は、自然を見て、しみじみと、その美しい調和の中に透過することである。弟子の一人はいう、「まず感じることです。感覚を、最も美しく賢く洗練することです。自然美の直接の感受から離れた思考などとは、灰色の夢ですよ」。またいう。「心を深く潜ませて自然をごらんなさい。雲、空、風、雪、うす碧《あお》い氷、紅藻《べにも》の揺れ、夜、水中でこまかくきらめく珪藻《けいそう》類の光、鸚鵡貝《おうむがい》の螺旋《らせん》、紫水晶の結晶、柘榴石《ざくろいし》の紅、蛍石《ほたるいし》の青。なんと美しくそれらが自然の秘密を語っているように見えることでしょう」

　しばらく前にこの個所を読みなおしたときに、これが何かに似ていることに、私は気がついた。そうだ、これはノヴァーリスなのだ。まさしくノヴァーリスの「ザイースの弟子《でし》」の冒頭である。その先に使われている「自然の暗号文字」ということばも、ノヴァーリスの使っているものである。ゆくりなくも私は、自分がかつてノヴァーリスの訳書を中島に送ったことがあるのを思いだした。

　当時私は関西に住んでいたが、中島がドイツ語を勉強しだし、ノヴァーリスを読んでいるということで、小さな山本文庫の翻訳を一冊送ったことがある。そう思うと、中島の歌稿「遍歴」の中の「ある時はノヴァーリスのごと石に花に奇《く》しき秘文を読まんとはせし」という一首もこれに関連がある。

　あの蒲衣子のくだりがノヴァーリスの思想をたくみに編みこんだものであることは、そうしたわけで、疑う余地がないと思うが、それにしても、なんとうまくこなしていることだろう。西遊記の悟浄を懐疑派に仕立てて、流沙河の河底を思想遍歴させるという着想がすばらしいが、そこにノヴァーリスのロマン主義がもののみごとに織りこまれているのは、心にくいばかりである。中国の古典に取材した多くの作品から中島敦を想像する読者は、この作者を、漢籍に埋没している学究のように想像するかもしれないが、それは誤りである。彼は東西のあらゆる文学や哲学から、その栄養を摂取していた。アナトール・フランスを読み、アミエルを読み、ハックスレーを読み、オー・ヘンリーを読み、ゲーテを読み、スティヴンスンを読み、そしてノヴァーリスを読んでいたのである。そのかたわら、高青丘も王維も、杜甫も李白も、『史記』も『左伝』も読んでいたのである。草花つくりに夢中になったり、将棋の古い棋譜を研究したり、スポーツの記録をむやみにおぼえたりしていた。元来記憶力が非常によく、一高生のときはドイツ語

の試験などは、訳文を、まるおぼえにすることもあった。

南洋行と名作の実り　中島のエクゾティシズムは、昭和十一年中国や小笠原への旅行となってあらわれ、その印象は「遍歴」の中の歌稿となって残っているが、昭和十六年になると、いよいよ南洋行きというかたちを取ることになった。この年六月、彼は教師をやめ、南洋庁国語教科書編修書記というものになり、妻子を残して、ひとりパラオ諸島にむかった。中島がどうして南洋に行く気になったかというと、それはなによりもその気候が、持病の喘息にいいだろうと考えたからだが、もちろんエクゾティシズムもそれに加わっていたと思われる。実際に行ってみると、発作がおさまるということはなく、ただ船に乗って島から島へ巡察をつづけている間だけが、からだのぐあいがよかったということである。

中島は同人雑誌にも関係せず、ひとりでポッポッものを書いていたのだが、南洋出発まえに、以前からときどき訪問していた深田久彌のもとにいくつかの原稿を残して行った。深田の推薦で、「古譚」や「光と風と夢」が、中島のいないうちに『文学界』に掲載されたのであった。「光と風と夢」は芥川賞の候補にもなったが、以上のような関連で、中島の南洋行き以前に書きあげられたことは確かである。その題材が、イギリスの文人スティヴンスンのサモア島における生活というわけで、中島の南洋における実地の体験が盛りこまれているように思われるが、そうではない。

中島は三月に東京に帰ってきた。彼はようやく宿願ともいえる創作活動にうちこむことができるかと思った。事実彼は数か月間、世田谷の父の家にあって専心、仕事に没頭したのであった。「名人伝」「弟子」「李陵」といった名作が、たてつづけに書きあげられた。しかし、彼の肉体はこのはげしい燃焼にたえられなかったのだ。

（昭和四十三年九月十日角川書店刊、角川文庫『李陵・弟子・名人伝』解説）

中島敦の思い出

吉田精一

私は中島君の死に顔を見た一人である。主として釘本久春が世話をやいていたかと思うが、陋屋といっていい小家での何とも淋しい光景で、集った親戚知人も何人もなかった。寝棺の中の彼は顔面蒼白で縁《ふち》の厚く黒い眼鏡をかけていた。ひどい喘息で鎮痛剤や注射のうちすぎで、心臓が弱ったためと、その時誰かにきいたが、私も同病相憐む喘息もちで、ひとごとではない気がした。

中島は一高でも東大でも、私の一年下であった。さして深いつきあいがあったわけでないが、左翼風《かぜ》の吹きまくっていた一高生の中で、お河童頭というか、髪の毛を切り揃えて、額に長く垂らした彼の風貌は異彩を放っていた。

大学では私と同じく国文科に入ったが、教室で彼の姿を見たことは殆どなかった。イギリス文学の沢村寅二郎氏の英書講読に出ていたことは覚えている。私の大学時代、中島、それに氷上英廣君や釘本等と一しょに「しむぽしおん」という同人雑誌を何号か出した。はじめは「新思潮」が途絶《とだ》えていたので、その名前を継ごうと、すぐ前の同人だった一戸《いちのえ》務《つとむ》氏をたずねて、ゆずりうける許可を得たことがあった。そのうち、今更「新思潮」でもあるまいと、反撥的な気分になって、ギリシャ語を表紙に印刷した高踏的な「しむぽしおん」になったのである。勿論「饗宴」の意味だ。

中島は小がらなわりに大食家で、いつも口の端に、俗に「鳥のお灸」という、白いただれができていた。一しょに会食すると二人前ぐらい平気で食べた。将棋が強く、といってもしろうとのヘボを出ないが、時々奇想天外の手を指した。将棋も、喘息も、私より強かった。ある時、二人で将棋を指しているうちに苦しみ出し、顔色が変って来て、「何か薬をもっていないか」と云ったことがある。

一風変った生活ぶりで、大学時代、一人で同潤会アパートに住んでいた。今でこそ何でもないが、当時はアパートがまだ走りの物珍しい時代で、そこに住むのはハイカラに思われた。もっとも中島の部屋を尋ねるとなると、誰でも何か知ら部屋の部品を買わされた。私はたしかスリッパか何かを買うよう命じられ、もって行ったことを記憶している。

中島とはそんなわけで少くとも大学在学中は、年次のちがいはあれ二年間同じ研究室に出入したはずだが、お互い

にあまり熱心に教室に通わなかったし、私の方は三年に入ってからは卒業論文を抱え、上野図書館や明治文庫に日参して、友人とも往来が絶えた。中島が演習で奇抜な表現の報告をして、出席者を笑わせたということを噂に聴くぐらいであった。

それに彼の欠席勝ちだったのは、これも当時としては珍しく学生結婚をし、家庭的にも何かと事多かったためであろう。細君とは彼の遺骸の前ではじめて顔を合わせたのみだが、結婚の事情には、何かロマンスがからんでいたときいている。

大学を終えるとすぐ中島は、父の関係か何かで、横浜の私立女学校に勤務し、横浜に住んだ。ひどい就職難の時代で、私立の女学校とは云え、直ぐ就職できたのは、儲けものであった。当時は小さな狭い学校だったようで、教員室で女の教員と時々お尻がぶつかるとかの話であった。しかし彼はなかなか顔が利《き》いたらしく、まもなく国語教師に欠員ができた時、就職先がなく、麻雀《マージャン》屋につとめていた杉本長重《ながしげ》という友人を世話して同僚として迎えている。杉本はのちに古川柳研究家として有名になり、岩波書店の「日本古典文学大系」の川柳の注解を担当したが、数年前亡くなった。彼が生きていれば横浜高女時代の消息を精しく聞けたろうが、残念である。

そう云えば、あれは昭和何年ごろだったろう、その杉本の結婚式が、生前の中島と顔を合わせた多分最後であった。先に書いた将棋を指している内、彼が喘息の発作をおこしたのは、その時の二次会で、赤坂のある料亭の席上であった。

そんな具合で、私と中島とは、友人とはいえ、妙にかけちがった、浅いつき合いに終った。はじめて「文学界」に作品が載るころには、彼の消息を全く知らず、旧知に再会したような感じであった。彼の病勢の昂進も知らず、死去の通知をもらって、かろうじて彼の死に顔に対面したのである。

しかし、度の強い眼鏡をキラキラ光らせていた彼の双眸は、不思議に私の印象に強く残っている。それと意識しないが、それだけ強い個性だったのであろう。それにしても一高の「校友会雑誌」などで彼の文才はみとめていたが、今日ほどの文名を得るとは、生前かつて予想もしなかった。

二十年近く前、「東京新聞」に「わが友」という題目で短かい思い出を書かされたが、新聞社の方で興味本位に「エゴイスト中島敦」と改題してしまい、何ともあと味が悪く、今でも私の後《うし》ろ髪《がみ》をひいている。エゴティストであったが、それは芸術家として当然だろう。

（昭和五十一年五月二十五日筑摩書房刊『中島敦全集』第二巻月報）

兄への便り（中島敦の思い出）

折原澄子

お兄さん暫らく、今年の初夢に久し振りにお目にかかりました。兄上は相変らず三十代の若さで、私の後にニコニコしておいでていました。私の周りには、五十、六十代の友達が多勢いました。その中の一人が、「あら！　あの方誰方？　紹介して下さらない。」との言葉に、私は半ば恥しく、半ば誇らしげに、「この人は私の兄で、『山月記』等で御承知の方もおありでしょうが。」と言った途端、すっとお姿が消え、夢もさめました。ほんの一瞬の事でした。ああ夢だったのか。あっ、しまった。兄上が人前で自慢する事をお嫌いだった事を忘れていたのでした。

それにしても兄上が亡くなられてから四十余年。十四も年齢の違う私でさえもう少しで兄上の享年の倍の年を重ねそうです。今義姉上は少々健康を害しておられますが、子孫一同元気でおります。兄上とて生きておられれば七十五歳。丁度日本人男性の平均寿命。皆長生きの中島家としては、生きておられて当然の年齢です。数多い従兄姉達も、七十、八十を越えて元気でおりますのに……。

私にとって兄上の想い出は、物心ついた五、六歳の頃、私共一家は父の勤務地大連に住んでいました。兄上は一高の学生で、年に一度夏休みに帰省されました。

私は母と一緒に大連埠頭へ迎えに行きました。白絣に袴、朴歯の下駄をカランコロンと桟橋に下り立って来られる姿は今でも眼に浮びます。私にとって、今年の東京の土産はどんな物かと胸がドキドキしたものです。その土産というと、グロテスクな動物の玩具であったり、美しい匂いのする、ハンカチであったりしました。当時の私は人の顔色を窺う暗い子供でしたので、嬉しさを素直に表す事はできず、でも内心は嬉しく、そっと秘密の小箱にしまったものです。継母に「私の買ってやった物は喜ばない癖に。」と皮肉られた事もありました。

昭和六年、私は小学三年の時、父の退職により郷里の埼玉県久喜に引揚。兄上は東大生で東京住いでした。その後の想い出は少し途絶えます。兄上の結婚。継母の長病い、入院。死。とごたごたが続きましたから……。その後父は世田谷の家に、兄上は横浜に、私は久喜の叔母達の許に止り、小学校、女学校と進みました。継母が亡くなってからは、私の夏休みの楽しみの一つに横浜行が加わりました。久喜の田舎女学生であった私にとって、横浜は未知の世界

でした。エキゾチックな街並、行交う外人さん、その他兄の書斎の本、殊に世界文学全集を片端から読む事。(日本文学は我家にありました。)本牧の海水浴。夜は洋画を見せて貰う事。何時の年でしたか、伊勢佐木町の「オデオン座」で「会議は踊る」を観ての帰り、あのメロディーをハミングし乍ら本郷町の家迄帰った事もありましたっけ。「モロッコ」「未完成交響曲」も横浜で観たものです。でも兄上はいつも私を子供扱いにしておられましたので、私はどちらかと言うと年の差の少ない甥と遊んだり、義姉上と話す事が多うございました。いつも夏にうかがうので、冬の喘息に苦しまれるお姿には接しませんでした。

そうこうする内に兄上の教師生活も十年。山月記の李陵ではありませんが、自分より能力が下だと思っていた人の出世、成功も耳にし、焦られた事でしょう。口の悪いある従姉は「秀才秀才と言っても、敦ちゃんも大した事ないわね。たかが女学校の教師じゃないの。」と言う始末でした。そこでそんな自分に踏切る気もあり、南洋行を決意されたのではないでしょうか。十六年六月、東京港で余り大きくない汽船に乗りドラに送られてお別れしたのでした。暖かいから、持病の喘息によかろうとの期待は裏切られ、とんでもない湿気に苦しまれたとの事、お手紙で知りました。でも出発前に先輩深田久彌氏にお預けした原稿が河上徹太郎氏の眼に止り、文学界に「古譚」として「山月記」「文字禍」が載り、つづいて「光と風と夢」も出ました。評判もよいとの事。丁度出張の名目で、十七年三月一時帰国なさいました。

昭和十七年。この年は日本の国にとっては、その前年十二月八日に米国との開戦、始めの内は赫々たる戦果に国民は酔っていました。が、だんだん戦況が悪くなったとは言うものの一般国民は知る由もなく、ガダルカナルの後進という名目の退却に不安を感じたのは、十八年早々と思います。我が中島田人家も(父の兄弟は多く六男でした)この年が最良の年であり、又最悪の年にもなったのでした。

さて兄上にとって久し振りの内地はどんなだったでしょう。最愛の妻子は言わずもがな、文壇が待っていてくれたのです。世田谷の家にも出版社の方が続々お出でになりました。そこで文壇で立って行ける目途がつかれ、南洋庁に辞表をお出しになりました。多分内地では知られていない太平洋の危険も承知しておられた様です。十七年前期の芥川賞の候補に、石塚友二氏の「松風」と共に「光と風と夢」がなり乍ら、結局該当作無しと言う事で見送られました。(今でこそ芥川賞史上最大の痛恨事などと言われていますが。)それでも筑摩書房から、最初の本として、「光と風と夢」が出版。二冊目は今日の問題社より「南島譚」が出、希望にふくらんでおられました。夏はいつも元気な兄上ですが、その時はまさに意気軒昂、しかし体力には予感

があるのか頻りに急いでおられました。夏休みになって結婚来苦労のかけ通しの義姉上を甥二人を連れ、実家帰りをさせました。その義姉上の留守中の一日、行李いっぱいの原稿の書損じ等燃やす様命令されました。躊躇していると、えらい剣幕で叱られ、真夏とは言え、風呂が相当に温む程の量でした。兄上にとっては不本意なものの整理だったのでしょうが、燃し終えた時、「たか（義姉の名）が居たらうるさいから」の一言に、はっとしました。義姉上なら泣いて止めたでしょう。そっと隠したでしょうにと、後悔する事頻りでした。あとで原稿焼却事件等とは言われましたが……。もっとも今ではある古書会で兄上のはがき一枚が、ン万円もするとの事。そんな金銭上の事でなく、その中に大事なものが少しでもなかったかしらと全集が編まれる度に胸が傷みます。その年の九月、私も繰上卒業で共立女専を出、父上と一緒に奈良、大和路を旅行させて貰いました。父上にとってその時が一番幸せな時であったと思います。己が果せなかった夢を、自慢の息子が果してくれそうなのです。戦前の事とて静かな大和を堪能して帰って来ました。それも束の間、十一月に入り、そろそろ寒さが忍びよってまいりました。喘息の季節です。発作が度々起るので、近くの病院に入院されました。義姉上はつきっきりで看病、でも喘息で命を失うとは考えも及びませんでした。その証拠に父上は一度も病院に見舞われなかったのです。私は時々下の甥を連れて、病室に行きました。兄上は相好を崩して、まだ碌に言葉も喋れない息子の片言を真似ておられたものです。兄上はそれはそれは子煩悩でした。御自身が母親の愛情を知らなかったせいもあるでしょうし、父上との間も何となくぎくしゃくした事もありましたものね。でも父上は私にはいつも兄上を自慢しておいででした。兄上の優秀さに比べ、私は馬鹿だと言われました。本当に学校へ入るまで、自分は馬鹿だと思って居りました。学校へ入ったら、私より下がいっぱい居るので、大いに安心したものです。そして悪夢の十二月四日朝、義姉上の腕の中で息を引きとられたのでした。その時の義姉上の嘆き。父上は呆然としてなす所知らず。上の甥は小学三年、もう物は分っていて、じっと悲しみをこらえていました。下の甥は二歳。大勢の弔問客に大喜びで飛び回っておりました。私はその時どうしたか覚えはありません。ただしっかりしなくてはと思うばかりでした。この様に昭和十七年は悲しい幕切となりました。翌十八年一月の玉川電車の広告に、中央公論二月号「弟子」中島敦、と大きく貼り出されていました。「この人はもう生きていないのよ」と叫びたい想いでした。

兄上の文学は華やかさはないものの、文壇史上に光を放っています。高校の教科書には「山月記」が必ずと言って良い程のっています。そして若者の心をとらえています。

たとえ身体的生命は短かくとも、文名は永遠に残る事でしょう。私自身兄上の作品では「李陵」が一番好きですが、先年NHK、FMで「光と風と夢」の朗読が連続してありました。どちらかというと、とっつきにくい作品と思いましたが、スティーヴンソンの言葉を借りて兄上の言葉が聞こえて来る様でした。表面は英国の植民地政策の批判ですが、兄上には日本人の朝鮮に、満洲における政策を見ての事と思われます。

大分長くなりました。又夢で結構ですから、お目にかかりたいものです。決して自慢はしませんから……。

（昭和五十九年九月二十九日「埼玉文化」第二六二号、ふるさとの文学①）

中島竦さんとペンペン草

増井経夫

斗南先生中島端と玉振先生中島竦の兄弟は、江戸深川の街の儒者撫山を父とした。撫山が後に栗橋に招かれてから、埼玉県の栗橋町がその故郷になった。撫山は亀田鵬斎の流れを汲む儒者で、幕府の官学とは若干の相違があった。たとえば官学では、荘子を「そうじ」とよませ曾子《そうし》と区別したのに、鵬斎は荘子を人名としては「そうし」、書名としては「そうじ」とよませていた。斗南先生も玉振先生も独身で過されたが、この二人を伯父とする作家の中島敦を愛好する読者が多く、その早逝を悼むことから中島家の家学が回想され、栗橋には撫山文庫が設立されている。

斗南先生は奇行の多かった人だそうで、大正元年（一九一二）刊行された『支那分割の運命』は、当時流行した中国分割論であったが秀抜な評論で、名著の誉れが高かった。先生は上海でマルクスの『資本論』を読み、その抄訳を漢文で刊行したという。「マルクスは面白いことを言う奴だ

が、なんたる悪文じゃ」といったともいう。先生はドイツ語でドイツ人と喧嘩する位、ドイツ語も堪能だった。上海は物騒な街だったらしく、先生は抜き身の日本刀をひっさげて、夜中家の囲りを警戒していた。わたしは斗南先生について、そんな話を聞かされただけで、お目にかかる機会はなかった。弟の玉振先生は兄とちがって温厚な学者だった。わたしは昭和十三年（一九三八）から六年間、先生のところへ通って『説文解字』の講義を受けた。そのころ先生は麹町紀尾井町の善隣書院に住んでおられた。

　玉振先生は八十歳近い老齢で、茶筅髪に束ね小机を前にして端坐し、音吐朗々と講義された。ちょうど先生は『書契淵源』を書いておられて漢字の源流については、たいへんはずんだ気持でおられる様子だった。〝爲〟の字が猿の象形か象の象形かなどについて、先生独自の見解があって先生は楽しそうだった。先生の講義を一杯書きこんだ『説文』のテキストを戦災で失ったことは心残りなことであった。善隣書院は木立の多い坂道の奥にあって、閑静な所であった。その木立をこえてカーンカーンと澄んだ音が聞えていた。先生は「あれは日本刀を鍛えているのだ」と教えられた。事変が日増しに拡大し、戦争の足音が身近になったころであった。

　先生は深川で暮した子供のころを、時折、ポツリと話された。「井戸の釣瓶《つるべ》に狸がチョコンと坐ってましてな」――わたしは震災前の深川八幡のお祭で、五十何台という神輿が次々に駆け抜けて行く勇ましい有様を見物した覚えはあるが、それより何十年か前の草深い景色は想像つかなかった。先生に一度劉知幾の『史通』を読んでいただこうとお願いしたところ、「わしはまだ読んだことはないが、いっしょに読んであげよう。本をもってないから届けさせて下さい」といわれた。本屋から通釈本を送らせておいた。次の週、参上すると、先生の机の上には書物の小包がまだ解かれずにおいてあった。わたしが席へつくと、先生は鋏で小包の紐をきって本をとり出すと、一冊をとり上げて捧げ、いきなり朗々と読み出された。『史通』の典拠は多く『左伝』と『論語』とであったから、先生はお手のものでひとつひとつ掌をさすように注釈された。はじめて手にされた『史通』に、浦起竜の「通釈」と同じか、あるいはそれより鮮かに講義された。

　わたしは先生の学殖に、江戸の漢学の底力を見せられたように思った。先生は鵬斎の『胸中山』がお好きで、あの山の一筆書きを時折りとり出して見せて下さった。これにも平野の住民の山恋うる心の端がうかがわれるようだった。『史通』は一年足らずで読み終った。巻を閉じて、先生は「なかなかよく書けてますな」とポツリと一言いわれただけだった。先生はいつも毛筆で原稿を書いておられた。すでに『清朝史』や『蒙古通志』の著書があったが、「寛政

異学の禁」の研究は自信がおありだったようで、「これはあなたの名前で発表してもいいですよ」といってわたしに托された。もう東京は空襲も始まり、防空演習が行われていた。後日わかったことだが、先生が書きためられた未発表の原稿は葛籠《つづら》に一杯あった。それも底の方は蠹魚に食い荒されて、三分の一位はボロボロになっていた。

先生は目がいいことと耳がいいことを自慢にされていた。窓から外を眺めて「あなたには見えないだろうが、あの屋根にペンペン草が生えている」と指ざされた。よく見えるというご自慢である。それでも「人間には七十の坂と八十の坂というものがありますな。七十になる前に弱る、が、こえてしまえば楽になり、また八十の坂も辛い、こえると楽になりますな」と、しみじみ話されたことがある。先生が甥の敦さんのことを話されたことはなかったので、敦さんのことは知らなかった。が、敦さんのご兄弟であろうか、天文学者のおられることを話された。仕事が夜の星が相手なので、生活が昼と夜とで逆になっていると笑っておられた。が、撫山先生や斗南先生の話をされることはなかった。

戦争も進行したころ、先生は風邪で寝こまれ、捗々《はかばか》しくないとて栗橋の故郷へ帰られた。まだ『説文』は終っていなかった。そのうちに大分お悪いと聞いて、栗橋のお宅へお見舞にうかがった。病床に半身をおこされた先生は、お来なさったかというように、たいへん喜んで下さった。意外に艶々していい血色をしておられたが、家人は熱があるからですよと心配気だった。帰路の列車で、やはり見舞にみえていた先生の弟さんといっしょになった。おそらく敦さんのお父さんであったろう。わたしにあの頭脳がなくなるのが惜しいと言われた。車窓の外はまっ赤な夕焼けだった。

撫山、斗南、玉振の三先生は街の儒者だった。著述業という売文家でもなく、教授という枠の中の俸給生活者でもなかった。講学の他に余念はなく、相手は子供でも老人でも構わなかった。わたしは玉振先生の話をきいているうちに、なにが先生を支えているのだろうかと何度か考えた。ひとつはたしかに明治人の国家意識があった。欧米人は信用できないということを言われた。日露役後の三国干渉など、煮湯を飲まされた記憶は強烈だったにちがいない。が、もひとつ、ペンペン草が自分には見えるという意地張《いじっぱ》りには、江戸の下町の町人気質《かたぎ》があった。独身生活がさっぱりしていていいこと、煩わされることが少なくて気が散らないことを言われた。先生の『善隣国宝記』の校注などはそうして出来たものであろう。

善隣書院での先生の生活は、どうみても佗しいものだった。廊下に先生の白髪が散っているのを見ても、その佗しさが迫ってくるようであった。先生の世話をしているのは、書院に住み込みの小母さんだった。「あの小母さんは毎朝、

東に向って太陽に柏手《かしわで》をうって拝んでいる」と先生は感心しておられた。町人の律気さを、先生はこよなく愛されたようである。そしてその律気さが、八十四年の生涯を孜孜《しし》として筆をとらせたのであろう。わたしは先生に書をおねだりしたら、「法天運」の三字を大篆で大書して下さった。わたしはこの書が好きで自分の部屋に掲げておいたが、戦災で失ってしまった。

（昭和六十二年四月十日研文出版刊『線香の火』〈研文選書33〉所収）

兄・中島敦との最後の十カ月

折原澄子

高校のほとんどの教科書にのっている「山月記」のおかげで、中島敦は四十代以降の人々にとって比較的名の知られた文学者となっている。人が虎になる奇妙なお話で、漢文調の文章が少々難解だ、という感想を抱いている方も多いに違いない。しかし戦前の古い作家、というのが一般のイメージだろう。

ところが敦は、一九〇九年生まれ。同じ年に生まれた文学者には太宰治、大岡昇平、そしてこの夏亡くなった松本清張さんがいる。もし体さえ丈夫であったら、今もペンを執っていても不思議ではないのだ。

その敦が、ぜんそくで死んだのが一九四二年の十二月四日。あれからもう半世紀がたってしまった。没後五十年を記念し、神奈川近代文学館で「中島敦展」が催され、また敦が国語と英語の教師をしていた旧横浜高女（現横浜学園）時代の教え子や同僚、そして熱心なファンが作ってい

る「中島敦の会」の方々が、敦の作品の朗読会を開いている。十一月七日には、神奈川県民ホールで、観世栄夫演出による、代表作「李陵」の朗読会が行われる。歳月のたつのは何とはやいことだろう。

私は、中島敦の異母妹に当たり、三十三歳で死んだ兄の倍を超えるよわいを重ねながら、平凡に暮らしている。兄とは十四の年歳差があり、共に生活をしたのは、亡くなる前のわずか十ヵ月に過ぎない。しかも頭脳の差が年齢以上にあったものだから、いわゆる兄妹らしい感情より一種、畏敬に近い態度で接していた。やっと数え年二十となり、一人前に兄と話が出来るようになったかと思う間もなく、先立たれたのであった。

それでも兄にまつわる思い出は尽きない。そのころの文学者の例にもれず、敦も幼いころから秀才、神童と呼ばれていた。数えで五歳のころから自筆の手紙を書いて投函していたことにはじまり、三つ在籍した小学校では成績はいずれもトップ。しかも学校の勉強などはろくにせず、中学一年で四書五経を読破していたそうで、京城中学時代の同級生は「中島君は忘れることを知らないのではないか」と嘆息していたという。

両親は「敦は秀才で、(異母妹の)睦子は利発だが、澄子はばかだ」と始終言っていた。その私も小学校で級長をしたり、女学校では数学や歴史で百点満点を取ることもあったのだが、家へ帰ると、百点を取ったぐらいでは親は相手にもしてくれない。だから私は家では暗い子供だった。明るくふるまえた学校が心の救いになっていたくらいである。

こうして、たびたび比較されながらも、複雑な家庭環境のために別々に暮らしてきた兄と同じ屋根の下で過ごすようになったのは昭和十七年の三月。兄が国語編修書記として勤務していたパラオの南洋庁から帰国、東京・世田谷の家に初めて一家がそろったときだった。父と兄の敦夫婦、その二人の息子、それに私の六人である。

兄が作家として世に出たのはちょうどそのころだった。兄の南洋行きの際、先輩の深田久彌氏に託しておいた原稿が、当時「文学界」の編集長をしておられた河上徹太郎氏の目にとまり、「山月記」「光と風と夢」などが掲載され、好評を博した。その後者が昭和十七年前半の芥川賞候補作として、石塚友二氏の「松風」とともに選ばれたが、当時の記録によると川端康成氏が推薦されただけで、二作とも没になった。随分厳しい時代である。しかしすぐに当時の筑摩書房の古田晁社長自ら来訪され、出版される運びとなった。「モノカキ」で生活出来るメドがついたのを兄は大いに喜び、南洋庁を退職した。

初めてまとまった原稿料が入った満足感からだったのであろう。結婚してから十年来、苦労のかけ通しだった義姉

に、渋谷のデパートで着物や帯を買ってやり、父には上布の着物と夏袴を新調。私は、今でいうと数万円に当たる小遣い二十円をもらって、嬉々としていたものだった。

気候が安定する夏はいつも元気な兄ながら、その年は何かに憑かれた様に机に向かっていた。ある日、書斎のまわりの本棚の中の漢籍から何か取り出し、旧制中学の漢文の教師だった父にしきりに教えをこうていた。昔は父と兄との関係は、どこかギクシャクしたものがあった。あの当時は修復されていたものの、兄の父に対する言葉遣いや態度には、格式ばった丁寧さが残っていた。

「ばかな子ほどかわいい」という通り、父と私とのやり取りは、現代風で遠慮のないものだったので、兄は陰で義姉に「おやじはよほど澄子がかわいいんだなあ」とうらやましげに話していたという。それだけに、ふだん父との会話の少ない兄の質問に、漢文に関しては一日の長のある父が、相好を崩して教えていた姿が今でも目に浮かぶ。自分より上の頭脳を持ち、自分の夢を果たしてくれるだろうせがれに、まだ教えられるものがある。父にとっては最も幸せなひとときではなかったろうか。

しかしその幸せも長続きはしない。九月、十月と寒さが募ると兄の持病のぜんそくは悪化していった。十月下旬には入院、義姉はほとんど付きっきりで看病していた。私は、共立女子専門学校を九月に繰り上げ卒業し、家では家事をもっぱらしていたが、時々、兄の息子である甥を連れて病院を訪れた。

兄は病床で書き上げた原稿を広げ、ペンを執って推敲や清書をしていることが多かった。今でも忘れられないのは、すっかりほおがこけ、やつれていた兄が「書きたい。書きたい。もう一人自分がいればいいのに」としきりに口走っていたことだった。私は兄にすまない思いでいっぱいだった。代わってあげたいのに、私には兄の考えを言葉にする才能がまったくなかったからである。

十二月四日は、それは寒い寒い日であった。霜柱がコチコチに凍っていた。朝、突然の死の知らせをきいた。やがて兄を抱く様に義姉は帰ってきた。狂った様な義姉、ぼう然としてなすところを知らぬ父。小学校三年になっていた長男は悲しみを隠し、二歳の二男は人の出入りを喜んでいた。通夜、お葬式と、私は言われるままに事を運んだ。悲しい悲しい思い出である。

ただその後、兄の作品を世に出すべく多くの方々が尽力して下さった。中でも親友の独文学者、氷上英廣氏、国語学者、釘本久春氏のお二人には格別のお世話になった。その方々も今は皆故人である。兄の最大の賛美者で、献身的な愛情を注いだ義姉も、子や孫を育て終え、天国に召されて八年になった。

幸い敦の作品は今も人々に迎えられている。「たとえ四、

五人でも、おれの文章を読んでくれる人があれば、それでいい」といって亡くなった兄の作品を、今日まで守りはぐくんで下さった中島敦の会の方々にも、深くお礼を申し上げたい。

（平成四年十一月四日「日本経済新聞」）

田鍋幸信編著『中島敦・光と影』「聞き書き」より

思い出すことなど

中島タカ

私は明治四十二年十一月十一日生まれで、主人より半歳年下ということになります。家は昔、愛知県碧海郡の新川（今の安城市）で大きな宿屋をしていたそうで、その当時の什器などを見たこともあります。なお、この地方は吉浜一里、高浜二里といって海に近くお魚のおいしい所と言われています。父の橋本辰次郎は一人息子で、二里ほど離れた新池というところで農業をやっていました。私が小学三年、十歳の時、祖父母の面倒を見るよう私を新川にやりました。本当は姉が行くはずのところ、他の姉妹も嫌ったため私がやらされたのでした。自分で言うのは変ですが、子供なりに私はよく働いたと思います。そのうち、父の一歳下の叔母が福島から帰って、祖父母の面倒を見ることになりました。この叔母は結婚して和田姓になっていましたが、芸者をしていたとか芸ごとが上手で、私はこの叔母から厳しく仕込まれました。御主人は小学校の校長先生だったという話でしたが、死別して、父に頼まれて帰って来たのでした。服装もきちんとして口喧しく、法華経の信者だとのことで、父は祖父母のこともあり、頭が上らなかったようです。また私の母は由緒ある家の出とか聞きましたが、父より十五、六歳下、農家に初めて嫁いだことなどで、叔母はまるで馬鹿にしていたようでした。そのうち、祖母と祖父が相次いで死にました。祖母は馬に乗って見合いに来たという話でしたが、祖父より半歳の年上、その祖母が死んだのが六月三十日で、祖父はその半年後、翌年一月四日に亡くなりました。

そのまま、私は高等小学校を卒業して、十五歳で上京することになります。これは叔母の息子の和田義次さんが、小学校卒業後奉公に出ていたのが、深川で船具問屋を始め、その手伝いを言われたからでした。この義次さんは二十六歳ぐらいだったでしょうか、大人しいおとこ女といったような人で、男前の立派な人でした。正直なところ私には指一本触れることもなく、関係など一切ございませんでした。思いやりの深い人で、私と主人のことについても、むしろ親切にその結婚について理解してくれたと思います。何で

も一度結婚したのにすぐ別れたということでした。ところがこの店がつぶれ、永代橋近くで海草問屋を始めました。しかしここも最後に差し押さえを受けてしまいました。ここではプラチナの指輪を同僚の店員に盗まれたということがありました。なお、この家の二階に馬場さんという方がいて、北原白秋さんのお弟子さんとかでその御縁により『桐の花』を戴いたことがあります。私は義次さんについて武蔵小山、牛込の筑土八幡と間借り生活を続けていましたが、自分で働く必要が生じ、たまたま新聞で見た麻雀荘の広告に応募して採用されました。これが伊庭一雄さんのお姉さんがやっていた麻雀荘でした。

ここで伊庭さんのことを私なりに申し上げますと、お父さんは産婦人科のお医者さん、叔父さんという方は名の通った興行師とか、ダンスがお上手で台湾の方に巡業なさったり、とにかく大柄な素敵な人でした。なお、お祖父さんは星亨を斬った人、弟さんはコマーシャルの方面で名が売れている方だそうです。そしてお姉さんは外交官夫人でしたが、御主人と死別され、麻雀荘を始められて、伊庭さんが手伝っていたということです。このお姉さんは九条武子のような美人と申しましょうか、ごく上品な方でした。なお伊庭さんと主人は一高時代、和寮五号でしたか、同じ寮の部屋にいたということで、主人もこの麻雀荘に入りびたりのように来ていて、私と出会うことになったわけです。

伊庭さんは主人より一歳年上で、後から聞いた話ですが、学生時代からキリスト教信者で、御家族もそうらしく、何でも皆さん雙葉学園に御関係があったとか、伊庭さん御自身はフェリス学園の数学の先生をなさっていて、最近でも教会関係のお仕事を熱心になさっているそうです。

それはともかくこの麻雀荘には清子さんという、あだ名をパン子と呼ばれた人が勤めていました。私の少し前、伊庭さんが採用したとかで、年は十八ぐらいだったでしょうか。私は二十二になっていました。丸顔で小柄、色白で長野出身と聞きましたが、お兄さんがおいでのようでした。なお、この麻雀荘にはもう一人、長野出身の書生さんがいました。この麻雀荘ですが、東大とか慶応の学生がよく見えていて、東大の学生は貧乏、慶応の学生はお金持ちという印象を私は持ちました。

ところが主人と出会って一週間目ぐらいでしたか、いきなり抱かれました。そして「結婚してくれ」とだけ言われました。しかし私はその時はまだ決心などしていません。第一、私はパン子さんと主人の関係を知っていて、ベッドの上で抱き合っているのを見ていたのです。パン子さんのことは沢山の歌の中に出ていますが、後で主人は、「パン子とは絶交した」と言っていました。一度、パン子さんと、伊庭さんも一緒でしたか、虎の門の主人のアパートを訪ねたことがあります。その時、蛇の玩具で驚かされ、思わず

二階から、手に持っていた『婦人公論』を落としたことを覚えております。その前か後、一人で行ったこともありますが、その時はよくわからなくて会わずに帰って来ました。なお伊庭さんとは、一緒に「サムライ日本」といったような映画を時々見に行きましたが、主人は何か焼き餅を焼いているような様子でした。

そして昭和六年九月十日頃のことだったと思います。義次さんから叔母の世話をするように言われ、お茶の道具と、鉄ビン、それに祖母のチャンチャンコだけを持って新川へ帰って参りました。この時主人は新橋駅まで見送りに来てくれたのですが、レインコートを失くしたように後で聞きました。それから十三日ですか、主人が義次さんに手紙を出したのだと思います。その手紙を叔母が見たのでしょう。叔母が羽織袴姿で久喜に乗り込んで談判し、金銭まで出さして了ったのです。何でも三百円手にしたそうですが、叔母は私と義次さんとの結婚を自分では決めていたのでしょうか。しかし私自身はそんなことは考えてもおらず、義次さんの方もむしろ私に理解を示してくれており、すべて叔母の一方的な行動と言えます。そしてちょうど叔母が久喜に出かけていた留守、十月一日に、主人が氷上さんとやって来たのです。氷上さんは直ぐ東京へ帰りましたが、主人は私を名古屋の飯田の家に連れて行ったというか、送り届けたのでした。この飯田家は私の上の姉の嫁ぎ先で、小学校の先生をしていて、名古屋高商の傍に家がありました。何しろ私は着のみ着のままという有様、すぐ働く必要に迫られました。そこで、ここで約一週間お世話になり、その後も時に帰ることはありましたが、家政婦協会で寝泊りして働くことになったのです。なおこの兄、飯田重一さんはその後歯医者さんになり、子供が三人でした。またこの時だったと思いますが、「ジキルとハイド」の映画を主人と一緒に見ました。ともに見た唯一の映画でしたが、あのハイドの最後の形相を、主人の死の場面で私は思い出しました。

このように名古屋で働き出したのですが、翌七年八月だったでしょうか、主人が夏休みで来たことがあります。宿屋に行って一泊しましたが、その時初めて、梱を身ごもったのです。この時、主人は発作を起こし心配もしました。しかしとにかく家政婦をしながら私は東京行きの準備をしておりました。いろいろな方のところで働きましたが、村瀬圭という徳川家のお茶の先生をしていた方のところで働いたこともあります。この方は山好きで、主人にもその話をしたのでしょう、十七年一月九日の手紙にその名前が出て参ります。「東邦電気」の独身の方の寮だったかに掃除に参ったこともあります。それから長谷川政郎さんのところには泊りがけで三、四ケ月いたでしょうか。この方は飯田さんの同僚で政寄小学校の先生でしたが、奥さんが御病

身で頼まれたものでした。外地で新聞記者をなさっていたとか、小学一年の貰い子がいたのですが、大変な悪戯坊主だったことを思い出します。

そのうち、出産のため新池の父のところに帰って参りました。そして八年の四月二十八日、ちょうど主人の月給日に桓が生まれました。主人は月給を送ってくれただけで来ませんでした。桓は主人に似て体が弱く、黄疸がひどくて心配したこともあります。しかし良く笑う子で、父は不憫がってそのまま一緒にいるよう奨めてくれました。母も主人が一人息子だから苦労するだろうと心配してくれました。事実、桓の籍はその年十二月二十八日になって、ようやく正式に記載出来たような状態でした。しかし私の上京の決意は変らず、和田を手伝っていた弟の世話で、まず杉並堀の内の佐々木綱太郎という、新潟出身の方のところに落ち着きました。主人はここに一回だけ来ただけで、横浜には連れて行こうとせず、私は家庭愛が薄いのではと感じたりしました。ここでは一食五銭ですませるような生活でした。その後、自由ヶ丘、緑ヶ丘と変りましたが、すべて自分で探した間借り生活で、主人はたまに来るだけで、私としてはやはり主人の冷たさを感じました。自由ヶ丘の時だったと思います。学校の岩田一男先生と尾瀬に行く約束だったとかで、雨の中を出かけて行きましたが岩田先生は来ず、雨にぬれて帰って来ました。その晩はひどい発作でお医者さんを呼びました。時間に非常に厳しい人で、少しでも遅れるとひどく叱られたものです。緑ヶ丘には一年近くいたでしょうか。その前、十一年の頃か、義母のコウ（孝）さんが工合が悪くなって世田谷の父の家にしばらく見舞、そして世話に行ったことがあります。桓がまだ小さくて小用をしたと言ってひどく折檻されたり、つらく当られたことを覚えています。緑ヶ丘では隣に工大にお勤めのタイピストの方がいて、時々主人がドイツ語を教えておりました。ここでもたびたび発作をおこしました。その後、ようやく横浜本郷町で一家一緒に暮らすことになるわけで、私にとっては、短い結婚生活の中で最も幸せな一時でございました。それでも月給の三分の一ほどが薬代になり、道を歩いている時、本当にお金が落ちていないかと下を見ながら歩いたこともあります。一緒に暮らしてから、湯気に当ると発作が起こるため、風呂に入ったことがなく、何時も暖い日に体を拭いてやるような生活でしたが、日頃のことなど思い出すままに申し上げましょう。

どういうものか西瓜、キュウリが嫌いで、その臭いからして嫌だと言っていました。その反対に、柿は好きでした。何でも夢中になる性格で、寝ていて急に起き上がって、氷上さんと将棋をしている夢を見ていたと言ったりしたこともあります。子供は可愛がり、桓と縁側で写っている写真は杉本長重さんのお宅で撮ったものです。杉本さんは一高、

東大が御一緒で、横浜高女も同じでしたが、その後を継いで雑誌部に関係し、その雑誌部の会合などにもよく桓を連れて行きました。なお杉本さんの奥さんはお医者さんの娘さんでしたが、一時その御近所に住み、その後、私どもは飯塚さんのお宅の傍に移りました。この家の隣りにはポルトガル系だったか、合いの子で桓より一つ上だったでしょう、リリーという女の子がいて、その写真もありますが、主人は大変可愛がっていました。この子の兄は可哀そうに体が不自由でした。とにかく勉強好きというのでしょうか、お便所にも本を持ち込み、ギリシャ語の勉強などしていました。お便所と言えば、ちょうど岡本武夫さんが見えられた時、その中から大きな声で話をし始め、はずかしい思いが致しました。歌など西洋の流行歌でしょうか、時々口ずさみ、「枯葉」なども聞いたことがあります。他には寮歌とか、「妻をめとらば才たけて……」など、時には「小原庄助さん」なども歌うことがありました。教え子で早く亡くなった川口直江さんに譜を読んでやったりもしていました。運動も結構何でもやったようで、剣道は中学時代、先生に賞められたとか、一高時代にもそれで賞を貰ったそうです。

　南洋にはお金のために行ったと思っています。義母コウさんの借金、それは浦和の志津伯母さんに用だてて貰っていたのですが、すべてそれを返済して参りました。私は南洋行きには賛成したわけではありません。今になって言っても仕方ないでしょうが、とにかく一度言い出したら聞かない人です。御本人はそれなりのつもりで出かけたのでしょうが、結局沢山持って行った原稿用紙はそのまま持って帰ることになりました。十七年の三月十七日、主人は東京に帰って来たのですが、本当は横浜か、鎌倉に住みたかったようで、事実、教え子の方達にまで家探しを頼んでいます。私自身は「忠ならんと欲すれば孝ならず、孝ならんと欲すれば忠ならず」といった気持ち、老いた父と、体の弱い主人の間で本当に困りました。父は主人の代りに勤め出した横浜高女に週三回は出かけ、澄ちゃんは共立の女専、桓は小学校三年生、格は二つぐらいだったでしょう。戦争中、物が乏しくなり出した頃で、昼間はほとんど買い出しに行きながらどうすることも出来ない毎日でした。

　この世田谷の家ですが、玉川線の世田谷駅下車、下りの進行方向に少し行って、右に曲るとすぐのところ、今はすっかり変っているでしょう。駅から反対方向に行くと、十分ぐらいで息を引きとった岡田病院があり、その辺り有名なボロ市が開かれる場所でもありました。この家は最初コウさんが父と一緒に大連から久喜に引き揚げて来たものの折り合いが悪く、三軒茶屋に伯父の家もあって買い求めたもので、借地でしたが百二十五坪ほどで千二百円ぐらいだったとか、ヒバの垣根のある家でした。何でも中島という

軍人さんから売って貰ったそうで、石川さんという方がお隣りでした。前に申し上げましたように、一度コウさんの世話をするため、主人から言われ、桓が三つぐらいの時に行っていたことがありますが、その時は澄ちゃんも一緒でした。とにかく主人は南洋から「帰る家がないじゃないか」と言って来ていましたが、とうとうこの東京の家が、主人にとって最後の家になったのです。

しかし帰った当座は、「古譚」に続いて「光と風と夢」の発表など、主人にとって永年の夢がようやく実現することになったようでした。何時だったか、日頃作品のことなど口に出したことのない主人が、珍しく台所に来て、「人間が虎になった小説を書いたよ」と言ったことがあります。私はその時はただ、人間が虎になるなんて何て恐ろしいことをと思いましたが、後になって「山月記」を読む度に、本当にあの虎にこそ主人の思いがこめられていると感じ、あの虎の叫びが主人の叫びに聞こえてなりません。一度、私が十分なことが出来ないのを詫びた時、「自分ほど存分のことが出来た者はいない」とかえって慰めてくれたこともあります。私は昼間買い出しで不在がちでしたが、主人は格を連れてよく出かけたようで、本屋で雑誌などを立ち読みするのですが、子供もそれに馴れたのか、中腰で主人の終るのを待つのを覚えておりました。杉森さんがお出でになったのは記憶にありませんが、庄野誠一さんは残っている名刺から五月六日に来られ、お冷を持って行ったのを思い出しました。古田さんは確かその前の日ではなかったでしょうか。

最初の原稿料が入った時でしたか、夏休みになった七月、揃って新池に帰ったことがあります。その時、私には着物、パラソル、草履、帯留など買ってくれましたが、帯留は何時かちょっと口にしただけのものをちゃんと覚えてくれていました。主人は私と子供二人を残して一日だけで東京へ帰って行きました。その帰る日の朝のこと、無線電信の高い塔が立っている風景のなかで、主人が何か近寄り難いような、遥かな人のように見えたのをはっきり覚えています。私どもは四、五日遅れて帰って参りましたが、その留守中に手紙や原稿など、沢山のものを風呂の焚きつけにして燃やして了ったのです。その中には、郡山時代、継母に庭の木に縛りつけられ、父に解いて貰ったことなど書いた南洋からの手紙もあったはずで、自分なりに整理して、女々しいものなど焼いて了ったものと思われます。これもその中にあったか、小学一年生の時、好きな針子さんがいたということを漏らしておりました。

その外はただ慌しいばかりの思い出で、元夫さんが結婚して挨拶しに見えられたこと、甲臣さんが奈津さんのところに下宿していて、ひどい食事で可哀そうに思ったことなど、この頃のことだったでしょうか。『南島譚』が出来上

った時は主人はまだ家にいたように思います。小川さんという係りの方でしたか、一見弱々しい感じの方で、主人も如何にも謙虚な人だったから書くのを承知したのだと申しておりました。「名人伝」の場合は船山馨さんだったでしょうか、お手紙を戴いて書いたはずです。それが載った『文庫』を見たかどうかはっきり致しません。「章魚の木の下で」は病院で書いたと思います。眠られない時に書いていたようです。土方さんが見舞に来られたのは覚えていますが、父はとうとう病院には参りませんでした。まさかこんなにあっけなく死ぬとは思ってもいなかったのでしょう。これも仕方のないことではありますが、病院では少ししか食べず、親切だった印象はなく、各科あったと思いますが、病室は少しでした。死ぬ五日か、一週間前でしたか、「大丈夫だよ。」と言ったのが遺言のようなものでした。私自身は貧乏のことは覚悟しておりましたが、子供のことだけが心配でした。ここの院長さんは四十代だったでしょうか、冷い方の印象で、死の直前に心臓に注射をされました。横浜では塩崎町の小菅医院にお世話になりましたが、やはり残念だったと申し上げる外ございません。

多くの方が弔問に見えられました。岡本武夫さんの妹さんは「論文でお世話になった」ように言われました。深田さんが見えられた時、「李陵」の原稿を持って行かれました。南洋土産の団扇はその時差し上げたものでしょうか。中村光夫さんが来られたのは十二月中旬、まだ主人の写真がそのまま飾られていた頃で、この時初めてお目にかかりました。

その後、二十年に父が亡くなりました。「お人好しの害」と主人が書画帖に書いたような方でしたが、自分のことを何時も「我が輩」と言っておられました。主人の実母チヨさんについて「頭が良かった」と言われたのを覚えております。父は志津伯母さんについてあまりいい感情を持っていなかったらしく、それはチヨさんが復縁を言って来たのに拒絶したためのようでした。なおチヨさんについて言えば小さい人で、腸結核で亡くなったと聞いています。それに似たのか主人も小さくて、山本の伯母さんの御関係か、銀座の一流店で仕立てたフロックコートが今も残っていますが、小さいものです。性格的には桓が似ていて、悪戯だった点も同じかも知れません。勝負ごとが好きなのは格が似ているのか、しかし大人しい子でした。父の話に戻りますとさつま芋が好きで、つましい生活をなさっていました。いびきが大きかったことも覚えています。澄ちゃんをよく可愛がっていました。

私の結婚についていろいろないきさつがありましたが、主人からは「父を大事にして欲しい」と言われておりました。

南洋からの手紙を焼いたことは申し上げましたが、二番

目の母、カツさんについては、おやつにキャラメル一箇だけだったことなど、「どんなにひどい親でも実の母が欲しい」と言ったのを聞いております。

三番目の母コウさんは大阪出身の身寄りのない方と聞きました。大連幼稚園の先生だったので、澄ちゃんのために来て貰ったはずなのに澄ちゃんに冷く当り、そのため一時、澄ちゃんは世田谷から久喜に別居したほどでした。父との夫婦喧嘩が激しく、それでも最初は主人を頼りに思ったのか、それほど悪い仲ではなかったそうです。しかし大変な浪費家で呉服など大連時代からの支払いが溜り、五十万円にもなったとか、その返済に主人が苦労したことは前に申し上げた通りです。何でも宇野浩二さんと親戚のような話を伺いましたが、主人は一度も行かなかったはずです。

戦後は二人の子供を抱え、お茶の行商などして、久喜で苦労しました。山本の伯父さんも疎開で同居しましたが、最後は皮膚ガンか何かで亡くなりました。その病気のため非常な臭いがしました。比多吉叔父さんも結核で、痰つぼを持って私どものところへよく食事に来られましたが、志津伯母さんに注意されてお家族の皆さんの方に行かれました。何か奥さんに粗末に扱われているという印象でお気の毒でした。美奈子さんの再婚のことを心配しておいででした。

主人の異父弟に当る桜庭さんには戦後お目にかかりました。また西川さんも戦後、訪ねて来られて、『オー・ヘンリー全集』をお貸ししました。大連で下宿していた頃のことでしょう、父から寝巻の上に袴をはいていたと聞いたことがあります。これはお目にかかったかどうか、長根さんは禅寺御出身の方で、奥さんは大変大人しい方と覚えております。

婆子さんにも戦後御一緒になりました。主人は沢山手紙を貰っていたはずですが、焼いて了ったようです。大学時代、野沢温泉に行った頃ですが、「生活上の変化」が来たように書いていますが、婆子さんとのことだと思います。一度、妊娠しなかったとの手紙が来た時のことでしたが、「婆子のためにも一緒に仲良く、一生懸命生きよう。」と言われ、妙な気持ちになりました。私への愛はかなり一方的なものだったのでしょうか。しかし婆子さんは沢山の従兄さん達の中で、一番暖く私どもに接してくれていると思います。

小宮山さんに対しても、主人は特別な気持ちを持っていたと考えます。写真をアルバムに貼り、手紙も大切に持っていました。そのお世話で過ごした御殿場から帰った時は、十日間ほど口をきいてくれませんでした。入院間際の時でしたか、「シズ、シズ」とうわ言を言うのを聞いたこともあります。私には派手な化粧の方のように思われましたが、

正子が生まれてすぐ死亡した時のこと、尋ねて来られて私が玄関に出たところ、何も言わずに逃げ出すように帰られました。焼いた手紙も多くあったと思います。横浜出港の時、また葬儀の時も見えられませんでした。十年ほどのお付き合いと思われますが、私も子供さえいなければ別れたいと思ったこともあります。主人は最初は田辺ミエ子さんという、良く出来た生徒さんが好きだったようです。とにかくいろいろなことが思い出されますが、私は私なりに一生懸命やって来たつもりでございます。なお最初に主人と私を結びつけたとも言える和田の叔母は九十四歳で亡くなったと聞きました。

この記事は50年2月10日以来、58年6月13日まで、三十回ほどタカ夫人からお聞きしたお話を私なりにまとめたものである。それ以外にもお話を伺ってはいるが、同じようなお話であったり、ノートに取らなかったりで、今回の場合は前記期間のノートに載っているものに限った。それも最初はこちらからお話をお伺いするつもりもなく、ただその都度のお話をメモ程度に記録していただけであった。特に御結婚のいきさつなど、私の方が遠慮し、それについての話題はむしろ避けていたと言ってよい。それが思いがけもなく突然、積極的な御発言があり、驚きかつ感激したものである。その正確な日時などはなお記録を詳しく調べないとわからないが、その日、帰りの北浦和の駅の改札をどうやって通過したのか、赤羽かどこかで切符を買っていないことに気がついて、慌てて落ちているのを探した覚えを持つ。改めてテープを取らして戴いたが、外にも大連でお目にかかった閻中江氏の依頼により、御病気の後まだお体が十分でない折にお話をテープに入れさせて戴いた。しかし何れもまだ発表するつもりもなく、その裏付け調査をする意志もなかった。今回の発表に当って、やはり時間関係など、もう一度夫人に確かめる必要を感じ、また夫人御自身が聞かれたことについては御関係の方達にも裏付けになるものをお伺いするべきだったと痛感した。しかし夫人はすでに他界され、さらにお目にかかれなかった方達も多い。杉本長重氏には今回のこととは別に、かなり早い時期、お伺いの手紙を出したが、お返事が戴けず、杉本氏御自身が亡くなられた。私の場合、すべてお伺いの手紙を出し、その御意向を得て初めてお目にかかっているが、伊庭一雄氏には他に触れたように、まだ直接お会い出来ていない。ただ私の手紙が機縁で、北浦和の中島家を訪問され、タカ夫人と何十年ぶりかでお会いになった由である。今日の問題社の小川義信氏についてはかなり調べ、電話帳で得た同姓同名の方、五人ほどに電話してよいかどうかに迷い、結局そのままになっている。船山馨氏にはお手紙を出したところ、お目を悪くされておられ、夫人から懇切なお返事を戴き、その機会をお待ちしていたが、その後相次いでお亡くなりになったことを知った。私の怠慢でお目にかかるべき人に、お目にかかる機会を失したの感が強いが、今はただ亡くなった方達の御冥福をお祈りし、ともあれすべては私の責任において、この記事を発表させて戴く次第である。

中島家の人々

吉村彌生

祖母きくと私達とは血がつながっていません。しかしよく出来た人で、いろいろ可愛がってくれました。私は二十歳頃になってようやく、血がつながっていないことを姉に聞きました。丈夫な人でしたが関東大震災の時弱ったようで、翌大正十三年死亡しました。八十八のお祝いの時、敦は来ませんでしたが、皆と撮った写真があります。

斗南先生はやかましい人でしたが、やはりよく可愛がってくれました。私が十歳から二十歳頃まで、この伯父と久喜で同居しましたが、女中さんが一人いました。結婚したとは聞いておりません。関の伯父がキリスト教に入信したことが気にくわなかったようで、時々不満を漏らしていました。私の父靖はどちらかというと弱い人でしたが、関の伯父に加勢した話など聞かされました。とにかく斗南先生は頭が良い人で、川島さんの娘さんとの縁談話など断わったと聞きました。執筆をなかなかしないでいて、書く時は一気に徹夜して書くという工合で、『日本及日本人』などにかなり寄稿しているはずです。死亡する前、八尾にいた姉春中の所に来ましたが、間もなく帰京し、亡くなった時は伺えませんでした。

竦伯父も時々久喜に来ましたが、一度敦を押入れに入れたことぐらいしか思い出はございません。

敦の父、田人はやさしい、ごく人が好い人でした。

河野の伯母ふみは夫が死亡し、子供は九大の医学部に行ったのですが、敗血症で死にました。

志津伯母は頭の良い人で、三十三歳で結婚しましたが間もなく離婚しました。検定試験で国語の先生になりました。お金をかなり溜め、敦はそれを借りたはずです。

塚本うらは不幸な人で、月一度ぐらい盛彦を連れて帰って来ていました。姑、小姑にいじめられ、亡夫の弟との結婚を奨められ、髪を切って断ったと聞きました。

敦の母チヨは我が儘な人で、常識外れのところがあり、布を十枚切って手拭にするところ、一ダースにして台無しにしたと母に聞いたことがあります。

敦を私は可愛がったつもりで、約一年間、久喜で一緒にいました。田人がカッと再婚し、一週間ほどして大和郡山に連れて行きました。その後は法事など特別のことがあった時だけ来て、会いました。大連から別府に行く前、門司にいた私のところで四、五日泊って行ったと思います。また上海では陸戦隊の近くにいたのですが、そこに来て毎日出かけておりました。連れの友達の方のことは知らず、一緒

だったことはありません。少しも落ち着かず、和室の中を歩き回っていたことを思い出します。旅行からのお土産として、紙のからくり人形だったかを貰ったことがあります。

祖父の撫山先生の思い出としては二十畳敷ぐらいの教室に、火鉢などを持って行ったことがあり、可愛がってくれました。

杉陰先生は絵描きでしたが、お金が無くなるまで描こうとしなかったようです。

長根の姉婉は頭の良い、気の強い人で、よく泣かされました。

私は末子で、上の姉緒留とは六つ違い、何時までも子供扱いでした。斗南先生に教育されたわけですが、小学四年の二学期に祖母のところに来ました。それまでは栃木でした。吉村の家は武士の出で、どういうわけか女性が多く、十七違いの弟が一人、NHKに勤め、東京の桜台に住んでおります。二人の姉はともに小学校の先生をしていました。なお私は浜松に行った記憶はございません。

吉村彌生氏は中島家十三代靖氏の五女、十四代随臣氏の妹になる。57年7月5日、神戸のお宅にお伺いしての記録であり、此の度改めて御都合を伺ったところ、60年8月、亡くなられたとのお知らせである。心から御冥福をお祈りしたい。

敦さんについて、など

中島甲臣

中島家の十五代当主として、中島家の人達のことは絶えず気になり、詳しい家系図を作ったことがあります。昭和六十年現在、撫山（十二代）及び、その弟妹（同母、異母）を含め最新世代（十七代相当）まで、姻戚を含めると、子孫は二九七名を数えます。当然敦さん、たかさんはその中に含まれております。

父随臣の青年期の日記が四冊程残っておりますが面白いことに明治四十二年五月十六日の項に（当時父は二十四歳、習志野の野砲隊に入隊中）「栃木（父の母在住）より書状来る……田人様　男の子生れたり……」とあり、同十五日の欄外に「敦出生す」と記入されています。これは十六日の欄外に余白がないためと思われます。残存している敦さんに関する第三者の記録としては最も古いものの一つではないでしょうか。敦さんは年譜によれば五月五日生れです。（以上の日付は相互に矛盾しないと思います。）敦さんの幼い頃の話としては、私の父が入隊中、休暇で帰郷する際持参する兵隊用のパンを何時も待っていた事（二、三歳）京

城での小学校時代、従姉（といっても二十数歳年上）の家に来てはよく本を読んでいたことなど、聞かされた記憶があります。私が敦さんにお逢いしたのは、昭和三年頃多分撫山二十年祭、昭和七年頃、これ又多分綽軒三十年祭、に親戚が久喜の旧宅に集ったときの二度だけと思います。前者は、当方学齢前、敦さんが可愛がって下さったそうですが、記憶は定かではありません。後者では、敦さんよりたかさんへのプレゼント（と思います）のフランス人形購入、という歴史的？　瞬間に立会う機会を得ました。「敦が人形買うので見てくれというので行きましょう」と叔母達（敦さんには従姉）が出かけるのに何故か小学生の私がついて行った訳です。

敦さんの俊英ぶりはよく聞かされておりましたので女学校の先生になったと聞いた時は意外に思いましたが、後日当方北大予科生時、本屋で『南島譚』を発見、ああやっぱり、と思った記憶があります。

このように生前の敦さんとの縁は薄いですが、その文学は強く心に残りました。敦さんの心酔者は誰でもそこに自己の投影を見るようですが（例えば山月記の李徴などに）私の場合はもっと生々しく直截的です。私が少年期に経験した宇宙死滅についての恐怖感や青年期に感じた「分解癖」などがそのままそこに記されていました。恐怖のあまり寝床から起き上り室内を彷徨した血の凍るようなあの少年時の経験がそっくり『狼疾記』に書いてありました。敦さんの作品の多くは私にはよく分り（と思われました）面白く読みました。その感じは今も変りません。縁《エニシ》があるのかないのか（私は異母兄弟に発する従兄の子です）と不思議に思う縁《エニシ》を感じます。

中島甲臣氏は中島家十四代隲臣氏の長男で、中島家の十五代当主になる。北海道大学を卒業後、永く北大で教職の身に在り（数学）62年3月、北大教授を定年退職、北海道武蔵女子短期大学に移られた。お訪ねしたのは59年6月8日、そして同年8月3日の二回であるが、疑問などの都度、詳しいお答えを戴き、別に印刷物などもお送り戴き、貴重な資料類の撮影を許して戴いた。この記事は新しく書き下されて送って戴いたものである。なお最近、「中島敦・覚え書―行為と思索」（『北海道武蔵女子短期大学紀要』二〇　昭63・3）を発表されている。

敦と私

荘島褧子

敦と私は従兄妹同士で年齢も近く、親しい関係にあったと言ってよいでしょう。最初に会ったのは久喜、まだ小学

校に上る前、五歳頃のことで、その時彼の描いた菫の花の絵に感心した記憶があります。私どもは当時天津に住んでいましたが、天津では土が少いため、特に花に興味を覚えたのかも知れません。その頃から彼が賢いという評判は聞いていました。

二回目は敦が京城中学三年の時、大正十三年、震災後の夏休みだったと思いますが、当時大学生だった従兄の関正獻に連れられ、同じ従兄の山本洗と一緒に旅順にいた私どもの家に来た時のことです。一ヶ月程もいたでしょうか、洗と二人で悪戯ばかりしていたように思います。

次に昭和二年、私が旅順高等女学校から日本女子大の英文科に入った時も東京で会い、非常に元気そうに見えました。さらに五年から私が卒業する六年までの一年間は、関の伯父達が住んでいた岡本貫一さんの邸内で、別の棟でしたが同居することになりました。そこには貫一さんの孫に当る岡本武夫さんがいて一橋大学に行っていましたが、敦と親交があり、他にも多くの友達が出入りしていました。なお武夫さんは亡くなりましたが、妹の飯田ハツエさんは鎌倉で御健在です。この方は津田塾に行かれ、英語はよくお出来きになられたはずと思います。

そこで私自身の卒論ですが、ほとんど敦に手伝って貰いました。テーマはアイルランド出身の小説家、ユージン・オニールだったかと思います。見て戴いた先生のお名前もはっきり覚えておりません。いわゆる論文というほどのものではなかったのですが、返して貰ったところ、意外に評点は悪く、CかC′であったと記憶しております。反対に彼のリポートを手伝ったことがあります。これは昭和六年の一月から三月に清書した思い出があり、画家の名前が多く出て来る、何か美術論のようなものだったと思います。その時、筆の字はともかく、ペンの字が悪いと彼に言われました。なおこの年一月一日に彼はスキーに行き、その写真もありました。

昭和六年三月、私が卒業して別れる時には、サイン帳に好きな女性の名前など書いてくれたのですが、その中に清少納言の名前が書かれていました。これは一種の愛情表現であったかも知れません。このサイン帳は、のちに私の出産の時、夫に見付かり焼かれてしまいました。はっきり約束はしていませんでしたが、互いに愛情は持っていたと言えます。しかし、結婚した場合、将来その世話が大変だろうと思っていました。

その後、昭和七年八月、大連、南山麓の楓町の家に来たことがあります。一緒に裏山に登りましたが、父は新京、すぐ下の妹も居なかったはずです。それは中国を廻っての帰り途だったのか、タカさんへの宝石を買っていました。二、三日泊って行きました。あとから父に聞いたのですが、「タカは僕と結婚しないと困る。婓ちゃんは誰とも結婚出

来るから。」と父に言ったそうです。父自身は私たちのことをよく知らなかったと思います。たまに手紙の交換をし、

私が八年の十二月に結婚した時も手紙を貰いました。さんにはすでに婚約者がいて、その人はヤクザめいた人だとか、敦が頭に包帯を巻いていた時、傷害の噂がありました。敦本人は自動車事故のためと言っていたそうです。

敦の生母については他に男の人が出来て離別させられたと聞いております。のちに復縁を希望してきたのを、田人伯父は人が好くてそれを許したのに、端伯父の方が拒否したとの話です。

そのほか昭和六年頃だったでしょうか、敦が岩波文庫か新潮文庫の『宝島』を読んでいたのを見て、幼稚なものを読んでいるなと思った記憶があります。

「北方行」の姉妹は一人の女性を自分なりに書きわけたのではないでしょうか。モデルと思われる人は思いつきません。あの作品の伝吉と三造は敦自身だと思います。サッチャーさんに日本語を教えていたことは記憶にあり、軽井沢などに一緒に出かけていたようです。またもう一人、軍人がいたように思います。

なお一高時代、大連の満鉄病院から千葉の保田、あるいは館山あたりで療養したことを聞きましたが、民宿のようなことだったのでしょうか、別府のことは私は存じません。

敦は楽しい、心の広い人と言ってよく、二、三年上の友人を紹介したことがありますが、同じような感想を持ったようです。

私は中国の保定で生まれましたが、当時父が軍関係の教官をしていたためです。二歳の時、天津に移り、小学校を終えるまで日本人租界地に住んでいました。巡捕、ボーイ、アマ、人力車夫など中国人との接触が多かったわけですが、他はすべて日本人との生活で、小学校の六年間（当時小学校は一つしかありませんでした）友達も皆日本人で、日本語を使っていました。一度、北京に行ったことがあり、この時は人力車で停車場まで参りました。他は修学旅行で行っただけです。当時、中原公司のデパートが出来かかった頃で、私自身は行ったことがありません。なお父の子分と言ってよいでしょうか、情報関係の仕事をしておられた吉田さんという方がよく見えていました。この方はのちに、満洲皇帝となった溥儀氏を連れ出した方です。

その後、家は旅順に変り、女学校の四年間はここで暮らし、さらに日本女子大に入ってその一年生の時、大連に移ったわけです。大学時代、大連に帰省するのですが、何時も船で神戸を昼頃に出、翌朝下関に到着、その日の夜十時頃出帆、多島海を通って大連に着くといった具合でした。天津の場合はさらにここから船を乗り換えての旅で、合計四日の船旅でした。その天津から最初に日本に来た時は、久喜のほかに牛込に行った記憶があります。母方の祖父、

新井松四郎を訪ねたのですが、この人は北海道に農場を持ち、端伯父と親交がありました。

戦後、昭和二十一年になって新京から引き揚げて参りましたが、最初主人の郷里佐賀に寄り、その後主人が満洲から帰って来ますまで二、三ヶ月間東京の山本の伯父の家に来て、それから、主人の郷里佐賀市に住むことになります。久喜で初めてタカさん達にお目にかかったのは引き揚げて間もなく久喜を訪問した時ですが、お互いに苦しい生活を生き抜いたと言えるでしょう。


荘島斐子氏は比多吉氏の長女、敦の二歳下で、最も親しかった従妹である。お話は53年10月31日、55年5月14日、7月17日にお伺いしたが、何時も快く淡々とお話し戴いた。タカ夫人も深く信頼されている御様子であった。近年、御健康を害されてお会いしていないが、十分な御恢復をお祈りしたい。

中島君を憶う

山崎良幸

私にとって中島君はたしかに大きな存在でした。人生における指針を与えてくれ、その影響によって、私の今日があると申しても過言ではないと思っています。

彼との最初の出会いは龍山小学校の時でした。私は五年の一学期と二学期だけこの小学校に通ったのですが、私の入ったのは男子組、彼は隣の男女組で二学期からの転入ですから、直接の接触はありませんでした。しかし今でも彼の印象がはっきり残っています。それはある日のこと、私が教室の窓から外を見ていた時、校庭で一群の生徒達が遊んでいたのですが、その中心に何かはしゃいでいる、他とは違った感じの生徒がいるのに気が付きました。眼鏡をかけていたのも、当時の生徒には物珍しかったのかも知れません。とにかくそれは才気煥発といったような印象で、私はそれが中島という生徒であることを教えて貰いました。大変な秀才だと言われたのも耳に残っています。

その中島君と京城中学で再会し、特に三年四年の二年間は同じクラスになり、よく彼と行動を共にすることになりました。今度は私自身が彼と一緒に遊ぶようにもなったのです。それは五、六人のグループで、野球やテニス、それに陸上競技、と言っても何れも球遊びや駆けっことといった類でしたが、それらをやりました。やはり彼はグループの中心ではしゃいでいました。彼は運動競技は特にすぐれたものはなかったのですが、何でもやったようです。走るのも決して早い方ではなく、いわゆる「跳び跳び」するよう

な走り方だったと思います。

中島君の平凡な一面にも触れることが出来ました。あるいは古色蒼然とした人間的一面と言ってよいのかも知れません。例えば私は彼からさぼるということを教わりました。何しろ私は当時何も知らない田舎者、真面目一方の無骨者、いわば大いに開発するに足る存在でしたから、中島君も一種の興味を持ったのでしょうか。私も言われるままに授業をさぼり、学校の裏山に登り、さらに城壁を乗り越えて外に出たことがあります。一種壮快な感じがしたことを覚えております。

反面、図書館というものを私は初めて中島君によって教えられました。彼は龍山から市電で通学していましたが、その家の近くに鉄道図書館があり、そこに私を連れて行ってくれたのです。と言っても、彼はすぐ英文学の本なのか、英語の本などを借り出し、私はひとり残されていたという状態ではありました。しかしそうした彼も汽車通学していた私を駅前まで送ってくれました。殊更に遅れている私に親しみを持っていたのかも知れません。

そうした中島君について、やはり忘れることの出来ないことがあります。運動などしている時、突然彼が「ギャッー」といった声を出したことです。片目をチカチカさせて、今にも泣きそうな顔、私にはどうしてもそれが彼の作品『山月記』の中の虎の表情と重なってしまいます。『山月記』の虎は正に彼自身、当時の叫び声がそのまま虎の叫び声になったとしか考えられません。彼は珍らしいほどの純粋さ、潔癖なものを持った人間でした。戦後湯浅克衛君に会った時、すでに文壇に知られていた彼が中島君の話をし、もっと早くに俺のところに来ておれば、といったようなことを口にしました。私はおそらくそんなことは、中島君自身にはあり得ないことだと思いました。彼の研ぎすまされた純粋さが作品の上にもはっきり出ていると私は思います。とにかくあの叫び声を挙げた時の顔の印象が私には焼きついて離れません。中学時代、すでに彼は人一倍、人間の苦しみや悩みを経験し、それが何かの拍子に破裂して外に出たとでも言いましょうか。当時、私はまったく関心がなく知りませんでしたが、湯浅君をはじめ小山政憲君など、同人誌など作ったりする文学好きの友人達もいたはずです。しかし中島君はそうした文学少年、あるいは青年的なものは好まず、かえって私のような何も知らない者に気が置けないという点で近付いたのではないでしょうか。おそらく彼は普通常識では計ることの出来ないもの、桁外れのものを持っていたように思えるのです。

中島君は中学四年から一高に入り、東京に去りました。私はそのまま京城で五年生になったわけですが、それからは主に手紙のやり取りになりました。彼が死ぬまで、随分多くの手紙を貰い、私自身も彼からの手紙だけは大切にま

とめて持っていたのですが、戦後引き揚げの時、一切を失くしてしまいました。彼が東京へ行って私が出した手紙の二、三回目だったでしょうか、彼の前途を祝い、大臣か大政治家になるのを期待しているといったようなことを書いたところ、彼から折り返し、そのようなものは偉いとは思わず、またなろうとも思っていない旨の長い手紙が来ました。それは私の人生観を変えさせるようなもので、私の人生に対する価値観、考え方を根本的に覆すものだったと言えます。言ってみれば私は中島君によって自分の生き方を教わったのです。私自身、中学卒業の前後、結核で一年間休みましたが、中島君との手紙のやり取りで、人生の価値の問題に目を開かれ、さらに文学をやる目を初めて持つことが出来たと思います。もっとも私は最初、校長先生から数学をやるように奨められたことがあります。これは五年の幾何の模擬試験だったか、独特の計算で解答を出したのが目にとまったためのようですが、学資の関係で他の大学に行くことは考えられず、進学希望の京城大学には理学部が無かったこともあり、実現しませんでした。そこで漠然と法科進学など考えていたのが、中島君に啓発されて、それまで考えも及ばなかった文学、それも言葉を通した文学研究を自分なりにやってみてはと考えるようになったのです。

もちろんその後も、いろいろ私なりに模索し、苦労もしたわけですが、改めて中島君の文章を読むと、中学以来の漢文の造詣の深さは言うまでもありませんが、非常に日本語をこなして使っているという感じを受けます。現代の日本語ははたして秀れた文学を創造するに値しているのだろうかという疑問を抱かされますが、その点中島君の場合、手紙にしても、文章に対するセンスが非常に秀れていると言えるでしょう。

中学時代の中島君について今一つの思い出があります。三年生の代数の時間、確か目黒という教頭先生の時間だったと思いますが、中島君に当りました。彼は何か別のものを読んでいたのでしょう。いつもの癖で、ちょっと唇をひんまげて当惑の体を見せましたが、やがて隣の者に事態の説明を聞くと、すぐに黒板に向かい、たちまち解答を書いてしまいました。私はそれこそ自分とは人種が違うのだと思ったものです。その時の衝撃で、私は数学への道を奨められても、自分にはとても数学などやる資格はないと思い込んでしまったのかも知れません。

昭和七年、大学三年の時、夏の終り頃でしたか、中島君が京城の私の下宿にやって来ました。それは昌慶園の近く、丘の中腹にあり、京城大学のすぐ隣りでした。相当長い間いましたが、私も貧乏で布団は一枚しかなく、一緒の布団で寝ました。「プウルの傍で」は、その時のことですが、彼の行動については何一つ私は知らず、彼は一人で行動していました。大学三年で卒業論文が気になる頃ですが、彼

はそのような素振りは全然なく、勉強しているようにも見えず、本を読んでいるのも見ませんでした。ただ夜、「付いて来るな」と言って自分は色街に行ったらしく、その模様をこと細かに教えてくれました。そのことについては、何も知らなかった私でしたが、如何にもさらっとした話で、少しも卑猥な感じのしなかったのが不思議なほどです。なお彼は新町の日本人用の方には行かず、韓国人用の方に行ったようです。当時「朝鮮人」とは軽蔑的な言い方であり、彼がその語を作品でも殊更避けているのは彼なりの心づかいがあってのことと思われます。彼の作品にはやはり少年時代からの朝鮮体験が大きく反映しており、中国の方はむしろ少いのではないでしょうか。「名人伝」などの人物は、韓国の郊外の旧家などによく見られるものだと考えます。なお「山月記」の話は、韓国にも似たものがあり、私の教え子であった主婦が、それを小説に書いています。また「虎狩」の中で出て来る韓国人の生徒ですが、同級生で二、三人韓国の人がいました。あるいはモデルとは言えなくても、何かのヒントは得たかも知れません。その一人、趙君と言ったか、背の高いハンサムな、やさしくて大人しそうな生徒がいました。何でも名家の出で、母親は日本人だったのか、韓国の人だとの感じはしませんでした。何処か陰鬱な印象でしたが、成績は優秀だったと思います。もう一人金君という人もいて、この方は王家との繋りがあると聞きました。ついでながら同級生に西亀君という人がいて、広島高校から東大に進み、私は後に思想的なものを教えられたのですが、中島君は近付いていなかったようです。

その後昭和十三年だったか、私は京城第二高等女学校に勤めておりましたが、夏休みを利用して東京に出て来た時、横浜の中島君の家を訪ね、二、三日泊めて貰ったことがあります。国文学の講習会でしたが、新婚間もない頃で、妻を連れて十日か二週間ほど宿をとっての上京でした。彼はすでに二児の父、上の桓君が四歳ぐらいだったでしょう。外人墓地を案内してくれていた時、「君に似て賢そうだな。」と言うと、「駄目だ。俺に似て神経が弱い。」と答えたのを覚えています。確かに中島君には神経の弱さ、あるいは細かさというものはあると思いますが、私はむしろ芯の強さといったものを感じることが出来ます。この頃はすでに私も彼が書いていることを知っていて、「やっているか。」と聞いたところ、多少デカダン的ではありましたが、「書いているさ。」と言いました。そして彼の方から「歌を最近作っているが見てくれるか。」と言って、ノートに沢山書かれたものを見せられました。その頃、短歌をある程度勉強していた私は、正直にうまくない旨告げましたところ、彼は素直にそれを認めたのか、「難しいものだ。小説を書くより難しい。」と言っておりました。

昭和十七年、家内だけ東京に出て来た時、世田谷の家を

訪ねて貰いました。亡くなるちょっと前で、病気見舞のはずだったと思います。帰って来て非常に弱っていた様子を聞き心配していましたが、遂に再び会うことが出来なくなりました。

『光と風と夢』だったと思いますが、彼の作品集も貰いました。しかしこれもすべて手紙と同じく無くしてしまいました。それにしても中島君は本当に純粋な人間だったと思います。そこで作家としての高いプライドを持っていた反面、そこには大きな不安もあったのではないでしょうか。横浜の家を訪問した折のこと、「四、五人の読者さえあればいいよ。」の言葉を私は印象深く聞いております。

夫人には横浜訪問の時、初めてお目にかかったのですが、大きい、何も知らない、のんびりした人だとの印象がありました。それまでは頭の切れる、才能豊かで神経の細い女性を彼の奥さんに考えていたのですが、全然予想が違いました。しかし考えてみると、かえってそのような女性を彼は嫌ったのかも知れません。反対におっとりとした母性的な人、何時も安心出来るような女性こそ彼は望んでいたのだと思うようになりました。おそらく家庭で文学の話などに口をはさむ人を彼は敬遠したのではないでしょうか。そう思って私は私なりに納得した次第です。しかしそれからさらに三十年以上も経った先日、浦和にお訪ねして、また余程違った印象を受けたのに驚きました。私自身も戦後に多くの苦労を重ねましたが、改めて中島君に先立たれた奥様の御苦労のほどを痛感するばかりでした。

山崎良幸氏は京城大学の御出身、国語学専攻で高知女子大学名誉教授。最初、私の従姉の子供が高知女子大学の授業で中島の話を聞いたと言ったのがきっかけで、度々訪問することになった。この記事は51年7月16日、55年5月1日、61年3月19日のお話をまとめたものである。山崎氏には『日本語の文法機能に関する体系的研究』(風間書房、昭40・12・15)、『万葉歌人の研究』(風間書房、昭47・7・15)、『源氏物語の語義の研究』(風間書房、昭53・6・30)、『「あはれ」と「もののあはれ」の研究』(風間書房、昭61・11・15)などの著書があり、中島については「中島敦と私」(『龍』47号、京城龍山小学校同窓会、昭59・11・20)がある。

龍山小学校からのこと

洗　春　海

中島君とは龍山小学校、京城中学校と同級でした。そもそも私は木浦で小学校時代のほとんどを送り、思い出も多いのですが、進学のために六年の三学期、一学期間だけ龍

山小に入り、そこで中島君と一緒になったわけです。この小学校からは龍山中学への進学者がほとんどで、京城中へ行ったのは彼と私だけだったと記憶しています。彼については特に秀才だったとの印象が強く、算数、国語など抜群でしたが、体操とか図画などはそれほどでもなかったと思います。五年から中学に合格したのですが、体の関係か何かで改めて六年で受験、トップで入学したと担任の青木先生から聞きました。学校以外では遊んだことはなく、訪問したり、されたりすることもありませんでした。ただ学校で、柴田という背の高い女の子と三人で遊んだことを覚えております。

龍山小学校の卒業写真に中島君も写っていますが、此の時は普段の度の強い眼鏡は外しており、ちょっと違った人のように見えます。普段はうつむき加減で寡黙、交友は少なかったのではないかと思います。しかしいわゆる秀才タイプではなく、何時勉強するのかわかりませんでした。父君が龍山中学の先生だったことは当時、私も知っていました。

京城中学では十五回生として四年間一緒でしたが、クラスが同じだったことはありません。同級生に七、八人ぐらいか、韓国の人もいましたが、皆よく出来ました。この中学では野外演習など非常に厳格で、もちろん中島君も参加したはずです。作文の時間だったか、彼のと一緒に私のも読まれた記憶があります。私は中学卒業後、二年ほど仕事につき、美校に進んだのですが、その後中島君の消息は全然知らず、ただ小学、中学時代の彼を思い出すばかりです。

洗春海氏にお会いしたのは51年3月19日が最初で、仕事で宇和島に行った折、中学で美術を教えておられる方から、氏のことを小耳にはさんだのがきっかけであった。松山、高浜のお宅を訪問した折、山あいのお宅で、鶯の声を聞きながらお話を録音させて戴いたことを思い出す。長く中学、高校で美術を受持たれたあと引退され、御自宅で油絵を教えられている由であったが、56年3月31日再訪した折は、高浜の港まで御病身をおしてお迎え戴き恐縮するばかりであった。さらに61年3月にもお伺いする予定のところ、直前にお亡くなりになったことを知り、御冥福をお祈りするより仕方がなかった。

三角地のことなど

杉原忠彦

中島君とは小学校が違うので知りませんでしたが、大正十一年京城中学に入学し同じクラスで家も近所でしたのでよく遊びました。家があった三角地は龍山駅に約十分、京城駅に十五分位の所で、家は停留所から四、五分の距離に

ありました。学校には電車で通学していましたが、京城駅で乗り換えて四十分位かかったと思います。時々同じ電車に乗り合わせることもありました。

彼の父上は龍山中学の国語、漢文の先生でしたので彼の家には父上の本が沢山ありました。その本を彼は小学生の時から読んでいたようで、強度の近視で読書を禁じられながら、暗い物置などでかくれて読んでいたため、近視が一段と進んだのだと云っていました。遊びに行くと徒然草、十八史略、文章軌範などを持って来て「面白いから読まないか」と云われてびっくりしたことがありました。

又国語の授業の時彼の作文が読まれたことを記憶しています。題は「秋」、澄みきった秋空に誘われて散歩に出た小林一茶が、静かな池の面に写った自分の顔、びんの白くなったのに気付いて、人生の秋を感じたというような作文で私には思いも及ばないことで感嘆しました。一年の終りでしたか母堂が亡くなりました。至極平静でお悔みを云うと「本当の母ではないんだ」との答でした。

龍山駅の近くに鉄道局の図書館がありました。三、四十人くらい収容の小ぢんまりした部屋で、前と隣とは板で仕切られていて前との仕切りの上に電気スタンドがあって、とても落着いた雰囲気でした。入場は自由、貸出しも出来て、中島君もよく利用していました。

彼が大変な秀才であったことは皆知っていることですが、四年の秋の模擬試験で国漢、数学、英語、各教科二百点満点で彼の得点が五百九十八点、英語の単語を一つ間違えただけだったと云う話でした。

四年の二学期の終り頃、近視がひどいから入試は身体検査で落されるかも知れないと、医者から云われ、やけを起こして三学期は酒を飲んだり、学校をさぼって映画館に行ったりしていたという噂を聞きましたが、特別の秀才だったので先生は注意されるだけで停学にもなりませんでした。授業中机の蔭で何か読んでるなと、指名しても正確な答が返ってくるので叱ることが出来なかったと卒業後先生からお聞きしました。

二年になって中島君と喧嘩をして絶交しました。何が原因だったか思い出せませんので些細なつまらないことだったのでしょう。以後彼とは同じクラスになったこともなく言葉をかわしたこともありませんでした。

昭和五年だったか、偶然お茶の水駅のホームで彼と再会しました。「どうしてる」と聞くと、「朝から晩までマージャンだ」との答え、また「国文を何故」と聞くと「文科とは決めていたが、国文科が一番初めに書いてあったから」と云っていました。

昭和七年と思いますが中島君が中国旅行の途次、京城の私の家に一泊しました。当時私の家は岡崎町、古市町停留所を少し上った所で、高橋務先生のお宅は三軒先でした。

これが彼との永遠の別れになってしまいました。
「プウルの傍で」の時になるわけですが我々の在学中には、京中にはまだプールはありませんでした。なお当時東京、京城間は二昼夜、学割で特急券、寝台料込みで十五円、弁当代小遣いを入れても二十円で十分というのんびりした時代でした。

杉原忠彦氏は京城中学から日本大学理工学部に進まれ昭和七年御卒業、引揚後、中・高等学校で教えておられたが、昭和五十五年停年で退職された。その後、二、三の会社の顧問をされていた御親戚の方の私設秘書として、度々上京などもされていた。この記事は55年5月23日、同6月17日、57年7月5日にお聞きしたものを新しく書き改めて送られたものである。

興味ある存在、中島敦

伊東高麗夫

中島君は私にとって興味ある存在と言えます。京城中学の同級生でしたが、一、二位を争う非常な秀才で、もう一人の秀才、稲本晃君が大変な努力家であったのとは対照的に何時勉強していたのか、勉強らしいものをしていなかったような印象があります。家庭的な不幸も稲本君とは反対で、稲本君の父君が京城医専の教授として恵まれた家庭環境にあったのに対し、中島君と父君との反目など、ある程度私は知っていました。しかしともかく中島君は一高、稲本君は広高へと、ともに四年から進学しました。

中学四年の時だったか、国語の吉田先生の時間に彼の作文が朗読されたのを覚えています。自由作文で「猫」について書かれ、ユーモアがあり、名文だと感心しました。その時の級長は西尾直人君だったと思います。

一年か二年のときにも同じクラスになったのですが、三年の時、私の家にレコードを聞きに来たのを記憶しています。この時はクラスは別だったはずですが、誰かに聞いて来たのでしょう。シューマンのものや「カルメン」などがありましたが、“Fairy Dream”が良いと言っていました。

四年の修学旅行は満洲で、彼から奉天城内の色街の話を聞かされました。なおその前に柴崎校長から加藤校長に変りましたが、柴崎校長は九州の修猷館時代から名校長の誉れが高く、厳しい先生でした。クラス編成なども成績順に厳密に編成されていました。加藤校長になってからは、民主的にクラス編成が行われるようになったと思います。

中島君は絶えずせかせかしていた印象がありますが、剣道は強く、運動も得意のようでした。しかし青白い秀才の

印象は否定出来ません。彼は当時から作家志望であり、何でも勉強しようという意向からか、いわゆる下層階級の人達についても勉強、あるいは観察していたようです。スティーヴンスンについて言えば、中学の教科書に載っていたようには思えません。あるいは満鉄の付属図書館にはある程度揃っていたとも考えられます。

彼の作品「プウルの傍で」中の黒猫の描写は、中学四年の作文の時間に聞かされたものと同じだと感じました。また「虎狩」中の同級生、趙大煥については、趙という柔道部にいた大きな男があるいはモデルだったかと思われます。なお金大煥という同級生もおり、趙大煥とはこの二人の同級生を合わせた名前だと言えます。とにかく中島君は私にとって興味ある存在になっています。

伊東高麗夫氏は京城中学より京城大医学部に進み、同学部助教授を経て、国立霞ケ浦病院副院長、長崎県立東浦病院長、長崎県立精神衛生センター所長などを歴任、精神科御専攻で『ヘミングウェイ—芸術と病理—』(金剛出版、昭47)、『天才の秘密—巨匠たちの病跡をめぐるエッセーズ—』(勁草出版、昭54)、『病跡学とオカルト』(勁草出版、昭55)、『病跡学夜話』(金剛出版、昭57)などの著書がある。中島については「中島敦」(『日本病跡学雑誌』24号、昭53・5)、「中島敦について」(『慶熙』12号、京城中学同窓会、昭56・12)があるが近著『病跡学の触手』(金剛出版、昭61・6)に「中島敦」としてまとめられている。この記事は54年10月13日、55年7月23日、56年3月28日、長崎市清水町のお宅で伺ったものである。

秀才中島敦君

稲本晃

京中同級生の会で、中島敦君のことに話が及ぶと、「二人ならべて秀才といわれたが、君はいくら努力しても中島君には遠く及ばなかったな」と今でもいわれることがあります。実は私は彼と一緒のクラスになったことは四年間の在校中一回もなく、彼とは親しく話したこともなかったのです。それは彼が毎年、学科平均九四点という開校以来の成績で一番であり、したがって毎年第一組の組長をつとめていましたが、私は彼より段違いに低い平均点で第二組の級長を命ぜられていたからです。

強い近視の眼鏡をかけて、前かがみに急いで歩く彼をみて、ガリ勉タイプで暗記物や数学理科系に強い人だろうと想像していた私が、友人から、彼が漢学者の息子で、妹を背負って子守りをしながら、中学一年ですでに四書五経を読破し、多くの和漢の書を読みふけっていると聞かされて、

その文学的素養が素晴らしく、到底われわれの及びもつかぬ文学的偉材であると共に、試験勉強などしていることは見たこともないという友人のことばに、数理学科にも試験準備なく満点のとれる科学的頭脳も併せもった古今に稀な逸材であることを知って、中学時代すでに畏敬の念を抱いて居たものです。

中学四年になって彼がすでに一高、東大を目指していることは知らず私は当時の京中の教育程度に漫然と従っているうちに、まず英語の先生が変わりました。大阪の中学から来任された加藤英三郎先生がオリエンタルリーダーをセンチュリーリーダーに変えられ、活字が半分の大きさになるとともに、習得すべき単語量も数倍になり、内地の中学との教育程度の格差を思い知らされました。

此のような状態では四年修了で内地の高等学校の入試に合格することは到底出来ないものと考えて、私は当時中卒の時点で受験出来る二年制の京城帝国大学の予科を漫然と目標にしてのんびりしていた四年生の秋の十一月頃、私は化学担任の高橋先生（現在広島市に九十四歳で最近までご健在、二高、東北帝大のご出身で二高時代土井晩翠先生に英語を習ったとのことです）に呼び出され、すべからく大志を抱いて内地の高等学校を目指せと激励されました。その頃高校受験は二班に別れていましたので、私は第一班に広島高校第二班に三高をえらび、級友十一名と玄海灘をこえて広島へ受験に行き私独り試験運が良かったためか合格致しました。中島君が一高に合格されたのは当然として誰も疑わなかったのですが、僅か三ヶ月の試験勉強で第二志望ながら広島に合格したことで、彼とならんで秀才あつかいされることは中学時代の大きな実力差を自覚している私は常に面はゆい気持でありました。

後年彼は若くして病にたおれ、薄幸の青年作家として惜しまれながら早く世を去りましたが、戦時中の悪環境と病魔と戦いながら僅かに数年間にものした彼の遺作の全集が発行される程、彼には素晴らしい文学的才能があったことを認識する由もなかった私の不明を恥ずかしく思うとともに、この素晴らしい俊才に少なくとももう十年間でも寿命が与えられたら、あるいは正岡子規にも匹敵する作家になっていたのではなかろうかと思うと、彼の早逝が惜しまれてならない。

追記　文中の高橋務先生は戦後広島市に住まわれ毎年のわれわれのクラス会（昭二会）に元気な御姿をみせられて出席しておられたが、去る昭和六十三年九月二十七日、九十五歳の天寿を全うせられて逝去された。謹んで哀悼の意を捧げる。

稲本晃氏は京都大学医学部を御卒業、外科学教室に残られたのち、麻酔学の教授となられ、御停年退官後は名誉教授である。

また愛知医科大学教授、大阪歯科大学教授から客員教授として勤められており、英国王立外科大学院麻酔学部名誉会員にもなられている。お話は55年5月25日にお伺いしたが、改めて今回新しいワープロでの原稿を送って戴いた。

『校友会雑誌』のことなど

福田志朗

敦《とん》さんの作文が載った京城中学『校友会雑誌』については、本多清明という同級生、これは柔道部の主将で私の仲間でしたが、後に一度一ノ関の自宅で水害の跡のあるのを三部見せて貰った記憶があり、それに載っていたかも知れません。残念ながら彼は四、五年前に死亡、一ノ関にいた遺族はいま釜石に居られるはずですから、聞かれたらあるいは見付かるかも知れません。

もう一人、森戸金衛というのが早稲田大学同期生の仲間にいましたが、これも『校友会雑誌』に自分の金剛山登山紀行が載っていて持っていました。未亡人が津田沼で健在で今でも交際していますので紹介しましょう。彼はまた四年の時の修学旅行、二百三高地の写真なども持っていました。

ところで敦さんとの直接交友は、京中時代は殆どありませんでした。彼は抜群の秀才、反して私は柔道部の熱狂者で彼とは偶に言葉を交わす程度の仲でした。しかし面白い事に偶然が演出してくれた彼との交友の機会が一度丈ありました。敦さんが大学一年、私が早稲田高等学院三年の夏休の折です。東京から京城まで一緒に帰った事がありました。外に京中同期で東北大学の笠井章君、今一人京中の一年先輩、拓殖大学の八木義憲君と、結局四人同行の旅でした。実はこの時敦さんは東京駅で偶然にも同じ列車で全く予期しない我々三人と合流する事に成ったと言うわけです。その折敦さんは或る京城の財閥の令嬢を伴って二等車にいるのだと我々を驚かせていました。そして連れのお嬢さんとは結婚の話もある由冗談めいた話も漏らしていました。そんな羨やましい話の中でどうした事か彼は二等車の方へ余り行きたくない口吻もうかがえたものです。そうした賑やかな雑談の中で割と好人物の八木さんが事態を考えての末か、どうだ車は混んでいるし敦さんを誘って食堂車へでも行き一杯やってネバロウではないかと提案してくれました。そこで四人共どうやら酒は嫌いでもないらしく、揃って食堂に席を移して、飲みカツ語りつつ四時間近くもネバり続けたものです。暢気な昭和の初期の学生生活の一齣でしょう。中島君の酒仙の片鱗を窺い見た様に思っています。

また彼が部厚い眼鏡の中で人なつっこい笑をたたえて次元の高い話を静かに語ってくれたのが印象的でした。

六十年も前の出来事です。今は是れを語れるのは残念ながら八十歳の私一人になりました。なお敦《とん》さんとは中島君の若き日の仲間での愛称でした。

福田志朗氏は中島と京城中学の同級で、早稲田大学政治経済学部の御出身、株式会社コマツパーティションを創設され、社長、代表取締役から、現在は会長となっておられる。京城中学同窓会などに出席させて貰い何度かお会いしたが、この記事は55年7月1日お会いした折のものである。『交友会雑誌』については本多氏のものは結局見ることが出来ず、森戸氏については夫人から修学旅行の写真はお借りしたものの、中島の文が載った雑誌はやはり見付けることが出来なかった。今後、余程のことがない限り、同級生の僅かな思い出から中島の文を推測するより外にないように思われる。

カンニング事件のこと

高橋　務

中島のカンニング事件のことをよく覚えています。これは彼の四年生の学年末、試験前廊下に並んでいた時、答案を出すよう級友の一人に頼まれ、中島がその通り出したところ、頼んだ方も恐ろしくなったのか答案を出し、結局同じ名前の答案が二枚出て問題になったという事件です。石塚藤太郎という漢文の先生が筆跡鑑定をやり、中島に問いただしたところ、あっさり犯行を自白しました。そこで職員会議が開かれ、最後は校長に一任されたのですが、すでに一高合格も決まり、龍山中学の先生の令息という点も考慮されたのでしょう、特に重い罪にもならずに済みました。

その他、中島については剣道が強かったという印象がありますが、選手ではありませんでした。同級で彼と同じ秀才の名が高かった稲本晃君は選手だったと記憶しています。

高橋務氏は中島の京城中学での恩師である。東北大学御卒業後、京城中学の化学の教師となり、多くの生徒を教え、各地での同窓会にもお元気なお姿を見せられていたと聞く。お話は56年3月30日、お独りでお住まいの広島のお宅でお伺いした。なおシュバイツアー病院に勤められていた高橋功氏は御令弟との由である。稲本晃氏のお便りによれば、63年9月15日、病床の先生に中島追慕の文のことを話されると、涙を流されて喜ばれたとのこと、追悼の心をこめて御霊前に捧げたい。

兄貴分として

長根 翠

敦は私の三歳上で兄貴分として慕っていました。一高入学で京城を離れる時、『吾輩ハ猫デアル』、『若きヱルテルの悲み』、『西洋音楽十二講』の三冊、時計、それに彼自身の『創作ノート』、これは使うようにと呉れたもので、自分で書いた部分はほとんど破っていましたが、南敏男というペンネームらしいものが書かれており、それらを貰いました。当時私は京城第二女学校の一年生でした。その一高時代、京城に帰って来た折、女性の消息など聞かれたことがあります。私の友達、藤井とし子さんを、私の東京家政学院時代に連れていって紹介したのですが、とし子さんも敦に好意を持っていました。私は兄貴のように思ってよく後について行ったものです。手紙も貰っていましたが、父母が整理して失くなりました。

敦一家との最初の付き合いは浜松時代で、これは私達一家が先に住んでいたところ、田人一家が奈良の郡山から移って来たためでした。お互いに家も近く、一緒に海水浴などにも参りました。

京城には私達の方が後から参ったのですが、青葉町の善隣商業の近くに一緒に住んだことがあります。商業の正門に向かって右側の坂に面した端の長屋の一軒で、敦の三番目の母コウさんが来て大連に移った後の家でした。六畳が二間、あと四畳半と三畳の使い易い家だったと記憶しています。その長屋の一軒置いた家に、敦が志津伯母と二人で住み、よく遊びに来ていました。どうも敦は志津伯母を嫌っていたようで、その頃少しぐれたのではないかと思われます。なおこの家の道路を距てた前にはドイツ人が建てた煉瓦の一階建の家があり、当時は東大の建築を出た田中という方が住んでいて、遊びによく行きました。広いホールがあったことを覚えています。

その前、澄ちゃんが生まれてすぐ、母親のカツさんが亡くなった時、私の母が百日ほどお世話を致しました。まだヘソの緒がついていたぐらいで、母は野村という人の好い日本人の老人に来て貰いました。その後コウさんを迎え、大連に越したあとの家に私達一家が移って来たというわけです。

東京でも私は時々、銀座のモナミなど喫茶店で敦に会っております。私達がお芝居をすることになり、藤井さんを初めて連れて、彼の学生服を借りに、東大前の汚い下宿屋に行ったこともあります。また昭和五年だったか、東京から藤井さんも一緒に三人で、三等車に乗って帰ったこと

があります。京城で姉達の家に一泊し、当時父達のいた新義州まで帰ったのですが、敦はここで十日程いたはずで、その間文学全集を読みふけっていて、父などはその内、作品に書かれるのではなどと言っていました。その後、大連の菫町だったか私の方が出かけて一月ほど滞在しました。当時小学生だった澄ちゃんの絵日記があるはずです。なお敦はその頃井伏鱒二を尊敬していたと記憶しています。

敦が生母千代さんと別れたあと、敦自身はそれと知らず再会した由で、上野公園で栗橋、旗井の従兄（塚本盛彦）と一緒に田人に連れられて行ったと聞いています。千代さんは青鞜などにも関係していたのか、とにかく敦を背負ったまま、撫山先生の漢籍の素読を聞いたということです。ただ家事が出来ず、伯母達が離婚させたと聞きました。

撫山先生の父、中島清右衛門（良雅）は金持ちの実業家であったらしく、お妾さんも多く、醜男ながら気っぷのいい人で、酒をかけたと言って着物を買ってやるなど、芸妓衆の中には恩義を感じ、その墓の傍に庵を作り、自ら墓守りをした者までいたと言われています。白魚のお吟とか、手のきれいな新橋芸者だったそうです。撫山先生の先生、亀田鵬斎は一家の者が尊敬しており、下町にあったそのお墓によく参拝したことを覚えています。

お志津伯母は国語の先生で、京城の淑明高女の先生になりましたが、これは最初、そこの校長が教育者として有名な方で、伯母は学校を見学に行きそのまま勤務することになったのだそうです。もっとも伯母が勤めたのは短期間で、排斥運動があり辞めました。

その他、敦自身、カンニングした時のことを面白そうに話すのを聞いたことがあります。死亡したことを聞き、すぐ世田谷の家に駆けつけましたが、死体はまだ温かでした。

長根翠氏は大正元年のお生まれ、中島家十三代、靖（綽軒）の長女、婉の二女にあたり、現在東京練馬にお住まいで、油画を教えておられる。この記事は55年6月3日、同7月12日、57年5月1日に伺ったものである。なお文中の藤井とし子氏は結婚して猪原姓に変り、随筆集『あかしや』（南大門小学校同期会、昭和54・8）を出されているが、その中に「中島敦さんの事」と題した随想が載っている。

大学同級生として

山口　正

中島君と親しく言葉を交わしたのは昭和七年一月だった

と思います。当時私は本郷にあった鹿児島出身者達の学生寮に居たのですが、冬休みも寮にいたところ、或る夜、酔っぱらった彼が現われ、盛んに「寂しい」と洩らしていたのを覚えています。それまでも私は同級生の世話役のようなことをしていたので、名簿づくりなどである程度は消息について知っていたかも知れませんが、とにかく中島君の印象はこの時初めて強く残りました。

その後あまり会っていませんでしたが、昭和十七年春、文部省別館にあった日本語教育振興会にいた時、パラオ群島から帰ってきた彼と会い、パラオの話など二、三分したあと、私が所用のため中座して帰って来ると、彼はもう居ませんでした。それが彼と会った最後になります。

我々が大学を卒業した昭和八年は、大変な就職難の時代で、同級生三十八名中、まともに就職出来たのは優等生の尾沢君だけ、それに私も海城中学に月給七十円で何とか就職出来たのですが、中島君が横浜高女に勤めたのも幸運な方だったと言ってよいでしょう。

赤道直下に近い南海の島で、彼は日本語の教科書を編集する仕事のために働いたのでしょうけれど、持病の喘息を治すどころか、却って悪化させて、帰国してきたのでした。随分と憔悴した顔つきだったことを覚えています。その代り、彼は不朽の名作『光と風と夢』を提げて帰還したのです。

芥川賞を争ったのは石塚友二の「松風」という作品。いずれ劣らずの名作で、とうとう昭和十七年度、芥川賞ナシとなったのです。その年の春に中島敦は逝去しました。後日談ですけれど、私はその翌々年セレベス島へ海軍司政官の身分で赴任したのですがその前年、横光利一邸を訪れた際、私のあとから来た人を「ぼくの弟子です」といって紹介された人が石塚友二。この人が、わが友中島敦のライバルだったのかと、暫く語り合いました。

南方にいた間、赤道直下で同じ様な仕事に従事しながら思いつづけたのは、汝の敵を愛すべしの精神は文の道でも武の道においても変りがないことを知らされた喜びだったのです。横光邸で印象づけられた師弟愛の美しさを思い出す度に、中島君の夭折が惜しまれてなりませんでした。

山口正氏は茨城大学名誉教授、解釈学会々長、専攻は国語学である。お話は56年5月2日にお伺いし、今回、さらに補足して戴いた。なお山口氏には「中島敦君との出会い」(『解釈』53年12月号)がある。主要著書は、『万葉修辞の研究』(武蔵野書院)、『レトリック精神と作文指導』(明治図書KK)、『山口正著作集』(教育出版センター)など。

中島敦さんとのこと

岡本登志

私が中島敦さんにお目にかかったのは昭和八年四月、私どもの結婚式の時で、主人武夫と同じ度の強い黒ぶちの眼鏡をかけ、しきりに照れながら長い髪の毛をかき上げていらしたのをよく憶えております。私がお会いしたのはこの時だけと思いますが、始終主人が「渋谷の家でのこと」を話してくれましたので、長い間のおつき合いのように感じておりました。

渋谷の家―道玄坂上の広い敷地（現在は東京瓦斯と長沼日本語学校）には関家と岡本の分家も一緒に住んでいました。なお関家との関係ですが、武夫の祖母育子は、関家の二人姉妹の長女でしたが、懇望されて岡本家に嫁しました。その関係で敦さんの伯父、関翊氏（中島家から養子に来られた）夫妻と母上、そして子供さん達がこの渋谷の家にお住いだったのです。そこで関家に来られた敦さんは関家の従兄弟さん達はもちろん、岡本の方の同年配の人達と仲良くなられたのでしょう。今はともに故人となっておられますが、一中時代、同級の高間芳雄（高見順）氏や画家の刑部人氏もよく遊びに来ておられたと聞いております。敦さんは、特に文学好きの武夫とは気が合われたようで、敦さんの主人へのお手紙やお葉書なども拝見した記憶がございます。しかし戦争中、主人の北鮮への赴任、疎開、そして戦後の混乱などで整理も出来ないまま見失ってしまいました。残念なことでございます。御結婚後も武夫とは親しくおつき合いがつづいておりましたようで、昭和十七年十二月四日の早朝、敦さんが亡くなられたとのお電話で、主人が飛び出して行った日のことを今でも鮮明に覚えております。

岡本登志氏は故武夫氏夫人。56年2月5日、お宅を訪問してお話を伺い、まとめさせて戴いた。なお武夫氏は40年9月24日他界されたとのことである。僅かながらこの本を捧げて御冥福をお祈りしたい。

中島敦先輩とのこと

三好四郎

私は中島さんの京城中学の一年後輩です。ただ私の場合、

父が『朝鮮日報』という英字新聞を辞め、台湾に変ったので、四年の一学期から台北一中に転校しました。しかし当時から大秀才中島さんの名前はよく知っておりました。その後私は台北高商、九大を経て、昭和十年から五年間、浅野学園に勤めたのですが、ある日、同僚の釘本久春氏が電話で盛んに「敦、敦」と言っているのを聞き、もしやと思って尋ねるとはたして中島さんのことでした。そこで釘本氏に連れられ、横浜高女近くの喫茶店で再会したわけです。その時、すぐに気が合うと思いましたが、正にその通りで、私の方から出向く時は「モスコー」という元町のロシア人のやっている店で軽い食事をとったり、山下町の「蔦屋」、元町そして馬車路に支店のあった「喜久屋」などで盛んに会い、彼の方も山越え三里半の道を鎌倉まで来て、一緒によく歩き廻りました。二人とも音楽好き、特に中島さんは、シャリアピンが来たといっては感激し、それを聴いたといっては感激するという工合でした。当時の私ときては『資本論』ばかり読んでいて、文学などには全然関心を持っていなかったのですが、かえってそれが中島さんにとっては気楽な相手と思われたのでしょうか。しかし私自身はともにヒューマニズムの点で共通するものがあったためと思っています。

中島さんの旅行好きは相当のもので、中国旅行を一緒にしました。昭和十一年夏のことで、中島さんは大学時代、すでに中国に行ったことがあると言っていました。とにかく私の方が先に出発し、香港、基隆と廻って、上海で中島さんを出迎えるという形になりました。何でも継母に当る人の法事とかで、どうしても一緒に出られなかったということです。上海には私の伯父が長く住んでいて、それまでも私は度々訪問しておりましたが、その伯父を頼り、上海を起点にして、二人で杭州で一泊しましたが、最初間違って西湖を臨む極上の部屋に案内され、すぐ間違いとわかり、岩壁に面した最下等の部屋に移されたということもありました。蘇州では虎丘、寒山寺、西園、留園、北寺と廻ったはずで、こちらは日帰りでした。他に上海で競犬を見たり、ジェスフィールド公園を訪れたり、結構忙しく楽しい旅でした。中島さんは漢東にも行きたがっていましたが、日程の都合で行けませんでした。最初は台湾にも行くつもりだったようですが、前述の通り父君から法要出席を強く要請されはたせなかったことになります。帰りはカナダ汽船に乗り、私は神戸で下船、中島さんはそのまま横浜まで乗って行きました。しかしどういうものか、船賃は同じだったと思います。その船ですが、中国の苦力達と同じ部屋で、食事も一緒、日本人が四、五人いたでしょうか、あとの人達はみんな和歌山出身で、その中のおじいさん一人だけが、その食事をおいしいと言っていましたが、とにかくひどいものでした。その時の中国人水夫の言葉、「タッペロー」

（食べろ）は中島さんにとっても忘れ難いのか、「タッペローをもう一回」などと葉書に書いて来たこともあります。

中島さんの原稿を深田久彌氏に紹介したのは私です。これは深田氏と私が鎌倉の同じ町内に住み、大佛次郎氏の世話をしていた写真同好会、写友会にともに入っていたのが縁でした。釘本氏がそのことを知り、中島さんに書き溜めている原稿を深田氏に見せるよう強く奨めたのでした。しかし中島さんはなかなか行こうとしなかったため、最初私が連れだって深田氏のところに行き、不在で夫人の北畠さんに言付けたというわけです。その写友会ですが私は決して熱心な会員ではなく、八幡宮で一年に二、三回やる展覧会などにもほとんど出したことはなく、ただ深田氏と時々浄明寺行きのバスに乗り合わせ、途中で降りる深田氏とその都度言葉をかわしていたという程度でした。そんなことでしたが何時までも中島さんが原稿を持って行こうとせず、結局私が妙な役割りを演じたということになります。いったい何を何時持っていったか、はっきりと覚えていませんが、「光と風と夢」の後に「山月記」を持って行ったようにも思います。その後昭和十六年の十二月でしたか、原稿を返して貰うようパラオから言って来ましたが、それを実行する前に『文学界』に載ることになったのは幸いでした。なお深田氏との関係で私の姉が介在したように言われているそうですが、姉は別に文学好きというわけでもなく、関係はありません。

中島さんが南洋に出発する時、私は九大に籍を置いていたのですが、鎌倉から見送りに横浜へ行きました。私一人だけ、知った人もなく、教え子の女学生ばかりで家族も見えず、船に乗り込んだ中島さんも何か照れくさそうな様子でした。横浜のお宅を一度訪問したことがありますが、こぢんまりした家だったと記憶しております。南洋から帰ってこられてもお会いしたのですが、亡くなった時は丁度私自身急性肺炎で一月程入院しており、行くことが出来ず、あとで妻と二人で弔問に参りました。

とにかく中島さんは私にとって魅力ある存在であり、意外とおしゃれな面も見せられ、丸善で英国製の外套など買っていたことなども思い出します。趣味なども豊かで、将棋は名人級と言えるのではないでしょうか。決して秀才ぶったところが無かったことも、私にとってその付き合いを何時までも忘れることのないものにしていると思うのです。


三好四郎氏のお話は53年3月6日、55年6月30日、同7月16日、56年4月29日、57年3月17日に伺ったものである。お名前だけは早くから知っていて探しあぐねていたところ、たまたま友人の出版社から出した『花と革命』（学苑社、昭52・10・30）なる本の序文に、日本キューバ友好協会常任理事として寄せられたお名前を発見してのことであった。九大御卒業後、東亜同

文書院、愛知大学で農業経済を教えておられたが、メキシコ、キューバなどのことも楽しそうにお話し下さった。久し振りにお話を伺うつもりで連絡をようやくつけたところ、62年10月に亡くなられたことを知った。心から哀悼の意を表し度い。

横浜高女同僚として

飯塚充昭

昭和二年から十二年まで、私は横浜高女に勤務、理科を教えていました。昭和八年、経営者間のいわゆる学校騒動で、田沼卯之吉氏から勝之助氏の方へ経営が移ったのですが、その際、中島さんを始め、岩田一男、安田秀文、そして音楽の渡辺はま子さんら、新進気鋭といってよい人達が赴任して来ました。山口比男さんは少し後だった様です。

中島さんとは山下町の同じ同潤会アパートに住んだことがありますが、お互いに違った時期でした。親しく行き来したのは昭和十年、本郷町の頃で、これは当時出来た新興住宅の貸家で、高台に建った四軒の右端に私が住み、家賃二十二円。その左隣りが中島さんで家賃は二十円ほどだったでしょうか、大鳳小学校が坂の下にあり、女学校までは徒歩約二十分の距離でした。その後私は近くの坂の下の方の家に越し、中島さんもすぐ左の家に移りました。この家は最初、混血児がいて中島さんは興味を持っていたようですが、家自体が非常に気に入っていたように思います。庭が少し広くなったのか、奥さんの影響で草花作りに熱中したのもこの頃でした。たとえばパンジーなど同じ種類のものを幾つも植え、その色の変化に強い興味を持っていたようです。昭和十二年一月、最初の女のお子さんを亡くして、中島さんの草花作りは急に強くなったとも考えられます。

中島さんとは一緒に旅行にも出ました。昭和八年八月には、三国峠から猿ヶ京温泉、四万温泉と廻りましたが、三国峠で忠治張りの扮装をした写真が残っています。尾瀬にも一緒に行きました。私が辞めたあと、昭和十五年、小港でヨットを一緒に楽しんだこともあります。卒業生の本多章君もいました。これは一夏だけのことで、その後中島さんも私も横浜を離れ、再び会うこともなくなったのです。

飯塚充昭氏は横浜高工（現在横浜国立大学工学部）を卒業されたあと、横浜高女に勤められ、中島の同僚として親しく交流された方である。横浜高女から日本曹達に転じられたが、中島についての思い出は『学苑』の特集号などにその都度載せられている。このお話は56年2月16日、お宅を訪問して、夫人ともどもお伺いしたものである。夫人は昭和六年に横浜高女御卒業と伺った。

中島さんと一緒に勤めて

安田秀文

中島さんとは一緒に横浜高女に勤めておりました。私は東洋大学で高島米峰先生に師事し、社会運動に関心を持っていたのですが、先生の斡旋で、横浜高女に勤められていた平野先生の後輩ということで、昭和九年、滋賀先生にお目にかかってその推薦を得て勤めることが決まりました。それまで大学院進学のつもりが、突然話が進められたものです。中島さんは、すでに前年、校主の先生の御子息ということで丁重に迎えられていました。

「かめれおん日記」で私のことがモデルになっていると言われていますが、あの吉田はフィクションです。月給袋の件は、会計係の本間さんが職員室へよく来て、先生方の俸給について、公私立大出身で大きな差があることなど話していたことについて、皆が色々噂をしていたことによると思われます。「方法論の大家」云々の言葉は七夕祭を計画したり、創立記念日に内務省の国立公園協会から資料を借り、国立公園の展覧会を催したことや、汐汲坂文庫の創設を提唱し、実現させたことなどの社会的な活動の面を捉えて言っているのでしょうか。また「官僚好き」といったことは、国立公園展をやったことや、卒業論文（この概要は、後に明治書院発行『国語科学講座』の中に採録）作成のため伊豆諸島を廻った時、色々紹介の労をとられた東京府の学務部長が、神奈川県の総務部長になって来られたので、挨拶に行ったことを話したことなどが関係しているのかも知れません。なお私自身は女学校に勤めながら女性にはほとんど関心がなかったのですが、柏木アパートに住んでいた時、中島さんの部屋へは生徒の姉だと言っていた人達が、よく尋ねて来たり、一緒に外出したりしていました。また妙なことですが、イチゴミルクを中島さんは、「女学校の手洗いのようだ」と言って口にしなかったことを覚えています。（原注）

私は小学校五年の時、父を亡くし、母の手で育ちました。それで木曾川の傍にいた母のところに休暇毎に帰っていましたが、それを中島さんは羨しがっていました。なお横浜高女の雑誌部が毎年作っていた『学苑』は、その一部を母のところに置いていたため戦災を逃れることが出来ました。これは私自身かなり力を入れたつもりです。全国のいくつかの私立学校に『学苑』を校主の意向で、交換雑誌として配布していましたが、二つ程の学校から、写真の編集を模倣したいから了承願いたいとの連絡があり、校主が喜んで

いたことがあります。あの中の校主の名前になっている色々の文は、ほとんど中島さんが書いたものです。
私は昭和十四年に退職、文部省の外廓団体（財）産業教育振興中央会に勤め、そこで実業教科書の編集に携りましたが、文部省に出入りしていた頃、釘本久春氏が国語課長であり、友人として中島さんを南洋庁の国語編修書記に斡旋されました。また私は、十八年七月育英制度創設の事務に携るため文部省嘱託となり、十月、大日本育英会創立と同時に専任職員として、引き続き四十六年六月、東京支所長、調査役を最後に定年退職するまで勤務致しました。釘本氏は三十年に日本育英会理事に就任、三十二年に中島さんの長男桓君を育英会に斡旋されたのだと思います（現在は名古屋支所奨学課長）。中島さんと一緒に勤めたのは僅か六年、お互いまだ若い時の、短いおつき合いでしたが、何か奇しき因縁があったように思われます。

（原注）筑摩書房刊、決定版中島敦全集の第二巻漢詩の十六「贈安田君　三首」の一首などは、そのあたりのことを詠んだのではないかと考えます。

　贈安田君
平生独訝閑人意　攀柳折花非我事
月夕花朝屑々過　壮年未識佳人涙

安田秀夫氏は心臓に持病（狭心症）をお持ちで、お体を心配しながらも何度かお目にかかった。この記事は58年11月26日に伺ったお話に補足、追加して送って戴いたものである。モデル云々についてタカ夫人は大変気にしておられたが、積極的にお話を戴き、さらに貴重な『学苑』を中島文庫に御寄贈戴いた。日本育英会を退職されたあと、（財）産業教育振興中央会に復帰、月刊誌『産業と教育』を編集されていることなどもお聞きした。一層の御自愛をお祈りするばかりである。

清書を手伝ったことなど

飯島美江子

昭和十四年七月頃から私は中島先生に頼まれて原稿の清書を致しました。私は昭和十二年に入学して二組、三年の組替で四組でしたが、先生はずっと一組の担任で、副担任は国語の青木先生だったと思います。私が雑誌部にいた関係で先生に頼まれたのでしょう。二組の名取さんも頼まれたと思いますが、ご都合で結局やらなかったはずです。お仕事はかなり長期にわたり、五、六枚ずつ、すでに原稿用紙に書かれたものを家に持って帰って清書しました。「虎狩」、「斗南先生」、「山月記」と続いたと思います。先生に

頼まれたことは大体やったはずで、ご一緒に遊びにも行きました。十四年の十二月二十五日、クリスマスの日にお宅にお邪魔したことも思い出します。この日は上級生も来ていました。なお私の姉も横浜高女でしたが、関係はありません。十六年の五月、お誘いを受けて朝日ニュウスでニュース映画をご一緒に見たこともあります。この年六月、先生がパラオに行かれる時は雨でしたが、お見送り致しました。その南洋から最近の写真を送るようお便りがあり、お送りしました。先生からは度々お便りを戴きましたが、ヤルートからの絵葉書など今でも大切に持っています。でもご帰国後、特別なお話は伺っておりません。十七年の三月、ご帰国直後も東京からお便りを戴きました。五月二十七日にもお便りがありましたが、七月三日のお便りでは家探しを頼まれました。小谷恵美子さんにも頼んでいたようです。この時、前に清書した作品が本になることを知らせて下さいました。昭和十二年卒の方達のクラス会で横浜に月末に来られることも書いてありました。そのクラス会が七月二十六日にあった時、改めて桜木町まで来るようお便りがあり参りました。顔がやけて健康そうに見えたことを記憶しています。九月に『光と風と夢』を送って戴き、お誘いのまま、二十四日に渋谷まで行き、お宅に連れていって貰いました。この時もお体が悪いようには見えませんでした。なお私は十六年三月に卒業し、銀行員としてお勤めに出ていました。十月二十一日付の手紙が最後のものになりましたが、ご入院のことなどは知らされず、お葬式にはやっと間に合った状態でした。結局、ご生前に世田谷のお宅に私がお邪魔したのは九月二十四日、お彼岸の日一回だけで、帰りに新橋まで送って戴き、食事をご一緒させて戴きました。ほかにも二、三通未発表のお便りがあります。全集編纂でご依頼があった折、それらは奥様に悪いと思い出しませんでした。昭和十五年頃のものです。今になって探してみるのですが、その後の引越し、増改築のためかどうしても見付かりません。

今、先生から奥様にあてられた書簡をずっと読み返して涙があふれて仕方がありません。結婚されて約十年、離れ離れのご生活が多い中で、昭和十年六月から十六年六月、南洋にたたれるまでのガス山の家でのご生活が一番充実して落ちついた日々ではなかったでしょうか。時々お伺いしたお宅には四季の花が咲きみだれ、お二人のお子様に囲まれて先生はとても楽しそうでした。

南洋から奥様へのお手紙は毎日か、二、三日置き、本当に何度読んでも泣けてしまいます。学生結婚、お父様の強い反対の中に愛を貫かれたお二人の絆。奥様は控え目な方でした。先生が私を可愛がって下さったのはあくまでも教え子として、それも担任でなかったので余計そうだったのでしょうか。卒業式の二、三日前の寒い日、先生がよく行

かれたオデオン座に二人で映画を見に参りました。その内容は忘れてしまいましたが題は「大紐育」、先生は私の手が冷たいとずっと暖めて下さいました。奥様にお見せしないようにと別にしていて今見付からない先生のお便りは、このまま私の胸にしまいこんであの世に持って行こうと思っています。私など及びもつかない愛情を貫かれた奥様ですから、それぐらいは許して下さるのではないでしょうか。

飯島美江子氏は旧姓鈴木、この記事のように中島の担任ではなかったが、雑誌部員として最も信頼された生徒の一人で、その作品の清書を多く頼まれている。最初にお会いしたのが53年7月14日で、ほかに金子いく子氏と鼠入陽子氏が同席された。また同じ年10月5日、前田正枝、小山八重子、小林敦子氏達と御一緒にお目にかかったほか、中島敦の会でも、出席の都度お会いしている。最初にお会いした折は、中島からの書簡を中心に当時のことを思い出して戴いた。なお小林敦子氏は中島の評点のついた作文を御持参下さった。一年から四年まで作文指導を受けられた由で、優、良、美、可の順の評点があったと伺った。飯島氏には今回原稿にした段階で改めて訂正、加筆をお願いしたところ、63年7月2日、鼠入陽子、小林敦子、田島喜代氏とともにお会い出来、追加の原稿を戴いたので、前後関係を整えて載せさせて戴いた。

（平成元年三月一日新有堂刊『中島敦・光と影』所収）

同時代評

三田文学・文学界

無署名

三田文学は創作四篇。

原民喜の「面影」は、近頃にめづらしいまともな小説である。出征兵士の面影を彼の亡き母と老いた乳母の口を通じて描写してゐるのだが、出征兵士の一つの影像をこれ程あざやかに描写してゐるものはなかつたと云つても過言ではない。ことに亡き母の口を借りて、かつてのオリンピック選手が堕落して行く過程を描いてゐるくだりは、一見たどたどしいやうで巧みに効果を挙げてゐる。満州事変から支那事変までのあの不思議な熱に浮かされたやうな時代。あの時代の波に乗ぜられ、翻弄された一人の青年の姿が美しい愛情を持つてしかも客観性を失はずに描写されてゐる。上調子な作家の多い今日の時にこそ、この作家などには、もつともつと活躍してもらひたいものである。

鈴木重雄は「青春の乗手」を境としてたしかにうまくなつた。「青春の乗手」とその後の「堅い芯」、「姉と妹」と比べると、僅四五ケ月の間のこの作家の飛躍振には驚くべきものがある。前作と後二作との出来上りの上には格段の差がある。しかし、「青春の乗手」と「堅い芯」特に「姉と妹」と比べれば明らかなのだが、前作に比べて後二作は、この作家特有のスケールを失つてゐはしまいか。この作家の課題であつた友愛と恋愛のモラルの探究に休止符が打たれてゐることは惜しまれる。

片山昌造も引続き好調である。今度の「縁側」も「家の幸福」と同じく身辺に取材した小説であるが、孤独にあつ

てときたま触れ合ふ人との接触のさまが素朴なまゝに光つてゐる。露悪的な人生派と対蹠的な点にあることは好感が持てる。しかし、もう一歩踏み込んでみれば、この作家の、現実の悪を柔かくつゝんで行くやうな態度には疑問がなくもない。この作家はもつと思ひ切つて現実悪に対しての怒りを突きつめて行くべきではないだらうか。

文学界の三篇のうちでは、石塚友二の「松風」が力作でもあるし手堅くもあつた。自伝的な素材を終始客観的に把握してゐてしかも一種の風格を漂はしてゐるのはさすがに永年俳句で苦労しただけの表現の適確さだと思つた。中年にして結婚するもののデリケエトな心理が美事に描かれてゐるのである。やがて新婚のすみ家となるべき陋屋も絵空事にならずに良い背景となつてゐる。ただこの作品は、すつかり完成されてゐて、この作家の未来性を考へさせないものであつて、その意味では、横光や中山義秀とどことなく似たところがあつて小型な感じにみえ損をしてゐる。

中島敦の「古譚」は、近頃のがさつな文壇には珍らしい理智的な作品であつて、それだけ目立つて見える。しつかりしたねれた筆致で気品があり、悪ふざけでない面白さを持つてゐた。

田中英光の「星ひとつ」にはかなり失望させられた。すでに彼の出世作「オリンピアの果実」のときから一脈の危懼が持たれてゐたのだが、これはすこしひどすぎると思ふ。あの作品は、たとへ通俗の傾きが大きかつたとは云へナイーブなみづみづしさは文壇では珍らしいものであつたが、この「星ひとつ」にあるのは単なる悪ふざけに過ぎない。われわれは、作品と作家のあり方との微妙な関係について考へさせられざるを得ない。苦節十年と云ふものが、本当の意味を持つて彼の文学の基礎となるやうに作家は生きなければならないものであらう。

（昭和十七年三月「三田文学」）

子供と芸術家と夢

中村光夫

今月の諸雑誌の小説を通読して、一番印象に残つたのは中島敦氏の「光と風と夢」(文学界)であつた。この小説は今月の創作のうち最も優れたものであるとはいへないにしろ、少なくも最も注目すべき作品であることは誰しも異論のないところと思はれるので、以下それについての感想を少しく述べて見る。

中島氏の名は多くの読者には耳新しいであらうが、氏は必ずしも僕等にとつて全く初対面の作家ではない。氏がやはり「文学界」二月号に発表した「古譚」はその特異な題材と緊密な構成で既に一部の人々の深い注目を引いたものである。

「古譚」はその題名が示すやうに大人の童話めいた奇怪な昔話であつた。それは二つの独立した短篇から成り立つてゐたが、一つは支那の昔の詩人が虎になつてしまふ話で、他はアッシリアだかバビロニアの博学な博士が瓦文書に押し潰される話であつた。

いはば両者とも現代の小説家が好んで描く常識的な「現実」や「歴史」からは全く遠くかけ離れた作品であつたが、この奇異な夢物語も、それを貫く作者の眼差しが飽く迄真剣であるためか、読者を知らず識らずその世界に引込む力を持ち、却つて生まなかな現実小説より作者の心がぢかに感じられる点で、この未知の新人の文学的才分と修養の並々ならぬことを感じさせるに充分であつた。

その文章には今日の青年作家に稀に見る一種蒼勁と形容したいほどの簡潔な落着きがあり、それが題材の古めかしさと巧まずに調和して「古譚」の魅力の大半はここに基づくと思はれたが、この二つの短篇を貫く作者の人生観めいた思想はこれと反対に殆ど子供つぽいといへるほど若々しく、このいはば技巧の老成と心情の稚気の奇妙な結合が、作者が独自の夢を織る原動力であり、またその夢の世界が作者の個性の奥底に根ざす矛盾から必然に導かれた点にこの奇怪な空想が一種象徴的な現実性を帯びる所以が存すると思はれたが、かうした「古譚」にその片鱗を見せた作者の特色は、恐らく作者にとつて会心の力作である「光と風と夢」にも充分展開して、僕等をその夢の世界に誘つてくれる。「古譚」では少し枯れすぎてゐると思はれたほどの氏の老成した筆は、この長篇では暢び暢びと跳つて、僕等の(またおそらく作者自身も)見たことのないサモア島の

風物を縦横に活写してくれる。

そしてこの島に孤独な生活を送る小説家スティヴンスンの日記は彼の手記からの翻訳ではないかと疑はれるほどである。恐らく一人の外国作家の個性的な生活感情をこれほど精到に、かつ生き生きと描き得た小説はこれまで我国にはなかつたのではなからうか。

作者はこの生涯実生活の上では大人になり切れなかつた薄倖な「ストオリイ・テラア」に何か血の繋がりに似た愛情を覚えてゐる。いはば「古譚」の夢は未だ作者の観念によつて織られたに過ぎなかつたが「光と風と夢」で作者はその夢を自分の血で濯いでゐる。疑ひもなく中島氏にとつてこれは一つの大きな進展であらう。しかしかうして極限まで張り詰められて見ると、前述した氏の夢の特質は此処で氏の文学の弱点に変じ兼ねないのである。小児の心は或る意味で直ちに芸術家の純潔に通ずるものであるにしろ、芸術家の純潔とは果してここに描かれたやうな弱々しいものであらうか。かうした疑問がこの小説を読みながら終りまで僕の心を離れなかつた。

しかしこの点については既に紙数も尽きたので何時かきつと氏の作品を読んだ上で改めて書きたいと思つてゐる。とまれ氏は将来を嘱目すべき新作家である。氏の新作は僕に初期の佐藤春夫氏を聯想させた。

そこには異常な才能と結合された執拗な夢見る意力と共に、一種肉体的な脆弱さを感じさせる点で、何か共通するものがあるやうに思はれた。

（昭和十七年五月十一日「日本読書新聞」、昭和四十七年四月二十日筑摩書房刊『中村光夫全集』第五巻所収）

文芸時評（抄）

南川潤
大井廣介
佐々木基一

中島敦『光と風と夢』（文学界）

河上徹太郎と深田久彌の共同推薦による二百枚の長篇といふことで、今月は第一にこの作品を読んだが、正直に云つて、私の印象の中では、まだこの作品のよさが判然としてゐない。面白いといふ点ではこの上なく面白いのだが、その興味のよつて来るものが、何処までが作者の文学であり何処までが素材であるのか、私の中で一向に割り切れないからだ。作者は南洋で公務を執る傍ら、博覧強記の読書家で、日本的アナトール・フランスといつた新人作家だそうだが、以前同じ文学界に発表したといふ短篇二つも読んでゐないので、このあたりの事情を、一度物識りの人に尋ねて見たいものだと思つてゐる。何んにしてもこれはこれなりに、確に一異彩である。（南川）

『宝島』や『ジキール博士とハイド』の作者スティヴンスンを主人公にもつて来る着想で意表に出た量的大作だが、迫力はおろか、読了して所感索然たる取柄のない駄作で、これを推賞するなんざゲテモノ趣味以外のなにものでもあるまい。（大井）

中島敦のこの小説を読んで最初に想ひ浮んだのはゴーガンの絵だ。『宝島』の作者ロバァト・ルウヰス・スティヴンスンのサモア島生活の日記が残つてゐるかどうかは知らない。たゞこの小説は殆んど大部分がスティヴンスンの日記として綴られてゐる。だから恐らく専らスティヴンスンの日記に依拠して書かれたものではあるまいといふ想像はつく。特に処々に出て来る文学論はいかにも現代的で、作者が自分の文学観を述べてゐるとしか思へない。日記の大部分は全く器用に、スティヴンスンといふ一作家の本当に体験してゐること、実際に感じ考へてゐることのやうに書かれてゐる。ひどい喀血をした後の軀を養ふべく熱帯のサモア島に住みついた病人の感受性は、いかにも板についた感じで迫つて来る。然し肉体の病気と重なり合つた精神の病気、世紀末的な頽廃の情緒はやはりそれとして実感をもつてゐるが、大胆な裁断をすれば、それは一種のフランス的知性の匂ひをもつてゐる。スティヴンスンといふ作家の個性からそれが来てゐるのか、或はこの小説の作者から出たものかは大して問題でない。歯の浮くやうなダンディズムと、光と風と労働と素朴への憧憬、それらを貫いて流れてゐる繊弱なペシミズムなど、すべて知性が最も精緻の極

に達したフランス文明の特徴ではないか。「太陽と大地と生物とを愛し、富を軽蔑し、乞ふ者には与へ、白人文明を以て一の大なる偏見と見做し、教育なき、力溢るゝ人々と共に濶歩し、明るい風と光との中で、労働に汗ばんだ皮膚の下に血液の循環を快く感じ、人に嗤はれまいとの懸念を忘れて、真に思ふ事のみを云ひ、真に欲する事のみを行ふ」といふスティヴンスンの新しい生活が、極度に発展した市民社会文明からの逃避であることは今更説明するまでもあるまい。高い知性のもつ一種の羞恥感意識、自浄化の希求、それらとすぐ隣り合せてゐるシニックな傲慢さ。鋭敏純粋な感受性と批判精神、然し終に実践的なものと結びつくことのない傍観者気質。俗物的駆引への嫌悪とエクゾチックな牧歌的世界の建設。印象派風な自然描写、それはきらびやかで眩しいばかりの光と色に彩られてゐるが、消え行く生命の最後の輝きに似たはかない人工の翳をやどしてゐる。単純になり切れない人間の単純への慕れ、大衆を信用出来ない人間の大衆への依拠。結論としては人道主義の甘ったるい自己満足。十九世紀の芸術至上主義的逃避と異る点は、その自己満足の甘さである。「彼を少しも欺さなかつた」そのことのうちに大衆との狎れ合ひをもとめやうとする。

この作品に盛られてゐる文学観は、何のことはない小林秀雄そつくりそのまゝだが、文学が単純に大衆的なものであらねばならぬといふ自己反省が、同時に、自己への不信を醸すことになりながら、その間隙を子供つぽい人道主義と、目も眩むばかりの強い光線と色彩によつて塗りたくつてゐる。植民地争奪の内幕と原住民の反抗は、南海の孤島の一挿話として面白く読める。然し白人と原住民、白人と白人の間の争ひといふ余りに現実的なテーマは、この作品の中では、主人公がサモア人たちの感謝を表す道路工事を子供のやうに嬉しがる実感に比べて遥かに力が弱い。さういふ処にこの作品の性格が明瞭に浮び上つてゐるやうに私には思へるのだ。南海の孤島の上にしか求め得ない文学的実感、文明批判の薄弱さ。病人が病気を呪ふことによつて自ら病気が癒えたと思つてゐることは、何も実際の快癒を意味しない。この小説が作者の夢の仮託に見えるのもさういふ処から来てゐるのだらう。

（佐々木）

（昭和十七年六月号「現代文学」）

芸術の論理（抄）

岩上順一

最近書かれたいくつかの歴史小説に於て、此種の寓意的仮託はいまだ跡を断つてはゐない。室生犀星の「王朝」や堀辰雄の「曠野」や橋本英吉の「沙弥」はそのもつとも顕著なものであらう。新人中島敦の「光と風と夢」も亦この種の仮託によつて、折角の歴史的な探求がもたらす感動を裏切つてゐるのは残念である。「光と風と夢」は、少年小説「宝島」の作家R・S・スティヴンスンのサモア島に於ける晩年を素材とし、前世紀末に於ける列強の勢力角逐の真実相を描き出さうとしたものである。そこに実現された歴史性は、深く構造的なものとまではなつてゐない。たとへば一八九〇年代のサモア島の土地の過半を占める欧洲商会の農場に於ける農民の生活と、その外部にある土着人達の生活との内的関係はいかなるものであつたかが解つてゐない。土着ポリネシア人の生活のいかなる点に喰ひこむことによつて、列強諸国はこれらの土着民の自治組織を動かし得たのか。——等、凡そこれらのことは解つてはゐないにもかかはらず、これらの民族生活の構造を利用しつつ互ひに地盤を争ふ列強が、いかに内乱と分裂紛争とを惹起せしめることに於て自己の支配を浸透せしめて来たかが、ある程度明瞭にされて行く。この作品のこの点に於ける歴史的真実性は、たしかにすぐれた一面である。そして、それが歴史的具体的に深まつて行けば行くほど、一見作家の主観的パトスから離れて行くやうに見えるが実はさうでない。作家が歴史的真実に触れて行かうとすればするだけ、そのことは今日の我々の行動に深い示唆を与へる。歴史的真実の探求こそが、現実にたいする真の態度の確立に役立つものであることが、ここからでも明白となる。

しかし「光と風と夢」に於て此の作家の思想らしきものが仮託されてゐる点、即ち主人公スティヴンスンが自己告白の精神を云々したり、小説の倫理性や思想性について反省したりするところは、はなはだ歴史から浮き離れてゐることが眼につく。そこに作家の思想が仮託されてゐたとしても、それが作品そのものの内面に営まれる思想とかかはりがない以上、何等の芸術的感動を与へ得ない。むしろ主人公の性格を分裂させるばかりである。主人公が歴史的人間ではなくなつてしまふ危険が感じられる。

（昭和十七年六月号「日本評論」、昭和十八年二月二十日昭森社刊『新文学の想念』所収）

古典の発想
――文芸時評

河上徹太郎

本誌の先月号に載つた新人中島敦氏の「光と風と夢」は、必ずしも傑作ではないかも知れぬが、少く共私には文壇に於ける新しい能力の出現として、印象の深いものであつた。内容は、R・L・スティヴンスンが病を得てサモアの島に後半生を療養と執筆と土人との交渉のうちに送る実録体の小説である。先づ眼を惹くものは、絢爛たる南洋の風物であり、又世紀末の知的作家の心が、そこに健康への憧れと都会恐怖症との間に動揺するその消長である。

私は此の作品がどこまでスティヴンスンの自筆になるタネを使つてゐるのか知らない。のみならず、知りたくもない程気にならない。これが翻訳だらうが、翻案だらうが、或は全然の創作だらうが、私に与へる感動は同じである。のび〳〵した美しい筆者の筆は、物象も心象も同じく心ゆくまで私の想像力に伝へてくれる。私はその筆の後にある中島氏の能力を信じる。さういふ信頼を与へる所に、すでに此の作家のユニックな資性が現れてゐる。

かういふ能力ある新人作家が現れたことに、私は大きくいへばわが文壇の想像力の領域の進展を感じるのである。従来個性鮮かな感受性や肉感性を持つた新人は出た。又話術や言葉や幻想の豊富な物語の描ける新人も出た。然しここにあるやうに、スティヴンスンといふ物語り作家の心の消長自体を骨子として、その上に数奇を凝らした物語りを編む新人作家は出なかつた。そこに此の筆者の新しさがある。

作者中島氏はどうやらスティヴンスンの境地に共感乃至同情してゐるやうである。恐らく豊富な教養を以て、形のない夢を追つてゐた氏は、本誌二月号所載の「古譚」の二短篇の如きアレゴリイに、強ひて自分の知性の運命を暫定的に占ひ盛つてゐたのであるが、それを此の作品で、主人公の健康への憧れと、伝奇と自己告白の間に動揺する作家的反省と文明からの逃避との間に、近代人の知性と自然との闘争といふ物語りの筋を発見し、それによつて自分の夢に仮初の形を与へたのである。然し本当の所をいへば、中島氏の夢は汚れてゐないと共に、人間臭を帯びてゐない稚さがあるに対し、スティヴンスンは世紀末の頽廃的インテリである。タヒチへ逃げたゴオガン、ニュー・メキシコへ逃げたローレンス、さては自らの幻想を扼殺して書けなくなつたワイルド、等と同列の人である。此の頽廃を肉体的

に辿らないで、物語りの世界に追ひやつた所に、此の作品の一種の食ひ足りぬ所があると共に、健康への憧れが前面に出て来て、朗かな色鮮かさが生れた所以がある。

その他此の作品には、読者によつて感性の実験台として色々な利用法があらう。とにかく我々の知らない世界に、我々みたいな人間が行つた場合が鮮かに描けてゐるのだから。然しそれは読者の自由にお任せして、殊更触れまい。

スティヴンスンのものは、有名な「ヂキルとハイド」や「宝島」の如き伝奇的なものより、青年時代に偶然読む機会を得た「驢馬を連れた旅行記」や「インランド・ヴォエヂ」の様な散文の方が面白かつたのを覚えてゐる。感受性と肉体の疲労の果まで押しつめていつて、最後の本音を吐かせたやうなものであるからだ。そして此の作品は、さういふものを想はせて楽しい。

此の作者中島氏は、次々に書いていつて、それも色々違つた形式のものを思ひがけず発表しさうな豊かさを感じる。只、うつかりいぢけた老成を示すと、知的なシニスムが顔を出しさうな心配を感じるのだが、それは杞憂であることを望んでおく。

（昭和十七年六月号「文学界」）

旧知

中村光夫

先月号の本誌に「光と風と夢」を発表した中島敦氏は、僕の高等学校時代の知人である。級はひとつ違つたが、文芸部の委員だつたので顔はよく知つてゐた。別段まとまつた話をしたことはなく、ただ往来で会へば、やあと声をかけ合ふ程度だつたが、小柄で色白の氏が頭にすつぽり被つたマントの蔭から分厚な近眼鏡を光らせて、ゴム裏の草履をぴたぴた鋪道に鳴らしながら、寒い本郷通りを独りで歩いてゐるのをよく見掛けた。寡黙であまり人中へ出るのを好まず、いつも自分だけの世界に閉ぢこもつてゐるやうな人であつた。

書くものも一風変つてゐて、その頃はまだ満洲事変の起らぬ前であつたが、満洲に取材した小説を「校友会雑誌」に発表したことがあつた。考へて見れば氏のエグゾチシズムもずゐぶん根柢の深いものである。空想で小説を捏ちあげるのは誰しも高等学校時代には得意とする芸当であるが、

氏のはさういふ凡作とは選を異にして、空想的な題材を扱つてゐるが、その想像力に一種の生々しさがあり、殊に満鉄総裁だか何かが喘息に苦しむ場面などはなかなか真に迫つてゐて、自分の経験しない材料をよくこれだけに書けるものと感心したせゐか、おそらくもう中島氏自身は忘れてゐるかも知れぬこの旧作は僕の記憶に鮮やかに残つてゐる。

大学へ入つてからは、氏は国文科であり、僕は仏文科だつたので、殆んど顔を合はす機会はなかつた。しかし高等学校の同級生だつた友人が国文科にゐたので、その友人を通じて氏の消息はときどき聞くことがあつた。氏はその頃無数に出てゐた同人雑誌のどれにもあまり関係せず、また小説なども書かなかつたらしい。その頃僕等の使つた言葉と云へば、氏は「文学をやめて」ゐた。ただその頃学校で流行つてゐた明治文学研究の会で、氏が喋つたことがなかなか面白かつたといふやうなことをその友人は云つてゐた。その後氏は横浜の女学校の先生になつたといふ話だつたが、氏とも可成り親しかつたらしいその友人が四五年前に死んでしまつたので、爾来僕は氏の消息を聞かなかつた。氏が学校を止め、今では役所に勤めてゐるのも此の間初めて知つたくらゐである。

それで今年の二月号の「文学界」に氏の「古譚」が掲載されたとき、僕は意外な場所で懐しい名前に巡り合つた歓びですぐに読んで見た。そして非常に感服した。「古譚」は面白い小説であつた。その読後感はほかに書いたからここで繰り返さないが、とにかくそれを読みながら、今書いたやうな昔の印象を、忘れかけてゐた記憶の底から次々と思ひ浮べた。これは単に旧知に出会つたために懐古の情が起つたのではない。何かさういふ昔を思ひ出させるやうなものが氏の小説には強く流れてゐる。むろんこの「古譚」は僕の高等学校時代に読んだ小説とは比較にならぬくらゐ優れてゐる。題材のこなし方や文章の技巧も、氏の十年間の文学的修養が並々ならぬものであつた事を思はせるに充分立派なものである。しかしそれにも拘らず、僕等が読後に一番直接に受けた印象は氏は実に変らぬ人だといふ感じであつた。つまり文学として格段の進歩をしてゐても、この作品の基調をなす一種の夢のモラルは昔のままの形であつた。そしてこの何か若々しい頑固さこそ、氏が文学者として本物である証拠と僕には思はれた。

僕等が学生時代に夢中で文学の話をし合つた友人達は、今では皆散り散りになつてしまつた。そして悪く云へば何んとか収まつて、青春の夢はあてにならぬといつた顔をしてゐるのが大部分である。さうしたなかでひとり黙々と十年の間執拗に昔のままの清純さで文学の夢を育んで来た中島氏の心を思つて僕は何か切ないやうな気持にさへなつた。現代は文学者の生き難い時代だと云はれてゐる。優れた作品の生れにくい時とされてゐる。しかしその本当の辛さや

難しさを知つてゐるのはただそこに満されぬ夢を抱いて実際に生きた者だけであらう。

そしてこれと同じことは氏の今度の力作「光と風と夢」についても云へる。これは「古譚」にくらべて更に作者の特質がいろいろはつきり出てゐるだけに、ほとんどそつくりと云つていい程氏の旧作に似通つてゐる。スティヴンスンのいはば植民地的憂鬱とも云ふべき素朴な正義感も、一種の智的な自嘲も、氏の高等学校時代の作品にそのまま見出される。そして喘息の出てくるところまで同じである。

から書くと少し楽屋落ちめくが、僕は十年の修練の結果たる氏の夢の豊饒な開花には充分敬意を払ひながら、同時に一抹の危惧も抱かざるを得なかつた。いはば氏の文学的技法の格段の進歩に較べて氏の夢は何か熟し方が足りないのではないかと思はれた。スティヴンスンに体現された氏の夢は昔ながらの純潔さの反面にどこか頼りない子供つぽい弱さがあるのではなからうか。そして作者がそれを意識しながらそこに溺れすぎてゐる点にこの異色ある長篇の小説としての弱さがあるのではないかと思はれた。だがこれは「古譚」に感心したために期待の大きすぎた僕の望蜀の言であるかも知れない。

いづれにせよ、「光と風と夢」は氏の旧作に較べれば勿論、「古譚」に比しても作者の夢が遥かに深く生活に浸されてゐることを感じさせる。この生活が今後氏の夢をどういふやうに鍛へて行くか、ここに率直に云つて僕の氏に対する興味と期待がある。「青春の夢を成人になつて実現し得た人生を幸福な人生と呼ぶ。」とたしかスタンダアルは云つたが、これを反面から考へれば、僕等は青春の夢の実現によつてのみ、真の成人になれるとも云へるのである。中島氏に限らず、僕等の世代の者のすべてにとつて、文学の上で本当に戦ふべきときはまだ将来にあらう。

（昭和十七年六月号「文学界」、昭和四十七年四月二十日筑摩書房刊『中村光夫全集』第五巻所収）

作家の倫理性(抄)
——文芸時評——

渋川　驍

大東亜戦の勃発以来私たちの関心が多少にかかはらず南方に向けられてゐるのは事実だ。おそらくこれらの新しい土地を舞台にした文芸作品が今度次第に現れてくるであらう。今月号にはすでに森三千代の「安南」(中央公論)と中島敦氏の「光と風と夢」(文学界)といふのが現れてゐる。しかしそれにしてもなかなかの早業であると感心した。森氏は直接安南に行つて来たやうな様子である。しかしその作品を読んで、私は安南らしいものを少しも感じることができなかつた。勿論安南の風物が文学としては使つてあるが、それが少しも生きた風物として浮ばず、芝居の背景画として空々しく映つてくるのだ。森氏は少し功を急ぎすぎてゐる。私が読む前にどうも少し早業過ぎると思つた危惧は嘘ではなかつたのだ。彼女はこれを書くにはも少し時間の経過を待ち、その印象を整理して置く必要があつたのだ。一人森氏に限らず多くの作家たちがただちよつとした旅行の印象を慌しく作品化さうとする態度は、非常に警戒をもつてなされなければならない。それが全然悪いといふのではない。常にかういふ場合には近視眼的な浅薄さが伴ふものだから、それを強く圧服することによつて、客観的な素地を準備することが必要だといふのだ。中島氏の「光と風と夢」はロバート・ルイス・スチヴンスンのサモアにおける生活を伝記風な文章と日記風な文章とを交錯して書き綴つたものである。私はスチヴンソンは高等学校の英語の教科書として「宝島」を一冊読んだきりで、多くは知らぬ。それでスチヴンソンがどういふ生涯を送つた作家であり、サモアにどうして行つてゐたかといふことを知つたことではこの作品は私にいろいろ教へるところがあつた。しかしこの作品は非常に多くがスチヴンソンに関する著述に負つてゐる気がしてならない。それは素材といふ意味ばかりではない。素材以上を何かに負つてゐるやうな気がする。それがこの作品の世界に私を深く這入りこまさないのだ。日本人である作家がよその国の作家の生活や心理がそれほど深く解るはずがないといふ気がするのだ。それが私を邪げるのである。かういふ作品はエキゾチックの味ひがあるかも知れないが、私は好意を持つことができない。

社会的な題材に立ち向ふにしても、やはり日本人は日本人をもとにした生活が深く考察されなければならない。ドストエフスキイやゴルキイが自国を離れた外国で永らく制

作をつづけてゐたが、彼らが他国にゐる不安と歎きが自国の生活に遠ざかることであつたことを伝記で見る時、さういふ反省が強くあつてこそ彼らの経験が豊富に作品に盛られたものであることを理解することができるのである。

（昭和十七年六月一日「文芸主潮」）

観念的評論について（抄）

——文芸時評——

南川潤

小説では、長見義三氏の「総ある標」（新潮）橋本英吉氏の「海」（文芸）青山光二氏の「師弟の邂逅」（新創作）がそれぞれの持味で冴えてゐた。長見氏のものは作者の始終正確に守られた抒情への距離の故に、橋本氏のものは一種清新なる感覚手法の故に、青山氏のものは戯画風なリアリズム的露出の故に、佳作の印象を堪へてゐる。

力作としては中島敦氏の「光と風と夢」（文学界）二百枚があるが、何処までが作者の文学であるのか、何処までが素材であるのか、横溢する趣味の割り切れぬままに、判断に躊躇せざるを得ない。

宮内寒弥氏に、「からたちの花」（文芸）「土地の名」（新創作）の二作があるが、ともに何か低迷してゐる。作者にかかる容易な追求方法をとらせたものが何んであるか、それについては他誌の時評中にふれたからここでは繰り返さないことにする。

深田久彌氏の「姉妹」（現代）は、うかつに批評家の見逃しさうな作品であるが、私はここに一種快よい室内楽を聞いたやうに思ふ。作者は、中流階級の温良な姉妹を、その愛情の日常性の中にとらへて、時代的な若い健康な秩序を、始終柔軟な会話体に描き出してゐる。その故にこれを或る種の通俗と感ずる者があるかも知れぬが、それは錯覚である。主張も説教もなく、鍛へられるといふ風にではなく、水々しくも生れるといふ風に、明るいモラルを滲みわたらせてゐる。もとよりこの作品はこの作者にとつて格別の名作でも力作でもないが、このやうな何気ない仕事振りの中に現れる作者の善意をこの時代故に私は特に貴重だと云ひたい。

（昭和十七年六月一日五月号「新創作」）

文化往来

無署名

×

コミンタン指揮下に暗躍せる国際諜報団一味検挙さる。咄、何等の怪事。

×

何たる不敵、不逞ぞ。我が神州の中枢近く、そが覆滅を図る叛逆網のありて一部国人のこれに加担せんとは。

×

ゾルゲ、ヴーケリツチ、クラウゼン。かゝる戎名の中に混りて尾崎某、宮城某等々二三の国人の名を発見せざるを得ざりしとは、聖代の恨事、何物か之に過ぎんや。

×

果然神剣一度さやを払つて走ると見るや、光芒閃々、一挙に醜類の本拠を剿滅し尽して、忽ちにして余影をもとゞめず。

×

千早ぶる神の御裔の、威儀や愈よ顕然。

×

大東亜の聖戦の完遂上また何等の支障なし。何等の欣快事ぞ。

×

雁寒潭を渡る。雁過ぎて潭影を止めず。――まさにこれ皇国の御姿。

×

偽文化人どもの面被を引き剝ぎ、之を地球外に放逐し終るまでは、世界新秩序建設の聖業は成らぬ事なり。

×

偽文化人を警戒せよ。而して流言に誑かさるゝ勿れ。

文化人は煉獄の火を恐るゝ勿れ。去つて心頭を涼して日本文化の意味を改めて再認識すべし。

×

世界的修理固成の成つた暁には、日本は即世界、世界は即ち日本である。――文化的修理固成の完遂の暁には、日本文化は世界文化である。世界文化は即ち日本文化である。

×

世界文化を領導する文化日本。

×

このものは作られねばならないし、又いま正に徐々に作られつゝある。

×

万葉は単に抒情詩的なるが故に重んずべきでない。その抒情詩性が壮大なる民族叙事詩性と渾然融合してゐるところに、我が日本文化の特性がある。古事記に至つてはもとより然り。

×

誰か、従来の抒情詩性を壮大なる民族叙事詩の方向に止揚する事に依つて、真の日本文化の否、真の世界文化の新たなる旗幟を芸文の野に掲げるものぞ。

×

横光利一までの従来の民族文学は、いまだ抒情詩の域に足踏みの観。「旅愁」にして然り。

×

丹羽文雄「現代史」、森三千代「安南」に至つては、一方その叙事性に於て他方はその抒情性に於て、かゝる意味の当面の課題たる大東亜文学の萌芽を感ぜしめるが、両者共に未だ渾然たる融合の境に至らず。

×

世界文化は何よりも先づ大義名分を持たねばならない。又ひろく「六合を兼ね、八紘を掩ふ」底のものでもあらねばならない。

×

即ち世界文化は、天皇を絶対中心とし、且つあまねく世界の運命に関捗する。

×

こゝに新人中島敦「光と風と夢」（文学界）は、南洋の一孤島サモアに流残の一イギリス詩人の口を藉りて、白人世界の没落と、当来の世界新秩序の予言的序曲を描いて、余韻まさに嫋々。

×

更に名分もまた豊ならずとせず。新なる世界文学生誕の一予兆を此処に想見し得るに庶幾し。

×

日本文化の、従来有してゐた単純なる自己防禦性はこゝで始めて止揚される。広濶なる包擁性を己が身に着ける時、それが始めて真の世界文化となつて八紘を照被する時だ。

×

これこそが日本文化の本来具有する性格であり、日本の文化的島国性の最終的廃棄である。

×

帰一と献身と信仰とこそ真に恐るべし。知性はそれのみにて毫も怖るゝに足らず。

×

亀井勝一郎と河上徹太郎とが、如何にヴアレリーの知性的透徹の恐るべきかを文学界で対談書評してゐるが、単なる知性に於て日本文化の深度を計ることの危険性を、両人は篤と改めて静慮すべし。

×

往昔の印度の知性を思へ。さしも精緻詳密を極めたる印度の知性は、毫も印度の亡滅を救はなかつた許りか、却つて印度の民族的解体や衰亡と、この印度的知性とは、決して無関係ではあり得なかつた事を人は如何に見ようとするか。

×

謂ふところの日本の漢学、仏教、西洋諸学の輸入は、単に所謂「輸入」でなかつた。彼等の日本への渡来後、必然的に帯びた日本的性格こそ、認めらるべきものである。

×

この日本的性格こそ、世界史上すべての文化をして皇国に朝宗せしめたし又将来も、然せしむべき、唯一絶対の起点たり終点である。

×

グラーフ・フオン・デユルクハイムの「日独盟約の形而上的基礎」は、世界新秩序の構想を、独逸的思惟により解明して、畢竟帰するところは、同一のわが皇国理念の闡明に尽きる。

×

日独伊の盟約はまさにその本文通りとも言ふべし。

×

渓水金子堅太郎伯蓋焉と逝き、「月に吠える」の詩人萩原朔太郎卒然と死す。

何れも日本近世文化史上の一巨柱であつた。

×

とみに身辺寥郭たるの感なき能はず。

×

×

（昭和十七年六月八日六月号「政界往来」）

第十五回芥川賞選評

芥川・直木賞経緯

六月号附各雑誌の発行完了後、今回も推薦カードに依る回答、文藝春秋社に委嘱せる推薦委員会等に依り、芥川賞は二十三篇、直木賞は八篇の各候補作を得、更に之を芥川賞は宇野、瀧井、佐佐木、川端の四予選委員、直木賞は小島、佐佐木の二予選委員の手を経て芥川賞は石塚友二（松風）、中島敦（光と風と夢）、波良健（コンドラチェンコ将軍）、藤島まき（つながり）、森田素夫（冬の神）、中野武彦（訪問看護）の六篇を各委員に配布。直木賞は結局候補作品として推薦すべきもの無しと意見一致、直ちに各委員宛その旨を通達、尚各委員に委員会へ推薦すべき作品なきやの問合せをなす。

七月二十七日午後二時より内幸町レインボー・グリルにて両賞委員会を開催、「松風」「光と風と夢」の二篇を中心に活潑なる意見の交換ありしも、結局菊池、久米、佐藤の三未読委員の意見に決定権を与ふる事として散会。

出席委員は宇野浩二、川端康成、久米正雄、佐佐木茂索、

横光利一、小島政二郎、瀧井孝作、室生犀星の八氏。

直木賞委員会は引続き、小島政二郎、久米正雄、大佛次郎、菊池寛、佐佐木茂索の五委員に依り開会、今回は該当作品無しと決定。

八月一日、佐藤春夫氏は文書、菊池、久米両氏は口頭を以て推薦作なしとそれぞれ通達ありたるに依り今回の芥川賞は該当作無しと決定、その旨発表す。

推薦カードを寄せられたる諸氏に厚く御礼申述べる次第である。

芥川賞

瀧井孝作

こんどの芥川賞の予選に、ぼくらは、指定された作品を、凡そ三十篇程読んだが、全部読んで、この中から候補者にあげてもよいやうなのは、一人もなかつた。

目ぼしいのは、幾つかあつたが、これを検討するとどこかものたりない所があつて、候補者に出してもよいと思はれるのは、一人もなかつた。この例を述べると——。

「松風」石塚友二氏。文学界二月号。

この「松風」は、一応は好い作品だが、この作者はこれ一つだけしか出してないやうで、これ一つ出してすぐ芥川賞といふこともあるまいと思つて、この一つはそれ程の優作でもないので、この作者はまたの機会があると思つて、こんどは候補者にあげなかつた。

「光と風と夢」中島敦氏。文学界五月号。

これは、読んでは一寸面白いと思つたが、反訳か何かに似た達者な粗らい文体が、創作ではないやうな感じもした。またこの作者の作品で、文学界二月号に「古譚」といふのがあつて、これも読んだが、これは衒学的なくさ味があつてどうも好きにはなれなかつた。この意味で、この作者も尚工夫すべきではないかと思はれた。

「冬の神」森田素夫氏。文芸主潮四月号。

この人のものでは、前回に「秘曲」といふ題の温泉情話めいた小説を読んで、それは泉鏡花の作に似た面白味があつて、記憶に残つてゐた。こんどの「冬の神」は、「秘曲」とは全く異つて、童話のやうな面白味の所もあつて、異色のある作品だと思つたが、未熟な所もあつて、稍〻物足らない気もした。しかしこの人は特色のある作者で、今後注目できる人だと思つた。

「つながり」藤島まき氏。文芸春秋五月号。

この作品は、こんど読んだ中では、一番読みごたへがあると思つた。力があると思つた。しかし文芸春秋に一度掲載されたのだから、芥川賞になつて又再び掲載といふわけにもいくまいと思はれた。

「訪問看護」中野武彦氏。文芸復興五月号。

これは本所深川あたりの場末の細民街のありさまを真面目に描いてあつた。一寸心のひかれる作品で、おとなしい所は好いが、力は弱いかと思つた。

「コンドラチェンコ将軍」波良健氏。赤門文学六月号。

これは、旅順港の戦蹟のことを書いた作品で、良い題材だが、十分に描きこなすには力が足りないかと思はれた。

以上のやうなわけで、特別にすぐれた作品もなく、亦、候補者もあげられなかつた。

それで、こんどは、候補者なしだから、受賞者もなしだらうと思つた。

○

小島政二郎

私は芥川賞の予選委員ではないが、直木賞の方の予選委員の会と一緒なので、

「今度はなしだね。」

さう云ふみんなの一致した意見を耳にしておや〳〵と思つた。今度は芥川賞も直木賞もなしか、寂しいな、と思つたのだ。但し川端康成は「松風」と「光と風と夢」を京都から電報で推薦して来てゐた。

それでも、日ならず私のところへ六篇の作品が廻つて来た。次の二篇だけは読んだらすぐ室生犀星のところへ廻してくれと云はれたので、私は急いで最初に「松風」（石塚友二）を読み、続いて「冬の神」（森田素夫）を読んだ。

両方とも面白かつた。「冬の神」はメルヘンだ。欲を云へばキリがないが、せめて真中に挟まれてゐる人間の生活がもう少し旨く書けてゐれば、愛すべき――珍らしい作品として私は芥川賞に推しただらう。

作意の面白さから云へば、「冬の神」に心を引かれるが、出来栄から云ふと、やはり「松風」かな。――私は暑い中をバスにゆられて魚眠洞へ雑誌を届けに行きながら、そんな風に思つた。

その次に読んだのは、「コンドラチェンコ将軍」（波良健）だつた。私は旅順へも行き、将軍の記念碑も見て来てゐるが、永井龍男が云ふ程感心しなかつた。まあ一通り書けてゐると云ふ程度だと思つた。

「訪問看護」（中野武彦）は、いゝ題材だと思ふが、いかにも筆触が荒く、このままでは粗材だと云ふ感じがした。さう云ふ意味で惜しいと思つた。

「つながり」（藤島まき）、ちやんと性格も書き分けられてゐるし、迫力もあるし、よく書けてゐると云ふ意味でなら、この作が第一かも知れない。しかし、どつちを取るかと云ふと、私はやつぱり「松風」を取る。

「光と風と夢」（中島敦）は、小説家のスチブンソンを主人公にした長い小説である。伝記や手紙を素にして、これだけに纏め上げるのは大変な努力だつたらうと思ふ。が、南洋の風物描写など、文字面だけで、現実の色彩も光線も我々の五感に迫つて来ない。その点、私は退屈した。

同じ作者の「古譚」も読んだ。これはなかなか面白い。しかし、芥川賞に推薦する程の「小説」ではない。

結局私は「松風」を押した。これだけの作品がある以上、授賞なしとするには当らないと思つたからだ。川端康成も横光利一も、それぞれ一票をこの作に投じた。合計三点を獲得した訳だ。

室生犀星が「光と風と夢」に一点。

点数から云へば、当然「松風」に授賞されるべきであるが、予選委員連が頑として応じないのだ。

授賞なしとして、有力な候補作品右二篇を得たと云つて発表したらどうかと云ふ妥協案も出た。が、二派とも、この妥協案に対して明かな意志表示をしなかつた。私は授賞でなければ意味がないと思ひ、賛成し兼ねたのだ。

私は、予選委員達に向つて、あなた方は否認権を使用したい意志かと聞いて見た。みんなはさうではないと答へた。しかし、「松風」に授賞することは、多少諸兄の面目にかゝはると云つたやうな雰囲気が私には感ぜられなくもなかつた。予選委員として身に覚えのある私には、諸兄の微妙な心理が分らないこともなかつた。

で、結局、右の二作をまだ読んでゐない佐藤、久米、菊池三人の一読を待つて、彼等の意見に一任することに同意して散会した。

「松風」に反対のおもなる説の一つは、一生一度の結婚体験を書いてこの程度の佳品をなすことは敢へて偉とするに足らないと云ふにあつた。私はさうは思はない。作品と作者との距離の正しい美しさには、さうは云ひ切れないものがあると思ふのだ。

○

室生犀星

「光と風と夢」に私は一票を投じた。「松風」は次席にしたが「光と風と夢」も読んだ作品のなかの秀作として見たのである。達者な作者であるがかういふ作品には真実といふものの俤を捉へることが甚だ困難であつて、読んで面白かつたが、それとは別に私のほしいものが見られなかつた。

授賞なしといふことになつたが、授賞が得られなくとも、委員の問題となつたのはこの二作品が主であつた。

横光利一

「松風」を初めて読んだのは、二月号の「文学界」である。原稿のまだ掲載されない前から、この作は評判高く耳に聞えた。ある私の知人は、この作のために結婚の意志を固めてつひに結婚した。私も年ごろで結婚に迷ふものには、ぜひこの作を一読するやうに奨めてゐる。小説としては多少の欠点もあるとはいへ、文学としてはこれほどの名文は近ごろ稀であり、美しさを内に包んだ含羞の趣き捨てがたいものがあつた。

宇野浩二

今度の推薦作品は、二十五六篇であつたから、いつもより、数が少なかつたからか、(いや、そんな理由はない、)予選をしたとき、はつきり、候補に推す作品が全くなかつた。

私が読んだのは、「朱子記」(西川満)、「雪と夜桜」(倉本兵衛)、「松風」(石塚友二)、「虚心」(永松元雄)、「冬の神」(森田素夫)、「浮浪の父」(本間立也)、「三月堂」(船山馨)、「微塵世界」(若杉慧)、「旅情の華」(野村尚吾)、「星夜」(福村久)、「七つの荒海」(田宮虎彦)、「砲煙」(正治清英)、「つながり」(藤島まき)、「断層」(金逸善)、「師弟邂逅」(青山光喜)、「私の大学」(広尾新一)、「海峡植民地」(桜井造)、「コンドラチェンコ将軍」(波良健)、「おふくの家出」(森玉美雄)、その他、(順不同)である。

「朱子記」の作者の小説は幾つか読んだが、いつも同工異曲で、この同工異曲の作品から抜けなければ、まづ望みは持てない。「雪と夜桜」の作者は、身辺の題材をいつも書くやうであるが、このままでは延びやうがない。「三月堂」は、一人よがりのところがあつて、大事なものが欠けてゐる。「虚心」と「砲煙」は、今日の戦争を題材にしたものであるが、共に腕がない。『腕』とは、いふまでもなく、伎倆、才能、器量などといふ意味で、あらゆる芸術に於いて、最も大切なものの一つである。しぜん、推薦された作品の作者の大半は、よい意味の、『腕』を持つてゐなかつた。これは、わるい意味の、『腕』のある作者は可也ある、といふ意味である。

さて、「冬の神」は、作者が断つてゐるやうに、一種の童話であるが、童話らしくない部分が失敗してゐるので、やはり、失敗した作品である。「微塵世界」は、特徴はあ

るが、作者がその特徴を、承知してゐて、わざとらしく出してゐるので、下賤な作品になつた。もちろん、下賤な題材であるからといふ意味ではない。それで、このままで行けば、この作者の前途は安心できない。「浮浪の父」は、一と通り書けてはゐるが、これでは、仮りに取つておきの題材としても、常識的で、はつきり云ふと、つまらない。「旅情の華」は、読みごたへはあり、感じもわるくないが、面白い題材でありながら、作者の腰が据わつてゐないので、作り物の観がある。この作者は、才能があるらしいから、この辺で手綱を締めなければ、油断が出来ない。「星夜」は、やはり、身辺の題材らしいが、いくらか腕があるだけに、筆が走り過ぎてゐるので、冗漫になり、散漫になつて、平凡で、薄つぺらな作品になつた。「七つの荒海」は、かなり面白いところがあるが、これだけでは、安心が出来ないところがある。「つながり」は、ちよつと上手な小説であるが、書き方がごたごたしてゐる上に、一と口にいふと、ふるい。「断層」は、例の（といひたい）帰還兵を主人公にしたものであるが、書き方も、書かれてゐる事も、安易であり過ぎる。「私の大学」は、一種の私小説であるが、珍しく、ほがらかな、ほほ笑ましい感じのする作品であるけれど、やはり、この小説だけでは、安心が出来ない。「師弟邂逅」は、師弟邂逅を書いたもので、ちよつとは面白いが、凡作である。「おふくの家出」は、おなじ大阪を題材にしたものであるばかりでなく、やはり、妙な特徴があり、面白いところもあるが、この作者は、まだまだ、もつと、修業すべきであらう。「コンドラチェンコ将軍」は、題材のせゐもあるが、面白い、好短篇であるけれど、候補作品として、推しかねた。

さうして、「松風」も、「光と風と夢」も、候補作品として、推しかねたのであるが、予選で全く候補作品なしとすると、あまりに飽気なく愛想がないといふので、この二つの作品を他の銓衡委員たちに廻すことになつた。しかし、「松風」は、感じはわるくないけれど、初めの三分の一以上が、ごたごたしてゐる上に、無駄なところがあり、肝心の二人の主人公のちよつと風変りの生活は書き足りないところがあり、終りの方が、作中の主人公だけでなく、作者まで、いい気になつてゐるところがある。しかし、それらの欠点を仮りに認めるとしても、この一作だけでは、といふ意見も出た。また、「光と風と夢」は、題材は変つてゐるけれど、明らかに、冗漫であり、散漫であり、書き方も、安易で、粗雑である。それで、念のために、この小説の作者の別の作品、「古譚」を読んでみると、「光と風と夢」が、仮りに、荒削りの作品とすると、「古譚」は、反対に、細工があり過ぎる。さうして、これも、題材は変つてゐるけれど、書き方は、凝つてゐるやうで、下手である。

つまり、私が、予選の時から、芥川賞の候補に推す作品

が全くない、と云ひ切つたのは、かういふ次第である。

○

川端康成

私は予選委員の一人として、石塚氏の「松風」と中島敦氏の「光と風と夢」との二篇を選んだ。そのいづれかに、或ひは二篇共に授賞したかつた。しかし、委員の多数が反対であつた。前にも賞を休んだ例はあるが、今度ほどそれを遺憾に思つたことはないやうである。右の二篇が芥川賞に価ひしないとは、私には信じられない。「松風」や「光と風と夢」とが既往の受賞作に劣るとは、到底信じられない。けれどもただ、「松風」も「光と風と夢」も「文学界」に発表の当時、反響が高く、相当の人々に読まれもしたので、一応世に出て認められた作品であるから、さういふ意味では、作者と共に私も慰められるわけである。勿論、両作とも小説としての欠点はあるので、作者が今回の事を精進の鞭ともするならば、或ひは却つて幸ひであらうか。尚私は先づ「松風」を推し、「光と風と夢」を次とした。

○

久米正雄

常務銓衡委員とも云ふべき宇野、瀧井の両君から、今期に推すべき候補作品が無いが、参考に価するものとして、読まされたものゝ中、私は次の諸作品に心を牽かれた。

光と風と夢（中島敦作）、松風（石塚友二作）、訪問看護（中野武彦作）、冬の神（森田素夫作）

「冬の神」は、氷雪に包まれた山中の湖畔を中心として、思ふまゝに自然と人事との交錯を詩的に構図した好短篇で、芥川龍之介が生きてゐたら、そして若し是が完璧に近い作品なら、一番喜んだらうし、又それが不手際だつたら、一番顰蹙したに違ひない傾向のものであり、佐藤春夫と更に通じ、室生犀星とも有縁の筋合のもので、大体此の二者の評価に待てば、決し得る作品だと思つた。そして私自身の評価も、大体、銓衡会上の佐藤君の意見と同じだつた。即ち詩的傾向に好意は持て、作者の力量は認められても、それが骨張つて、渾然たる境地までは行つてゐない点が不満だつた。併しかう云ふ種類の作品は、此頃乏しいので、かう云ふ賦質の作家に、沢山書いて貰ひたいと思つた。

「訪問看護」は所謂材料的な作品で、手固くもあり、私に

は一応の感銘を以て読まれた。が、是も又所謂標準的な型の作品で、もう一息の錬磨と完成が欲しかつた。ホンのもう一息の。

そして結局は、「松風」と「光と風と夢」が残つた。

「松風」は、素直で清らかに、又相当に深く沈んだ心境小説だつた。吾々の作家修業時代には誰人も一度は通つた道を、此の誠実なる作者は、新らしく通り抜けようとしてゐた。そしてその通り抜けやうには、好意が持てたが、所々、うまく通り抜けようとして、厳しさが無くなつた。それが楚々たる低徊と云はれても仕方があるまいと思はれた。

――結局此の作者などは、私小説を書くべき素質に恵まれてゐるのだから、もつと人生修業に依つて、完成される期が来るだらうと思つて、次の時期を待ちたいと思つた。今にして授賞せずんば、次の期をも併せ失ふであらう、と言ふ奨励説もあり、私も充分それを考慮したが、結局、此の獅子を一度は谷底に落す事にした。きつと真つ直に、崖を這ひ上つて来る事を信じて……。

「光と風と夢」は、「松風」と対蹠的な野心作であり、学究的な才気と、研究者の執拗とをタップリする程備へた作品で、どつちかと云へば、私などは圧倒され勝ちなものだつた。正直なところ、素晴らしく辣腕で、力作なのは分つたが、いゝのか悪いのか分らない気がした。只、誰が何と云はうと、賞讃すべきは、これだけの世界的規模を持つた作品が、吾が南方研究者の手で、作られてゐると云ふ事。是は直ちに英訳して、戦時下の英国民に読ませたら、どう感じるだらうと思はれた事。

――その点で、無理にも推賞したい野心は湧いたが、結局、それは国際文化振興会にホン気で推薦する事にして、私は卑怯ながら敬遠する気になつた。

（昭和十七年九月号「文芸春秋」）

端書回答

一　今年度の優秀作品は！
二　新人への希望

青山光二

一　中島　敦「古譚」
　　丹羽文雄「海戦」

（昭和十七年十二月号「新創作」）

新刊紹介

――中島敦著「光と風と夢」

無署名

「光と風と夢」の一作によつて、新人群の第一線に大きく浮び上つた著者が、文学界その他に発表せるものをまとめ最初に世に問ふ創作集で、内容は古譚、斗南先生、虎狩、光と風と夢の四篇からなる。通読して見て巻中の力作はやはり「光と風と夢」で、英文豪スチウブンスンを主人公とした、サモアの日記体の文章は不思議な味がある。芥川賞委員会は「光と風と夢」「松風」で決定せず受賞者なしと発表をしたが先の「高木卓」の辞退問題といゝ、伝統を引く私小説スタイルとことなる、この新鮮な作風たる「光と風と夢」に受賞決定せぬ委員の権威をさへ疑ふ。あへてこの一作を推奨するに吝ではない。（B6判、三三三頁、二円二十銭、筑摩書房）

（昭和十九年九月号「政界往来」）

春の鼓笛

川端康成

伊藤佐喜雄君の長編小説「花の宴」が第一回芥川賞の候補に上つたのは、最早八年ほど前のことである。その時「花の宴」は未完だつたので、銓衡の範囲に入れにくいのを惜んだ委員もあつた。しかし、この作品は当時の若い人達の「日本浪漫派」の代表作の一つとして、作者の名と共に私達の記憶に残つた。その後の数年間、伊藤君は郷里に帰つて殆んど沈黙してゐた。再び中央に出て、言はば背水の陣でもある作家生活に立ち直つて来たのは確か一昨年のことだと思ふ。「春の鼓笛」はさういふ伊藤君の新しい出発と見られる。「花の宴」と「春の鼓笛」との間に、「美しき御名を呼ぶ」と「不知火日記」との二冊の短篇小説集があるほどで、いまさら池谷賞によつて発掘するといふ作家でもないが、清新なものを推挙するといふ意味では「春の鼓笛」は適当の授賞であらう。

「春の鼓笛」は「コギト」に昨年一月から十二月まで連載された。私は飛び飛びにしか読んでゐなかつたし、「文学界」同人諸君も読んでゐない人が多かつたが、林房雄君の熱心な推薦によつて、私は作品の全貌が想ひ浮び、また伊藤君といふ作家は無論分つてゐるので、まちがひないと信じたし、またこの作品に授賞することで身のまはりが明るくなる感じがした。さうした池谷賞が大体決定した会から帰つてみると単行本にまとまつた「春の鼓笛」が郵送されてゐた。早速読んだ。前の「オリンポスの果実」とか、「光と風と夢」とか、この「春の鼓笛」とか、多少の欠点はあつても、若々しく、そして溢れ出る作品を、「文学界」が取り上げて来てゐることは結構だと思ふ。

満洲から帰つて来た檀一雄君と郷里から出て来た伊藤君といつか私がこの二人に会つた時、甘いものを書かうと二人で申し合せをしたと言つてゐた。「春の鼓笛」を見ると、以前の伊藤君の多彩で豊潤な才華は失はれずに、甘美な絵巻風でもあるが、歩々の厚みも加はつて来てゐる。中学生時代の青春前期に母への思慕を織り込んで、この物語は、伊藤君が帰郷中にその風物に親しみつつの懐想によつて一層の生彩を得たやうである。

（昭和十八年二月号「文学界」）

作用力の乏しさ（抄）

——文芸時評

高木卓

評論は断乎として、たとひ各個撃破的にでも、縦横に剔抉をつづくべきであるか、それとも非私小説的な素材を、もつともつと支持すべきか、その方法は、いろいろあるだらうにせよ、それに責任や血肉や悩みがより多く添へられなければならないことだけは恐らくたしかであらう。

　さやう、素材といへば、僕自身もこのことにはしばしば触れた。今月の作品では中島敦氏の「弟子」（中央公論）が印象にのこつたのは、一つは素材のせゐでもあらう。この作品はいささか読みづらい文体で、構成も何かこまかく羅列的であるが、しかも劃一性を失はず孔子や子路の性格も作者の考へも読みとられるところに、作者の努力もうかがはれて好意をおぼえた。さしあたつての私小説否定には、たとへば素材の変化といふやうなことも、一手段としてももつと強く支持されてもいいのではなからうか。要は、私小説の盛行は、作家の無気力はもとよりとして、評論の作用力の乏しさもたしかにあづかつてゐるやうに僕には思はれるのである。

（二・一二）

（昭和十八年三月号「新潮」）

若々しさの必要（抄）

——文芸時評

森山　啓

「即興詩人」といふ翻訳の作品に、日本の言葉を選びにえらんで、「国語と漢文とを調和し、雅言と俚辞とを融合」しようとして九年間にわたつて倦まなかつた森鷗外は、単にそれだけでも文芸における日本を本当に愛してゐたと云ひ得るだらう。「即興詩人」の甘美さは、そこに青春の夢があるからでもあるが、言葉そのものが塵一つ帯びず耀いてゐるからで、人は芸術の若々しい夢や、文章の真の美しさを失つたときは、これらの作を偲ぶのである。

今月の作品を一わたり読んで感じたことも、かういふ文章の美しさがもう少し蘇つていいのではないかといふことだつた。好意を抱かせる作は多くても恍惚《うつとり》させる作は稀である。中島敦氏の「弟子」（中央公論）は、孔子と子路の物語を一通り楽しませてくれる。かういふものを書くのは並大抵のむつかしさではないのに、かなり手際よく割り切り、まとまりよく運んでゐるところに、却つて芸術品とは別の、高級講談の感じを与へる因素がある。創作の本当の情熱に駆られて書いたものなら、破綻は見せても、読者は子路になり切り、孔子にさへなり切つて、石清水を飲むやうな味はひを受けたかも知れぬ。が、頭で書いた作品だから、折角の孔子と子路の性格も血の通つた人像とはならずに終つた。

（昭和十八年三月号「新潮」）

近頃面白かつたもの

佐々木基一

中島敦といふ作家は、旧臘物故されたさうだが、やはりあゝいふ文学は病者の文学といふのだらうか。先頃の『南島譚』といふのを読んで大変面白かつた。老成した文章、豊かな詩藻洗練された機智とユーモア、清冽な感覚、まあさういふものが一体となつて清潔な文学をつくり上げてゐる。近頃珍重すべきものと思ふ。特に南洋土人の間に伝へられてゐる物語、夢の中で下男と主人とが位置を換へる話とか、嫉妬深い腕力逞しい細君にいぢめられる弱い男の話とかは面白い。それに南洋群島のスケッチもそれぞれ感覚的に優れた描写と、ほのかな抒情や色気が漂つてゐて、これまた美しい小品である。

『過去帳』の二篇を読むと、作者はひどく自意識に悩まされ苛まれた、洞窟の思索家であつたことが分る。尤もこの二篇は、歯医者に歯をガリガリ削られるやうな感じがあつて、余り好もしくはないが。兎に角一種の自意識病者が南洋へ行く。あゝゴーガンだ！　逃避だ！　違ひない。たしかに自意識清算の一つの試みだ。でも逃避しなければやり切れぬ程の鋭敏潔癖さ、これはこんにちなか〳〵珍らしいものであることも事実だ。紺碧の空、翡翠色に澄み切つた海、褐色の皮膚とへしやげた鼻、さういふものを前にして形而上学的苦悩も変るもので、従つて中島氏の自意識が感性的な美の下で静かに安らいでゐるのはいゝことだと思ふ。氏の鋭敏な感受性や微妙な情緒が、対象と緊密に結びついて素直に表れてゐるのもいゝ。兎も角、どこへ行つても、何を見ても、あのみじめな自意識を振り廻さねば気の済まぬ所のないのはいゝ。

古譚を物語るのも悪くはない。スタンダールの先例があつても一向差支へない。メリメが『コロンバ』などを書いたやうに、中島氏が南洋の風俗を描いても少しもかまはぬ。多少はかないし、弱々しい情緒で貫かれてゐるが、それは我慢が出来る。そこにある智的な優越感といつたものもまあ我慢が出来る。一体自意識には非常に倨傲な性質があるが、それは同時に辛辣な批判精神にもなるのである。勿論中島氏にはデカダンスの匂ひが強い、が、それでもまだ全然批判が喪はれてゐるわけではない。自意識が切実に対象を求め、苦しんでゐる間は『悟浄出世』のやうな、知的な批評的な作品も出来る。氏の求めてゐる方向がどこにあるかは一応別問題として、これはこれで面白いといつていゝ。

たゞ『悟浄歎異』になるとちよつと困る。行動者の譬喩とくにこの孫悟空、融通無礙な悟りの譬喩としての三蔵法師、それらは作者の精神の譬喩として以上の何ものでもないのである。自意識の本来の機能はすつかり停止してゐるのに、自意識の苦悶はどこにも見出せないのに、たゞ自意識に悩まされてゐるといふ意識だけが残つてゐる。かういふ意識くらゐ始末に悪いものはないので、この意識は眼を開いてゐても決して外界の事物をぢかに眺めることが出来ない。たゞ自分の意識の譬喩さへあればいゝのである。生々しい色彩や変化に豊んだ面白味は全然なくなつてしまふ。何を見ても、何を書いても結局はたゞ一つことを繰返してゐるに過ぎなくなる。『弟子』といふ孔子と子路との間柄を取扱つた作なども物語りとしての面白さは殆んどなくなつてゐた。行為者は素晴らしい、羨しきものだ、そして更にその上に超越した融通無礙。自由円満な世界とは何といふ宏大無辺な神秘な偉大なものであらう。かういふ呟きの繰返しである。

中島氏の面白いところは、氏の自意識の苦悶が摑んだ、情熱やユーモアの物語、或は多彩な感覚の世界にあるので、ぢかにぶつかつた新鮮さと張りとがそこにあつた。然し、自意識に悩まされてゐるといふ意識に居据ると共にたるみが出来てしまつたのである。かういふ精神的傾向は、実は案外色々なところに見出せるのであつて、もう自分より外の一切の事柄が眼界から消え失せて、何を見てもそこに自分の影以外の何ものも見ることが出来なくなつてゐる人が、近頃かなりあるやうに思ふ。かういふ人が、何ものにも煩はされぬ自由奔放な行為や、自然と人間との直接な接触や、純粋な情熱や精神を讃美する。讃美はするが、一向自ら実行しようとはしない。その讃美もよく見ると、大抵は抽象化された譬喩を持ち出してゐるにすぎないことが分る。かういふ譬喩をいくらも作り出して楽しむには、何の苦しみもなくて出来る。全くいゝ気なものである。自然意識に毒されてゐる間はまだ救はれる余地がある。自意識に毒されてゐるといふ意識に毒されるやうになつては、もうデカダンスも滑稽になる。

（昭和十八年四月号「現代文学」）

故中島敦君

深田久彌

中島敦君は昨年十二月四日に亡くなられた。本誌に載せた「李陵」はその最後の作で、まだ草稿のまゝ、題さへついてゐない。中央公論二月号に載つた「弟子」の元の題が「子路」であつたから、いま仮りに僕が「李陵」と附けておいた。

　中島君の原稿はいつも、殆んど一字の消しもない位、きれいな字であつたが、それは推敲を重ねた草稿を清書されたからであらう。「李陵」は所々判読に迷ふやうな、文字通りの草稿で、中島君にすればまだ／＼直したい所があつたのであらうが、君の生命が遂にそれを許さなかつた。校正が出てから、二ヶ所相当長い脱落個所を発見したが、もう時日がないので、いづれ本にでもなる時、補正することにする。その他僕の考へだけで判読した所も多く、幸ひに大過なからんことを願つてゐる。

　この小説を読んで、今更ながらこの前途有為な作家の夭逝を歎ずるの念しきりである。現文壇に一番欠けてゐるものを、この作家は一番豊富に持つてゐた。同君の著作集として、「光と風と夢」（筑摩書房）、「南島譚」（今日の問題社）の二冊が昨年出たが、旧套依然たる新人のみ輩出する間にあつて、何とこの作家は颯爽たる特異な才能をもつて現れたことであらう。

　中島君は多く古典から取材した。しかしそれは世の所謂歴史物などと軽く見逃されるものではない。中島君はそれら歴史上の人物を借りて、自分の胸に溢れる情熱や感情を、精一ぱいに、切ない位に、吐露してゐるのだ。「李陵」の中に出てくる、李陵も司馬遷も蘇武も、事実は歴史に借りてゐるが、その悲痛や哀哭は凡て中島君のものである。

　中島君は南洋へ行く前に（大東亜戦争勃発以前）大ロマン「西遊記」を書くのだと意気込んでゐたが、「南島譚」の中には、その一部をなす二つの小説が載つてゐる。中島君の痛烈な過剰の自意識を遺憾なく現したもので、是非諸君にも読んでいたゞきたい秀れた作品である。

　気持の転換と健康の回復とを願つて、中島君の南洋行は決せられたのであらう。（この間の心境は、「光と風と夢」の中に、スティブンソンを借りて述べられてゐる。）出発前に二つの原稿を僕の手許に残して行つた。それが昨年文学界二月号に載つた「古譚」と、五月号に載つた「光と風と夢」（原名「ツシタラの死」）である。同君の奥さんの話

によると、間もなく南洋から、「今まで書いたものは全部焚いてしまふやうに」と通信があつたさうである。（ひどい羞《は》にかみ屋の同君は、「深田さん、もうそんなことは止して下さいよ」と云ひさうである。いや、それさへ云ひ得ないで、強い近眼鏡を光らせながら、癖の早口で、照れ隠しに、南洋の風俗談に話を躱しさうである。）僕の許からも原稿を取返すやうに云つてきたが、是非文学界に載せたい意志があつたので返さなかつた。

「古譚」は中島君の知らない間に雑誌に載り、「光と風と夢」が将に掲載されようといふ時、偶然同君がひよつこり南洋から帰つてきた。南洋の気候風土は、元々病弱な同君にあまり幸ひしなかつた。帰国以来殆んど一日として身体の調子の良かつたことはなかつたやうである。それにも屈せずこれから本当の仕事をするのだと、数篇の秀れた小説を書いたが、遂に半年を経ずして惜しい一生を終つてしまつた。僕にすれば惜しいどころではない。享年三十四歳。帝大国文科出身。昨年の文学界の何月号かに、中村光夫君が一高時代の中島君のことを書いてゐた。

（昭和十八年七月号「文学界」）

文芸時評（抄）

浅見　淵

扨て、今月の作品評に移るが、今月の作品で感銘深かつたのは、中島敦の遺稿「李陵」（文学界）と、これは創作作品ではないが、武田信近といふ人の「薩摩留《サマル》島駐留記」（改造）とであつた。

「李陵」は聡明さの中に性急さと残虐さとを持つた深刻な性格の漢の武帝を背景に置いて、勇武に富んだ激しい性格ながら負傷して気を喪つてゐるうちに匈奴の捕虜になり、その勇猛さによつて匈奴の厚遇を受けてゐる間に武帝の為に故国の一族が戮せられ、つひに匈奴に対する敵意を放棄すべく余儀なくされるに至る戈壁沙漠地帯に於ける李陵将軍の哀史を、李陵を支持した為に宮刑（男を男でなくする奇怪な刑罰）といふ残酷な刑を受け、その忿懣を一途に史記百三十巻の完成に注いだ司馬遷や、矢張り匈奴に捕へられながら些かも妥協せず、清冽で純粋な故国愛の為によく困苦に堪へ只管意地を立て通した蘇武の二人を対照にして

描き出してゐるのである。つまり、司馬遷は単なる史的挿話として取扱はれてゐるが、作者は蘇武の功利の無い、しかも英雄的な美しい生き方に理想を托してゐて、運命的に悲劇に追込まれて行つた李陵の立場を厚意を以て劬つて書きながらも、なほかつ李陵が蘇武に対して心理的敗北を味はふに至る経緯をよく頷かせるやうに写してゐるのだ。筆触雄渾で、しかもこの作品の場合生硬な感じのする文字も却つてその雄渾さを増してゐて、一方、その筆触に浮いたところがなく具象的で、また、それぞれの深刻な性格をよく書き分けてゐて、誠に浪漫味に富んだ興趣尽きぬ作品である。その雄渾な筆触はまたじつにのびのびしてゐて情熱的で、作者の包懐してゐた才華の程がどれ程であつたか容易に窺はれぬ感がある。同誌上に載つてゐる深田久彌の「故中島敦君」といふ一文を読むと、この作品はまだ草稿のままで題さへ附いてゐなかつたさうであるが、さういへば、後の方が稍ゝ性急になつてゐる感があるが、これ程の才分を抱いた作家がこの作品を最後に残して、僅か三十四歳で早逝したといふ事は誠に惜しんでも余りあることである。梶井基次郎の遺稿が文芸誌上に載つた時も同じやうな感慨を受けたが、実に切ない思ひがする。

（昭和十八年八月号「文芸」）

葉書回答

一、本年は綜合雑誌、文芸雑誌を通じて近年にない多くの新人の小説が掲載されたが、それらの作品について。

二、この一年間に雑誌、新聞に発表された従軍記、報道文について。

三、本年最も感銘を受けた文学作品。

大井廣介

一、『文芸』にしてからがごらんの通り、旧人すらろくろく活躍の余地がないのに、新人が輩出したとは本当ですか？

批評家では佐々木基一がやうやく頭角を現はし、それと花田清輝が異彩を放ち小面白かつた。

二、農村漁村大陸などに派遣ばかりされてゐるくろうとができたのを痛感します。陳腐なあたりさはりのないことばかりかき、しかも職業化してゐます。ああなることを警戒して、眼光をかへ、保田與重郎や影山正治を起用してみたらどうでせうね。前者は例によつて摑み処のない文章かくでせうが、後者はさしさはりの多い文章かき読みごたへあ

りますよ。とにかくくろうとを排し新鮮な人選を望みます。それから、尾崎士郎などは何かといへばすぐ引つぱりだされ随分迷惑してゐるでせう、解放して好き放題の仕事をさせてあげたいものです。

三、かきおろした方面では橋本英吉。短篇集では『南島譚』で中島敦を見直しました。石川淳の『山桜』の中の曾呂利や一休のでてくるやつも気がきいてゐる。

　また井上立士を失つたのは痛恨事です。

織田正信

一、小説としては、次作が待たれる程の作品を見出し得ませんでしたが、批評では私には始めての名の麻生種衛氏に期待してゐます。

二、豊田三郎氏の「行軍」の様に、次第に冷静に客観的なものが生れ出て来るやうに考へられます。神保氏の詩に深い感興を覚えます。

三、もし「東方の門」がなかつたら、川端氏が筆をとらなかつたら、今年は何と言ふ年でしたらう。かりにも文芸の名に値する作品が幾つあつたでせう。強ひて挙げれば、今は故人の中島敦氏の作でせう。

坂口安吾

一、このやうな時代には旧来の観念を絶した新人の作品が現れて然るべきであるが、既成作家以上の不新鮮ですらあつた。むしろ中島敦氏の着実な仕事が私には最もたのしかつた。

二、従軍記に傑作をもとめることは不可能でないだらうか。

三、再版物であるけれども、山路愛山「徳川家康」は日本文学の傑作だと思つた。世界的な傑作だ。

平野謙

一、私一個としては、格別「近年になく多くの新人」が登場したとも思はぬのであります。おそらく私の不勉強のせゐでありませう。

二、最近では半田義之の奇もない文章の一節が印象に残つてゐます。そして、田畑修一郎に報道班員になつてもらつてゐたら、と妙なこと考へてひそかに残念に思ひました。

三、中島敦『南島譚』、石川淳『山桜』などを愛読しました。（中島敦は実に惜しいことをした、近年新人と呼び得る殆ど唯一人の人だつたのに。）最近では兼常清佐『石川啄木』を愉快に読みました。丸山静『島木赤彦』も論理のよく通つた評論で感心したが、すこし割り切りすぎてゐるな

いか。翻訳ではシュテイフターの『森の小径』。

佐々木基一

一、作家個人の罪ではないかも知れませんが才能の萎縮といふやうなものを感じました。もう少しのび〳〵した気持で書いて貰ひたいと思ひます。伊藤人誉氏のフラスコの中で出来上つたやうな小説、石塚友二氏の作品が未だに新人権を持ち得るといふ文学的世代について考へさせられました。

二、報道班的職業意識が強くなつて、火野氏の初期の作品のやうな生々しさがなくなりました。

三、中島敦「南島譚」中の作品。

（昭和十八年十二月号「文芸」）

来簡

来簡凡例

一、直接、書簡の現物から翻刻することとした。二〇〇〇年十二月末日現在で、中島家から県立神奈川近代文学館に寄贈された中島敦宛書簡（敦宛以外のものも含む）を、紙数の許す限り収録して中島敦の人と文学の理解に資することとした。関連する他者宛、または他者発信の書簡を混入させた場合は、受信人と発信人を明記して参考書簡とした。

二、表記は原則として新字・旧仮名とした。明らかに誤字・脱字とわかる場合にもそのままとしたが、目立つ誤字にはママを付し、脱字には〈 〉をつけて補ったところもある。

三、漢字表記については原文の表記を尊重し、漢字を仮名に開くなどのことはしなかった。

四、平仮名の表記については変体仮名は使わない。

五、判読不能の文字については五字以下の場合には□で不明字数を示し、六字以上の場合には〈約何字不明〉とした。

六、書簡配列の順序は概ね血縁順、学友・僚友・知友、出版社関係、教え子とした。

七、読みやすさを考慮して編者の判断で一字空きを施した所もある。なお、これ以上の細部の問題についてはそれぞれの解題の部分を参照していただきたい。

八、書簡の記載順序は次の通り（ロ～ホの区別は「／」で示した）。

イ　通し番号　執筆年月日（本文末尾のものをさす）（推定部分は（ ）でくくって示した）

ロ　消印は年月日のみとして他は省略

ハ　葉書・封書などの別　毛筆で書かれたもののみ毛筆と表記した。記載年月日（イとは別に封筒の裏、葉書の表に記載されたもの）

ニ　発信人住所（氏名は省略）

ホ　受信人住所・氏名

ヘ　本文

中島田人書簡

1　**昭和三年一月十日**／封筒なし／毛筆

病気が〈再〉発したとの事大ニ心配〈約六字破損〉この間、真殿からの手紙で、大ニ驚〈約四字破損〉しかし其後電報で問合はせ〈た〉処、「軽いロクマク□□経過良シ」との返電で少し安堵、ツイデ六日出の真殿の手紙ニ熱ハ下がたとの事で、大ニ安心。本日又お前の手紙が着いたので、益々安心した、さりながら決して油断は出来ぬ。充分警戒ニ警戒を加へて決して無理をせぬ様せられたし。実ハお袋に行つて貰はうとおもつてゐたが、今日の手紙で、やめにした。旅順からは、大い叔母が見えて（手紙デ通知したノデ）別府まで行かうとの事であつたが、比れもやめた、なにしろ皆々ニ心配をかけぬ様、善く摂生の法を守り、我儘をせぬ様くれ〴〵も頼む、今日電報為替で百円送金する、くれ〴〵もからだを大事にする様注意を望む。他郷で病気になる程、心細いものハないと聞く、定めて心細かつたらう、さうおもふと涙がこぼれる。

一月十日夜十一時　　父より

敦との

2　**昭和八年四月二十五日**／8・4・26／葉書／毛筆／東京市世田谷区世田谷一ノ一二四／横浜市中区長者町三丁目モン、アパート三一八号　中島敦との

卒業証明書ハ、二日かゝつて漸く下附、直様北海道へ送り候、（先週の土曜）

唐詩選、序の節に持参せられたし。文章軌範と一緒に新茶を送らうとおもふ、

先は右用事のみ　匆々

四月廿五

3　**昭和八年五月八日**／8・5・□／葉書／毛筆／東京世田谷一ノ一二四／横浜市中区山下町一六八同潤会アパアトメント第一号館二十五番戸　中島敦との

今朝区役所に就き尋ねし処、徴兵検査期日は区ニよりて遅速あり、世田谷ハ九月中なれば、まだ通知は発せずとの事、

唐詩選ハ忘れずに送られたく候

先は右用事のみ　匆々

五月八日午後一時

4

昭和八年五月十一日／8・5・11／葉書／毛筆／世田谷一ノ一二四／横浜市中区山下町一六八同潤会アパートメント第一号館二十五　中島敦との

九日付の封書、落手いたし候両三日中に何んとか返事いたすべく候。
唐詩選とゞき候。
先は右まで
五月十一日朝

5

昭和八年五月十四日／8・5・14／葉書／毛筆／東京市世田谷区世田谷一ノ一二四／横浜市中区山下町一六八同潤会アパァトメント第一号館二十五　中島敦との

先日の話ニつき明十五日洗足にて山本、関両叔父《ママ》様と相談の筈なれば、其上にて返事すべく候、左様承知しおかれたし
五月十四日
父より

6

昭和八年五月十六日／8・5・□／封書／毛筆／五月十六日／東京市世田谷区世田谷一ノ一二四／横浜市中区山下町一六八同潤会アパァトメント第一号館二十五　中島敦との

先日の話ニつき種々考へて見たが、別ニ善い方法も見付からぬ、よりて此の際無条件にて入籍を許可する事ニしたが、たゞ此処に気ニかゝる事ハ和田某の事であるが、同人ハ今何処にどうして居るか、妻でも持つて平和ニくらして居れバ、無論問題ハないが、もし独身でブラ〳〵して居るとすれば、油断はならぬとおもふ。殊ニ皐氏が将来両人をば一緒にはせぬといふ一札を先方へ入れたとの事なれは、それを口実として将来何とか難題を吹つかけて来るかも知れぬ。

それが法律上何等効力のないものとして、そんな事をされては実際外聞が悪くもあり、従つてお前の地位ニも影響しないとも限らぬ。されバ、之に対して今より考慮しておかねばならぬとおもふ。それにつき、自分の考では、橋本氏ニ責任を負はせ、和田某の事ニ就いては、一切自分が引受け、中島家へハ迷惑をかけぬといふ一札を貰つておきたいとおもふ。これハお前から橋本氏の方へ交渉して貰らひたい。其上にて結婚届、出生届ニ記名調印したいとおもふ。

命名の事、桓ノ字、至極面白いとおもふ、書経にも詩経

にも「桓々」の字を用ひてあり。人名としてハ余り記憶して居らぬが、支那の古人としてハ斉の桓公、漢の桓帝位なもの（尤もコレハ論《ママ》ナリ）我邦では最近人としてハ三輪桓一郎といふ医学博士あり、其他記憶なし。読方ハ「タケシ」可ナリ。書経の注にも「武貌」とあり。この外にては煥《アキラ》の字がヨカラン。奐よりも煥の字ヨシ、論語ニ尭の徳を賛する辞ニ煥乎其有文章也。とあり、其注ニ曰煥ハ明也。桓、煥ノ二字が一番善い様ニおもふ。いづれにても異議なし。

先は右まで　　　　父より

五月十六日

敦との

7

昭和八年五月二十三日／8・5・23／葉書／毛筆／東京市世田谷区世田谷一ノ一二四／横浜市中区山下町一六八同潤会アパァトメント第一号館二十五　中島敦殿

手紙昨日落手、あれにて結構、届書早速送らるべく候。

先は右まで　　父より

五月廿三日朝

8

昭和八年六月八日／8・6・8／葉書／毛筆／六月八日朝／東京市世田谷区世田谷一ノ一二四／横浜市中区山下町一六八同潤会アパァト第一号館二十五　中島敦殿

徴兵検査の通達書は両三日前区役所にて受取り候。検査期日ハ九月八日に候。其後名古屋より、便りハなきか。いつまで届けずニおいてもさしつかへなきものにや。

9

昭和八年六月九日／8・6・9／葉書／毛筆／東京市世田谷区世田谷一ノ一二四／横浜市中区山下町一六八同潤会アパァトメント第一号館二十五　中島敦との

今日此れより久喜ニ行く、三四日滞在のつもり。いそぎの手紙は、久喜へ向け送られたし。

六月九日午後十二時四十分

10

昭和八年七月二十三日／8・7・23／葉書／毛筆／東京市世田谷一ノ一二四／横浜市中区、山下町一六八同潤会アパァト第一号二五　中島敦殿

昨今のあつさ、とてもやりきれぬ、別ニかはりはなきか。学校はもはや、休ニなりしや、今日はこれから、澄子を

つれて久喜ニ行く、明日帰宅のつもり。驟雨来らんとして未た来らず。

七月二十三日

11

昭和八年十二月四日／8・12・4／葉書／毛筆／東京市世田谷区世田谷一ノ一二四／横浜市中区山下町一六八、同潤会アパァト、第一号ノ二五　中島敦殿

先月廿九日出の手紙落手せしや、とにかく両人の印がなくては届に何かと不便なれば、早速おくられたく候、先は右まで

12

昭和八年十二月八日／8・12・8／葉書／毛筆／十二月八日／東京市世田谷区世田谷一ノ一二四／横浜市中区山下町一六八同潤会アパァト第一号二十五　中島敦殿

四日出のはがき落手。

岡本武尚氏先般来病気入院との事なりしが、其後聞く所ニよれば重体ニ陥り一時ハ非常ニ危険なりし由、しかし今ハ漸く死線を越えたらしいとの事。右の次第なれば早速見舞状を出しおかるべし』

判ハ未だ届かぬ、成るべく早くおくられたし。

先は右用事まで　　匆々

襟巻其他まとめて郵送せり。

13

昭和九年三月五日／9・3・5／葉書／毛筆／三月五日／東京市世田谷一ノ一二四／横浜市中区山下町一六八同潤会アパァトメント、一号ノ二十五　中島敦との

其後、別ニ変りも無之哉、此方相かはらず頑健風も引かず候

此月十三日には祖母様の十年祭を行ふ筈なりしが、都合ニより廿一日の春季皇霊祭日ニ延期との事。当日は是非参列あるべく候。尤も学校の都合にて具合悪ければ致方なけれども、可成参列あるべし。参列の有無ニかゝはらず何か御供物をさゝげられたく候。一円か、一円五十銭位のもの、菓子でも果物でも。

14

昭和九年三月三十一日／9・3・31／葉書／毛筆／東京市世田谷一ノ一二四／横浜市中区山下町一六八、同潤会アパートメント一ノ二五　中島敦殿

種痘の通知は未だ来らず、此れは多分届がおくれたので、未だ半年にもなつてゐないから種痘の必要がないといふわけなのであらう。

皐氏の住所は、

大連市向陽台一番地七号
先は右返事まで　　匆々
三月卅一日

15

昭和九年四月十一日／9・4・11／葉書／毛筆／東京市世田谷区世田谷一ノ一二四／横浜市山下町一六八同潤会アパート第一号ノ二十五　中島敦殿

先日横浜ニ寄留する様申送りしが、もはや寄留届を差出したりや。もし未だしならば、早速届をすますべく候。何とか返事あるべきものなり。
先は右まで
四月十一日

16

昭和九年七月二日／9・7・2／葉書／毛筆／東京市世田谷区世田谷一ノ一二四／横浜市中区柏葉町市営アパァト　中島敦殿

其後別ニかはりも無之哉、
一昨日木戸竜仙氏死去いたし候バ同氏とは一面識もなからんが、信子様の御親父なれば、山本さんまで御悔状を差出しておかるべく候。
先は右まで　　匆々
七月初二

17

昭和九年十二月十八日／9・12・18／葉書／毛筆／十二月十八日／東京市世田谷区世田谷一ノ一二四／横浜市中区柏葉町八九、市営アパァト　中島敦殿

其後健康ハいかゞ、
学校の用事が、閑《ヒマ》ニなつたら、一寸帰宅してほしい。別にさしたる用事でもないが、桓への御年玉もあるから。ツマラヌ物だが。
履歴書三四通送られたい、満洲の方へ運動しようと思ふから。　　匆々

18

昭和十年二月二十三日／10・2・23／葉書／毛筆／廿三日／東京市世田谷区世田谷一ノ一二四／横浜市中区柏葉八九市営アパート、二八　中島敦殿

まだ慶応大学の治療を受けずや、成るべく早き方好からん。

正献氏へ早速礼状を出しておかるべく候。先刻関の叔父《ママ》さんが見えての話ニ、まだ横浜よりは何ともいつて来ない云々、チト面白からぬ様子、早速礼状丈ハ出しておくべく候。これが礼儀といふものなり。

《参考1》中島田人内→敦宛

昭和十年三月二十五日／10・3・25／葉書／三月二十五日／世田谷区世田谷一丁め一二四　中島田人内／目黒区緑ヶ丘停留所前　古物商坂口様方　中島敦様

其の後お元気ですか　扨この間お話の事もし当方へお越しの様なれば四月中頃からにしていたゞきたいと思ひます二十九日から月初め四日まですみ子帰宅、又大連より旅行団にて志津間氏の静子さんも泊りに入らつしやいますし又引きつゞいて比多吉叔父上様御上京にて当方へもお出での由、すこしごた〳〵いたしますから何とぞ中頃まで「もしこちらへお出での様なればお見合せ願ひ度存じます」

19

昭和十年九月三日／10・9・3／葉書／毛筆／九月三日／東京市世田谷区世田谷一ノ一二四／横浜市中区本郷町三丁目二四七　中島敦殿

先日は永々御厄介、澄子も大満足にて帰り候。留守中、御袋が病気にて医師を呼ぶなど大さわぎをしたるよし。未だニブラ〳〵いたし居り急にはなほ□もさうもなく、閉口いたし居り候。

大連の皐さんの細君、大病にて入院手術を受け、大分危険らしく候。見舞状を出しておく方よかるべしと存じ候。
先は右まで

20

昭和十年九月二十七日／10・9・27／葉書／毛筆／九月廿七日／東京世田谷区世田谷一ノ一二四／横浜市中区本郷町三丁目二四七　中島敦殿

漸く秋晴の天気になつた、別ニかはりも無之や。坊主も相変らず元気にや。

去る廿四日の家祭りには前夜久喜へ行き、当日風雨を衝いて帰京（病人を抱へて居る故、長居も出来ず）。久喜では今年ハ柿の大当り、なりすぎて困る位、あの一番大きい木一本でも幾千個か知れぬ程なり居候。桓ニ見せてやりたいとおもつた。来月の第一日曜（六日）坊主をつれて遊びニ行つては如何、尤も途中の大小便の難問題があるから、マダチト無理かも知れぬ。もし行く様なら此方へ一報ありたし。

21

昭和十年十月十四日／10・10・14／葉書／毛筆／十月十四日朝／東京市世田谷区世田谷一ノ一二四／横浜市中区本郷町三丁目二四七　中島敦殿

其の後別ニ変りはなきか坊主も不相変元気にや。病人其後はか〳〵しからず、已に一ヶ月半の上すぎたる今日、猶、寝たり起きたりの状態、近処の医者にかゝり居れども、一向効果見えず、それに当人が余計なとりこし苦労をいたし一層悪いのではないかと、おもはれ候。聖ルカへも行けといつても、行きもせず。困り居候、明日ハ赤十字病院へ行くと申し居れども、また明日ニナレバ気がかはるかも知レズ、とにかく、困つた病気なり。とても急にはなほるまじく、或ハ廃人ニなりはせぬかと気づかはれ候

22

昭和十年十月十八日／10・10・18／葉書／毛筆／十月十八日／東京、世田谷、一ノ一二四（渋谷赤十字病院第二十二号病棟）／横浜市中区本郷町三ノ二四七　中島敦との

病人、いよ〳〵今日赤十字病院ニ入院、二三日の後、開腹の手術を受ける筈。病症ハ腸狭窄、しかも患部ハ直腸ニあるらしく、最難症のものとおもはれ候。たとひ生命ハとりとめ得るとしても、容易の事には無之と存じ候

先は右まで　　匆々

23

昭和十年十月二十七日／10・10・27／葉書／毛筆／廿七日朝／東京市世田谷区世田谷一ノ一二四／横浜市中区本郷町三ノ二四七　中島敦殿

病人、其後ハ先づ順調ニ経過し、大分元気も出て来た様なり。今日からは普通の粥（おまじりでない）を喰べる筈、昨夕ハうどん一碗をたべたり。（小碗なれど）何しろ疲労が甚しければ、回復までには相当の時日を要すべし、

24

昭和十年十一月二日／10・11・2／葉書／毛筆／世田谷一ノ一二四／横浜市中区本郷町三丁目二四七　中島敦殿

少々相談いたしたき事有之、明日式後病院まで来てほしい

十一月二日　　父より

25

昭和十年十一月十七日／10・11・17／葉書／毛筆／十七日／東京市世田谷区世田谷一ノ一二四／横浜市中区本郷町三ノ二四七　中島敦との

たゞ今手紙落手、

今度は大分きつく来たらしく、さぞかし苦しい事と察し居候。心静かに養生せられたく候、此方の病人、先づ順調の経過、三、四日中には一先退院のつもりに候、

例の件ハ来月にてよろしく、急ぐには及はず。一両日中ニ其方へ一寸参るべく候

十二月十一日朝九時　田人

敦との

27

昭和十年十二月十七日／10・12・17／葉書／毛筆／十二月十七日／東京市世田谷区世田谷一ノ一二四／横浜市中区本郷《ゴウ》町三ノ二四七　中島敦殿

はがき落手、

「生長の家」、本日小包郵便にておくりました。

久喜行は少々おくれ廿日すぎニなるべし、従つて其方へ行くのもおくれ、廿三四日頃ニなるべきか、

学校ハ廿日頃より休業にや

先は右まで　匆々

28

昭和十一年二月二十五日／11・2・25／葉書／毛筆／二月廿五日／東京市世田谷区世田谷一ノ一二四／横浜市中区本郷町三ノ二四七　中島敦殿

又々五十四年振りの大雪別に障りも無之哉

さすがの坊主も此の雪では外ニ出でられないで困つて居る事とおもふ、

此の方、相変らず無事　雪かきにはチト閉口した。

26

昭和十年十二月十一日／不明／封書／毛筆／十二月十一日朝／東京市世田谷区世田谷一ノ一二四／横浜市中区本郷町三ノ二四七　中島敦殿平信

今朝ハ非常ニ寒い、庭先ハ白皚々、霜柱が立つてゐる、手洗水も凍つた、この俄かの寒さ、別ニ障りもなきか。

桓は相変らず元気で遊び廻つてゐるだらうとおもふ、あのピチ〳〵した姿が見たい、

田沼氏より借用の金、此の方にては今の処、あんなにいらぬから、あの中より五〇円丈ハ其方へ割譲したいとおもふ。先月の病気で、定めて費用も大分かゝつたらうし、其上ボーナスもないとの事、此の歳晩には定めて非常な窮迫の事と察する、よりて右の様にするつもり、決して遠慮するには及ばぬ、其内ニ久喜に行く筈だから、其帰りニ横浜に直行、其金を持つて行かうとおもふ。其時鶏肉を持参する。一泊位はするつもり。又種々相談したい事もある。

先は右まで

29

昭和十一年三月八日／11・3・8／葉書／毛筆／三月八日／東京市世田谷区世田谷一ノ一二四／横浜市中区本郷町三ノ二四七 中島敦殿

この間は大分胃をいためてゐた様であつたが、その後いかゞ、いふまでもないが、せい〳〵注意せられたし。

病人其後容体面白からず、明九日赤十字病院に行く積り、（六日は地久節の為ダメ）其結果、どうなる事やら、又入院などいふ事ニなつては大変と懸念に堪へず、今度こそは来るべき運命が、来るのではないかとおもはれる。早晩免れぬ事とは思ひながら、さてそれに直面すると閉口する。

30

昭和十一年三月十七日／11・3・18／葉書／毛筆／十七日夜／東京世田谷一ノ一二四／横浜市中区本郷町三ノ二四七 中島敦殿

たゞ今帰宅（夜十一時半）病院の帰途に碁友ニとつつかまり、とう〳〵遅くなつてしまつた。（留守中ニ西川も、翠も来たとの事）又々入院、今度ハどうもあぶないのではないかとおもふ。過去の事ハ過去の事として、矢張かわいさうでたまらぬ、モ一返元気ニしてやりたいとおもふ。医者も大分首を捻つて居る様子。しかし今急ニ変がありさうにも思はれぬが、ドンナモノニヤ

31

昭和十一年三月二十日／11・3・20／葉書／毛筆／三月廿日朝／東京／横浜市中区本郷町三ノ二四七 中島敦殿

入院後已に一週日、まだあの腹水をとらず、何等手を加へないが、医師ハ余程慎重ニ様子を見て居るらしい。結局再度の手術ニなるのではないかとおもふ。医者からはまだ何ともいはれないが。本人ハ大分苦しさうだが、いかんともしやうがない。

これから又病院に行く、（廿日午前九時）

32

昭和十一年三月二十四日／11・3・24／葉書／毛筆／三月廿四日朝／東京／横浜市中区本郷町三ノ二四七 中島敦殿

はかき落手、
今日四時頃腹水を取つてもらつたが、三升余もあつたとの事。今夜ハこれで大分楽になつて、善く眠られるだらうとおもふ。が医師の言ふ所によれば、これハとつても〳〵又ぢきにたまるもので、結局之が為いけなくなるとの事。今度こそはとても回春の望ハあるまいとおもふ。今の処、

まだ元気も割合ニあるから、急ニ危険の事ハあるまい。イツ頃マデモツダラウト医師ニ尋ねたが、今後の経過を見なければ分らぬといつた。

33

昭和十一年四月二日／不明／封書／毛筆／四月二日朝／東京市世田谷区世田谷一ノ一二四／横浜市中区本郷町三ノ二四七　中島敦殿

此度ハ澄子参りトンダ散財、御気の毒に候、
小笠原方面ニ旅行、帰来元気との事何よりに候、
坊主、鬼のかくらんとの由、丈夫だからといつて、油断ハ禁物、せい〴〵注意せられたく候、これからは、疫痢が流行するから、水菓子ハ最も注意を要す。殊にバナヽハ最も危険との事なれば、可成やらぬ様ニせられたし、熱のある時には、御飯ハ禁物、おかゆか牛乳ニ限る、こんな事ハ百も承知の事ならんが、老婆心まで。
　此の方経済上の事ハ、心配ニ及ばぬ。たゞ今手許ニ三百金有之、（此の一月に簡易保険の金がは入つたので）それに此の月ハ恩給の貰へる月、又久喜からも助船が来る筈。尚、不安ニ付新京の方へも依頼したり。長引く場合の用意として。こんな具合なれば、決して心配には不及候。送金されては、反つて此の方が心苦しい。決して〳〵心配には及ばぬ。その金で、桓の物でも買つてやられたい。

今日の病状では、とても家へつれて帰るわけにはゆかぬ、本人ハ反つて家ニ帰るのを望ミ居れど、病状が許さぬ。
長引くといつても、さうハ長引きしまいとおもふ。医者ハまだ何日頃までとはいつてくれぬが、今月一杯位ではないか、と自分は思ふ。大分心臓ハ弱つて居る様に思はれる。今の処、まだ朝から晩五時すぎまで、病院ニ居て世話をしてやる丈だが、モ一層悪くなつたら、附添看護婦を雇ひ、自分も病院内ニ泊らねばなるまいと思ふ。
　四月二日朝　　父より
敦との

34

昭和十一年四月二日／11・4・2／葉書／横浜市中区本郷町、三ノ二四七　中島敦殿

前便の補足
この〇〇〈原文ノママ〉窮迫の際、わざ〳〵見舞ニ来るには及ばぬ。病人ニ其理由をいつておく。今日は病人の容体ハ、少し善い様だ、昨日や一昨日よりも。この様子では、前便ニいつた程でもないかも知れぬ。
　四月二日午後二時　赤十字社病院にて

35

昭和十一年四月七日／11・4・7／葉書／毛筆／七日朝／東京、世田谷、一ノ一二四／横浜市中区本郷町三ノ二四七　中島敦殿

昨日午後再度の水取をしたが、水取後の気分、甚だよくない。余程苦しいと見え、泣いてゐた。かくして漸次ニ衰弱して行くのであらう。

たかは来るには及ばぬが、お前ハ日曜日にでも、どうにか都合して病院へ来てほしい。他の人ハ皆見舞ニ来てくれるのに、お前丈来ないでは、チト世間体も悪い。関さんにも、折々敦ハ来ましたかと問はれるが、チョット具合がわるい。

36

昭和十一年四月十四日／11・4・14／葉書／毛筆／四月十四日朝六時半／東京／横浜市中区本郷町三ノ二四七　中島敦どの

昨日の容体ハ、発病以来最もわるく、朝一回少々の重湯を摂取した丈、其後ハ何も喰べず、これハ嘔気があつたためであらう。嘔気ハありながら、終ニ何も吐かず、大分苦しさうであつた。それに足の甲に浮腫が出で来ました、これハ甚たよくない現象で、本人も大変気ニしてゐます。

（カンフル一本注射、ソレデ少し元気が出た）

37

昭和十一年四月十六日／11・4・16／葉書／毛筆／四月十五日夜／東京／横浜市中区本郷町三ノ二四七　中島敦どの

昨日は極労様、

今日も昨日同様何も喰べられず、益々衰弱を加へるばかり。掌療治は昨夜一回試ミたが、本人がいやだといふので一回ぎりでやめました。いやといふものハ致方がない。医師曰く、時期は未だ分らぬ、二三日待つてくれ云云。今日午後一人の部屋に移されました、時期の迫つたタメとおもはれる、

38

昭和十一年四月十八日／11・4・18／葉書／毛筆／四月十八日午前十時／東京／横浜市中区本郷町三ノ二四七　中島敦殿

昨夜十一時頃より今暁にかけ、胸部の苦痛甚しく、自分ハ殆んと睡眠を取らずに、看護ニ従事、胸部を三時間以上もさすりやり、それにてやつと幾分楽になり、ウト〳〵睡りはじめた。夜の明けるのが実に待遠しかつた。今朝医師ニ頼ミ、今日午後腹水をとつて貰うことになつたが、その

結果一層衰弱が加はることゝ思ふ。いよ〳〵断末魔が近づき来るものと見える。

39

昭和十一年六月二日／11・6・2／葉書／毛筆／六月二日夜／東京市世田谷区世田谷一ノ一二四／横浜市中区本郷町三ノ二四七　中島敦殿

ハガキ二枚とも落手、
何事も健康第一、無理をせぬ様注意肝要なり。たかは、いそいで帰るに及ばぬ、婆さんが居るから、別ニ不便は感せぬ。淋しいのハ致方がない、どうせ淋し〈い〉のだから、人が居ても居ないでも。

40

昭和十一年八月二日／11・8・3／葉書／毛筆／東京市世田谷区世田谷一ノ一二四／横浜市中区本郷町三ノ二四七　中島敦殿

腕時計のねずみ入らずの上におき忘れてあつたのを、今発見した、明朝書留小包郵便で送る、取りニ来るには及ばぬ。

八月二日夜八時

41

昭和十一年九月四日／11・9・4／葉書／毛筆／四日八時三十分／東京市世田谷区世田谷一ノ一二四／横浜市中区本郷町三ノ二四七　中島敦どの

速達便今着（八時ニ五分前）
風引らしいとの事、大切にされたし、別ニ急いで来るにも及ばぬ。
下川氏へは返事差出したりや、身体検査証とかいふものハ、自分も朝鮮ニ行く時ニ出したことはあるが、たゞ教授上差支ない事を証明するもので、医者が善い様ニかいてくれる。ほんの形式的のものである。これは、余程きまりかけた時ニ差出すものだとおもふ。

42

昭和十一年九月十一日／不明／封書／毛筆／東京市世田谷区世田谷一ノ一二四／横浜市中区本郷町三丁目二四七　中島敦どの

はがき今落手、
学校へ出勤も出来る様になつたよし、安心しました。尚、十分注意を怠らない様頼ミます。
此方ハ別ニそれほどの不便もないから、当分ハ其方に居て、主人の世話をして居る方が善からう。

たかどの
善隣の叔父《ママ》様より勝田（コレハ　カツタか　ショウダか、どちらか分らぬ。）鹿谷（或ハ麓谷カモシレヌ）の伝を調べてくれとの御頼ミニつき、人名辞書ニ就き調べたる上、叔父様の許ニ報告せられたし。何か鵬斎先生ニ関係があるらしい。

敦どの　　　　父より

九月十一日

（このあつさ、とてもやりきれぬ、丸で暑中の様だ）

43

昭和十一年九月三十日／11・9・30／葉書／毛筆／九月三十日／東京市世田谷区世田谷一ノ一二四／横浜市中区本郷《ゴウ》町三丁目二四七　中島敦どの

二十八日出の手紙今朝落手、別に意見はない。よろしき様にせよ。下川さんの方へは、感情を害しない様、よくおわびをせよ。実際病気で、とても赴任はむづかしいといふ事を精しくいつて諒解を得る様ニせられたし。下川氏も今回ハずゐぶん骨折つてくれて居る様子だから、その好意に対して通り一返の断状ではすまぬ。自分よりも其内手紙を出すつもり。

44

昭和十一年九月三十日／11・9・30／葉書／毛筆／九月三十日正午／東京世田谷一ノ一二四／横浜市中区本郷町三丁目二四七　中島敦どの

種々義理もあり人情もあり、経済的事情もあり、なか〳〵簡単には行かぬが、此の際「健康第一主義」にて行動する方善からんか。台湾が果して健康上、善いか、悪いかを、たしかめたる上にて決定したら善からう。下川氏にも善く事情を話し、且つその任地ハ何処なるかをも、きいてみたらどうか。

喘息の事も、いつておいた方が善いとおもふ。志賀さんにも相談してみるも善からう。（第二信）

45

昭和十一年十月十日／11・10・10／葉書／毛筆／東京市世田谷一ノ一二四／横浜市中区本郷町三ノ二四七　中島敦どの

埋骨ハ十七日ニする積りだつたが、関叔父《ママ》さんの御都合にて、十八日午後ニ行ふ事に変更した、もし其方の都合が悪ければ又変更しても善いから、遠慮なく申越されたし。

まづは右まで　　匆々

十月十日午前

46

昭和十一年十月十三日／11・10・13／葉書／毛筆／十月十三日朝／東京、世田谷、一ノ一二四／横浜市中区本郷町三ノ二四七　中島敦どの

十八日には朝から来る事。
たかは前夜からでも来て貰ひたい。（多少、準備があるから）
当日は午前中ハ祭をなし、本来ならば神官を頼むのだか、此度ハ御免を蒙り、自分が代りを勤める。午後一、二時頃から多摩墓地ニ行く積り。関様からは、叔《ママ》父さんと、正通とか来られる、輝子さんもことにより来られるかも知れぬ。晩には何か御馳走せねばならぬ。

47

昭和十一年十一月九日／11・11・9／葉書／毛筆／十一月九日夕／東京市、世田谷一ノ一二四／横浜市中区本郷町三ノ二四七　中島敦どの

電報には「ユケヌ」とあつた。しかしそんな事、何も気にする事ハない。王陽明先生の詩、「険夷元不滞胸中、何異浮雲過太空、夜静海濤三万里、月明飛錫下天風」、を再唱三唱せよ。

封書も届いた、事情ハ善く分つた。身体ニ無理をせぬ様くれ〴〵も注意ありたい。

下川氏より返書あり、別ニ立腹もせず、チャンスがあれば又ゝ御世話をしたいとかいてあつた。台湾ハ喘息ニハ最好適の由かいてあつた。

48

昭和十一年十一月三十日／不明（解題参照）／封書／毛筆

二十八日出のはがき今落手、丁度墓参より帰つたばかり。たか、が体の具合あしき由、今ハ大切の時、いふまでもない事ながら、十分摂養せられたし。妊娠中には、とかく腎臓に故障が起り易きもの、むくみも、また出産前にはよく起るものなり。よく〳〵注意して無理をせぬ様ニせられたし。桓も百日咳との事、これもなか〳〵厄介な病気、此の春、関の小児が二人とも此の病ニかゝり、長い事悩まされた、まづ心配ハなき病気ながら、長いのには閉口する。病人を二人抱へてゐては、やりきれまい。自分ハ今、留守居がゐないので、どこへも行けないので、困つて居る。おしめの材料其他ハその年の内、小包で送る。

箇保の金が、来月（十二月）の九日に貰へるから、田沼氏への返金ハ、久喜より直ニ其方ニ為替にて送金する積り、其積りにて居られたし。別ニ御礼はしないが、祖父さんのかゝれたもの一幅、粗末な物だが、それを贈つてもよい。

お金も大分かゝるだらう、困る様なら、申越されたい。どうにか都合してやる、自分にはなくとも。お前の体も大事にして。

十二月三十日午後二時　　父より

敦どの

49

昭和十一年十二月十二日／11・12・13／葉書／毛筆／東京市世田谷区世田谷一ノ一二四／横浜市中区本郷町三ノ二四七　中島敦殿

病人の容体、その後いかゞ。

両三日の内ニ都合して見舞に行きたいとおもつて居ります、例のものを持つて。

昨日右手の人さし指を一寸庖丁できずつけ、文字がかきにくゝて困つて居る、

十二月十二日

50

昭和十一年十二月十七日／11・12・18／葉書／毛筆／東京市世田谷一ノ一二四／横浜市中区本郷町三ノ二四七　中島敦殿

速達落手（午後七時半）すぐ三軒茶屋に行き関さんを尋ねましたが、生憎おやすさんハ今某所の病人のある家ニ手伝ニ行つて居り、最近病人が二人もゐるので当分帰られぬとの手紙が来たとの事。さればおやすさんハ、今の処、とても間に合はぬが、その内ニ帰つて来たら、頼めるかも知れぬ。どんな様子か、輝子さんより本人ニ問合はせる様、頼んで来た。新地の老人、危篤との事、痛心に堪へず、見舞状を出したいが、若主人の名が分からぬ、一報ありたい。

十二月十七日午後八時半

51

昭和十一年十二月二十一日／11・12・21／葉書／毛筆／東京市世田谷一ノ一二四／横浜市中区本郷町三ノ二四七　中島敦殿

昨夜来の雪、今尚止まず、閉口して居る、其地も同様と思ふ、

たかは、其後いかゞ、父上の病気が、障りハせぬか。坊主も淋しがつて居るだらう。

自分の顔色が悪つたよし、自分には一向気もつかぬが、偏食の為めでもあるまいと思ふ、よく注意しよう。心配の為、幾らか顔色が悪つたのかも知れぬ。

52

昭和十二年一月五日／12・1・5／葉書／毛筆／東京市世田谷区世田谷一ノ一二四／横浜市中区本郷町三ノ二四七　中島敦殿

その後病人ハいかゞ。

今（十二時半）これから小包を出しに渋谷駅ニ行く。内容ハ古毛布二枚、外ニオモチヤ二、キャラメル数個、此れハ御年玉といふわけではない。

七日には御墓参かた〴〵澄子を久喜おくつて久喜に行く、朝出て、日のくれない内ニ帰宅のつもり。

一月五日

53

昭和十二年一月九日／不明／葉書／毛筆／一月九日／東京市世田谷区世田谷一ノ一二四／横浜市中区本郷町三ノ二四七　中島敦殿

小包今着（午後二時）種々ありがたう、
病人容体面白からずとの事善い医者ニ診て貰ってはいかゞ、費用の方ハ、此の方にてどうでもするから、心配なし。
今大切な時ゆゑ、万違算なき様注意せられたし

先は右まで

54

昭和十二年一月十三日／12・1・13／葉書／速達／毛筆／一月十三日／東京市世田谷区世田谷一ノ一二四／横浜市中区本郷町三ノ二四七　中島敦

今電報接手、赤坊たうとう助からな〈か〉つたよし、残念なれども、致方なし。昨日一寸顔を見た為、一層残念ニ堪へない。此の上ハ、産婦の心を慰め身体ニ障らない様充分注意せられたい。今度ハ自分ハ行かぬ積り、命名葬儀等の事ハ、其方にてよろしき様やつて貰ひたい。しかし必要とあれは、いつでも行く。電報一本打つてくれゝば。

まつは右まで

十三日一時半

55

昭和十二年二月三日／12・2・3／葉書／毛筆／二月三日／東京、世田谷、一ノ一二四／横浜市中区本郷町三ノ二四七　中島敦殿

はがき今朝着、
病人退院元気のよし、何よりの事、安心いたし候。尚、今後も注意に注意を加へ、軽はづミせぬ様十分の注意ありたく候。
此の方家ニあるものにて、其方にて必要なものもあらば、

何でも遠慮なく申し越されたし。

56

昭和十二年五月二十日／12・5・20／葉書／毛筆／東京、世田谷一ノ一二四／横浜市中区本郷町三ノ二四七
中島敦殿

先刻のハガキで、チト驚いたとおもふが、大した事もない様だ、手の方は大分自由が利いて来て、物を握ることも出来、持つ事も出来、さしたる変りもないが、脚の方ハまだフラ〳〵たるを免れぬ。他ハ何等の異状もなく、頭痛も眩暈も肩こりもなく、無論熱などはない。便通もよい。原因ハ何か、サつぱり分らない、或ハ脚気ではあるまいか、まだ医者にも診て貰らはないが、両三日安静にして様子を見ようと思ふ

五月二十日五時

57

昭和十二年五月二十五日／12・5・25／葉書／毛筆／東京、世田谷、一ノ一二四／横浜市中区本郷町三ノ二四七 中島敦殿

昨日は雨のため終日寝てゐた、草花の世話も出来なかつた、

今朝は脚の具合極めてよろしい、久振で自分の部屋の掃除をした、門前散歩も出来るが、まあ暫く大事をとつて、やらない。

このはがきも自分で投函した、

五月二十五日朝八時

58

昭和十二年六月四日／12・6・4／葉書／毛筆／六月四日朝九時／東京市、世田谷区、世田谷一ノ一二四／横浜市中区本郷町三ノ二四七 中島敦殿

三日出のハガキ今落手、

其後別ニ異状なし、脚の方ハまだ少し具合が悪い、ゆつくり歩くと、目だゝないが、少し急いで歩くと跛ニなる、或ハこんな所で、かたまつてしまふのではないかとも思ふが、これも致方がない。日ニ五六町位ハ散歩もする、隔日に入浴もする、別に疲労もしない。すべて平常と少しも変らぬ、たゞ脚丈がまだ完全とまではゆかぬ。碁も暫時休業、電車にも当分ハ乗らないつもり。園芸も大した事はない、折ニ灌水する位のもの。

59

昭和十二年七月十二日／12・7・12／葉書／毛筆／十二日正午／東京市世田谷区世田谷一ノ一二四／横浜市中区本郷町三ノ二四七　中島敦殿

はがき今着、（十二日正午）
病気よろしきよし、何よりのこと、くれ〴〵も無理をせぬ様。腸の方ハすつかりなほり、平常通り。脚の方ハまだ少し重い。恐らくこれハ当分なほらぬのでハあるまいか。木戸氏の処方ニ従ひ服薬してゐる、きくかきかぬか、分らないが、当分飲ミつゞける積り。忙しい処をわざ〴〵来るにも及ばぬ、
梅酒が一升七八合も出来たから、半分ハ其方へ。
　先は右まで

60

昭和十二年七月十四日／12・7・15／葉書／毛筆／十四日朝八時／東京、世田谷区、世田谷一ノ一二四／横浜市中区本郷町三ノ二四七　中島敦殿

昨日午後木戸氏が墓参の序に、立寄られ、例ニ依り丁寧ニ身体各部を診察してくれたが、何処にも別ニ異状もなく、血圧も大分下つたとの事、（前には二百以上なりしが、今度ハ百七十余）脉搏も前には左手の方ハ少しかたかつたとの事であつたが、今回は両手同様との事。たゞ少し胃が悪いといはれたが、これは先日久喜にて胃をこはしたのが、まだなほりきらないと見える。薬の処方も変更した。くすりの効果とも思はれぬが、まあ暫らく服薬するつもり。

61

昭和十二年八月十五日／12・8・15／葉書／毛筆／十五日十一時半／東京市世田谷区世田谷一ノ一二四／横浜市中区本郷町三ノ二四七　中島敦殿

今はがき着、（十五日午前十一時）桓が、ハシカにかゝつたとの事、この熱さに四十度の熱ではさぞつらかつたらう。しかし、もはや元気のよし、何よりの事なり。ハシカは予後が大切なれば、充分注意されたい。入浴は絶対禁止（当分ハ）入浴の為余病が出た例ハいくらもある。汚い痕が残つてもそれハ心配にはならぬ、其内ニ自然ニ消えてゆくものなり。どうせ一返やらねはすまぬ病気、この位ですめば結構なり。

62

昭和十二年八月二十日／12・8・20／葉書／毛筆／八月二十日朝／東京、世田谷、一ノ一二四／横浜市中区本郷町三ノ二四七　中島敦殿

其後坊主の容体ハいかゞ、モーすつかり元気ハ恢復した

りや。

　弥生が上海から帰つて来るさうだ、昨日長崎に着いたが、貨物船なので、途中処々寄港、二十六日ニ横浜入港の予定との事、弥生ハ少し体の具合が悪い様子。埠頭まで迎へニ行つたら善からう。これは、昨日なつ子が、郵船会社へ行つて聞いて来た話なり。

63

昭和十二年十月二十五日／12・10・25／葉書／毛筆／十月二十五日朝／東京、世田谷、一ノ一二四／横浜市中区本郷町二四七　中島敦殿

薫夫君出征、ニ付たかも新池へ行つたとの事
新池にてハ、御病人もあり、それに薫夫さんの出征とあつては、大変の事ならん御同情に堪へぬ、和夫君が帰郷との事、それが何より。感心な心掛けとおもふ。其方、たか留守中ハ定めて不便の事だらうが、此れも已むを得ない。坊主ハ何だか知らずに喜んで飛びまはつて居るだらう。伜ニ冷気、注意肝要

64

昭和十三年二月二十五日／13・2・25／葉書／毛筆／二月二十五日朝／東京、世田谷一ノ一二四／横浜市中区本郷町三ノ二四七　中島敦殿

其後、別ニかはりもなきか、大分寒気も緩んだから、其内ニ其方へ出掛けようとおもつてゐる。

正通、今回第一補充兵として応召、三月一日赤坂第一聯隊ニ入隊するとの事。本人ハ歓呼の声ニ送られるのを嫌ふので、此度ハあまり方々へは通知せぬよし。従つて逢ひに来るにも及ばぬ、又当分出征する事もあるまい。それでも今朝一寸暇乞ニ来ました、

65

昭和十三年三月四日／13・3・4／葉書／毛筆／東京、世田谷、一ノ一二四／横浜市中区本郷町三ノ二四七　中島敦殿

明五日夕刻其方へ行きたいとおもつて居る、実ハ同日午後に、入隊中の正通を訪問（兵営満員の為、赤坂の三井邸内ニ宿泊せり。面会時間は午後四時より六時まで、）し、其序ニ横浜へ行くつもりなり。別ニ御馳走の月意に及はず。飯丈あれば沢山なり。面会日ハ三日より六日まで。八日ニハ征途に上るとの事。

　　三月四日午後二時

66

昭和十三年三月二十一日／13・3・22／葉書／毛筆／三月廿一日／東京、世田谷一ノ一二四／横浜市中区本郷町三ノ二四七 中島敦殿

元夫十一日上京、十四、五、六と入試、今日大学より入学許可の通知あり、此れにて一安心なり。実ハ今年ハ定員五人の処、九人の志望者あり　どうかと危ぶんだが、幸ニ合格。

二十三日東京発佐賀行き、荷物をまとめ、更ニ二十六日の船にて大連ニ帰り、来月ハ十日すぎ上京の予定。

67

昭和十三年四月十二日／13・4・12／葉書／毛筆／四月十二日朝／東京、世田谷、一ノ一二四／横浜市中区本郷町三ノ二四七 中島敦殿

とかく不順の気候、別に障りもなきや

大連の美恵子今度縁談纒《マトマ》り、近い内ニ挙式のよし、数日前上京、一昨日より家に泊り居り、当分滞在の筈。美那子も絵画入選とかで美恵子より先きに上京。これハ友人の家に宿泊、元夫も両三日中には上京すべし、荷物が今朝着きました　岩原には翠、旦子も居り、この処、大賑にて極めて愉快なり。

チューリップは咲き初めました、種々の色彩なか〳〵うつくしい。

この二十日頃には、翠が山口の順子の処へ手伝に行く、旦子も尾道まで同行、松山へ帰る筈。その後ハなつ子困るだらう。

68

昭和十三年十月二十五日／13・10・25／葉書／毛筆／東京、世田谷、一ノ一二四／横浜市中区本郷町三ノ二四七 中島敦殿

桓の病気、とくに全快の事とのみおもつてゐた処、大分悪かつたとの事、しかしもう平熱ニ復したよし。それで安心、だが油断せぬ様せられたし。自分ハ両三日の内其方へ見舞ニ行く積り。実ハ今日出掛ける考へだつたが、畑の都合があつて、此の天候で、だん〳〵おくれて、スヰートピースもまだ種まきをしない始末。なので。二三日おくれる。

十月二十五日朝

69

昭和十三年十二月一日／13・12・1／葉書／毛筆／十二月一日／東京市世田谷一ノ一二四／横浜市中区本郷町三ノ二四七 中島敦殿

書状今着、為替券落手

今年ハ体の具合よろしきよし、何よりの事。一体中島家のもの、我々の兄弟ハ若い時には弱く、年をとるに従つて丈夫になる様に思はれる、端をぢさんもさうであつたし、善隣のをぢさんもさうであるし、自分も三十四五の頃から健康になつたのである、祖父様も四十以後ニ丈夫になられた様ニ聞いて居る。多分其等の先例を追うのであらうと思ふ。しかし油断をせず十分摂生ニ注意されたい。自分も今健康状態極め〈て〉良好。

正通は病気の為、内地へ後送され、たゞ今大阪赤十字病院にあり、関さん老夫婦昨日大阪へ見舞に行かれた、病気は大した事はないらしい。大阪市天王寺区筆ヶ崎赤十字病院十号病舎二一三〇室、関正通。

70

昭和十三年十二月三日／13・12・3／葉書／毛筆／十二月三日朝／東京市世田谷区世田谷一ノ一二四／横浜市中区本郷町三ノ二四七　中島敦殿

残念、出征中の決事不幸にも去ル十月卅一日予備病院にて戦病死されたよし、
今朝善隣の叔《ママ》父よりはがきあり、竦叔《ママ》父様、山本叔《ママ》父様の御心中、同情ニ堪へず、
貞子さんも山本様へ来てゐる、御気の毒なり

71

昭和十四年一月五日／14・1・5／葉書／毛筆／一月五日／東京市世田谷区世田谷一ノ一二四／横浜市中区本郷町三ノ二四七　中島敦殿

其後体の調子ハいかゞ、
今年の正月ハ澄子もゐないので、一向に正月らしくもない。それでも碁打の客は毎日来訪、今日も誰れか来るかも知れない。
門松も立てず、廻礼もせず、年賀状も出さず、たゞ雑煮を喰へだ丈、珍らしい新年を迎へた。

72

昭和十四年三月十九日／14・3・19／封書／毛筆／三月十九日／東京市世田谷区世田谷一ノ一二四／横浜市中区本郷町三ノ二四七　中島敦殿平安

今（十九日午後四時）大連の美那子より昨年約束したから、横浜の方へ送つてくれとて、独立展の招待券一葉送つて来ました。よりて封入して送る、
すみ子も愈々女学校卒業、（二十五日卒業式）卒業後ハ神田の女子共立専門学校（裁縫師範科三ヶ年）ニ入学の積り、入学試験ハ二十七日、成績発表ハ三十一日、大抵入学出来る事とおもふ。

三月十九日　田人

敦どの

73

昭和十四年七月三日／14・7・3／葉書／毛筆／七月三日／東京市世田谷区世田谷一ノ一二四／横浜市中区本郷町三ノ二四七　中島敦殿

山本叔父《ママ》様ハ、いよ〳〵泱の遺骨を迎へに貞子さん同伴、此の五日東京発、台湾へ向はれる事になりました。帰京ハ多分二十日頃なんどの事。帰京の際には横浜駅にて乗換へて洗足ニ向はれる筈なれば、其際横浜駅頭まで出迎へたらば善からうとおもふ。自分もことにより、其時分横浜ニ行つて居り、出迎ながら、一緒に帰京しようかとも思つてゐる。御帰京の日時が定まつたら通知します。まつは右まで

74

昭和十四年九月八日／14・9・8／葉書／毛筆／九月八日午前／東京市世田谷区世田谷一ノ一二四／横浜市中区本郷町三ノ二四七　中島敦殿

関正献京城へ転任の事は、とくに承知の事と思ふが、愈々此十六日頃東京出発赴任するよし、先刻関さんが見えてのお話。その出発前ニ一寸関さんへ行つたら善からうとおもふ。別ニお餞別もなにも要らぬ。たゞ顔を出した丈でよろしからん。

75

昭和十四年十月二十四日／14・10・24／葉書／毛筆／東京市世田谷区世田谷一ノ一二四／横浜市中区本郷町三ノ二四七　中島敦殿

俄ニ寒くなつたが皆々異状なきか。自分ハ相変らず頑健如石。

此の二十九日（日曜）泱の本葬執行ニ付、洗足まで来られる様にとの事、此度ハ兄弟姉妹と従兄弟姉妹丈で、我々老人連ハ出なくても善いとの事。いづれ善隣の方よりハ通知がある筈なれども、一寸予め通知しておきます。善隣の叔父《ママ》の御依頼により

76

昭和十四年十一月五日／14・11・5／葉書／毛筆／十一月五日／東京、世田谷区世田谷一ノ一二四／横浜市中区本郷町三ノ二四七　中島敦殿

関さんの家に置いて貰はふと御願ひしたが、断はられた。輝子さんの方は、むしろ喜んで居られたのだが、叔父さんニ断はられた。理由ハ余りはつきりもせんが、輝子さんの健康の為らしい。人の世話ハしかねるといふのらしい。さ

て困つた。が人に頼るまい、自分で何でもやつて行かう。やつてやれない事もあるまい。一つ勇猛心を起して、難関を（でもないが）突破しよう。その内ニ春の訪つれる事もあらう。

77

昭和十四年十一月九日／14・11・9／葉書／毛筆／東京、世田谷一ノ一二四／横浜市中区本郷町三ノ二四七　中島敦殿

此度の事ニ付ては、関さんの御骨折一方ならざるものあり、又将来も種々御世話になる事と思ふ。礼状を出して置かれたし、殊ニ輝子様に対して。

十一月九日晩

78

昭和十四年十一月二十一日／14・11・21／葉書／毛筆／東京、世田谷、一ノ一二四／横浜市中区本郷町三ノ二四七　中島敦殿

大分寒くなつて来ましたが、だれもかはりはありませんか。自分は相かはらず頑健、種々と考へた末、此の家は売る事にきめました。売るには今が最好時期との事。いつ売れるかは分らないが、売れたら一寸関さんの処ニ厄介ニなる積り、（荷物ハ洗足にでもあづけて。まだ御願もしてみないが）暫時の事なら、関さんも承知してくれる。近日久喜から、小サイ女中が来る筈、久喜で今使つてゐる女中、

79

昭和十四年十二月八日／14・12・8／葉書／毛筆／東京、世田谷、一ノ一二四／横浜市中区本郷町三ノ二四七　中島敦殿

桓の生年月、たしかの処、報知ありたし。
四月二十七日ヵ或ハ八日か、
其内ニ区役所ニ行くつもり、
其後妊婦の体の具合いかゞ、

十二月八日

80

昭和十四年十二月二十六日／14・12・26／葉書／毛筆／東京市世田谷区世田谷一ノ一二四／横浜市中区本郷町三ノ二四七　中島敦殿

桓の生年月、戸籍面にてハ十二月十八日と記憶して居るが、チト不確実ニ付、其内久喜より戸籍謄本をとり寄せた上、更に通知しませう。
おむつニする様な浴衣三枚、其内ニすみ子が持参するつもり。

善隣の叔《ママ》父様、富岡の田沼氏別荘ニ御出掛けのよし。此の冬ハチト御体の具合が悪いらしい。

81

昭和十五年一月二十五日／15・1・25／葉書／毛筆／一月二十五日／東京市世田谷区世田谷一ノ一二四／横浜市中区本郷町三ノ二四七　中島敦殿

手紙今落手。椢の戸籍抄本の事、先方から送つてよこさないのは、多分郵便切手だからだらう。少しの金でも、矢張為替にして、それに四銭の切手を添へて請求したら、きつと送つてくれたであらう。自分も以前北海道へ切手で請求したら、その切手を返された事があつた。それにしても知らん顔とは、役場として余りにも不親切の仕打だ。何とかいつて来なければならぬ。とにかく、久喜へ御願して抄本を其方へ送る様にしました。其内ニ叔母さんからおくられるでせう。

82

昭和十五年二月一日／15・2・1／葉書／毛筆／東京市世田谷区世田谷一ノ一二四／横浜市中区本郷町三ノ二四七　中島敦殿

男子出生のよし
何よりの事珍重々々。
厳寒の折柄くれ〴〵も大切ニせられたし
其内都合して其方へ行きたいとおもつつ《ママ》て居る。
二月朔、朝九時半

83

昭和十五年二月七日／不明／葉書／毛筆／東京市世田谷区世田谷一ノ一二四／横浜市中区本郷町二ノ二四七　中島敦様

其後母子共ニ異状なきか、気ニかゝりながらも其方へ出掛ける事もならず、困つて居る、様子通知ありたし。
二月七日朝

84

昭和十五年二月八日／15・2・8／葉書／毛筆／二月八日朝／東京市世田谷区世田谷一ノ一二四／横浜市中区本郷町三ノ二四七　中島敦殿

昨夜関さんがお見えニなり、其方の様子も分り大安心。この紀元節には、其方へ一寸行くつもり。午後四時頃までには帰宅する予定。当日はすみ子は久喜へ行つて留守になるはず。
まづは右まで。天気が悪ければ中止。

85

昭和十五年二月二十五日／15・2・25／葉書／毛筆／東京、世田谷一ノ一二四／横浜市中区本郷町、三ノ二四七　中島敦殿

関さんの御話、「濠《ママ》徳寺附〈近〉の貸家に住んでゐる知人が今月中に他ニ転居する筈、まだ家主には申出てゐない。間数ハ八、六、四半二間、それニ玄関の五間、家賃ハ現在二十三円、余りニ安いので、此の次には三十三円位になるだらう　日当りハ極てよい。たゞ何年か前ニ主人が肺病でなくなり、其後肺病のなほつた人を置いた事ハあるとのこと。徹底的消毒をしたら善からう」とかういふ訳だが、例のライジンクサンの某氏ニ話してみたらどうだらうか。肺病の一件でとても、ものにはま《ママ》いとおもふが、念の為、一寸通知する、

86

昭和十五年五月十三日／15・5・13／葉書／毛筆／五月十三日朝十時／東京、世田谷、一ノ一二四／横浜市中区本郷町三ノ二四七　中島敦殿

昨日ハ見舞の為、久喜へ行きましたが、叔《ママ》父様の御病気ハ、余り面白からぬ御容体。脇腹が痛んで御困りの御様子、（咳をするたびニ腹ニヒヾク）今急ニどうのかうのといふのではないが、誠ニ心痛ニ堪へぬ、よりて自分ハ決心した、久喜へ行つて全精力を尽くして看病をしてあげようと。此家の家財道具ハ出来る丈多く其方へ送り、残つたものハ洗足へおあづけしようとおもふ。整理ニついては、是非たかに来て貰はねばならぬ、今すぐといふのではないが、可成早く来てほしい。

自分ハ身軽ニなつて必要の衣服類丈で久喜へ行くなり。

87

昭和十五年五月十五日／世田谷15・5・15　横浜15・5・16／葉書／速達／毛筆／東京市世田谷区世田谷一ノ一二四／横浜市中区本郷町、三ノ二四七　中島敦様

たゞ今久喜よりハガキアリ、

塚本亀吉氏来診、大分悪い御様子なれば、早速親戚ニ通知する様にとの事、自分ハ明朝直ニ久喜へ行く積り、すみ子一人では困るから、たかニすぐ来て貰ひたい。自分ハ都合ニよりては久喜ニ当分滞在する様ニなるかも知れぬ、

五月十五日午後八時半

88

昭和十五年五月二十二日／15・5・22／葉書／毛筆／東京、世田谷一ノ一二四／横浜市中区本郷町三ノ二四七 中島敦殿

二十日南湖院の峰間博士の診察を受けられたが塚本氏同様の診断のよし、残念ながら、いかんとも致方なし。しかしさう急変もなからんとの事。此の日曜日には自分ハ、又久喜へ参るつもり。これから毎日曜日には御伺ひせねばなるまいとおもふ。

五月二十二日午前十一時

89

昭和十五年五月二十六日／15・5・26／葉書／毛筆／東京、世田谷、一ノ一二四／横浜市中区本郷町三ノ二四七 中島敦殿

今（二十六日午後七時）久喜から帰つて来ました、御病人ハ大分お悪い。いつ急変があるかも知れぬ状態です。万一の際には、自分は久喜へ行かねばならぬ、その時には、電報なり速達なりで知らせますから、たかさんに来て貰ひたい。（世田谷まで）都合が悪ければ御気の毒でも貞子さんを煩はしたい。とにかく、澄子を一人でおくわけニ行かないから。新京の叔父さんハ、此の二十九日ニ帰郷の筈、今日電報あり。

90

昭和十五年五月三十日／15・5・30／葉書／毛筆／東京、世田谷一ノ一二四／横浜市中区本郷町三ノ二四七 中島敦殿

昨日も久喜へ御見舞ニ行つて来ました、御容体ハ大した変化もないが、漸々悪い方へ向ひつゝあり。浮腫が御手にも足にも顔にも出ましたが、これハ心臓の悪いの証拠のよし。新京の叔父様ハ、二十八日夜着きました、（新京より東京までハ飛行機にて）二週間位ハ滞在との事。此の日曜日はすみ子を久喜へつかはすつもり。

五月卅日午前十時

91

昭和十五年九月二十一日／15・9・21／葉書／毛筆／二十一日午後三時／東京、世田谷一ノ一二四／横浜市中区本郷町三ノ二四七 中島敦殿

其後皆々元気にや（もし体の調子がわるければ、決して来るには及ばない。）一昨十九日、百日祭執行、集るもの我々兄弟姉妹六人、それに其夫、それ丈でした。二十三日、いよ〳〵多磨の墓地へ埋骨の筈。当日は午前十時頃多磨墓地着、十一時頃ニすむ予定。（一寸米内トイフ石屋に休息）

無理をして来るにも及はないが、体の具合がよかつたら来た方が善い。自分ハ当日ハ朝九時頃までニ多磨墓地ニ行き、種々手続をなすつもり。久喜からハ叔母さん、其夫、貞子が遺骨を奉じて来るはず。

92

昭和十五年九月二十四日／15・9・24／葉書／毛筆／九月二十四日正午／東京、世田谷一ノ一二四／横浜市中区本郷町三ノ二四七　中島敦殿

今朝ハガキ落手、又病気臥床のよしせい〴〵養生する様祈候

昨日埋骨式無事相済み、会するものハ久喜よりは野原、榎本、金子三人、東京の人ハ、善隣の門人四人、山本の叔《ママ》父様ハ病気にて来られず、我々兄弟四人と其夫　元夫兄弟、貞子、すみ子、それに北海道、井出良二母子、それ丈でした。

家ニ珍ラシク栗がなつた、たんともないが、坊主にみせてやりたい。この次の日曜ハまだチト、早い、次ニハオチル

93

昭和十六年二月二十八日／16・2・28／葉書／毛筆／東京、世田谷、一ノ一二四／横浜市中区本郷町三ノ二四七　中島敦殿

二十六日出の手紙落手、

来週の月曜日頃此方へ来るよし、わざ〳〵来るには及ばぬ、自分ハ此の日曜（二日）ニ一寸其方へ行くつもり、たゞ前日ニ隣組常会があるかもしれぬ、あれば行かれぬ、先は右まで　二月廿八日朝

94

昭和十六年三月五日／16・3・5／葉書／毛筆／三月五日／東京市世田谷区世田谷一ノ一二四／横浜市中区本郷町三ノ二四七　中島敦殿

昨日はバカニ暖かだつたが、今日はまたこたつでもほしい様な、チト寒い天気。八日の始業式ハ八時からですか、それとも九時か、一報ありたい。

当日はイキナリ学校の方へ行くよりも、田沼氏居室の方へ行く方然るべきか。

五日午後二時

95

昭和十六年三月七日／16・3・7／葉書／毛筆／東京市世田谷区世田谷一ノ一二四／横浜市中区本郷町三ノ二四七　中島敦どの

四日出の手紙、昨夜披見

よく分りました、いづれその内田沼氏にはあつて、種々

相談してみませう。とにかく現状では、面白くないから、何か、他の方法ニよつて健康をはかる事ニしようと思ふ。なんとかなるつもり。

実ハ今日其方へ行く積りであつたが、此の雨で取止。

多分十三日以後ニ行クコトニナラウ

三月七日午前十一時

叔父様の国文法ノ著書ハ、何トイフ、名前デアツタカ、通知アリタシ、

96　昭和十六年七月十一日／封筒なし／毛筆

はがき今落手、何でもなければ、それで善いが、余り心配せず、暢気にくらす方得策なり。精々養生して病気ニかゝらぬ、様注意すべし。戸籍謄本を送る、なるべく早く手続をすます方宜し。勉強も善いが、適度ニすべし。分りきつた事なれども、すべて注意が肝要なり。

土佐林の若夫人、一昨日産後肥立あしく、遂ニ死去、かあいさうな事をいたし候。同情の至ニ堪へず候。夫君忠夫氏ニ一寸悔状を出しておく方よろしからん。番地ハ世田谷一ノ一二三なり。

くれ〴〵も健康ニ注意せられたし。

先は右まで　　匆々

七月十一日　　父より

敦との

97　昭和十六年七月十九日／不明／封書／毛筆／七月廿日午後四時／戸籍謄本在中／東京市世田谷区世田谷一ノ一二四／南洋パラオ島コロール町アラバケツ南進寮一二号室　中島敦殿

コロール島よりのハガキ今日落手、

安着のよし、何よりの事、安心いたしました。途中サイパンからのはがきも数日前ニつきました、本郷町へ来た手紙も皆見ました。ハナ、は大変ニうまかつたとの事、坊主達もいづれも丈夫、桓もそれ程淋しがつても居らぬ様子、小坊主ハ相かはらずアバレ廻つて居る。

戸籍謄本一通送る、

高校教員免許状の件ハ、学校の方が、何かと忙がしいので、ツイまだ手をつけぬ、其内ニ手続をするつもり。学校ハ今年は殊ニ勉強して此の三十一日まで、授業する筈、(雨がふれば) 小学校も矢張八月一日より暑休ニ入る、

引越ハ八月初旬中ニやる積り。実ハ当分 (来年の三月頃まで)、此のまゝニもしておかうかとも思つたが、たかも淋しくもあり、又不経済でもあるから、引越した方が、よろしからうといふので、引越する事ニ決定。

くれ〴〵も摂養ニ注意ありたし、

自分ハ、相かはらずピン〳〵、しかし油断ハしない、無

理ハ決してせぬ積り。いやになつたら、いつでもやめる。今の処、健康状態ハ極めて良好。善く眠り善く食ふ、何を喰つてもうまい。うまいからといつて過食ハせぬ。此の点ハ自分で充分気をつけて居る、

まつは右　七月十九日夜十時　父より

敦どの

98　**昭和十六年八月十四日**／封筒なし／毛筆

今月四日出の航空便、昨十三日朝落手。

此度は猛烈な下痢の為、大分悩まされたとの事、誰れも世話する人もなき千里外の孤島で、病気ニ悩まされる位、心細き辛い事ハあるまじ、それも永年居れば、知友も出来、何かと都合よかるべきも、まだ行つたばかりで、一層苦しかつた事と想像し、あの手紙ハ涙なしでは読めなかつた。それでもまあ、割合ニ早くなほつて何より結構、くれ〴〵も無理をせぬ様祈ります。自分も若い時にはよく腸をこはし、下痢に悩まされたものだ、其の時ニハお祖母さんが、韮のおかゆをつくつて下さつて、それでなほつたものでした、今ハ韮を喰べる人は全然ない様だが、むかしハ庭の隅ニつくつてあつたものでした。この頃ハ自分ハ、げんのしようこを用ひてゐるが、これも何等の副作用もなく非常ニよくきく。使用法ハ至極簡単で、いゝかげんな分量、相当多くても、チットモ害はなく、それを熱湯で五分が十分も煮ればそれ〈で〉よろしい。汁が真黒くなる、黒くなるほど善い。それを湯呑茶碗で一杯でも二杯でも飲む。飲すぎても害ハない。自分の下痢ハ、これでなほる。それから熱のある時ニ、アスピリンは、余り用ひない方がよい。あれはとかく胃腸を害する事が多い。こんどの下痢もアスピリン飲みすぎのせゐもありはせぬか。とにかく、用心ニ用心をしておくこと。

今年ハ東京地方ハ、非常ニ雨が多い、そして長雨がつゞく。七月十日頃から、七月一杯は殆んど一日も晴天なし、土用ハ全滅、土用あけ（八月八日）ニなつて三四日やゝ良い天気があつたが、又降り出し、降り出してから一週間ばかりニなるが、まだ梅雨の様な天気、家の中も、じめ〴〵して気味が悪い。六十年来の長雨、大雨といふ話、自分もこんな雨にははじめて出あつた。実ニおそろしい雨だ。稲作も気づかはれる。まだ明日明後日も晴れる見込みはなささうだ。

もしも南洋の風土が、健康ニ適しない様なら、何も無理をして居るにも及ばない。何ものも健康にはかへられないから、その事情を課長にでも精しく話して、免官させて貰つて帰つて来るが善い。体面もあらう、責任もあらうが、健康には換へられぬ、内地へ帰つてくれば、又何か方法がある、心配には及ばない。自分の力ニ及ばなければ、大連

の叔父さんに頼んで、どうにかして貰ふ方法もある、借金の方の事ハ、少しも心配には及ばぬ。或ハ静養といふ名目で、一時かへして貰ふか、何とか出来るだらうと思ふ。もと〳〵健康上良からうといふので、出掛けたのだ、それが健康上、わるければ、帰つて来る以外ニ方法はない。

もしモ少し様子を見て、このまゝ居る積りならば、月々の送金を、あんな沢山せずに、叔《ママ》母さんへの五十円ハ仕方がないが、余ハ全部手許ニおいて、成るべく楽な生活をしなさい。下宿生活なり、人を使ふなり、医者にかゝるなり。心と身に労せぬ生活をしなさい。此の方へは送金には及ばぬ、横浜高女の収入があるから此方ハ楽々と生活が出来る、決して遠慮がいらぬ。遠慮するトも、親に安心させるのが、一番孝行だと思はれたし、

まだ書きたい事もあるが今日ハこゝまで

八月十四日夕

父より

敦どの

桓ハ九日澄子が久喜へつれて行つた。歓待を受けて大満足の事でせう。小坊主ハ頗る元気、相変らずあばれてゐる。胃腸ハなか〳〵丈夫らしい。

99　昭和十六年八月十八日／封筒なし／毛筆

陽明先生ハ

険夷元不滞胸中
何異浮雲過太空
夜静海濤三万里
月明飛錫下天風

といひ、

東坡先生ハ

道理貫心肝、忠義塡
骨髄、直須談笑
於死生之間。

といふ。

落々たる哲人の襟懐素より凡人の企及し得る所ニあらざらんも、幾分なりとも、それにあやかる様ニ努力せば、幾分なりともそれによりて自慰める所あらんか。

八月十八日朝

昨日久喜へ行きました、桓ハ此の九日より澄子ニつれられて久喜に参つて居ります。大変久喜が気ニ入り三十一日までも此処ニゐたいと申して居るとの事。真黒ニなつて、近処ノ小児と盛んニ遊んでゐました。

桓は、をばさん方の評判ハ大へん善い。

高校教員の免許状の手続ハすませました。

100

昭和？年八月十日／□・□・10／封書／毛筆／八月十日／東京市世田谷区世田谷一ノ一二四／横浜市中区本郷町三ノ二四七　中島敦殿平安

其後ハだれもかはりはありませんか、
自分は不相変元気、毎日裸生活、食欲旺盛なり。
先夜ハ和夫さんが来られたが、どうしても、その喪服がみつからないので、無駄使ニなつても気の毒、いつかたかが自身来て、しらべ出して其方へ持つて行つた方が善い。どうせ此方へあつても、いらぬ物だから。何処にか、家の内ニある事はあるに、ちがひないのだが、夜の事とて分らなかつたのだ。
七日ニ帰郷、二泊、昨日帰宅、その帰際ニ、善隣の叔父《ママ》様が、いはれるに、横浜では此頃、健康状態はどうか。まあ善い方でせうと申上げた処、もし健康の様なら、遊びながら、久喜まで来てはくれまいか。国語に就いて、自分の三十年前（或ハ来か）研究した事を種々話してみたい。（殊に文法に就いてであるらしい。）直接話さなければ分りにくい事もあるから、逢つて話したい、云云。健康（たかの健康も）其他が許すならば、一寸久喜まで出掛けてはいかゞ。決して是非ニといふわけでない、他にいくらでもお目ニかゝる機会もあるのだから、無理をしてまで行くには及ばない。叔父《ママ》様ハ多分八月一杯ハ久喜に居らるゝ事だらう。

八月十日　　田人

敦殿

101

昭和？年？月十二日／封筒なし／毛筆

三百でも都合する。
田沼氏と兄弟夫妻の親切、真ニ身に沁ミてありがたく思つた、親身も及ばぬといふ親切真ニ感謝の至ニ堪へぬ、まづは右まで
　　父より
十二日午後五時
敦どの
田沼氏にくれ〴〵もよろしく

102

昭和？年二月十二日／不明／葉書／毛筆／東京市世田谷区世田谷一ノ一二四／横浜市中区本郷町三ノ二四七　中島敦殿

岩原大三郎氏昨暁二時頃突然狭心症にて死去、御気の毒の至りニ堪へず、別ニ来るにも及ばず、又香典にも及ばぬが、悔状ハ出しておかれたし。
告別式、十四日午後。

二月十二日午後四時

103

昭和?年三月十四日／□・3・14／葉書／毛筆／東京、世田谷一ノ一二四／横浜市中区本郷町三ノ二四七 中島敦どの

今日其方へ行くつもりでしたが、此の雨で中止、明十五日ハ一寸差支あり、十六日午前中ニ其方へ行きたいとおもつて居る

三月十四日朝

《参考2》中島田人→山口比男書簡

昭和十七年十二月二十日／封書／毛筆／十二月廿日／東京市世田谷区世田谷一ノ一二四／横浜市中区竹ノ丸十番地 山口比男様

拝啓

此度は御多忙中、態々御来弔を賜はり且つ御香奠を忝うし御芳志難有御礼申上候　殊ニ生前格別の御交誼ニ対して茲ニ謹ミて謝意を表し候

老生今までかす〳〵の不幸ニ遭遇いたし随分悲哀のドン底ニ投せられし事有之候ひしも、今度ほどの精神的大打撃を受けたる事ハ無之候、真ニ茫然自失の体にて、前途が真暗ニ相成候。漸く新芽が出かゝた処を雹に打ち砕かれたる状態、何とも遺憾の極ミに堪ず。そん《ママ》わけにて、とくに御礼状をさしあぐべき筈の処、延引今日ニ至り、申訳無之候、御海容を祈申候

先は右遅延ながら御礼申上候　匆々不一

十二月廿日　中島田人

山口比男様　坐下

哭児

長かりし雌伏十年、時到り、将に雄飛せんとして吾が児は逝きぬ

いかばかりくやしかりけむ、いかばかり悲しかりけむ吾児の心は、

百斤の大鉄槌は下されぬ　吾が脳天の、その真ン中に

前の世になしゝ吾が業《ゴウ》のいかなればかくも此の世にうきことのしげき

脚はなへぬ杖はた折れぬ　此の道をいかにか行かむ、荊《バ》棘《ラ》の多きに

老人《オキナ》とて泣きてや已まん、遺されし幼児《ワクゴ》二人の将来《ユクスヱ》おもへば

これが小生現在の胸中に候、御憫察下され度候

中島（橋本）タカ書簡

1　**昭和（六）年四月十二日**／封筒のみ／四月十二日／名古屋にて 飯田方／〈東京〉市麴町区内幸町二丁目虎の門アパート五階三六〈和〉久田様方 中島敦様御許

〈本文散佚〉

2　**昭和六年九月二日**／封筒なし

昨日は色々有がとう御座居ました。

随分おつかれでしたでせう、田舎の母から御手紙がまいりました。兄さんも一しよに帰へるやうに成つてしまいました。

お母さんからたかをやつぱり新池へ返すやうに云つてまいりましたから、私一人東京に残ると申しましたら、兄さんにさんざん、おこられてしまいました。不義不貞な女と云つたり、まだ〳〵色々な事を云ひましたの、親の生きて居る間はだまつて居るが親か居なくなつたらどうするかわからないから、其のつもりで居れと云ひますの、私も死んだつもりで一度田舎へ帰へつてしばらく心棒して居ります、制理してまいりますから、まだ四五日はかゝるだろうと思ひます。

あなた、大坂へ居らつしやいますか　もう一度お目に掛つて御相談したいと思ひますが外出出来ないかも知れません。

どうしたらいゝでせう、たかにはわからなく成りました。あなたのおつしやつた事皆んな〳〵守ります、もうお会ひ出来ないかも知れませんのね　かなしくなつて書けませんの、どこまでつらくなつて行くのでせう、会ひたいどうしても、もう一度会つて帰へりたいと思ひます。

気候が不順ですから、お体をお気付下さいませ。

たかは死んでしまわな〈け〉れば幸福になれないかも知れません。

あなたに御心配かけてほんとにすみません。くれ〴〵もおわび致ます、

さようなら

たか

恋しい敦様　御許に

昭和六年九月二日午前十一時二十分、

3

昭和六年九月二十七日／不明／封書／毛筆／九月廿七日夜／東京市麴〈町〉区内幸町二丁目虎ノ門アパート六階63　中島敦様

敦様　母が参りましたでせうか　家を出る時久喜へ行くやうに申して居りました。たかはどうしたらよいのでせう、御わびの申上げ様も御座居ません。

あなたが罪に成る様な事に成りましたら、たかは生きて居る事が出来ませぬ、心配で〳〵気が苦るいそうで御座居ます、死んでおわび出来るものならたかは喜んで死にます。道ならぬ恋に苦しむのも前の世のきまりで御座居ませう。

敦様会ひとう御座居ます　死ぬ程会ひたく成りました。どうしてこんなに苦しんだり悲しまなければ、ならないでせう、

世の中に義理程おそろしい事は有ません。十才の歳から和田の母に育てられ。十六の時に東京に出で丁度八年目で御座居ます、母は思《ママ》知らず　けだものと云つて怒つて居ります、無理もない事ですけれど。たかも今までに随分苦し思　悲しい事ばかりで御座居ました。

人の心の暖いのも、やさしい言葉も知らずに育つてまいりました。御手紙を書いて居ても泣けて泣けて筆がふるへて書けませんの　親を泣かせあなたを苦るしませ　たかはきつと、ばちがあたります　どうぞ〳〵お免し下さいませ。

母は私のために死ぬと申して居りました。心配で〳〵たまりません。（今夜九時に成つてもまだ帰へつて参りません　どうしましたんでせう。たかも一その事上京しようかと思ひましてもお金が有ませんから行く事も出来ません。相談する人は有ませんし、たつた一人ぼつちで泣いて居ります。此の家から逃げ出せば、あなたの所へたづねて行きますから、どうしたらいゝのか、わかりませんの、こんなに成つてしまつて、あなたの所へも参れませんし又一生お会ひする事も出来ませんでせう、でも〳〵わすれないで居て下さいませ、たかは死ぬまで死んでも心はあなたからはなれません。

兄さんは兄妹の様な気がしてどうしても夫婦の気持になれませぬ。アパートに行きたい　たつた一度でいゝから行きたくてたまりませんの、思へば短かい夫婦の縁で御座居ました。

悲しく成つて書けなくなりました。お体を大切になさいませ。

敦様たかをおゆるし下さいませ　お願ひで御座居ます、夜分大そうお寒い時が有ます　随分お気付下さいませ。

さみしい　たかより

恋しき恋しき

敦様　み前に

昭和六年九月廿七日夜

こうろぎも淋しそうな悲しい声で鳴いて居ります。たかも今夜中。いゝえ、あしたに成つても泣いて居ります

夕べ嵐の時地震でした。如何でしたでせうか、

4

昭和六年十一月十八日／封筒なし（次の5の封筒に同封されていたと考える）

今日、急にお寒く成りました。夕べ御返事を書きましたの、でもあんまり悲しくなつて、思ふ様に書けませんでしたから。おそくなつてすみません。

お許し下さいませ。あんな事書いて御心配掛けて申わけも御座居ません。私の至らないため、

あなた始め、お年多いお父上様に色々御苦労ばかりさせて、申わけも御座居ません。私こそ、面目なくて　父母様に合せる顔が有ません。あんなに御親切に、おつしやつて戴いて、もつたいないと思ひます。

お父上様の御心の内御察し致ます、たかは、どうしておわ中上げてよいかわかりません。どうぞ〳〵あなたよりよろしくおつしやつて下さいませ。

新池の父も夜も眠れぬ位心配して居ります、子を思ふ親心はどなたも皆同じで御座います、お父様から去る十五日に御手紙がまいりました。お父さんの御意見では意地にもたかを中島様の処へやりたいと思、けれどたかゞ心をきめて、故郷に父母ありと思はないで一生、心棒出来るなればよろしいと申して居りました、お父様のおつしやる、までもなく、たかは、死ぬ覚悟で参りますと申して早速御手紙出しました。

又あなたの御手紙の御様子も私からよく申上げて置きました。兄さんの処へも、

お母さんは。今しばらくでも近くて居てくれ、そして着類など　少でも、こしらへてから行つては如何と申して居ります、

義次兄さんが商売失敗するについて、実の親兄姉の所へ一度も通知しなかつた、ために取返しの出来ない、御迷惑をしてしまつて、今の処重男兄さんも心よく思つて居りませんから、しばらくの間名古やに居た方がよろしいかとも思つて居ります、働かなければ　ならないのはお父様に〈申し〉上げる事では有ませんの、色々委しくお話しなければわかりません　けれど　只　たかは身のまわりの事は自分で　しなければなりませんの、今の処、又、あなたの所へ参るにしても、お父さんからお支度して戴けませんから、今すぐ上京してもあんまり身すぼらしい形容ではあなたに恥をかゝせるからつて、皆々心配して居りますの、

姉さんも、私が上京すれば　あなたの御勉強のさまたげにもなるし、又　お父様も御心配なさるから、お互に心さ

へ変らなければしばらくの間名古屋に居た方がよいと申します、

又、今姉さんのところもお金にも困つて居りますから、たかを世話をしてやりたいけれど今の処出来ないと申します、お姉さんも御手紙にて色々御礼申上げたいけれど　まだこちらの相談がはつきり。きまらないから、御無沙汰をして申しわけも有ませんと、申して居ります、

新池も今一番忙しい時で御座居ますから、仲々思ふ様に参りませんの、

それに、姉さん、一寸でも心配な事が有ますと、すぐ病気に成りますから。早く新池と相談してきめてやりたいがしばらく待つがよいと、飯田兄さんも言つて居りますの、

今夜はひどい風で御ざいます、

お寒く成つて随分お身体大切になさいませ。心配致して居ります、たかは、東京へ行きたくて、毎日〳〵泣けそうですの、あなたの、おそばで共になぐさめ合つて暮したいと思ひます、たとへ外の家に居てもいゝから、東京の土地に行きたくて、たまりません。名古やなんかいや！　大きらいな処ですもの、もう二時に成りました。なんだか変な。涙ばかり出てたまりませんの、ちつとも眠むれませんから、益々考んがへ出して悲しく成ります、

あなたの処へ行きたい、早く行つてゆつくりお話がしたいと思ひます、汽車の音がよく聞こえて来ますの、早く乗つて行つてしまいたい。どんなに苦労しても、どんな事が出来ても、あなたの所に居たいと思ひます、親兄姉に長い間別れて居たせいか。何たか心の内までお話する事が出来なくて、益々淋しく成つてしまいます、トーキー見に連れて行つていたゞいた時の事や明治神宮外宛に行つた事　思ひ出して、会ひたくて泣いてしまいました。何だか此の頃頭が変な様な気が致ます、お兄さん、時々たかは神経過繁だから気付けなさいつて、おつしやるんですの、自分ではちつともそんな事思ひませんけれど—、何だか変な事ばかり書けてしまつて、おわかりになれますか知ら、とても寒いんですの、

あのね、高等商業の学生さんたち見るたび誰も〳〵あなたの様な気が致ますの、今日も　あんまり　よく似た人が居てびつくりしてしまいました。自分ではづかしくなつてしまいました。何時の間に四時になつてしまつてもう直起きる時間で御ざいます、

どうぞあまり御心配なさらない様　お身体大切になさいませ。蔭ながらお祈り致して居ります、

御父上様母上様にも、くれ〳〵よろしく御伝へ下さいませ、御気元よろしく、

かしこ

たか

みなつかしい

敦様　御許に

十一月十八日夜

5

昭和六年十一月十九日／6・11・□／封書／6・11・20／名古屋市中区陶生町一ノ十二 飯田方／東京市外駒沢町上馬五九 中島敦様

早速ながら、御手紙拝見致ました。

随分驚きました。新池の父も夕方お忙しいところ、来て飯田兄様とよく相談の結果、こちらより警察の方へ書面にて、はつきり和田の者でない事を通知して、よい様に御取計ひ下さいます、御安心下さいませ。どうしたらいゝでせう、又々あなたに御迷惑を掛けてすみません。父も非常に怒つて居ります、

そして、こんど冬休に成りましたら、皆々、親席一同にて和田の方が今後絶帯に手出し出来ない様にしてから、たかをお願したいと申して今もお父さん、お兄さん、お姉さんで相談中で御座居ます、

清子さんに御手紙出して、ほんとにすみませんでした。清子さんにも大変悪い事をしたと思ひます、どうぞ　あなたから、よろしくおつしやつて下さいませ。

お父さんは、もし、和田兄さんの方から、名古屋へ来たら、たかは、実父の家に居るから、用事が有るなら、新池へ来る様にと申して居ります、お年奇《ママ》のお父さんに、御心配ばかりかけて、お気毒にたへません。

あなたの処へ父から、御手紙にて委しい事を、御通知致ますそうで御座居ます、

あの、（十六日に下すつた）御手紙お父様にお見せしましたの、すぐにも上京してもよいが、何分にも和田の方で悪い事をするし、父としても。多少は小使もやりたいから。今少しの間こちらに居る様申して居ります、皆々様も同意見で半年か一年位奉公する様に申されました。近い内に参るつもりで居ります、

和田兄さん、たかを随分今まで苦るしめて〳〵又々苦るしめ様として居るんですもの、鬼の様な心の人だと思ひます。でもいくら悪い事をしようとしても、善人には勝てませんわね、神様の罰できつとよい事はないと父も申して居ります、

あなたの方は、大丈夫で御座居ませうか知ら、心配致して居ります、取あえず御通知まで　かしこ

たか

敦様　御許

十九日夜十二時（前に書いたの出そうと、思つてゐるとあなたから、葉書がまいりました。）

6

昭和六年十一月二十日／6・11・□／封書／二〇日／名古屋市中区陶生町一ノ一二 飯田方／東京市外駒沢町上馬五九 中島敦様

今朝早くお手紙で色々御通知致ました。

何とも申わけも御座居ません、たかはほんとに悪い事をしてしまつて、何とお詫申上げていゝか分りません。

父も姉さんも、清子さんの処へ通知するなんて、こちらは何でもないけれど、中島様皆々様に大変御迷惑ぢやないかつて随分怒られました。

まだ（廿日夕方）和田の方から、何にも言つてまいりませんの、警察の方からも尋ねて参りません。姉さんも私の軽卒を大変心配して居ります、

敦様に悪いつて、しかられてしまいました。小石川のお宅へ和田兄さんは何と申してまいりましたでせうか、御わかりになりましたら、お知らせしていたゞきとう御ざいます

小石川のお宅へ大変御迷惑かけて、こちらから、御手紙にてお詫したいと思ひますの、お出してよろしいでせうか　如何でせう。私からお詫致ませうか、それ共父からお詫びしていたゞきませうか。御手数ながら御返事おねがい致ます。お父様やお母様にも何と云つてお詫びしていゝか分りません　何とぞあなた様よりくれ〴〵よろしくおつしやつて、下さいませ。取急ぎ御詫申上けます、かしこ

もう新川に居た時の様に弱くなつて居りませんの、たか

十一月二十日　和田の方からどんな事をしたつて、驚きません、

敦様

「切手ほんとに有難う御座います」〈欄外〉

7

昭和六年十一月二十三日／6・11・24／封書／十一月廿四日朝出／名古や市中区陶生町一ノ一二 飯田方／東京市外駒沢町上馬五九 中島敦様

御気元如何、皆様御変りも御座居ませんでせうか、

此の頃大変お寒く成りました。夜分など　とてもお寒い時が有ます。其の後和田兄さん何とか言ふて参りませんでしたでせうか、毎日心配で御ざいます。

昨日警察から、しらべにまいりました。和田兄さん、ほんとにひどい人だと思ひます。新池の父より、たかは新池に居る、要用有るから来る様にと何度も通知がして有ますのに、あんな捜索願出すんですもの、憎らしく成ります。

それに、私が新川を出ると　急ぐ明くる日、近所で小さい時からのお友達の新美たつ子さんが　家出してしまつて　私と共某《ママ》で逃げたと思つてゐる様子でたつ子さんも一

所に出願して有ます、
　飯田兄様、本人はたしかに此所に居りますと申しました。小石川のお宅に御迷惑かけたり、内縁の妻だなんて書いてありましたから、兄様も随分怒つて、今日警察の方へ色々聞きに行つて下さいました。警察で小さい時からの事すつかり聞いてくれて、何でもない心配する事はないから、もし乱棒な事をしたり、名古やへ来る様な事があつたら、訴へる様に申されたそうで御座居ます、和田兄さん、名古やへ来る様な事、絶帯にないと思ひ升　姉さんが泣きますの、たかは小さい時から、なんて受難の多い子だろうつて、時々二人で泣いてしまいます、でもたかは今、もう幸福に成つて居ります、お父様も老の身もいとはないで子供の幸福に成れる様に色々心配して下さいます、

　和田の方から、あんなひどい事をして、ほんとに　あなたも御苦労なさいますわね、たかは申し分けなくて悲しく成ります、お父さんも非常におばさんや兄さんの仕業を憎んで居ります、中島様に申し分けない〳〵と口ぐせの様に申して居ります、御父上様母上様に申し分有ません。どうしてお詫申上げてよいか、それぱつかり心配で〳〵で苦しんで居ります、
　お身体が一番大切で御ざいます、随分お気付下さいませ。一日も早く、あなたの所に参りとう御ざいます。
神様に朝夕お祈り致して居ります、毎晩東京の夢を見ますの、時々おそろしい夢も。今夜も真夜中に成つて汽笛の鳴るのがよく聞こゑて参ります、たかも早く汽車に乗つて行きたく成りました。
清子ちやんに　お気毒しましたわ、あなたから、何でもない様に言ふて置いて下さいませ。私が悪かつたんですから、ほんとに清子さんにお詫び致ます。
御父様、お母様にもよろしく御伝へ下さいませ。
御気元よろしく、　さようなら、
　　　　淋しい　たかより、
　十一月廿三日夜一時半
敦様　みまへに、

8

昭和六年十二月十七日／6・12・19／封書／十二月十七日／愛知県碧海郡依佐美・高棚／東京市外駒沢町上馬五九　中島敦様

御手紙ほんとに有難う御ざいました。

今日（十七日）お昼の時。あなたのお便りと、お母様から御送り下さいました、品と一しよに参りましたの、ほんとに、いゝ帯で御座います事、有難う御ざいました。貞ちやんにまで戴いて何とも御礼の申上げ様も御ざいません。お父さんも母さんもくれ〴〵も宜ろしく申して

居ります。お母様に　あなたからもよろしくおつしやつて下さいませ。たかはとても喜ろこんで居ります。貞ちやん、東京の伯母様にいたゞいたの、お嫁さんに行く時着けるつて大喜びで御ざいます、

　久子十二才ですの、あのね、久子時々赤ちやんみたいに。母さんにあまへてゐますの、ほんとにうらやましく成つてしまいますの。たかは長い間父母のそばに居りませんでしたから、何だか淋しいんですの、兄さん、お蔭様で大変よろしく成つて、昨日退院して参りました　お義姉さんも悪くてほんとにこまりますの、

　パン子ちやん、ほんとにお可哀そうね、ちつともお休がなくて　身体が続きませんわ、少しお手伝ひにまゐりませうか。パン子さんの事、お聞したゞけで益々東京が恋しくなります、もう一度皆さんと楽しく話して見たくてなりません。杉本様も入らつしやいますの、

　新正月まで新池に居て、お正月早々名古屋にまいります。やつぱり奉公に行きます　けれど名古屋は仲々いゝ所が見つかりませんの、こまつてしまいますの、何だか居所がない様な気が致ます。一その事、東京で何処かへ参りませうか。東京に居ればあなたに近くなれますもの、

　そうなれば　ほんとに嬉しいんですけれど――

　雑誌何にも取つてゐませんの、読むもの、古本位ですの、とても淋しいんですの、でもお気毒ですわ、あなたのお便り何より楽しみですの、何度も〳〵読みますの。又々今夜もおそく成つて了つて母さんにしかられました。もう二時に成りましたわ。朝霜が降りてとても奇麗ですの　庭に真赤な椿の花が咲いて田舎もいゝと思ひます、家に猫も居ります、可愛いゝ猫ですの、

　御手紙同封してすみませんがお母様にお渡し下さいませ。

先は御礼まで　御気元よろしく。　かしこ

十二月十七日夜おそく。　たか。

みなつかしい　6.12.17.

敦様御許に。

9　昭和七年一月五日／封筒なし

お目出度う御ざいます、其の後御変りも御ざいませんか、先日は久子に可愛いゝ玩具どうも有難うございました。大変喜んで居ります。久子より、私がほしく成りましたの、何度も〳〵も御手紙書いて置いても忙しくて　追出後れて申分けも御ざいません、いつもながら戴くばかりでお気毒で御ざいます、私の方から何にもお贈りする事も出来なくて、ほんとにすみませんわ、父も大変すまないと申して居ります。

　又一昨日（三日）の夜名古やに参りました。直にも奉公

口をさがして一日も早く行く考んかへで居ります。新池に居てお針仕事や生花のお稽古に行きたいと思ひました、けれど新池も色々事情が有つてやつぱり奉公しなければなりませんの。

あなたも随分苦労なさいますわね、たかは、いつもお気毒に思つて居ります。

パン子ちやん、お帰へりになつたの、ほんとでせうか、何だか信じられない様な気が致ます。お淋しく成りましたでせう。たまらなく、悲しく成つて泣いてしまいましたわ、お嫁さんに成るのでせうか　可哀そうですわ、今から苦るしませる様な気がして、でもでも幸福かも知れませんわ、あなたもお淋しくなつて了ふし、私も毎日淋しいばかり、パン子ちやんもきつと淋しがつてゐるでせう。人間てどうして別れ〳〵に成らなければならないでせうか。世の中がうらめしくなりますわ、此の頃色々な事考んがへて頭が痛くてたまりませんの、

新池の兄さん達お蔭様で大変よろしく成りました。まだ、ひどい労働は出来ません、けれど――

田舎はちつともお正月気分になれませんわ、お客様が八人も有ましたの、皆さん、楽しそうに見えます、けれどたかは一人淋しくて、悲しく成ります。

お身体大切になさいませ。心配して居ります、

お父様、お母様にもよろしく、おつしやつて下さいませ。

御気元よろしく、先は、御礼まで　　かしこ

一月五日　　　たか

みなつかしい

敦様御前に

10

昭和七年一月十二日／7・1・12／封書／1・12／名古屋市南区八枚割豊田町3515　長谷川政郎内／東京市外駒沢町上馬五九　中島敦様

早速ながら、色々御心配ばかりかけて申分けも御ざゐません。先日四日に出した。御手紙御覧下さいまして。小石川のおば様の処に置いていたゞけばほんとに嬉しいんですの、けれどこちらの父も飯田の兄様達も今しばらくの間名古屋に居た方がよいと申しました。其のつもりで奉公先を探して居りました処、一昨日、長谷川先生のお宅にお年始に参りましたら、丁度女中も居なくなつて、こまるから、ぜひ来てほしいと申されましたから、

昨夜から先生の処に居ります、先生つて、（お母様も御存じの、（南区八枚割、豊田町三五一五、）で御ざいます、先生の処では女中とではなく一時あづかつていたゞき、御手伝と云ふて居ります。何卒お母様にも宜しくお伝へ下さいませ、

あなた、今何処に居らつしやいますの、

杉本さんの処にまだ居らつしやるんですの、もし駒沢町のお家に居らつしやらなければお所お知らせ下さいませ。厳しいお寒さで御ざいます、お身体随分大切になさいませ。東京もひどい寒さでせう、

名古屋もとても冷たくて朝夕手足が氷の様に成りますの、東京が恋しくて、毎晩あなたの事、考んがへて眠むります、又何時上京する様に成るかも知れませんから、小石川のおば様によろしく御願して置いて下さいませ。私からも御手紙出します、

御気元宜しく　　　　　　　　さようなら、

　　　　　　　　　　　　　　　たか

　十二日午後

敦様　御許

〈欄外に「たかたかたかたかたか」、「東京市外駒沢町」と中島の筆跡と見られるものあり〉

11　**昭和七年一月十五日**／封筒なし

みなつかしい敦様御前に

こちらから、（長谷川先生）お出した御手紙もう御覧になつた事と思ひます、

あなたからのお便り今日（十五日）飯田兄様が長谷川先生におとゞけ下さいました。今夜十時頃読みましたの、小石川のおば様に又、急で御礼申上げます。

あなたのお心ほんとに有難いと思ひます。たかは何度も〳〵申上げた通り元より心から、いゝえ死を覚悟してあなたと苦楽を共に暮したいと思つて居ります。

あなたがどんな方で、あろうとも物質だの人格の善悪なんか愛しませんわ、それは　あなたも分つて下さる事と思ひます。私も毎日、毎晩夜も眠れない位考んがへておりますの、和田との関係上一生責任を負つて私のためにつくして下さる様な事が有ましてわ、尚更生きてゐられませぬ。和田からひどく〳〵御迷惑をかけたのお気毒でなりません。

あなたの前途をさまたげた様な気がして　それればかり悲しんで居りますの　こんな事言ひますと、あなたに、しかられます。けれど私こそ何一つ学門もなければ女としての身だしなみもない哀れな人間ですもの　それに〳〵和田の事もあります。こんな事書くのいやですの。私のやうな者と結婚してあなたが一生苦るしんで居らつしやる様でしたら、たかはいつでも離れて暮しますわ、でも〳〵心は死ぬまで離れる事は出来ません。東京に居りました時分は　恋ばかりと言つてもいゝ位でしたの　でも今は今は――違ひますわ　おそろしい程愛して居りますのよ、長々別れて居ればゐる程はつきり分つてまゐりますの、結婚しても。かならずあなたを幸福にすることは、出来ませんでせう、けれどたか自身は心から幸福になれると信じます。

人間つて、変な事ばかり考んがへて最後には苦るしみに、くるしんで死ぬんですもの。長い様でそれは短い〳〵一生ですわ。遂、此の間まで「死」程幸福は人間にはないと思つて居りましたの、でも今は間違でしたわ。死んでしまへば苦るしみも悲しみも幸も不幸も何にも感じませんものね、たかは生れるだけ生き続けて。あなたを愛してゐるのが一番幸福ですの、たとへ今日食べることが出来なくてもちつとも悲しいと思ひませんわ。

あなたも、私も今まで、あんまり変化がありすぎて淋しい〳〵人になりましたのね、あなたの、おやさしい、お手紙見ていつも泣いて喜んでおります。

こんな事お聞して悪いと思ひますでもやつぱり心配ですから。あなたのお父様どう、お思ひになつてゐらつしやるでせうか。ほんとのことお聞かせ下さいませんか。私の様な罪《ツミ》人を嫁にするの　随分おなげきのことゝ思ひます。

親席との関係もありませうし、いくらあなたと一緒になりたいと思つてもお父様を苦るしめてまで幸福になれませんわね、よく〳〵お父様のお心の内おきゝ下さいませ、お願ひ致ます、新池の父は末だ一面式もなくても　あなたの事、非常に喜んでくれますの、

今までたかを苦るしませたから、少しでも幸福にしてやりたいと申しますの、こちらこそ貧棒してゐて何にもよく出来ないから、お気毒に思ふてゐる位ですの、只、私共心から喜んで　暮すことが出来れば何よりと申しております。

新川のこと。あれから（私をたづねた時）何にも聞きませんの、新川のことなんか遠い〳〵昔の様に思われていつもわすれて、おりますわ。長谷川先生のお宅にしばらくゐるつもりですの。他人様の家庭に居れば仲々閑なんかありませんけれど先生も奥様も大変いゝ方ですから喜んで居ります。何だか頭が変になつてしまつて何書いたか。わからない位ですの。まだ〳〵お話する事、山々ですけれど今日は失礼致ます、お分りにならない事がありましたら、御手紙下さいませ。

お身体大切になさいませ。御気元よろしく、

七年壱月十五日夜おそく。　たか

敦様

コノオテガミ書イテオイテモ出スコトガ出来ナクテオソクナリマシタ　アシカラズ。

12　昭和七年二月四日／封筒なし

敦様

其の後お便りもいたしませんで、大変失礼致ました。悪からず　御ゆるし下さいませ。

漸く寒も終り今日が節分で御ざいますのね、暖いと申しましても　まだ〳〵寒くてたまりませんわ、お変りも御ざ

いませんか、あなたのこと、毎日〳〵心配しておりますの、でも仲々書く閑がなくて、今日まで暮れて了ひました。あなた、毎日何していらつしやいますの、やつぱり倶楽部にいらつしやつて、其れ共お家ばつかりですの、其の後清子さん、上京なさいませんか、あなたの処へお便りも来ませんか、お嫁さんに行つてしまつたでせうか　懐しくて時々思ひ出しますの、たかも一日も早く上京したいと思ひます、いつも淋しいばつかり言ひますけどやつぱり淋しくてたまりませんわ、三月のお休に、きつとお出になれますでせうか、何だか嬉しくて今から、何からお話しようかと、色々考んがへておりますの、長谷川先生の処、四人家ゾクですの、先生は学校へ御出勤になります、奥様は毎日床についてゐらつして、何にも御自分の事もお出来になれません。それから今年から小学校へ入らつしやる坊ちやんと私ですの、

　自分の時間になりますのは大てい。夜の九時すぎになります、十一時位までに制限されておりますから、仲々勉強も出来なくてこまります。でも出来るだけ一生県命に修養したいと思つております、お手紙下すつても、ちつともかまひませんわ、

　奥様少しは知つていらつしやいますの、それに先生、毎日お留〈守〉ですから、――あなたのお便り随分楽しみにお待ちしておりますから、お手すきの時ぜひ〳〵下さいませ。

先日（去る二十日）にお母様より帯と半衿御送り下さいました。いつもながらお気毒で御ざいます、あなたよりもお礼おつしやつて下さいませ。たかは　ほんとに幸福に思つております、

気候の変り時で御ざいます。随分共御身体大切になさいませ。

あなたの学校御卒業なさるの何より楽しみにお待ちしております。出来るだけお父様やお母様を御安心遊ばす様御願申上げます

今夜とても会ひたくなりましたの、又いつまでも〳〵眠れなくて、あなたの事ばつかり考んがへ続けておりますの、ではこれで失礼致ます、御気元宜しく。

　二月四日夜十一時半、　かしこ

恋しい　敦様　御許に　たか

13

昭和七年三月二十日、二十二日／7・3・22／封書／
三月二十二日／名古屋市南区豊田町八枚割三五一五
長谷川方／東京市外駒沢町上馬五九　中島敦様

みなつかしい敦様

もうお彼岸になりました。長い〳〵間お便りも致ませんで大変失礼致ました。今年は、お彼岸になりましても割合

にお寒い様で御ざいます。東京は如何、
　其の後お変りも御ざいませんか。あんまり、お便りがありませんから　もしかしたら御病気か知らと思つて随分心配しております、たかは、今夜とても頭が痛いんですの、たまらなく逢ひたくなりました。あなたの、お写真と、お手紙毎晩の様に見ておりますの、何よりなぐさめられますの、此の頃考がへれば考がへる程、淋しい気持になります、時々夢であなたの、お顔ぱきり見る時かあります　今はもう学校の方、お休みでせう、毎日お家ばかりでせうか、それ共図書館にでもゐらつしやいますの、
　お父様、お母様もお変りも御ざいませんか　くれ〳〵宜しくお伝へ下さいませ。たかはお蔭様で至極丈夫で毎日忙しく働いております　時々夜がなければいゝと思ひます、
　　二十日夜
　今月中に名古屋へ入らつしやること出来ますの、御都合如何でせうか。お金が入りますから、無理にいらつしやらない方がいゝと思ひますの、たかはとても来てほしいんですけれど心ぼう致ますわ、
　あなたに逢つて色々お聞きしたいこと又お話したいこと随分ございますの、時々泣けてしまいますの、今日も風が強く吹いております、私の居る処は淋しい野原の様なとこですの、毎日〳〵明けても暮れても　東京恋しさで胸一ぱいですの、静かな〳〵なところで一日でもいゝからあなたと一しよに居たいと思います、又お閑の時そちらの御様子お聞かせ下さいませ。楽しみにお待ちしております、
　では今日はこれで失礼致ます、御気元よろしく、
　三月二十二日　　　　たか
恋しき　敦様　御前に
二十二日　御手紙出す時、

14

昭和七年三月二十六日／7・3・28／封筒のみ／三月廿六日／名古屋市南区豊田町八枚割三五一五 長谷川方／東京市外駒沢町上馬五九 中島敦様

〈本文散佚〉

15

昭和七年五月二日／7・5・5／封書／五月三日／名古屋市南区豊田町八枚割三五一五 長谷川方／東京市外駒沢町上馬五九 中島敦様御許

今日御便りいたゞきました。
此の間あんなこと云ふて、御心配かけてすみませんでした。あんまり懐しくてたまらなかつたんですの、
名古やは一日おき位に雨が降つております、

丁度あの時から一月過ぎましたわね、ほんとに暖かくなつて暮よくなりました。野球のラヂオ聞きたいと思ひましても先月の廿三日から坊ちやんハシカで床についてゐらつしやるし、奥様は相変らずお悪るくて、其の上、先生も風邪引いてゐらして、（最も学校へは行つてゐらつしやいます）丈夫なのは私一人ですの、ほんとに病人の問屋みたいですの、御手紙書きたいと思つても、夜分になりますとつかれて了つてちつとも書けませんでした。

あなたのお誕生日にお写真とつて御送り致ます、太つてゐてお可笑いでせうね、あなたのお誕生日あさつてですのね、去年倶楽部に居る時、お誕生の日に私に活動でも見せてやりたいつて伊庭さんのお姉さんにおつしやつたでせう、でもいけない様で　あなた。随分怒つてゐらしたでせう、そして可愛いゝ西洋のお人形さんだつこしてお酒によつて真赤なお顔してゐらつしたわ、覚えてゐらして、あの時のあなたの御様子目に見える様ですの、ヂツト、レコードかけて考んがへてゐらしたわね、次から次に　思ひ出します、色々なことを――

野球リーグ戦見に行きたいと思ひます、

帝大メチヤ〳〵に敗けてしまひましたわね、いつも悪いんですけれど今春はほんとに腸立たしい位いけないんですのね、神宮外宛の芝生も若芽が出て、キレイでせう、散歩でもしたらどんなにいゝでせう、やつぱり東京はいゝ処ばかりですわ、名古屋なんかいゝとこ、ちつともありませんもの、

杉本さん、お気毒ですのね、あんないゝ方　一日も早く就職させて上げたいと思ひますわね、

あなたも来年ですから今から神様にお願ひしておきます。五月、ほんとに、感激の月ですわ、倶楽部で？　又、夏になりましたら、いらして下さいませ。楽しみにお待ちしております、

末筆乍らお父様、お母様に宜しゆお伝へ下さいませ。お身体大切になさいませ。

かしこ

五月二日夜

たか

みなつかしき

敦様　御許

16

昭和七年六月七日／不明／封書／封筒のみ毛筆／六月七日／名古や市南区豊田町八枚割三五一五／東京市外駒沢町上馬五九　中島敦様

いつの間に梅雨時がまゐりました。

御無沙汰しておりますけれどお変りはございませんかもう今から暑くて汗だく〳〵ですの、太つてゐるとたまり

ませんわ、でもお蔭様で丈夫ですから　有難いと思ひます、あなたからお便りが有ませんからお身体のお加減でもお悪いのかと思ふて随分心配しておりますの、お閑の節御様子お知らせ下さいませ。

杉本様、其の後就職なさいましたでせうか、伊庭様どうしてゐらつしやいますか　皆さんの御様子が知りたく成りました。何か変つたことでも御ざいましたらお聞かせ下さいませ。いつも淋しくてたまりませんの、

後一ヶ月で又学校もお休になりますでせう。小学校は廿日からですから　こんどは少しはゆつくり出来ますからぜひ入らつして下さいませね、外に何にも面白いことも喜しいこともありませんの、只々あなたにお目に掛れるのを唯一の楽しみにお待ちしております

昭和七年

六月七日

17

昭和七年六月上旬／封筒なし

逢ひたいと思ひます、東京が懐しくて時々泣けてしまゐますの、省線電車に乗つて倶楽部に通つてゐた時分は身体はつかれる時も有ましたけれど　ほんとに楽しみでしたわ、　あなたを知つてからは時々私の知らない所へ連れて行つていたゞきましたわね、始めて新宿で待合せた時、いやな人に見附かつて了つてとても心配しましたね　今でもあの変な人の事を思ふと腸立ゝしくなりますわ、

こちらの先生も奥様も坊ちやんお三人御病気でこまりますわ、最も坊ちやんはいたづらが出来ますけれど、——

あなたのお身体には梅雨時が一番いけないと思ひます、ほんとに大切になさいませ。

あの、つまらないネクタイ、御送り致ます、お気に召すかどうかわかりませんけれどお悪かつたら御免なさいね、末筆乍ら御父上様母上様にも宜しく御伝へ下さいませ。

御気元よろしく、

かしこ

たか

みなつかしい　敦様

18

昭和七年六月二十日／不明／封書／六月廿一日／名古屋市南区豊田町八枚割三五一五　長谷川方／東京市外駒沢町上馬五九　中島敦様

今年は梅雨が少い様ですのね　東京はいかゞ　名古やは曇《ドン》天が多い様で御ざいます、

あなた、お変りもなくてほんとに嬉しいと思ひます　こないだの御返事、おそくなつてすみませんでした。事情もお話しないで御心配なすつたでせう、少し云ひ憎いこともありますの、でもお可笑いやうなことも有ますのよ、先日

も度々御手紙でこちらの先生も奥様も御病気のこと申し上げましたでせう。先生は、口頭結核で奥様は非常に悪性の婦人病ですの、それで飯田のお姉さん　心配してもし伝染でもしたらいけないから　それとなく。新池の家が田植で忙しいからつて、お〈手〉伝ひに行くと云つてお閑をもらつた方がいゝか知〈ら〉つてお兄様に御相談なすつたんですつて、そうしたらお兄様、長谷川先生に（東京の中島の母からたかを上京する様に言つて来たからお閑をもらふと、おつしやつたんですの、お兄様、御自分の思つたことを口から出まかせにおつしやつたもんですから、あとで姉さんが怒つて何にも東京に行くと云はなくてもいゝにつて、争つたんですつて、これも多少は原因しておりますの、私では長い間でないからどんなことも辛抱するつもりでおりましたけれど、

　先生も奥様もとても心頼して居らつしやいますから　お気毒にも思ひますわ、今坊ちやんも御病気でお三人共お悪るくて、御手紙書く間もない位ですの、

　それから　今、農家は経済困難の時でせう、お父さんもたかにもう少しよくしてやりたいけれど、今しばらくの間こまるから自分の身の廻りのことを多少なりともして行ける所へ奉公に行く様申しました。（こんなことあなたに言ふとお父さんに怒られますけれど）長谷川先生の処は身体の骨折の割にお給金がとても少いでせう、それに　何時まで過きても御病人の看護と雑用ばかりでお稽古なんかちつとも出来ませんの　飯田兄様との関係上、不義理のことも出来ませんからこまります、

　次は、和田兄さんが　たかの居所薄々知つて居る様子ですの、それで飯田のところへでも尋ねて行つて御迷惑かけるといけないからつてお父さんも申しております、

　八月か九月頃になりますのは、こちら（長谷川）を私がおひまを取ればやつぱり外に女中さんをやとはなければなりませんから私が女中さんを探しておいて出なければなりませんの、それに、上京するについて、ルンペンのやうでも少しは仕度にかゝりますから多分九月頃になりますでせう、其の時になりましたら又々御通知致ますからおねがい致ます、

　あなた、夏のお休みに名古屋へ入らつしやれて、新地のお父さん、あなたにお目に掛りたいと云ふておりました。とてもお逢ひしたいんですの、でもお金が入りますから無理に居らつしやるの、いけないと思ひます、

　心配なことばかり次から次に起つて何だか　悲しい気持になります、

　お父さん、お一人でたかのこと心配して居てくれますからほんとにお気毒になります、たかは何処へ行つても厄介者でこまりますわ、

　御気元よろしく、

さようなら

杉本さんに宜しくね。

六月廿日

たか

敦様

あしたはね、熱田神宮の祭礼があります、大へんにぎやかだそうです、たかはお祭の様な気分になれません。

19

昭和七年七月十三日／7・7・14／封書／七月十四日／名古や市南区豊田町八枚割三五一五 長谷川方／東京市外駒沢町上馬五九 中島敦様御許

七月十三日夜十二時、

一週間ばかり降りつゞいた、梅雨も漸く晴れて二三日前からひどい〳〵お暑さになりましたわ、

東京もお暑いでせう、お身体お気付なさいませ、お昼間は焼ける様なお暑さですけれど 夜分になりますと、わすれた様にお涼しくなります、今夜はほんとに気持のいゝお月夜で お湯から上つていつまでも〳〵屋外に立つて、貴方のこと考へてをりましたの、あんまりお懐しくなりましたからもう、おそいんですけれどお便り書きます、

去年の今時分、日比谷公園や、シブヤの西郷山に散歩致ましたわね、あの時楽しかつた、ことわすれられませんわ、いつまでも、

毎日忙しいんですの、明日、代りの女中さんが来ることになつて おります、居てくれるかどうか分りませんけれどすぐお閑がいたゞけませんの、おふとんの、お洗濯全部すみますまでこちらに居りますの。多分今月の末になることゝ思ひます

あなた、ほんとうに満洲にいらつしやいますの、其の時名古屋に入らつしやるでせう、もしほんとうだつたら嬉しいわ、こんどは長く遊んでいらつしやいませね、——飯田のとこに居りますからほんとに好都合ですわ、小供はお休みになれば新池に参りますからいゝと思ひます

其の後杉本さんどうなさいましたでせうか、時々お逢ひになりまして、まだ伊庭さんも杉本さんにもお見舞申上げてありませんの、お暑いのに忙しくて後れて了ひました、あなたからも宜しくお伝へ下さいませ、

和田兄さんはやつぱり新川に居るんですつて 飯田の処なんか迷惑になりませんわ、あんな気の小さい人何にも出来ませんもの、東京のことがとても知りたいんですの、汽車の時間表見ても胸がどき〳〵してしまひますわ、

又後ほどお便り致ます

さようなら

敦様 みまへに、

20

昭和七年十一月三十日／封筒なし

もう、十一月もおしまいに成つてしまいました。其の後

如何、小石川の伯母様の処へ御礼の御手紙差上げて置きました。ほんとにおそく成つてしまつて、悪いと思ひます。

去る、二十七日に弟が参りましたから、一昨日から、新池に居りますの、重男兄様御病気でお手伝ひに参りました。

忙しくてお手紙も仲々書けませんの、閑な時夜中位ですの、今日お父さん、重男兄様に私の事お話し、して下さいましたら、承知して下さいました。

妹の貞《テイ》ちゃん、久ちゃん、あなたの事、それは〳〵聞きますの、もう、すつかりお兄様にでもなつていたゞいた、つもりで、今夜も盛んにおうわさ致して居ります、田舎はのんびりしてゐてとても、気持のいゝ処で御ざいます
あなたも入らつしやる事が出来ましたら、せひお出下さいませ。貞ちゃん、とても心配して居りますの、もし中島様お出に成つても家がきたないから、笑われるつて、もう今から、大へんなさわぎですの、今庭の菊が咲きみだれて、ほんとにキレイですの、もしかしたら、今月一パイ位新池に居ります。

お身体大切になさいませ。たかもお蔭様で丈夫で御ざいます、御安心下さいませ。

御父上様　母上様にもよろしく御伝へ下さいませ。

今夜とてもいゝ月夜ですの、御気元よろしく、

かしこ

たか、

十一月三十日、

敦様　みまへに、

21

昭和七年十二月十四日／7・12・14／封筒のみ／十二月十四日／愛知県碧海郡／東京市外駒沢町上馬五九　中島敦様

〈本文散佚〉

22

昭和七年十二月二十七日／□・12・27／封筒のみ／十二月廿七日朝／愛知県碧海郡／東京市外駒沢町上馬五九　中島敦様

〈本文散佚〉

23

昭和八年五月三日／不明／封書／五月四日／新池／横浜市中区山下町一六八同潤会アパートメント一号館廿五番戸　中島敦様

其の後学校の方は　如何ゞで御ざいますか。お住をお変りになりましたのね、こんどはお通勤にお近い処ですか、何事もお一人で御不自由でせう。
今日　始めて筆を持ちます、ね、坊やは　とても可愛

いゝお顔してゐます、今日で六日目ですけれど未だ何の変りもなく二人共丈夫ですわ、御安心下さいませ　お目ゝあなたによく似てお頭もあなたに似てゐます、生れた時は七百匁しかありませんでした。お乳が割合に出なくて　こまりましたけれど昨日あたりから出る様になりました、

　父からもお話致ましたでせうけれど　名前をなるべく早くつけて下さいませね、明日はお七夜ですけれど　坊やには名前がなくて可哀そうですわ、お隣近所の御ひろうは後にするつもりですの、

　家中の者がよくめんどう見てくれます　みんな親切にしてくれて有難いと思つてゐます　私にお魚を食べさせたいつて　一里も二里も遠い処へ毎日の様に行つて買つてくれますし、母なんか夜もろく／＼休まないで坊やをみてくれますの、貞ちやんは喜しくて坊やの事になると無中になつてゐます、

　坊やの籍のことが心配です、一日もお早くお父様にお願ひして下さいませね、只々そればつかり気掛でなりません。あなたに一日も早く坊やを見せて上げたいわ、ほんとに可愛いゝものね、

　毎日の様に新聞をお送り下さいましてありがとう御ざいます　父がどんなにか楽しみにしてゐます、

五月三日　　たか

敦様　御許

24

昭和八年七月二日／□・7・□／封書／六月三日（解題参照）／新池ニテ／横浜市中区山下町一六八同潤会アパート第一号二十五番戸　中島敦様御許

　一昨日はどうもありがとう御ざいました。梅雨時でも晴天続きで随分お暑いんですのね、お変りもない様で安心致しました。長い間お便り致ませんでしたけれど今、こちらでは田植時で目の廻る程の忙しさですの、身体がへと／＼につかれて了つてお手紙書く勇気も出ませんの、

　坊やがとても可愛いくなりましたわ、ウクン／＼云つてよく笑ひます、今日で六十五日になります、大変大きくなつて重くなりました。まだ風邪もひかないで丈夫に育つてゐます、此の分ならあんまり思つたより弱くないだろうと思ひます、機嫌がいゝとお手ゝをチユー／＼すつてゐます、試験がすんで御都合よろしくなりましたら坊やにおしやぶり一つ買つて下さいな、田舎のことゝて、何にも買つてやることが出来ませんの、

　坊やはほんとに可愛いゝお顔してゐます、

六月二日　　たか

敦様　御許

25

昭和八年十月四日／不明／封書／封筒のみ毛筆／十月四日／碧海郡依佐美村高棚新池／横浜市中区山下町一の一六八同潤会アパート一の二五　中島敦様

敦様

此の間はどうもありがたう御ざいました。急にお寒くなりかけて来て桓に着せる縫物でいそがしいんですの、此の頃桓ちゃん　色々なことが云へる様に成りました。マンマ〳〵　ブーブー　バーバー云つて毎日とても元気です、とても可愛いゝんですのね　自分の子つて　可愛いゝものですわ、あなたも　顔を見るときつとかわいくなりますわ、もうそろ〳〵人見知りする頃になりますから面白くなります、おんぶしてお手紙書いてゐます、よくおねんねしてゐますから

私達あなたの処へ引越して行くのを、世田ヶ谷のお父様おゆるしになりますでせうか、あなたのおつとめの都合上悪いやうに聞いておりましたけれど　ほんとうはね、出来ることなら今暫くこちらにゐてあなたの御勉強にじやまにならない様に思つて居りましたけれどやつぱりいけませんわ、私考んがへましたのよ、

あなたと同せいすることが出来なければ　横浜の郊外に間借りでもしておせんたくものや何かお手つだい出来たらいゝと思つてゐます　名古やあたり電灯付六ジョウ、三ジョウの間が五円位でありますの、横浜にもそれ位な処があると思ひますから一間だけでも宜しいからあなたに探していたゞきたいと思ひます、それ共新宿に居る弟にたのんでもよろしいんですの、

経済上、あなたと住むことが出来れば大変いゝと思ひますが　又よく考んがへて御返事下さいませね、出来たら今月末（十月分）こちらへ下さるお金で家を借りて下されば結構ですけれど

あなたが間借だけしといて下されば私がそちらへ行つてから食器なんか買集めます。どうしても十月末か十一月十日前後位の方がいゝと思ひます。こちらも家の義姉さんがお産しますし、篠島に居る姉もお産に参りますからこまりますの、家の義姉さんはとてもきつい人ですの、ですからあんまり私が世話になつてゐると父母が気がねをしなければなりません、気の毒ですから出来ることならなるべく早く行きたいと思ひます、

貞ちゃんも四十日ばかり前に篠島へ行きました、家に遊んでゐるとどうしても義姉の機げんが悪いからこまりますわ、貞ちゃん、今月の十日頃お祭り（十二日）ですから帰へります、

お話後になりましたけれど世田ヶ谷のお父様お母様にお金の御心配かける様でしたらいけませんから　世田ヶ谷の

方たちと一しよに暮せないことはよく承知してゐますの、こちらの父母兄もみんな知つてゐますからどうにか二人が食べさせていたゞければいゝんですの、あなたがお忙しければ和夫にたのみますから　なるべくお早く御返事下さいませね　此の間弟にも相談しましたら長い〳〵間待つてゐた。喜しいと云ふて参りました。

あんまりお寒くなりますと小供の身体の為によくないとも思ひますの。

こちらはまだ蚊がゐてこまります、私の大すきな秋になりました。明日が十五夜のお祭りです、

あなたの夢毎晩のやうに見ますけどお変りはありませんでせうか、

お大事になさいませ。

さようなら

26

昭和八年十二月七日／8・12・7／葉書／佐々木方／横浜市中区山下町一六八同潤会アパート一の二五　中島敦様

大変突然で御座いますが　桓事一昨日より発熱致まして昨日医者に診てもらひましたけれど様子悪く又今日小児科医に診てもらひましたら扁桃腺炎とのことお熱が下らずほんとにこまつて了ひました。佐々木さんの皆さんがお手伝ひして下さいました　和夫もよく見に来てお使ひなどしてゐてくれます、一寸お知らせまで

27

昭和十年八月六日／10・8・6／葉書／八月六日／横浜市中区本郷町三ノ二四七／静岡県駿東郡御殿場町二枚橋　勝又正平様方　中島敦様

今日（六日）午前中に蚊ヤを御送り致ました。横浜も雨が降りましてから大変暮よくなりました。桓はとても元気でこまつて了ひます、あんまり一生県命になつてお身体に御無理なさいません様に、お大事になさいませ、

ハトポッポも無事で御座います、チビはだん〳〵足が立つ様になりました。

かしこ

28

昭和十年八月九日／10・8・10／葉書／九日／横浜市中区本郷町三ノ二四七／静岡県駿東郡御殿場町二枚橋勝又正平様方　中島敦様

こちらも大変、お涼しくなりました。昨日今日はあまり汗も出ませんでした。何ですか夜分こわい様な淋しくてちつとも落附けませんでした　けれど今夜あたり度胸もすわり幾らか心丈夫です。（毎日少しずゝ雨が降つてゐます）

あなた、富士山はまだでしたでせう。せつかくだからお

体にさわらない様登つてゐらつしやいませ。あんまりお涼しいのにプールなんかいけないでせうと思ひます。

　お一人だからお気附けになつて居らつした方がいゝと思ひます。

　桓にはほと〳〵こまります、はだしになつて了つて朝目をさますとすぐ飛出して夕方までとび廻つてゐます、お昼寝しない時は六時頃にはへと〳〵になつて朝の七時までぐつすり一度も起きないで眠ります、猫の居る家でいゝわね、それから飯塚さんの奥さんお乳をわずらつてゐらつしやいます。ヒロシちやんがお腹がよくなつたばつかりだのに　お気の毒です。では　お大事になさいませ。

29

昭和十年八月十二日／10・8・12／葉書／十二日／横浜市中区本郷町三ノ二四七／静岡県駿東郡御殿場町二枚橋　勝又正平様方　中島敦様

　もう富士山へお登りになりましたんですのね、まだかと思つて居ました。八月は天候があれるからとても心配してゐて損して了ひました。こちらでは五日の夜から雨が時々降つてゐて昨日と今日は朝から降り続いてゐます、桓も外へ出られなくて淋しそうに一人で遊んでゐます、ハトポッポも元気です、チビはまだ元の様にはなりませんけれど　お薬を附ける時　とてもあばれる程になりました。飯塚さんのハトは猫か何かにひどく食はれて死んで了つた様ですの　可哀そうなハト。未だ世田ヶ谷のお父様お出になりません。キットお天気が悪いからでせうと思ひます久喜のおば様から暑中見舞の御返事下さいました。アパートの飯田さんへ御礼手紙出して置きました。それから伊庭さんや杉本さん未だ出しませんけれど如何ゞ致ましたら、宜しゆう御ざいますか。

30

昭和十年八月十五日／10・8・15／葉書／八月十五日／横浜にて／静岡県駿東郡御殿場町二枚橋　勝又正平様方　中島敦様

　今日の御手紙拝見して何ですか　私まできまりが悪い様な気が致ます。少し食物をお気附けなさいませ。
　あなたの方は雨が降つてゐますの、こちらでは十日の間に降らない日は二日、それもくもり天気です。今日で三日ちつともやまないで降続いてゐます、もうすつかり秋の気持になつて了ひました。あんまりお涼しすぎますわね、
　十七日の水泳見にゐらつしやるんですの、もしお出にならなければ着物をお送り致ませうか、風でもおひきになるとこまりますから。世田谷は先日御手紙出して置きました。あんまり心配でしたから。そうしたら又変なオハガキを下さいました。つまらないコト、まだすみ子ちやんは海です

つて。来るのはずつとおそくなるでせうと思ひます　桓もとても元気ですの、おんもへ出られなくてこまつてゐます　いたづらしてばかり　毎日、おふとん一枚でお寒いでせう、お借りになりまして。
お大事になさいませ、

かしこ

31

昭和十年八月十六日／10・8・16／封書／八月十六日／横ハマ／静岡県駿東郡御殿場二枚橋　勝又正平様方　中島敦様御許ニ

大すきなお父ちやま、桓のお父ちやまぢやなくて　わたしのお父ちやま、始めて、家を持つて、一ケ月目に、始めて、あなたと別居生活をする、毎日〳〵顔を合せてゐると。うれしいには喜しいいけれどあんまり、しげきしなくなる様な気が致ますわね、
今日で十七日目の夜になります、雨が益々降り続いてゐます。さつき　桓と二人で一寝入りして又、起き出しました。もう十時。もう十時つて　あなたがいらつしやる時ならまだ早いんですけれど。一人ぼつちで淋しいから　とてもおそい様な気が致ます、大すきな秋の雨はあきる程　降つてくれるし、雑用は少いし、今の処心はとてもおだやかになつてゐてくれて、ほんとうに幸福を感します
此の頃毎晩の様に　あなたの机の上の鏡を見つめます、おかめの顔に、ほくろがちよん〳〵あるのはいゝんですけれど、いやでも仕方がないからいゝにしておきます　左の目はいつも〳〵かなしそうに見えます、右の目は、おこつてゐる様なつまらないと云つてゐる様ですの、いつも右の目が色々な悪いことを教へるから左の目がかなしい思ひをしてゐるのでせう、きつと。わたしの心が後悔してゐる様に、いつも過去の楽しい事ばかり思ひ出してゐようと思つても　それと一しよに哀しいことがあとから〳〵思ひ出されて参ります。とうしてでせうか、私ばつかり罪が深いから美しい楽しいことばかり神様がおあたへにならないんでせうね、だから左の目がかなしいんでゐるんでせう。
あなたのきらいな、蚊が此の雨でほろびて少くなりました　今夜はおせんこうなくてもカヤが入りません。

たか

32

昭和十年八月二十一日／10・8・23／葉書／八月二十一日／横浜市中区本郷町三ノ二四七／静岡県駿東郡御殿場町二枚橋　勝又正平様方　中島敦様

御きげん如何ゞ、十七日から漸くお天気よくなりました。又少しお暑くなつて残暑の感じで御ざいます、朝夕はずつとお涼しく。これではあなたの処はさぞかしお涼し過ぎるんで御座いませう。

桓も相変らず元気、ハトポッポも元気、そうそ、飯塚さんのハトはもう一つのハトポッポが猫の為、とう〳〵死んで了つたんですつて。可哀そうに。飯塚さん昨日田舎からお帰へりになりました。桓はおとうちやまはいつでも学校ですつて。原つぽへ行つたり相変らずべ、、リ、ちやんとよく遊びます、私までつかれて了ひます　一日中お昼寝なしに飛廻られてへと〳〵になつて了ひます　あんまりお寒かつたら帰つてゐらつしやいませ、横浜は暖でございますよ、まだプールへも参れます、

こんなことは御存じでは　お大事になさいませ。

33

昭和十年八月二十三日／10・8・23／葉書／横浜にて／静岡県駿東郡御殿場町二枚橋　勝又正平様方　中島敦様

五湖めぐりはまだ、だんたんですか、早く行つていらつしやいませ、気候のいゝ時に、

冬の時の事を考んがへると少し位、熱い思をしても一度ためしにお炙して御らんになつたら如何でせうか、今朝ハトポの大き方を逃がしましたのよ　一時はどうしようかと思つて心配致ました（とても）でも飯塚先生がつかまへて下すつて　よかつたと思ひます、おかげて朝御飯も食べず桓がお腹をすかして泣いて始めて気が附いていたゞきましたの、これで今夜は安心して眠れます

「机の上のベティさんよくひつくりかへる様になりました、大きなな眼のくり玉のおすましやさん可愛いゝベティ」

〈日本アルプス白馬二俣ノスタンプ二個ガ押シテアル〉

34

昭和十一年六月十七日／11・6・17／葉書／十七日／世田谷区世田谷町一の一二四／横浜市中区本郷町三の二四七　中島敦様

昨晩十時半頃速達のお写真が着きました。どうもお世話様で御ざいました。あんまり悲しそうな顔をしてゐるのであの写真を見て又　泣いて了ひましたのよ。あの時も涙ぐんでゐました。小供は何にも知らないからよく写れてゐます

身体のことは御心配なく　丈夫な体質ですから少し位大丈夫です　父は十九日の朝から久喜に参ります　多分二十四日までいらつしやることゝ存じます

35

昭和十六年七月六日／封筒なし

七月二日夜

あなたは遠い〳〵処へ行つておしまいになつて　何かおきゝしたいこともお話をすることも出来なくて困つてゐま

す　出帆の時はやらずの雨がざあ〳〵〳〵〳〵ふりましたわね、つかれ切つてゐらつしやるのにお見送りぜめでおまけに出航が一時間ものびて可哀さうに。

其の後、お舟の中で、どんなでしたか知らと思つて、とても心配です　あの花束キレイでしたわね、鉢植の方は何の花でしたの、どんな舟の部屋でどんな風に寝ていらつしやるのか、一寸見たかつたんですけど　ほんとに仕方がないわ。

あれから　もう　お父ちやまは　ゐないのだ〳〵と一生県命思つてゐても　すぐ何処からかお帰へりになりさうで　いつものやうに　聞きなれた　せき払の声が朝からきこえ　夜なんか床についてからでも時々ハツト思つて頭を上げて了ひますのよ、そして　あ、と思ひ直しすぐ泣けちやふんですお馬鹿で仕方がないわ、

あなたが舟に乗り込んで　おしまひになつてからチビの私が　いくら　せのびしてもちつともお顔が見えなかつたんです。後に老人三人が　いらして　気まりも悪るかつたんですが　しばらくすると鈴木さんがわたしの手をぐん〳〵引張つて行つてくれたんです　そして　最後のハイチヤイが出来ました、ノチヤボンもあれからすぐ眠つて了ひました、もうつとゐたかつたんですがあの場合致し方がありませんでした、ほんとにだあれもお見送りなんかなくて私達三人だけだつたらどんなに喜しかつたか知れません、関さんとお父様　すみちやん三人でお昼を召上り　すみちやんは一晩泊つて帰へりました、桓は遊びに無中で昼間はそれ程でもないんですが　夜分になると少し淋しいらしいんです、

桜んぼの　缶詰を開けて食べやうとしましたらお父ちやまはーつて大きな声で言ひました、馬鹿ね、お父ちやまお舟ぢやあないのと云はれて　あゝさうか　ですつて

ノチヤボン　とても元気です　夕べ特別常会を家で致しましたら　大喜びで皆さんの前で色々な真似をして笑はせました、昨日、お父様がいらつしやつて、しばらく、来年の三月時分までこゝにゐた方がいゝと云つて下すつたんですが　もつたいないから夏休みに引越すことにきめました、

三日夜

やつぱり隣の二人は　どろぼうでした　先生は　冬服二着と着類全部取られて了ひました　こちらから注意して置きましたので　随分用心してゐたらしひのですが　月末頃になつて　やられたので望月先生にお話なすつたら　望月先生のお兄様が山手署の署長さんでしたので大スピードでつかまつて了ひ逃げやうとする処をわけなく捕われて　男の方はお尋ねもので警察もよろこんでゐたらしひのですやつぱり家の名をつかつてつくだ煮屋から取つてゐたのです　これでほつと致しました。

五日夜

三日　四日とこちらでは三十四度も上り中々の暑さでした　あなたはだん／＼暑い方へいらつしやるのでお舟の中もさぞ　お暑いことゝ存じます

あれからお体の方は　いかゞでしたかしら　舟に随分よひなすつたんですか、エフェドリンを召上つたんですか
お腹は大丈夫でしたかしら

小供は二人共元気です　此の暑さでノチヤボン　あせもが一ぱい出来て了ひました、たかも一寸つかれて了ひましたから　ノーシンを二、三度のみましたらよくなりました、

六日夜十時半

今夜もいゝ月夜で涼しい風が洋間へ吹いて来ます　蚊が多くなりましたので　一日から蚊帳をつり始めました

あなたがいらつしやらなくなつてからは夜分は早く寝るつもりでしたけど　やつぱりおそくなつて了ひます

小供は八時前後に　ねて了ひますが　後形附けしてあなたの部屋でお手紙を書いてゐます　又、今夜も淋しいんです。お手紙が中々　手間取れることでせうが……　明日は　コロール町の人になつて　おしまひに　なるのですわね、私共も早く行きたいと思ひます

庭のパンヂーは未だ残り咲きしてゐます、ノチヤボンばたけの　赤いばらが　あれから四つも咲きましたが全帯にさみしくなつて了ひました

今夜はこれで　お大事になさいませ

そして御無事なお便りをお待ち申し上げます

三人の大事な　お父ちやま　御許に、

お父ちやまのお蒔きになつた朝顔がもう五ツ六ツ開きました、南洋にも朝顔がありますか、

36　**昭和十六年七月十二日**／封筒なし

一人ぼつちの可哀さうな　お父ちやま　御もとに

八日夜

お別れしてからもう十日になりますわね、此のお手紙が参りますのは　まだ／＼何日も過ぎて了ひますでせう。七月になつてからはちつとも雨が降りません、毎日仲々暑うございます　桓もノチヤボンも元気です　此のお暑いのに　あなたが一人ぼつちで働いて下さると思ふと　ほんたうに　もつたいないと思ひます、世田谷へ行くまでに　ふとんの手入をしやうと思ひまして　毎日一生県命働いてゐます、南洋つてやつぱりとてもお暑いのでせう　おつらいでせうね、御病気でなければいゝと　そればつかり気掛りでなりません。

南洋の花はどんな花が咲いてゐますか、ダリアやカンナはさぞ大きくて立つぱでせうと思ひます　あんまりお暑くても水浴はあまりなさらない方がいゝと思ひます、

十一日朝

今朝は未だ四時一寸位です　先程から雨が降り出しました、夕べはつかれて早くから床へ入つて了ひましたのでもう目がさめました、益々雨は強く降り出しました、南洋のスコールと言ふのもこんな雨の短いのだらうと思つてまどを開けてあなたのことを色々考へてゐます、どうしてでせうね、過去のこと、これからのこと、等次から〳〵にあなたのことばつかり思つてゐてちつとも頭から離れません、朝顔の花が小さく〳〵ちよん〳〵と咲いてゐます　赤いのとうすむらさきのふちとりばかり開いてゐます　思出の多い此の家を離れる日がだん〳〵近づいて参りますので淋しい気が致します、いゝ思出、悪い思出も次から次に思ひ出されて、（最も一人ぼつちのせいかも知れませんが、）仕方がありません、

近頃リー・ベー・が毎日遊びに来ます　ベーはとてもおとなしくてノチヤボンとよく遊びます　最もあののろ〳〵した動さですから格がおつこちてからしばらくして驚いてゐるやうな仕末ですが　リリーも先に遊びに来てゐました時と違つて性質も大変よくなりました、近頃は多少めぐまれてゐるせい〈で〉せう、昨日もベーパ、から百円送つて来たと言つてゐました　洋服等も変つたのを着るやうになりました、たかも近頃お金持になりましてもう電灯屋さんが来ても大丈夫です、隣組の領金も一軒当り九円の処、五円あづけることに致しました、割合に多い方です　もうパンはちつとも買ひに参りません。

夕方

今雨も上り　夕やけして　空も地上も黄だんを病つたやうです、ニジが出来たと、小供達が喜んでさわいでゐます、今日は貞から桓とノチヤボンに下駄と本　私しに本とうどん粉を送つてくれました、林芙美子の七つの燈をもうさつき236ページ読んで了ひました、早いでせう　小供はおとなしく、とにかく落附いて読めて喜しい一日でした、ノチヤボン近頃一日〳〵面〈白〉いことを言ひます、ノチヤボンーと云ひますと太い声でハアーイーですつて　お父ちやまも私も小供には甘い方でせうね、チビはすつかり甘つたれちやん。

十二日

午後、昨日と同じやうに雨降りです　先程　おぢいちやまがいらつしやつてトン肉を半分分けて下さいました、そして学校から退職手当（一百円）と学校報国団餞別（一百

円）の領収証書と昨年のお産の時にお借りした証書二百円を差引いて紙ばかりいたゞきました、お父様も一寸あきれていらつしやつた様子でした　わたしには何にも分りませんが………

そしておぢいちやまがもうこれからは小供にお八ツもたくさん食べさせてやれ　とおつしやいました、今までめぐまれなかつたから足りなければ　えんりよなく云えと云つて下さいました、四五日前から牛乳を一合取ることにしまして　桓とノチヤボンとで五勺づゝのんでゐます、ノチヤボンは大喜びです　おいしさうにまだ足りない位にのんで了ひます、ノチヤボン　汗もが出来て可哀さう　両方ノチビ手で　頭をむしや〳〵かきます　いくら　かいてもかいてもまだかゆい　おしまひにはむづかり出しておつぱいに手をつゝ込んで無理に吸い附いて得意顔。パイ〳〵のんでも未だかた一方の手で頭をガリ〳〵〳〵あせもが真赤になりました、

お隣のどろぼうさん　未だに帰へりませぬ　きつと後から〳〵悪いことか出て来たんでせう、高橋さんは困つてゐらつしやいました　もしかしたらこゝへお入りにならないかも知れません、最もお隣が引越せばお出になりますでせうと思ひます

タカ

37　昭和十六年七月十四日／封筒なし

おやせの弱いお父ちやまゝ、御許に

十三日夜

一昨日からの雨天が未だ続いて入梅のむし返しのやうなお天気でもう夏は何処かへ行つて了つたやうな涼さです、又、桓が熱を出しまして昨晩は一眠もしないで頭を冷してやりました、小管さんに診てもらひましたら風邪で大したことはないさうでほつとしてゐます、子供が病気の時にあなたがいらつしやらないと　とても心細いんです、

十四日

桓は今朝から平熱になりました、寝床の上で本を読んでゐます　お使ひに行つて来る間ノチヤボンをお守りしてゐます　あのね、こゝ十日程前から野菜がうんと不足して八百屋へ奥さん連が立ちんぼうで待つてゐる仕末です、貞の便りでは田舎に西瓜や野菜がうんとあるとのこと　うらやましいこと、チビ庭は二、三、日の大雨で可哀さうでした、只今はベコニヤが盛りですの、他は今休んでゐますさうーさ姫トウシヤウブがたつた一本だけ咲きました、いゝ花ですわね　私の大すきな花。とても上品ですもの、

もう直ダリア、オイラン草　マリーゴールドが咲き始めます　トレニヤノうす緑色の可愛いゝ芽が一ぱい生えて参りましたから少し鉢に取つてやらうと思ひます、ホウセン花も咲きました、あなたが毎日〳〵チビ庭で手入れしていらした時は私しにさわらせてくれなくてにくらしいなんて思つてゐましたがもういくらいぢつてもいゝやうになりました、が引越して行くことが分つてゐるせいか淋しい気が致します　でもやつぱり時々世話がしたくなります。

　お体の具合はいかゞですの、お弱いのにどうしていらつしやるかと思ふと胸がドキ〳〵〳〵して了ひます、どんなお家に寝てどんな食物を食べていらつしやるのかしら、お役所まで遠いんですの、スコールでビショ〳〵にぬれたことあるんでせう。

38　昭和十六年七月十四日／封筒なし

十四日夜
　待ちに待つたあなたからのお便りを夕方いたゞきました、たくさん、桓と大喜びで読みました、可哀さうにそんな地ごくみたいな処へ行つておしまひになつて　テニアンでそんなでしたら　パラオはどの位お暑いか想象しただけでどうしやうかと思ひます、体にはかへられませんから、いけないやうでしたら一日も早くお帰へり下さいませ。タイ国あたりの方が赤道よりずつとへだつてをりますのに　いつもお話に聞いてゐるやうですもの、よつぽど丈夫な方でなければ堪へらないかも知れませんわね、きれいなゑはがきをいたゞいて桓は大喜びです　こちらでも三十四度位で朝から晩まで汗だく〳〵で何をするにもおつくうになりますもの　地球儀を廻してためいきをしてゐます　どんな人でも冬はやせませんのに夏はみんな暑さまけしてやせて了ひますもの　あなたがやせたらもう動けなくなつて了ひますわ、どんなにか船の中でもおつらかつたでせう　気温の暑い上に人いきれで………
　あなたが地ごくみたいなお暑い処へ行つてお働きになることを思ふとほんとうにぢつとしてをれません、たかも一生県命働きます　そして一日もお早く　御無事でお帰へりになるのを待つてをります、
　何をお送り致しましてよろしゆうございますか　お便りを下さいませ　未だ入れて差し上げなければならないものを忘れましたから
　まあそれでも御無事のお便りで何より安心致しました、ノチヤボン相変らず元気で遊びます、只々あなたのお体のみ心配でなりませぬ、　　　　　これで　さようなら
たか

39　昭和十六年七月十五日／封筒なし

十五日夜中、

今夜は淋しいから思ひのまゝに、

あなたを知つてから丁度十年目に蕉《ママ》熱地獄のやうな遠い〳〵処へ行つておしまひになつて、此の十年間は随分めまぐるしく過ぎ去つて了つたやうな気が致します。いつまでたつてもちつとも分らない幸福と云ふものに追附こう〳〵（最も心の中では時々幸福だと思ふことはありますが）として一昔の月日はたちました、

あなたは今までに何千回　何百回か知れない位、わたしと一しよになつたことを後悔なすつたことゝ思ひます　あなたに取つては尊い十年間を女子供の為にわき道へ引ずられて了つて御自分のお仕事に心身共打込んでなさると云ふことはお出来にならなかつたと思ひます　あなたの気むづかしい時　お腹立の時など察しては云ひ知れない淋しい気持でゐました　私みたいな女をどうしておもらひになる気になりなすつたか　末だに分かりませんが　たかの想像では母親の愛を知らない冷たい家庭で大きくなつた為　家庭的な暖い心がほしかつたんでせう　最もこれは私から割出した気持かも知れませんが……

それに若い時の一時の感傷でつひふら〳〵と弱い者に対する同情、根強かつたんでせう、又、自分の心の底から何にも警戒なしに話し合ふ人間がほしかつたのでせうと思ひます、

そして御自分の弱い体をいつも〳〵生の親のやうにいたわつて。あまえさせてくれる者が恋しかつたのでせう、御自分がみぢめで育つたのでやつぱり哀れなものをたすける気持にお負けになつたと信じます（自分の将来を深く〳〵考へないで）可哀さうなお父ちやま、今更どうするんだとおつしやるんですけど私にはどうしても上げられない馬鹿な女です、どうぞ子供に免じてこれからも我まんして下さいませ、一人ぼつちになつて始めて今まであゝもして上げればよかつた、あの時は、こう云ふ態度を取ればよかつたと後悔してをります　考へれば考へる程ふしぎ、これで私が母親かしらと思ひます　桓もノチヤボンも姉弟のやうな気がしてるんでせうね、ほんとに困つて了ふ。困つて了ひます　がむしやらな親で二人が大きくなつて　さぞ歎《なげ》くことだろうと思ふとたまりません　お父ちやま、少しでも長生きをしてやつて下さいませ　二人の子にはあなたの感化を受けさせてやりたうございます

外はまだ細い雨のやうです　静かな夜です真暗な夜です、電気時計がいやにジー〳〵音をたてます　今夜はもうおそいんです

さようなら

40　昭和十六年七月十六日／封筒なし

十六日夜

暑い〳〵処でどうしていらつしやるかと心配です。こちらはこゝ数日一寸涼し過ぎる位です。サイパンからのお便りがお隣の高橋さんのポストへ入れてありました、ので今日警察の方が何かをしらべる為に来て渡してくれました、お隣はどうも二人共刑務所行らしいのです　末だに荷物は其のまゝになつてゐます。

桓の処へたくさんのお手紙で大得意です　サイパンにはあのヒビスカスの豪奢な花が一年中咲いてゐましたら　しまひにはふら〳〵して了ふかも知れませんわね、最もにほひはないやうに思ひましたが　私の御手紙を書いてゐます机の上にも土屋さんからいたゞきましたくちなしの花が甘い深いにほひを洋間一ぱいにしてゐます　濃い緑の葉に真白な大きな花を重たげに、電気の光でキラ〳〵かゞやいてゐます

最近のニュースは

一、河野基作さんから召集解除の通知、只今は九洲大学医学部旧・赤岩外科教室に服務とのこと、

二、氷上さんの転居のお知らせ、芦屋市打出、下宮塚八、中島は発ちましたか――ですつて、

三、杉本さんの静子さんの御主人の御出征、飯塚さんの奥さんの弟さん再び御出征、

四、こんどは格が熱を出しました、診てもらひましたら風邪とのこと　大したこともありません、桓は明日から学校へ参ります。野菜がちつともありませんので、このまゝですと子供の体によくないと思ひますので夏休中でも新池へ桓をあづけやうかと思つてゐます、まあお父さんと御相談の上ですけれど　こゝんところ玉ねぎばかり食べてゐます　他は何にもありませんので………

コロール町の

お父ちやま　御もとに

たか

41　昭和十六年七月十九日／16・7・19／葉書／十九日午前／横浜市中区本郷町三ノ二四七／南洋パラオ島コロール町南進寮十二号室　中島敦様

今日は久方ぶりに一寸日光を見ることが出来ました　末だ〳〵寒い位のぐづついたお天気が続くらしゆうございます　七月六日附と八日附の御手紙とおはがきをどうもありがたうございました　とつても喜しくて何度も〳〵読みます、ノチヤボン昨日から元気になりました、相変らずかさを、今夜も家の中で持ちあるいてをります、早速、運

よくヨーロッパにビスケがありましたから明日十九日午前中に送ります、ノチヤボン、ビスケの荷造りしたのを持つてハーイチヤイですつて　忙しい時には腹の立つこともありますが淋しい時等はとてもたすかります、ノチヤボンハオモシロクナツテキマシタ

桓の学校は今月一パイになりました、　　かしこ

42　昭和十六年七月二十一日／封筒なし

十九日土曜日夜

又、今日も雨ですの、昼間は少しの間くもりでしたが夕方から又、しきり、風もまじりはげしく降つてゐます、野菜が全くなくて困つてをりました、今日は隣組からじやが芋を分けてもらひました、どの隣組も三十貫メ当なんですがこゝはいらない方が多くて四軒で分けましたから随分たくさんあります、

夕御飯をすませて三人で洋間に集り　又、おとうちやまからの、御手紙を読んだり画はがきを見ました、バカの木や土人のかつこうや、アラバケツなんて変な名前の所なんてほんとにおかしいんですね、桓と大笑ひしてゐます

外はざあ〳〵雨です、桓がお父ちやん一人で可哀さうだねーと云つてゐます　自分も淋しいんでせう　雨のやんでゐた時にサルビヤを植替へてやりました、ノチヤボンはシヤベルであつち、こつち堀返して大喜びの大得意でキヤア〳〵です、あなたのたんせいの色々な草花とももう直お別れかと思ふと涙がポタ〳〵……

ストケシヤもキレイに咲きましたが　もうおしまひです　ベコサン相変らず可愛いく咲いてゐます　サルビヤも赤いつぼみを見せてゐます　オイラン草も紅白まじつて開き始めました、日まわりのくせに小さく〳〵咲いてゐます　金せん花位にダリアもカンナもグラヂオラスも　もう咲きたがつてゐるんですが毎日〳〵雨でぬれねずみで咲けないんです　お天気になれば一度にみんな開きます、

こゝん処あんまり涼しいので蚊帳をつりません、二十二度位ですもの、もう夏はどこかへ行つて了つて秋みたいです、

二十日日曜日夜

今日の雨も天からひもを引張つたやうに一日中降つてゐます、ノチヤボンもおんもへ出られないので雨がざあ〳〵　これではたまりません、お隣の欽三郎ちやん達来月五日頃に引越すさうです　私達も前後して越すことになりませう　こんな涼しい気候が当分つゞくらしいんです

二十一日朝　雨五時半

又、ちつともやまずに降つてゐます　夕べは子供を寝か

し附けて　夜なべをしてゐましたらとう〳〵朝になつて了ひました、今から寝るとおそくなりますから御手紙を書き始めました、ノチボお目ざめ　今お昼御飯をすませて又書きます
　二人の子供はよく遊んでゐます、のちやぼんのおしつこたれちやんに困ロ、此の雨では家の中に干してもぬれて了ひさうです　ちつともやまないんです
　パラオではお米の御飯が食べられますの、おじやがはありますか　羊かんみたいなお菓子は？　行つて見たいわ、どんなとこか　最もノチヤボンの目のくり玉が飛出したら可哀さうですわね、桓も行きたがつてゐます　だーれも知らない人ばかりで淋しいんでせうね、電気が暗くては夜なんか直更、ね、
　其の後ゼンソクは、いかゞですか、風土病にかゝりなすつたら困りますわね、あなたみたいな、弱い方がそんな大熱になつて大丈夫か知ら　早速病院へお入りになつた方がようございますわ、お父ちやまが家にいらした時の様にゲラ〳〵笑ふことがなくなりました、何でもつまんない方へ考んがへて了つて仕方がないわ、
　果物がふんだんにあつて　そればつかり仕合せね、一寸うらやましい　たかは特別好きだから　子供にもこんな野菜のない時に南洋へ行つてうんと食べさせてやりたいと思ひます
お風呂に入る時にいつも〳〵あなたのことを考へてゐます、冬中はほとんどお入りにならない　あなたが夏になると坂下から上つて来てすぐ烏の行水みたいに入つていらしたのに。南洋はどんなお風呂ですか、
毎日あなたが御無事で早くお帰へりになれますやうに神様にお祈りしてゐます

たか

おなつかしい　お父ちやま、

バカの木の窓のお父ちやま御もと、

43　**昭和十六年七月二十六日**／封筒なし

二十一日夜
今日は電報為替を受取りました、
一五〇・〇〇円たしかに　どうもありがたうございました　明日は颱風が来るとの予報でございます　あんまり雨が降り続いてゐて　のちやぼんは　おんもへ出られなくて可愛さうです、

二十二日
一昨日からちつともやまずに　こんなに大雨が降れるものかと　あきれて了ひます、今夜半に颱風が来るさうです

から　眠らないでゐます。エフェドリンは島田さんにお願ひ致しました、親類に薬問屋がありますさうですから　多分あるだらうとおつしやいました、

二十三日

颱風、予報よりずーと軽く無事に済みましてほつと致しました、そして久方ぶりに太陽のおめぐみを受けました、のちやぼんは朝お目ゝをさましておえんがはに木の葉に受けた日の光が　ゆら〳〵してゐるのを　つまんではさもふしぎさうです　すぐおんもへ出て　大喜びです。お天気がいゝと子供はほんたうに喜びます

たかもおせんたくがどつさり出来て大喜びです　又、今夜もお風呂から上つて二人の子を寝かし附けて置いて髪洗とおせんたくをたくさん致しました、いゝ気持です、間もなく　水道も使へなくなると思つてありがたがつてぢやあー〳〵洗つてゐます、水道つてほんとに便利で楽ですわね、田舎者の私には　毎日の水仕事が感謝なしには出来ません　少々位　つまんないことが　ありましても女に取つて生命の水や火が便利で　こんなに楽をさせてもらふんですもの　他に少々位の不足のあるのは　あたりまへだといつも思ひ〳〵してゐます

エフェドリンを毎日おのみになるんですの、あなたの様なお弱い方を　一人ぼつちで　置くのは心配で〳〵……今夜も寝る時三人のマクラカバーを洗つて糊附してさつぱりしたのをつけて、いゝ気持ちねーと云ひましたら　桓がお父ちやんにもこうして　送つて上げなさいと云ひました、もうお寝着もきたなく　なりましたでせうに、あんまり遠くて〳〵どうして上げることも出来なくて　ほんたうに仕方がないわ、自分達ばつかり　さつぱりして　もつたいなくて……

二十四日

今日もいゝお天気でした、長雨で何もかもしめつぽくなりましたから出して干したり洗つたりして　一日中汗びつしよりです　お野菜が益々不足で　あるものはおちやがと玉ねぎだけです　まだ〳〵半月似《ママ》上はこんなでせうとのこと、大人はいゝんですけど　子供が可哀さうです　随分色々なものが不足して参りました、でも昔の事を思へばまだ〳〵めぐまれてをります　桓は海へ行つて　一日で真黒になりました。

二十五日

今日も上天気でした。南洋もきつとお天気がよくて今夜は　あなたは　一人ぼつちで椰子の並木道でも散歩していらつしやるのだらうと存じます　夕べはあなたの夢をみました、ゆめの話はやめます　又、しかられるから。今日夕

方高橋さん親子四人で家を見にいらつしやいました。栄子ちやんはとても可愛い丶お子さんでした。奥様もこの家がお気に入りの様子でした。今月末に家主に話してみるつもりです。高橋さんの御夫婦親子はほんたうに幸福さうですね、奥さんもさつぱりしたい丶方らしいんですのね、お隣の平田さんもお引越しになる〳〵と云つて未だです多分八月の末位かしら

お隣のどろぼうさんは未だ帰へりません、家主も早く何とかしてくれ丶ばよろしいのに　いつまでも空家で気味が悪いんです　最もどろさんがゐるより結構ですが、――

島田さんや　土屋さんが色々御親切にあなたのことを尋ねて下さいます　そして又、色々なものをいたゞきます

二十六日

今日は又　雨です　お父さんがお出で下さいました、引越のことについて　色々お話を致しました、五銭屋へ聞きに参りましたら運賃が六十円掛ります　あんまり高くて驚いて了ひました。都合で来月四五日頃引越すことになりますでせう　一日〳〵近づいて参りますので可愛い丶草花を見てはためいきをついてゐます、どうしても此の家がよくて仕方がないんです　今まで住んだどの家よりも離れたくないんです　どんなに悪く考へやうと思つても後から〳〵何もかもよくなつて了つて　少し馬鹿ね、

この御手紙が着きます頃はきつと世田谷へ行つて了つてゐるのでせう　引越して行く時は桜草だけ持つて参ります

44

昭和十六年七月二十九日／16・7・30／葉書／二十九日／横浜市中区本郷町三ノ二四七／南洋パラオ島コロール町アラバケツ南進寮十二号室　中島敦様

一昨日のお手紙で来月草々引越すと申し上げましたが二三日前ノチヤボンをおぶつてお使ひに出まして　自転車に引掛られまして左の足をくぢいて了ひました今痛くて〳〵仕方がないんです。ですから昨日お父様がまあゆつくり八月末まで居たらい丶とおつしやいましたから足のよくなるまで又こ丶にをります　あんまり此の家を離れともないしないもんですから神様が足をびつこにして下すつたのね。至急お知らせ致します　さようなら

45

昭和十六年八月五日／封筒なし

サイパンから桓へのお便りがやつと今日（八月五日）着きました

雨又、雨でしたがやつと今日はお天気になりました。こちらちつとも夏らしくなく涼し過ぎましたのにあなたのいらつしやるとこは又、そんなにお暑いんですの、いくら体

の為でもあんまりお暑くては返つていけなくないんでせうか。これからも島めぐりばつかりで寮に落附いていらつしやる時は少いでせうね、旅の方が面白いんですか、丁度半ケ月程ちつともお便りがなかつたもんですからとても心配でした、子供は元気です　最も格は三日ばかり風邪熱を出しましたが。ノチヤボンにお父ちやまは、と申しますと、のこ〳〵洋間をのぞいて来ます、色々なことが少しづゝ分つて参りましてとても可愛いくなりました。あんよもあなたのいらつしやる時分よりずつとしつかり致しました。

今日　久喜からすみちやんが桓を連れに来ると言つて手紙をくれました、おばさんもおつしやつたさうですから、横浜はあんまり野菜がありませんので　返つて有難いと存じましておねがひしますと　ハガキを出しました。世田谷はお父様お一人、こちらはノナ《ママ》ヤボンと二人きりになりますと、とても淋しいんです。一日も早く引越したいんですが足が未だいけないので早くとも来る八月二十日過ぎになりますでせう。

高橋さんの奥様は流産なさいましたし　私は足が痛いし　両方共引越はのびた方がよくなつて了ひました。何か御入用のものをおつしやつて下さいませ　ビスケをもつと送りませうか。サルビヤが真赤に咲き始めました　ノチヤボンがオーオーつてほめてくれます　桓は毎日もち竿でせみ取りに無中です　こゝらのわんぱく共のだれよりも上手らしいんです　毎日七・八匹も取りみんなにやつて了ひます　日ぐらしには困口します　先年の様に、大きな声でなくんですもの　ノチヤボンがお目ゝをさまして了ひました。ちつとも勉強は致しませんで　せみ取りばつかりでこまつて了ひます、

昼間は子供と忙しさにまぎれてをりますが夜分はとても淋しいんです。いつまでも〳〵起きて針仕事や形附仕事をしてゐます、あなたが一日もお早くお帰へりになるといゝ　ほんとに淋しいんです、

昨日川口さんが来ました。おばさん〳〵つて小さい目をしよぼ〳〵させてゐました。ノチヤボンも淋しいとみえましてどなたにでもだつこしてもらひます。

お帰へりになりましたら一度どこかへ旅行しませうね、一人ぼつちのお父ちやま、

タカ

46　**昭和十六年八月上旬（?）**／封筒なし

暑い〳〵国のお父ちやま　御もとに。

今日は日曜日ですわね。お父ちやまは　おつかれになつて朝寝坊でせう、二人の子もいつまでも寝ました、とてもいゝお天気で真青の空です、と言つてもお手紙がおそーく着のでちつとも感じが出ないでせう

只今島田さんからエフェドリンを買つて来て下さいまし

たから早速御送りします。五十粒入りで二円十銭ですつて随分　安いんでせう。

東京へ行つて了ひま〈す〉と、ビスケが仲々買へないさうですから今のうちに出来るだけ送ります

毎日〳〵ヨーロッパへ通ひつめてやつとこれだけです切府制になりましてからうちでは一ヶ月に一円しか買へません。何か他に御入用のものがありましたら云つて下さいませ。あなたの処にラヂオがありますの　ノチヤボンはエホンを寝ころがつて毎日〳〵見てゐます〈以下不明〉

47　昭和十六年八月上旬（?）／封筒なし

たかの泣ごと

おいしいぱんが食べさせて上げたい　ほんたうに　持つて行けるものなら少々遠い処でも毎日持つてつて上げますもの　近頃はパンはどこでも割合楽に買へます。

御自分でお入れに　なることが出来れば紅茶も送りませうか、ほんたうに　どんなにか　お苦るしかつたんでせうね、たかがついてゐれば　おしめで取つて上げますもの　さすつて上げますもの　さつぱりした。おふとんや着物と取り替へて上げますもの、おいしくスープもこしらへて上げますもの、あゝ何んてくやしいことでせう

たまらない　ほんたうに　どうしたらいゝか知ら

あなたのお手紙を今日は一日何度も何度読んで泣いてゐます。どうすることも出来ず　只々　泣くばかりです。

南洋では人をやとふことは出来ませんか。出来ましたら　おやとひに　なつたら　お父様もおつしやつたんですよ。病気の時はカンゴ婦をやとひなすたら。さもなければ宿屋へお泊りになればよろしいのに。こちらは百円送つていたゞけばいゝんですのよ。ほんたうに百円でいゝんです。おばさんの後にすれば五十円でいゝんです　五十円でいゝんです〈以下不明〉

48　昭和十六年八月八日／封筒なし

八月八日、金曜日、晴天　三十度位、北西の風涼し、

御主人様　御許に

二十三日附の御手紙を世田谷の方へいたゞき　ましたので　一昨日お父様が持つて来て下さいました、想像してゐました通り　苦るしかつたんですのね、先日お薬を送つてくれと　おつしやた時はどうしやうかとても心配でした。これからも大丈夫でせうか。　あなたの体が心配ですし、こちらはとても野菜がないし　果物もお魚も野菜もみんな商人へは配給ださうです。心蔵《ママ》の強い人は毎日幾らか買つて食べてゐますが　たかなんか　家ではいばつてゐてもだめ。ちつとも買へないんです、だからあなたの処へ行こう

か知ら、あなたが連れに来て下さらなくても大丈夫　メチヤ〳〵に行つて了へばね、でもノチヤボンが一寸可哀さうか知らん、梨なんか小さいのが三ケで四十銭いやになります。今日はすみちやんが迎へに来てくれて桓はゐないんです。今夜は十一時半　ノチヤボンは九時半位に寝ましたから　それから、ふとんを縫つて了つたので　お手紙を書き始めました。世田谷へ行かないうちに　あれもこれもしやうと思つて　夜眠る間がおしいんですの、それに忙しくないと考へ込んでいけません。すみちやん位の時は楽しさうですね、遊ぶことゝ　おしやれのこと位しか考へないらしいんですね、

世田谷のお父さまは、私達が引越すのを待つていらつしやるらしいんです　お父様は二階へお出になつて私共親子が下の座敷をおかりするらしいんですの、おそくとも来る八月二十二、三日頃には移ります、お隣のどろさんはどうして了つたことゝか　未だ帰へりません、平田さんも引越しを歌にうたつてゐても未だです。昨日も来月の七日に引越すと云はれましたが信用出来ません、杉本さんは二　三日前から又、腹ごはし、今おばさんがいらつしやるので奥さんの不平が益々多くなりました、

スフはね　静かにおさへ洗ひしてそーと干すんですのよ。少しじれつたいんですが　たかの手ぬぐひのしぼり方はスフには万点です。未だカンタン服は出来ません、今年はほんたうの暑さも　ほんの一週間程でもう今日あたり秋がおとづれて参りました、蚊もとても少いんですの、洋間でお手紙書いてゐても二三匹しか来ません、パラオ=水道かありますの、ラヂオは、電キは暗いし夜は何していらつしやるの、食堂の食べ物はどんなものでせうね、あんまり安いからインチキぢやないか知ら。可哀さうにあなたは秋が来る　冬が来ると思つていらつしやるのに　ちつとも変らなくて　気でも変にならなければいゝんですが　タカ足もやつと楽になりました。今夜はこれで　さやうなら
すみちやんが来てくれて桓はとても〳〵喜んで参りました。

サルビヤの白も紅もキレイに咲いてゐます、デイヂーは家の廻りに一ぱい生へて割合大きくなつてゐます、

49　昭和十六年八月十二日／封筒なし

八月十二日夜中、大事な〳〵お父ちやま　おんもとに。
七月十四日に出して下すつた航空便が今夜（八月十二日）九時に着きました。世田谷へ二十三日に下すたのは一週間程前に参りました、どうした都合ですか飛行機の方はずーとおそくなりましたわ、桓が久喜から未だ帰へりませんのでノチヤボンと二人でお風呂へ入りかゝつた時お手紙が参りました。日附も見ず　何事かとふるへる手で開いて

読みました。可哀さうに、ほんたうにお淋しいんでせういつも〳〵お祭ししてゐます、たかは桓やのちやぼんがゐるから仕合せだと　あなたが　おつしやつた通りあなたがいらつしやらなくて淋しい中にも二人の子供を相手に一日が短くかんじられますもの、一週間程前からあなたの夢ばかり　みてゐました、似《ママ》前はみたい〳〵と思つてもなか〳〵みられなかつたんですのに、体の丈夫な方ならこんなに迄心配致しませんが。拾年間もつれそつて、ゐるんですもの、あなたの、お体の程度は分り切つてゐます。あなたに行つて了はれてからと云ふもの明け暮れ心配で〳〵子供に行つて了はれたやうで可哀さうで〳〵でたまりません。

桓が久喜へ参りましても（始めて親から離れた訳ですが）淋しいには少しは淋しいんですが　野菜をうんと食べさせていたゞいてゐると思ひまして返つて安心です。お父ちやまは食物にあたらなければばいゝが（年中夏ゆえ）どんなものを召上つていらつしやるのかしら。暑い〳〵のに毎日お勤でおつらいでせうに（今迄は勝手に休むことが出来ましたのに　役所ではそんな訳には行かないで　せうから）大丈夫か知ら　次から〳〵に心配で〳〵今迄貧棒し続けて来たんですもの　何にもあなたに苦るしい〳〵思ひをさせたり　こんなに迄心配したりして　お金めぐまれなくてもようござんす

お父ちやまが生きてゝ下されば乞食だつてかまわない子供の学資？　それもあればたしかに仕合せでせう　でもお父ちやまがゐた方が何万倍仕合せか分りません、同じ死ぬのなら　たかや子供のそばで死んで下さい。おねがひします、おねがひします、人間つて自分の肉体がどの程度までテイコウ力がありますか、どんな人だつて分らないんですもの、あなた　の　お体は無理はゼッタイ駄目です　そうーと大事に〳〵にしてゐなければ、拾年の間に大病を三四回もして毎年冬中苦るしんで　其の上精神的にも苦るしみ通して来たんですもの、弱く生れた体にいゝ訳がありません。一年も二年も病院へ入つていらつしたつて　あたりまへです

体にいゝと思つて南洋へいらつしても　悪ければ役所の方を何とかやめることが出来ますのでせう。又、あなたのどうにもならない　まがり根生で　そんな馬鹿なことが出来るかと　おつしやるでせうきつと、でもね、それだけの教科書を、一人で全部思ひ通りに編輯出来ればよろしいんでせうけど　体が悪くて仕とげられないで途中でやめなければ　ならないやうなら　早い方がよかありませんか。そんなことより、あれほど、死ぬほど御自分の仕事をしたがつていらつしたんでもの　其の方を打込んでなさつた方がどれだけよろしいか分りません。たかだつて馬鹿なりに、今に〳〵とどれだけ待ちに〳〵つてゐるか分りません。人様がどんなことを言はうと、どんななりをしやうと今に主

人が自分の意志をつらぬくことがお出来なれば　どんなに仕合せか分らない　喜しいか分らないんです、そればつかり心にかたく／＼思ひ込めて待つてゐます。たかも死んで行く時は　あなたの誠巧を世界中で一番いゝおみやげにだれよりも仕合せに死ねます。ほんたうに。

　あなたの体は私共三人に取つてはほんたうに大事な／＼体なんです。骨ばつかりの軽い／＼体でよくまあ起きて歩けるといつも／＼思つてゐました、御存じでせうが　あなたのお部屋へ行かないのも　お体が大事だから参りませんでした。大切な体をこんなことで悪くしては申し訳ないんですもの　えらさうな、ことを色々言つて了つて随分あなたを　こまらせたことが度々ありましたわね　ヒステリーを起して勉強のじやまばつかりして　つく／＼申し訳ないと思つてゐます。あなたが遠い／＼処で一人で不自由をして苦るしんでいらつしやると思ふと　居ても立つてもゐられません　夜中でも起きてお仕事を始めます、食物なんかでも一寸でもお美味しいとお父ちやまは　こんなおいしいものが食べられないかも知れないと　思つて胸が一パいになつて了ひます。でも体を悪くしては申し訳ないと思つて栄養になるものをいたゞいてゐます　まだ／＼何とか言つてなぐさめて上げたいんですけど　いゝ風に書けないんです　心で思ふやうに上手に書けたらとくやしくなります、

お隣のどろ棒さんは荷物を引上げて参りましたのでほつと致しました、其の後へ近所の鬼頭さんのお友達の方が入るのですつて、家主も一昨日参りましたから　高橋さんが来るやうにきめました。今日も高橋さんがいらつしやつて喜んでゐらつしやいました。高橋さんも出征の方がこんどはあぶないと云つていらつしやいました。平田さんは又、来月七日頃に引越とかこれは信用出来ません。

　格相手に大至急洗濯物を縫つてをります　ノチヤボンは近頃お話がしたくつて口をもが／＼させてウウ……ウウ……コヨ／＼／＼／＼エエーエエーと高い声を出してしつもんします、小さい花が一つ咲いてゐてもアーアーつて黄色い声を出して、ほめます、四五日お天気でしたのに又雨です　デイジーだけは大喜びで家の廻りに一ぱいです　つや／＼した葉でとつてもよく育つてゐます、高橋さんにこれはみんな主人の蒔いたデイジーですと申して置きました。トレニアも花が咲き始めました、鉢植にしたのを土屋さんに上げました。もう後十日でこゝから別れるのかと思ふと悲しくなります。大好きなあなたとも別れ又、此の家からも別れるのかと思ふと泣けて仕方がない。世田谷へ参りますのは　きらいな人の処へお嫁に行くやうな気持です　いつになりましたら好きになれますやら。お父様も一人ぼつちでお気の毒ですから一日も早く参らなければならないんですが……お父様はこちらから引越して参りますのでに

こ〳〵さんです　家の中がキタナクて困つていらつしやる

〈以下欠〉

50　**昭和十六年八月十四日**／封筒なし

可哀さうな〳〵お父ちやま　おんもとに。

八月十三日

昨晩はあなたが　あんまり可哀さうで眠れませんでした。さぞお淋しいんでせうね、大変なお腹くだりでどんなにかおつらかつたんでせう。あんまりあなたがみじめで悲しくつてお手紙が読めなくなつて了ひました、お手紙は世田谷へ下すつたのを今日お父様が持つて来て下さいました。

十四日、昨日から又雨です、昨日から今日迄今でも涙はとめどもなく流れてゐます、何の為に　あなたをそれ程まで苦るしめるのでせう、はてしない遠い〳〵所でどうして上げることも出来ず　只々泣くばかりです、そばに居て上げることも　出来ないから神様に念じてをりましたのにそんな可哀さうなことになつて了つて、もうどうしてもあなたのそばへ参りたう御ざいます。それには桓や格をつれて来るなとおつしやつたから、桓は久喜＝世田谷＝へ、あづげ　格は名古屋へあづけて　一先づ私一人参りたいと思ひます　どうしても。

お父様に申しましたら　おまえが行つてくれれば安心たがとおつしやいました。只あなたの御承知を得ればよろしいんですの、行つてもよろしいんでせう、ノチヤボンもおつぱいをやめてもいゝ時ですし　貞だつてあづかつてくれます。世田谷のお父さんも帰へつて来られたらすぐ来るやうにおつしやいました。

あなたは教科書編纂なんかに命かけになさらなくつてもよろしいじやありませんか　御自分のお仕事をなしとげる大切な大切な身体ですもの、出来ることなら帰へつて来て下さいませ。食物が悪くて栄養は取れず　スイ弱した身に暑さでどう考んかへても身体がだめになつて了ひます　二人共一時名古屋へあづけて置いてもようございます　あちらは食物もずつとよろしいとか申して参りましたから　横浜も東京もおじやがと玉ねぎ丈で野菜は何にも買へません。連日の大雨で田畑が水に浸つて了つて何にも出来なくなつて了ひました為。菓物もほとんどありません、最も梨が少々と青リンゴが少し出て参りましたが　買ふのに仲々大変なんです、お魚も玉子も毎日仕事にして買出しに行かなければなりません。でもね　桓ものちやぼんもこゝんとこ丈夫でピチ〳〵してゐますし、他に何の心配もないんですが　あなたのことが気に掛つてしばらく頭痛を忘れてゐましたのに　今朝から又痛み始めました。

朝一寸の間雨も　やんでゐましたが後は今＝今夜の十二時大雨がどしやぶりです。内地も雨又雨で　ほんとうに弱

い方は病気になりさうです。どうして　今年はこんなに降るんでせう。ビスケットを二度送りましたが　未だ着きませんか。こんな天候では飛行機も行きませんでせうね、次の八月二十日の飛行便で送りたいと思ひますが　お天気になつてくれゝばいゝのですが――

新聞も読めなくて食物はなく、ラヂオもなくてはまるで罪人みたいですのね、新聞なんかの送りちんは一週間分朝・夕刊共で三銭位ですもの何でもありません。電キも明るいし、新聞も取つてゝラヂオもあり　たか一人ぼつちでもつたいないと思ひます。今も大雨　世の中のもの皆んな洗ひ流して了ふやうに降りしきつてゐます　何もかもしめつぽくなつて了ひました。

あなたは、男らしく　くよ〳〵しないで　まゝよ男は度胸だ　位に何事も自分の思ふ通りにしたらいゝぢやありませんか、お父様やおば様や親類友達なんかにいち〳〵気をくばらなくても　御自分の思ふ通りになすつたら　男らしく。お叔〈母〉様からのかりたお金だつて今お返ししなくても御自分の為にみんなお使ひになつたら　返へさないで置けば一時はとやこう言ひますがいつにかお返しすれば　何でもないぢやありませんか。どうしても今の教科書の方をなさるとしましたら、視察を終へましたら内地で編輯させてくれないかお問合せになつたら。

サラリーの方だつて間違つてゐるのかも知れませんから何かの時釘本さんにおつしやつたらと思ひますが、――

⊙もう　のちやぼんのことを書きます

相変らず大人のお帽子をかぶつて何か一寸さげてハーイチヤイ〳〵を何度でも致します、近頃は桓の本をよく　見ます。ウシ　クマ　ぞう　キリン等はぼう〳〵です。お馬〳〵と教へましても馬を見れば（生きたのもヱホンのもアッパーアッパーです　桓やわたしの口元をよく見ては発音を致します、あんよはアンイ　アンイ　一寸でもよごすとすぐおてぬぐひでふきます、もう下駄をはいてよく歩きます。チヤメでふざけてばかりゐます。今日もおんもへ出られないものですから少し遊んでやれば　わたしの方がキヤ〳〵笑はせられます、一寸お父ちやまに似たとこがあります、前のお手紙に足の捻挫のことを書きましたが（足はすつかりよくなりました）足をほう帯してゐるもんですから　とても心配してくれます。何んでもエヱーエヱーとしつもんされるので困ロします。さうさ、犬ワンワンワン〳〵よく言へるやうになりました、特別高い声を出してワン〳〵〳〵〳〵朝から寝るまで本物を見たり本を見たりしてワンワン〳〵〳〵です。

○島田さんのことを書きます、島田さんの御主人は一番キライなものはびろうどの布ですつて　お小さい時から大のきらひで　袖口に一寸ついてゐるのを見てもぞーとしてすくんで了つて　気持が悪くなるんですつて　おかしひでせ

う、今まで五十年近くの長い間に随分困つたとつく〲おつしやつたんです、ですから島田さんにはびろうどの布はちつともありませんのですつて。又、御主人のお友達には酒《サカ》づきを見るとやつぱりふるへて気持が悪くなるのですつて　これも随分こまるでせうね、世の中にはいくらでもびろうども　さかづきもありますから　終り

○近頃又、飛行機が家の屋根にとゞくかと思はれる位底《ママ》く〲とびます　お天気さへよければとてもはげしくて一日中ぶるるん〲で　とう〲土屋さんへいつも来てゐた植木屋のおぢいさんは　気がくるつて了つたんですつて土屋さんの奥様も頭が変になるやうな気がすると言つてゝらつしやいました。どこのむすこさんか知りませんがあゝして飛行機に乗つて　お国の為に命をさゝげて下さると思ふと　飛行機に向つて手を合せたくなりますわ。気なんかちつとも変になりません　勇ましくてとてもすてき。

◎お手紙へ入れて下すつた押花はむらさきでしんが黄色でじくの所がうす緑で　とても可愛いんですこと　なつかしい　あなたの　にほひがするかと思つて　はなへ持つて来ても　ちつともにほはない　小さい〲のも可愛いゝんですね、もう一つはぎぼしの花に似てゐます。

⦿桓の処へ下すつた　土人のおどりのお写真ね、あれを桓てば清ちやんに見せてゐるんですよ。せいちやん変な顔して笑つてゐましたつけ。馬鹿ね桓は。夏休みになりましてから（八月一日）三日ラヂオ体操が出来ましたきり　未だに雨ばつかりで体操はお休みです。未だ〲二三、日は降り続くでせう。

⦿杉本さんも先だつて　お腹を悪くしていらつしたんですけど　相変らず家の中でごろ〲ほんとにお身体がお弱いせいか　なんてくづ〲さんでせうね、奥さんも相変らず不平ばつかり　少し変ですね、

⦿横浜をお発ちになる時皆さんが下すつたんですのにだれだかお分りにならなかつたんですの、グロキシニヤは＝中村さん。

　お薬は中浜さんに諸節さん。花束は内田さん。たかはそれ丈しか知りません、さうさ、あの時伊庭さんの頭、前の方から随分はげてゐましたつけ　一本並べにキレイにしていらつしたんですのに　よく見えて一寸いたましい気持がしました、あなたのお顔は三好さんや、伊庭さん位、黒くなりましたの？

51　昭和十六年八月十七日／封筒なし

今日は八月十七日よいお天気です、南洋はいかゞですの、只今お午《ヒル》をいたゞいて　ノチヤボンはねんね致しましたから一寸書きます

お父様の御手紙も同封して置きましたが　ほんたうに

たかが参りませうか　子供はあづけて置いて、それ共もしお帰へりになれましたら　一日もお早くお帰へり下さいませ。お父様も敦が横浜の家を好いてゐるから　今しばらくゐるやうにおつしやつたんですが　今もお一人で食物ことやお掃除等していらつしやると思ひますと　お気毒《ママ》でやつぱり引越します　二十二、三日頃に。それに食物持に野菜や魚類が買へなくなりましたから　やつぱり一軒になりました方がよろしいと存じます。

　土屋さんでとてもよく親切にして下さいます　色々いたゞきものしたり　お体の御様子でもよろしい時お礼をおつしやつて下さいませ。

　明日飛行便でビスケとのり、とお手紙を送ります、こうして書いてをりましても又、お悪くなければいゝがと気が気ではありません、

　今日のお暑さは風もなく　三十三度位で汗が流れますでもね、朝夕は秋のにほひが致します、お大事に

52

昭和十六年八月十八日／□・8・18／封筒のみ／八月十八日／横浜市中区本郷町三―二四七　中島桓／南洋パラオ島コロール町南洋庁地方課　中島敦様

可哀さうな〳〵お父ちやま、

お一人ぼつちで暑い〳〵処で食物にあたらなければいゝが　ぜんそくの方はどうかと明け暮れ心配で〳〵神様にお祈り申し上げてをりましたのに、なんてお気の毒なことだつたのでせう。さぞ〳〵お心細かつたんでせう　御無理をなすつて　後何ともなければいゝが　もうたかは心の落附を失つてをります。お父様もおつしやるやうに何とかして参りたう存じます。格と桓は名古屋へあづけ（長い間ではないのです）て、たかが一人で参ります。あなたの其の身体ではとても駄目になります。こちらにをりましても食べずにはをりません、あなたはほんとうに自分の身ペンを淋しく〳〵みじめに〳〵にしておしまひになります　男ですもの向ふ見ずに何でもなすつたら　思ふた通りに。お帰へりになれるものなら　お帰へり下さいまし。

　あなたの様な方をそれ程まで苦るしめなくても　まだ〳〵他に苦るしんでいゝ人はたくさんあります。ほんたうに私が参りますか。お帰へりになりますか。おきめ下すつて　御返事がいたゞきたう御ざいます。

　格も随分可愛いくなりました。よくあんよも出来ます、お父ちやまにお送りするビスケを缶につめてをりましたら　押入からしばるひもをちやんと出してウウ……つて差し出します　すみちやんが来た時も洗面器を持つて来たり　手ぬぐひを渡したり　お取り持致します　コエーコエー、何でもコエーコエーつてくれます、御飯の時も自分一人で食べるつてがんばつてゐるんです　真ぱだかで傘を持

つて散歩です　おんもがすきでおかげで何にも御用が出来ません、桓は久喜に今日で丁度十日居ります　おば様方がいゝ子だとほめて下すつたさうです　すみちやんから知らせて来ましたが。お手紙を書いてをりましてもじやまばかりしてちつとも書けないんです、引越はいよ〳〵はつきりきまりました。お父ちやまは罪人みたいですわね、ラヂオも新聞もゴラクもなくて、あなたのやうな方は貧棒しても都会に住まなければ駄目ですわ、そんな風に生れて来なすつたのね、返つてたかは田舎の方は適当かも知れません、普通便でくわしくお便りを致しました。

　長いお手紙を書きましたが　航空便では目方が附きますので　お父様のお手紙を同封して置きまして　あなたの御意見を承はりたう存じます、内地もいよ〳〵情勢深刻になつて参りました。特に食物等は仲々買ふことも出来ず　野菜も三時間位並んで待ちましてやつとキウリ二本位、こんな時勢は田舎の方がよろしいかとも考へられますが　やつぱり何処まで参りましても困難はまぬがれ得ないと存じます、飛行便もあなたのお手紙のやうに、三週間も掛りますやうでは心細く成ります　今朝（八月十八日）新聞と焼海苔とビスケを少々送りました。普通便でいつ着きますことやら早く着きますやうに祈つてをります、

　ノチヤボンがウルサクて書いてをれません　未だ〳〵書きたいことがたくさんありますが　今日はこれで

其の後の御様子が早く〳〵知りたう御ざいます

今日はとても暑い日で汗がボト〳〵落ちます

53　昭和十六年八月二十日／封筒なし

今日は八月二十日　水曜日です、一昨日航空便を出しましたのがやつと発つて行つたと思ひますが　此の天候ではいかゞですか知ら。こんなにおそく着くお手紙では御きげんを伺つても変なものですが……其の後のお身体の御様子が気に掛つてなりませぬ、やせつぽつちのあなたが又々おやせになつて了つて食物で栄養が取れませんでせうから注射でもなさいましたら　ぜひ。身体の快復が余程早ようございます。お父様がおつしやつた通り送金は少くてもよろしいのですからもつと楽な生活をなさいませ。人でも使つて。さうして下さいませ。

　今夜はむし暑いんです　南洋はこれよりもつと〳〵暑いのだらうと思つて書いてゐます　近所の早寝連中も未だうちわをばた〳〵させて話をしてゐます、又、近日中に颱風が来るとか今夜の夕刊にありましたが無事に済んでくれればと思つてゐます。いよ〳〵来る二十四日に引越します　最も雨なら翌日にのばします、桓は久喜がすつかり気にいつて了つて未だ帰へりません　明後日あたりお別れに帰へつて参りませう。のちやぼんと毎日お風呂へ入つてをりま

すあんまり淋しいからわざと大きな声を出して。あなたがいらつしやつたら　散歩からおかへりになつて　さぶんとお入りになつたらい丶気持でせうにといつも思つてゐます、御近所の御主人のいらつしやるお宅がうらやましいんです。そばにゐれば何かと世話がして上げられますもの。其のくせ皆さんがおさみしいでせうとおつしやれば　忙しいからそれ程でもない　なんていばつてゐます

　此の書さいでこうやつて書いてゐるのも後三晩だけです　又今夜もいつまでも／＼起きて書いてゐます、此のチビ家で　此の洋間で　せまい庭で　親子四人がよく遊びましたわね、今日も庭の廻りを掃除をしてゐましたらデイジーの苗がまあとても方々にあります　前の道にもお隣の家にも　トレニヤも飛んで行つたのでせう。もうじき花が開きます　世田谷へは桜草だけ持つて参りたいと思ひます　他に未だ持つて行きたいものがありますが　こんな時では枯らして了ひますから　やめときます、未だ今だに未れんがあつて此の花はもう直、咲くし。これはもう直植替をするとい丶　そして桜の枝もうんと切り取つて明るくするとい丶等、あれこれと考へてみたりしてゐます、高橋さんがお入りなつてもたかのたましひがこ丶の家に残つてゐさうですね、あなたが取つて置いて下すつた。パンヂーの種は七月末に蒔きませんでした、世田谷へ参りましたら蒔いてみませう。今年の朝顔はとても小さな花で漸く毎朝十オ位開くやうになりました。木も小さいのです。朝　のちやぼんがお目丶をさましておえんがはからア、ア、つてやさしい（ハイチヤイの）声でほめてくれます、あなたの処へ押花にしやうと思つて取るのを見てゐてどの花も取つて来ては渡してくれます

　お天気さえよければ真ぱだかであんよ／＼つて下駄をはいて歩いてゐましたのですが　昨日からはだしで歩くのを覚えまして　ほんとうに仕方がありません。元気でぴち／＼してゐます　一度あなたに見せて上げたいと　思ひます

　考へてみれば他に何の苦るしみも心配もないのですが只々あなたのお身体のことが気に掛つて胸がどき／＼して仕方がありません。どうぞお身体を大切になすつて御無事でおかへり下さいませ。土屋さんの奥様もとても御親切にあなたの身の上を心配して下すつて。なんでしたらお帰へりになればい丶　お父様でもお迎へにいらつしやればと涙ぐんで言つて下さいます。それが出来なければ視察だけ済んだら内地で編サンできないものでせうかつて、色々おつしやつて下さいました。

　今日午前中に大島小学校へ桓の転校の手続をお願ひして参りました。そのついでに元町の校長先生の処もお別れに行つて参りました。校長先生も御心配下すつてお弱い身体だからテツテイ的に養生なさればい丶のにほんたうに困り

ますね、遠い処でお悪くてもすぐ行けませんからと言つていらつしやいました。お父ちやま。のちやぼんも可愛盛りでとても面白いんですよ、一日もお早くおかへり下さいませ。内地へおかへりになつて身体をもつと〳〵丈夫にしてみんなの驚くやうならんぼうなことでもして御覧になりましたら。たかは其の時は遠くの方で見物してゐます、ほんとうに南洋なんかで死んぢやいや　ほんとうにいやです、桓も地球儀を大切に〳〵にしてゐますから御無事で帰へつてやつて下さいませ。

『谷川先生つてなるほど　実にあわれつぽい方ですのね　四五日前も暑い〳〵日に汗をふき〳〵傘をぶらさげ　御免下さいと言ふなり　上りがまちへこしかけ　あの実は変なことを伺ふんですが　私は元町の谷川ですがつて……家政婦をやつとつたんですがどうもお隣のどろぼうさんによく似てゐるから一寸中島先生に聞きにきましたんですつて　色々お話をしてお隣は未だ警察に居るから違ひますと申したら又汗をふき〳〵さようならです　あれヂやあね……』

54　**昭和十六年八月二十五日**／封筒なし

敦様　御許、

　昨日（二十四日）にお引越しを致しますことになつてをりまして　すつかり用意を致しましたのですが　運送屋から今日にしてくれと申し　又今日になりましたら明朝にしてくれ等と　只今はガソリンの都合で仲々忙しいらしくそれに余程もうかる仕事でなければ致してくれませんので　先方の言ひ価通り　公定の倍にしてきめましたのにあまり自分勝手なことを申して参り　すつかり腹を立てゝをりましたところへ　あなたの速達航空便のおはがきをいたゞきまして（夜七時五十分）もう　喜しくて〳〵早速お手紙を書き始めました。皆様が御主人様は如何ゞですかと聞いて下さるとすぐ泣けさうになつてゐました　其の後の様子が分らないもんですから　去る十二日に航空便をいたゞきましてからは　ノチヤボンが一寸むづかつても　お父ちやまがお苦るしいので　此の子に通じて来るのではないかしら、カラスがはげしくなけばハツト胸をうたれ。電気やがデントウー料を取りに参りました時　大声でデントウーと申したのが　電報と聞こえて了ひまして　びつくりしてもう何事につけても驚いたり心配したりしてをりましたが　すつかり安心致しました。

　今は引越しは人手がなくて仲々大変ですのね。高橋先生も　引越やがはつきり返事をしないから、こまると云つていらつしやいました。家の引越しには毎日のやうにお出で下すつて　色々御手伝ひして下さいました。それから土屋さんの御主人様も奥様も何かと御親切に取り計つて下さいまして　其の上あのお弱い奥様が　今日は半日　本を箱へ

つめるのをお手伝ひして下さいました。今まであの様に心からの御親切な方にお会ひしたことがありませぬ、ほんとうにいつまでもお隣りになつていただけたらと存じます

　夕べは最後の夕食を　土屋さんから近頃はとてもおめづらしい野菜のテンプラを下すつたり　杉本さんからうづら豆を下さるし　平田さんからおすしをいたゞきまして　格と二人でたかは　あなたのことやこゝでの生活のことを考へつゞけ皆さんのお心づくし等　次から〳〵に思ひ乍ら涙を流し乍らいたゞきました。

　ノチヤボンはいくら家の中が荷物でごつた返してゐても平気で来る日も来る日も元気で大声をあげて喜んでをります。

　植木は皆んな持つて行きたいんですが　とても出来さうもありませんから　桜草だけに致しました。今年は長い雨の為花はちつとも咲けなくてもう秋咲きになつて了ひます。サルビヤ等も去年からのを植えましたのは盛んに咲いてをりますが　種からのはやうやくつぼみを持ちました位ですの、昨日も忙しい中を　少し手入れをしてやりました。草を取つて……。高橋さんは野菜畑になさいますでせう。こんなに野菜がなくつては……桓は末だ久喜にをります、すみちやんは世田谷へ帰つてをりますお手伝ひに……桓はすつかり久喜が気に入つたと見えまして横浜にもお別れに参りません。毎日何度もどろまみれになつて　おば様方はさぞお困りのことでせうに。

　こんな貧棒世帯でも随分荷物が御ざいます、最も何でもかでも皆んな持つて行くつもりですから空《ボール》箱まで……もう少しゆつたり自動車で引越しが出来れば色々な花の苗を持つて行きたいのですが。ソテツが大きな葉をすーと三枚出しました。

　ノチヤボンのこと、……近頃は何でもイヤン〳〵イヤー〳〵等申しまして仕方がありません。水遊びを覚えましていつまでも〳〵いたづらをしてをります、こゝんところ一寸お天気が続きましてお暑いものですから　又々汗もが出来まして　一日中ねんねしてからでも頭を両手でかいてゐます。あのおくつ‖がやぶけて了ひましたので、ていから送つてくれた下駄をカツコン〳〵と申しましてよくはいて歩きます、おくつの店の前へ参りますとアンノー〳〵　下駄屋の前へ参りますとカツコン〳〵です。桓が居なくつてお守がなくて困つてをりましたら　一昨日からベーとリリーが来て手伝つてくれます、ほんたうにあの子達も可哀さうですわね、……あんな親と一しよに住むやうになつて、

　チヤアチヤンはあの女の召使みたいです。たかは少しやせました。夏やせでせうけどお目出度いことです。此の家からの最後のお便りを致します、こんどは何をお送り致しませうか。南洋でも一年のうち少しは涼しい時節がありますのでせういつでせうか。何度も同じことを申し上げます

が　ぜひ下宿なり宿屋なりへお移りなさいませ。そして一人。身の廻りをしてくれる方をおたのみ下さいませ。

要先生が四五日前に南洋へお発になりましたとか。多分お寄りになりますでせうと思ひます、が……

腹巻はこんどの水曜日に航空便でお送り致します　お砂糖を少しばかりでも送りませうか、魚の干物なんかは如何ゞでせうか。あめなんかはいけませんか。マ、レードみたいなものは？

こちらもみんなが買ひだめをするせいか随分食料も少くなりましたの。あなたがお発ちになつてまだ六十日　お帰へりになれるまでまだ仲々ですわね、其のうち世田谷へ落付きましたらノチヤボンの写真をお送り致します。世田谷へ参りましたら夏子さんへ御あいさつに参りました方がよろしいんでせうか　どうしませう。行かないでゐて又、近い処でいつお目に掛るかも知れませんし。お父ちやまは弱虫で心配のかたまりちやんですよ。年を取つてもいゝから早く月日が過き去ればいゝ思つてゐます　　お大事に

たか

ヨコハマから　さよならのお便り――

55　昭和十六年八月三十一日／封筒なし

今日は八月三十一日　春雨みたいな雨です　桓は明日は桜小学校へ行きます、先程も寝る時に不安さうに淋しがつてゐました。あなたのおつしやつたやうに　あの子はわざとあばれたり笑つたりしてゐますが其の実心の内では色々くよ〳〵してゐるらしいんですね、久喜のおば様がおつしやつたことを　すみちやんが申しましたが　桓はあなたのお母様にヒフの色から目だの口もとだの一寸お顔をしかめるところがよく似てゐるんですつて。さうしてみると　やつぱり弱い子か知らと可哀さうになります。』やうやく去る二十六日に引越しをしました。二十五日の夜書いて出しましたお手紙はきつと又長い間かゝつて参りませう。これは飛行機で出しますが　こんどの引越はほんたうに骨が折れました。桓もゐなくて　一人ぼつちで格を相手でほんたうに困りました。まだほんたうに形附かず　つかれて了つてへと〳〵です。でもね、横浜で土屋さんや、裏のベーリーがよく手伝つてくれましてとても助りました。

前にも申し上げましたが　土屋さんの皆様はとても御親切ですのね、あのやうな方には今までお目に掛つたことがありません。何から何までよく行きどゝいて。自動車の都合で二日も、のばされて了ひまして食事に困つてゐましたら　何かと土屋さんと　ちやあちやんにいたゞき　お別れにはリ、ーのうちでお昼をごちそうに成り　のちやぼんをおんぶして両手に荷物を持つてしみ〴〵別れて参りました、ほんたうに横浜はいゝところでした。世田谷は、蚊が多く

て不便でキタナくてどうしやうかと思ひます、でも今日あたり一寸形附きまして　お掃除しましたせいか少し気分もよくなりました。

　七月の十日にマン十の缶に入れて送りましたビスケト新聞は未だ着きませんか、それから七月二十七八日頃にエフェドリントビスケ　パンツ　マクラカバー等を送つたんですが　それも着きませんか。どうしたのでせうね、お手紙が着いてゐるのですから不しぎです。』

　ほんたうに何にも知らぬこととて、行きたいと思つてゐましたが　あなたのおつしやる通り　しつかり子供を守つてをりませう。もちろん内地も随分さしせまつたやうに伝へられてゐるのですが　未だ〱そちらとはくらべになりません。明日九月一日は　各々隣組で演習は致しますがいつもより少し慎重にする位のやうに思ひます。南洋は随分食物が不足してゐますやうですが　あなたのやうなお弱い方は色々注射でもなさいましたら　幾分栄養もとれますでせう。ぜひ出来ましたらさうして下さいませ。

　横浜にをります時は野菜にも困りましたが世田谷へ参りましたらずつとめぐまれて毎日色々なものを買つてゐます　来月からはお菓子も配給になりますから　子供も喜びますでせう、それに、お父様やすみちやんが久喜へ行く度に帰へりには持ち帰つて下さるのでほんたうに助ります、あなたの処へも久喜の駄菓子を少々送ります　腹巻は白い切れの方は中に真綿が入れてあります　お腹でも悪い時におつけになるとよろしいと存じまして大至急こしらへました。未だ色々お送りしたいものがありますが　中々思ふ様になりませんで……其のうちに地方の旅行に行つておしまひになれば　送りましてもと存じまして。前々に送りましたのが一日も早く着いてくれゝばとそればつかり祈つてをります、台湾の方へお出でになれるやうにおつしやつたら　さうなされればしばらくは気候もよくなりますからお身体によろしいかと思ひます、

　こんどのあなたのお部屋はお広んですのね、中々いゝ間取りですはねえ。あんまりくわしく書いてありますので笑つて了ひました。それにしても何て食物が悪いのでせうあなたがお腹をすかしてゐるからとお父様に申し上げましたら　お金さへ出せばいくらでもあるんだから　と云つていらつして信用なさいません、御自分が思つてゐらつしやることは仲々言ひ張つてお聞きになりません。お金が多さん出ても何か食べられましたら何でも召上れ　ほんたうーに。

　今二人の子供はとても元気です、このまゝ今年の冬を越してくれゝばと祈つてをります、桓はお行儀が悪くておぢいちやまは。こまつていらつしやいます、あの子はしかればなほ悪くなるやうで　さうかと言つてしからずには置けませんし、ほんたうに自分の子でも思ふやうに参りません。

よくなるも悪くなるも　親の心掛け一つだと思へば　ほんたうにたかみたいな者は資格《シカク》がないやうに思へてなりません。どうしてもあなたがいらつしやつて、何かと教へて下さらなくては困つて了ひます。

去る十九日にあなたの恩給が下りました。二百八十円それと、送つて下すつた。百五十円とのうちから三百円久喜のおば様にお返し致しました。前に五十円お返ししてありますからもう後五十円お返しすれば全部相済になりますそしてお父様へは先月分おかり致しました分七十二円と今月の食費五十円お渡し致しました。後おば様に五十円お返しして了へば貯金が出来ます。

どんなに考へても〳〵横浜がよくて〳〵仕方がありません。高橋さんがほんたうにうらやましく成ります　もしもお金にめぐまれるやうなことがありましたら　あゝ言ふ所へ小さい自分の家でも建てませうね。今まであんまりいゝ所に居ましたせいか　世田谷なんかいゝとこは一つもありません。只家の中がにぎやかになつただけなんです　忙しくて〳〵こゝんところ一寸つかれてへと〳〵です　今も夜中の十二時　明日はとても早いんです。書きたいことがたくさん　ありますが今夜はこれでさよなら致します。あなたがお帰へりに成つたらあゝもしやうこうも言はうと。そんなことばつかり想像してつとめて、毎日を心たのしく送つてゐます、人が何と言はうと、どう考へてもあなたがみじめ過ぎるので何かにつけて。たかはお父様やすみちやんに対して申し訳みたいな哀れつぽいやうなことを言つて了ひます、でもほんたうですものね、……

お父様はとても〳〵お元気です。よくまああんなにちよこ〳〵〳〵お出掛に成れると驚いてゐます、

又　明後日から元町までいらつしやるんですが　あの今の御様子なら一年や二年のお勤は何でもないやうに感じられます、これからは久喜へも度々いらつしやるとか　今日もお帰へりになつて　又、来月九月三日に久喜へいらつしやるんですつて。

お父ちやまが南洋の子になりなすつてから……末だやつと二ケ月過ぎたばかりですのね、これから二年も三年も南洋なんかにいらつしやると思ふとほんたうに心細くなります、のちやぼんが四つも五つもなつて了つて赤ちやんの可愛さはなくなつて了ひますものね、のちやぼんは、人が何か云ふと　エ、エ、と何度でも聞き返へします　何から書きましたか　めちや〳〵になりました。

お身体をお大事に　なさいませ。

一人ぼつちのお父ちやま、御もとに、

あなたのお元気なお手紙をいたゞいて　割合落附きました。でも毎日、今日はどうしていらつしやるかしら、あの身体で大丈夫か知ら等と、だあれも心配してくれないか

ら　たかは一人で心配しつゞけてゐます。

56　昭和十六年九月八日／封筒なし

九月八日、夜中、病気ばかりでほんたうに可哀さうなお父ちやま。

今朝航空便をいたゞきました。又、々デング氏病とやらになつておしまひになつて　ほんたうに　どうしたらよろしいか。先達つてはもう身体もよくなつたから安心しろとおつしやつた時の何とも云へない喜しさ、それもつかの間　必ず来るとおつしやつてゐた病気をもうわづらつておしまひになつて。いくら　何でもない病気でも　あなたの様な身体の方にはほんたうに　いけないいんです、益々いけなくして了ふんですもの。コーロギだの色々な虫がしきりにないてゐます　末だ耳ざわりな　電車の音がたかの心蔵《ママ》をゴート引きさいて行くやうな気が致します、雨もポツ〳〵音がして参りました。どうしたらいゝか知ら　どうすればいゝのか知ら。

哀れなあなたの身の上をくり返し〳〵し考へつゞけ　道を歩いてゐても知らず〳〵に　涙を流してゐてハツト思てあたりを見廻し着物の袖で涙をぬぐつてゐます　横浜にゐればモツト　ビスケツトも送つて上げられるんですけどこちらでは中々買へさうもありません。飛行便でヨーロツパの食ぱんも送るつもりでをりました。いけないかどうかは分りませんけれど　それも出来ないんです。東京も切府制になりましたら又、何かを送ります。南洋つてほんたうに　大変な処ですのね、もし　あなたのぜんそくにいゝ所ならたかも永住してもいゝとほんたうに思つてゐたんです　ほんたうに、あまりにもひどいところで驚いて了ひました。末だ〳〵内地の（寒い冬のある）方がよつぽどよろしいでせう　あなたの身体には。次から次の病気のあとすぐ旅行なすつてよろしいんでせうか。又々おつかれになるんじやないんでせうか。

横浜の家の庭のサルビヤやトレニヤ、ダリヤ　近藤さんからいたゞきましたのは黄色。家にありましたのは　むらさき赤にカスリの入つてゐたのでした　引越して参ります時はもう二、三、日で開くところでした。横浜の家がなつかしくて仕方がありません。何にもあの家に不足はなかつたんです、たつた一つ桜の木をもう少し枝を払つたらとそればつかり思ひつゞけてとう〳〵出来ないで了ひました。

それに引き替へ世田谷は蚊とのみとの多いのには　ほと〳〵困口致します、最ものみの方はこれからキレイにお掃除をすれば　ゐなくなりますでせうけど、蚊にはほんたうに　こまつて了ひます　のちやぼんが可哀さうです。庭は草がぼう〳〵に生えてをりましたから　一しよけんめいで　取りまして大変キレイになりましたので　お父様は喜

んでいらつしやいます　よくまあ、お二人でこんな風にして住んでいらつしやれるものとあきれて了ひました。
　家の中と外と同様　お化屋しきみたいでした。一日一日キレイになりますのでお父様が喜んで下さいます、桓はおぢいちやまに　あまへてゐるんですよ。昨日もすみちやんにニュースへ連れてつて　もらひました。そして色々な食物をおごつてもらひ大喜びで帰へつて参りました。今夜は三軒茶屋のえんにちへおぢいちやまと参りまして　関さんへ寄つて来ました。のちやぼんはとても〳〵元気ですの、随分かまつてやらないですが、末だによいしよ〳〵とおすもうの真似をしてゐます。近くの青葉女学校の広い庭に真赤な葉ゲイトウがとてもキレイです　時々のちやぼんを連れてつてやります　アーアーつてとても〳〵ほめます。ガーベラも咲いてゐます　桃色と朱色と二種ですの、あなたがお帰へりになつたら可愛い犬を養つて見ませうか。キットのちやぼんは大喜び致しますでせう。おしめを取り替へる時はとつとこ〳〵家中逃げ廻ります　此のお手紙も航空便で送ります、旅行にお出掛になつた後かも知れませんが

57　**昭和十六年九月十四日**／封筒なし

九月十三日　最も夜明の四時ですから十四日です、桓とのちやぼんをおしつこに起してから書き始めました。と同事に夕立がざーと降つて来ましたので大急ぎてお洗濯物を取り込みましたがとう〳〵びしよぬれになつてしまひました。昨日十三日の午後、三時半頃電報為替を受取りました。いよ〳〵旅行にお発ちになるのでお送り下すつたのでせうか、其れ共　引越代があまりお高くてこちらが足りないとお思ひになつて送つて下すつたのでせうか。ほんたうにどうもありがたうございました。あなたの血と汗のお金を使つて了ふのかと思ふと　もつたいなくて小供さへゐなければ　全部大事に貯金をして置けるんですけど。こんな食料不足の時に身体でも悪くしてはと存じまして随分気をつけてゐます。二人共こゝのところ熱も出さず元気ですが格の方はあまりかまつてやりませんので　少しやせて了ひました。追々忙しいので用事にかまけて可哀さうですが何もかも一人ですからどうすることも出来ません。何かにつけて横浜の生活がよくて〳〵たまりません。先づ　あなたの処へお送りするビスケが買へますし。小供のおやつに困りません。水道があつて、チビ庭は好きな〳〵花が色々植つてゐますし。あの洋間では（あなたのおるすの時）色々思出にふけることも出来るんですもの。貧しい何にもかざりもなかつたのが　「がく」だの黒赤の虎さんだのがぶら下つてゐて　窓にはいつも植木鉢を並べ　春先にもなれば毎日〳〵あなたと二人で芽ののびるのを待つてゐましたつけ。ぜんそくが苦るしい時あなたはいつも〳〵花をな

がめていらつしたんですものね、

それも今は考へることも思ひにふけつてゐることも出来ず　とても淋しい気持です。

何度も書くかも知れませんが　あなたとも別れ　あんない丶家とも別れて了つて返す〴〵も残念でたまりません。桓も時々横浜を懐しがりまして　お母ちやん、横浜と東京とどつちがい丶等と申してをります　夕べも寝る時　明日の日曜にはぜひ横浜へ連れて行けと言つて聞かないんですの（最も大事な本が四谷さんに借してあるとか。）おぢいちやんにしかられてぷん〳〵おこつて寝ました。そんな本なんかけち〳〵しないでやつて了へ　男はけち〳〵したら出世が出来ない。そんなに大事な本を貸すのが悪と言はれましたら　でもかしてくれと言はれてかさない訳に行かないとか　おぢいちやんも口からつばきをとばしてぷん〳〵桓もぷん〳〵……

やつと物干はこしらへてもらひました。でも木と木の間でとても干しにくい所なんです。どうして世田谷の庭はこんなにめちや〳〵なんでせうね、梅だの桃だのと言つて大事にしてゐるんですが　こんなお化屋しきみたいな処、大きらいです。家の中は真暗ですし。じめ〳〵してとても気持が悪いんです。あんまりキタナイので　お掃除やらお洗濯やらでもうつかれて〳〵へと〳〵なんです。此の家へはあなたに帰つて来てはもらへず　どういふ方法を取つたらい丶か　ほんとうに困つて了ひました。あなたのお帰へりになる迄にどこかに家を見附けて置かなければね、いつかのお話の内海さんの家もたのんで置きませうか。横浜の方も知つてゐる人々にもたのんで家を見附けていたゞきませう。もうこんどは何と言はれやうと　自分の思ふ通りにしてみせます。すみちやんも来年は卒業ですから　お父さんとすみちやんと二人で住む家ですこ丶は……

58　昭和十六年九月十四日／封筒なし

九月十四日　日曜日雨天、

今夜は十時半八幡様の御祭礼です。たいこの音がトントコ〳〵よく聞えて参ります、お二人が二階へおやすみになりましたので書始めました。又、今日も雨ですの、まあ何んてよく降るのでせう　今年の様に長い間にわたつて降り続くのはめづらしいのです。何もかもしめつぽく　なつて了ひましてほんたうに困ります、

こうろぎばかり少しやかましい位になき通してゐます、もうすつかり秋ですわ、す丶きも穂を出しました。コスモスも咲き始めました。けいとうの花はいよ〳〵赤く〳〵なつて参りました。朝夕はほんたうに肌寒さを感じます、あなたも生れて三十二年も春夏秋冬の変り〳〵の気候を味つていらつしたんですのに、今年の夏からは何の変化もない

炎熱の下でどんなにか内地の気候をなつかしがつていらつしやいますでせうね、たかは秋が好きです昔から。夏の太陽はあんまり強過ぎます　木の葉もどく／＼しい迄こい緑をしてゐます。秋の落葉のさら／＼と云ふ感じがとても好きです、今迄生々してえらい気になつてゐた植物なんか秋ともなればどうしても眠らなければなりませんものね、今までさわがしい世の中が一時土の中へ入つて休む様な落附いた気持になれますもの　でもね好きな／＼秋もつかの間又、あのピユー／＼と寒い／＼冬がすぐ生れて来るんですもの、冬は一番きらいです、冬がなくて春夏秋だけだつたらほんたうに不足はないのですけれど　ほんたうに仕方がない。今年の冬は二人の子供を随分気をつけなければ今から心配です。住む家によつて　こんなにも気持が変ると思ふとほんたうに不しぎです。何もかもつまんなくなつて了つて張合がないんですもの　負けてはならぬ　強くなつて生きぬかねばと　いつも／＼心に言ひ聞かすんですけど其の後からつまらなくなるんです。

　まあ出来るだけ　一生けんめい働いてお父様におつくしして置いてあなたがお帰へりになりましたら　どこかへ引移りませう　きつと神様がいゝ処をおめぐみ下さるでせう。

　此の御手紙を飛行機で送りますけど。もしかしたら　お父ちやまは長い／＼旅行にお発ちになつた後かも知れませんわね、　今日　雨が降つてゐたんですけど。のちやぼんがあんまり泣くものですから散歩に出掛け、夏子さんの処へおよりしました。夏子さん相変らずやせて　でも元気でした。おじやがとお菓子をくれて　とてもよろこんでゐました。今北海道の長男が来て夏子さんの処からヨビ学校へ通つてゐます

　あゝ長いほんたうにいつまで南洋にいらつしやらなければならないのでせう。待ち通しくてたまりません。のちやぼんは大きくなりました。最も世田谷へ来てから少しやせましたが　もう何でもいやん／＼です。朝から晩まで蚊にさゝれ通しで可哀さうです、桓がからかつてばつかりです。

59　**昭和十六年九月二十八日**／封筒なし

遠い／＼お父ちやま　御もとに。九月二十八日

今はどこのはなれ小島にいらつしやるかしら　其れ共お船の中　こんどの旅行はいかゞですの、又々御病気でもなければいゝんですが　近頃は三日とお天気がよくなつたことがありません。雨ばつかりです。海が荒れなければいゝが　お父ちやまのお腹の具合はどうかしら　毎日痛みますか　弱い／＼可哀さうな人ばかりいぢめないで少しは此の丈夫なたかの体を悪くして　あなたを楽にして下さればいゝのに　神様は何て気がきかないこと、桓ものちやぼんもとても元気です。

桓は相変らず画が上手で二十六日に母の会がありました時の小テンラン会に二枚張出してありました。一枚はおみこし。一枚は此の家の門の処を写生致しました。
　九月の二十日から八時始まりです、別にいやがりもせず元気で参りますから御安心下さいませ。最も多少は何かと気を使つてゐますことは察してはをりますが　お父ちや〈ま〉がパラオから下すつたヱはがきを大喜びで何度も〳〵見てをります。のちやぼんは　おんぶのことをおんま（おんぶのアクセントで）と申します。御飯の時ゴアンゴアンでもう大さわぎです
　少しばかり書いて置きましたのを十一月の始めの航空便で出すつもりでしたけれど今から普通で出して置きます。

60　昭和十六年十月一日／封筒なし

十月一日　二三日前から雨でくさ〳〵してをりましたのに又颱風で　風はざわ〳〵〳〵して雨はしきりで　とても〳〵淋しいんです。丁度十二時コーロギがどこかのすみつこできり〳〵〳〵〳〵ないてゐます、お発になる時のおはがきを二枚いたゞきました。ほんたうにせつかくお手紙を待つてゐて下すつたのに　航空便の方が早く着くと思つて出したんですが　返つて後になつて了ひまして御めんなさい。一人ぼつちで見送る人もなく　淋しさうにお船に乗つていらつしやる姿が目にうかんで仕方がありませんでしたが　まあ　ほんたうにふしぎに淀川さんに　お逢ひになつてとても〳〵安心致しました。あの子は舟にもよわないと聞いてゐましたから。お手伝ひしてくれるでせうね、きつと。あゝ助かつた。ほんたうに喜んでゐます。
　お父ちやま。二人共子供はとても元気です。ぴち〳〵してゐます。桓はいゝ長ぐつと　いゝコーモリ傘でよろこんで通学致します。のちやぼんは可愛いんですのとても　一日〳〵と可愛いくなりますのでこんな時にお父ちやまがお帰へりになつたら　涙をこぼしてお喜びになるだろうと思ひます。
　さすがのすみちやんも時々手おんぶで散歩致しますものね、おぢいちやんでもすみちやんでも　一寸外へ出やうとすると　わーと泣いて後をしたふんですからたまりません　又引返しておんぶですの
　桓がお母ちやんにお話をすれば　もうすぐのちやぼんは真似をして色々な言葉《音》を出してお話を致します　桓がねーねーとお母ちやまに何かをおねだりするのを見てゐて近頃はすぐねーねーお顔をのぞき込んでおねだりするんです。あめ《雨》のことはあんめ〳〵になつて了ひます。近頃は一寸でも暖い位なものをアッチー〳〵と申します。へんぺいのあんよでおろうかをぺた〳〵〳〵と歩き廻つてをります、あなたにはお早くお知らせしなくて。とても心配させて了

ひましたが私共は下の八畳をかして下すつたんです　です から　のちやぼんは二階へ上りませんから大丈夫です　御 安心下さいませ。こんな可愛いゝ子がゐるのに遠くへ行つ ておしまいになつて　なんて悲しいことでせう。もうそろ〳〵おつぱいをやめなければならないんです。おぢいちや まはやめよ〳〵といつも〳〵言つていらつしやるんですけど　母親になつて見たら分るだらうと思ひますが悪るいと知りつゝいつまでものませて了ひます。別に毒になりませんからつひのませて了ひます。〈以下欠〉

61　昭和十六年十月十八日／封筒なし

いつもいつもさみしいお父ちやま　おんもとに。旅の又、旅にお出掛になつてからのお便りをどつさりありがたうございました。トラック？　からのお便り十月五日六日附のこちらへ十月九日朝着きました。桓にもたくさん下すつたんですのね、それから又、のちやぼんに迄どうもありがたうございました。のちやぼんにお父ちやまからお手紙よと渡しましたらぎゆうとにぎつて了ひましたのでせつかくきれいなヱハガキがしはになつて了つて。

お父ちやまがあんまり心配していらつしやるから夢に迄心配を見るんですわね、のちやぼんはとても〳〵元気ですから御安心下さいませ。もちろん桓もぴん〳〵してゐます　お父様もすみちやんも、一番つかれて体の痛いのがたか一人ですのよ。でも大丈夫、がむしやらに働くからいけないんです。少し体を休めればすぐ元気になります。から御心配なさいませんやうに。ね、今日はとつても〳〵嬉しい日ですの、十月十七日、十八日、十九、日と三日間お休みが続くもんですから　お父様とすみちやん桓と午前中に　久喜へ参りましたので　久方ぶりに　あなたのところへゆつくりお手紙が書けます。今夜はお夕飯をすませてすぐ床へ入り少し体を休ませて十一時に起きて書き始めました。いつも夜分にでも書きたいと思つてゐてもつかれて了つて又、あんまり電気をつけてゐるといけないもんですから　ちつとも書けなくて泣き出しさうでした、今夜はもう朝迄眠らないで書きます。

十月始め頃はまだキリ〳〵胸をさすやうになきたてゝゐたこうろぎの声もかすれて了つてとても哀れ〳〵にないてゐます。相変らず電車のにくらしい音がしてゐます。此の前のお船の予定ですと十一月始めにパラオへお帰へりになると思つてお手紙二、三通とお菓子を少し送つてをきました。もうすつかり秋ですのね、やつぱりたかは秋が一番好きです。どうしてすきつて自分でも分らないんですの、木の葉は枯れて了ふし、一年中で一番淋しいものがなしい時ですものね、たかは自分の性質がとてもはでだから　反対に淋しいことを好むのかしら　あなたはどうお思ひになり

ますか。柿も真赤に色附きました。栗も茶色のくり〳〵した可愛いゝお顔をしてゐます。さんまももう二度ばかりいたゞきました。今年のさんまは魚船の少い為荷が一ぱいになるまで陸上げしない為　あのいつものすき通るやうなかまのとぎたてのやうな、青いさんまではないんです。少し白つぽくなつてゐます。何からお話しやうかとまよつて了ひます、あんまりたくさんあつて、のちやぼんのことから書きませう。末だにお口が上手にきけなくて訳の分らない発音をコーエ　コエーコエーコヨ〳〵〳〵〳〵ゴニヨゴニヨ〳〵〳〵大人のお話しするアクセントを真似てゐます。桓とちがつて　音にたいしては割合分つてゐます。ちりん〳〵ワン〳〵水のジヤーの音ポー。等一、一、真似てゐますものね、大人の言ふことは随分分るやうになりました。電車が好きで出掛たがつて仕方がありません。おんぶして電車を見に行きますと　せなかでとび上つて喜んでゐますの、のちやぼんの好きなものは　花、と　わん〳〵と、電車が一番好きです。こんなに花を見て　嬉ぶ児はないといつもおぢいちやまがおつしやいます。

〈便箋二枚NO・3、4欠〉

お船の献立表つてトテモキレイですわね、あなた　割合お元気で何より安心致しました。あなたのお手紙を開くととてもいゝにほいが致します。ヤルートで竹内さんと言ふいゝ方にめぐり会へてようございましたわね、早速本を送ります。竹内さんとおつしやる方はもう何年位あちらにいらつしやつて、末だ長い間ヤルート生活をなさる方ですの、淀川さんも当分、あちらにゐるのでせうね、淀川さんは元町の学校へ中島先生に会へてとても嬉しかつたと言つてよこしたさうです。

又、パラオへお帰へりになつて体が悪るくなつたらほんたうに帰つていらつしやいませ。一生お役人生活するのではないんですから人は何と言はうとかまわないじやありませんか　弱い体でいつ迄でパラオなんかに住んでいらつしやつたらほんたうに　いけないんですもの、身体が弱いから視察が終へたら内地へ帰つてへんしゆうさせてくれとおつしやつたら、もしあなたが言えなかつたら　釘本さんにでもおたのみ致しませうか、私しから。同じ病気なさるなら　たかのそばで病つて下さいませ。いくらお帰へり下さいと言つて本郷町の家がないんですから　ほんたうにこまつて了ひます。病気に悪とお父様に申し上げれば　すぐ我がまゝだとおつしやるんですからたまりません。どうしてもう少し細くお気を使つて下さらないかと思ひます、

おかへりになつたら、もう一度丈夫になつて子供をつれないで　あなたと二人きりで銀座を歩いて見ませう。ね、たかは夢でなくてほんたうにもう一度昔の思出をして見たいんです　いつも〳〵心の奥では虎の門のアパートのこと等思ひつゞけてゐるんですもの　少し馬鹿ね、いつでした

か、朝アパートのお部屋へ（ソート《ママ》入つてゐましたら　あなたがぽつかり見えるやうな見えない様な（目がねをはづした目）目をしてにつこり笑つていらしたのがはつきりうかんで参ります。あの時は自動車のおけがの時でゞもあつたのでせう。後で目を明けたらたかがゐて嬉しかつた〳〵と言つていらつしたんですものね、こんどもお船の中でぐつすり眠つてゐる間に横浜の港へ帰つていらつしやいませ。こんどは桓もノチヤボンもゐます。可哀さうなお父ちやまが一人ぼつちで病気で苦るしみに苦るしんで死んで了ふなんて　そんな哀れなことは神様がなさいません。いつもたかはさう思つてゐます、

きつともつと精神的にも肉体的にも楽にして下さると信じてゐます　このまゝ別れ〳〵になつて了つて子供に迄可哀さうな目にあわせるやうなことはどんなことがあつてもありません。神様に一心におねがいすればかならずお助け下さいます。たかも小さい時　知らずに悪いこと（しかられさうなあやまち）をした時に　どうぞおばさんにひどい目にあわされないやう　おばさんがおこりませんやうにおねがひ致しました。其の時はいつも無事にすみましたものね、おねがひしない時は反対

毎日一度はのちやぼんと駅まで電車を一寸見に参ります、夕食（五時頃食べます〈〉）が済んで　あたりがうすぼんやりしてゐる時にお勤かへりの方が多くさん電車から下りて参ります、お父ちやまも此の電車でお帰へりになればいゝなあーと思て涙で電車が見えなくなつて了ひます、

未だお母様がいらつした時　丁度桓がのちやぼんより一寸大きい時世田谷に居りました　未だ前が原つぱでした時、あの原つぱをせき払ひし乍ら斜にこちらへ歩いてチビ〳〵ピポーと口笛をならしていらつしやつたのを思ひ出しいつも涙がぽた……

のちやぼんに散歩でもさせて（毎日少しづゝでも）やりたいんですが中々ひまがなくて困つて了ひます、格にいゝくつを買つてもらひました。こちらへ引越してから　お流しも張りかへましたし、今月の八日からお風呂も入れるやうになりました。植木屋さんが来て桜の枝と栗の木の枝を下してくれましたので　家の中が大変明るくなりました、それからもう二、三日すると二階丈畳の裏返しを致します。こゝのところ出費が多うくてお父様も大変でせう　すみちやんの卒業が早く成りましたから其の方も入用ですし、最も今月は恩給の入る月とかで　お父様いさゝか気が大きくなつていらつしやいます。どうしてあんなに久喜へ行かなければならないんでせう　十日置位に行つてるんですから大変です　其の都度お産物だの何だの旅費から何からでは一度に十円は消えて了ひますものね、

夏子さんのところへ先達つてから時々参ります、あの先の所に春秋園と云ふ小さい公園があります　そこへ連れて

行けと言つて柾がせがみましたので　参りまして前を通りましたから一寸伺つたんですが　夏子さんとてもよろこんでゐました　そして色々なものをくれました。おじやがのない時でしたので　ちやが芋とお菓子とおなすをくれ又、其の次もくれました　そして遊びに来い〳〵と申します、夏子はお前達に仲々好意を持つてゐるんだねーとお父様がおつしやいました。此の九月始めから北海道の長男のサキ臣《ドン〈ヘナ〉字か知りません》ちやんが夏子さんの家にをります　やせて割合小さい人ですのね、青い顔をしてゐます、笑ふと夏ちやんによく似て細い歯並ではぐきを出して笑ひます、可哀さうにあんなおばさんのところにゐたら身体を悪くして了ひます

夏子さんのとこへ行くのはいゝんですが　あんまりサキ臣ちやんにつらく当るので　こちらまで悲しくなつて了ひますから　あんまり参りません。

今はお野菜がたくさん出廻つて参りました。もう何でもあります、じやが芋と里芋　さつま芋　おねぎは未だに行例をして買ひますが

昨夕七時に近衛内閣が総辞職致しました。こんどは陸軍大臣の東条英機中将が首相ですの、今は靖国神社大祭で市中は大変にぎやかださうです。

山村悤さんは今月の劇評《ヒョウ》はいゝんですのよ、たしか三宅周太郎の言葉でした

〈便箋一枚NO・9欠〉

世田谷の柿は甘い方にたつた二ツ。しぶい方も二三ヶなりましたけれど　甘い方はよその子供にぬすまれて了ひまして　しぶい方は風の為落ちて了ひました。今月から隣組長になりましたので又々少し忙しくなります。こんな時(戦時)でなかつたら田舎へでも行つて柾をよろかばせてやりたいんですが　仕方がない。さうさ　いくらつかれてもたかはノーシンをのむことが少くなりました。こゝまで大いそぎで書いてのちやぼんがお目をさまして了ひました、とう〳〵朝になりました　昨日はとてもいゝお天気でしたのに今雨が降り出しました　のちやぼんがあんめ、あんめつて外をながめてゐます

万年筆をのちやがまげて了ひましたので　これでは書きにくゝてこまります。お父ちやまぽんつが無くてこまつていらつしやるでせう　縫つて上げたいんですが中々出来なくてこまります、すみちやんにはやつぱり頼めませんし、近いうちに御送り致します、吉田昂さんは長野地方裁判所から東京民事地方裁判所に転勤なさいました。

大至急書きましたので何から先に申し上げましたか　めちやめちや大事な大事なお父ちやまの御健康をお祈り致します　のちやぼんがうるさくてもうこれで　さようならニヤアーニヤにパイパイをめ《ママ》ませるつて聞かないんですあの黒いしつぽを立てゝてたニヤーニヤ　これでほんたうに　ハイチヤイ

62　昭和十六年十一月（?）／封筒なし

〈前部欠〉

なつて了ひました。あの小さい〳〵お釜で暮してゐたんですものねえー　桓は今年又、足におできが出来てしばらく　うちで治りようしてゐましたが仲々よくならないので三軒茶屋の医者に通つてをります

一番始め　すみちやんに　連れてつてもらつたんですが　もう後は一人で参ります、もう渋谷迄一人で行けるやうになりました。小さい〳〵と思つてゐましたのに　もう一人で電車に乗れるやうになつて了つて　此の時代おくれのお母ちやんは一寸、自分の子供をあきれてゐます、もう二度もすみちやんにニュースを見に連れてつてもらひました。それから民族の祭典とか云ふ古い写真ださうですが見せてもらひまして大喜びでした。じきみんなで写真を撮つて送ります。

さうさ、ヤルートの竹内さんのとこへ十日程前、二冊送りました　すつかりおそくなつて了ひましてすみません。

氷上さんのとこへお祝ひのお手紙を出しませうか知らそれとも出さないで置いた方がよろしいか知ら、どんなお嫁さんか知ら。桓は氷上ちやんのお嫁さんが見たいんですつて、横浜はほんたうになつかしいんですね、桓も時々花のことや海のことを思ひ出してはなつかしんでゐます、どうも私達の一家程過去の思出を懐しがる者は少いやうですのね、もつと書きたいんですがおそくなりますので　只今桓に局迄出させますから　ではお大事に　又後からお便りを致します

ほんの少しお太りになつたいゝお父ちやま　おんもとに

63　昭和十七年二月十九日／封筒なし

十七年二月十一日

今日は紀元節ですわね、いゝお天気です。朝は可成冷えましたけれど。あなたの方はいつもお暑くつて　暑中御見舞申し上げます。

其の後お身体はいかゞですの、去年まではもう今時分本郷町の洋間で苦しい中にも近い春を楽しんで花をながめたり　お好きな御本を読んだりしていらつしやつたのに、今おえんがはで書いてゐます。とても暖い日がさし込んで参ります。のちやぼんは御本を出したり　しまつたりして一人で遊んでゐます。ほんたうはおつぱいがほしいんですけれど御手紙を書いてゐるものですから近づけないんで困つてゐます。いよ〳〵食物も品物も少くなつてまゐりましたので子供達が何かちようだい〳〵〳〵と云つてせめてこまります。でも夕べのラヂオでは南方から宝舟が入つて参り

ますとか。お米だの、砂糖、とうもろこし、ゴム。すゞ等です　これで又、少しづゝでもめぐまれませう。南洋からの客船もそろ／＼航海出来るのではないんでせうか。一日も早くなりますやう祈つてをります。先程もひじきを煮てをりましたら　もちやがナアニと申しますから　ひじきと教へましたら　自分ではガン／＼ジとしか云へないんです、まあ、なんて、口のおそい子でせうね、ブタちやんみたいなお口をして何かしきりにおしやべり致します。なかじまのことを　マカジ　マカジと云ひます。

　十九日　ていから　エフェドリンの「テエサン」と云ふのを大を二ケ　小を七個送つて参りましたから　それとたかが買ひ集めて置きましたの『ナガヰ』のを二十粒入りを十一個とノーシンの粉末のを三箱お送り致します。何かお菓子でも送りたいのですが又、ビスケ少々位しかお送りすることが出来ません、焼海苔はいくらでも　ありますからたくさん召上れ。缶から出し始めていつまでも置きますと　しめつて了ひます

　とう／＼シンガポールも昭南島に替つて了ひましたのね、日本軍の強さには当局の人達も予想が附かなかつたらしいのですものね、何ですが貧のどん底から漸くうかび上れたやうな気が致します。別にシンガポールが陥落致しましても今すぐ物資にめぐまれるわけには参りませんでせうがでも来月あたり桓のごむまりが配給されるとか新聞に出てをりましたが……

　シンガポールも陥落したんですからあなたもお帰へりになれるといゝんですけれど　先達つて目なしだるまを二ツ買ひましたけど　ちつともいゝことがありませんので　しばらく目なしでをりましたところ　シンガポールの陥落で一つの片方の目玉が出来ました。もしお父ちやまがお帰へりになれば　残りの三ツ一ペンに入れて了ふんですのに、近頃もちや又はもたとも云ひます。

〈以下欠〉

64　**昭和十七年二月二十一日**／不明／封筒のみ／二月二十一日／東京市世田谷区世田谷一ノ一二四　中島桓／南洋パラオ島コロール町南洋庁地方課気附　中島敦様御許

〈本文散佚〉

65　**昭和十七年二月二十四日**／封筒なし

十七年二月二十四日夜　雪

只今は替為《ママ》を三百円たしかに受取りました。ありがたう存じました。心配しきつてゐましたが　送つていたゞけるやうなら寝ていらつしやらないことが分りまして　どれ丈安心致しましたか分りません。もう一度位船が入つて参り

ましてもよさそうですものね　どんな御様子かお便りが待ち通しくてなりませぬ、最もこちらからのも行きませんから、あなたもどんなにか待つてゝ下さるだらうと存じます、只今のところおぢいちやまも二人の子もたかも風邪も引きません。

末だパラオでは灯火官《ママ》制してゐらつしやるんですか　内地は昨日から明日迄防空演習だけでいつもと　変らず明るい電気で書いてをります。

昨日はとつても暖かで残りの雪もすつかりとけて了ひましたから　もう春になつて了つたやうな気でをりましたところ、今朝程から又、雪で今夜は中々おさむうございます。少しでも気候が暖くなれば、こんなに暖くなつたもの　お父ちやまがお帰へりになればいゝなーといつも胸をしめ附けられるやうな気持で待つてをります。のちやぼんの可愛いゝ時に早く帰へつていらつしやいませ。桓も学校はあまりいやな様子も見せず元気で参ります。いつも学校へ行きたくないと言ひ出すかと　びく〳〵してゐましたが今日迄何でもありませんでしたのでほつとしてゐます。毎月おじいちやんと久喜へ行つてごちそう様になつて喜んでかへつて参ります。夏子さん、あまりお父さんやすみちやんが久喜〳〵と、いつて行きますもんですから少し腹を立てゝゐるらしいんですのね。此の間もあんたのとこが久喜へ行くのぢやない　ほんたうは私達が行くのが当り前だ　あのでぶ（浦和の叔母様のコト）は何か持つてつて御きげん取ればいゝ気になつてゐるとか悪る口を言つてゐました。

夏子さん、近頃は丈夫でぴん〳〵してゐます。でもね私やちび共にはよくしてくれて　遊びに来い〳〵と云ひますけれど行かないいんです　うるさいから……

あなた、毎日どんな風に暮していらつしやいますの、お話相手も将棋の相手もなし　さみしいでせうね、土方様つてやつぱりお一人ぼつちですの　奥様はいらつしやらないんですの、あなたの様な正直な方はお役所勤や商売等はだめですのね、少しおせじでも云ふ　ほらでも吹く様な人をあゝ云ふ社会人は喜んでつき合つてくれるのでせう。あなたのさがには不向ですほんたうに。早く帰へつていらつしやいませ。氷上さんぢやないんですけれど子供はいゝんですのね　けがれてゐないから。氷上さん　知性と云ふのに評論をお書きになつたんですのね、新聞に出てゝ見ました。たかにはつき合ふ人も少くないし、めづらしいニュースもお知らせ出来なくつて……せめて横浜へでも参りましたら又島田さんが面白いお話を聞かせて下さるでせうに。あゝ横浜のあの家が又してもなつかしいんです、親子四人で小さな家で、小さなお庭に花を植えて漸く親しくなつた隣近所の方達とまじわり　二人の子供の成長を楽しみ乍ら　あなたが本を読んで　たかが相変らず忙しがつて。泣いたり

おこつたり　そんな幸福なことは　神様がおゆるしにならなかつたんですのね、仕方がない。もう今迄随〈分〉つまらなかつたから　どうぞ一日も早くお父ちやまがお帰へりになれるやうにおねがひするより他ありません。十年前迄はあなたと生活して　子供が二人あつて　そして　あなたが南洋なんかへ行つておしまひになる　なんて夢にも思つてゐなかつたもの。考へて見れば不自儀《ママ》ですのね、桓やモチヤを　しかつてぢやない　いぢめて置いて後であゝお父ちやまの大事な子をいぢめていけないことをしたと　いつも後悔してゐます。お父様はすみ子〳〵〳〵と一しようけんめ心配したり可愛がつたりしていらつしやるから、たかはあなた、や子供のことばつかり　お父様よりもつと〳〵心配したり可愛がらなければねえー　一そのこと、親子四人でシンガポールへ行きませうか。

さうさ、伊庭さんね、昨年のお話ですけれど　天津へいらつしやるおつもりで隣組でお別れの会までしてもらつたんですつて　そしたら政府からキヨカにならないとかでおやめになつたんですつて、しよげていらつしやつたとか……黒いお顔を赤くして困つていらつしやるのが見えるやうでした。

暑い〳〵国の大事なお父ちやまへ　　寒い世田谷より

66　昭和十七年二月下旬（?）／封筒なし

〈前部欠〉

せいか、寒さが身にしみます。やつと格を寝かしつけて茶の間で書き始めやうとしますと　二階からお父様が下りていらつしやつて又書けなくなります。お父様もすみちやんも　ちつともぢーとしてゐることの出来ない方達ですのね、何となくちよこ〳〵〳〵してゐらつしてちつとも落附けません。又明日土曜は桓をつれて久喜へいらつしやいます　又、お土産物の心配してあれこれと？　おかげで明晩は静かに思ふ様に暮せます。二、三日前雪でして末だ日かげのところに真白く残つてをりますが　もうぢんちようげのつぼみは随分ふくらんで参りました。可哀さうに桜草はすつかりちゞんでゐます。もう花屋には春の花が多さん出揃つてゐました。のちやぼんは　はなーはなーと云つて喜びました。

去年迄はあんなに楽しんだ花も　今年は庭に花もなし、もう今時分新芽の出るのを引張るやうにして楽しんだ人も居ないし、もた相手に他家の花をほめるのがせい〴〵です。たかの生活の中で　一番大切なあなたはいらつしやらないし、花もないし　只残つてゐるのは二人の子供丈です　もたはとても可愛いゝんですのよ。なかじまのぼると申しま

すと　ウヽン　ウヽンとくびを横にふりマカジ　モタ。マカジ。モタと云つて聞かないんです。それでは　モタは年《とし》はみつヽでせうと云ひますと又、ウヽン、ウヽン　モッチ　モッチと云ひ。四ッだけはヨッツと云へます、桓がいつもからかつてゐます。モタおしつこ　はと申しますと、マタ・アトデだなんて云つて、もう出て了つてゐるんです。ゆつくり言葉を教へてやれば一つづヽ上手に覚えます。

　もうあれから（一月始めの御手紙）、又五十日程過ぎて了ひましたけれど近頃はお身体いかゞですの　お薬がなくつて困つていらつしやるのじやあないかと心配で〳〵。どうして　あなたのやうな弱い方が南洋なんかへいらつしやつたのかいくら考へても残念でたまりません。釘本さんに云つてこちらの役所からすぐ内地へ帰へれと電報でも打つてくれるやうにしましたらどうでせう。最も船が来なければ致し方ありませんが……　桓も割合元気です。たかも近頃は横着をして　夜分も早く寝て了ひます、少し肩でも痛い時は病気になつてはつまりませんから、いつも楽をしてゐます。あなたがおかへりになつたらぜひ一度横浜へ参りたうございます

　ありがたいことに内地は戦争とは思へないほど静です。何もかも配給になれば返つて仕合です。

　色々書きたいのですが　今夜はこれで　こんなお寒い晩はいつもあなたの咳ばらひが聞こえる様な気が致します。大事な　大事な　お父ちやま、どうぞ御無事でおかへり下さいませ。

モタも　タケシも　タカも　どんなにお待ちしてゐるか分りませんもの。では……

67　昭和十七年三月一日／封筒なし

十七年三月一日

今日は日曜日　あなたは何をしてお過しになりましたの。内地は未だ中々お寒むうございます。三日ばかり前の雪が残つてをります、でもね、もうチューリップが可愛いヽ芽を出してをりますのよ、日当りのいヽとこには名も知れない草が小さな〳〵うす紫の花をさかせてゐます　嬉しいものですのね。暖くなれば人の心も自然楽しくなりますものね、これからは野路を散歩すると　道端の雑草がみんな〳〵変つた形の可愛いヽ芽を出して　歩く人の足もとをほか〳〵暖くしてくれますものね。田舎の草ばつかりのとこで育つた　たかにはいつまでたつても雑草はなつかしくてたまらないんです、

　テパートやキレイな大きな花屋の店のはなやかな花よりも　道ばたの草は何となく　したしい気持になりますものね、時々のちやぼんをおぶつては　花屋のウインドーをのぞいて参ります、もうフリーヂヤ・バラ・マーガレット・

ユリ・カアネエション　スイトピー　立藤等々　色取々のキレイな〳〵花でお正月時分の地味な店先も一度にぱつとはなやかになりました。あなたはパンジーがとてもお好きでしたのね、世田谷の庭へ少し植えて見やうと思てをります。二三日前、鎌倉の三好さんから原稿を送つて下さいましたから其のまゝ大事にしまつて置きました。末だお帰へりになることは出来ませんのですか。今日迄もお便りが参りませんやうでは航海もしないと見えます。飛行機はなし　ほんたうに心細い限りです。のちやぼんの可愛いうちに　一日もお早く帰へつて来て下さいませ。桓もじき三年生になりますもの、お父様は又、一年元町へお勤めになるおつもりらしいのです　今日定斯《ママ》券を買つていらつしやいました。先方がやめよと云ふ迄通ふんだとおつしやつてゐました。マカジ・モタは　赤ちやんが好きで〳〵たまらないらしいんですのよ。お湯屋へ参りましても　赤ちやんばつかり見てゐます。あの子は少しあまつたれちやんです。おでこが益々出つぱつてほつぺがぷくうと　ふくらんで見れば見る程おもしろいお顔。御飯をたくさんいたゞきますから太つてゐるのでせう。

68　**昭和十七年三月二日**／封筒なし

昭和十七年三月二日夜　八時頃

昨日から桓が熱を出して寝て了つて　今日は一日心配しつゝ格を寝かし附けてゐたら　中島さん電報の声にびつくり又、配達さんが中島タカさんですかとくり返した。とたんにあゝお父ちやまからだと思つて　心配しつゞけてゐた矢先ゆえ　もう胸はどき〳〵体はふるへてどう電報を受取つたか分らず　ふるえる手で開いて読まうと思つても　あの電報のカナ文字がちつとも読めず　まご〳〵してゐると　丁度二階の父上もびつくりしてかけ下りて　たかから電報を受取り　わな〳〵ふるえる手で　それでもはつきり読み取つて下すつた。ウナ　チカク、ジョウキョウノヨテイ　ナニモオクルニオヨバヌ。アッシ。まあと思つても舌はもつれたやうに言葉が出ない　それでもやつと　あゝそれならよかつた　もしお悪いんではなかつたかと思つてと　それだけ父にしやべつた、父も　ほつと安どの様子いつも　父はすみちやんのことばつかり可愛がつたり　心配してと少からず不平に思つてゐたのに。先程の様子でやつぱり　どんなに主人の身の上を案じてゐて下さるかと有かたかつた。電報用紙を又しても、もしや違つてゐるのぢやないかしらと思つてもう何度も〳〵読み直し　始めて安心するとこんどは喜しくて〳〵又々何度も〳〵読み返した。

69　昭和十七年三月六日／封筒なし

十七年三月六日　夜十二時

漸く、桓の熱も下りやゝ安心　夕方伊東さんへお薬を取りに行つた時、一度レントゲンにかけて御覧なさいと云はれて　何となく気が落附かず起き上つて書き始める、自分自身あまり仕合せと云ふ生ひ立はして来なかつたけれど一番仕合せなことに、身体丈は十人並に丈夫でいつも幸福に思つてゐるけれど、桓が小学校へ上るやうになつてから養ご組等へ入れられ　身体もちつとも太らず　時々学校を休まなければならなくなり　今日迄二年間どうしやう〳〵と只々心配するのみ、風邪引で医者にかゝり　レントゲンをと云はれ　又してもなぜ今迄に早くレントゲンにかけて置かなかつたかと後悔してもしきれぬ、ほんたうに主人と二人の子供の身体を丈夫にする為ならいくらじゆ命をちゞめてもいゝと思ふ。とにかく〳〵桓の熱でも下つたらレントゲンへ　つれて行つてはつきりしたいと思ふ　もし悪い方だつたらどうしやうと心配し乍ら——

橋本辰次郎書簡

1　昭和六年十月初め頃／封筒なし／毛筆

拝啓秋深く兎角ニ不順時候ニ御座候ら得共御貴方殿にわ御健康に居らせられますや　偖てタカ在京中は御交誼の由それにからむ何事かニ依り和田まさ　仝義次両人にて御貴方殿を訪門《ママ》何か魔舌を申込ミ候様ニ及聞ましたが和田母子わ如何なる行為をなせしか　御手数ながら御報知を頂度候　元来タカ義わ私の両親が新川町ニ在住致居り老年ニなりたる故を以て万事使ひ歩き手助を致す為に差遣しありし者にて両親死して後拙宅へ引取るべき事を申たれば私の家内を離別させてもタカを置き度申居ましたから平和を保つ為に其後其儘なし置きし者にて決して和田家へ対して嫁せし者でもなむでもないのです　殊に東京へ参りしわ店の都合上手伝に参り居りし者で是とても和田義次先妻を離別し後妻をめどる迄として差遣し置きしも〈の〉にて断して養女ニくれた者でありません

然るに此度御貴方に対し和田両人にて私し聞捨てをく事の出来ざる事の有る様子何卒御聞せ下さい　事に依りてわ

告発致さん心組であります
　乍然御貴方がたわ御高貴の方々とタカより承知致し居りますれば御名義の新聞なぞへ出ずる事のきらいあればと心痛致しますから今日迄色々と親類協議なぞの為にタカも他所ニ預けありますが三四日後に自宅へ参る事と致居ります　新聞わ新愛知　名古屋新聞でも別に三河はんと云ふ別紙があり三河郡にわ大新聞の方へわ記載無き物とぞんじますから何卒能々御考の上御一報を煩度御依頼申上ます　タカを飼ばに私の顔迄ニをよぼす行為であればいかんともたゑ得られません　而して先般三河地へ御出ありし様子でしたが其の時に拙宅を御訪門《ママ》あつたなれば何か概の事情も平和に御話致すであり又ハ和田彼等に魔舌を利用させませんてしたに誠に残念でたまりません先ハ御願迄匆々頓首
　二伸　近キニ和田まさト私ト縁ヲ切ル手順デアリマス兄妹ヲなのる内に該行為ワ深ク御わび致マス

2

昭和六年十月十六日／不明／封書／毛筆／昭和六年十月十六日／碧海郡依佐美村高棚新池／東京市麹町区内幸町二丁目虎の門内アパート六階六三号室　中嶋敦殿

　前文御免可此成候御母堂様ニわ遠路の処御厚志を以て能くこそ御光来被下御土産迄頂きしにかゝわらず其節わ何の風情も無之御粗末千万御わび致ます　私より御慰め可申上筈の処反て御尊状ニ預り恐縮の外ありませぬ　此頃敦殿へ向け差上けました手紙ハ麹町区内幸町二丁目虎の門内アパート六階六三号室ニ宛て差出し致ました封書に御さいます未たに着致ませぬわ如何でしやう
　其時の手紙要わ金銭にあらず　和田彼等の魔舌にて如何なる行為をなせしか不肖私の不名誉ニかゝわる所為なれば直ニ和田両名を告発致して御高堂へ御金返納致さん心得且又タカの身上に附きての理由をつまびらかに申述而して私の彼等と共通でなき事の明瞭なるを確信以て被下様にとの手紙に御座います
　敦殿より頂きました御手紙忝拝見私としてわ経済的物質的此方面へ向つてわ意わ用ひませぬ　縁組其の御人の精質上善良にして和合尊たる事しくわなし門悤立つのも二人りつれ如此し表にわ錦爛の衣裳を着け裏にわ鈍八智のつぎはぎでわ現代文化の人類の価値なし農家にしても現代わ上等品種多収を得て可成安価に求用者に応ずべく精神的でなくてわ現代世情に対立わをほつかなしと心得ます　就てハ御来名の節の御話に因り漸々家内の相談を急ぐべき機会ニ先当本日廿六を限ニ和田方へ参り兄妹の縁を切断致して相談に取りかゝるべく考へ居ります　意細わ手順の運び次第追て御一報可申上候

敬具

　末筆にて恐入候らへ共各位様へよろしく

三河高棚新池　橋本辰次郎

中嶋母堂様
敦様

《参考1》 橋本辰次郎→飯田博吉書簡

昭和六年十一月六日／6・11・6／葉書／毛筆／十一月六日／碧海郡依佐美村高棚／名古屋市中区陶生町一丁目十二番地　飯田博吉様

拝啓　追々寒く相成申候　皆々健康にて御暮なさいますか　子供等わ丈夫ですか、ゆきゑわ其後不足のない様ニ丈夫となりましたか　一同御伺致ます　扨て新川の方ゑわ三十一日に書留郵便にて最後の縁切れ手紙を出しました　それでよろしいですか　誠に色々厄介の事ばかり御世話ニ相成相すみません　御用捨下さい

帝国大学文学部より中島敦ニ関スル件右ハ当所ニ提出有之書類ニテ調査致候処父中島田人母チヨ殿ノ長男ニシテ現在ハ戸主中島端蔵氏の甥と相成居候　前ハ埼玉県久喜郡ヨリ北海道空知郡滝ノ川町一ノ番外地ニ有之　現住所トシテハ市外渋谷町上通四ノ三五関方に有之候ト通知有之候　縁談方ハ如何考へ下さる哉御深考願度候　次ニタカわ未だ御厄介になつて居りますが何方なり奉公ニ入ル都合なりや一度御報セ奉願候。　敬具

3　**昭和（六）年十一月二十一日**／封筒なし／毛筆

前文御免蒙ります　端書にて御報に相接し候　和田捜査の件ニ付而わ直ニ碧海郡大浜警察署の方へ橋本タカを和田義次なる者自称妻女と申立て捜査方警視庁へ願出候義わ不都合千万橋本タカわ彼の妻女にあらず何にでもないので有りますタカの戸籍わ依佐美村役場ニ付而御調べ下さらば明瞭致べく生家の戸籍にあるので先般も碧海郡新川町相生廿五番地和田まさの仵故ニ当所へ宛て用事あり此手紙着次第来るべしタカ在宿にあると通知致しあれば義次もまさも生家にタカの居る事わ能く彼等の心得居はずであります彼わなまけ漢で本年東京ニ在商の砌司法警察課の手にて拘留を受けし者でありますからタカわ実父の許にて保護致居る次第　万一彼の御貴署へタカの捜査等願出候事もあらんと心得候間此度乃御届候へと大浜警察署の方へ出願致し置き候間右様御承引相成度候東京警視庁の方へも同様ニ届出置き候

就てわ直にもタカを御当所へ御招き被下様子に有之候らへ共新川の方の事情ニ付而も後日の禍根を殊に現情ニ於てわ半年位わ御猶予下さる事を願わなければ何共ますいと心得ます　新川の件ニ付わ冬休暇の節ニ親類集合して協議をとげ後日彼是もなき様禍根を除去して程能く事の落着しか

るべき事とぞんぜられ候　拙者方ニ於ても貴方に虚意やうたかわしき行為わ他ニ可致所ぞんわ少も無之候間其辺わ御承知を願乞居る次第ニ御座ます而してタカの許へ御貴方様より下されし手紙もちく一拝読致ました　叔父上様方へ御手伝にをかれようが直ニ御親父と同世論出来ぬとも色々御事情のもとに御都合の程わ少しも疑念不仕候間此へんわ拙者前へも御謙譲くださらずとも宜敷候　なれ共何分にも現情のゆるさぬところ不悪御了察の程御願致べき次第ニ御座候　何れタカよりも書面差上るべき様中伝へ置き候

新川方の件ニ付き親類協議にてらちあかぬ節わ地方裁判の宣告を仰でも新川とわ縁も切り禍根も除去可致へく考居り候

右様ニ有之候得ば母上様にも能く御諒解を願ふよう乱書を以て御一報申上候　先ハ匆否日　拝眉を得て万々

敬具

十一月廿一日

タカ実父辰次郎より

中島母上様

〃　敦殿

二伸　何れ文意のそごはありましようが
そこわ百性と御思召し願置度候宜敷御判断を乞ふ

4

昭和七年一月一日／7・1・1／葉書／毛筆／碧海郡
依佐美村高棚新池／東京市外駒沢町上馬五十九番地
中嶋敦殿

恭賀新禧

昭和七年一月元旦

常日わ御無音ニ打過候段御赦し下さい併而御貴君様の御幸福を田舎に居て御祈いたします

5

昭和八年四月二十八日／封筒なし／毛筆

前略　兼而御心配を煩し居るたか義四月二十八日午前五時五十つ分男子出産仕り候間右段御安心良成下候現情母子共先ず以て健康に候は御安意ありたし　此後の経過わ追而御通知可仕候　本廿八日わ甲、子日にて男子にわ最幸日ニ相当致居り候　先ハ直ニ御報不取敢申上候

昭和八年四月廿八日

橋本辰次郎

中島敦殿

6

昭和八年五月二日／8・5・2／封書／昭和八年五月二日／愛知県碧海郡依佐美村高棚／神奈川県横浜市中区山下町一六八同潤会アパァトメント第一号館　中嶋敦殿

前略御免良成下候　前度新聞を御送附くださいまして有難御礼申上ます　扨てたか出産に付き経路左に
　昭和八年四月二十六日午前十一時にしるし有り　此日一日わコソコソ仕事をして居て一日はすぎ　二十七日午前三時産婆を呼びに行き十時まで産者ニ附きそうて居てくれたところどうも分娩せないからひとまず十時ニ婆さん帰宅をしてもらい　何時にも直ニ呼び向かいに行く引合いをして帰宅せられました　同日午後二時ニ見舞ニ来て五時まで産者ニ附き居られ　又候帰宅せられました　而して二十八日午前二時ニ産婆を呼び向かいに行き　来てくれられてから余程ゑらくて国がへせんばかり御神仏の加護ましまし　御かげを以て午前五時五十分正ニ出産致し候
　昭和八年五月二日　　橋本辰次郎
中嶋敦殿
末筆ニて甚だ恐縮ニ候得共皆々様によろしく奉願上候

7

昭和八年五月十日／8・5・10／封書／毛筆／五月十日／愛知県碧海郡依佐美村高棚／神奈川県横浜市中区山下町一六八同潤会アパァトメント第一号館廿五　中嶋敦殿

前略御免下さい　過日出産児の命名の義を御願ひ致し有りますに未た御名前も通知無之出産届出の規定期日十四日間と及聞き居り候ニ於てわ本日出生最早十三日あと一日しかあます所無之候故御伺仕ります　十四日間以内の届出これ以上経過致しますと違犯行為にて役場にても何とか申しわせぬかと苦に致ます　御心組わ御親父様よりの御命名でなくば御気にめさないでしやうか　御一報を煩度御願ひ仕ります　可成至急を用し度候　敬具
　五月十日　　橋本辰次郎
中嶋敦殿

8

昭和八年五月十八日／封筒なし／毛筆

前文御免下サイ　四月廿一日飯田氏ニ無断　たかヲ生家ニ引取リタル理由ハ　飯田氏ニ対シ真ニ申訳ナキ次第　因テ其ノ失作ヲ御ワビ申マシタ　実ハ私シトシテ飯田婿ハ真ニ心ヤサシク何事ニヨラズ心ヤスク御世話下サル此ノ故ニ　二ケ月間程モ御世話ニ相成居マシタ　誠ニ其ノ御厚意

喜ブノ外ナイノデス　此ニ私トシテ心苦シキ真情ガアリマス　此許婿ナリ舅トナリ親子ト云フノ人情ヨリツライ御世話ヲモ致シテ頂ケルノデアリマス　乍然飯田氏ニハ親戚数アリマス　此ノ御親戚ノ手前ヲモ能ク能ク考ヘネバナリマスマイ　御親戚ノ御人ノ内ニ二ケ月間程モ同氏ニ世話ニ相成リ居ラレル方ハ今日迄ニ於テ唯御一人モ無イノデス　偖テソウナリマストセバ　貰フテ頂キタル嫁親トシテワ此ノ処御親戚ニ対シ余程遠慮スベキ当然ト思ヒタル次第ヨリ端ヲ発シタモノデ　又同氏ニ前条ノ意志ヲ直接ニ晰シタリ共　岐度んソウカト無論承知ハシテ下サラヌ事ノ万事ノ上ニ於テ明瞭デスカラ　正道デナキヲシリツヽ事ナシテ後チワビ入ル外ナシト考ヘ生家エ伴ヒ来リタル者ナリ

二ケ月程モ御世話ニナリツヽ此ノ先キ又候市民病院エ入院出産スル　万事ニ於テ直接間接ノメンドウヲ見テ下サルトユフコトハ　見捨テ置クコトノデキヌ事柄デアル　経済上ハ勿論殊ニ田舎トシテハ類例ナキ放任主義ニ相当シ　不面目極マリナシノコトニナリマス

婿ノ家ニ妹ノ出産マデヲ委托スルノハ　此ノ産女ノ家両親ナキカ　或ハ一家ノ現情非常ナル困窮　又ハアル事情ノモトニ御世話ニナルコトアルニシテモ　婿ノ親類ノ方々ニ一応相談ヲナシテ良談相整フテ始メテ婿殿ニ御承知ヲ得テ御世話ヲ願フデアリマセヤウト思ヒマス

初産トシテハ田舎ニテハ習慣上女対生家ニ在リテ産スベキ例多クアリマス　又出産児ハ夫婦ノ如何ニカヽワラズ罪ミトガナキ真精ノ者デアル以上　児ノ為メニハ祝福恙ナク育成スル様七夜《ヒチヤ》ニワ尾ヒレノ付キ〈タ〉ル品物ニ引菓子赤飯等一家和合尊ニ対膳シテ頂キ喜ビマス　次デ近家ヘモ赤飯一ト重配与スルノデス　習慣ノ有様マデヲ婿殿ニ御世話ヲ受ケルノ時ハアル事情万不止得場合ノ行為デアリマスカラ　私シトシテハ拙宅ニ於テ出産ノメンドウヲミタイノデス

病院ニテ産スルニシテモ　入院中ノ経費　又永イ間入院モシテ居ラレズ　退院後ハ産婦ノ健康体ニナルマデヲムツノ洗浄ヤラ　色々世話ノ仕所有ルモノ　如此御世話ヲ受ケ居テ同氏ノ御親戚ノ感情ヲ悪キ様ニ若シナリユキテハ　姉モ縁家ナレバ夫ノ御親戚ナレバ善トシテ当然ナスベキナリ　妹ノ為メ感情ヲ害シテハ申訳ナキ事ト心配モスルト色々配慮致シテ　生家ニ於テ分娩イタサセシ次第ニテ有之不悪御了察ヲ煩度候

産子現今不相変健康ニテ発育致シ居リマス御安心下サイ

昭和八年五月十八日

橋本辰次郎

中嶋敦殿

9

昭和八年五月十九日／封筒なし／毛筆

只今田甫アガッテ来マシタラ午后ノ二時デシタ　ワブモ、引ハイタマ、御手紙拝見　直ニ誓証認メ送ル事ニ早速書テ午后三時ニ福釜ノホストヘ投函シマシタ　土曜日ニ名古屋ノ飯田婿ガ写真携持御邪魔ニ上京致ス事ニ御座イマスカラ万事能ク御聞取リ下サイ　東京ノ御両親様ヘ宜敷奉願上ます

前度御面倒にも新聞を御送り下さいまして有難く御礼申上ます　読んで喜び居ります　さようなら

五月十九日　橋本辰次郎

中嶋敦殿

此書附にも御気ニめさなければ下書を下さい　いかやうにも認めます

10

昭和八年五月二十一日／8・5・22／封書／昭和八年五月二十一日／愛知県碧海郡依佐美村高棚／神奈川県横浜市中区山下町一六八同潤会アパァトメント第一号舘五番戸　中嶋敦殿

前略御免下サイ　此頃ノ御手紙ニ和田両名ノ義ニ附御父上様非常ニ御心配アソバスト〈ノ〉御事決シテ御心配ニハ及ビマセヌ　何ニトナレバたか義ハ橋本辰次郎ノ娘ニテアリマス然ル処私ノ両親ハカンズル所アリテ妙法ヲ信ジ　私シト別居シテ新川デ暮シ居ル　父ハ眼病ニテ母ガ看護シツヽ万端相整シ居タルニ　追々取ル歳ニツレ老ノ身トシテ他用ニ出デ　歩行ニ困却スルカラ　幼少女ナガラたかヲ両親ニ附随サセ　老ノ身ニ少シニテモ楽ヲ与ヘヨウ為メニ新川親ノ所ヘ使ノ便利ヲ計遣シ有リシ者ニテ　妹まさヘクレタ彼デハアリマセン　然ルニまさ自身勝手ニ兄ヨリ貰ヒシ如ク思ヒイタノデス　又義次ノ身ニ嫁付カセタ彼レデモナイノデス　義次ニワ新川東山ノ新三郎ノ娘ヲ嫁ニ貰イ受ケ　後チ離縁ニ付後妻ヲ申受ケルマデ義次ノ商売上　外交ノ不便　勝手許ノ不便ノ為メニまさヨリ依頼有リシニ　兄ノ情ケニ因ッテ上京　同家ニ暮シ居タノデアルカラ　橋本たかヲ名ノリ　警察署ニテモ御承知　橋本デ通リキッテイマシタ　内縁ナゾトハ義次ノ勝手ニテ婚姻条例違犯　ツマリ未成年女子ヲダマシタノデ　表面的ニハ通用ハ致シマセン　仮令ヒ本籍ガ義次ノ許ニ有リトシテモ　義次ノ不身持上情ヲ述ベ区裁判所エ上告訴エスレバ区裁判所ニ於テ本人ノ不身持ヲ取調ベ女方ノ本籍取戻可能ナル宣告ヲ発スルト司法警察人事課ニテ行政上取戻得ルトキカセラレマシタ　本籍謄本如クデスカラ決シテ御心配御無用存シマス　辰次郎ヨリモ責任ヲ以テ該件ニ付テハ決シテ御迷惑ヲ掛ケ申間敷誓文仕候

此ノ後有リワセヌガ　万々一ニモ義次ヨリ彼是レト苦情

ガマシキ事御貴方へ申出ナバ決シテ御取リ合ヒ無之様私シ方へ御差シズ下サルヨウ御願ヒ致シ置キマス
　殊ニ他人ニテ宮地、川隈両人ガ頼母子講ノ件ニ付キ仲裁人トシテ立チ入ラレ　此ノ際カランデ解決ノ労ヲ御トリ下サレ　解決モ出来キ居《ママ》マスカラ聊カ御心配ナキ様御尊父母様へ宜敷御伝達之程奉願上候
　末筆ニテ甚タ恐縮ナガラ皆々様ニ宜敷奉願上候

草々　敬具

産児はリキンデ丈夫ニ育成致シイマス御安心下サイ

橋本辰次郎

中嶋敦殿

　昭和八年五月廿一日投函

11

昭和八年六月九日／8・6・9／封書／毛筆／六月九日／愛知県碧海郡依佐美村高棚／神奈川県横浜市中区山下町一六八同潤会アパァトメント第一号館廿五　中島敦殿

　拝啓初夏之候日々御健祥にて御勤務被遊候段喜びます
過日名古屋飯田氏上京之節わ色々御とりなし被下有難奉存候　誠に延引仕りました　戸籍抄本差送り申上ます　何卒宜敷御願申ます　当時農事至極多忙ニ付をそくなりました　おゆるし下さい
　扨て桓事わ日々丈夫で機嫌よき時にわ能く笑ひます　御喜下さい
　前度ながら新聞を御送附に預り御厚志之段奉謝候
　名古屋の飯田氏ニ未た面会致しませぬが　其内に一度名古屋へ参堂可致仕事の都合考へ居ります
　乍《ママ》筆にて甚だ恐縮ニ御さいます　何卒御両親様へ宜敷奉願上候

敬具

六月九日　橋本辰次郎

中嶋敦殿

12

昭和八年七月二十七日／不明／封書／七月廿七日／三河碧海郡依佐美村高棚／神奈川県横浜市中区山下町一六八同潤会アパート一ノ弐五　中嶋敦様

　暑中御伺申上ます
　其後御手紙を差上度日々懸念致居りましたなれど　何分にも農業者としてわ　秋米収時よりも格別の多忙　一年の経済わ此の一戦に有り　大いに稲の移植以来今日迄旱魃にやられ例事なきいそがしき為めに苦戦致しました　天申し今月今日雷雨を賜り　おしめり祝ひの半日を利用　御見舞申上候次第　あしからず御願ひ申上ます
　桓義わ其後良好なる成育振り　かたくこゐ　おもをもしく而してよくわらいますから家内中にてだつこのせがみあいを演じ居ります　御よろこびをかれましやう　御休日中

に御都合よろしけなる時もあれば御遊びにいらつしやい
御厚志を以て前度ながら新聞を有りがとうございます

橋本辰次郎

中嶋敦殿

13

昭和九年九月一日／9・9・1／葉書／9・1日／碧海郡依佐美村高棚／神奈川県横浜市中区柏葉八九市営アパアト二十一号 中嶋敦殿

拝啓御休日中ハ山海エノ御養生ニ御光来ダッタそうです
定メシ御変リモないこゝと嬉び居ります
桓事も大太とり元気で騒いでゐましやう喜びます
秋分になりました　御身を切に御自愛を遠路遥かに御祈り申上げます

14

昭和十年十月二十一日／10・10・22／葉書／10・21日／碧海郡依佐美村高棚／横浜市中区本郷町三ノ二四七 中嶋敦殿

秋深くなり　冷気相加り　追々寒くなりゆく故に皆々御注意風邪に罹らぬ様御気附下さい　先頃わ色々と結構なる品々御恵投被下厚く御礼申上ます
此度私家栽倍の農産物少々桓の口すさみに多少箱つめにして昨廿日安城駅より発送仕り候ニ付御落手相成度候　柿わ採取してから二日間目今私地方の祭礼ニ付而の招きに応じ所々へ出向き一寸と送附するの時をおくらかしたから其の心組にて御食下さい　只今わ鶏も居ないから鶏卵わ送れませんが又かう、そうなつたら送る事に心組して居ます
先ハ御案内まで　草々

15

昭和十年十一月三十日／不明／封書／十一月三十日午後二時投函／碧海郡依佐美村高棚／神奈川県横浜市中区本郷町三の二四七 中嶋敦殿

拝啓十八日出の手紙三十日午前十時受取り拝見致しました　直ニ仕度を致し居りますが　何分女の事故にそれぞれ身まわりの事をも致さなければならず　何程いそいでも手紙の着日にわ参上致し兼ねます　取いそいで十二月二日にまいる事に都合致します　安城出発致します時に電報を打ちますから御承知下さい　安城乗車発車時間の横浜着の都合よいように可成日の内に横浜着の事に致したいから　明一日刈谷町へ色々買物をしなから時間表を見て来て十二月二日にさしむけます　十一月下旬に都合致す様先達て手紙を出し置きましたが　何分農良仕事にをくれて来て　本年わ未たに一俵の未だに俵装束を出来かさない始末で　廿八日の日も横浜行きの都合を云い出したのだが　いつ差し向

ける哉否哉もきまらないで　手紙を出そう云ふて居ても手紙をも出さない内に手紙を来たと云ふ様な始末　これも皆農良仕事にをくれた結果であります　悪しからずねかいます（てい）がゆきましたら麦蒔きの事　米扱の事　色々農多忙のことを聞て下さい
　ますどうであろうが二日に参上させるからよろしくねがいます
橋本辰次郎
中島殿
末筆にて恐縮で致します　旅費を御送金下さいまして有難存ます

16

昭和十一年七月十一日／11・7・11／葉書／七月十一日／愛知県碧海郡依佐美村高棚／神奈川県横浜市中区本郷町三ノ二四七　中嶋敦殿

前略御免下さい　常日の御無音の段平ニ御用捨願ひ申ます　連日の雨天にて御勤務も定めし御つらい事でしたでしやう　乍然御動静の程如何でしよう御伺ひ申上ます　偖て先日わ数々の結構なる品々御恵投下さいまして御厚志の段嬉敷深く御礼申上ます　早速落掌の趣きと御礼状を差上げる筈の処乍掛農事田植の大多忙にて書面認めてもポストへ拾八町持参するの余ゆう無き有様殊に雨降であれば他から手紙も来ぬゆゑ配達夫にあつらへするも不出来　十日午後五時頃ようやく田植も終へ　本日わ着衣其他色々数多き雨にてぬれし物乾しになりましたから乍延引御送恵の品受取御礼状差上げる次第　何卒宜敷御推量を御願ひ申候
敬白

17

昭和十一年七月十八日／11・7・18／葉書／碧海郡依佐美村高棚／神奈川県横浜市本郷区三ノ弐四七　中嶋敦殿

拝啓夏も追々暑さが増して参りました　毎日御健祥にて御教鞭あらせら〈れ〉ますや　御伺申上げます　扨て真に麁品で有りますが季節物でありますから　冷し又ハあつい湯で召しあがつて下さい　而して世田ヶ谷の御父上方ゐも割譲あそばして下さい　夏休みにわ名古屋飯田氏も参られますから一度御遊びにいらして下さい御待申ます　匆々
敬具

18

昭和十一年八月八日／11・8・8／葉書／8、8日／愛知県碧海郡依佐美村高棚／横浜市中区本郷町三ノ二四七　中嶋敦殿

云ふまいと思へど今日乃暑さかな　如此き毎日暑ですが

御健祥てすか　御伺申します　扨てあまりをいしくはありませぬが自家生産の西瓜ですから桓にあたゐて下さい　昨年西瓜栽培にしぱい　又候本年も本葉五六枚蔓一尺程伸長してからかれて　ようやく少々斗収穫致す様な事ですから味がほんとうに出来てゐませんから御承知にて願ます　小形五個本日送附申上候

19

昭和（十二）年（七）月十八日／（12）・（7）・18／葉書／碧海郡依佐美村高棚／神奈〈川〉県横浜市中区本郷町三ノ二四七　中嶋敦殿

拝啓夏も逐日暑くなりました　不相変御健康にて御教鞭に有られますすや御伺申上ます

扨て誠に麁品で有りますなれど　夏向きの物冷したりあたためたり早速都合の出来ます品御召しあがれは喜びます　就而わ御父上様の方ゑも御分譲有之ます様御取計此儀先ハ匆々　　敬具

出荷の時端書に所書きお問違ましたから此ニ改めて申上ける次第

20

昭和（十五）年三月二十日／□・□・22／封書／三月廿日／碧海郡依佐美村高棚／横浜市中区本郷町三ノ二四七　中嶋敦殿

拝啓彼岸ニ至りまして寒風そぞろに流るゝと有りましても　春分大いに加りましたれば　日常の暮し向きもよほど結構で御座いますが　御主人様にわ益々御健祥にあらせれますすや御伺申上ます

扨て先達てわ産児の処へ誠に結構なる初着を頂戴仕り厚く御礼申上ます　田舎にてわ産子の祝ひとしてわ赤飯に赤白の饅頭を送当するのでありますが　御貴宅わ遠路の事故鶏卵を以て代用申上げ　失礼で御さいますが何卒不悪御納掌可被成下候　先ハ乍延引御答礼まで匆々　　敬具

三月廿日　　橋本辰次郎

中嶋敦殿

飯田博吉書簡

1　昭和八年五月三日／封筒なし

拝啓　青葉は薫る時節となりました　貴殿には益々御壮健の御事大賀奉ります。さて　五月一日　たかちやん宛お差出しの書留郵便正に落手致しました　取いそぎ　たかちやんの方へ御送り致します。最早新池の方から出産の報があつた事と思ひます　たかちやんには四月廿八日午前五時五十分目出度男子出産　親子とも健在といふ事を私の処へも知らせて来ました

今回たかちやんが「ざいしよ」へかへつたのは　去る二十日田舎から突然母上様が来られましてにはかにたかちやんをつれに来た　私もあなたからいろ〳〵たかちやんのせわの事を引受けてゐるので　たかちやんが田舎へいつてよいやら悪いやら一寸、とこまりましたが　もう御産まぎわであなたの処へ手紙を出して問合せたりしておられなかつたので母上様の手に渡しました　たかちやんは翌二十一日母上様に連れられて新池へかへつたのであります

そこで出産子の戸籍の事ですが　あなたにも定めて心配していらつしやると思ひますか　何んとかしてあなたの父上様に心よき御了解をして戴くわけには行かないでせうか　私の方からそちらへ参上してもよいと思ひますか　先づ第一に　あなたから御両親様の心ゆく様御話か御願ひ致し度う御座います、出産日について産婆の証明書なり何んでも必要な事あればすぐ御送り致します　実は新池の父から規定の届出の日がくるから　なるべく早く戸籍の方をはなしてもらいたい意味のハガキが参りました　それからいつぞやの御話しの妊娠日の事は出産日を御信用のある産科の医師に申出てお尋ね下さればわかると思ひます　いろ〳〵書きたい事がありますが　後便に致します　草々

五月三日　　右　飯田博吉

中島敦様

《参考1》飯田博吉→中島皐書簡

昭和八年七月十一日／封筒なし／毛筆

拝啓　日ニ〳〵暑さ加はりなか〳〵に凌ぎ難く候　皆々様には如何御消光遊ばされ候や御伺ひ申上候　偖而過日ハ突然御邪魔いたし種々御親切なる御言葉を受け御同情ある御心情誠に有り難く厚く御礼申上候　妹の事ニ就てハ叔父上様ニも叔母上様にも妹が在京中より一方ならぬ御

世話下され　其の後いろ〳〵御心配をかけ一時ハ自分の家にたか子をひきとつてまでも世話すると仰せ下され誠に有り難き御言葉の数々兼ねて両人より聞き及び候　一日も早く上京して是非一度御礼申上げねバ相すまぬ次第に思ひ居り候

今回御あい致せば　重ね〳〵の御親切の御言葉実に御同情ある御心情身にしみて有り難く感じ入り候

先般申上候通り　御父上様にハたか子及子供の入籍を御承認下され誠ニ安心いたし候

これらに付ても万事叔父上様叔母上様の御骨折下され候結果と重ね〳〵も感謝仕り候　実は早速御礼状差上ぐるが当然の処　帰宅するや風邪にかゝり　つゞいて胃腸をやみ　暫《ママ》く全快仕り候　心ならずも失礼いたし候段何卒御容謝下され度候

草々

七月十一日　飯田博吉

中島皐様

早速御礼申上ぐ可きの処意外ニおくれ失礼仕候段平ニ御容《ママ》謝下され度候

2

昭和八年十月十七日／8・10・18／封書／十月十七日／名古屋市中区陶生町一ノ一二／横浜市中区山下町一六八同潤会アパート第一号館廿五番戸　中島敦様

拝啓　秋冷の候益々御壮健の御事大賀奉ります　降つて小生ども御かげ様にて何事もなく無事にくらしてゐますから他事乍ら御安心下さいませ　さて　たかよりの手紙によれバ二人とも入籍下さつたとの事承知仕り誠にうれ〈し〉く厚く御礼申し上げます　それから来月早々上京するやうに申してきましたが　あなたのおとう様から御ゆるしがあつたのでせうか　たかの文中にハどうやらおとう様の御ゆるしのないのに　上京するやう書いてありましたが　それはよくないと存じますが如何したものでせう　いつぞやおとう様の御話によれバ　二人を入籍するが当分二人を一しよにしかねる　いづれ時を見て一つしよにすると申していらつしやいました　何んとか一しよになるやうな御話になつたのでせうか　もちろん私の方では一日も早く一しよに暮してもらいたいのがやま〳〵でそれを望んでやまない次第であります　それがあなたのおとうさんから右様の事をきゝ及び私もそれを承知してゐるので　一寸その辺の事を御尋ね傍々入籍の件幾重にも御礼申し上げます　甚だ勝手乍ら御返事下され度御願申上げます

草々

昭和八年十月十七日　右　飯田博吉

中島敦様

3

昭和十五年一月八日／15・1・8／葉書／一月八日夜／名古屋市昭和区陶生町一ノ一二／横浜市中区本郷町三ノ二四七　中島敦様

謹で新春を御祝ひ申上げます　殊に皆々様御揃にて御越年遊ばされ誠に御目度き至極に存じます　降つて私方も皆丈夫で新年を迎へましたから御よろこび下さい
本日は誠に結構な品頂戴仕り御厚意有り難く厚く御礼申上げます。横浜なればこそ求めうる結構なおいしい御菓子を戴き子供のよろこぶこと一方ならず　すぐ子供にわけてやつたらまだ二つ残つてゐるよ　まだ一つあるよと言つて一つづゝ食べ　残りを大切に自分自分の本箱の中にとつといてながめてはよろこんでゐます　幾重にも有り難く厚く感謝致します　それから今年の新正は新池からは久子さんが餅をついてもつてきてくれました　三ケ日前つくれたのでうれしかつた。
先づは右御礼迄に

敬具

4

昭和十五年十二月十八日／15・12・18／葉書／十二月十八日／名古屋市昭和区陶生町一ノ一二／横浜市中区本郷町三ノ二四七　中島敦様

拝啓先般早朝より御邪魔致し種々御施走《ママ》に相成り誠に有り難く厚く御礼申上げます　八日は上京して宮城を拝し九日は高師　一〇日は女子学習院　一一日は四谷第五小学校を見て　十一日午后一時三十分東京駅発下リッバメにてかへりました　丁度富士山を右に見て静岡をすぎ浜松着頃より夕やみになりました　名古屋へは午后七時につきました。何卒御安心下さい　それから敦さんはゼンソクで御苦しみでしたがなほりましたかしらん　仲々の御苦みで御気毒でなりません　何卒御養生専一に遊ばされ度、御願ひ申上げます　和夫さんの病気は少々よいとの事です　先づは右御礼傍々御見舞申上げます

草々

5

昭和十六年六月二十八日／16・6・28／葉書／六月廿八日／名古屋市昭和区陶生町一ノ一二／横浜市中区本郷町三ノ二四七　中島敦様

拝啓御手紙を戴いて驚きました　遠い南洋へ御出掛け遊ばさるとの御事御からだに充分御気をつけ下さい　而し南洋は仰の如く冬のない国ではあるが　暑さは如何でせう　この手紙の着く時分は既に御出帆の御事と思はれます　門出を御送りすることが出来ないのを残念に思つてゐます　海上つゝがなく遊ばすやう神かけて御祈り申上げます　今日では遠い南洋も近い隣のやうになつてはゐますものの何

んだか心のこりか致します　元気でやつてきて下さい　私も若ければ御同行したい心持ちが致します　ハガキを以て門出を御送りいたします　御安泰を御祈りいたします　不一

中島端書簡

1

昭和五年二月五日／5・2・5／葉書／毛筆／二月五日／埼玉久き／東京市本郷区東片町十番第一三陽館
中島敦様

本郷の田中文求堂より行李一個御方へ送り来るやもしれず、その折は暫時御あづかり置可申候、右用事迄」

2

昭和五年二月七日／5・2・8／葉書／毛筆／埼玉久喜より／東京市本郷区東片町十番「第一」三陽館　中島敦様

前略　多分来週日曜日に午前に一寸御たづねすべし。但別に御待合にハ及び不申候」

端

二月七日午後

中島竦書簡

1

昭和十一年九月十五日／不明／封書／東京麴町区麴町五丁目七ノ二／横浜市中区本郷町三ノ二四七 中島敦殿返書

勝田鹿谷ノ伝慥ニ到着致候　当院ハ兎ニ角有名ニナリ居候間何トカイテモ大抵届キ可申麴町区善隣書院デモ赤阪区デモ四谷デモ届ク可キナガラ　正式ニハ近来町名番地共改正　麴町区麴町五丁目七番地ノ二ト心得置カレタシ

鹿谷ノ事ハ森鷗外ノ伊沢蘭軒ノ伝ニ鵬斎始テ菅茶山ニ逢ハレシ時ノ事ヲ説キテ勝田鹿谷ノ寿筵ニ遅レテ往キタルニ中ヨリ出デ来タリシ男ニ袖ヲ捕ヘラレテ「御前ハ菅茶山ヂヤナイカ　ワシハ鵬斎デアル」ト云ハレタトアリ　此鹿谷ノ伝ガ判然セサリシ故ニ世田ケ谷ヘ問合ハセタノデアルガ　此ハイサヽカ間違ノ様デアル　何トナラバ鹿谷ハ文政九年ニ五十才ニテ始テ高松藩ニ仕ヘシ　ナラバ文化十二年ニハ三十八才ニシカナラズ（鵬先生ノ茶山ニ逢ハレシハ文化十二年二月ナリ）俗間ニハ四十ノ賀ト云フコトモアレドソレハ有閑社会ノスル仕事ニテ学者間ナドニハ無キコト况ンヤ鹿谷ハ窮シテモ居ルモ三十八ニテ寿筵ヲ張ル筈ハナカルベシ〈欄外ニ〉（文政九年鵬先生逝去ノ年ニテ先生七十五歳ナレバ鹿谷ハ二十五才年下ナリ　老人ト称ス可キ理ナシ）恐ラクロクコク違ヒニテ麓谷ト云フ人ナルベシ　麓谷ナラバ鵬先生ノ詩集ニ　清明日従麓谷老人、赴藍青社会、予与主人未相識、座皆名士、亦非面熟〈欄外ニ〉（非面熟見知ラヌヲ云フ）、云々トアリテ詩ニ　笑指清明二月天トアリ　此時ノ事ラシク藍青社ト云フ者モ分ラヌガ多分当時ノ或ル詩人ノ会ナルベシ　先生主人ト懇意ナラズ　座客モ大抵見知ラヌ人トアリテ　二月清明ノ日トモアレバ此ガ本当ラシイ　但麓谷老人ト云フ人モ分ラズ　人名辞書中別ニ何麓谷ト云フ人ハ無之哉　無クバ致方ナキモ発見シタナラ報ジ越サレタシ　先生ト茶山ト出会サレシハ日本橋ノ上ニテ　当時伊勢人河崎敬軒ト云フ人カ　文晁ニ其出会ノ画ヲカイテ貰ヒ　先生ニ賛シテ貰テ持チ帰リシ者ニテ　先年文晁ノ画ノ展覧会ニ出品サレテ一見セシ事アリ　ソレニモ慥ニ文化十二年二月トアリ　麓谷鹿谷ハ同人カトモ思ヒシガ　鹿谷ハ青年ナリ　麓谷ハ老人トアレバ同人ニ非ズ　勝田鹿谷ノ寿筵ト云フコトハ必間違ナリ

九月十五日　竦

敦賢姪

《参考1》中島竦→中島田人書簡

昭和十一年九月十一日／11・9・14／葉書／九月十一日／麴町区麴町五丁目七ノ二／世田ヶ谷区世田ヶ谷一ノ一二四　中島田人様

敦姪東帰後感冒臥蓐之由　兎角弱体関心之事ニ候　鹿谷之事ハイツニテモ可ナリ　序ニ鵬先生文鈔開巻第一ニ増攷孝経鄭氏解補証序ト云フ者アリ　書ハ東条一堂ノ著ニテ序中ニ族子東条弘ト云ヒ又弘幼長于余塾同男梓承家学トアリ　而ルニ人名辞書ニハ一堂ハ上総人ニテ先生ニ何ノ関係無キ者ノ如シ　唯々養子ニテ辺見次郎ノ次男トアリ　此辺見ナル者ガ何カ関係アルカ　他日雲鵬先生ニ面接ノ日ニ一寸聞糺サレタシ　分ルマイケレド

2

昭和十三年八月十日／不明／封書／毛筆／長野県下高井郡渋温泉古久屋ニテ／横浜市中区本郷町三丁目二四六　中島敦殿

先日来澄子ヲ携テ当地ニ入浴致居候事ハ多分伝聞ニ候事ト存知候　而ルニ当地ハ辺僻之田舎之事　見ル者モ無之面白キ事モ無之候間両三日ニテ帰リ度様子故　昨日湯田中ト云フ駅マデ送リ久喜に返シ申候　当地ノ温泉ハ所謂ル塩類泉ニテ種々有之候モ結局ハ神経痛リウマチス若クハ胃腸ニ効アル者ノ様ナレバ　喘息等ニハ何如可有之カハ知ラズ候ヘ共　暖メル緩メルト云フ効能ハ多分ニ可有之　サスレバ幾分ノ効果ナシトモ云ハレズ　至テ俗地ナレドモ渓間ノ空気ハ何ト云テモ好イ気持ノ者　万一学校ノ方ニ大シタ用事ナクバ田沼ニ話シテ一遊ヲ試シテハ何如哉　タシカ田沼モ曾テ一遊セシ筈　其頃トハ違ヒ非常ナ開ケ方ニテ往来モ便利トナリ　横浜カラニテモ七八時モタヽヌ内ニ達シ可申　兵粮ハ当方ニテ賄ヒ可申候間往復汽車賃丈ケニテ来テハ何如哉　自分ハ二十日過頃マデ滞在ノツモリナレバ　ソノ一週間バカリ前ヨリ来レバ都合宜敷　但此ハキツトヽ云フノデハナイ　思召アラバ御出ナサイト云フ程度故学校ノ方ヲ用事ヲ棄テヽマデ来ルニ及ハズ　此事澄子ニモ申含メ置候間此状届候頃ニハ澄子モ其方ニ参可申ニ付直接ニ聞取ラレ度　万一来遊ノ心アラバ一寸葉書ニテモ申遣ハサレ度候

八月十日

長野県下高井郡渋温泉古久屋ニテ　たかし

横浜中区本郷町　敦との

3

昭和十四年十月二十二日／葉書／東京麴町区麴町五丁目七ノ二／横浜市中区本郷町三丁目二四七　中島敦殿

来廿九日兼テモ申候通リ決一年祭洗足ニテ執行ノ筈　当

日午前十時前後までニ可成繰合セ出席有之度申入候　此段まで　草々

十月廿二日

4

昭和十四年十二月十六日／□・12・16／封書／毛筆／東京麹町区麹町五丁目七ノ二／横浜市中区本郷町三丁目二四七　中島敦殿

本年モ愈々跡半月ト相成候

今月初以来兎角腰ノ辺少々疼痛ヲ覚エ候間冬間休業中月末廿八九日ヨリ一月七八日まで十日間バカリ伊豆ノ湯河原辺ニ遊ビ度思ヒ居候ニ　丁度其頃ハ東京辺ヨリ遊客殺到ノ折ニハアラズヤトモ思ハレ申候間ソレモ何如可有之哉ト存知候　兼テ聞ク所ニ依レバドコカ田沼氏ニハ別荘モ有之由　万一避寒ヲ許サルレバ十日間バカリ厄介ニナレ間敷哉　七十九才の老人ガ八十歳ノ元旦ヲ迎ヘル為メト思ヘバ縁起ノ悪イ事モ有之間敷　本ヨリ歓迎モ御馳走モ入ラヌ事　ソレニ自分ハ一日二食ナレバ朝夕ノ食事丈ケヲ頼ミ度ノミノ事　尤モ寒中ニ居ルナラバ無理ニ御頼ミスル次第ニハ之無し　年々久喜ニ行ク事ニハナリ居レドモ　前云ノ通リノ疼痛故幾分暖地ニ居ル方都合宜敷　北ヘ向フト南ヘ向フト南北二十里バカリノ差アレバ幾分楽ト思ハレ候故ニ候　万一出来候ハヽ自分ノ国語ニ対スル話語ノ整理　其他カヽリ結ビノ議論ナド大体起草ハ出来居候ヘバ書キ直シ可申ト存候

右ノ次第故田沼氏ノ意向ヲ問尋ラレ度アナガチ無理ニ頼ミ候次第ニハ無之候間　都合悪クバ遠慮ナク御断リ可然ト申添ヘラレ度　其上ニテイヅ方ヘ行クトカ方向ヲ定メ可申　伊豆方面ニモ手掛リ無之ニシモアラズ候間可成は早速返事有之度此段申入候也

十二月十六日　たかし

敦賢姪

5

昭和十四年十二月十九日／14・12・20／葉書／東京麹町区麹町五丁目七ノ二／横浜市中区本郷町三ノ二四七　中島敦殿

早速承知致呉候趣満足ニ存知候　宜敷御伝声有之度候多分廿八九日頃ニモ相成可申歟　追而日取極マリ候ハヽ又々可申進候也　たかし

十九日

6

昭和十四年十二月二十三日／14・12・25／葉書／東京麹町区麹町五丁目七ノ二／横浜中区本郷町三丁目二四七　中島敦殿

廿八日まで種々用事有之候間　廿九日参り可申　可成午前ニ来て貰ヒ度存知候　先は右日限報知まて　草々

十二月廿三日

尚田沼氏にも右之段報知置カレ度候

7

昭和十五年二月四日／15・2・4／封書／毛筆／東京麴町区麴町五丁目七ノ二／横浜市中区本郷町三丁目二四七　中島敦殿

子供ノ名前ハ多分七夜カ何カニ付ケベキ者ナル可ク　明日アタリハ七夜ニナルニハ非ルカ　ツイ〳〵ソノマヽニ打過ギ俄ニ気付キテ付ケ申候　木偏ノ字ハ多クテ　字ニ迷ヒタレド先ツ〳〵今ノ世ニハ六ケシカラヌ字ガ宜敷カルベク格ノ字ヲ取リタリ　タヽ読法ヲ少々六ケシクシテノボルト読マセルツモリナリ　ソれニハ左ノ文中附随スルコトニテ

格

姪婦有レ孕、姪請レ余曰賤門弥月将レ至、未レ知二弄璋弄瓦一、請叔必賜嘉名、余笑而頷之、既而一月来告曰、弄璋降矣、前有レ児曰レ桓、請択二木旁字一偶レ之、余乃命レ之以レ格、夫格有二数訓一、至也、来也、正也、登也、而説文有レ之、格木長貌、木長者其梢至レ天、至《ル》レ天《ハニ》上達之謂也、故釈詁云格《ハ》陞也、余欲二此児之上達《ヲ》一、故以二陞義一祝二福此児前途一云爾、

昭和十五年二月四日　叔祖竦考

先ヅカウ云フ次第ニテ今自分ハ手ガ震ヘ居リ　命名書ハカク訳ニ行カヌ故追テ書キ直シテ送リ可申　明日ニ間ニ合フ可ク此マヽニテ差出シ申候今日ハ二三人客ガ来リ候故一寸遅レ申候ヘ共大抵ハ間ニ合可事ト存故之候処也

たかし

姪敦殿

8

昭和十五年五月二日／15・5・2／葉書／五月二日／埼玉県久喜町／横浜市中区本郷町　中島敦殿

先日は御苦労　今日正通護送にて午前当地着　田園初夏ノ風光満喫快心之至　此分ニテハ恢復モサシテ六カシカルマジク、覚エ候　御心配無之様申進候　久喜宅ニテハ白藤ツヽジ今ヲ盛リ牡丹ハ両三日オクレタル様ナリ　畑ニハ菜花ハ少シ過ギ豌豆胡豆ハ最盛ナリ

関翊書簡

1

昭和十二年九月十七日／12・9・17／葉書／九月十七日／東京世田谷太子堂四四八／横浜市本郷町三の二四七 中島敦様

どうです、つよくなりましたか、其の然らんを祈り望み申居候、正献此度応召十二日已に入隊致候、されと夜に入り帰宅、二十日ころいよ〳〵出陣致すべし　近衛重砲八聯隊附少尉に候、後方勤務先以て無事ならんと存するも一死以て君国に報し得んにハいと幸と存候、
出入等も可なりに候、御報のみ草々

2

昭和十三年二月二十五日／13・2・25／葉書／二月廿五日／世田谷太子堂町四四八／横浜市中区本郷町三ノ二四七 中島敦様

拝啓　どうですか、どうも、世ハ厄介なものです、が、之が此世です、であるから永遠の思ふ念が与て起るのです、起されるのです、「吾等ハ神を求むる為めに造らる、故に神を得るまで己が霊ハ休まず」オガスチン、
　正通も召集されました、三月一日入営致します、出征ハいつか不明です、先は帰りに近づいて居りませう、二児を国にさゝげるハ家門の光栄です、本人ハ戦争大嫌ひです、小さくなつて出ます、御見送を要しません、明晩小集ハ催します、一寸御知らせ、のみ、申上げます

山本開蔵書簡

1

昭和十一年一月七日／11・1・7／葉書／毛筆／東京市目黒区洗足／横浜市中区本郷町三ノ二四七　中嶋敦様

其後依然喘息に悩み居る様子なるが注射は成るべく避くるを可とせずや（実際の苦痛を知らぬため言ひ得るならんも又一面常習になる恐あらんかとも思ふ）洸は其地に行き度と云ひつゝも東奔西走の有様で余日なく其念を果さず昨日帰神せり　牧野の宿所は荏原区中延一〇七二なり

七日　以上

2

昭和十二年一月二十日／12・1・20／封書／一月廿日／東京市目黒区洗足一四六三ノ六／横浜市中区本郷町三ノ二四七　中嶋敦様参

一月廿日　開蔵

敦さん　へ

此程の御端書見ました。孝子殿入院後の状況良好との事、小児の育たなかつたのは残念でせうが止むを得なかつたと御諦めなさい。此上は皆々の早く元気になる様にと祈ります。お前さんの処も昨年来何彼と不幸続きにて誠にお気の毒ですが是も何かの回り合せと諦めクヨ〱せぬ様にと祈る次第です。老人先夜如何なるキッカケにや夢に何れも知れぬ婦人より〝蛙だつても何時でも崩れてばかりは居ません〟と云はれて其意味が分らず其機会に眼が覚めました。覚め後思ふに丁度柳生十兵衛が天海僧正の謎の様な事を云はれて狂気が直つたと云ふ話があるが　それと仝し様な気持がして居ます。此老他から見れば気楽らしくもあらんが時に心を痛むる折もあるので此を慰めるならん　天運循環と云ふ意味をほのめかされた事ならんと強いて理屈を附けて喜んで居ます。お前様の場合とて余りに力を落さず努めて安らけき気持で居る様にと思ひ右の話を致します。

以上

3

昭和十三年九月十六日／13・9・16／封書／九月十六日／東京市目黒区洗足一四六三ノ六／横浜市中区本郷町三ノ二四七　中島敦様参

九月十六日　開蔵

敦さん

其後は随分御無沙汰致（お互に）近頃其御許の健康状態

は如何。当方は一同元気なり。泱は去五月召集を受け　本月五日台北を出で何れの方面へか向つた。随分苦しんで居る事でせう、

時に喘息の応急策について教へて貰ひ度のですが、本人は秀嶋の姪で当年六七才の幼女だが、時々発作するとの事。それが近々母に伴はれて朝鮮（父の勤務地）へ行くので、途中汽車や船の中で発作されたら、他に幼いのが乳呑を合せて二人居るので　当人も困るし母も困るので何とか良い薬はないもの歟と操子より尋ねられたのですが、曾て其御許の話で漢薬の黄麻とか云ふので良い薬があると聞きかぢつて居たのを思出し、若しも其薬が前記の様な場合に甘く使へるものなら其処方やら使用方やら教へて貰ひ〈たい〉のです。尤も右に限らず何歟良い方法の御心付あらば併せて教へて下さい。何れ其等の応急薬は多少毒分を持つとか、激薬と云ふ部類に属すると思はるゝにより用法等可成委しく御示しを乞ふ

右取り急き御願用まで

何も御接待は出来ぬが　御都合で家族を連れて来なさい。幼き人に可成世間を広くしてやりなさい。

4

昭和十三年十二月二日／13・12・2／葉書／横ハマ市中区本郷町三ノ二四七 中嶋敦様参

寒冷の折柄　近況如何、先頃教へて貰つた喘息の薬相当効を奏して居る様です。難有う存じます。甚だ御手数だがモー一度例の処方御示し下さい。

Tit-Bits 牧野の好意にて送つて貰つて居るが　若し読まれるなら御送り致します。（半分位しか読まずに其儘に棄るも勿体ないから）

二日　　東京市目黒区洗足一四六三ノ六

5

昭和十三年十二月十一日／13・12・11／葉書／横ハマ市中区本郷町三ノ二四七 中島敦様参

前略

水滸伝見付かりました。其地へ御届しませうか、又は留置してよろしいですか

十二月十一日　　東京市目黒区一四六三ノ六

6

昭和十四年二月八日／14・2・□／封書／二月八日／東京市目黒区洗足一四六三ノ六／横浜市中区本郷町三ノ二四七 中嶋敦様参

二月八日　　山本開蔵

来否御返事ください

以上

敦様参

其後お寒さも厳しいが御変りなきや。当方不相変なり、偖毎度種々な事を御頼みする次第なるが、一昨年頃御話致した事ありと思ふが　拙者の旧友の子にて　一昨年上野の音楽学校卒業せし者にて　牧野敏成と申す仁　目下鎌倉にあり　逗子と藤沢とかの中学にピアノを教へて居るのだが　時間に余裕もあり　収入の増額も図り度いので　何処か女学校へでも教へに行き度との話で相談を受けたのです。それで其地の女学校に於て其様の機会でもありし場合推薦して貰い度と思ひます。御心懸置を願ひます。其中に本人が尋ねて参るやにも存じます。御承知置を願ふ。固より早きを望む次第なれども　現に勤めて居る人を押除けてなど云ふ悪い事は仕度ない、其辺も御含みあり度し。又私より田村《ママ》氏の方へ直接頼む方がよいと云ふ様ならば其手続も仕ます。右取敢へず御依頼まで

7

昭和十五年四月十七日／15・4・17／葉書／速達／十七日／東京市目黒区洗足一四六三ノ六／横浜市中区本郷町三ノ二四七　中嶋敦様参

前略　突然ですが淑子お別れの〝いとこ会〟を二十日（土）の晩　当宅で催ふしますから　御繰合せ御出で下さい。御都合で長男を連れて御出で下されば結構です。

中島志津書簡

1

昭和十二年一月二十三日／12・1・23／封書／一月二十三日／埼玉県久喜町／横浜市中区本郷町三ノ二四七　中島敦様平信

先日はおさわがせ致しました

田沼氏に面会出来なかつたのは残念でしたか却つて厄介にならなかつたのは好かつたやうにも存じました　丁度六時ごろ帰宅できましたから

其後産婦いかゞですか　存外な元気　あの様子では早く肥立つ事と思はれましたが　たゞのお産でないから充分注意なさるやうくれ〴〵も軽はずみのないやう　たゞのお産では軽はずみのためとりかへしのつかぬやうな事はいくらもある事

よく〳〵用心なされや　大事な身体自分一人のためではありません　一家全体のために他を考へずに専念養生なさるやうくれ〴〵も申上げます　御元気の様子申上ましたら河野伯母様もすみ子も大変よろこびました　すみ子は自分の小さくなつたスエータを解いて何かあんで柾に送るといつて毎晩あんでゐます

世田谷へ同居を希望して居られるといふ事をいうてやりました　何とかそちらへ申す事でせう　お産婦にも妹さんにもよろしく〳〵

一月二十三日　志津

敦様

山本洸書簡

1

昭和六年十一月十八日／6・11・18／封書／十一月十八日朝投函／福岡市外箱崎町原田一四四四　国崎方／東京市外駒沢町上馬五九　関若之助様方　中島敦様

敦ちゃん

突然葉書を有難たう　下宿生活をして居ると便りがくるのが一番うれしい。毎日今日は誰からか便りが来てはしないだろうかとそれをたのしみに家に帰つてくる　若し部屋の襖を開けた瞬間机の上に手紙でも乗つて居ようものなら着物を着換へる所ではない　先づ飛び付いてむさぼり読むといつた始末だ。まして思ひもかけぬ人からの便りときては……。実にうれしかつた　本当に有難たう。今後も時々頼む　と云つてもお互に筆不精だからねエ。

今日は実は浜子さんの姉さんに会ひに行つて来た。三年間も同じ福岡に居り　しかも互に福岡に居る事を知りながら、今迄一度も尋ねなかつたとは　いくら交際の下手な僕とは云へ余りと云へば余りに……だ。此秋の休みに阿蘇に登り、雲仙の紅葉を眺めそれから長崎に行つたので　松島を訪問し浜子さんに住所を始めて聞いて知つた様なわけだ。

アそう〳〵君は今関さんの所に又戻つた様だね。関の御伯父母様に申し上げてくれ給へ。松島の連中はとても元気だつて。

御伯父母様はどう？

此度松島に行く時は実際参つちやつた。突然行つて驚かしてやらうと思つてね　何も前ぶれせずに午後一時の船で長崎を出た。長崎湾の中は少しも波がないので　今日はたいした事はあるまいと思つて出たんだが　湾を出たらそろ〳〵揺れ始めた　それがだん〳〵ひどくなる　出発後一時間位してからはもうものすごい揺れだ　まいつたね　造船科に入つて居るとは云へ　船には至つて弱い僕　実に恐ろしかつたぜ　あんな荒れの日に沖に出た事は始めてだ。がまんに〳〵をしたんだがたう〳〵苦しくなつて……やつちやつた。余り苦しいので途中の港で降りて自動車で松島の近くまで行く事にした。船をおりたのが三時　乗合自動車がその村に来るのが四時半なので　そこで一時間半も待つた。漸く自動車に乗つたはいゝが　向へ（瀬戸と云ふ所）ついたのが夕暮、だんだんくらくなつて来た。そこから松島迄渡しがあるんだが　六時以後は出ないと云ふ　特別仕立てを頼むと出すが　其日は荒れてゐるので出さぬかも知れんと云ふ　だん〳〵心細くなつてくる。

其上何処から来たのか　いつの間にか顔の白い女が数人

やつて来てとまつて行きなさい〳〵と云ふ　兼ね〳〵瀬戸はへんな女が多い所だと云ふ事を聞いて居たので　何んだか恐ろしくなつて来た　そこでいくらとられてもいゝから　段然今晩中に松島に渡らうと決心して女を振りきつて渡場に交渉に行つた　其時は既に日もトツプリくれてしまつた　何んだか体がブル〳〵ふるえて来た　幸ひに僕の他にも僕の行く所より近い所迄だが行く人が居たので　無理に頼んで　始めは僕の目的地迄は行かないと云つたんだが　漸くの事で交渉はすみ　ホツト安心して船に乗つた　此船は長崎から乗つた船よりズツト小さいので揺れる事〳〵　とてもすごい　しかし此度はとてもきん張して居たので苦しい事はなかつた。いつもなら十銭か十五銭ですむ渡しに　二円とられてとにかく松島に上陸した　これからが又大変だ。正献さんの家が一年に来た時とは変つて居るので何処だかわからない　其処で商店の並んで居る所（と云つても二十軒余りだが）へ行き　以前一年の時来た時正献さんと一緒に入つた店に入つて聞いて見た所が　幸ひにその店に夕食後の散歩かなんかで一寸立寄つて居た人がとても親切に教へてくれたが道がよくわからないので聞き返したら、では一寸案内してあげませうと云つて先へたつた　僕もこれでしめたものだと安心したので　今迄のきん張がゆるんでがつかりしてしまつた　親切な小父さんはどん〳〵山の坂道を登つて行く　余り気の毒なので再三再四もうたくさんですからつて案内をことわつたんだが　何今暇ですからと云つてどん〳〵登つて行く　案内の人は峠を越した所で下の方の家を示して引返す事にした　実際親切な小父さんだつた　厚く感謝の辞をのべて別かれた　一寸町中にはあんな親切な人は居らんね。

僕は示された家を目当てにどん〳〵山を下つた　家についたのが八時半頃　僕は未だ夕食もたべてない　驚かさうと思つた計画も相憎く正献さんは会があつたので不在　従つて僕の計画は半分しか成就しなかつた　然し浜子さんだけでも充分驚かしたのは満足だつた。

其の日の夕食に間に合ふ積りで長崎で上等な牛肉を買つて出かけたんだがこんな始末になつたので早速持つて来た当人が御馳走になる次第　実になつちやあいない。

十時近く正献さんが帰つて来た　此方も充分驚すことが出来た。それからは四方山の話。翌日帰る積りで来たんだがへばつて居るし、仲々歓待はするし　可愛い茶目公達もすぐなついてしまつたのでいゝ気持になつてしまつて仲々帰る気にならない。とう〳〵四日ばかり滞在して茶目公連のお相手をした。実に可愛いゝぜ　食事の時間正昭さんは皆に代つて可愛らしくお祈りをする　小さい正康もアーメンだけは云ふ。但し勿論それより先に色んな物をつまんでゐる。

しまひには僕に甘へる始末　甘へられると益々可愛いく

なる。

　帰りには浜子さんと茶目公二人と一緒に長崎へ行つた。行つたはいゝが長崎にも小さい茶目が二人居るので大変だ　正昭さんはとてもおとなしいので何等事件を起さぬが小さい方が仲々すごい、たえず玩具の取合ひやら何やら。小さい子供連の所有感の強いのには驚くね。余り戦争がたえまないので浜子さん遂にへいかうしてしまひ　五日ばかり居て色々の買物をする予定だつたのに　三日目に何物も買はずに退却してしまつたのは実に気の毒だつた。

　以上の様な次第でこの休みはとても愉快だつた。

之迄は関の御伯父母様に御覧に入れてもかまはんぜ。但し乱暴な言葉使ひをお詫びしておいてくれ給へ。

之で今晩は失敬する　未だ書きたい事があるがねむくなつたから又明晩続きを書く。　お休み。

やあ失敬した　一昨晩は一寸急用があり　昨晩は先生の家に招ばれたので前の分を書いてから三日目になつてしまつた。

　本当に米国の野球団はすごいね　底力がわからんつて云ふさうじやあないか。ノーランナーの時日本の打者がピーゴロを打つた所わざと三塁に投げ　それから一塁投球々々アウツだつて。実に馬鹿にしてゐやがるね。

——・——・——・——・——

　便りによると大分ふさいでゐる様だね、僕は以前から君は気の毒だなと大いに同情をしてゐた。ムッターが居られんだけでも実に気の毒だ　僕は福岡で下宿生活をする迄は左程親が有難たいとも何んとも思つて居なかつた、然し今家を離れてみると両親の有難味がつく〴〵感ぜられ　一層親を失はれた人が気の毒でたまらなくなつた。

　君は普段僕等と会ふ時は大変元気で陽気である　然し僕には　君は内面では何やかや大いに苦しんで居る事はよく分かつたが　具体的に何に苦しめられて居るのかは僕の様なお坊ッちやん育ち式の人間には　はつきり想像する事は出来なかつた。今でも何かゴタ〳〵があるらしいなと云ふ事は感ぜられるが　具体的な事は一寸も知らない。それに今度は君自身に関する件でゴタ〳〵して居るとは一体何なんだい？　なんだか心配になつて来て筆をとつた次第だ。

　馬鹿に厭世的な事を云つて来て　何かそんなに重大な事件なの？　他人の内的方面に迄立入りたくはないが　話してもよい事なら聞かしてくれ給へ　僕は何んだか心配でたまらないんだ。

　事によつては微力もかへり見ず助力もしてみたい。

君がこんな便りをくれたのは　僕にとつて実際うれしい。小さい時からよく一緒に仲よく遊んで暮らした間柄でありながら大きくなるに従つて何んだか、今迄は二人が段々別かれて他人行儀の様な風になつて来たので　僕は内心とて

も悲観してゐたんだ　なんとかして元の様に互に心を打開けあつて打とけて話が出来ないものだろうかと常々思つてゐた　これもお互の日常の生活様式が違つて来た為なのだろうとも思つて居る。

　これを機会に今後再び小さい時の様に　接近し合はふぢやあないか。

　今後吾々は社会に出てから　大きな悩み大きな苦痛に何辺《ママ》となく出会ふ事だろう　その時はお互に大いに助力し合ひ　励げまし合ひ　此の世の中の荒波を乗り切つて進まふではないか。

　何度も仝じ言葉を繰返す様だが　実際僕は心配で〳〵たまらないんだ。

　余り永くなるからこの辺で失敬する。

お互に体を大切にして清く正しく進まうネ。

　では又　　失敬
　十七日晩　　洸チヤン　より
　敦チヤン様へ。

　書忘れたが関の御伯父母様正通チヤン美恵チヤン等へよろしく伝へてくれ給へ。

　三銭切手をはつておくが不足料金を取られるかも知れんぞ

中島泱書簡

1

昭和十三年一月十一日／不明／葉書／十一日／横浜市中区本郷町三ノ二四七（東京市世田谷区世田谷一ノ一二四から回送）　中島敦様

お寒いところお見送り有難う存じました。貴君の身体にお障りなきやと案じて居ります。久し振りにてお会ひ出来うれしく存じます　ゆつくりお話する機会を欲しかつたのですが　何しろ超特急の如き道中、残念致しました、
　北海の雪の中から飛出して来た人間をやにはに台湾まで引きつれて参る訳にて　つれて行く方も行かれる方も誠に目まぐるしき思ひです。
　奥様へもおひき合せ致す機会を得ませんでしたが、何卒私同様、今後ともよろしく御交際願へます様貴兄からよろしくおつたへ願ひます。
　　大和丸船中　泱
新住所　台北市水道町大学官舎

2

昭和十三年一月二十六日／13・1・27／絵葉書（蛮人の食事）／一月廿六日／台北市水道町大学官舎／横浜市中区本郷町三ノ二四七　中島敦様

其後如何ですか
私共の出発の際は　お寒いところわざわざ恐れ入りました　遅ればせながら御礼申します。冬だと云ふのに外套も着ずに歩きまはれる気候に住心地の良さを感じます、（もつとも二、三割の物価高はこの反対だけど）
下川さんには昨年四月以来二三度お会ひしたきり　今年は未だうかゞひません　いづれ参上しやうと思ふて居ります

氷上英廣書簡

1

昭和八年五月二十六日／8・5・26／葉書／横浜市中区山下町一六八同潤会あぱあと一号館廿五番戸　中島敦様

学生便覧を貰ふには認《みと》めがいります。
単位を取る必要（教員検定のためなど）が無ければ聴講課目届を出すに及ばず。

2

昭和八年八月八日／8・8・8／葉書／横浜市中区山下町一六八同潤会アパート第一号館二十五番戸　中島敦様

暫く叔父の所でレミゼラブルを読み乍ら炭焼きをやります。
リュックは出して置きましたから、いつでも御使ひ下さい。

八月八日

3

昭和八年十月五日／8・10・5／葉書／芝区金杉浜町五三／横浜市中区山下町一六八同潤会アパート第一号館二五番戸　中嶋敦様

熊田精華氏がこの頃衰弱してしまつたので、皆で金を集めて、一月位温泉へでも行つて休養して貰ふことになつた由。金額は三円ほど、七日迄にリノンにとゞくやうにして下さい。（赤坂区青山北町六ノ六）何ならたてかへて置いてもいゝ。つらいけど。

4

昭和八年十二月二十六日／8・12・26／葉書／二十六日／横浜市中区山下町一六八同潤会アパート第一号館二五番戸　中島敦様

熊田さんのために二円ばかり醵金できますか。無理をすることはないのです。できたら、リノンへ届くやうにして下さい。なるべく早く。

5

昭和九年七月十九日／9・7・19／葉書／高座郡大和村南林間都市西区三二〇九／横浜市中区柏葉八九市営アパアト二十一　中島敦様

ルック・ザックと飯盒は浜町に、わかるやうにして置きます。

こちらへ先日釘本が一寸来ました。テニスの合宿を探しに。

無何有郷みたいな処で、本でも持つて来ないと退屈する惧れがあります。

6

昭和九年十一月二十三日／9・11・23／葉書／二十三日／芝区金杉浜町五三／横浜市中区柏葉五三市営アパート二八号　中島敦様

明日（土）横浜のY・M・C・Aにアルベルト、タイレさんを訪ねる約束がありますから、それから君の学校へ行きます。五時頃にゆきます。

7

昭和十年八月七日／10・8・7／葉書／八月七日／東京市芝区金杉浜町五三／静岡県駿東郡御殿場町二枚橋、勝又正平殿方　中島敦様

これから林間都市へ行つて、横浜の君の所へ廻らうかと思つてゐる所へ、君のハカキが来た。――七月下旬、真鶴へ行つて、豆潜水艦に乗つた。新聞にも出てゐたあれだ。稍海底の概念を得た。吉田（昂）と角田に一週一回ファウ

ストを講義してゐる。富士山には天気のいゝ日に上らるべし。（僕は二回とも霧）

8

昭和十年十二月三日／10・12・3／葉書／十一月三日（解題参照）／東京市芝区金杉浜町／横浜市中区本郷町三ノ二四七　中島敦様

切符有難う、早速母と石橋が見に行つた。赤十字の御病人様はその後如何、それから矢崎の近況を君は知りませんか、毎晩時間を取られるので、なかなか遊びに行かれない、年内に一遍逢ひたきものなり、

9

昭和十一年三月十二日／11・3・12／葉書／東京市芝区金杉浜町五三／横浜市中区本郷町三ノ二四七　中嶋敦様

釘本〈から〉電話があつたので、明後日（土曜）の午後、君の所で落逢ふことにしました。（別に彼から連絡がある筈）。

先日忘れたもの持つて行く。ネクタイどうも有難う。

10

昭和十一年三月十九日／11・3・19／葉書／東京市芝区金杉浜町五三／横浜市中区本郷町三ノ二四七　中島敦様

角田の話では御母上重態とのこと、その後如何ですか、僕疲れ気味で弱つてゐる、廿一日が叔母の初七日になるが、君も一緒に寺へ行つて呉れるかしら、午前九時半迄に家に来て貰へればいゝ、御都合如何、至急返事ありたし、

11

昭和十一年五月八日／11・5・8／葉書／五月八日／兵庫県西宮市大井手町一七／横浜市中区本郷町三ノ二四七　中島敦様

すつかり御無沙汰した、先月末から表記に住んでゐる、阪急の夙川といふ駅の傍で　学校のある岡本は次の芦屋の次になる、中々風物が美しい、山紫水明といふが、実際今朝などは山が紫に見える、独逸語の方は新米の良心を発揮するので時々疲れるが、あたりが静かなので疲れがはつきり判るから、癒るのも早いやうだ、校長が文相になつたもので、督学官や参観人がゾクゾク来る、藤村作、沢村寅次《ママ》郎、高楠順次郎等々。教師は弱つてゐる、独乙語はまだ来ない、やれやれ、母も元気です、物珍らしいから色々面白

いやうだ、君に宜しく、気候不順は全国的らしいが、ゼンソクの悪魔は如何、

12

昭和十一年八月三日／11・8・3／葉書／三日／西宮市大井手町一七／横浜市中区本郷町三ノ二四七　中嶋敦様

葉書簡単でよくわからないが、己もそゞろに台湾に行きたくなつた、東京へゆくより面白さうだ、こちらへは汽車なりや汽船なりや、いづれにせよ、神戸港か大阪駅か到着時間を電報して呉れれば迎へにゆく。　草々

13

昭和十一年八月六日／11・8・6／葉書／横浜市中区本郷町三ノ二四七　中島敦様

僕は十日頃東京へ行く、風邪と台湾行の方は如何、兎も角どこかで会へるやうにしよう

八月六日　　氷上英廣

14

昭和十二年五月二十四日／12・5・24／葉書／西宮市大井手町一七／横浜市中区本郷町三ノ二四七　中島敦様

その後御変り無きや、

二十八日（金）の夜燕で行くが、一晩泊めて呉れませんか、都合如何、三十日の独逸文学研究会に出席するための上京です

二十四日

15

昭和十二年十月十五日／不明／封書／十月十五日／兵庫県西宮市大井手町一七／横浜市中区本郷町三ノ二四七　中島敦様

「ザーイスの学徒」は山本文庫といふ十銭の小さな叢書の中に、「ヒアシンスと花薔薇」なる題で、飜訳がある、神秘的なもので、リルケみたいな神経が必要だから、相手によつては無説明に骨が折れるだらう、尤も僕もロクには読んでゐないが、教室では読め（使へ）ないと断定してある、内容の大体は小牧健夫「ノヴァーリス」（岩波刊）の中に説明してあつたやうだ、兎も角、曖昧なものは、語学を嫌にするから、手に余つたら、外のをやつた方がいゝや。

けさ、釘から葉書がきて出征の由、驚いてゐる、君といつか将棋を指した絵かきの田村一男氏が文展に横一丈縦七尺の絵を出した、吉田昴君も高文の筆記通つたやうだ、

こちらはまだ日射が夏みたいに暑く、色気の強い年寄みたいな日が毎日続くが、関東は如何です、

皆さん御無事ですか、母から宜敷とのこと、東京へ行きたい念、時々勃然と起るので、何とか行きたいな。

十月十五日　英廣

敦様

16

昭和十二年十月二十五日／12・10・25／葉書／夙川にて／横浜市中区本郷町三ノ二四七　中嶋敦様

山本文庫、送つた。此前送らうと思つたのだが　横浜にいくらでもあるやうな気がしたもので。先日立沢先生の奥様の妹さんの結婚式がこちらであり、その翌日先生来校され、久しぶりでお目に懸つた、漸く美しい天気になつた、神戸の裏山中々宜しい、

十月廿五日

17

昭和十二年十一月二十七日／不明／絵葉書（国宝　普成音賢の像）／十一月二十七日／横浜市中区横浜高等女学校気付　中島敦様

君ガホメテタノヲ思ヒ出シテ、吉野ニ来タ。十一月ノ末ハ流石ニ淋シイガ、景色ハ綺麗ダ、一晩泊ッテ明日帰ル、宿屋ニ僕一人ダ、谷ノ向フニ如意輪寺が暮残ッテ見エル、太平記ヲ持ッテキタカラ、今晩ハ読ム、太平記ノ忠臣ヨリ、役行者トイフ半伝説的人物ノ方ガ、面白サウダガ。

先月末神戸デ釘本ニ逢ヘタノハ意外デアッタ、夏ハ氷屋デ冬ハ芋屋ニナルオヤヂノ兵隊ニオサヘラレテ、口惜シガッテキタ。デモ、本部付ノ計手副手ナルモノニナレサウダト繰返シ強調シテキタ。本人ニハ頗ル重大事ラシイ。出航以来頼《ママ》リガナイノデ、心配シテキル。

18

昭和十三年一月九日／13・1・9／葉書／一月九日／夙川／横浜市中区本郷町三ノ二四七　中島敦様

歌一通り読んだ、実に面白かつた、もう二三遍読んで返す、僕も何か沢山やりたくなつた、歌も七百だか六百だかあると人間が出るものだと思つた、君の感覚力は尊重すべきものがあるやうだ、独逸の本ばかり読むと、どうも灰色の天地に感染して困る。動物の歌で思ひ出したが、不思議な挿絵のある生物の本を、そのうち送る（今、本屋に云つてある。）独逸語だけれど、きつと内容を知りたくなるに違ひない。

吾も見たり、南京陥ちて、現れぬ、菠薐草喰ふポパイその人、

19

昭和十三年二月十二日／13・2・12／葉書／二月十二日／西宮市大井手町一七／横浜市中区本郷町三ノ二四七 中島敦様

歌御返しした、中々面白かつた。暫く歌なるものの存在を忘れてゐるやうな状態であつたので、一寸面喰つたが、御蔭で一隻眼を開いたやうな気がする、本屋などで、大家の歌集をあけてみるが、君の言葉ではないが、「我の居るべきところにあらず」といふ点が、ハッキリしてきた。一言以て之を蔽へば　君の歌は感覚が勝つて居るやうだ。純粋さ、無邪気、美しさ、はかなさ、さびしさ、を感じる。

生物の本、面白さうに思ふので、四月から教室で読むことにした。その為、今手許にあるのを送ることができない。安い本だが、（Streifzüge durch die Umwelten von Tieren u. Menschen.（訳名「生物の世界像」）—Ein Bilder buch unsichtbarer Welten,（サブタイトル）——von J. v. Uexküll u. O. Kriszat.（同名の独逸本ある。）芸文書院 ¥1.00）買ふ迄はないだらう。Uexküll はシェーラーが挙げてゐた優れた学者である。そのうち何とかする。或ひはよく理解していつか内容を教へてあげる。とも角待つて呉れ給へ。君がよくいろいろ外国語を勉強するには感心する。僕はドイツ語だけで今の所手一杯だ。

20

昭和十三年七月十一日／13・7・11／葉書／夙川／横浜市中区本郷町三ノ二四七 中島敦様

御見舞有難う、五日ハ学校から阪急の線路の上をつたつて、やつと帰つてきたが、家は無事だつた、教師や生徒の家がかなりやられたので、試験は中止、何をしてい丶かわからなかつた勤労奉仕は、今度は学校の手入れだけでも此の夏やりきれぬ位だ、毎日土方の監督のやうに働いてゐる、被害地の実況のキタナサ、惨憺さはお話にならぬ、

21

昭和十三年八月十三日／13・8・13／葉書／横浜市中区本郷町三ノ二四七 中島敦様

健在なりや、東京へ行きたいが、五六日君のところに厄介になれるだらうか、

八月十三日

氷上英廣

西宮市大井手町一七

22

昭和十四年五月十三日／14・5・13／葉書／五月十三日／西のみや／横浜市中区本郷町三ノ二四七 中島敦様

朝顔の種子ありがたう、早速蒔いた、
今年の冬ハ具合はどうだつた、僕の方は珍しくひどい目にあつて弱つた、十一月の始めに盲腸炎の手術をし、その後ひどい頭痛と嘔気のため、紀元節すぎまで勤めに出られなかつた、それからポツポツ出られるやうになり、今では平常に復したが、なほ頭が重く、神経衰弱の如くである、余り長いので時々肝《ママ》癪を発し、母を心配させてゐるが、よくなつてゆくことは事実だから、その中さつぱりするだらう、病院で本を読みすぎたために、さうなつたのかとも思ふが、注射が悪かつたのだといふ説もある、腰椎麻酔は誰でもするのだから、特異体質だらうといふ人もある、医者もあまりはつきりしたことは判らんやうだ、この数ヶ月、僕の学校には一騒動あつて、結局去年の夏話した異色ある校長一人が逐ひだされた。僕は病気だから傍観してゐた。今は平生氏がまた校長だ。

23

昭和十四年八月五日／14・8・5／葉書／八月五日／和歌山県海草郡西脇野村西ノ庄甲南高校宿舎／横浜市中区本郷町三丁目二四七　中嶋敦様

こゝは紀淡海峡に面した海岸で、十日間（八月十一日迄）勤労奉仕と水泳をやつてゐる。こゝを済ませてから竜神温泉（机竜之助失明す）にゆく、Major は人にも訊いてみたが判らんね、陸軍少佐とも考へられないことはないし。人名辞典やダーキン家の伝記、家譜の方から調べるのがいゝと思ふのだが。

24

昭和十四年九月七日／14・9・7／絵葉書／九月七日／西宮市大井手町一七／横浜市中区本郷町三ノ二四七　中島敦様

ブリタニカで見たら Leonard（lénəd ト読ムンダ）Darwin は a major in the royal engineers とある。the royal engineers は英国工兵ださうだから（井上英和）、工兵少佐に違ひない、
もう判つてるかも知れないが、見付けたので、
漢詩は己には判断力がない、
朝顔漸く衰へてきたが、中々よかつたよ、

25

昭和十五年九月六日／15・9・7／葉書／九月六日／西宮市大井手町一七／横浜市中区本郷町三ノ二四七　中島敦様

待つてゐたが来なかつたね、
スチヴンソンのエヴリマンは学校に見あたらないが、Tusitala Edition（William Heinemann, Ltd.: London）

がある、三十何巻だかあつてcomplete worksぢやないかと思ふ、イン・ザ・サウス・シーズ（Fleming Jenkin. Family of engineers. ト一緒ニナツテキル）とポエムス二巻を借りてきたが、役に立つやうだつたら送る、綺麗な本だ、バルフォアの評伝はみつからない、

26

昭和十五年十月十一日／15・10・11／葉書／十月十一日／西宮市大井手町一七／横浜市中区本郷町三ノ二四九　中島敦様

鉄道から受取人が判らないから　横浜駅に留めてあるがどうすると云つて来たので、日数もたつたし、（五日デハナイ、四日ニ送ツタノダ）処分して呉れといつてやつた、それで今日あたり、もう一度送らうと思つてゐたら、けさ君の葉書がきて、松茸届いた上、食べられたらしいので、こつちも悦んでゐる。スチヴンソンは急ぐことはない。見ることがあるなら手許に置いといて貰ふ。湯浅が張家口からきた、僕のためにカフカの小説を持つてきてくれたが、これがカフカはカフカでも別のカフカで（Hans Kafka !!!）、気がついて二人とも驚いてゐる。

27

昭和十五年十二月一日／15・12・2／葉書／十二月一日／西宮市大井手町一七／横浜市中区本郷町三ノ二四七　中島敦様

三冊受取つた、
書いたもの期待してゐる、面白いものだらうと思つてゐる、僕も書きたいが独逸語に摑まつてしまつて、中々できない、新体制で学校ゴタゴタしてゐる、
母と屋島へ行つてきた、

28

昭和十六年四月四日／16・4・4／葉書／四月四日／兵庫県西宮市大井手町一七／横浜市中区本郷町三ノ二四七　中島敦様

学校をやめたこと、驚いたが、身体には勝てない、ひとつ元気になつて呉れ、気が向いたら関西の春でも見に来ないか、食物の点は大丈夫だ、この頃は、年を取つても元気な独逸人が近処にゐて誘ふので、やたらに六甲の山を歩くが、今の季節の感じのいゝつたらないね、南郷君　甲南を今度やめ、セレベスへ行くことを一案として考へてゐるが　どうなるかしら

29

昭和十六年六月二日／16・6・2／葉書／六月二日／西宮市大井手町一七／横浜市中区本郷町三ノ二四七 中島敦様

どうしてる、

また出張で今月中旬上京するが、十五日（日）多分君を訪ねる、十六、十七、十八日、上野の学士院で、朝八時半から晩五時迄毎日「高校教技研究会」なるものがある。宿所は軍人会館にきめた。都合はどう、中区宮崎町二十五といふのは君の辺かしら、その日南郷君に君を招介《ママ》するつもりだ。君はもう教師として就職する気はないか、喘息は場所が変るとい丶とよく聞くが。天野さんあたりに何なら話してみるけど。

30

昭和十六年六月十一日／16・6・11／葉書／六月十一日／西宮市大井手町一七／横浜市中区本郷町三ノ二四七 中島敦様

御葉書拝見、さういふ訣《ママ》なら是非逢はなければならぬのだが、具合悪く十五日は都合がつきかねるやうなことになつた、文部省の会は十六、十七、十八あるから、十九日に、ゆつくり横浜を訪ね、二十日に帰西したいといまは、考へてゐるが、もつとはつきり定《き》めてもう一度知らせる、兎も角逢ふことはたしかだが、諸事錯綜で予定が思ふやうにいかぬ、諒せよ、

31

昭和十六年九月九日／16・9・9／葉書／九月九日／芦屋市打出下宮塚八／南洋パラオ島南洋庁地方課 中島敦様

ノアノアといふ具合にゆかないかね、身体の方はどう、僕もこの秋結婚といふことになつた、友達に一人来て貰ひたいのだが、君は遠すぎて駄目だな、

32

昭和十六年十一月二十二日／16・11・22／葉書／兵庫県芦屋市打出下宮塚八／南洋パラオ島南洋庁地方課 中島敦様

拝啓　秋冷の候愈々御清穆の御事と存じます

扨て私共儀去る十一月十一日高木八尺殿御夫妻の御媒妁に依り三谷隆正先生の御司式の下に結婚致しましたので茲に改めて日頃の御厚情を謝し尚ほ今後一層御指導を賜はるやう御願ひする次第でございます

敬具

昭和十六年十一月

氷上英廣

待子

（旧姓　南原）
兵庫県芦屋市打出下宮塚八

かういふ事になつた、母もよろこんでゐるやうだ、此頃飜訳をたのまれニイチエを読んでゐる、（曙光《モルゲンレーテ》）一年半といふことで、君の仕事と一緒にできあがりたい、式は学士会館であげ、立沢さんと安井てつ女史のスピーチなどあつて、光栄にも、有難くも、思つた。東大の南原繁の娘で、三谷さんの斡旋による。今後よろしく願ひます。

33

昭和十七年二月一日／17・2・2／葉書／二月一日／
芦屋市打出下宮塚八／南洋パラオ島南洋庁　中島敦様

サイパンからの十一月二十八日附のハガキ数日前貰つた。戦争勃発以来どんな風にしてゐるかしら、心配して居る。こちらはけさから霙が降つて、炬燵にあたつてゐるが、南洋ではかういふ気分には大分遠いだらう。米英を相手にしてから、物事がはつきりしてきた。国民の気ぐみも却つていゝやうだ、勿論緒戦以来の成功にもよるが。どうも日本は神国らしい。世界史はこの新しいポテンツの登場で動揺してゐる。雑誌や新刊はそちらへゆくかしら。いろんなものが今度は質的に変る。小説はどうなるだらう。欧羅巴が組しやすくなり、同時にそのいゝ部分が端的に判るだらう。思想といふものはどうなるだらう。身体を丈夫にして、この戦争の結末を見なくては駄目だよ。（戦争勃発前に死んだ人達は可哀さうだ）。魚はないがナマコは沢山ある。待子からよろしく。母も丈夫。

34

昭和十七年四月二十九日／17・4・29／葉書／四月二十九日／芦屋市打出下宮塚八／東京市世田谷区世田谷一ノ一二四　中島敦様

身体が痛い　風邪にやられて一週間ほど寝た、（もういゝ）
南洋の話聞きたい
今年の一学期は長くてあきさうだ、
関西へも出張はないのかい、

35

昭和十七年八月九日／17・8・9／葉書／八月九日／
芦屋市打出下宮塚八／東京市世田谷区世田谷一ノ一二四　中島敦様

「光と風と夢」頂戴した。いま家中で読んでゐる。（字がむづかしいさうだ）山月記は漢文大成の「晋唐小説」にあるものだらう。いつか僕も、小説になほさうと思つて二三枚書いたことがあり、不思議な気がした、斗南先生ハ今度の書き加へた部分によつて時代的意義？　を得た訣《ママ》だね。

狐憑といふ題は如何だらう（「光と風と夢」の傍題を削つたのは、よかつた）。今妻の妹の女子大生が遊びにきてゐるのに、母が君の写真を持ちだしてきて見せてをる。こちらは点呼でこなひだまで奮闘した。子供が来月生れる。

36

昭和十七年八月二十八日／17・8・28／葉書／八月二十八日／芦屋市打出下宮塚八／東京市世田谷区世田谷一ノ一二四　中島敦様

解決めでたしめでたし、前の返事出してからも、どうなることかと思つて落著けなかつたね。ニイチェなんか訳してゐる御蔭で、何でもひとひねりひねつたことしか自分には表現能力がなくなつて了つたのだ、心にもなく自分は人を傷ける人間だと考へて、頗るショゲタ。妙なもので、さう思ふと、出したばかりの前の返事さへも自信がなくなつて、まだ意が足らないやうに思はれてくる。そこで不安と戦ふためにこんな歌を詠んだ。

　さまざまに思ひめぐらし落つかぬかなしき心もちあぐむ
　　われは
　かにかくにわれらの旧きもの蔽ふ翳にはあらずと思ひな
　　ぐさむ
　君がこのまゝ全然沈黙する最悪の場合さへ思はれ
　ひさかたの空ゆく星の相離かるごとく別るゝにいかで堪
　　ふべき

悲痛なものだ、今から思ふと。
季節がよくなつたら、仕事のイキヌキに遊びに来ないか。ことしは三年生の授業が七月でなくなつたから、時間が減つて楽になつた。
　おふくろは君がユカタがけでやつてきて、「あつて話せば何でもないんだよ」と云つてゐる夢を見たさうだ。

37

昭和十七年十月九日／17・10・9／葉書／十月九日／兵庫県芦屋市打出下宮塚八／東京市世田谷区世田谷一ノ一二四　中島敦様

　土人の作品けさ着、どうも有難う、〰〰がでてゐるところ口とすれば随分大きな口だ、真中に誰かねてゐるのはストーリーがあるのかしらん、構図、調和してゐるね、一昨日昨日と聯合演習についてゆき、徹宵淀川べりを歩いた、樟葉《クスバ》といふところがあつた、何でも何とかの命が戦争中に袴にソソーして糞バカマになつたのがクスバになつたのだと歴史の先生が教へてくれた、古事記にあるといふ。赤ん坊が僕に似てゐる点は毛むくぢやらな点だ、頰つぺたまで黒く生えてる、毎日見てるせいか中々大きくならない。
　夜深み独逸の書を読み居れば吾子泣きはじむHUN《フン》-GER《ガ》！HUNGER《フンガ》！と

釘本久春書簡

1

昭和十一年六月二十七日／11・6・27／葉書／至急／東京世田谷玉川奥沢二ノ六六五／横浜市中区本郷町三ノ二四七　中島敦兄

前略
何彼と取紛れ　昨日御電話できず失礼しました。取急ぎ、深田氏の電話御通知します。
　鎌倉　一四六九
廿六日すぎに！　とのことでしたから　午前中に御電話ありたし。
何れ拝眉の上万々。御自愛を祈る。

2

昭和十二年九月三日／12・9・3／葉書／九月三日／信州諏訪郡北山村小斉の湯内／横浜市中区本郷町三ノ二四七　中島敦兄

御便り有難う　僕は先月末から蓼科に着て本を読んでゐる
浅野は今度でやめることにしたが、ちよい〳〵横浜に行つて大兄にも逢はうと思つてゐます
第二世も元気の由で何よりだ　うちのせがれも大きくなつた　奥様にもよろしく　十日頃までには帰るつもり　帰つたらお逢ひしたい
草々

3

昭和十二年十月十八日／12・10・8／葉書／十八日朝／近歩二の三及川部隊／横浜市中区本郷町三ノ二四七　中島敦兄

三好悪運強く無事帰つて来た　逢つたかい？
この間は逢へて嬉しかつた　全力をつくして内面的にも肉体的にもこの突然の新生活に耐え、習熟せんとする
御健康と御幸福とを祈る
営内宿泊でたつまへはもうお逢ひできまい
ひたすら頑張る
手紙は廿二三日頃までは確実に手に入らう

4

昭和十二年十月三十日／12・11・1／葉書／十月卅日午後二時十分／門司港を目前に／横浜市本郷区三の二四七　中島敦兄

昨日午後二時十五分神戸出帆　半ば曇つてゐて残念だが、美しい内海をしみ〴〵感じつゝ眺めつゝいま九州の地に着かうとしてゐる　戦地にゆく身にも海や丘は美しい
門司を離れゝばしばらく御無沙汰だ　神戸をたつときに氷上の母上に送つて頂いた　嬉しかつた　健康でゐてくれ給へ
奥さんも御健康を祈る

5

昭和十二年十一月五日／12・12・1／葉書／十一月五日夜六時／〇〇丸船底にて／横浜市中区本郷町三ノ二四七　中島敦兄

この便りいつそつちへつくか分らない。早くても今月末だらう。君の方からはいつ貰へることになるか、この後はいつ出せるかわからない。門司出帆後五日の海上生活。いま任地〇〇あたりの沖合にゐて上陸を待機してゐる。あたゝかくて冬シャツは着てゐられぬ程だ。内海の海に比べて何と泥水よ。ヴァイタルフォースの発動こそがわが念願。船底生活に於て頑張りつゝあり。しばらく御無沙汰。三好にもよろしく言つてくれ給へ。いずれ便りできたらする。

6

昭和十二年十二月十一日／軍事郵便／葉書／十二月十一日／湖州にて／柳川部隊丙兵站部近衛第八陸上輸卒隊・及川部隊本部／横浜市中区本郷町三の二四七　中島敦兄

結局十一月廿四日上海O・S・K埠頭に上陸、直ちに行軍また行軍　五十里余を歩んで十二月七日この任地湖州に達した。よく頑張れた。寒夜徹夜の行軍にも頑張れた。いまはしばらくこゝにゐられさうで（すくなくともあと一週間は）やゝ落ち着いてゐる。廃墟の街にも日は照り、昼はあたゝかい。夜の寒さは格別。水と楊柳と橋、茫漠たる稲田、なるほど支那の田舎は、車曳く身にも、実に豊で美しかつた。何れ所属の丙兵站部の移動と共に奥地の方へ動くだらうが、便りは表記の宛名にしてくれゝば、どこかで必ず手に入らう。度々たのみます。ではまた。

7

昭和十三年二月十八日／軍事郵便／封緘葉書／二月十八日朝／柳川部隊丙兵站部及川隊本部／横浜市本郷町三の二四七　中島敦兄

二月十七日夕。七時廿五分。嘉興。
薬草の　苦きのみつゝ、異境に
　はやも睦月は、過ぎゆけにけり

とは二月の始めに自ら慨歎した一首。湖州で旧臘師走痛めた腸カタルで苦労してゐる。……（昨夜書けず、いま書く、二月十八日朝九時四〇分）既に、二ケ月余腸で悩まされてゐる。戦地での粥生活も、既に五旬に垂んとしてゐる。思はぬ伏勢で、かほど腸をやられるとは、一寸予想してゐなかつた。が、軍務にはさしさはらず、毎日を単調にして多忙に送つてゐる。君の御端書は二つとも頂いてゐる。片言短章ながら、思ひは君の上にとび、文学や芸術の上にとび、実になつかしい。ゆつくり便りを書きたいなどゝ兵卒としてはぜいたくな願ひから返事がおくれてゐた。多忙の中で眼を光らせ、腰を据ゑてゐるのでなければほんとでないのは分りきつた話だが。……トルストイや、スタンダルや、デュアメルや、ガルシンや、戦争に出た作家達を思ふ。そして極めて卑近だが　皆腸カタルにはならなかつたのかしらと思つたりする。腹が悪くなければ、随分いゝがと思ふ。

こゝでは電気もついてゐる。ほゞ兵営の兵卒生活に近く、殆んど廃墟の街に出ることもない。活字を読むことも、その暇も殆んどなく、そして電気のついたまゝ眠る様になつた。「暁の寝覚しづかに世を思ふかな」といふ村上帝の詩句を思ひ出す夜明けに屢々遭遇する。抒情は、感傷は禁物であらう。持つべきはねばり強き、行為の精神ばかりであらう。芸術より何より、生きぬく力であらう。が、ふと、隣りの幹部室（伍長達）のラヂオから、その室の掃除をしてゐる折、メンデルスゾーンのスプリングソングや、シューバートの未完成が流れ出して来たりするとき、突然芸術の甘さ、甘美さを切々と思ふ。美しいものへの憧憬、甘い気持か。芸術に甘へかける気持は脆弱なものにすぎぬか。さうは思つてもなつかしさに耐えぬ。……ときをり支那人の子供と戯れ、キャラメルを分けてやつたりする。

唐人の貧しき児らと遊びつゝ
家路遠きを忘るゝ日かも

クリークの水は徒らに淀み、楊柳未だ芽をふかない。春は江南にまだ遠い。
ではまた、便りくれ給へ。

昭和十三年三月三十一日／軍事郵便／封書／三月卅一日朝／中支派遣畑部隊及川部隊本部／横浜市中区本郷町三の二四七　中島敦兄

8

三月卅一日朝。嘉興にて。

歌を沢山に有難う。三月一日付の御便り三月十六日についた。ゆつくり御便りを書きたいなどゝぜいたくなことを思ふもの故、なか／＼書けない。

実に忙しく日が流れる。勿論重さを感じさせながら。心弱きが故に文学が好きであつたり、芸術が、総じて美しいものが、好きでたまらぬといふのであつてはならない筈だなど丶思ひつ丶 毎日を流してゆく。
口実になるのだ。自分の弱さ、結局自分の弱さを自ら弁護する口実になるのだ。芸術の香全くない中で生活することが難しいことだなど丶は、結局弱いことにすぎぬ。

ケンプを歌つた歌、君らしい面白さ、うれしさが充分にそのま丶で丶てゐる 聘珍での歌とひき比べ、之は又真正面からはりきつて詠んでゐられるようでなつかしい。君のその昂揚した気持を感じ、殊に音楽の欠如に鬱々たる僕の内心、慰められたり、なつかしかつたりした。

君も三好もこ丶を通りすぎたのだね。そのうち、到《ママ》壊した嘉興の駅をキャメラで撮り 送らう。僕上海でキャメラを買つた。一つは盗まれ、又一つ司じものを買つた。で、十八、十九、廿日と三日間上海に行つてゐた間に買つたのだが、もうネガが、四本ばかりたまつてゐる。こ丶でも暗室を建て、美校を今年でる兵士が係となつて現像や焼付を盛にやつてゐる。僕も写真術を少々覚えた。そのうち、自分の作品を自分で焼いて送らう。但、なか／＼多忙なので、ゆつくり写真芸術に耽溺できぬのが残念だ。が、ピンボケなどは、はや作りはせぬ。
本は全く読むひまはない。寝てからほんの十五分か廿分ばかり、眠りつき難い癖が、まだ超克しきれぬま丶 正法眼蔵随聞記を読んだり、キャメラ雑誌を少々のぞいたりする程度だ。矢崎がガルシンの紅い花を送つてくれたが、読むと、一寸うらさびしくなる。禅の本が一番読みたい。手軽な面白い坊さんの本 ぐんと強くた丶きつけてくれるような本、何か考へついたら送つてくれないか。

楊も芽が伸び、晴天がつゞく。暖い。甃道をクリーク沿ひに歩むと、春なのにこの寂莫さはと思ふ。心真に割《ママ》然たらば、江南の春にとけこんで悠々たり得るだらう。修業をもつと積まねばならない。

今日は変手古な便りになつた。腸は殆んど全快した。安心してくれ給へ。そのうち又書く。奥さん、第二世は健在か。君も元気でゐてくれ給へ。　三月卅一日朝十時半。

久春

敦兄、

之は明日四月一日朝こ丶をでる。何日か丶るか。
まだ寂びれきつてゐるこの街だが、支那人の印刻屋既に

開業、長期駐留に備へ　判をほらせた。肩書四十銭。姓名十五銭。蔵書印三十銭。安いだらう。

9

昭和十三年六月四日／軍事郵便／絵葉書／六月四日／
中支派遣畑部隊及川部隊本部／横浜市中区本郷町三の
二四七　中島敦様

随分御無沙汰した。多忙なのと、心落ちゐぬための無沙汰。御海容を乞ふ。奥さん、第二世も健在なりや。
美しい江南の春は既に去り、はや東京の八月を思はせる猛烈な暑さが多い。幸大移動をせず　まだ此の地にゐるが、何れ、また茫漠たる支那の平原を遠く〳〵ゆくことであらう。
毎日事務に追はれてゐるが、野球やピンポンもしてゐる。街には支那の子供に朋友《ポンユウ》も大分できた。敵機も来ず、近隣にグェリラ戦法の敵蠢動するが、廃墟の街は静かである。健康を願ひ、頑張つてゐる。それでは又。

《参考1》釘本文代→敦宛

昭和十三年七月四日／13・7・4／葉書／大森区田園
調布二ノ七〇二　二宮行雄方　釘本文代／横浜市中区本
郷町三ノ二四七　中島敦様

御無沙汰申して居りまして、気候不順の折如何お過しでいらつしやいませう、最近は草取に大変御念心の由このお天気です定めし御困りと存じます。
主人へ度々御便りいたゞきまして有難う存じました、六月二十九日付航空便は上海の病院より便りしてまゐりましたが　病気の為内地後送されるらしく　五六日後には上海を離れる事になり　広島あたりの病院へ一先づ落つひた後　東京附近の病院へ送られるらしいとの事でございます。一寸御知らせ申します、いづれ後ほどいろ〳〵申上ますが取敢へず右迄
末乍ら御奥様にもよろしく　皆様御元気のほど祈り上ます。

10

昭和十三年七月十四日／13・7・14／絵葉書／七月十
四日夕／於大同／日本横浜市中区本郷町三の二四七
中島敦様

御元気のことゝ思ふ　僕先月初旬出発、中支北支と歩き、蒙彊《ママ》に入り、包頭厚和と歩き大同に来た　多忙な旅のため、遂に蒙古で少々病み、大同に来て表の石仏を拝することできずなつたのは残念だが、支那の各地を経て種々話もたまつた　今月末には満州を経て帰京する　御目にかゝつて御話しよう

奥様第二世の健康を祈る

11

昭和十三年十二月三十一日／14・1・2／葉書／十三年大晦日／世田谷区東京第二陸軍病院大蔵分院東三の五／横浜市本郷町三の二四七　中島敦兄

去年の今日　湖州にありて　断食に
　年を越ししか　はろかなるかな

餅さへも　食へざりし吾は　まさきくて
　数多食ひし戦友《とも》よ亡し　一年《ひととせ》ゆきぬ

その後御無沙汰。元気かしら。喘息のシーズンとなつたが、如何。僕、正月の二日から七日まで目黒に帰宅する。退院もさほど遠くはないことになつた。何れ御目にかゝつてゆつくり話のできる日も来ると思ふ。生ま〳〵しくこの一年二ヶ月の日を思ふ。切に切に。御一家によき御越年を祈る。

12

昭和十四年十月十二日／14・10・13／封書／十月十二日／東京市目黒区中目黒三ノ九九〇／横浜市中区本郷町三ノ二四七　中島敦兄貴酬

御手紙有難く拝誦

　僕も御無沙汰して失礼　此の夏は家庭的にも対外的にも背負ひきれぬ程色々の事があつて、どうやら切りぬけてきたが、自分の身体が続いてくれたことに感謝してゐるわけです　弁解がましいが　一寸近状報告、入院三名、僕の引越し、子供の誕生　何や彼やです

　原稿のこと　気にかゝつてゐました　実は大体――先日お話した如く――或雑誌に話をつけて　創刊号ののちにでもと約束はつけてあつたのです

　で、御手紙頂いてすぐ、「具体化する故　御送附乞ふ」と返事をするつもりでゐたその日、急にこまつたことができ、実は昨夜その本屋――古今書院といつて自然科学、国文などでしつかりしたものばかり出してゐる所です　小岩波ですね――から来てくれないかといつてきたので、昨夜会合をしたのです　ところがもう創刊号の原稿もすつかり再校ができ　もう校了といふ所で、数日前の紙量制限の強硬命令が来て、（王子製紙五割減）、本屋も途方に暮れたといふわけです　その雑誌は「形成」といふ題で、きはめて知的ないゝ綜合雑誌になるわけだつたのです、学者（各方面の）たちの原稿も随分集り、本屋も実に口惜しがつてゐるわけです　とにかく一時中絶、紙が集つたら二三ヶ月後にでもできたら又企劃するようにとすゝめて帰つて来まし

た、十一月号創刊が目捷に迫つてこんなことになり本当に気の毒です、
　そこで最も具体的な直接な目当てが突然失はれたわけですが、その他に機を見て話してみたいと思つて居ります
　とにかく原稿を僕に読ませてくれませんか、何処に話すかといふことは今申し上げませんが、一二話してみるあてもあります　そして少し時間に余裕を下さい（尤もその間に敦ちやんの方で何か適当な話があつたらすぐ御返送しますが）　僕に預からせて頂きたいと思ひます　とにかく任せて下さい

　僕は今度先週から文部省の図書監修官といふのになりました　支那の話を書いたのが機縁となつて、是非、支那に出す日本語の読本を編纂してみろといふことなのです　又、そのうちに小学校の国定教科書を書いてくれとのことです　僕はその仕事にゐるまのほゞ全部をあてゝ尽力することに心をきめ　文部省の技術官になりました　支那人の世界、殊に支那の子供の世界、それから日本の子供の世界をいくらかでも高め深める現実的な力を持ち得るようにありたいと願つてゐます（文部省電話　銀座五七七一、省内三一〇番をかけて下さい　僕がでます　毎日八時半頃から四時までゐます、土曜は半日）

身体がいゝさうで、何よりです　お互ひに此の時代を生きゝつて仕事をしませう　敦ちやんも仕事して下さい　発表の機関などは　何れ何んとかなるものです　一度御逢ひしたいものです　僕最近横浜にはゆけさうもありませんが、御上京の時はよつて下さい　いまはオヤヂの家にゐます電、大崎二三三九です　原稿を早くみせて頂きたいと思ひますし　久し振りで話したいものです　金曜日の夜だけは不在です
　矢崎は最近愛児を亡くしました　重ね〴〵で気の毒でなりません　純粋な嶮しい性格の矢崎のこと故心配してゐます　逢ひに行かうかと思ひましたら　病重くなり逢へぬとのことです（平市旧城跡二七）　少しよくなつたら逢ひにゆかうと思つてゐます、色々のことで人生は大変ですね皆が明るく生きたいものです
　君の坊やも大きくなつたらうな、一ぺん見たいものだ奥さんは健在でゐられますか　よろしく願ひます
乱雑な便りですが判読下さい　三好からも便あり　逢ひたいとのことでした　逢ふつもりです　たゞむやみに忙しく過して来　御無沙汰してゐます　今月は又文学に戦争の話を書くつもりです　では又、

　十月十二日夜　　久春

敦兄
玉案下

13　昭和十四年十月二十日／封筒なし

御手紙拝誦、敦兄の気持は実によく分る　しみ〴〵した心でこの朝　日ざしをながめてゐる

人生に妻や子を持ち　仕事を持ち　生きてゆくことは実に大変なことだ　どうか健康に留意せられたい

前便を出した二三日後　又本屋から話があり、悪い紙だが手に入つたから断然やるとのことであつた　その日三好に逢へたので三好にその旨敦ちやんに伝へてくれと言つて置いたのだが。昨日また編輯者来り、種々頼むとのことだつた。パスカルの話も喜んで承知してくれた。左様御承知下さい。

文学界の方に頼まれるのもいゝが、「形成」の方がよくはないかと思つてゐる。又、小説も一つ二つづゝ位はのせたい意向でもあるし、その他兄の飜訳なり何なり　単行本にできる機会もあり得ると思ふし、どうか　敦ちやん　元気で書いてゐて頂きたい。人生には色々なことがある。少しでも御手助けできたら幸甚と思つてゐる。形成といふ雑誌がどんな雑誌かを一寸御知らせするために　送つて来た刊行の辞を同封する。それからこの雑誌、この本屋はしつかりした紳士的な経済的に確実なものだ。その点も安心せられたい。僕は毎日忙しくやつてゐる。自分に不得手なことでも何でもやつてゆくつもり。逢つていろ〳〵話たい。

お互ひに元気にやらう。僕は敦ちやんと違つて世間の人間共に逢ふのも　現在は苦痛ではなく（?!）なつてゐるから、その点で御役に立ち得ることがあつたら何でもする。たゞ忙しいので、大したこともできず残念である。必ず原稿はどし〳〵書いてくれ給へ。文学界でも改造でも文春でもそのうちには関係もつくだらう。君の書くいゝものが世に出ることを望む念に於て　僕は誰よりも熱心であると思つてゐて頂きたい。

では又。奥さん　坊やによろしく、そのうちおいで下さい。

十月二十日　　　久春

敦ちやん

14　昭和十五年一月十三日／15・1・13／封書／東京市目黒区中目黒三ノ九九〇／横浜市中区本郷町三ノ二四七　中島敦兄貴酬

御返事遅れて失礼した。

実は貴翰拝誦の以前に、御送附の原稿直ちに熟読、喜び感に堪へ、返事を書きかけてゐた。書いてみると妙にたゞ感心してゐて、何だか社交的辞令で感心してゐるかの如き

調子にも見えるのでいやになつて御便りしないでゐた。とても御逢ひしなくては御話はできまいし、なか〳〵すぐれた作品だといふことを　わざ〳〵それだけ書いて御返事したとて何にもならない。

御便りではあつたが、僕はかめれおん日記の方から先に読んだ。作品としては　僕はかめれおん日記の方をとる。あれは、凍つたガラスのように、冷めたく美しい。たゞ美しさだけを感じてゐるのではないが、あの読む者の胸をきいつと冷めたく截つてゆく美しさも問題だと思ふ。

が、かめれおん日記や狼疾の作品としてのまとまり（妙な言ひ方だが）を喜ぶと同時に、僕にはあの作品の地盤である作者の生活の現実が、気にかゝるのだ。僕は友人として、限りなく内部にばかり入つてゆく　そして身を嚙んでゐる作者の人間的誠実——誠実などゝは　作者自身は考へても居らず、不本意なレッテルだらうが——が、いたましくて見てゐられぬやうな気持になる。

作者が、真の意味で、あの生活から他縁な生活圏に立つ日を希はずにはゐられない。その、凡ゆる人間的真摯にも不拘、作者はあの生活の灰暗から、たち去る日が来なければならぬ気がする。いたましすぎる。

大けなきことであるが、僕は作者が自己を外部に、現実と行為の世界におし出してゆく　契機の如きものを作るよすがになりたいと思ふ。

作者は、書くことだ。もり〳〵書くことだ。そして他人に、多くの俗衆に　自己を読ませることだ。読ませることが大事だと思ふ。

僕はコンベンションの世界と作者との間のかけ橋に喜んでなりたいと思つてゐる。できうる限りの力をつくして。

事務的に、——

「形成」といふ雑誌の刊行の辞　同封しなかつたとは驚いた。失敬々々。十二月から出てゐる。今月十日　朝日の朝刊に広告を出した。いゝ雑誌になると思ふ。形成に　かめれおんなり狼疾なりをいたゞける如く話をしておいた。尚、他にも考へる。

が、形成は　最初パスカルの方が編輯者には都合がいゝのだが。それはまた逢つた上で　色々御話したい。

御いでの節は一報がほしい。留守にすると御気の毒だから、残念だから。

明日（十四日、日曜）には在宅。

他の日なら、君は大きらひだらうけれと、文部省に来て下さればいつでも午后四時（土曜は正午）まではゐる。五階、日本語読本編纂室。電話銀座五七七—五七八一、（省

内三一〇番。）木、金の夜は必ず在宅しない。私立大学の
方にゆく。

では又。
いつか横浜にもゆきたい。ゆつくり逢ひたい。
健康のみ気にかゝる。大事にしてくれ給へよ。ほんとに
ね。
奥さんによろしく。いずれ御目にかゝりたい。
多忙のまゝ、乱筆失礼。

十三日朝　於虎ノ門

久春

敦兄

玉案下

田中西二郎書簡

1

昭和九年四月二十九日／9・4・30／葉書／二十九日／東京渋谷区竹下町二七／横浜市山下町同潤会アパート内 中島敦様

昨晩は留守にして失礼　「虎狩」非常に面白く拝見した　当落は別問題とし応募を躊躇する理由は無いと思ひました　慾を云へば落付きすぎまとまりすぎ美くしすぎて荒々しい野心がないと云ふ批評があり得るかも知れない　兎に角明日（三十日）序があるから丸ビルへ行つて頼んで来ます　規定に従ひ「略歴」が必要だから至急送つて下さい（簡単でいゝ、必ずしも現在の職業を正確に記す必要もあるまい）　規定では原稿に略歴を添へるとあるが、話によつてあとからでもいゝと思ふ、但し早い方がいゝ

2

昭和十六年五月五日／封筒なし／毛筆

お便り有りがたう　実に夢の様な気がした　僕も幾度君に逢ひたくて便りしたいと思つたか知れなかつたが　物を

整理する事が不精の為　君が最後の転居通知が決して捨てハしないが　何処にあるか判らぬので　山田や岡本にきいても知らぬといふし　いつも〳〵その目的の為に古手紙の整理をしようと思ひながら果さずにゐたところ　原宿から表記へ移つてまる二年になるので時に郵便が届かず差出人へ戻る事もあるのに廻送されて来たのが天祐の様な気もした　ずつと君の方からばかり便りを貰ひつぱなし　僕の方で御無沙汰してゐたの故逢へぬのハこつちがわるいと思ひあきらめてゐた　本当に有りがたう　是非あひたい　此手紙のあとへ地図を書いておく故　折角の足を運んで無駄足もつまらぬから葉書でもくれていつなりと都合のよい時来て下さい　僕も今ハ勤てゐないからいつ何時でも結構です

申しおくれたが　身体がわるい由　どんな具合だらう　君の喘息の事ハ親父の持病の話が出たり　自分が風邪ひいて咳のひどい時よく思ひ出した　その方の関係か　それ共胸の方の他にどうかしたところでもあるのか　その方なら僕も別に寝込むほどでもないが　たしかに悪くハあるので　経験からいろ〳〵と話せる事もあると思ふ　兎に角天気でもいゝ日に　東京まで遊びに来て貰へる位ならどんな風にしろ大丈夫とハ思ふが

君ハ岡本や和久田にもいつ頃から逢ハないのか知らないが　僕も実ハ和久田とハ山田の結婚式以来　岡本山田にも此処一両年あハない　僕にもあの後有為転変ハあつた　君がこの春までずつと同じ学校の先生だつたと知り我が身に引きくらべ大体変りがなくてよかつたと思ふくらゐだ　がそれハ勿論生活の外形の問題　お互に三年たてバ三つになるから逢へば色々と其の後の話も聞ける事とおもふ

君と最後に逢つたのハ東洋出版社の頃だと思ふ　僕の女房が君を知つてゐる以上それより前の筈ハない　二・二六事件の前年の暮社主がチブスで死んだので失業　恰度すぐに文芸家協会といふ文士の組合に仕事があり　そこに三年ゐて一昨年の一月にやめた　勤人生活をまる九年間やつてつく〴〵いやになり　たうとう謀叛をおこして小説家になる決心をし　今日に及んでゐる　若しこの決心が今日までに実現されてゐたとしても　名を変へてゐるから君にわかる筈ハないが　事実ハ遺憾ながらいまだに決心が決心のまゝでゐる　何しろ食ハねばならぬからこの二年間ハ専ら他人の飜訳の下受けバかりして暮らした　今日までに枚数にしたら一万枚にも近い　その間に短篇小説を三つ書き活字にハなつてゐるが　誰ひとり褒めない　自著の一冊も出てからと思つて山田にも岡本にも和久田にも何も知らせないから皆知らない筈だ　僕が怠け者だといふので三人とも愛想をつかしてゐるだらう　事実愛想をつかされた方が気の楽な程度の勉強ぶりだと思ふ

けれども僕ハ君がかういふ僕の変化を変化しないよりハ喜んでくれる事と信じる　そして一別以来の君の心境の変

化を知らずにこんな事をいふのは早計かも知れないが　君自身が芸術に意を断たずにゐてくれる事ハ確信していゝと思ふ　或は作品の有無ハ別問題として　芸術家としての過去の君が今日の君に発展してゐるに違ひないことも　僕ハ確信できる　いやこんなにも長く君と逢ハずにゐた事ハ僕にとつて僕の芸術上の修業にとつて或るマイナスを与へたといふ意味の不自然さがあつたと思ふ　そして僕の自惚ハこの逆の関係も亦全然なかつたといへぬ様な気がしてゐる

こんな調子で手紙ハいつまででも書ける　又いくら書いても君と逢つたときの話題に困るとハ思はない　しかし今夜すこし酒をのんだの頭へあがつて少し頭痛するから筆をおく　別に酔つてハゐないが少し手許があやしくて平常の達筆が悪筆のやうな乱筆になつた事が不愉快だからやめるでハ是非近いうち訪ねて下さい　待つてゐます　身体をお大事に

五月五日夜　　　　　　　　　　西二郎

中島敦様

往年君が愛読し　僕がそれほどでなかつた荷風が　この頃ハ好きでたまらない　君ハ何を嗜読してゐるかを知りたい

お袋も元気ですから御安心下さい

3

昭和十六年七月二十日／□・7・20／葉書／七月廿日／東京／南洋パラオ島コロール町アラバケツ南進寮十二号　中島敦様

葉書度々ありがたう　パラオ安着の便は十七日に着いた　僕の盲腸ハ今月へ入つてもう一度うるさくあばれだしたので　たうとう十三日に手術してとつてしまつた　その後の経過良好　目下池袋駅に近い外科医院の一室に仰臥してこれを書いてゐるが、この葉書がそつちへ着く頃にハ退院してゐる筈だ、今は身体を動かせぬだけで　飯も普通と変らず　元気だから安心してくれ給へ　アントニイの四巻そんな騒ぎで送るのがおくれたが　入院後二三日して役所気付で送つたから落掌してくれた事と思ふ　東京ハ十日ばかり雨つゞきで秋のやうに涼しい　南洋は気に入つたかまた便りをくれ

草々

4

昭和十七年七月三十一日／17・7・31／葉書／淀橋区上落合二ノ五四一／世田ヶ谷区世田ヶ谷一ノ一二四　中島敦様

たいへん御無沙汰したがやつと代作地獄から解放された

ので送つて貰つた文学界の小説を読んだ　何ともいへず楽しく幸福な感動を味ひながら読み終つた　あの一篇は僕のこれまでの君についての一切の知識や理解の貧しさを知らせたとも云へるが　同時にそれらから帰納して持つてゐた漠然としたものが　立派な形をとつて現前したことを感じ　会心に堪へなかつた　僕の主観的な感じは別としても傑作だが　僕にとつては傑作以上のものだ　いづれ詳しい手紙を書くか　出かけてゆくかする　健康を祈る

七月卅一日

5

昭和十七年八月二十一日／17・8・22／葉書／八月廿一日／淀橋区上落合二ノ五四一／世田ヶ谷区世田ヶ谷一ノ一二四　中島敦様

拝啓　高著今朝拝受　有りがたく御礼申しあげます　早速古譚と斗南先生とを拝見しました　好い意味での時代錯誤を感じた事は文学界を読んだときと同様です　古譚は澄江堂先生に読ませたら　几を敲いて破顔しさうなものと思ひました　先日から二回ほどチャンスを逸し　伺ひたい〳〵と思ひながら　相変らず雑事に逐はれてゐます　近日是非参上します　先は御礼迄

6

昭和十七年十一月二十五日／不明／葉書／十一月廿五日／中華民国北京市北郊区、華北綜合調査研究所（旧燕京大学）燕南園五八号／東京市世田ヶ谷区世田ヶ谷一丁目一二四　中島敦様

小包の薬を頂いた御礼を云ひ残して慌しく出発してしまつた　だいぶ寒くなつたからお困りの事と案じてゐます　それとも何処か暖いところがみつかりましたか。十三日に北京につき　二三日して表記の宿舎に移りましたが、落ちついたのは一両日からです

北京は一目みて忽ち好きになつた　一番わるい季節に向つてさうだから益々好きになると思ふ　但し住居はだいぶ離れてゐて　交通も不便なので　ゆつくり少しづつ味はつてゆく他はない。宿舎生活は勉強にはむいてゐる、それと周囲の自然をゆつくり眺められる。東安市場には洋書と漢籍が沢山ある。例の瑠璃巷にはまだ行つてみない　追々に此処の図書館も利用できさうだ（東安市場には「光と風と夢」も並んでゐる）　今日はじめて支那語の会話の講習に出席した　日ましに風が寒くなるが　北支の空気は僕にはよささうだ　殊に此処は郊外なので一層空気がいい。ぽつぽつ仕事も急しくなつて来た。では御大切に。

木村行雄書簡

1

昭和八年五月二十七日／未詳／葉書／東京豊島雑司谷一ノ三四八／横浜市中区山下町同潤会アパート一号館二五号　中島敦様

御葉書拝誦。御中越の通りで結構です。きみが若しかすると僕等の裡の誰か一人よりも分担が殖えるかも知れないけれど。

なほ文体統一の必要上の原文との参照その他の仕事は不肖ながら小生に御任せ願ひたく、その必要上出来上つた部分は可成早く小生の許まで御送り願ひたいと思ひます。それから解らないところは原語の儘で見せて戴きたく、三人寄れば文珠《ママ》の何とか、それでも解らねば僕が沢村先生のところへ伺つて聞きますから。　御返事まで。

将棋の名人（？）との御見立は光栄……。不相変やつてゐますか？

2

昭和八年六月十七日／8・6・17／葉書／横浜市中区山下町同潤会アパート第一号館二十五番戸　中島敦兄

玉稿落手。邦文タイプとは手廻しの、あるひは手際の良さに聊か度胆を抜かれた貌。ぼくやつと第三章を終へた計りで、急に忙がしい仕事を仰せつかつちやつて手が廻らず閉口してゐます。が七月一杯には各二章づゝ済ませばパートⅠが済む訳だと思つてゐます。

六月十七日　　於東京雑司谷　　木村生

3

昭和八年十一月十三日／8・11・13／葉書／於東京雑司谷／横浜市中区山下町一六八同潤会アパート一ノ二五　中島敦様

Mrs. Morel は矢張り君の訳通り、ミシズ・モレルに致しませう。書き馴れ読み馴れて見ると、耳障りにもなりませんし、それに細君或はモレルの細君も時とすると冗長でピツタリ来ないことが多い。

江口君は今のところ、四章だけになり相だが　続けてやることには間違ひなし。

大分気候が良くなつて（僕は夏から秋へかけて実に閉

ロ）机に向ふのが愉しくなりました。ではお互ひに頑張りませう。

敬具

4

昭和十七年八月十八日／17・8・18／葉書／佐賀市与賀町一一七／横浜市中区本郷町三ノ二四七（東京市世田ヶ谷区一ノ一二四へ廻送）中島敦様

謹啓

けさ子供のもつてきた新聞をひらいて　すうつと目をはしらせたとたん、あなたのお名前と「光と風と夢」といふ文字を見つけたのでした。寡聞なわたしはこれをあなたの第一創作集だと決めて、御無沙汰のお詫びなど後まわしにして、虔しんではるかにお慶びを申上げたいと思ひます。そしてけふの日のあることを実はひさしく心待ちにしてゐたこともつけ加へたいと思ひます。

あれから――はわたしたちの周囲に起つたとおなじやうに激しい、めまぐるしい変遷の路でした。いつも弱い体を引ずりながら。あなたの健康はもう好いですか。けさは久しぶりに晴れて蜻蛉がたくさん高く飛んでゐます。「新涼入郊墟」ですね。

吉田精一書簡

1

昭和六年十一月四日／6・11・4／葉書／本所区緑町二丁目四番地一号／市外駒沢町上馬五九　中嶋敦様

その後は御無沙汰、相変らず御元気のことと拝察。石川沙十吉君今晩帰京の由、こゝ一、二日は第一春秋館に居すわる筈だから、早速例の件お頼みある様おすゝめします。第一春秋館といふのは熊田氏の傍の下宿で御存知のことと思ひます。今日ハイフェッツを聞きました。七度生れ変つたら、毛唐に生れて来たいとつく〴〵思ひました。先は取敢へず御多勝を祈る。

不一、

2

昭和六年十二月十一日／6・12・16／葉書／十一日書、十五日投函／本所区緑町二丁目四ノ一／市外駒沢町上馬五九　中嶋敦様

別の友達に出さうと思つてゐた葉書だが、書くのがいやになつたから君にさしあてる、前のは気にしないでくれ。僕今日登校、お約束の本持参したが、君不ㇾ見ェ。又もつ

て帰る。尚堀君から、G線上のアリア及び、何かジャズ一枚、両方で四円位で売ってくれぬかと云つてきた。その返事も君に聞くつもりであつたが、これもおじやんになつた。その右まだ売れずば、君から堀君の方へ葉書でも出して、落合つてとりひきをすませてくれ給へ。堀の所は牛込区早稲田南町八。(この手紙、出したつもりでゐた所大分おくれた。失敬。)

3

昭和八年五月十一日／8・5・11／葉書／東京本所区緑町二ノ四／横浜市中区山下町一六八同潤会アパアト第一号館廿五番戸　中嶋敦様

お葉書有難う、どうしたかと思つてゐた。とに角きまつてお目出度い、女学校とはうつてつけ、然し心したまへ、とかく引つかゝり易いから。僕の方今急がしい、今年一杯に書き上げて出版せねばならぬ論文「明治評論史」「讃岐典侍日記」をひかへ、また三つばかりの小論文の書下し、校正などひかへて。国語と国文学に六月、七月に亘ってその一つが出る、見てくれ給へ、猶土曜日は必らず午後学士会館にゐるから寄つて下さい。釘本もゐる筈。今度の土曜は福田清人氏の「硯友社」合評がある、(山海堂、今川小路)よかつたら来ないか。その内お除魔《ママ》したいと思ふ。

不一

4

昭和十年二月三日／10・2・3／葉書／東京市本所区緑町二ノ四／横浜市中区根岸柏葉柏葉アパアト内　中島敦様

その後ハ御無沙汰。杉本のことでいろ〳〵御骨折下さつて有難う。友達一同安心　よろこんで居ます。偖、昨日本屋が来ての話に、もし君の学校で、教科書が君の自由になるやうなら使つて貰ひたいといふのだが、「国文鑒」(垣内松三氏編)といふ本で、内容は大変よいものだと僕も思ふ。(女学校用のみ)それでもし君が使へる見込があれバ早速挨拶に出たいといふのだが、御返事いたゞきたい。猶杉本に至急、改造社の「人名辞典」の原稿二三日に送つてくれるやう御伝言たのむ、大至急入用なのだ。

竹内端三書簡

1

昭和十一年四月二十四日／11・4・24／葉書／東京帝国大学理学部／横浜市中区元町四丁目横浜高等女学校
中島敦様

拝啓　昨日は失礼仕り候　御来旨の件につき早速数学科卒業生に交渉致し候処　何れも就職をいそがざる者のみにて　遺憾ながら受諾者無之候が　物理学科出身にて数学教員の免許状を有するもの丶中には希望者有之、もし幸に御採用の思召有之候はゞ本人を御伺ひ致さすべく候　御返事待上候

早々

四月二十四日

2

昭和十二年九月三日／不明／封書／東京帝国大学理学部数学教室／横浜市中区元町四丁目横浜高等女学校
中島敦様

拝啓

先日は失礼致し候　さて吉村氏の後任の件につき　何とかして休暇中に解決致し度と存じ極力物色中のところ　数学科卒業生には適当のものなく、物理学科の方へ交渉致し候ところ　今日ついに同学科にも人なき由判明致し候　なほ天文学科に一縷の望をつなぎ居り候へども何となく不安に有之、あまり遷延して御迷惑を相かけては申訳これなく候へば何卒他方面にも御尋ね被下様願度、取あへず右の事情御一報旁々御願申上候

敬具

九月三日

竹内端三

中島敦様

高橋（田島）晴貞書簡

1

昭和十年七月十四日／10・7・14／葉書／東京市芝区愛宕町二の九九　小谷野方／横浜市中区本郷町三の二四七　中島敦様

先日は転居の御知らせを貰つて、そして君の相変らずの元気を想像することが出来て誠に嬉しく且つとても懐かしかつた。御無沙汰の点は御容赦。小生も、二三日前表記の処へ転居。ともあれ久しく『羊をねらふ狼』と陰で云はれた人と会はない。逢ひたい。元気な顔を見度い。それにもう、石坂も東京に帰る頃だし、とに角、集り得る者だけでも集つて一夕過し度い。

2

昭和十七年二月十四日／17・3・2／封書／昭和十七年二月十四日／東京市杉並区神明町一一九／南洋群島パラオ島南洋庁　中島敦様机下

昭和十七年二月十四日

中島敦様

高橋晴貞

十一月二日附の御便りを十二月中頃戴いたまゝ、年を越して、しかも只今、二月十四日。大変御無礼申上げました。毎日、しかもそれは去年の十一月中頃から現在まで続いてゐますが、実に役所の仕事が忙しかつた、と云ふのは、この大戦争が接近したのに応じて、僕の所属の課（総務室第三課）が中心になつて、南方経済対策がとり上げられた為めに、毎日朝から晩まで陸海軍の人々と会議又会議。家に帰つて整理したり考へたり、書いたり。全く驚く可き三ヶ月でした。と云ふと如何にも働いた様に聞えるかも知れないが、実際はそれ程でもない、堤君（貴兄と同級だつた）も一緒、又同級の湯川君も一緒、この三人が毎日一高同窓会と云つた形で愉快に活躍した。僕はとにかく新米役人で役所風といふ奴が板にもつかず、実際「事務」は駄目ですから、専ら、大いに秘策をねつて説きまわつたりしてゐた、こんな事の次第で遂々御無沙汰してしまつた。

それに、十二月八日開戦以来、陸海軍の進撃が余り速いので、僕達、随分面喰つて、その忙しさは御想像に及ぶことでせう

この戦争のニュースを君の様に戦場近くで否戦場の一角で聞いたり見たりしたら色々面白いことがあるでせう、聞かせて貰ひ度いもの。

満洲につれて行かれた襄二君も或は一兵としてこの南方

で戦つてゐるかも知れない、秋頃から音信不通となつた。

独りで静かに机に向つてゐると、南洋――敦――スティーブンソン――チャングル――キップリング――裏二――戦争――対策――役所――役人――不快――逃避――研究室――窒息――インテリ嫌悪――南洋雄飛――自己矛盾――厭につて《ママ》て読書したり又、ふと思ひ出して、各所に居る友達のことなど考へたりする。迷想して、安タバコをふかす。燃料不足で部屋は冷い。しかし、暫らくして落ちつき、新らしい南洋経営の経済理論を考へる。すると子供泣いたりする。

雑然として忙しい昼間の役所とかうしたことが連続してゐるうちに、時間が経つこと何だか一人で恐ろしくなる、君が出発される前、横浜にお訪ねしたとき、君の歌集など拝見したことを想ふ。僕には何一つ自ら創り出したものが無い。寂しい、そして恐ろしいわけです。

しかし、戦争と日本民族、そして自分の世代に属する大多数の人々の担ふべき運命的な使命を考へると、我も亦、一兵卒の気持でと云ふナイーブな情熱を頼りにして毎日の公生活に励み度いと思ふし、事実今の僕はさうするより致方がない。

扨て、其後、体の具合は如何ですか。太平洋の澄んだ空気で快方に向ふことを私かに祈つてはゐたけれど、幸にさうなつたことを知り度いものです。僕は忙しいだけに時間的にはサラリーマン的に規制された為か、健康でゐます、家のものも皆元気です、御安心下さい、

仕事が早く一段落して、南方に旅行し得る機会が来ればいゝと希つてゐる。

御健在を祈る　草々

宮下重寿書簡

1

昭和九年十一月十九日／9・11・19／封書／毛筆／十一月十九日／東京市品川区大井北浜川町一、〇九四／横浜市中区柏葉八九市営アパート二八号　中島敦様

謹啓

突然のことでさぞかし君も驚くことであらう、久振りだね、その後僕は未だ無職徒世、女房に食はしてもらつてゐるといふ実になさけない有様、君はそれでも女学校の教師におさまつた様だね、全く毎日〳〵暮に追ひつめられて、浮世の辛さをかこつのも、あだおろそかのことぢあないよ、それでも学校時代から引きつゞきやつてゐる文学の方は捨てきれないで、なんとかものにしようと頑張つてゐるのだが、どうやらメリーゴランドに頭を突込んだのか、自分の才能が恵まれてゐないのか、これもどうやら望あるやらないやら。なんだか先が長くて心細い。学校時代から交際してゐた西川、原、林、といふ様な仲間も、もうとつくに僕とは離れてしまつて　もうこゝ二年間も逢はない、彼等の方がこんな文学なんかに死嚙みつかないだけ賢明のやうな気もする、全く寂寥、孤独のさびしい強さ、といふがあんまり気持の良いものでもない、もちろん、文学友達は学校の仲間ではないが色々ゐる、けれども矢張さびしいね。どうも長々とつまらないことを書いて申訳なし、実は今日突然君に手紙を書く積りになつたのは、今度僕達の仲間に「文戦」の伊藤、鶴田、鈴木、田中、それに方々から色々な人達が参加して新年号から同人雑誌「小説」といふのを発行することになつたのだ。相当力強いものだと思ふ。純粋の同人雑誌で、杉山平助青野季吉氏等の後援もある、で十月の半頃から幾度も同人会を開いて素晴しいものにする計画である、けれども僕としてはこれらの人達とはどうしても肌合がしつくりしないので、なんとかして学校時代の仲間で文学をやつてゐる人はないかと探したのだが、それが見当ないのだ、それで君は必づ文学を未だ捨てないだらうと思ひ出来たら、一緒に苦労して行かうと思つて手紙を出す次第、文学なんかやるのは一人でもいゝ。でも力強い友達が二人ゐたらどれほど心強いか知れないと思ふ。それに君も承知の様に　これからの文学に志す人といふのは何かの同人雑誌に拠つてゐることが、相当に文壇に出てからでも必要であるとのこと。僕も今一生懸命に職の方も探してゐるから、ゆつくり尻を落着けてやつて行きたいと思ってゐる、

色々話したいことはあるのだが、手紙なんかでは思ふ様に語れない。いつか君の都合に由つて、上京する時でも僕

に知らせてくれないか、そしたら逢つてゆつくり話せるから。僕は品川へ出るのなら京浜電鉄の沿線にゐるので便利だ。では身体を大切にして、相互に頑張らう。

草々

十一月十九日　　　宮下重寿

中島君

2

昭和十年十二月四日／10・12・4／封書／東京市品川区大井北浜川町一〇九四／横浜市中区本郷町三ノ二四七 中島敦様

御返事拝見。僕も大いに意を強くした様な次第。君は病気してゐたとのことだが、身体は何んと言つても現在の僕達には資本のやうなものだから丈夫にしなくちやね。さう言ふ僕自身矢張丈夫でもないし、規則正しい生活も出来ないのだけれども、いつもさうした積りではゐる。喘息を思ひ切つて根治するんだね。

君も一家の主となつてゐるとの由。幾年か逢はないでゐると、みんな、かうして、きまりきつたことになるんだね、僕でも君でも。でも君は未だ未だ自分で生活能力を持つてゐるからいゝ。現在の僕達は　自分の半分又は三分ノ一で生活のある部分をやらなくてはならない様にさせられてゐるんだよ。仕方がない。僕もなんか食ふ道を見つけやうと思つてゐる。雑文で自分を切り売りするより、まだ小学校の先生でもその方がましだと自分では考へてゐる。それに今の僕は雑文は自分を殺す様な気持がしてね。この気持のしない人はいゝがね。まあ君も自分の満足は出来なくても生活手段として女学校の方は出来るだけやつてゐるんだね。それも僕達の今としては仕方のないことだもの。

僕は君の手紙を読んで嬉しかつたのは、君がせつせと書いてゐるといふことだ。こいつは僕達が、現在の文壇を軽蔑しやうが、雑誌のコマ切小説をなげかうが、文学に対して真底の情熱を持つてゐる証拠なんだからね。実際、今の雑誌文学といふものは、君が感じてゐるやうに　どこかに線が一本不足してゐる様な感じが、文学としてはする。けれどもこれは君が短篇小説といふ形式を疑ふといふ理由とは又別個なものぢあないかと思ふ。矢張短篇小説といふ形式は　文学史の上でも当然存在してきたし　現在においても存在性を持ち得ると思ふし　又未来においても存在して行くと思ふ。そして、現在の雑誌文学の文学として、不足な線の感じは、決して短篇小説への存在性への疑惑ぢあないと思ふが、如何。こんなことは解りきつたことだが。けれども君が雑誌文学の影響を拒否しやうとしてゐるのは僕も大いに讃《ママ》成。僕も余り雑誌の小説など読まない方だが、(僕は君とは異つて毎月、雑誌を買ふ余裕もないし、自分が本当に要求するんなら金はなくてもなんとかして、手に

入れて、読むかもしれないが。とんと雑誌といふ奴は買はないし、さうした小説も読んでゐない。たゞたまに手に這入れば読む位のもの。）読んでも僕は自分に頑固に執着するのか人の真似といふのは誰の真似も出来ない。これは多少損な性質かもしれないが、僕は読んだ小説に感心したからと言ひ、又理論が正しいとは思つても、それが自分の中へ入つてしまつて、頭へ出て来て、書いてゐる場合に生のまゝ助になるなんてことはない。僕は損でもそれでいゝと思つてゐる。だから君の場合もそれでいゝんぢあないかしら？　キザでもなんでもないと思ふ。又それが決して、文学（文壇文学）の雑誌をやるのを害するなんてことはない。所謂文壇にしろ、目開も盲目も共に千人の中にはゐるんだから。それに第一文学といふものが、所謂雑誌文学のみと思ひ込んでゐる連中ばかりなら、そんな文壇は犬に喰はれろだよ。

それから君の所謂五十枚以下の小説云々に対して。これは現在の文壇も大いに目覚めてきて、（特に同人雑誌においては、）長篇小説がどん／＼出て来るやうになつた。これは大変いゝことだと思ふ。短篇と言つても今では五十枚以下なんてのはなくて、五十枚が最低だとのこと。一寸したのになると百枚百五十枚のはザラにあるのだから。四、五百枚のものでも、先づ毎月、七、八十枚位づゝ分載して、それから本屋へ交渉するなりした方が、ことが容易らしい。

これも今の同人雑誌でみんながやつてゐることだよ。

次にプロレタリア文学云々についてだが、これは、君自身がまだ三年前の考へに些かとらはれてゐるやうな気がする。現在の文壇においては　もうそんなことを口にする人達はなくなつてしまつた。もつとも三年前においても『プロレタリア文学のみが文学なり』なんて真から考へてゐた人は凡そ、文学の何たるの解らない連中であつて、大勢の人達はたゞ当時の政治的組織のため、一般の人達への役割の点から、さうすることも彼等とするると、必要だから言つたのだ。それが現在の状勢においては、もうさうした形式的、外面的な文壇における区別など全く取りはらはれてしまつた。この点など全く君、心配する必要はない。又逢つた折よく話すが。経済的負担は今のところ月三円といふことになつてゐる。

とにかく、それはそれとして、君と逢つて、相互に大いに話し合ひ　文学をやつて行くんなら共に力になり合つて行きたいと思ふ。是非東京へ出てくる時にはしらせてくれ。僕も亦用事があつたら、横浜へ行くかもしれない、その折は知らせるから。では身体を呉々も大切にするがいゝ。宮坂に逢つたらよろしく。彼は何をしてゐるんだい？

草々、

十二月四日　　宮下

中島敦様

三好四郎書簡

1

昭和十六年六月二十四日／消印なし／葉書／福岡市白金町三十一早川方／横浜市中区本郷町三の二四七　中島敦兄

拝復
朶雲忝けなく拝誦しました。
いよ〳〵廿八日御出帆の由、当日小生は直接船の方へお見送りに参上します。
パラオに遊びに来いとの再度のお招き、御厚情真に有難く、機を得て出掛けたいと思つてゐます。詳細何れ拝眉の上
右取り急ぎ一筆、　匆々不尽
六月廿四日夕　三好

2

昭和十七年二月二十二日／封筒なし

拝復
十二月二十二日付の芳墨過日拝誦、
御地は至極平静の由、安心しました。
お指図により早速深田氏を訪問しましたが、生憎旅行中とのことにて面会出来ませんでした。
本日再度訪問、今日は在宅にて、左の通り君への伝言を頼まれました。
1、貴稿中〝古譚〟の半分は三月《ママ》号文学界に掲載済。
2、もう一つは文学界に掲載の予定にて目下同誌編輯者の手にあり。
3、〝かめれおん日記〟は深田氏の手許にあつたので、これと〝古譚〟の残り半分は貰つて来ました。明日早速中島桓氏宛に送ります。
4、文学界編輯者よりの希望にて（深田氏宛手紙ありたる由）引続き原稿を送られたしと。
5、三月《ママ》号掲載分原稿料、深田氏預つて居られる由、如何すべきや折返しお指図乞ふ。
小生近日中帰学します。試験を済ませて三月中旬又帰鎌しますから、便りは鎌倉宛に下さい。
釘本は又三月十日頃南京に出張します
君の健康を切に祈つてゐます。
右取り急ぎ一筆要用のみ、　匆々不尽
二月二十二日　三好
中島兄

吉田昂書簡

1

昭和十三年七月十九日／13・7・19／葉書／毛筆／神戸／横浜市中区本郷町三ノ二四七 中島敦様

謝水害御見舞
御蔭を以て身体下宿共に無被害　唯水道不通で先日氷上氏宅に行つて水及び湯の御馳走になりました　正に罹災者よろしくといつた形、新職業　初めての下宿生活に加へて今回の大水害でこの所転手古舞　何が何だかわかりません

2

昭和十六年九月二十一日／不明／葉書／東京市外府中町富士見町九八六一番地 官舎

謹啓　時下益々御清祥之段奉慶賀候
陳者小生儀長野地方裁判所在勤中は諸事御高配に預り感佩罷在候処今般東京民事地方裁判所に転勤を命ぜられ候に就ては不相渝御指導御鞭撻を賜り度奉悃願候
右不取敢書中御挨拶旁々御謝礼申述度如斯御座候

敬具

昭和十六年九月二十一日

吉田昂

中島敦殿

石坂襄二書簡

1

昭和十六年七月十三日／不明／封書／東京市中野区橋場町五十番地／南洋パラオ島南洋庁地方課気付　中島敦様

拝啓

過日は失礼

乍早速　例の件は、拓務省の友人が二人共出張してゐて仲々捗らなかつた処、小生に召集令が来て、十六日入隊のことになつたので、愈々具合がわるくなつた。

しかし、昨日、拓務省から電話での言伝《コトヅテ》で堤武夫（南洋庁前財務課長、現在拓南局事務官）文甲二組から、地方課宛可然手紙を出して置いた由を聞いた。

しかし間接の伝言の為め、君を直接知つてゐる様に書いたか否かわからぬ。併し恐らく、高等学校の同期生と云つた具合に慢然と書いてあると思ふから、その御含みで、事実通りに振舞はれたらよいと思ふ。君から直接堤君に挨拶の手紙でも出されると、具合がよいと思ひます。

いろ〳〵書き度いが、十六日の入隊で、忙しくて書けない。残念ながら、之で擱筆する。

小生召集された以上は、潔くやつて来る。

御自愛を祈る

敬具

昭和十六年七月十三日

石坂襄二

中島敦様

二伸　尚ほ　丸山佶《タダシ》君（やはり同期の文甲二組）にも君から直接手紙を出して、手数をかけた御礼を述べられるとよいと思ふ。この男が、堤に口をきいて、手紙を書かして呉れたものだし、それにこの男も南洋庁に居た男だから。

宛名は拓務省　丸山佶事務官

杉本長重書簡

1

昭和八年四月二十八日／□・4・28／封書／四月廿八日／東京市滝の川区西ヶ原町三六一／横浜市中区元町二丁目横浜高等女学校内 中島敦様

お葉書ありがたう。
その後、さつぱり会はないし、それに先日熊谷さんの家で伊庭の姉さんに会つて、少し気がゝりな事を耳にしたものだから、お手紙を差上げた次第。でも、お家から折返してのお手紙と、君のお手紙とによつて、君がさうして落着いてゐられる事を知つて、ほんとに安心もし、嬉しくも思ふ。

君の言つてる事は、言日からも、ほのめかされてゐた。君の心持はよく分るけど、つまらない事だと思ふ。（僕が利恵公に会はないのも、さうした事情からとも思ふが、自分の事は苦にならないのは、僕一流のエゴイズムだね）でも、僕にして見れば、そんな事は何とも思つてゐないのだ。又思ふ筈もないぢやないか。そんな事に拘泥る程、ひねくれて了つたとは僕もまだ思つてゐない。いつもの敦ちやんらしくあつさりとさう云つてくれた方が嬉いんだが。……

一人でないといふ意味も分つたが、心からお喜びを申上げる。常識的な僕、お祝ひでも差上げたいんだが、これは、もう少し待つて貰はう。まづ匂だけ嗅がしとくといふ手はどうです?

さて、ついでの事だから、僕の近況をおしらせするとして、近頃は憂鬱な事続きだ。生活も生活だが、僕の頭も近頃は少し鋲が抜けたさうな。ぐら〳〵しとる。一昨日は下の弟の奴が、学校で怪我をして来た。ヂッと我慢してゐる我々の上に斯うした災害が降るナンテ、楽天家で自任してゐた僕も、どうやら、その自信がくづれて来たのを淋しく思つてる。

いや、今日はお話しが恐ろしくシメッポクなつちまつた。こんどは、お酒でも呑んで陽気なお話を差上げるとしよう。ぢや　さやうなら　　　　重

四月廿八日

敦　兄

高岡爰書簡

1

昭和八年五月〜九年三月／不明／葉書／東京市下谷区谷中坂町六一靖修館／横浜市中区山下町六八同潤会アパート第一号館二五　中島敦兄

横浜でしかも女学校の先生を知てゐるとは　夢にも知らなかった　君の事だから　色々と面白い事をしてゐる事と思ふ

下宿は表記の通り　横浜の家は　神奈川区南軽井沢二四　もとと異る、　今一寸健康を害してゐるので　横浜へは帰らぬ

いずれ、横浜の家から研究室へ通いたい考へだ　ではいずれ会ふ機会も多いだらう

上出成孝書簡

1

昭和八年六月六日／8・6・6／葉書／中野区神明町三十五／横浜市中区山下町一六八同潤会アパァト第一号館廿五番戸　中島敦様

身体ノ調子ガ良イノデ喜ンデキル　ソノ中ニ港ヘ遊ビニ行キタイト思ツテキル　翻訳ノ方ハ御願ヒスル。何ナラ遊ビガテラトリニ行ツテモ結構

文法ノ本ハ今日之ト同時に出ス　但シコノ前ノトキノ本ダ。マダ本ノ整理ガシテナイモノダカラ

国文談話会書簡

1

昭和八年二月一日／8・2・2／葉書／国文談話会／
世田谷区世田谷一丁目一二四　中島敦様

卒業生予餞会御通知

前略、今般思ひ出の学生生活を終へ、目出度赤門を巣立ちせられんとする諸兄の為に、来る二月八日予餞会を開催する事と相成りました。就きましては万障御繰合はせの上、御出席下さいます様、一重に御願申上げます。

時日　二月八日（水）午后五時

会場　上野公園前、〝世界本店〟

会費　二円

尚御手数乍ら、御出席の有無、七日までに御通知下さい。

昭和八年二月一日

国文談話会

文三会書簡

1

昭和十二年六月十九日／12・6・19／葉書／六月十七日／於「銀座スエヒロ」／横浜市中区本郷町三ノ二四七　中島敦兄

中山幸
岡村一
高橋忠一
小松雄飛
森　馨
辻壮太郎
滝沢一郎
栗原三雄
松尾秀身

文三会万才

河合弘美
川上貞司
川村勉

岩田一男書簡

1

昭和十三年四月十四日／13・4・15／葉書／十四日／小樽市緑町二丁目高商クラブ／横浜市中区本郷町瓦斯山々頂 中島敦様

お見送り・贈物有難う。十日の晩無事着樽。夜行で来たためと陽気が春に向ふためとで思つたほど淋しくはありません。町の汚いこと、電車のないこと、好い下宿のないこと、美しい家・物・人間のないこと、肉の食へないこと——ないないづくしで気がひけるから、よい方を書くと、青函連絡船の海と遠い山脈の美しさ、函館附近（雪なし）の早春の山・海・空・林・小川の美しさ、高天井の広いソファが三つもある教官室、大きな教卓を独占でき、割合に充実してゐる図書館、などはいい点でせう。

どこへ行つても「ご独身でしか？」つて訊かれて、例の如くにやにやしてゐます。皆さんによろしく。但し黒板に貼りつけるのだけは御免下さい。時々は葉書で元気をつけて下さい。

中島さんにはやつぱり作品を書いて貰ひたい。

草々

2

昭和十三年十二月十日／13・12・12／葉書／十日／小樽市入舟町九の三八藤沢方／横浜市中区本郷町ガス山山頂 中島敦様

その後ごぶさた。寒いが、ゼンソクは起りませんか。例のハクスレの飜訳、僕の引受けたボオドレエルは大体拙劣な奴を訳了しましたから、物になるかどうか手を入れて下さい。三十一日の晩頃帰る予定ですが、一月六日までの短い滞在の中お目にかかつてお渡しします。又、岩波で出しては貰へるのですね。

〰〰〰〰〰〰〰

滋賀先生によろしく言つて下さい。手紙をかくのが嫌ひでつい、どちらにも失礼してゐます。

〰〰〰〰〰〰〰

吹雪の中で火事があつた。バケツで雪をかけて消してゐる。

ツララの長さをはかつたら三尺六寸五分あつた。

3

昭和十四年七月二十八日／不明／絵葉書／二十八日／横浜市中区本郷町ガス山上 中島敦様

たとへ喘息が起つても　魔周湖の凄絶な碧さを　見せたき思ひ　しきりなり

二十八日　　岩田一男

4

昭和十五年二月十八日／15・2・19／葉書／小樽／横浜市中区本郷町瓦斯山上　中島敦様

この冬休は短かくて、お訪ねもできなかつたけれど、お体いかがですか。喘息はおこりませんか。仕事（もちろん、学校のことでなく）の方は。

こちらはすこしづつ徐かに変つてゐるかもしれない。例のスミルニツキー氏に、さる女人への手紙の上書きをかいてやつたら、驢馬と俥で作つたバシヤへ同乗させてくれました。昨日、札幌へ行き、帰りの汽車に二度も乗損じ、じつにヘンな晩だつた。四月にはちよつと帰るつもり。楽しみにしてゐます。みんなによろしく。

十八日

5

昭和十七年九月十八日／不明／封書／小樽市富岡町一の一〇白英荘内／東京市世田ヶ谷区世田ヶ谷一の一二四　中嶋敦様

私のツシタラよ。いろいろおめでたう。喘息はもう発らなくなりましたか。さうであればいいとほんとに思ふ。一月前までは僕は横浜にゐた、「留学」といふより実は、療養で。ザラ紙のやうな文章ばかり氾濫してゐるので雑誌を読まなくなつてゐた、杉本に会ふまで「光と風と夢」のこと知らなかつた。当然のことながら　じつに嬉しかつた。一緒に見てゐる動物の活動も　一つも目に入らなかつた。おそらく最もよろこんだものの一人であること　知つてもらひたく、それなのに弱《センティメンタル》虫の虚栄心がまた妨《ママ》魔し、電報うたうか　長い手紙かかうか　などいろいろ思ひわづらつて、かへつて書けなくなつた。明け暮れ君のこと考へてゐた。「古譚」がどうしても手に入らず　八月始だつたか杉本の所へ又借りしに行つたら、昨日皆んな集つて敦ちやんも来たんだけれど君知らなかつたの、と言ふ。蹠が掻かつた。芥川賞もらつちまはないうちに早く、と手紙かかうと何度しても、あはれ地獄の虚栄心奴　書かせないのだ。たうとう日限になつて青い海峡を渡つてきてしまつた。こんどは家がないので蜂寓《ママ》房にゐる。駅に近いので拡声器の函館行函館行などといふのが聞えてくる。旅愁をそそられる。それと、鰊のやうな顔した人人はますます鰊のやうな顔附に見えてきた——それだけ思ひ屈してきた訳かな。二度こなくてもいいが、もし都合ついたら北海道へ来ないかな、荒い自然だけれど　今は美しい季節だから。旅費だけでよろしい。席がないほど汽車は混むし　款待のしかたは

拙いけれど。この青い日日公園の丘に上つて　白樺のそばのべんちから　海と空の間に浮ぶ石狩の半島のけざやかなのを眺めてゐる。さうしてわがツシタラが　ジョニー・ウォーカーがのめるほど健康になり　愉しいよい小説をたくさん書いてくれればよいと　しきりに思つてゐる。

八・三〇

ここまで書いて、さて手紙を出す段になつて　君の所がわからない。問合せたら、返事がなかなか来ない。そのうちに芥川賞のことなど雑誌で知り　いろいろ腹が立つた。会ひたくなつた。まだ秋だけれど、多分きみは来られまい。それではこの冬。こんどは前の晩よく眠つてをいてから、行く。僕の綴方を一枚同封します。こんなことが出来るやうになりましたよ、僕も。

本になつた「光と風と夢」を、僕に贈つていただけないだらうか。こちらで手に入らないし、それよりも何よりも、君からいただければ　たいへんに　それは有難いことなのだけれど。

九・一八　　　　岩田一男

中島敦様

6

昭和十七年十月四日／17・10・4／葉書／十月四日／小樽市富岡町一の一〇白英荘内／東京市世田ヶ谷区世田ヶ谷一の一二四　中嶋敦様

恵音感佩。喘息やつぱり、困つたな。とにかく自重して下さい。これは、なにも、独り君の為ばかりではない。なあんてね。僕の方は、seki-chinが少々沈降したので小菅ドクトルが休めと言つただけの話。それとてどもりの飛行機技師（人と喋らないで済むからとて北大で数学をやつた男）と利根川辺や茂林寺（mɔ̃: rinji と発音してゐるらしい、実際「お狸様がたくさんゐた」らしい小ぢんまりと稚気のあるお寺）を歩きまはつて風邪をひいた為であるかもしれず、翌月からは殆ど沈降しなくなつたから。こちらは数日耀くやうな秋日和が続いてゐる。この景色が送れたら。この冬はツシタラに会へると思ふといつそ待遠しい。女学校が焼けて女学生が繰上卒業の後の教室を借りに来るといふ。

土方久功書簡

1

昭和十七年五月十日／17・5・10／葉書／十日／目黒区中根町二六七／市内世田谷区世田谷一ノ一二四　中島敦様

スッカリ寝込ンダサウデスネ、大変デシタ。文学界？ニ創作ヲ発表サレタ由、近所の本屋ヲ皆キイタケド高級雑誌ハ来て居ナイ。デマダ拝見シテ居ナイ。僕ノ方ハ親類ノ年寄リガ脳溢血デ倒レテ、長イコト意識ガナクテ、遂ニ亡クナツテ、ズツトゴテゴテト日が過ギテシマヒマシタ。一昨日　家入君ガ来マシタ、今朝ノツバメデ名古屋ニ行ツタ筈。栗山君モ一緒ニ出テ来タ由デスガ　マダ顔モ見セズ何トモ便リガアリマセン、

オ家ノ方々ニヨロシク、

2

昭和十七年七月六日／17・7・6／絵葉書（土方描く南洋の二人の女）／六日／目黒区中根町二六七／世田谷区世田谷一丁目一二四　中島敦様

過日ハオ訪ネ下サツタノニ留守ニシテ大変失礼シマシタ　其上女中ガボンヤリデオ名前ヲ忘レテシマツタノデ、何ウシテモ君ダトハ思ヒアタラナイデ　端書ヲ頂クマデワカラナイデ居タ次第、ヤメル形式ハ僕モ知ラナイノデスガ　モウ日数モナイノデ　僕ノ方ハ診断書ヲ添ヘテ兎モ角出サナケレバナラナイト思ツテ居マス　水木、金土ノウチ午前中ニオ訪ネ下サル様　オ待チ申シテ居リマス、是非オデカケ下サイ。

3

昭和十七年八月一日／封筒なし

中島敦様、　八月一日夜、

今日ハ又オ暑イ処ヲ御訪ネ頂イタノニ　又々留守ニシテ大変失礼シマシタ、ケレドモ君ハ実ニ運ガ悪イノデス、僕ハ此節ハ只々家ニ引込ンデ居テ　外ニ出ルコトナドメツタニナイノデス、ドウデス此ノ暑サハ。南洋ヨリ確カニ暑イ！

処デ僕ノ方コソ此ノ一週間ノ中ニ　是非オ会ヒシタイノデ　御都合ヲ伺ハウト思ツテ居タ所ナノデス　大概ウチニ居ルノデスカ、八日ニ信州ニ行クコトニシテ居ルノデ　其ノ前ニオ会ヒシタイノデス、所ガ一方「過去ノワガ南洋」ハ僕ハ持チアハセテ居ナイノデスガ　過日本屋ガ何デモソレヲ見タイカラ探シテホシイト云フノデ　当ノ八幡氏カラ

借リテ来テ貸シテアル様ナ次第、ソレモモウ約束ノ期限ヲトウニ過ギテ居ルノデ　取リカヘス心算デ居ル所デス、デ此ノ手紙ト一緒ニ取リカヘシノ速達ヲ出シマスカラ、ソシタラ二三日ウチニ返ツテ来ルト思ヒマス、ソシタラ、五日カ六日カ七日ノ朝ノウチニオ訪ネスルコトニシマス、

実ハ「南風」ガアンマリ「南風」デナクナツテハシマツタノデスガ、既ニ二百六七十枚書ケテ居ルノデ、君ニ見テ頂キ度イノデス、ソレヲ書クノデ実ニ忠実ニ家ニ引込ンデ居ル次第ナノデス、処ガ昨夕突然パラオカラ高崎ブー子女史ガ出テ来テ、前ニ地方課ニ居タ田沼女史ト一緒ニ訪ネテクレタノデ　今日ハ久々に嬢チヤン達ノオ相手デ　銀座マデ出テ来タ所ナノデスヨ、ドウモ君ハ運ガ悪イ。併シ都合ナンカ大概大丈夫ナノダカラ、何日何時頃行クカラ待ツテロト一寸前ニ書イテ寄来シテクレレバ　必ズ家ヲアケナイデ居ラレルノニ、君ハ風ノヤウニ音ナシデヤツテクルカライケナイ。

此ノ原稿紙ヒドイ。実ニ気持ガ悪イ。イイ原稿紙アリマセンカ。

八日朝東京ヲタツテ、八月一パイヲ信州戸隠ノオ社デ暮ス筈。僕ハ別ニ山歩キガ好キナ訳デハナイカラ、勉強ガ出来ルト思ヒマス、兎モ角　其ノ前ニオ訪ネシマス、間ニアヘバ「過去ノワガ南洋」ヲモツテ行キマス、

御尊父様ヘモ　奥様ヘモヨロシクオ願ヒシマス、

土方久功、

阿刀田研二君カラ　マタ今日変テコナ手紙ガ来テ居ル。

4

昭和十七年八月／□・8・□／絵葉書／信州戸隠山中社 武井様方／東京市世田谷区世田谷一ノ一二四 中島敦様

戸隠山ハ寒イトコロデス、ラヂオ放送ノ小鳥ノ森ニハ一日中鶯ガ鳴イテ居リ、蝉モ一緒ニ鳴イテ居マス、山ニハ雲ガ湧イタリ消エタリ、トコロデ、コチラニ出ツ前日ニ突然北ボルネオ行キヲ交渉サレテ、断ツテモ〳〵断リキレナイデ遂ニ大体、十月半頃マデノウチニ北ボルネオニ行クコトニナツタラシイデス、南風ハヂキニ終リマスガ、十五年ブリノ内地ノオ正月ハマタ逃ガシタラシイデス

5

昭和十七年九月五日／不明／封書／毛筆／九月五日／目黒区中根町二六七／東京市世田谷区世田谷町一ノ一二四 中島敦様 仝令夫人

拝啓　お暑さの折柄御壮健のほどお喜び申上げます

扨て此の度私ども　後藤禎二氏御夫妻の御媒妁を得て結婚いたしました　就きましては　今後とも御懇情御指導賜はり度く　甚だ略儀乍ら書中を以て御挨拶申上ます

追て披露の儀は　時局柄差控へさせて戴きましたが　実ハ近々ボルネオに参ることになつて居りますので　お別れ旁々御一緒に御食事でも致し度いと存じますから　お暑い折柄恐れ入りますが来る九月十三日正午　九段下軍人会館までおいでいたゞき度く右御案内申上げます

敬具

九月五日　土方久功

敬子

中島敦様

仝　令夫人

追而御諾否のほど一応伺ひ度く存じます　猶当日ハ必ず御略装にて御気軽ニお出向きいたゞき度く存じます

滋賀貞書簡

昭和十五年一月十一日／15・1・12／葉書／毛筆／一月十一日／熱海市上和田一二八〇 山田重恵方／横浜市中区本郷町 中島敦様

1

前詩平仄相違あり訂正旁二三書添申候
黒潮涵海角山抱温泉郷冬半不知凍氤氳橘柚黄
泉沸石槽溢潺湲似鼓琴鳥魚倶可比揺漾又浮沈
暁曦冬嶺赭楼閣影参差晴暖又堪ト西風欲勿吹
函山奔迫海随処熱泉濆澗水淙々白朝々吐暖雲
天晴気暖一仙寰況有沸泉養病頑只怕厳威寒波
侵此境後嶺今朝雪斑々
右御一粲迄に、仕事はあれど一人では淋しいものに候
こんないたづらも無聊凌ぎに候　流石に此地も今朝は潦水凍結いたし候　呉々も寒気御自至《ママ》祈候
此地に来り候以来咳嗽甚少くなりうれしく存候　一冬居らば大分よろしからんと存候
雑誌どれでも一冊早く回覧して御まわし願へず候や

2

昭和十五年二月二日／15・2・3／葉書／二月二日／熱海市上和田一二八〇 山田方／横浜市中区本郷町三ノ二四七 中島敦様

頭のよい珠玉を一つ御儲けとの事、迂濶にもそんな噂も知らずに居ました　何にしても御喜びと御祝ひ申上げます　呉々も御両所の御肥立を祈ります

レコードの件　越天楽はヴィクターのは予約であつたさうで　市中には無いと藤井から申して来ましたが　何か外にありはせぬかと存じます、一応御調べ願つて　無ければ他のもの御決め下さい　藤井氏も二月中には大阪へ転住するさうですから　それ迄に決定して多少とも便宜を計つて貰ひたいと存じます（便宜といふのが此頃大変六ヶしいのださうです）　紀元節前後迄に御きめ下されば大体先方へ通知し　廿日頃一度私が帰浜して処理をしたいと考へます

3

昭和十六年三月四日／16・3・4／葉書／毛筆／三月四日／神奈川宮谷六／横浜市中区本郷区《ママ》三ノ二四七 中島敦様

大分春めいて来ました　御病状如何です、この冬ハ御休校のやうで　又しばらく閑地に御静養と伺つてゐますが真に御同情申上げます、東京へ御引上になりますか　その前に一度御談した〈い〉ものです、猶この際御願致したいことは　いつか私について御作詩がありましたが　あれを是非書いて御恵与下さい　御願致します、」御伯父様の御原稿もそのまゝになつてゐまして申訳ありません、万事御目にかゝつた上としませう

高橋資雄書簡

1

昭和十六年八月七日／封筒なし

サイパンから葉書を頂いたまゝ御無沙汰してしまひました　その後御元気ですか　果物が大変おいしいさうですね　予期してゐてもやつぱり口にして見なければその旨さは判らないのでせう　果物があまり好きでない僕でも　南洋のならさぞ旨からうと思ひます　この頃こちらでは果物も仲々手に入りません　バナナは小さくて青いし　桃は長雨で水ツポク　水瓜も同様

　こちらでも昨日の暑さは相当のものでしたから　そちらではさぞ大変でせう

　滋賀先生が山口さんのところへもつて来られた結婚の話が進んでゐるさうです　何れ秋には実現することでせう　これで青木さんを始め皆アルジと成るわけです

　御面倒をおかけした引越の件は　今月中には何とかなる積りです　お宅では皆さん御元気でした　僕のあとには横浜高女へ来られた清水先生といふ人が来られる筈です　これは貴兄のお父さんの御世話です　お父さんも相変らず御元気なことです　その後会戦はしませんが　何れ引越でもすんだら棋譜は送れませんが報告だけはしませう　先日山口さんは滋賀先生に対して三対二で勝越したさうです　「焔と光」を求めて読みましたが　食事で巻をおくのが残念な程愉快に読まされました　ゴッホの絵が見たいこと瀕りです

　仕事の方は如何ですか　面白くやれさうですか

　南方問題がやかましく論ぜられてゐます　時間の問題らしいです

　美しい海、あこがれの海、僕の南進論の方は仲々実行の運びに至らず残念です　今夏は足止を喰つて旅行禁止です

　御健康をお祈りします

　　八月七日　　　　高橋資雄

中島敦兄

2

昭和十六年九月二日／□・9・2／葉書／横浜市中区本郷町三ノ二四七／南洋パラオ島コロール町アラバケツ南進寮内　中島敦様

御無沙汰してをります　風土病にかゝられたといふことなどお聞きして御案じしてをります

　此度は御令閨の一方ならぬ御配慮のお蔭で無事こちらに移ることが出来　一同大喜びしてをります　厚く御礼申上

げます　ダリア　サルビヤ　朝顔　オイラン草　秋海棠

その他一、二の花が主なき庭に美しく咲出でゝゐます　僕にどうせ世話らしいことは出来ませんが　出来るだけ元の面影を残して置くつもりです

九月二日

久保田公平書簡

1

昭和十七年十月二十七日／17・10・27／絵葉書（NHKのオーケストラの演奏風景）／十月二十七日／麴町区内幸町日本放送協会企画部内／東京市世田谷区世田谷一ノ一二四　中島敦様

お便りなつかしく拝誦いたしました。ゼンソクは……とつひ心配になります。

先日南洋庁の出張所へ電話でたづねましたら　消息不明！　とことはられ　ギヤフン。その後土方先生から伺つて大いに安心しました

田辺秀穂書簡

1

昭和十七年五月六日／17・5・6／葉書／5・6／渋谷区穏田、一ノ一三六村上文化住宅／世田ヶ谷区、世田ヶ谷、一ノ一二四　中島敦様

前略
母が病気で去月8日帰朝し、退官願も出しました。喘息で御休みの由　私もこちらに来て軽いのにかゝり弱つて居りますが、今、鼻を治療に行つて居ります。高里氏と一緒に御伺ひするつもりでしたが、彼は5月4日に、もさもさ、あわてゝ帰つて行きました。僕も喘息が直らねば、今度こそ、ハワイにでも行き、日本軍の敵前上陸でも待つより外ないと思ひます。
他日話に行つてよろしいですか。

寺井寛書簡

1

昭和十七年九月三十日／軍事郵便／葉書／九月三十日／比島軍政監部内務部／東京市世田谷区世田谷一ノ一二四　中島敦様

お葉書転送により拝見致しました。永らく御無沙汰して申訳ないのですが　それと云ふのも表記の通り目下比島に御奉公しておる次第です。大戦争勃発と同時に徴用をうけ　軍と共に当地に参りました。ルソン島中部に敵前上陸し、一月二日皇軍入城以来ずつと当地で語学奉公をしてゐるわけです。南洋にゐる貴兄が戦争後どうしておられるか、と案じておりましたが、最近新聞広告でお名前を拝見　内地に帰られてゐるのかなと思つてゐた所でした。健康を害はれた由御自愛を祈ります。

比島ではバタン、コレヒドールの米比軍降服後は一応作戦は終り　目下比島をして共栄圏の一環たらしむべく　鋭意戦後の経営に努力中です。小生が従軍してこんな経験をするとは、夢にも期待してゐなかつたのですが、尊い経験の機会が与へられたことは光栄だと思つてゐます。石坂洋

次郎　尾崎士郎、今日出海等の方も徴用で一緒にこちらに来ました。その後火野葦平、三木清、上田広等も来ました。暑さには弱い小生は閉口で　相当南洋ボケになりました。

では何れ又、

深田久彌書簡

1

昭和十七年三月三十一日／不明／封書／三月三十一日／神奈川県鎌倉町二階堂／南洋パラオ島コロール町南洋庁地方課（東京市世田谷区世田谷一ノ一二四へ廻送）中島敦様

御無沙汰しました。

この手紙はもつと早く書かねばならなかつたのですが、始終気にかゝりながら、書く以上は色々の事を書かねばばならぬやうな気がして、つい億劫になり今日まで延びました。お許し下さい。

それで今日はほんの報告的なことだけを書きます。それでないと、又無性になるから。

○「古譚」が文学界二月号に載つたことはもう御承知だらうと思ひます。四篇のうち二篇だけ載せたのは、あの二篇がすぐれてゐたからです。好評でした。同封の庄野君の手紙御覧下さい。雑誌は着きましたか。

○今度五月号に「ツシタラの死」が載ります。これも同封の河上徹太郎君（文学界の編輯者）の手紙ごらん下さい。君は御承知かもしれませんが、紙の統制で雑誌がドン〳〵

薄くなり、五月号から又一割減になります。それで到底全部載せるわけに行かず、河上君の手紙にある通り、一部を削ることにしました。御了承下さい。それでも五月号の大半の頁は、君の小説で埋められるでせう。
○「カメレオン日記」は推薦しなかつた。君の感想文としては面白いが、小説としては取れない気がした。この原稿と古譚の中の未発表の二篇は、三好四郎君にお返ししました。(同君が取りに来られたので。)
○古譚の原稿料三十三円(一枚一円)僕が預つてゐます。「ツシタラの死」の稿料も僕の許へ来るでせうが、これをどうして君の方へ送ればよいか、その方法を教へて下さい。尚、君と最も早い通信方法は何か。これも教示ありたし。
◎最後に一番大事なこと。次作を待つ。せつかく君の名が出たとこだから、つゞけてうんと頑張つてくれたまへ。

三月三十一日　　深田久弥

中島敦様

《参考1》庄野誠一→深田久彌書簡

昭和十七年二月二日／封筒なし

拝啓

御無沙汰いたしました　中島氏の原稿は御承知の如く掲載いたしましたが　あとの二つはどういたしませうか　それから稿料も住所がわかりませんので　貴方宛お送りいたしましたから　よろしくお取はからひ下さい　とても評判よく面白いので　校正しながらも皆よろこんでゐました

第二作の御推薦をお待ちします

それから文学界三月号に　随筆か六号雑記をいかゞでせうか　また〳〵中島　三木　火野　上田四氏を失つて　文学界はます〳〵寂しくなりましたので　同人の方々に殆んど毎月書いていたゞかないと　雑誌の恰好がつかない次第です　御多忙中を恐れ入りますが　何卒御高配の程を願ひ上げます　匆々

二月二日　　庄野誠一

深田久彌様

《参考2》河上徹太郎→深田久彌書簡

昭和十七年?月?日／封筒なし

前略、中島敦氏の「ツシタラの死」を読み、何とかして是非載せたいと思ひ、又御相談する次第、

此の中にある文化を去つて自然に憧れるといふ気持には健康なものと不健康なものと両方混つてゐる。そしてそれ

は筆者と主人公と両方に共通するものだ。スティヴンスンは結局世紀末の児だ。それは筆者も隠してゐないし、又それによつて此の作品も現代人へのアレゴリーたり得、且つかういふ時勢の下で　特殊の魅力を持つてゐる筈である。然しそれを余り大つぴらに鼻の先へぶら下げ過ぎると、此の時勢では厭気がさして来る。軽く匂はせるだけで　我々には十分察しがつくものである。

とにかくそんな意味で、具体的にいつて、十、十一、十四、十六、の四章を省くと、此の主人公の持つ文化恐怖症だの、世を茶化したワイルド的高踏性だのがなくなり、作品全体スッキリして新鮮な感覚が蘇ると思ふ。

それについて作者の同意と加筆が必要なのだが、通信不能なら君が事後承諾でやつてくれないか？　或は省略に君が反対なら又相談に応じる。

とにかくこんなにはつきりした人間像は珍しいし、舞台は面白いし、内容は時局的だし、イメーヂは豊富だし、僕はすつかり惚れ込んで、長さに構はず載せたいのだ。

御返事待つてゐる。

早々

2

昭和十七年四月一日／17・4・1／封書／鎌倉市二階堂／東京市世田谷区世田谷一ノ一二四　中島敦様

冠省

昨日パラオ島の君宛に手紙を出した直後、三好四郎君に会ひ、君が帰国して居られることを知りました。君にお会ひしてお話したいのですが、御病気の御様子ゆゑ、要件だけ簡単に次に書きます。（これは昨日出した手紙の復習みたいになりますが）

○「古譚」の内二篇が文学界二月号に出たことは既に御承知の事と思ひます。ギャアナリスチックの噂は知りませんが（此頃あまりその方は注意しませんので）眼のある人達の間では、大へん好評だつたことを書添へます。その稿料三十三円は僕が預つてゐますからお渡ししたいのです。

○「ツシタラの死」文学界五月号に載ることになりました。この作品について色々申上げたいことがありますが、それを書きにかゝると長くなるから、事務的なことだけ申しあげます。

御承知でないかもしれませんが、この頃は紙の統制で雑誌が薄くなり、五月号から又一割減ださうです。それで「ツシタラの死」を載せると、大半はそれで頁を埋めてしまひますので、作品を少し削減して頂きたいのです。編輯者河上徹太郎君（この河上がすつかりこの作品に惚れこんでしまひました）の意見では、十、十一、十三、十四章を省いて（その文学的理由はお逢ひして申上ます）前後を程よくつなぎ合せてほしいといふのです。割に簡単な加筆で行くだらうと思ひます。この操作を、君に事後承諾の形で、

僕に課せられたのですが（尤も僕がどうしても削除訂正絶対反対を唱へれば、編輯の方でも折れるさうですが）それについて君の意見も聞きたいと思つて、三好君に電報を打つて貰つた次第です。

　といふのは、編輯部では非常に急いでゐるのです。約束通りなら、もうとつくに僕がそれをしてゐなければならぬところです。

　そこへ君が帰つて居られることを聞き、〆めたとばかり、作者の君にゆだねるわけです。

　君も削除絶対反対なら、何とかして全文載せるが、前述のやうな次第ゆゑ、（全く紙の関係で。そしてこれが今の雑誌界には一番重大なのです）枉げて削除訂正御承知下されば幸甚に存じます。

　新人の百枚以上の小説を一度に載せることは、商売雑誌（文学界はもうそれに成長しました）にとつて一大英断で、それほど河上も僕も　この作品をみとめて、勢ひこんでゐるのです。

　原稿は別便速達書留でお送りしました。御病気中怖れいりますが、大至急やつて下さい。遅くとも四日までには。文学界編輯部の人をお宅まで取りにやつてもよろしい。いづれお逢ひした上で、万々。

四月一日　　　　深田久弥

中島敦様

3

昭和十七年四月二日／17・4・4／封書／四月二日／鎌倉市二階堂／東京市世田谷区世田谷一ノ一二四 中島敦様

冠省。

「文学界」二月号パラオの方へ送つてはありますが、君と行違ひになつたかもしれないので、手許にあるのを別便でお送りしました。尚「古譚」の内、未発表の二篇は、「カメレオン日記」と共に三好四郎君にお返ししました。「カメレオン日記」は感想としては面白いけれど、小説としては物足りぬ気がしました。

尚「ツシタラの死」は、文学界の編輯員が君の家まで取りに行きますからよろしく。

尚、次作を期待してゐます。せつかく好評の折ですから、この勢に乗じて、ドシ〳〵お書きにならむことを！

四月二日　　　　深田久弥

中島敦様

古田晁書簡

1　**昭和十七年五月？**／不明／封書

拝啓。

玉稿只今確かに受けとりました。

順序、あの通りで結構と存じます。

題は「光と風と夢」にさせていたゞきました。

早速、印刷所へまわしましたから　近日中に校正がでることゝ存じます。


その後御病気はいかゞですか。

お元気になられましたら、中村君と〈以下欠〉

2　**昭和十七年六月？日**／封筒なし

拝啓。

その後御無沙汰ばかりいたしておりますが、御元気でいらつしやいますか。

一度、貴方と釘本さん、中村光夫君と四人で会食いたし度いと思ひながら、釘本さんが御病気だつたり、此方が雑用があつたりして果しません。

そのうちに是非お会ひしたいものです。

御本、印刷屋がとてもこんでいるのでまだ刷りにかゝれませんが、来月初にかゝつて二十日頃までには　本にしたいと思つております。

装幀は庫田叕氏におねがいして中々きのきいた本になることゝ思ひます。

いづれ近日中にお目にかゝり度いと存じます。

お体を御大切に。

古田晁

中島敦様

3　**昭和十七年八月二十四日**／封筒なし

拝啓。

その後、ゆきちがつてちつともお目にかゝれず残念です。

このところ、積悪のむくひか胃腸をこわして入院したりしてゐましたが、まだまだ悪運が強いのか、精々用心しろ位な宣告で安心しました。

一度おひまの時、おつきあひし度いと存じます。釘本氏の本も　原稿を近々の中にもらふことになつております。

水曜日には必ず中村光夫君もこゝへきております。

小宮豊隆氏から同封の葉書がきました。
お体を御大切に。
八月廿四日　古田晁拝
中島敦様

《参考1》小宮豊隆→吉田晁書簡

昭和十七年八月二十日／不明／葉書／八月二十日／仙台市新坂通一七四／東京市京橋区銀座西六ノ四

毎度本を贈つて頂き、ありがたう。一一御礼を出さず、失礼してゐます。この間頂戴した、中島さんの「風・光・……」は早速拝見、大変面白く思ひました。あれを読んでゐると、ちよつと芥川だの中だのを思ひ出す所があります。然しそれとも違つた独特の味もある。一番気持がよかつたのは、あの世界が現代離れがしてゐる点、変な合ひ言葉が、一つも出て来ない点です。いいものを出版なさいました。スティーヴンソンの生活は、素材がどういふ風にこなされてゐるのか、私にはまるで分りませんが、是もなかなか面白かつた。是は多分一番準備を要した仕事だつたらうと思ひます。

小野詮造書簡

1

昭和十七年四月八日／□・□・8／封書／昭和十七年四月八日／東京市麴町区内幸町二丁目文藝春秋社「文学界」編輯部／市内世田谷区世田谷一の一二四　中島敦様

拝啓、
好季節でございます。毎々いろ〳〵ありがたうございます。

先般深田氏よりいたゞきました貴下原稿、小誌五月号に掲載させていたゞき度と存じ、勝手な注文を致しましたところ　早速御快諾賜り、ありがたく御礼申上ます。

原稿　昨日いたゞきました。

何分にも最近は　雑誌も減頁を重ね、御らんの如くうすくなり、大部のものはなか〳〵のせる事が困難になりましたので、勝手な事ばかりで恐縮でありました。

尚　承まはれば貴下最近御不快の御由、何卒専心御加療下さいまして　一日も早く御本復あらん事祈上ます。

一度お暇の節お出かけ下さい。

御礼迄。

敬具

中島敦様

「文学界」編輯部

小野詮造

2

昭和十七年四月八日／17・4・8／葉書／八日／東京市麹町区内幸町二丁目大阪ビルヂング文藝春秋社「文学界」編輯部／市内世田谷区世田谷一の一二四　中島敦様

拝啓、

此度はいろ〳〵お手数でした。扨早速ですが、当方河上徹太郎氏等と相計りました結果、「ツシタラの死」の題名を変更していたゞき度と存じます故、何か他の題名をお考へ下さいませんでしょうか。当方からは注文とてございませんが、も少し抽象的な題名で一寸題名丈では内容がわからぬやうなものを願ひたいのです。これはいそいでおります故何卒折返しなるべく至急にお考へ下さい。勝手ばかりですが何卒願上ます。

敬具

3

昭和十七年五月八日／不明／封書／五月八日／東京市麹町区内幸町二丁目文藝春秋社「文学界」編輯部／市内世田谷区世田谷一ノ一二四　中島敦様

拝啓、

愈々御清祥の事と存じます。

本日はわざ〳〵御出で下さいましたのに皆々不在にて、御役に立ゝず失礼いたしました。申訳ありません。実は小生この所十日近く休暇をとつてゐまして、庄野氏との連絡もついておらず、その点誠に失礼、重ねておわび申上ます。

原稿早速書留に致しましてお送り致しました。

御承知おき下さい。

ではいづれ亦拝顔致したいと存じおります。

病后の御事にて何卒御大事に。

よろしく。

敬具

小野詮造

中島敦様

杉森久英書簡

1

昭和十七年五月八日／17・5・8／封書／昭和17年5月8日／東京市麴町区丸ノ内ビルヂング五八八区中央公論社／世田谷区世田谷一丁目一二四 中島敦様

拝啓　時下益々御清祥の段大慶に存じ上げます
陳れば今般文学界に御掲載の御作、大変おもしろく拝見いたしました　就きましては一度お目にかゝり　いろ〳〵お話など伺ひ度く存じますが　御都合いかゞでいらつしやいますか　もしお差支へございませんでしたら　月曜日(十一日)午后お宅へ参上いたし度く思ひます故　誠に御手数乍ら　お宅までの順路並びに御都合の時間　折返し、御一報いたゞけませんでせうか　お勤め其他の御都合でお出先へ参上いたしてもよろしうございます故　その旨お申越し下さい　右誠にぶしつけながらよろしくお願ひ申上げます

敬具

杉森久英

中島敦様

昭和17年5月8日

2

昭和十七年六月二十七日／17・6・27／葉書／東京駅前丸ビル五階中央公論社／世田谷区世田谷一ノ一二四 中島敦様

御手紙拝見いたしました
御原稿、是非拝借したいと存じます　その外お話いろ〳〵伺ひたく、月曜日の午后(六月二十九日)、二時から三時頃の間に伺ひたいと存じますが御都合いかゞでせうか　お差支へありましたら適当な日時御指定下さい　右取敢ず要用のみ

草々

3

昭和十七年七月二十二日／不明／封書／昭和17年7月22日／東京市麴町区丸の内ビルヂング五八八区中央公論社／世田谷区世田谷一ノ一二四 中島敦様

御無沙汰申上げました
弟子、大へんおもしろく拝見しました、お世辞でなく本当に。それであの時申上げました　雑誌の編輯の篠原君に渡さうと待つてゐましたが　予定がおくれて数日前まで帰りませんでした、大へんおもしろかつた旨言添へて、今日渡しましたから、いづれ近い中同君から何か言つて来ると

思ひます　来月号のはもうきまつたさうですし　あと二三ヶ月分の予定も立つてゐるさうですが　その予定がどう狂ふかもわかりませんから、しばらくお預りできればい丶など言つてゐます、いづれ同君から御挨拶すると思ひますが　一応私の方から御報告まで。

それから、出版部としてですが　今度はゼヒ、短篇集なり長篇なり、出版さしていたゞき度く、よろしくお願ひします、

悟浄出世の方は　やはり少し落ちますね。全篇に流れてゐる才気（といつては失礼ですね、才ばかりでなく、つまり文学としてのよさのことですが）に変りはありませんが　この材料はやはりもつと練つた方がおもしろくなりさうに思ひます、一寸、羅列したといふ感じで、その点物足りなく思ひました　失礼御免下さい　これもいつしよに篠原君に渡しましたから左様御承知下さい

右取敢ず要件のみ　　草々

杉森久英

中島敦様

小川義信書簡

1　**昭和十七年五月二十六日**／封筒なし

謹啓、

毎日、シトシトと、ウツトウシイ雨のさなか、御多忙中の事と存じます。

誠に突然、失礼申します。

御許し下され度。

実は、今、作家叢書の事々に就きまして、是非、私としまして、御参加願ひたく、

御作、文学界、五月、二月号など、拝借致し、編輯会議に持ちこみたく存じます。

実は、私、五月号、手許にありましたのですが、従弟が持去り、それも紛失らしく、誠に困惑致しをります故、

もし御手許に五月号、二月号、御座いますなら、私に御ゆづり下さいますよう、

伏して御願ひ申します。もし、御ゆづり下さる事が、出来ませんでしたら、拝借の事、御許し下されたく御願ひ申します。

編輯会議で、頑張つて、あの　うるはしい御作を、是非、一書にしたく存じます。
色々、御多忙中、誠に失礼致しました。
不順な天候の最近、
何卒、御壮健の事、御祈り申します。
色々失礼致しました。
御免下さい。
　五月二十六日、　小川義信、
中島敦先生

2

昭和十七年九月二日／17・9・2／葉書／東京市芝区田村町四ノ十八株式会社今日の問題社／世田ヶ谷区世田ヶ谷一の一二四　中島敦様

前略　永らく、御無沙汰致しました、
小生、用事のため、帰郷、留守中は、社の田村君が、御邪魔致し、まことに失礼致しました。題名、文化協会にて、同名の本が矢張り、先に提出の事とて、変へて戴きたくとの事でしたので、早速〝南海譚〞にして申請致しました。一応、御相談に、御伺ひ致さねばなりませんところ、まことに。……その点御許し下さいますよう　伏して御願ひ申します。

今日の問題社書簡

1

昭和十七年九月十一日／封筒なし

前略、昨日文協より許可の通知が参りましたので、直ちに印刷にかかることにいたします。

ゲラが出ましたら、お送りいたしますから御校正ください。

なほ、古譚には漢文から来たむづかしい字が沢山ありますので、恐らく植字のまちがひが多からうと考へられます。お骨折でせうが丁寧に御校正ください。

原稿は全部読ませて頂きました。

まだこの叢書は完成されたものではありません。今后いろいろな方に執筆を願ひ、相当大きなものとなりますが、恐らくはあなたのものが、いちばん叢書中で光つたものになるのではないでせうか。

いつてみれば、徳田秋声がたの枠から、あなたが出られたといふことより、もともと、そのやうな枠とは無関係に出発されてゐるかもしれません。

あなたの告白のなかに　あなたがシニックなものから逃

れ出ようとする意欲があなたのロマンであつた。

だいたい私小説なんてものは、日常茶飯の行動にシニックに拘はることだつた。しかしあなたの告白は正直だ。弁護がない。面白いといへば、今ままでの小説は、その弁護のいひまはしの面白さだつた。あなたは自分の肉体が弱いことを自覚してゐられる。自己防衛も知らぬ三蔵法師のなかに、あなたが自覚されるものが表現されてゐる。その悲劇性の純粋さの自覚は　実は三蔵法師にはなくて悟浄の批判だつた。といふことのなかに実際のあなたが悟浄のなかに見られる。そこにあなたのシニシズムなものの見かたに対する煩もんがあるのではないでせうか。

悟浄の力へのあこがれも、弱きものへの悲劇的な憧憬も、いはば、置かれた位置の中途はんぱからでせう。

そんなことに、私はあなたと南を結びつけて考へてみました。そこに環礁へのあなたの発展を見た。支那の古譚と、環礁との　こんなかけはなれた二つのなかに、私はあなたの彷徨《ママ》を見ると同時、夢とは過去であり未来であり、そのどちらでもあつてどちらでもないところに、永劫の人間性がある。その追求を、もつとも私は純粋なる思惟といひたいのです。

寝言のやうなことを申しあげましたが、実は過去帳を読ませて頂き、そこからその后の作品を基底づけてゐるいろいろなものを見出すことができたのです。昭和十年といへばあなたにとつても古い作品のうちに入るものと思はれます。

もはやそのとき、あなたのゆくみちがダマスカスの道でなくとも、とにかくはつきり見出されてゐることを私は見ました。

悟浄も、三蔵法師も、寂しい島も、るり色の海も、やがてあり得るものとして準備されてゐるのがわかります。これらはいはば偶然に与へられた型にすぎないのではないでせうか。

こんどは二十四日の秋季皇霊祭が中秋の名月に当るさうで、その夜は山手を歩いてみたいと考へてゐます。

すつかり山手もさびれましたので、却つて月見にはもつてこいでせう。あひかはらず、天主公教会の塔は、汚れもせず、真白にそびえてをります。

そのうちおうかがひいたしたいと存じます。

駄弁なにとぞおゆるしを

九月十一日

中島敦様

ここまで書きかけて、もつとぢかにあつてあなたにお話したいやうな、またそれでなければいへないやうな、もどかしさを感じだしました。

過去帳に出てきます山手の風景、つい鼻の先にあるもの

ですが、やはり懐しく読ませて頂きました。横浜は相変らず静です。
御奉職になつてゐた学校の夜学生が、ピーチク〳〵――騒ぎながら、元街の停留所に固まつてゐるのに、よく出あひます。

宇野浩二書簡

1

昭和?年?月／宇野浩二の名刺（住所は下谷区上野桜木町十七番地）に中島敦様として次の記述がある。

小説のよい筋と題材がないので困つてゐます。あなたによい材料がございましたら御供給下さいませんか。けさおはがききいたゞきました。

2

昭和十七年十一月二十一日／□・11・21／葉書／東京市芝区田村町四ノ一八／世田谷区世田谷一ノ一二四
中島敦様

冠省
□□□企画中の文学会並びに
□□□りーの件に就き、打合せ会を
開□度く存じ居りますれば　御多忙中甚だ恐縮乍ら万障御繰り合せの上御出席下さいますやう御願ひ申上げます
日時　十一月廿四日（火曜日）
場所　日比谷公園内　松本楼
会名　今日の問題社

加納正吉書簡

1

昭和十七年八月二十七日／17・8・27／葉書／8・27日／麹町区飯田町二ノ十一小山書店内／世田谷区世田谷一ノ一二四　中島敦様

拝復、代表作、早速御快諾下さり有難う存じます。又御送りの雑誌も只今拝受致しました。

先は右御礼まで。　　　　　　　　　　　　　　匆々

篠原敏之書簡

1

昭和十七年八月六日／不明／封書／昭和十七年八月六日／東京市麹町区丸の内ビルヂング五八八区中央公論社／世田谷区世田谷一の一二四　中島敦様

拝啓、

連日暑いことですがお元気でゐられますか、かねて杉森を通じてお願ひして、杉森にお渡し下さつた御原稿を拝読致しました、（遅くなりましたのは、私六月はじめから中北支を廻つてをりまして、この間帰つて来た次第だつたからです、どうか悪しからず。）「弟子」の方を戴き度いと存じます、たゞ今年一ぱいは大体創作欄が予約済みの形ですので、来年度に発表させて戴きます、今年のうちでも、どの月かに書けなかつた方がありました節は、穴埋めと言つたかたちになるので大変失礼ですけれど、来年を待たず、繰り上げて載せさせて戴き度く考へます、事情お含み下さつて、御諒承下さいますと幸甚に存じます、　一度お目にかかる折を得たらと思ひます、こちらの方へ御出向きになることがありましたら　御序に是非御立寄り下さいません

か。右とりあへずお願ひまで、

中央公論編輯部
篠原敏之

中島敦様

昭和十七年八月六日

新創作編集部書簡

1

昭和十七年十一月二十八日／17・11・28／葉書／東京市小石川区小日向水道町五三番地 豊国社／世田谷区世田谷一ノ一二四 中島敦様

玉稿ありがたう存じます。
御忙がしいのに御高配 深謝仕ります。
向寒の砌り、御身大切に祈りあげます。

敬具

竹之内静雄書簡

1

昭和十七年六月十五日／17・6・15／葉書／六月十五日／東京市京橋区銀座西六ノ四 筑摩書房／世田ヶ谷区世田ヶ谷一丁目一二四 中島敦様

謹啓
もし宜しければ「光と風と夢」をこのまゝ責任校了にさせて頂けませうか
御言葉があれば、三校をすぐ御覧に入れます
奥付に入れますため、お名前にふりがなをつけて御返事を頂きたく存じます
敬具

広瀬進書簡

1

昭和十七年九月二十八日／不明／封書／東京市神田区西神田二丁目 三笠書房／世田谷区世田谷一ノ一二四 中島敦様

拝啓
突然でありますが、別紙の如きお願ひを致します。田中西二郎君よりお噂を承つてをりますし、お作についても敬服いたしてをります。是非「文庫」へも御執筆を願はしう存じまして、お忙しいでせうが、どうぞよろしくお願ひ申上げます。
敬具
九月二十八日
広瀬進
中島敦様
猶今後も御指導御後援の程偏に願ひ上げます。
敬白
九月二十八日
三笠書房内
「文庫」編輯部
広瀬進

中島敦様

記

◎短篇小説
◎四百字詰　十五枚以内
◎〆切日　十月二十五日

山口英二書簡

1

昭和十七年十二月五日／□・□・5／封書／昭和拾七年十二月五日／東京市麻布区三河台町十四番地　政界往来社／世田ヶ谷区世田ヶ谷一の一二四　中島敦様

拝啓　益々御清栄の段慶賀の至りに存じます。

扨て日頃一方ならぬ御支援を賜はつて居ります弊誌「政界往来」一月号に　御多用中甚だ恐縮に存じますが、特に左の題下に御執筆お願ひ致し度く存じます。

《創作一篇四百字詰三十枚迄》

尚ほ〆切は十二月二十日でありますが、編輯上の都合もありますので、甚だ勝手では御座いますが、同封の端書に御都合の程折返し御返報賜はりますれば有難き幸せに存じます。

十二月五日

政界往来社編輯部
山口英二

中島敦先生
机下

御無理を申して恐縮ですが新年号の為何卒宜しく願ひます

二十日〆切はぎり〳〵の所です

年譜

中島家家系図

○名前、生没年月日は原則として除籍謄本に従った。
○家系図に記した以外の夭折者については省略した。
○敦の弟二人については従来、敬、敏の順序で記されてきたが、戸籍には敏（二男）、敬（三男）とあるので改めた。山本家の従兄姉についても改めた。
○紙幅の都合で、明治・大正・昭和・平成を、明・大・昭・平と略記したところがある。

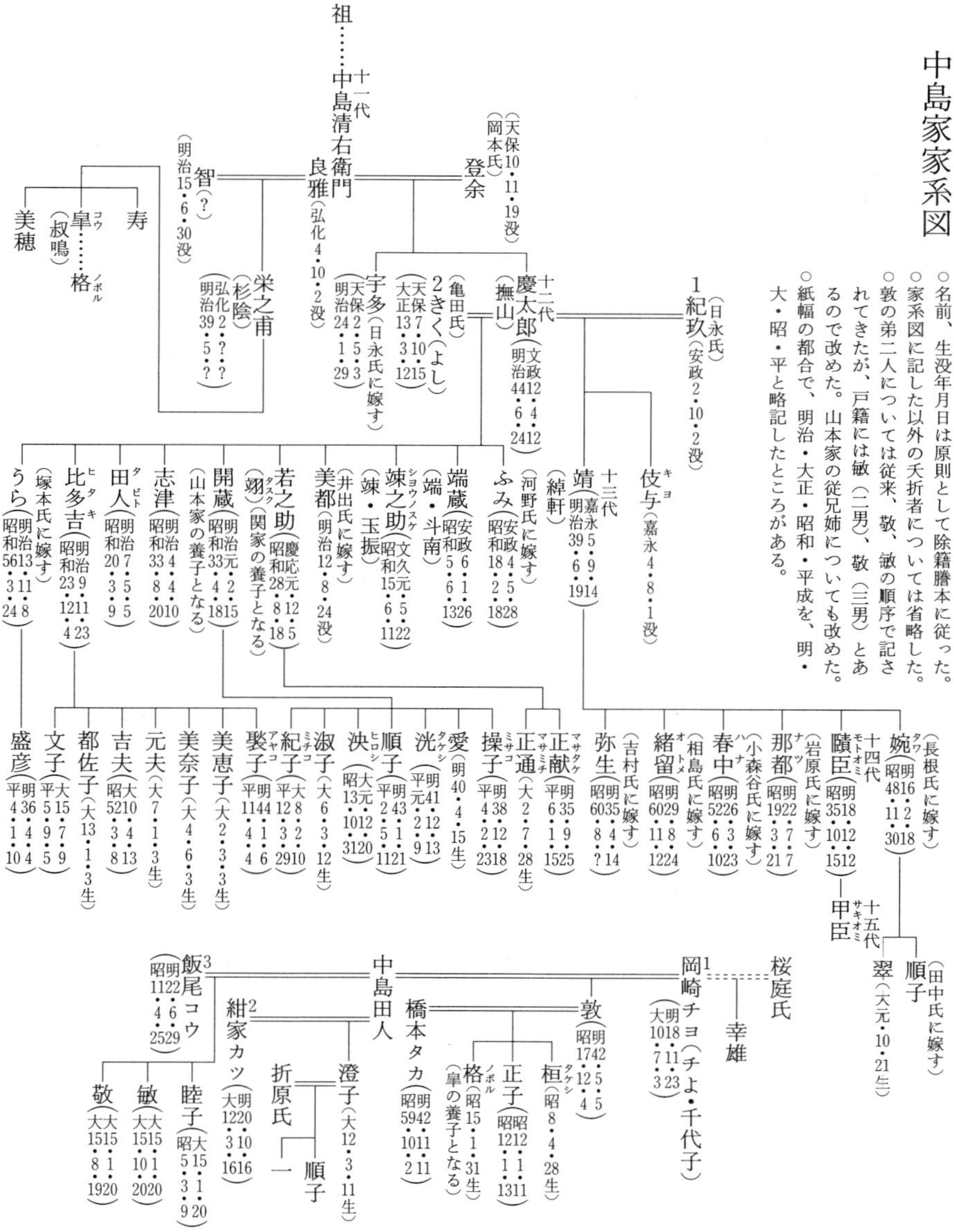

橋本家略系図

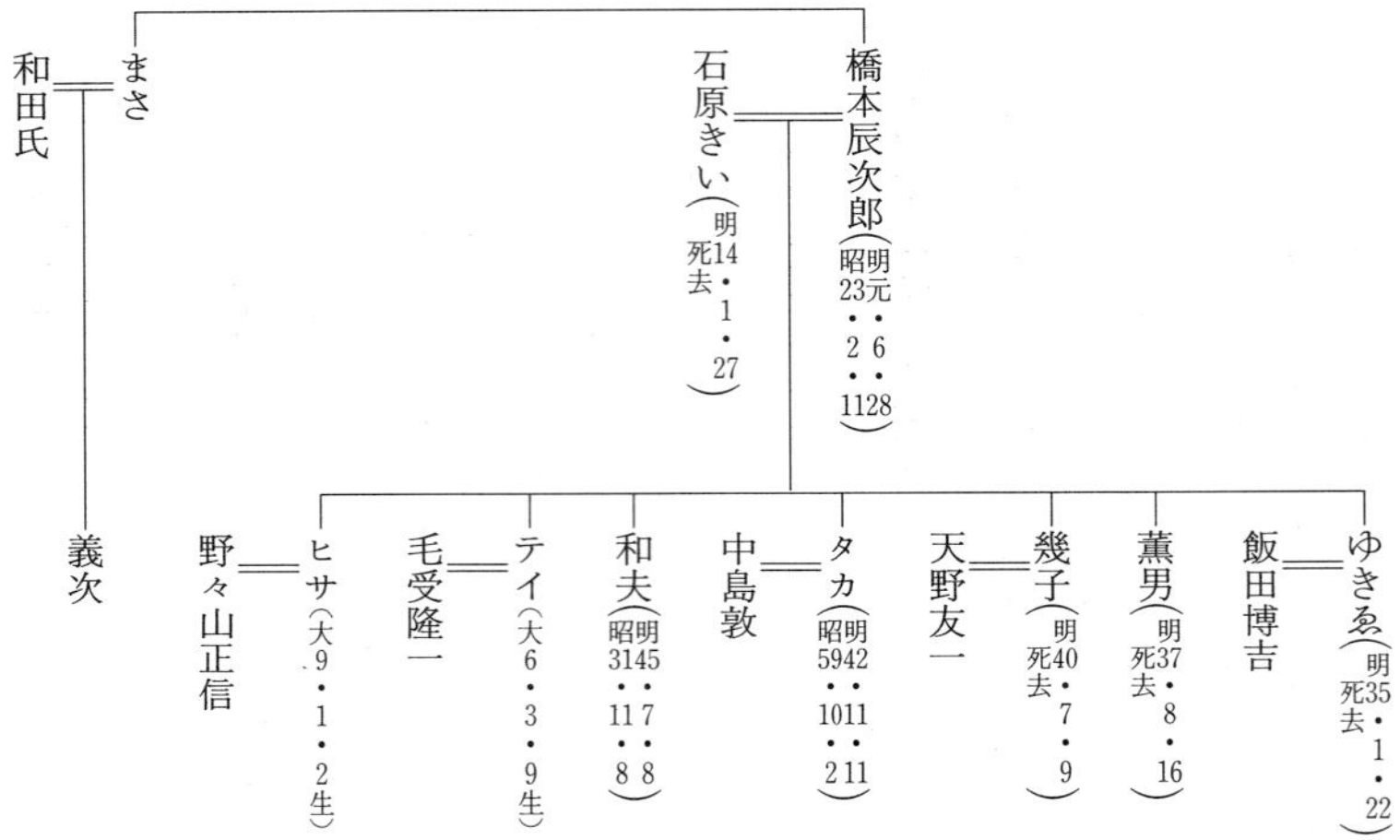

敦が寄寓した岡本家とのかかわり（昭和三～四年頃）

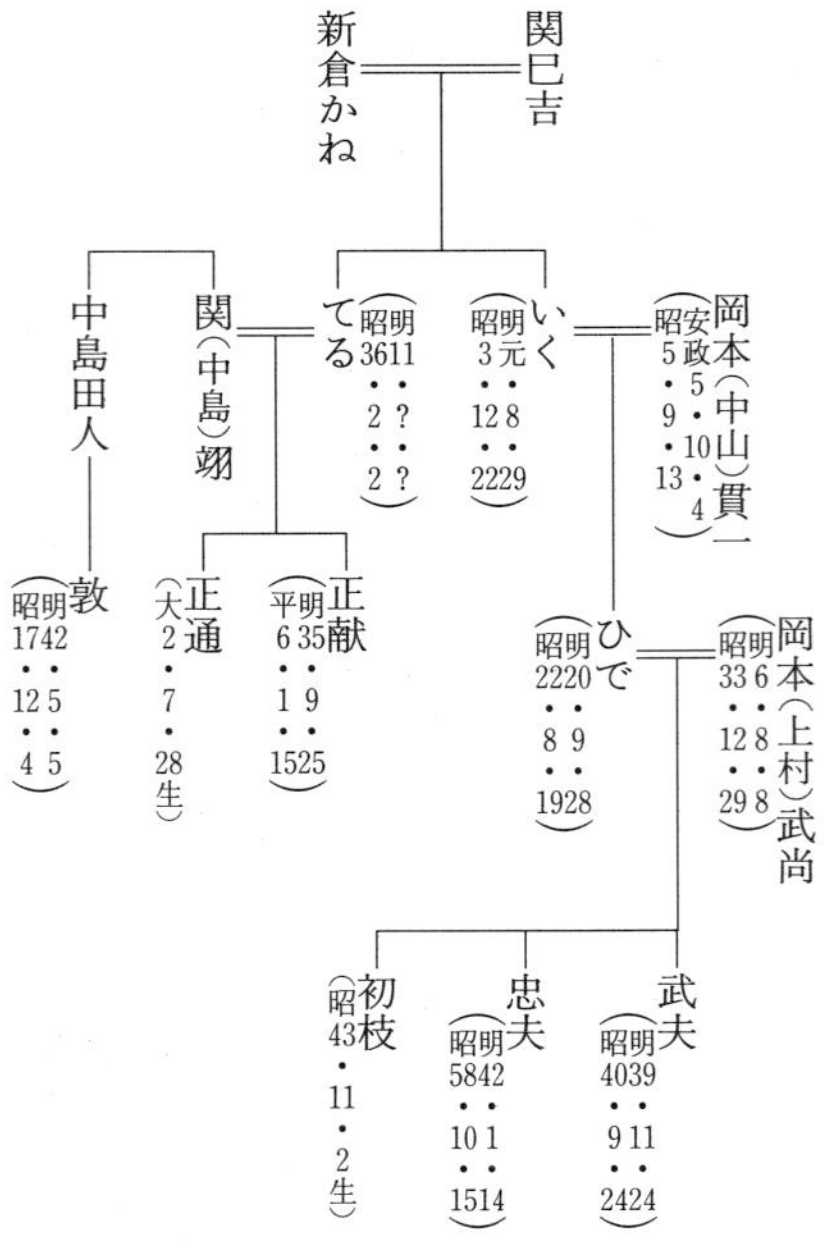

・該当部のみ摘記しているため省略多数

中島敦年譜

1　典拠を明記して問題解決への前進を期した。典拠は末尾に一括して掲げ、本文中には番号で示した。ただし、昭和16年9月10日から翌年2月21日までの記述のうち、「南洋の日記」（本全集第三巻所収）による部分については煩雑なので、「南洋の日記」による旨の注記は省略した。
2　新字、新仮名を用い、年齢は満年齢とした。
3　現時点で最も詳細であることをめざした。
4　典拠に記した多くの先学の業績に感謝し、学恩に厚く御礼申上げる。

明治四十二年（一九〇九）

五月五日、東京市四谷区四谷箪笥《たんす》町五十九番地岡崎勝太郎方に、父田人《たびと》、母チヨの長男として生まれる。[1] 田人（明治7・5・5〜昭和20・3・9）は漢学者慶太郎（号は撫山）の第十子（先妻との間に長男があって六男であるが、戸籍謄本では五男と記載。以下、前の家系図による場合は続柄に戸籍とはズレがあることを了承願いたい）として生まれ、漢学を父・兄から学び、明治三十年五月、文部省教員検定試験の漢文科に合格。翌年一月から教員となり、敦出生の折は千葉県の銚子中学校教諭であった。[2]「漢学と囲碁のほかは何もできぬ好人物」[3]であったという。チヨ（明治18・11・23〜大正10・7・3）は、旗本の出で警察官をしていた岡崎勝太郎の一人娘。才気煥発、撫山に可愛がられ、小学校の教師をしていたらしい。[4] 中島家は代々大名に駕籠を製造販売することを家業とし、当主は中島屋清右衛門を名乗り、日本橋新乗物町に店を構える豪家であったが、十二代目の慶太郎（文政12・4・12〜明治44・6・24）は家業を嫌って学問を好み、亀田鵬斎《ぼうさい》の子、綾瀬《りょうらい》の門に入った。綾瀬没後はその子鶯谷《おうこく》に師事して、鶯谷門下「五俊秀」の筆頭にあげられる穎才となり、遂に家業と家産を一族の一人にゆずり、安政五年（一八五八）両国に私塾演孔堂を開く。のち維新の動乱を避けて埼玉久喜に幸魂教舎を開き、その死までに門弟は千人をはるかに超えたという。亀田家はいわゆる「折衷学」で国学と漢学との調和を模索した「皇漢学」に特徴があり、撫山の著書には『性説疏義』（和装、二冊。昭和10・10・15、中島賾臣発行）『演孔堂詩文』[5]（和装帙入。二冊。中島竦編。昭和6・1、自家版）などがある。その子供たちについて一言すると、撫山の長男靖（綽軒）は父の志をついで栃木市に漢学塾明誼学舎を開き、五十三歳で没するが、門弟は三千名に及んだという。二男端蔵（通称は端、号は斗南）、三男竦之助《しょうのすけ》（通称は竦、号は玉振）も漢学者として世に立ち、斗南には著書として『支

那分割の運命』（政教社、大正元・10・15）『日本外交史』（幸玉堂、明治24・7）などが、玉振には『蒙古通志』（民友社、大正5・4・13）『書契淵源』（文求堂書店、昭和9・10・15〜12・10・5、和装十七冊）などがある。四男若之助（通称は翊《たすく》）は関家に養子となり、聖公会牧師に、五男開蔵は同郷の山本家の養子となり、東京帝国大学工科大学で造船学を専攻して海軍省に入り、工学博士、海軍造船中将となる。都内洗足に居を定め、「洗足の伯父」と敦らに呼ばれた。七男比多吉《ひたき》は東京外国語学校支那語科を出て、中国に渡り、満州国建国に尽力した高級官吏であった。長女伎与、三女美都は早世し、次女ふみは医師河野玄篤に嫁し、四女志津は文部省の中学校検定試験（国語）に合格し、浦和高等女学校などで長く教職にあり、五女うらは医師塚本氏に嫁した。(6)

明治四十三年（一九一〇）　一歳

四月二日、父が奈良県立郡山中学校に転勤。(7) 敦は母の許にあった。(8)

明治四十四年（一九一一）　二歳

六月二十四日、祖父撫山死去、享年八十二歳。(9)
八月二十六日、父母の間が不仲となり、事実上離婚（届出は大正三年二月十八日）となったため、敦はこの日母の許から父の実家、埼玉県久喜町の祖母きくの許に引き取られ、以後父が再婚するまで、祖母や伯母のふみ（河野氏に嫁す(10)が、夫を亡くして実家にもどっていた）らに育てられる。離婚の原因としては、性格の相違、チヨに恋人のできたことなどがあげられているが未詳。(11)

大正三年（一九一四）　五歳

二月十八日、父がチヨとの離婚届を出し、同日、紺家カツとの婚姻届を出す。(12) 別居していた夫妻の間には、特に妻の側からヨリをもどしたいとの強い希望があり、人の好い田人にはそれを受入れたいとの気持があったが、同席した者（端であるとも、あるいは志津ともいう）の発した「覆水盆に返らず」の一言によってかなわなかったという。(13) チヨはその後、桜庭氏と再婚、幸雄を産むが、結核のため大正十年に死去。(14) 一方、カツは天理の人、大和郡山の実科女学校の裁縫教師をしていた人で、その時数えの二十八歳。当時とすれば晩婚だが、カツには弟があり、その学資の仕送りのために結婚が遅れたという。(15) 敦が、いつ郡山の父の許へ行ったかについては、再婚の一週間後(16)とする説と、翌大正四年三月小学校入学を控えて(17)とする両説があるが、ここでは父田人の年譜記載（注17）を尊重して、後者と考えておきたい。

大正五年（一九一六）　七歳

四月、奈良県郡山男子尋常高等小学校尋常科一年に入学する。

大正六年（一九一七）　八歳

三月二十七日、一年の成績は全甲、病欠は四日、遅刻、早退はない。学校から優等賞の他、郡山町長・奈良県生駒郡役所からも授与される。[18] 四月、二年に進級。四月頃、代官町から隣の鳴ヶ池端に移る。[19] 九月十七日、二学期の副級長を命じられる。[20]

大正七年（一九一八）　九歳

一月十八日、三学期の副級長を命じられる。[21] 三月二十七日、優等賞を学校の他、郡山町長・奈良県生駒郡役所からも授与される。[22] 四月、三年に進級。四月二十九日、一学期の副級長を命じられる。五月二十三日、父、静岡県立浜松中学校に転勤となり、浜松市浜松西尋常小学校三年二組に転入学する。市内の松城作左山一三一に住む。浜松には既に先導者として、田人の長兄靖の次女婉一家があり、夫の長根禅提も中学の教員であった。[23] 十二月一日、「同情に富む」賞で学校から表彰される。[24]

大正八年（一九一九）　十歳

三月二十五日、三年の成績は全甲、欠席なく、優等賞を授与。四月、四年に進級。六月十七日、三年修了の成績に対して浜松市長から優等賞を授与。七月一日、学校から「熱心ニ勉強ス」賞で表彰。

大正九年（一九二〇）　十一歳

三月二十五日、四年の成績は全甲、欠席は年に五日、優等賞を授与。四月、五年に進級。一学期の成績は全甲、欠席はなし。九月四日、父の朝鮮、龍山中学校への転勤により、京城龍山公立尋常小学校第五学年ロ組に転入学。住所は京城府（現・ソウル）漢江通六。[25]

大正十年（一九二一）　十二歳

三月二十四日、五年の学年成績は手工8、修身・画・唱・体・国が9、算・歴・地・理が10、平均は9、欠席八日、遅刻三回、優等賞授与。四月、六年に進級。六月三十日、田人の年俸は千七百二十円となり、一年前の浜松中でのそれが八百七十四円であったことからすれば倍増である。[26] このように戦前は、外地に赴任すれば多額の加俸があった。七月三日、水練場に通って「水泳五級」修了の証書をもらう。

大正十一年（一九二二）　十三歳

三月二十四日、龍山小学校を卒業。学年の成績は、算・歴・地・理が10、その他は9、平均9、病欠が十二日、遅刻一回、早退一回。優等賞をもらう。四月、朝鮮京城府公立京城中学校に入学。[27] 同級生に湯浅克衛、山崎良幸、小山政憲らがいた。

大正十二年（一九二三）　十四歳

三月十一日、異母妹澄子出生。三月十六日、第二母カツ肺炎で死去。そのため田人一家は一時、従姉長根婉一家の世話になり（その後長根家も釜山を経て京城に来ていた）、その後は第三母が来るまで、田人の姉志津が面倒をみた。[28] のち、青葉町三ノ一三〇に転居。[29] 一年の学年成績の平均点は90、席次は百九十四人中二番である。四月、二年に進級。

大正十三年（一九二四）　十五歳

三月、二年時の「通信簿」によると、学年成績の平均点は95、席次は百七十八人中一番（一、二学期ともトップである）。四月、三年に進級。四月第三母飯尾コウを迎える（入籍は翌年六月九日）。コウは大阪の人、染物屋の娘として裕福に育ち（のちに兄が店をつぶしたという）、大阪の名門女学校の出身であることを誇りとし（事実頭は切れたという）、幼稚園の教諭をしていたが、浪費家で借金を作り、教員の女房など務まる人ではなかった、という。[30] 敦と二人の義母との折合いはいずれも悪かった。夏、関正献・山本洸の従兄達と旅順の比多吉叔父宅に一ヵ月程遊ぶ。[31] この頃、ヴェルレエヌやハイネなどの詩を愛誦し、パリに憧れる。[32] また、原稿用紙をノート形にした市販の「創作ノート」に断片や詩を書きつける一方、[33] 学校の〈校友会誌〉にも作品を発表したようであるが、未だ現物は発見されていない。[34] また、この前後、ハーモニカ合奏団を組織したことがあるという。[35]

大正十四年（一九二五）　十六歳

三月二十八日、父が龍山中学校を退職。退職金等は四千一百六十八円、恩給は年額千二十六円。[36] 三年の学年成績の平均点は97、席次は百六十六人中一番。四月、四年に進級。五月、修学旅行で南満州（現・中国東北部）を旅行。十月一日、父が関東庁立大連第二中学校教諭嘱託となり、大連市弥生町二ノ六に転居したため、伯母志津と京城に住む。[37]

大正十五・昭和元年（一九二六）　十七歳

一月二十日、三つ子の弟妹、敏（二男）、敬（三男）、睦子（二女）出生するも、敬は八月十九日に、敏は十月二十日に死亡。[38] 三月、四年の学年成績の平均点は82、席次は百三

十人中十三番と急落するが、これにはカンニング事件がからんでいるのであろう。学年末の試験で級友に頼まれて代筆した答案が発覚したもので、敦はその非を素直に認め、一高合格も決まっていたこともあって、重い処分にはならずにすんだ。[39] 四月、京城中学校四年修了で第一高等学校文科甲類に合格、入学する。寄宿舎は和寮五番、同室者は伊庭一雄ら十四名。[40]

昭和二年（一九二七）　十八歳

春、川端康成「伊豆の踊子」に触発されて寄宿舎の同室の友人達と伊豆に旅行、下田まで足をのばす。寮は南寮四番、明寮六番と変る。夏、大連に帰省中、肋膜炎にかかり、満鉄病院に二ヵ月程入院、予後を別府の満鉄療養所で養い、一年間休学となる。[41] 十一月十七日、第一高等学校校友会発行の「校友会雑誌」313号に、耽美的色彩の濃い「下田の女」を発表。「病気になつた時のこと」（「断片一」本全集三巻所収）はこの時に取材したものと思われる。

昭和三年（一九二八）　十九歳

四月、二年に復学し、寮を出て伯父関翊の一家が住む渋谷道玄坂上の岡本貫一邸内の別邸に寄寓する（貫一は三井鉱山専務・三井合名重役待遇で、青山の本邸の他に、渋谷道玄坂上に三千坪の別邸をもっていた）[42]。貫一と翊は夫人同士が姉妹という間柄。関家には二人の従兄（正献・正通）があり、貫一の養子武尚（三井合名顧問弁護士、本邸に住む）にも、同じ年格好で文学青年の武夫（東京商大生）・初枝（津田英学塾生）らがいて、その友人高見順・田中西二郎らとの青春の交流が始まる。のち、岡本邸には昭和五年から比多吉叔父の娘で日本女子大生の斐子《あや》、美恵子姉妹も加わり、親密な交際が続く。[43] 千葉県の保田（館山ともいう）で予後の療養もしたようである。[44] この頃から、宿痾となった喘息の発作が始まったという。[45] 十一月十七日発行の「校友会雑誌」319号に「ある生活」「喧嘩」「女」の「短篇三つ」を投稿、前二篇が掲載される。

昭和四年（一九二九）　二十歳

二月、文芸部委員となり、新年度からの「校友会雑誌」の編集に参加。委員の選出は前委員からの推薦によるもので、敦の他に、氷上英廣、高橋三義、木村佐京があり、部長は立沢剛。任期は一年で、322号から326号まで五冊を刊行（年間五～六冊を刊行するのが普通で、原稿の集まりが悪い時には委員が手分けして執筆した）[46]。六月一日発行の「校友会雑誌」322号に「短篇二つ」と題して「蕨・竹・老人」「巡査の居る風景――一九二三年の一つのスケッチ――」を発表。夏、岡本邸から芝の同潤会アパートへ移り、更に翌昭和五年、本郷区西片町十番地の第一、三陽館にかわる。[47] 秋、季

刊同人誌「しむぽしおん」を釘本久春、吉田精一、氷上英廣ら十数名で創刊するが、敦は一度も書かなかった[48]（翌年夏、四号で廃刊）。十二月、父、大連第二中学校を退職。

昭和五年（一九三〇）　二十一歳

一月三十一日、「校友会雑誌」325号に「D市七月叙景㈠」を発表。三月九日、三つ子のうち、最後まで残っていた妹睦子が大連医院で死亡[49]。四月、東京帝国大学文学部国文学科に入学[50]。六月十三日、伯父斗南中島端死去、享年七十一歳[51]。この伯父への愛憎半ばする屈折した感情は後に「斗南先生」となる。九月十日、第一高等学校寄宿寮発行の『向陵誌』に「文芸部部史」を執筆。十月頃から、友人釘本久春の紹介で約一年、英国大使館駐在武官A・R・サッチャー海軍主計少佐の家庭教師となり、日本語を教える。夏期休暇を中心に永井荷風・谷崎潤一郎のほぼ全作品を読む。ダンスや麻雀に熱中する[52]。

昭和六年（一九三一）　二十二歳

この年の春、友人達と野沢温泉へスキーに行くが、あとにもさきにもスキーはこの時だけという[53]。三月頃、一高の同級生伊庭一雄の姉が経営する芝の桜田本郷町の麻雀荘に勤める橋本タカを知り[54]、結婚を決意するが、父の反対で同居は卒業後[55]ということになる。タカは愛知県碧海郡依佐美村（現在の安城市）の農業、橋本辰次郎の三女で、敦と同年の十一月十一日生まれ。十歳の時から父母とは二里程離れた所に住む祖父母の許でその世話をしていたが、もと芸者で、福島県に嫁していた和田の叔母（父の妹、まさ）が夫に死別したのを機に、父の頼みを受けて祖父母の世話をすることになり、タカは十五歳で上京し、まさの息子義次（船具問屋を始めた）を助けて働くことになる。まさのつもりではゆくゆくは二人を夫婦にと考えていたのであろうが、タカにはそのつもりはなかったようだ。義次の店は二度もつぶれて、タカは自活の必要から麻雀荘に勤め、敦と出会って求婚されることになる[56]。敦の住所は本郷から麹町区内幸町二丁目虎の門アパート六三号室に変り[57]、更に十月には市外駒沢町上馬五九の借家に移り[58]、この春に大連から引揚げて久喜の借家に身を寄せていた父母を迎える準備をする[59]。九月十日頃、和田義次から依佐美の和田まさの世話を頼まれて帰郷するタカを新橋駅に見送った後、敦は機敏な動きを見せる。十三日付で義次にタカの割愛願状を出し、住居を変え、十月一日には依佐美にタカを訪ね、今後のことを考えて名古屋に嫁しているタカの姉の家に送り届ける一方、十月二十日までには両親を説得し、継母に依佐美の橋本家に正式な使者として赴いてもらうことまですませている[60]。夏、江戸時代の天才棋士天野宗歩《そうふ》の全棋譜を読む[61]。秋から翌春にかけて、鷗外・子規・上田敏全集などを読み、

卒業論文の準備を進める。[62]

昭和七年（一九三二）　二十三歳

三月頃、父母が久喜から上馬へ移って来るが（妹澄子は久喜に女学校卒業までいた）、年末頃に世田谷区世田谷一ノ一二四の家（借地、百二十五坪）を買って移る。[63] 三月末、名古屋にタカを訪ねる。[64] 八月、タカと名古屋の宿で一泊し、[65] 関東庁外交部翻訳課長（従五位勲三等、高等官三等）から満州国執政府諮議となった叔父の比多吉を頼って大連、京城等を旅行。[66] 九月十二日から、上高地に遊ぶ。[67] 秋、朝日新聞社の入社試験を受けるが、身体検査で不合格となる。[68] 十二月二十七日、卒業論文「耽美派の研究」（四百二十枚）を脱稿、製本して翌日提出。[69]

昭和八年（一九三三）　二十四歳

一月二十三日、祖父撫山の『演孔堂詩文』（上下）と伯父斗南の『斗南存藁』を東大図書館に寄贈する。[70] 三月、東京帝国大学文学部国文学科を卒業。四月一日、同大学院に入学、テーマは森鷗外。同日、撫山の教え子であった田沼勝之助理事長の財団法人横浜高等女学校（横浜市中区元町にあり、四年制であった。昭和二十二年磯子区岡村町に移り、横浜学園と改称）教諭となり、国語と英語を教える（他に歴史、地理を教えたこともあるという）。[71] 一年四組六十六人の担任となる（以後同級を卒業の昭和十二年三月まで受け持った）。月給六十円、横浜市中区長者町モンアパートに住む。[72] 四月二十八日、長男桓《たけし》、妻の郷里、愛知県依佐美村で出生。敦は金を送っただけで行かず、届も遅れたため、桓の出生は八年十二月十八日となる。[73] 五月、中区山下町一六八同潤会アパァトメント第一号館二十五に移る。[74] 七月二十三〜二十四日、山岳部の生徒百人を教師十人で引率して箱根外輪山を踏破。[75] また生徒を引率して海水浴をする。[76] 八月中旬に、同僚とテントをかついで三国峠から法師温泉・猿ヶ京温泉・四万温泉とまわる。この旅行は布団部屋やピンポン室に泊り、食事は飯盒炊飯という貧乏旅行であった。[77] 十一月、妻子上京するも、横浜での同居を嫌って東京に別居させ、タカ母子は杉並区堀の内一の五〇佐々木綱太郎方から、自由ヶ丘、緑ヶ丘と移り、しかも全て間借りで、部屋もタカが自分で探さねばならず、その上敦はたまにしか来ないという生活がそのあと一年八カ月続く。[78] この年、木村行雄（一高・東大時代の友人）らと共訳でD・H・ロレンス『息子と恋人たち』を翻訳するも未刊に終る（沢村寅二郎助教授の下訳だったという）。[79] 南方熊楠の著作を読む。「北方行」に着手。「プールの傍で」脱稿か。「斗南先生」の一次稿成るか。

昭和九年（一九三四）　二十五歳

三月、大学院を中退。四月、中区柏葉八九市営柏葉アパート二一号に移る。[80] 四月初め、四、五日の予定で熱海と周辺を旅行。[81] 四月末、「中央公論」の新人募集の懸賞小説に「虎狩」を応募、七月に選外佳作となる（当選作は丹羽文雄「贅肉」、島木健作「盲目」など）。[82] 同僚と五月、乙女峠（箱根）に登る。八月六～七日、山岳部生徒四十名を教師六名で引率して、大山、丹沢山に登る。[83] 八月十六～二十一日、同僚の飯塚充昭、安田秀文と、尾瀬に遊ぶ。[84] 九月、生命を危ぶまれる程の喘息の発作がある。[85] 十月十二～十三日、箱根へ修学旅行の引率。[86] 十月十八～二十日、岩田一男、千田トミ教諭と共に英語講習のため、東京文理科大学に出張。[87]

昭和十年（一九三五）　二十六歳

四月、釘本久春（当時浅野学園教諭）を介して京城中学一年後輩の三好四郎と知り、以後親しく交際する。三好は釘本の同僚で、秀才中島の名は中学時代から知っていた。[88] 七月、横浜市中区本郷町三丁目二四七に初めて一家を構え、妻子と暮らす。[89] 七月二十四日から山岳部の北アルプス縦走に同伴して白馬岳などを踏破して二十八日に帰る。[90] 八月、教え子の小宮山静の紹介で、御殿場町（現在の御殿場市）二枚橋の勝又正平宅の奥の間八畳に一ヵ月滞在し、九日には富士山に登る。[91] 十月十～十二日、三年生の日光方面への修学旅行に生徒を引率。[92] 十月二十八日、端蔵没後に家督相続者となった田人は、この日に本籍を北海道滝川町より父の終焉の地、埼玉県南埼玉郡久喜町大字久喜新四六九ノ一に移す。[93] 秋の末、生徒のもってきたカメレオンを飼うが数日で弱り、動物園に預けるも間もなく死ぬ。[94] 十二月二十四日発行の横浜高等女学校学友会誌「学苑」6号の「白馬を追想する座談会」で中島は終始八月の登山の話のリード役を果す。この年、同僚数名とパスカル「パンセ」の講読会をもつほか、ラテン語、ギリシャ語の勉強も始める。また、D・ガーネット「狐になった奥方」、「列子」、「荘子」なども愛読していたという。[95]

昭和十一年（一九三六）　二十七歳

一月五日、野沢屋（百貨店）で宝生能（小鍛冶・胡蝶・安宅）を観る。[96] 二月六日、シャリアーピンを聴きに行き、感激する。[97] 二月二十六日、二・二六事件に「非常ナショック」を受ける。[98] 三月二十三日、霊岸島七時発の船で小笠原諸島への旅に出て、〈南方への憧憬〉をみたし、二十八日に帰宅。[99] この旅に取材した短歌を昭和十二年末に歌稿「小笠原紀行」にまとめる。四月十四日、ケンプのピアノ独奏会（日比谷公会堂）に行く、もう一回五月十二日にも聴きに行っている。[100] 四月二十一日、リリー・クラウス（ピアノ）とシモン・ゴールドベルグ（バイオリン）のベートーヴェンのソナタの演奏を聴きに日本青年館へ行く。[101] 四月二

十五日、第三母コウ死去。直腸ガンで、日赤に一年位入退院を繰返していたので費用が大変であったという。[102] 五月二十九日、ジャック・ティボウのバイオリンを聴きに日比谷公会堂へ行く。[103] 六月、この頃までには三好四郎の紹介で彼の隣家の深田久彌を訪ね、原稿を見てもらうようになる。[104] 六月十一日、講堂での第一回修養会で「支那の話」を全校生徒に講演する。[105] 七月から横浜高等女学校学友会誌「学苑」（年二回刊）、横浜高等女学校同窓会誌「ゆかりの梅」（年一回刊）などの編集に折々携わる。[106] 八月八日、中国旅行に出発、途中、西宮の氷上英廣宅に三泊、八月十四日長崎出帆。八月十七日、上海埠頭で三好四郎と落合い、同道。杭州、蘇州に遊び、上海では従姉の吉村弥生（夫は日本郵船勤務）宅を夜毎訪ねて二時、三時まで二人で話した。九月一日、帰宅。[107] この旅行に取材した短歌を昭和十二年末に歌稿「朱塔」にまとめる。十月二十日から二十七日まで四年生を関西方面の修学旅行に引率、喘息の発作で同僚吉村睦勝の世話になる。[108] この年末頃に、「狼疾記」や「かめれおん日記」の一次稿成るか（解題参照）。この年、A・フランス全集（英訳本）、『韓非子』、王維、高青邱を愛読。[109] 夏、同僚と野球チームをつくり、自らは投手として市立高商の教員チームと試合をする程元気であった。[110] この年七月に、父の知人、下川履信（当時台北高校長）に履歴書を送って転職の斡旋を依頼し、早速色よい返事があるが、中島はこれをことわった模様。[111]

昭和十二年（一九三七）　二十八歳

一月十一日、長女正子生まれるが、十三日に死亡（病名は「生活力沈衰症」）。[112] 二十七日、エルマンのバイオリン独奏会を聴きに日比谷公会堂に行く。[113] 四月四日、同僚八人と夕方、一泊で熱海へ行く。[114] 四月七日、一年一組の担任（昭和十六年三月に卒業させるまで持ちあがり）となるが、中島にのみ副担任がついたのは中島の健康に対する配慮からと思われる。[115] 五月一日、ヘレン・ケラーの公演に行き、興行的なのに憤慨する。[116] 五月二十一日、父から、対局中、左手・左足が動かなくなったとの葉書をもらい、驚いて行くと、元気だが足が少し不自由で、医師の話では脳溢血であろう[117]とのこと、幸い大事に至らず。八月二十一日、吉村睦勝から、九月より秦野中学へ転勤のため、後任の相談をもちかけられる。早速校主に報告し、吉村を推薦した東大教授竹内端三氏を再訪、後任の推薦を依頼（結果として東大からはなし）。[118] 十月三日、同じ敷地内で、間取りは同じだが庭の広い隣家に越し、この春から凝り出した草花つくりに熱中する。[119] 十月十五日、釘本が出征と聞き、会いに行く。[120] 十一月三日から十二月にかけて短歌が二十首、三十首、と「タチドコロニ」できて、それらと、以前に作っていたものとを五つの歌集に編集する。[121] これに紀行歌集「小笠原紀

行」（百首）、「朱塔」（七十四首）を加えると七歌集となる。

十一月二十八日（日）、中島が赴任と同時に担任し、この年三月に卒業させた四組のクラス会が〈明菓〉で午後一時からあり、三十三名来会。[122]

昭和十三年（一九三八）　二十九歳

一月八日、東京目黒の雅叙園で従弟の中島泱の結婚披露宴に出席。[123] 二月二十二日、三好四郎と一緒に鎌倉へ行き、駅で深田久彌に会う。[124] 四月九日、同僚の岩田一男の小樽高商への転勤を見送る。[125] 四月十七日、横浜メモリアル・ホールでのレオ・シロタ教授のピアノリサイタルに行く。[126] 八月九日、A・ハックスレイ「パスカル」訳了。[127] 八月十六日から二十一日まで、渋温泉に逗留中の伯父竦の招きに応じ、地獄谷、志賀高原に遊ぶ。帰ると氷上英廣が来ていて、八月二十九日まで滞在。[128] この頃、ハックスレイのエッセイを岩田一男らとの共訳で岩波書店から出す計画もあったようだ。[129]

昭和十四年（一九三九）　三十歳

一月十五日、「悟浄歎異」の一次稿成るか（原稿末尾にこの年月日の記述があるが、赤鉛筆で抹消）。[130] 四月三日から三島（泊）、熱海（泊）へ旅行。[131] 七月二十三日、教え子の鈴木美江子に原稿の浄書を依頼する。[132] この年、A・ハックスレイ「スピノザの虫」「クラックストンズ」を訳す（後者は未定稿）。年初より喘息の発作がひどく、体力衰えて、相撲の星取表に熱中したり、天文学や交響曲のスコアを読みこなすようになったのも、病床に親しむ故であったと言われる。[133]

昭和十五年（一九四〇）　三十一歳

一月五日、宝生流の能（生田川・弱法師・船弁慶）、一月八日、歌舞伎（六代目尾上菊五郎の羽根のかむろ、うかれ坊主）を見る。[134] 一月十三日、釘本久春より、懇意にしている古今書院から前年十二月創刊の綜合雑誌「形成」に、翻訳の「パスカル」、小説「かめれおん日記」「狼疾記」の掲載を依頼するとの朗報入るが、当局からの紙の強制的な減量で駄目になる。[135] 一月三十一日、二男格《のぼる》出生。命名は竦伯父。[136] 二月十日、理事長田沼勝之助より二百円借りる。[137] 六月十一日、伯父中島竦没。享年七十九歳。[138] 夏頃から、R・L・スティーヴンスンを読み出し、氷上英廣からも関係書三冊を送ってもらい、「光と風と夢」（原題は「ツシタラの死」）の執筆に着手する。[139] また、オリエントに関する文献やプラトンの著作も読み、メモをとる。[140] 暮から喘息がひどくなり、夏は起らないところから、冬は南方に、夏は湿気のない満州にと転地療養を真剣に考え始める。

昭和十六年（一九四一）　三十二歳

三月末、田沼理事長と話し合いの上、横浜高等女学校を休職。一年後の復職を認められていたが、結果として南洋庁行が決まったため、事実上の退職となった。四月から学校側の要請でこの年六十七歳の田人が代わって世田谷から教えに通うこととなった[141]。六月初旬（四日までには決定の模様[142]）、釘本久春の斡旋（当時文部省の図書監修官となっていた）で南洋庁内務部地方課国語編修書記に決定、パラオに赴任[143]することとなり、六月十六日、横浜高女に退職届を出す[144]。この編修書記の官職は「教科用図書ノ編修及審査ニ関スル事務ニ従事」するもので、この年三月から施行され、定員は一名、採用は中島が最初で最後、彼が辞めると間もなく廃止されてしまったという経緯[145]がある。この頃、原稿を見てもらっていた深田久彌を殆ど土曜日ごとに訪ねていて、既に「ツシタラの死」を預けてあったが、南洋赴任の挨拶かたがた訪問するも不在のため、置手紙と「古譚」四篇を託して帰る。その置手紙の内容から「悟浄出世」などが執筆され始めていたことがわかる[146]。六月二十八日、パラオ島コロールの南洋庁赴任のため、サイパン丸で横浜を出港。七月六日パラオ着、コロール町アラバケツ南進寮十二号に入り、ついで第五合宿官舎4に移る[147]。到着早々から旅の疲労、喘息（内地のほうがパラオよりはよかったという誤算があった）、アメーバー赤痢、デング熱と次々に病気にやられ、九月上旬まで散々の状態で過ごす[148]。八月二十六日、タカ母子三人は、横浜から世田谷の田人宅へ越す[149]。同月末、土方久功《ひじかたひさかつ》（一九〇〇～七六、民族誌家・彫刻家・画家・詩人で当時は南洋庁物産陳列所嘱託。築地小劇場の与志は従兄の子で、二歳上）と知る。土方は中島が南洋で唯一人、肝胆相照らした友（九歳上）であり、また昭和四年から南洋に滞在して島と島民に詳しく、採集していた民話を中島に読むことを許して創作を助けた[150]。九月十五日[151]、南洋諸島の公学校視察の出張旅行に出る（帰宅は十一月五日）。当時使用中の第四次編纂の『公学校本科国語読本』全六巻（昭12・3・25、南洋庁）と『公学校補習科国語読本』全四巻（同上）に対して第五次編纂を行うのが中島の使命であり、従来は臨時職員であったが、昭和十六年度は〈常置職員〉を置いて〈皇民化教育〉の徹底強化を図るのがねらいであり、そのための資料収集と意見聴取のための出張であった。病後の身体を考えてパラオ丸は一等（料金は三等の三倍）にしたので旅は快適。十九日、トラック諸島の夏島入港、公学校、国民学校へ行き、二十日、出帆。二十二日、ポナペ入港、割当てられた宿所――宮野常治氏方で昼食後、公学校に行く。二十三日、宮野氏とジョカージへ行き、島民の家で饗応され、二十四日、出帆。二十五日、クサイ入港、公学校へ行き、出帆。二十六日、船中にて内田百閒『無絃

琴』を読む。二十七日、ヤルート島ジャボール入港、アジェーンに行き、公学校を見、ジャボール帰着。二十八日、散歩中、千尾程の群魚遊泳の奇観に接し茫然として「一時間余去る能わず」。国民学校長飯田氏を訪う。二十九日、公学校視察、竹内虎三氏の案内で大酋長カブア邸訪問、辞去して、公学校に急行、現行国語読本の検討を行い、終了後、料亭竹の家で歓迎宴。この日知った竹内氏は「頗る愉快」、「珍しき気骨ある男」にして東の島々における曾游の経験は宛然「夢の国の物語の如し」。三十日、公学校授業見学後、ヤルート島出帆。十月二日、クサイ入港、上陸してレロ島一周後、出帆。三日、ポナペ入港、また宮野氏の世話になる。四日、公学校、国民学校へゆき、出帆。船客にチェコ人があり、喘息で世界中を放浪の末ポナペで定住の由。六日、トラックの夏島入港。七日午前、公学校へ。夕方堀氏来て、明日の打合せ。八日出帆、冬島着、公学校へ行き、昼、夕食共伊豆川氏（コプラ業者）の馳走になる。九日公学校へ行き、授業参観、冬島を出発して夏島へもどる。十日、九時過ぎ、秋島着、公学校へ。福山国民学校長宅で昼、夕食馳走になる。十一日昼食後、不意に来た南興丸に慌てて乗船、夏島帰着。十二日、公学校へ行き、軍楽隊の採譜のための島民の歌と踊りの実演を見る。十三日、公学校へゆき、校長と話す。十四日、午前公学校、午後海軍の人と将棋。十五日、午前授業参観、午後は職員室で座談会式に現行教科書の検討をし、本科六冊を終了。夜、再び学校で松下、高橋両訓導と語る。十六日、公学校へ、午後神学校へ行く。十七日、北西離島一遊を試みんとするも、日程的に無理との事。せめてヤップ離島へだけは何とかして行きたいと思う。昼食は、松下、高橋氏の馳走で十五時過ぎまで閑談。学校から『ミクロネシア民族誌』（松岡静雄）を借りて一日中読む。十九日午前、堀氏から福田清人『指導者』を借覧。二十一日、高橋氏よりヤシ七個差入れ、すぐ二個食べてから公学校へ行き、長谷部言人・八幡一郎『過去の我南洋』を借覧、面白い。クバリイの伝説を書きたいと思う。夜、本庁からの電報で、二十七日発の飛行便でサイパンに赴き、十一月四日発山城丸にて帰任せよとの指示がある。二十二日、船が出ない。午後、公学校で補習科読本の検討。二十三日、雨はあがるが船は出ない。午後、公学校で前日の検討の続きをやり、補習科読本を終了。二十四、二十五日も船出ず。二十六日、漸く出帆、水曜島着。岩崎氏宅に入る。二十七日乗船、月曜島着、公学校に行く。滝野氏の案内でミッション女学校のツーベル女史を訪ね、英語で一時間ほど話す。二十八日、公学校へ、江の島を一巡。二十九日、伊達丸で出帆、夏島着。航空会社によれば、搭乗予定機は来月四日発といい、それでは山城丸に間に合わないので、支庁に行き地方課へ電報での問合せを依頼する。南洋拓殖（株）の島田氏、偶然寺田屋にあり、ポナペ

に長逗留の後、ここで飛行便を待つ由。三十日、堀氏への礼物を買い、公学校に行き訓導と夏島一周に出る。三十一日朝、堀氏より電話で、本庁から直近の飛行便で一先ず帰任せよとの電報あり、との連絡。十一月一日、公学校へ行き、稲校長と伊豆の温泉の事など話す。氏は御殿場在の人で、曾て一夏を過ごした勝又正平氏は親戚なりと。二日、飛行機出発延期、島田氏来談、夕食は稲氏の招待で久し振りに豚肉にありつく。三日、公学校へ、総村長夏雄に会おうと思うが移転で忙しく駄目。スピノザを少し読む。四日、飛行機の切符を買う、支庁でタカの手紙二通受取り、二児共に元気と聞き、安心する。五日、朝潮号にランチで乗込み、六時十五分滑走開始、島田氏も一緒。風景を楽しんだ後、スピノザを少し読み、十四時二十分着水、帰宅後すぐ役所に顔を出し、太ったじゃないかと言われる。六日、前夜帰宅早々から久しく忘れていた喘息の発作がある。六日、父宛に、当局は島民教育などは問題外で、労働者として使いつぶして差支えなしというのがその方針ということがハッキリ分かって、仕事への情熱も失せ果てたと書く。更に、この暑さと湿気では頭がもたないから東京出張所勤務に廻してもらうことも考えており、その際は月給は今の半分以下になる[152]ことも書く。七日、フロマンタン「ドミニック」を好ましく読む。九日、パラオが中島の喘息には一番悪いことに気づき、早速第二の旅行（四十日程）を計画、また死んだ場合には書き残した原稿をどう処置するかについてタカに新たに指示する。[153]第二の視察旅行に出るため、十七日、山城丸に乗り、出帆（帰宅は十二月十四日）、隣室に俳優月田一郎。十八日、万葉集巻十八、十九を娯しんで読む。十九日、ヤップ入港、支庁に行き、挨拶後帰船。二十日、終日海上、蘇東坡を読む。二十一日、ロタ入港、宿舎の都合悪しとて船中泊。二十二日、小川氏の出迎えを受け、支庁出張所に行き、所長に挨拶、空官舎に入る。午睡後、小川氏の案内でチャムロ部落の公学校に行き、トラックに便乗して帰る。夕食は鶏のすき焼き、パラオに優ること万々。二十三日、バス故障のため、徒歩で行く。公学校着。授業参観の後、バスに乗り、サブナ高原見学。二十四日、公学校着、午後国民学校に行き校長と語る。二十五日、テニアンを経て、サイパン着、小山田校長の出迎え、昼食後下船。二十六日、支庁の庶務課長と打合せ、夜、サイパン丸で同室の世戸応眼氏を訪問、五カ月ぶり。二十七日、公学校に行く、全て軍隊式に徹底している。夜、彩帆劇場に入るも琉球史劇は全く聞きとれず。二十八日、公学校へ行き、偶々知能検査に立会う。教員の酷烈なる生徒の取扱いに驚く。二十九日、公学校へ。パラオ丸入港、高里氏来たり、紀之国屋に入って語る。彼の世話で実業学校教諭田辺秀穂氏の宿舎に移り、十二月十日まで滞在。十一月三十日、終日、寝椅子で読み且つ眠る、田辺氏も喘息患者でこ

ちらへ来て治った由。十二月一日、高里氏と公学校、午後、喘息の小発作。二日、高里氏と女学校へ、午後、第一、第二国民学校へ。三日、高里氏とチャランカの国民学校にバスで行く。四日、バスで高里氏とチャランカ、それより先は郵便局の赤自動車で国民学校へ、又同じ道を帰る。五日、正午、高里氏と赤自動車でマタンシャ国民学校行。加茂儀一訳『家畜系統史』面白い。六日、南興水産の鈴木栄氏によか楼で昼食の馳走になる。釘本久春、松島敏夫等と一高の同級で昭和四年文乙卒業。七日朝、テニアン行のつもりで待合せ場所に行くと、高里氏からやめにして明日タロホホにしようといわれ、実業学校から鏑木清方『芦の芽』、山口剛『紙魚文学』を借りて読む。八日、支庁に行き、日米開戦を知り、正午前に帰宅。島木健作『満州紀行』面白い、彼は「現代の良心なるか」。九日、東京では「さぞ心配せる」ならん。十日、急に鎌倉丸便乗となり、十六時乗船、十一日、漸くテニアンに着き、上陸。十二日未明、出帆した模様。子等を思う長歌を一つ作る。十四日、パラオ入港、役所へ。喘息、面白からず。夜、土方氏宅でコーヒーの馳走、パラオは未だ敵機を見ずという。十九日、二日来の喘息、愈々面白からず、夜、土方氏宅で南方離島記の草稿を読み、〈ナポレオン〉、〈阿呆鳥〉の話面白し。二十日、数日来ずっと喘息が悪く、夜眠れず。二十一日、ロチの“Aziyadé”を読む、夜、土方氏宅でマリヤが腕をふるい、島民料理の馳走になる。会する者は熱帯生物研究所と放送局の人達。二十二日、昨夜も喘息、夜、土方氏宅で阿刀田、高松両氏と会い、ボラ捕り、大シャコ貝捕りの話などを聞き、頗る面白い。二十三日、灸での喘息治療を始める。二十四日、灸。二十五日、昨夜高松氏と今朝七時前にスペイン教会に行く約束をするも、互いに寝坊して失敗。二十六日、午前灸、午後、物産陳列所で過ごす。二十七日、土方氏より和菓子の馳走になる。三十一日夜、土方氏宅に至り、阿刀田、高松氏等と飲み、食い、語る、マリヤを連れ出し、散歩。この日、「心臓性喘息ノタメ劇務ニ適セズ」として「内地」勤務を申告する。[154]

昭和十七年（一九四二）　三十三歳

一月一日、役所で年始の式。土方、高松氏とアラカベサンに向い、佐伯氏宅で夕食の馳走になって帰る。二日、中島幹夫が材料を入手して土方氏宅で鍋三杯のしるこをつくり、タンノウする。三日、エスキモーの生活記録『きたかぜ』（P・E・ヴィルトオル著）面白い。四日、ヘディン『中亜探検記』これも又大変面白い。土方久功に請うて二人でパラオ本島一周の旅行（約二週間の予定）に十七日から出るが、あいにく前夜から熱が出て体調不良のまま出発。ちちぶ丸では板縁の間にずっと寝たきりで、マルキョク着、雨の中オイカワサン宅に逃げこむ。十八日、一日休養、土方

氏豚肉を持ち帰る。十九日出発、荷物運びの島民に逃げられて閉口、マルキョク泊。二十日、オギワル村着、村長宅で昼食。二十一日、不平顔の島民に荷を負わせて先発させるが、結局途中で放り出される。ウリマン泊。二十二日、午前公学校、午後土方氏の知合いのシロウ宅に行き夕食の馳走になる。二十三日、シロウの船でアコールまで行き、マガンランに向って出発、到着後、今夜の宿ヤイチの家に入る。夕方、土方氏と石柱址を見に行く。二十四日、乗船して四時間程でカヤンガル到着、村を散歩。二十五日、コンレイ、アルコロン、ガラルド、ガラスマオを経て十五時にアイミリーキに泊。二十六日、アラカベサン、アミアンス部落の移住先を土方氏と訪ねるが、村は建設中で、それより熱帯生物研究所に行き、泊。二十七日、十五時に出発し、ガスパン荘に到着、志水氏の世話になる。氏は台北帝大に長く勤務した人で、下川履信、中島泱のことも知っていた。二十八日、出発。林業試験所を見学、泊。二十九日、ガトキップへ向う予定が豪雨でダメ、延泊。三十日、出発、ガトキップ着、ウルデケルの家で昼食、休憩、セパルの家に泊る。三十一日、出発、渡船に乗り、コロール波止場着。丁度二週間の旅であった。二月一日、中島への連絡はないままに、深田久彌の推挽により、「文学界」二月号に「山月記」と「文字禍」が「古譚」の総題の下に掲載され、好評を博する。雑誌「南洋群島」二月号にエッセイ「旅の手帖から」を友人の三好四郎名で発表。同様に同誌三月号にも「章魚木」を三好名で発表。二泊三日の出張に出ることになり、五日、みどり丸でペリリュウ島へ出帆、到着後、国民学校を訪ね、校長と話す、ついで公学校着、校長宅に泊。六日、午前授業参観、午後ガルドロルク部落見学、泊。七日、宝丸に乗り、コロール着。二十日、みどり丸に乗り、一泊二日の出張でアンガウル島に行く。南洋拓殖（株）の倶楽部に泊。二十一日、公学校を視察し、出帆、コロール着。三月二日、留守宅のタカあてに〈近く出張で上京の予定故何も送るな〉と電報を打ち、[155]四日発のサイパン丸に土方久功と乗船、パラオを出帆、十七日横浜着、帰京。[156]おそらくは二人共再び南洋へは帰らぬ心算であったと思われる。帰京早々喘息と気管支カタルを起し、四月一杯は家で療養した模様。[157]その間、「ツシタラの死」も編集担当の河上徹太郎がすっかり「惚れ込んで」採用となるが、用紙の厳しい統制下にあるためやむなく短縮要求と改題要求が出され、これを受けて推薦者の深田久彌が四月一日付の速達便で中島に伝え、彼は病気をおして短縮の上、「光と風と夢――五河荘日記抄」と改題、「文学界」五月号に掲載された。[158]この作品で文名は一挙にあがり、作品の注文と出版依頼が相次ぐ。五月五日、筑摩書房社長古田晁の訪問を受け、創作集『光と風と夢』の出版を約す。[159]五月十一日午後に訪問の杉森久英（中央公論社出版部）より、創作集出版の話が

あるが、一足違いで筑摩書房に決定してしまったため、しばらく待ってもらうこととし、代わりに「中央公論」への執筆を約す。五月二十六日付書簡で小川義信（今日の問題社）より「古譚」「光と風と夢」を同社のシリーズ、新鋭文学選集の一冊にしたい旨の申出を受け、先約のあるため、ことわったが、編集者の人柄に信頼を置いて一冊を同シリーズから出すことを約する。[160] 六月二十四日、「弟子」を脱稿、日を置かずに浄書して、既に脱稿していた「悟浄出世」と併せて中央公論社に送り、「弟子」が採用となる。[161] 七月八日、「盈虚」（初出原題は「或る古代人の半生」）「牛人」を「古俗」の総題のもとに「政界往来」七月号に発表。七月十五日、第一創作集『光と風と夢』を筑摩書房より刊行（これは奥付によるが、実際の刊行は一ヵ月近く遅れて八月十日頃。ちなみに八月七日、朝日新聞一面に広告掲載。著者宛献本五冊は八月七日付で発送された）。[162] 七月二十三日、今日の問題社との間に『南島譚』についての出版契約を結ぶ。七月二十六日、横浜高女で中島が二度めに担任した一組のクラス会（前年三月卒業生）が横浜の〈森永キャンディストアー〉であり、出席する。[163] 七月中に、南洋庁に辞表を出し、作家として立つことを決意。[164] 八月七日～九日、第一創作集の印税が入り、妻に草履や小千谷紬の着物、パラソルなど新調、一家四人揃って妻の実家に帰った。妻子が四、五日遅れて帰る間に、[165] 中島は多くの書簡・習作・ノートなどを焼却したという。[166] 八月二十日頃までに、「幸福」「夫婦」「鶏」を脱稿、初めの二つを「文学界」に送る。その後、月末までの間に、今日の問題社用の一冊分の残り原稿を書き溜める。八月三十一日、「文学界」に送った「夫婦」の出来が気になり、代わりに新しく「マリヤン」と「寂しい島」を送るので、どちらかを選んでくれと書き送る（が結局、一ヵ月後に再度全部ボツにしてほしい旨詫びを入れる。雑誌に載らないうちに二冊目の単行本の方が先に出るという誤算があったからである）。[167] 九月一日発行の「文芸春秋」九月号で「光と風と夢」が第15回芥川賞の候補として石塚友二「松風」とともに最後まで残るが、受賞には至らなかった。[168] 九月七日、南洋庁から免官の辞令が出る。[169] また、南洋赴任の間に田人に頼んでおいた高等学校教員免許状（国語）も昭和十六年十一月十九日付で文部省から下付[170]されていた。九月八日、第二創作集のための作品を今日の問題社に渡す。[171] 十月初め、文学座公演の真船豊「鶉」を見に行き戯曲の創作にも意欲を示すが、[172] これが外出の最後だったようである。十月末頃までに「李陵」となる原稿を現在の形にまで書きあげる（表題は無く、表現は二つ併記されたままの所が三十ヵ所をこえ、ソブ（蘇武）、言バ（葉）など片仮名での略記も多く、厳密に言えばこれは未定稿である）。[173] 十一月十五日、第二創作集『南島譚』を今日の問題社より刊行。十月中旬より喘息の発作が烈しく、心臓が衰

弱したため、十一月中旬、自宅近くの世田谷区世田谷一ノ一七七岡田医院に入院。[174] 十一月三十日、土方久功が見舞いに訪れ、一時間程話すが、「もう一度発作があれば駄目だとわかるような状態だった」[175]。十二月一日、三笠書房発行の月刊誌「文庫」十二月号に「名人伝」を発表（同誌への執筆依頼には、友人田中西二郎の推挽もあったようだ）[176]。十二月四日、午前七時三十分、岡田医院で死去。[177] 享年三十三歳。十二月六日、十四時より、自宅で告別式、多磨墓地に埋葬される。[178]

没後

十二月二十二日、友人の釘本久春から父田人にあてた書簡によれば、この時点では、遺稿はまとめて筑摩書房から、桓宛書簡は釘本が整理の上、子供の読物として中央公論社より「出版してもらふことにいたしました」ということになっていた。[179]

昭和十八年（一九四三）一月一日、豊国社発行の雑誌「新創作」にエッセイ「章魚木の下で」が掲載。一月二十日発行の『昭和十七年前半期　日本小説代表作全集9』（小山書店）に「光と風と夢」収録。二月一日発行の「中央公論」二月号に「弟子」発表、七月一日発行の「文学界」七月号に「李陵」が掲載された。「弟子」は生前掲載が決まっていたが、後者は弔問に訪れた深田久彌にタカから託された、表題もつけられていない長篇で、深田によって「主観を入れない、淡泊な題」をということで命名されたもの[180]である。十月六日付田人宛深田久彌書簡で、「李陵」も好評で、「弟子」「名人伝」と合せて単行本にすることも交渉済みであったが、紙の統制で目下出版中止のため、もう少し待ってほしい旨の連絡がある。[181]

昭和十九年（一九四四）八月、中国語訳『李陵』（盧錫熹訳　大平出版公司）刊行。十一月十五日発行の『昭和十八年後半期　日本小説代表作全集12』（小山書店）に「李陵」収録。

昭和二十一年（一九四六）二月十日、小山書店より創作集『李陵』（「弟子」も収録）刊行。

昭和二十二年（一九四七）四月三十日、八雲書店発行の「季刊芸術Ⅲ」に「石とならまほしき夜の歌（遺稿）」とのタイトルで短歌二十二首掲載。

昭和二十三年（一九四八）五月十五日、角川書店発行の季刊誌「表現2」（春季号）に釘本久春の紹介で「北方行」掲載。十月五日から翌年六月十日にかけて筑摩書房から『中島敦全集　全三巻』（いわゆる第一次全集）が刊行され、第三回毎日出版文化賞受賞。

昭和三十四年（一九五九）六月二十五日から三十六年四月十五日にかけて、文治堂書店から『中島敦全集　全四巻・補巻一巻』（いわゆる文治堂版全集）が刊行され、第一次全集に未収録の多数の資料が収録された。

昭和五十年（一九七五）十二月七日、没後三十三年を記念し、横浜高女の教え子や同僚が発起人となって、中島敦文学碑が、横浜市中区元町横浜学園付属元町幼稚園の園庭に建立された。荒川上流産の輝緑岩に「山月記」の冒頭が集字により刻されている。[182]

昭和五十一年（一九七六）三月十五日から九月三十日にかけて、筑摩書房から『中島敦全集　全三巻』（いわゆる第二次全集）が刊行され、第一次全集から文治堂版全集へと整備収集された資料をいっそう増補するとともに、校異も付された。

昭和五十五年（一九八〇）十一月三日、文治堂書店より『原稿覆刻版　中島敦　李陵』が刊行され、「李陵」（清書原稿と草稿の両方を復刻）と「章魚木の下で」（同前）を容易に見ることができるようになった。十一月十五日、日本大学法学部大宮校舎（現・埼玉県さいたま市）に中島敦文庫が開設され、中島家旧蔵の和・漢・洋書、約四千冊が整理、公開された。のち、蔵書の書き入れのマイクロフィルム化、アルバム、研究文献の収集なども進められている。[183]

昭和五十九年（一九八四）十月二日、中島タカ死去。享年七十四歳。

平成三年（一九九一）三月二十一日と四年十一月一日の二回にわたって、遺族の中島桓氏より神奈川県立神奈川近代文学館に、敦の原稿・草稿・切りぬき・ノート・断片・手帳・日記・書簡（来簡を含む）等の資料が寄贈され、本格的な研究の条件がととのうこととなった。

平成四年（一九九二）九月二十六日から十一月八日まで、初めての大規模な「没後五〇年　中島敦展——一閃の光芒——」が神奈川近代文学館で開催。九月二十七日、中島敦の会でも「中島敦を偲ぶ会」をホテルニューグランドで行うとともに、朗読会を十月二十七日（「山月記」を豊竹呂太夫、「名人伝」を豊竹咲太夫）と十一月七日（「李陵」を野村万作、万之丞、観世栄夫。いずれも演出は観世栄夫、笛は藤舎名生）に神奈川県民小ホールで行った。

注

（1）　埼玉県久喜市の中島田人除籍謄本。なお、上記の謄本に「四谷簞笥町」とあるように、明治四十四年までは「四谷」の二字を上に冠したのでこれが正しいが、殆どの年譜は誤っている。田人の本籍地はもと、北海道空知郡滝川町字一ノ阪番外地（田鍋幸信『写真資料　中島敦』創林社、昭56・12・4、他）で、これは徴兵逃れの措置で北海道とは何のつながりもない。母「チヨ」の名は北海道滝川市の除籍謄本では「チよ」とある。通称は「千代」であったようだ（中島田人と田人の母きくの書簡参照[郡司勝義他『中島敦研究』筑摩書房、昭53・12・25]）。

（2）　中島田人「履歴書」（郡司勝義他『中島敦研究』前出）、「田人履歴書」（田鍋幸信前掲書に同じ）、中島家家系図（本巻所収）。

（3）　折原澄子「兄と私」（第二次全集一巻「月報1」筑摩書房、

昭51・3・15）、ちなみに氏は敦の異母妹であり、長男の折原一氏は推理作家として活躍中。

（4）チヨの生年は注1の滝川市の謄本による。「中島撫山系図」（久喜市教育委員会作製、平10・8）には、チヨは「明治18・11・20生」とあるが、これが何によるものかはあきらかでない。田鍋幸信前掲書。

（5）村山吉廣「中島敦とその家学――鵬斎門流の中島撫山」（「中国古典研究22」昭52・4）、同「撫山中島家蔵書目録」（久喜市・鷲宮町両教育委員会、昭53・11・3）、中島竦「撫山中島先生略年譜」（郡司勝義他『中島敦研究』前出）、佐々木充「中島敦の出自について」（「方位2」昭56・4・30）、村山吉廣「中島敦とその家学（続）――祖父撫山及び三人の伯父」（「中国古典研究27」昭57・12）、同「中島撫山小伝――（附）楽托日記・関係資料三種訳注」（鷲宮町教育委員会、昭58・3・30）。

（6）「系図略解」（文治堂版中島敦全集4巻月報「ツシタラ1」昭34・6・25）、注1の田鍋幸信前掲書、村山吉廣前掲論文および折原澄子氏よりの聞書（平12・2・4に御宅を訪問）。

（7）注2の中島田人「履歴書」。

（8）注1の中島田人・田人の母きくの書簡参照。

（9）埼玉県久喜町の中島慶太郎除籍謄本による。

（10）書簡258。

（11）注8に同じ。注1の久喜市の中島田人除籍謄本。注6の折原澄子氏聞書。

（12）注1の久喜市の田人謄本。

（13）注6の折原氏聞書。中島タカ「思い出すことなど」（田鍋幸信『中島敦・光と影』新有堂、平元・3・1、本巻所収）。

（14）桜庭幸雄「母千代について」（注13の田鍋前掲書。なお、桜庭氏には『動物戯画』［昭森社、昭48］などの詩集の他、句集『悟浄』［永田書房、昭63］もある）。注1の田鍋幸信前掲書。中島タカは千代の死因を田鍋の肺結核に対して、腸結核とする（注13に同じ）。

（15）注6の折原氏聞書。注1の田鍋前掲書。

（16）田鍋幸信「中島敦年譜」（『昭和文学全集7』小学館、平元・5・1）、吉村弥生「中島家の人々」（注13の田鍋前掲書、本巻所収）。

（17）郡司勝義「年譜」（『中島敦全集第三巻』筑摩書房、昭51・9・30）。中島田人「中島敦年譜」（盧錫熹訳『李陵』付載。後出の昭和十九年の項参照）には「大正四年」に父の任地郡山に至る旨の記述がある（昭和十九年五月二十四日執筆）。

（18）大正五年度通知書（奈良県郡山男子尋常高等小学校一学年一組、中島敦）。賞状（奈良県郡山男子尋常高等小学校・郡山町長・奈良県生駒郡役所）。

（19）注16の田鍋年譜。

（20）学校からの任命書がある。

（21）学校からの任命書がある。

（22）賞状（奈良県郡山男子尋常高等小学校・郡山町長・奈良県生駒郡役所）。

（23）注1の田辺前掲書。長根翠氏よりの聞書（長根禅提・婉の二女、平成11年12月3日に御宅を訪問）。ついでに指摘しておくと、注17の郡司勝義「年譜」は「六月末、奈良県郡山にて第三学年第一学期の課程を修了し、七月、静岡県浜松尋常小学校

（鷺注――これは浜松西尋常小学校が正しい）に転入学する。」

とするが、次に紹介するように大正七年度（三年生）の通告表は一学期から全て浜松西小の記載であり、第二に「通信事項」には担任教師から「七月三一日」の日付で「成績が優良デスカラ最モ健全ナ御身体ノ御養成ガ肝要ト存ジマス　ソレデ当御休ミニハ学科ノスベテヲ打捨テ、御静養ナサル様希望イタシマス」とあるところから判断して、教師が一定期間教えなければこの判断は不可能と断じてよいであろう。それにもう一つ決定的なのは「通告書」の中に一年分の手工材料費の領収印を押す欄があって、その四月、五月の二カ月には／（斜線）が引かれていることだ。これは中島が六月から転入学したことの何よりの証となろう。

(24) 以下、学校からの任命、表彰については紙数の都合から書類の残されているものについてのみ記し、論拠の提示は省略する。

(25) 注2の中島田人「履歴書」。大正九年度通信票（京城龍山公立尋常小学校）。注1の田鍋前掲書。

(26) 注2の中島田人「履歴書」。

(27) 湯浅克衛「敦と私」（文治堂版中島敦全集月報「ツシタラ3」昭35・6・20）。京城中学の同級生湯浅によれば、敦は京城中学に龍山小五年から一番で入学し、四年間首席で平均点96、開校以来の秀才で、一高には四年から三番で入学したというが、龍山小五年から入学とするのは誤りで、六年修了してから進学していることは既述したように、通信票・卒業証書等から証することができる。

(28) 注1の滝川市の謄本。田中順子「浜松のことなど」（注13の田鍋前掲書）。注23の長根翠氏よりの聞書。

(29) 注16の田鍋年譜。

(30) 注6の折原氏聞書。中島タカは「大連幼稚園の先生」という（注13に同じ）。

(31) 荘島褧子「敦と私」（注13の田鍋前掲書、本巻所収）。

(32) 敦「十年」（本全集二巻）。

(33) 敦「創作ノート」（本全集三巻）。

(34) 小山政憲「中島敦の思い出」（文治堂版中島敦全集月報「ツシタラ4」昭35・11・20、本巻所収）。

(35) 注34と同じ。

(36) 注2の中島田人「履歴書」。

(37) 注16の田鍋年譜。

(38) 注1の滝川市の謄本。従来刊行された系図類でこの三つ子について記したものは全て敬、敏の順序とするが、上記の謄本には敏を二男、敬を三男と明記しているので、敏、敬の順序に改めた。

(39) 注1の田鍋前掲書。高橋務「カンニング事件の事」（注13の田鍋前掲書、本巻所収）。

(40) 「官報」大15・4・14。

(41) 注16の田鍋年譜、注17の郡司年譜。

(42) 注17の増補版（『中島敦全集第二巻増補版』筑摩書房、昭57・3・20）。飯田（旧姓岡本）初枝氏によれば関一家は岡本邸内ではなく、近くに住んでいたという。岡本国彦『岡本貫一・武尚家之系譜』（私家版、平11・6）。関正通（翊の二男）氏の直話（平13・11・29世田谷の御宅で）によれば、渋谷の岡本邸は上通五八七番地（今の東京ガスのあたり）、約二千坪、

門から玄関までは約五〇メートル程もある本邸の他に四棟の建物があり、その一棟に関氏一家が、敦は他の棟に住んでいたが、期間は不明の由。昭和六年四月に売却により消滅。

(43) 岡本登志「中島敦さんとのこと」(注13の田鍋前掲書、本巻所収)。注31の荘島の回想。

(44) 注31に同じ。

(45) 注17の郡司年譜に同じ。

(46) 氷上英廣聞書（昭46・7・13、東京駒場の研究室で)。

(47) 注17の郡司年譜及び、中島端書簡1、2（本巻所収)。

(48) 佐々木充「中島敦年譜」(『中島敦』増補改訂版、桜楓社、昭50・5・5)。

(49) 注1の滝川市の謄本。

(50) 「官報」昭5・5・13。

(51) 注1の滝川市の謄本。

(52) 注17の郡司年譜。釘本久春「敦のこと」(文治堂版中島敦全集月報「ツシタラ1」昭34・6・25、本巻所収)。

(53) 「断片十二」(本全集三巻)。注31に同じ。斐子はそこで、スキーに行ったのは昭和6年1月1日であるという。

(54) 注16の田鍋年譜。注13の中島タカの回想。

(55) 書簡10。

(56) 注13の中島タカの回想による。しかし、この求婚の経緯に関しては、和田まさが久喜に乗り込んで談判し、中島家から三百円を出させたことや、敦が傷害を負った噂（前掲注31の荘島斐子)、更に敦書簡の4、8、19などに記されていることから判断して、なおいっそうの吟味・検討が必要であろう。

(57) 書簡4の住所。

(58) 書簡7の住所。

(59) 注6の折原氏聞書。

(60) 注13の中島タカの回想。書簡7、8。

(61) 注52の釘本の回想参照。勝又浩「中島敦年譜」(ちくま文庫版中島敦全集3　平5・5・24）は全棋譜を『将棋精選』（三巻三冊）とする。

(62) 注17に同じ。

(63) 注6の折原氏聞書。注13の中島タカの回想。

(64) 中島タカ書簡15（本巻所収）参照。

(65) 注13の中島タカの回想。

(66) 注31に同じ。「中島比多吉君」(東亜同文会編『続対支回顧録下巻』昭16・12)。

(67) 書簡25参照。

(68) 注17の郡司年譜参照。

(69) 書簡27参照。

(70) 東大図書館よりの礼状（昭8・1・23付）が残されている。

(71) 『横浜学園創立九十年記念誌』(横浜学園、平2・10・13)。注16の田鍋年譜。長谷川明久「中島敦の研究――中島敦と旧横浜高等女学校――」(『日本私学教育研究所紀要24号(2)教科篇』平元・3・15）は「ゆかりの梅」35号の記述をもとに「4月5日　本校就職」とするが、これは早計であろう。身分を規定するのは辞令であり、それには「横浜高等女学校教諭ヲ嘱託ス／昭和八年四月一日」とあって四月一日採用であることは動かないからである。従って五日は職員への紹介とみるべきであろう。なお、この論文は横浜高等女学校の学友会誌「学苑」と同窓会誌「ゆかりの梅」を丹念に調査して同校における中島の事跡を

明らかにしている。従って以下の記述で、この二誌を典拠とするものはことわりがない限り右の長谷川論文による。
(72) 注17の郡司年譜参照。文中、「父の教へ子」は「撫山の教へ子」が正しい。
(73) 注1の久喜市の謄本。注13のタカの回想。
(74) 橋本辰次郎書簡6、7(本巻所収)の住所参照
(75) 「ゆかりの梅」35号(昭9・1・1)。
(76) 書簡36。
(77) 書簡37。飯塚充昭「中島敦さんとの交遊」(中島敦の会「会報1」年月無記載)、同「横浜高女同僚として」(注13の田鍋前掲書、本巻所収)。
(78) 注13のタカの回想。書簡44の住所。
(79) 木村行雄書簡1、2、3(本巻所収)参照。注17の郡司年譜。
(80) 注17の郡司年譜。
(81) 書簡44参照。
(82) 注17の郡司年譜。書簡45。田中西二郎書簡1(本巻所収)。
(83) 「ゆかりの梅」36号(昭10・1・1)。
(84) 注17の郡司年譜は乙女峠の記述についてのもの。大山登山は「ゆかりの梅」36号(昭10・1・1)、尾瀬の記述は注1の田鍋前掲書(116頁)。昭和八年の手帳。
(85) 注17の郡司年譜。
(86) 「ゆかりの梅」36号。
(87) 「ゆかりの梅」36号。
(88) 注17の郡司年譜。注52の釘本の回想参照。
(89) 転居の時期については注16の田鍋年譜は「六月」とするが、これを改めたのは次の理由による。中島タカ書簡31(本巻所収)(昭10・8・16付)によればやっと一緒の家に住めて「一ケ月目(略)に別居生活」となり、これで「十七日目」になるという記述があるところからすれば、七月からが最も適当と思われるからである。家は通称、ガス山と言われ、八・六・四畳半の三間、二十円の家賃であった(森田誠吾「「山月記」考——中島敦追跡」平6・1「別冊文芸春秋」206号、など)。
(90) 「ゆかりの梅」37号(昭11・2・20)。山口比男「白馬岳登山」(『汐汲坂——中島敦との六年』えつ出版、平5・5・10)。
(91) 勝又やゑ「御殿場での一夏」(注13の田鍋前掲書)。書簡46~51参照。勝又正(大9・6・27生)氏の直話によれば(平14・3・27、御殿場市の御宅で)、屋敷は千五百坪、敦が使ったのは母屋の奥の間八畳。数年前に大改築してショッピングセンターとマンション二棟を建てたので昔の面影はない。
(92) 「学苑」6号(昭10・12・24)。
(93) 注1の久喜市の田人謄本。
(94) 山口比男「かめれおん日記余聞」(注90の前掲書)。
(95) 注17の郡司年譜。ただし、昭和十二年二月二十日の手帳に「Pascal Pensée 到着、勉強セネバナラヌ。」とあるところからすれば、「パンセ」の件はもう少し後か。
(96) 昭和十一年の手帳。
(97) 昭和十一年の手帳。歌集「Mes Virtuoses」。
(98) 昭和十一年の手帳。
(99) 昭和十一年の手帳。歌集「小笠原紀行」。
(100) 入場券とプログラム(いずれも昭11・4・14と昭11・5・12のもの。昭和十一年の手帳に「四月15日」とあるのは「四月

14日」の誤り）が残されている。
(101) 入場券とプログラムが残されている。
(102) 注6の折原氏聞書。
(103) 入場券とプログラムが残されている。
(104) 注17の郡司年譜。
(105) 「ゆかりの梅」38号（昭12・2・25）。
(106) 中島が「学苑」の編集兼発行人となっている号は、確認できた限りでは、7号（昭11・7・24）、8号（昭11・12・28）、「ゆかりの梅」は38号（昭12・2・25）、40号（昭14・7・20）、他に「横浜高女体育大会新聞」（昭11・11・6、未見）、「横浜高女記念祭新聞」（昭11・11・22、未見）である。
(107) 書簡54〜57。歌集「朱塔」。吉村弥生の昭12・1・18付敦宛書簡及び昭17・12・5付田人宛書簡。注52の釘本久春の回想。昭和十一年の手帳。
(108) 注71の長谷川論文参照。従来、この修学旅行を前年とする年譜が多いが、それは誤り。注16の田鍋年譜。
(109) 注17の郡司年譜。
(110) 吉村睦勝「中島敦のこと」（文治堂版中島敦全集月報追補「ツシタラ4」昭47・7・20）。
(111) 昭11・8・14付敦宛下川履信書簡。中島田人書簡41、43、44、47（本巻所収）など。書簡213。「断片四十六」。なお、この「断片」によれば、この時敦の月給は九十円である。
(112) 「埋葬認許証」（昭12・1・14発行）。
(113) 昭和十二年の手帳とプログラムが残されている。
(114) 昭12・4・4〜5の手帳。
(115) 「ゆかりの梅」39号（昭13・3・13）。
(116) 昭12・5・1の手帳。
(117) 昭12・5・21、23の手帳。
(118) 昭12・8・21、22の手帳。竹内端三書簡2（本巻所収）。
(119) 昭12・10・3の手帳。昭和十二、十三年の手帳の記述。
(120) 昭12・10・14、15の手帳。
(121) 昭12・11・3〜7の手帳。拙稿「歌稿と「狼疾記」・「かめれおん日記」」（『中島敦論――「狼疾」の方法――』有精堂、平2・5・25）。五歌集の所収歌五百四十五首が中島の言うように、四十日余で一挙に出来たのではなく、六割はこの期間、四割はそれ以前に作られていたものを、編集したものである。
(122) 昭和十二年の手帳。
(123) 昭和十三年の手帳。
(124) 昭和十三年の手帳。
(125) 昭和十三年の手帳。
(126) 昭和十三年の手帳。
(127) 昭和十三年の手帳。
(128) いずれも昭和十三年の手帳。中島竦書簡2（本巻所収）（手帳の後にある江戸期の話の聞書メモはこの渋温泉滞在時のものではないかと思われる）。
(129) 岩田一男書簡2（本巻所収）。
(130) 本全集第一巻の解題参照。
(131) 書簡77。
(132) 書簡80。
(133) 注17の郡司年譜。
(134) 昭和十五年の手帳。
(135) 釘本久春書簡13〜15（本巻所収）。

(136) 昭和十五年の手帳。戸籍では二月五日の出生となっている。
(137) 「断片四十八」。
(138) 久喜市の中島竦之助除籍謄本。
(139) 氷上英廣書簡25〜27（本巻所収）。
(140) ノート第三、六、七、八、十。
(141) 注17の郡司年譜。書簡90、91、105。
(142) 書簡97、98。
(143) 注17の郡司年譜。注52の釘本の回想。
(144) 「断片四十九」。
(145) 橋本正志「中島敦〈南洋行〉論」（平11・11・13、昭和文学会での口頭発表）。「編修書記」の設置は昭和十六年三月十七日施行の「南洋庁官制中改正」（勅令第二百八号）により、中島は同年七月六日付の辞令で就任、翌年九月七日付で辞任が認められ、翌十八年十二月二十九日施行の「南洋庁官制中改正」（勅令第九百五十九号）により廃止された。判任官である。
(146) 北畠八穂『透った人人』（出帆社、昭50・6・10）。深田久彌「中島敦君の作品」（文治堂版中島敦全集月報「ツシタラ2」昭34・10・31）。
(147) 書簡102、120など。
(148) 書簡147、150など。
(149) 中島タカ書簡54、55（本巻所収）。
(150) 丸山尚一「土方久功年譜」（初出「同時代」34号、昭59・8）に補筆（『土方久功著作集8』三一書房、平4・11・30）。
(151) 「南洋の日記」（本全集第三巻）。以下翌年二月二十一日までは上記にあるのでこれによるものは注記省略。
(152) 書簡217。ここで中島の月給について記しておくと、昭和十六年十二月三十一日現在で中島自筆の「一般職業能力控」によれば、「月額二三八円八〇銭」、本俸は「百十円」（書簡220）、残りは外地手当なので「半分以下」になることになろう。
(153) 書簡218。
(154) 注152に引用した「一般職業能力控」。
(155) 書簡260。
(156) 注150の年譜。
(157) 書簡266。
(158) 深田久彌書簡1、2及び参考2（本巻所収）。小野詮造書簡1、2（本巻所収）。
(159) 注13の中島タカの回想。古田晁書簡1（本巻所収）。
(160) 小川義信書簡1（本巻所収）。注13の中島タカの回想。
(161) 本全集第一巻解題。杉森久英書簡2、3（本巻所収）。
(162) 古田晁書簡4（本巻所収）。書簡273〜275。
(163) 昭和17・7・5付敦宛西出美代書簡。
(164) 土方久功書簡2（本巻所収）。書簡273。
(165) 書簡273による。折原澄子「義姉中島タカの想出」（中島敦の会「会報7号」昭60・8・10）。注13のタカの回想では七月に行き、中島は一日だけで帰京とある。
(166) 注13のタカの回想。注3の折原澄子の回想。
(167) 書簡277、282。本全集第一巻の解題参照。
(168) 「第15回芥川賞選評」（「文芸春秋」昭17・9、本巻所収）。
(169) 南洋庁の辞令あり。
(170) 「教員免許状」あり。
(171) 書簡278。
(172) 「鶉」のパンフレットに中島タカの手で敦の言葉として

「己れも芝居を書くよ、書きたいな」との書きこみがある。
(173) 書簡282。本全集第一巻の解題及び校異参照。
(174) 同医院発行の診察券がある。
(175) 土方久功「パラオでのトンと私」（文治堂版中島敦全集月報「ツシタラ4」昭35・11・20）、同「トンちゃんとの旅」（『土方久功著作集6』所収、三一書房、平3・11・15）。
(176) 広瀬進書簡1（本巻所収）。
(177) 注1の久喜市の田人謄本。
(178) 死亡通知は次の通り。「父敦儀病気中之処療養不相叶今朝七時長逝／致候間此段御通知申上候／追而告別式ハ六日午後二時ヨリ自宅ニテ執行可仕リ《ママ》候／昭和十七年十二月四日／世田谷区世田谷一ノ一二四／（玉電世田谷駅下車）／男　中島桓／父　中島田人」。
(179) 昭和17・12・22付中島田人宛釘本久春書簡。
(180) 深田久彌「故中島敦君」（「文学界」昭和18・7）（本巻所収）、同「中島敦の作品」（『近代文学鑑賞講座18　中島敦　梶井基次郎』角川書店、昭34・12・5）。
(181) 昭和18・10・6付中島田人宛深田久彌書簡。
(182) 山口比男「文学碑あれこれ」（注90の前掲書）。
(183) 小林はまを「中島敦文庫開設式に参列して」（中島敦の会「会報4」昭56・10・4）、田鍋幸信「中島敦文庫の課題」（同上）。

（鷺只雄）

解題

一、本全集は中島敦の全著作、公表された作品のみならず、没後に残された原稿類、ノート、手帳、日記、断片、書簡にいたるまで、すべて収録した。

一、全巻の構成は次のとおりである。

　第一巻に「小説」、第二巻に「エッセイ、習作、未定稿、短歌・漢詩・訳詩、翻訳・レポート、雑纂、草稿ほか」、第三巻に「卒業論文、ノート・断片、手帳・日記、書簡」を収録。別巻として「評論・回想・同時代評、来簡、年譜」を加えた。

一、著者の生前および死去直後に活字化されたものは、それぞれ底本を決定し、初出誌、原稿等と校合した。校訂については巻末の「校異」に示した。校訂・表記についての詳細は「凡例」を参照されたい。

一、著者の生前未刊行、未公表のものについては、できるだけ原型に近い形で再現するようにつとめ、未定稿、草稿、翻訳、レポート、ノート、断片、手帳、日記、書簡は、原文にある抹消、挿入、併記をそれぞれ本文中に░、〔 〕、［ ］で表示した。

一、ノートの中に含まれる作品の下書き類は草稿として独立させず、ノートの位置のままにおいた。

一、難読の漢字等には編者による現代仮名づかいのルビを補い、原文にあるルビと区別するため（ ）を付した。

一、作品中の難読語、また一般的でない名辞については編者による語注を付し、巻末に掲示した。

一、収録した文章には、今日の人権意識に照らして不適切な語句や表現が一部に含まれるが、著者の全文業をありのままに伝えることが本全集の第一義のことと判断し、底本通りとした。

＊

別巻には「評論・回想・同時代評」「来簡」「年譜」を収録した。

評論・回想・同時代評

評論は、作家論としてもっとも早く発表された中村光夫の「中島敦論」を筆頭に、主な作品についての作品論、中島敦という小説家についての作家論、その作品に触れた批評的エッセイ、文学全集や文庫本の解説、文芸雑誌の特集号に収録された論文等を集めた。

文芸評論・批評的エッセイと、いわゆる文学研究の論文との区別は、本来はつけにくく、厳密に定義しようとすればさまざまな基準、考え方が出てくるだろうが、ここでは文芸評論家、作家、エッセイストなどの書いたものを評論・批評的エッセイとし、いわゆる日本近現代文学を専攻する文学研究者の書いたアカデミックな論文を研究論文と

して区別し、後者は収録しなかった。それらは個々の『中島敦論』として、あるいは論文集として刊行されており、図書館等で参看することはそれほど難しくはないと思われるからである。また、紀要、学術誌、専門研究誌に掲載されたものは、データベース化が進んでおり、インターネットによる検索が可能になっているものもある。いずれにしても、一般読者を対象とするには、専門的すぎ、学術的すぎるものは、ここに収録する必要性を認めなかった。

作品論としては、その対象があまり特定の作品に偏らないように配慮した。「山月記」「李陵」「光と風と夢」等に言及した作品論・作家論は多く、その一方「北方行」や短歌作品について言及したものは少ない。また、比較文学的な立場から中島敦、およびその作品を論じたものはあまり多くなく、評論対象の作品ができるだけ多岐にわたるように配慮したつもりである。もちろん、評論としての水準が一定程度以上の高さをクリアしていることは、いうまでもない。

先にあげた中村光夫や、武田泰淳、臼井吉見、荒正人、佐々木基一などは定評のあるものであり、いわば中島敦論の「古典」である。これらは第二次筑摩版全集にあわせて刊行された『中島敦研究』に収録されたものもあるが、重複をいとわなかった。

井上靖、安岡章太郎、開高健、島尾敏雄、竹西寛子、野呂邦暢、日野啓三などは、小説家のエッセイ風なものであり、それぞれに中島敦という作家やその作品のある一面を、鋭く、鮮やかに切り取っている。宗隆、花田清輝、足立巻一、駒田信二は、ユニークな視角から中島敦の文学に焦点を当てたもので、そこでは多様体としての中島敦の文学世界が素描されている。

富士川義之、野口武彦、高橋英夫、岡谷公二、勝又浩は、本格的な文芸評論といえるもので、それぞれ中島敦の文学の中心的なテーマを、文体論、南島論などとしてとらえている。主に『中島敦研究』以降に発表されたもののなかから選んだ。

坪内稔典、矢川澄子、井上健は、短歌や比較文学の見地から中島敦を論じたものであり、新保祐司、松枝到、川村湊のものは、比較的若い世代の中島敦論の試みである。「山月記」「名人伝」「李陵」などを「国語」の教科書で読み、そこで初めて中島敦に出会った世代は、どんな中島敦像を描くことができただろうか。本全集の月報に書かれた、比較的若い世代の評論家、作家のエッセイとともに、味読していただきたい。

「回想」は、前半は第二次筑摩版全集の「通信」や文治堂版全集の月報「ツシタラ」などに掲載された、中島敦とその生前に親交のあった人たちの文章を集めた。全集や文庫本の解説の文章もあり、「評論」の方に収録してもよいと

思われるものもあったが、著者と中島敦の関係が深かったことを思い、「回想」に入れたものもある。いずれも中島敦をよく知っていた人たちの文章であり、その人となり、風貌から、その作品世界の特徴と、その文学世界の成立の機微の一端をうかがうことができる。深田久彌、釘本久春、氷上英廣、吉田精一などは、夭折の文学者としての中島敦の文業を世に知らしめた貢献者ともいえる人たちで、彼らの回想は文学史的にも価値の高いものということができる。

　後半は中島敦の研究者である田鍋幸信の編著書である『中島敦・光と影』（新有堂、一九八九年三月刊）の「聞き書き」から、抜粋、抄録したものである。夫人の中島タカを始めとして、親族、友人、同僚、教え子など、多くの中島敦関係者から田鍋幸信が聞き書きしたものを、彼のコメントとともに収録した。編著者の田鍋幸信自身が故人となり、中島タカなど、聞き書きに応じた何人もの人が故人となった今においては、これらの聞き書きは、資料としてかけがえのない価値を持っている。『中島敦・光と影』自体が絶版状態のために、再録の必要性が高いと判断した。

「同時代評」は、中島敦生前あるいは没直後に新聞、雑誌に掲載された中島敦関係の「評」をすべて網羅した。といっても、ほとんど無名に近い若い作家だった中島敦についての記事は、同時代的にはきわめて少なく、文芸時評などで取り上げられていても、言及の部分はきわめて小さい場合が少なくない。文芸時評、時事的なコラム、芥川賞選評、アンケート回答などから抄録した場合も、なるべく前後の文を広く取るように配慮したが、あまり関係のない部分は割愛せざるをえなかった。今後、「同時代評」としての資料が発見される可能性も、まったくなくはないが、資料的に重要性の高いものの発見は、さほど期待できない。

「評論・回想・同時代評」の各パートごとに、発表年月日の古い順に配列した。不明のものは、もっとも適当と思われるところに置いた。旧字、旧仮名遣いで書かれたものも、漢字の字体は原則として新字とした。初出の紙誌、単行本等の書誌は、すべて掲載した文章の末尾に記した。

（川村湊）

来簡

　第三巻には中島敦書簡を収めたが、本巻には中島敦宛書簡（関連する参考書簡も含む）の中から作家と作品の理解に資すると思われるものを、紙数の許す範囲で来簡として編集した。

　これは前回の第二次全集から試みられたが、今回は前回の百十通（参考書簡五通を含む）を大幅に増補して三百五十二通（参考書簡九通を含む）の書簡を収めることができた。

このため、翻刻にあたっては、「凡例」に記したように、書簡の中身ではなく、書誌的情報の面で中島書簡よりはやや簡略化せざるをえなかった。細部の問題については、それぞれの解題の部分に記したので参照願いたい（以下、敬称は省略）。

中島田人《たびと》書簡は百三通（この中、既収は34、94の二通のみで、他は新収）、参考書簡は二通（この中、2は新収）の計百五通である。48の書簡の日付記載は「（昭和十一年）十二月三十日」とあるが、内容からして明らかに「十一月三十日」の勘違いと思われるので、改めた。

54の書簡に「殿」がないのは、第二子の誕生と死を告げる電報にあわてていたためであろう。97の書簡は、神奈川近代文学館では封筒と中身が分離されて別物として整理されているが、これは文中に「戸籍謄本一通送る」とあって、封書の表書の「戸籍謄本在中」とが一致するので、合体させた。田人は敦の父で、旧制中学校漢文教員。第三巻の解題及び本巻の年譜参照。

中島（橋本）タカ（たかと混用しているので見出し表記は「中島（橋本）タカ」と戸籍の記載に従った。しかし、中島の伯父たちの場合は戸籍名ではなく、「端」「竦」のように通称で署名しているのでこちらを用いた）書簡は六十九通で、全部新収。タカの没後に田鍋幸信編著『中島敦・光と影』（前出）に初めて収録された。

翻刻にあたっての「来簡凡例」に若干の注を加えておきたい。凡例に記したように、原則として原文のまま翻刻することとし、「末」はほとんどの場合「末」と表記され、「閉口」は「困口」、「おなつかしい」は「みなつかしい」などの表記がされているが、改めることはしなかった。

中島タカは敦の妻で旧姓橋本。旧姓を使用する最後は現存の書簡では24、中島姓をなのる最初は27。その間の25、26は姓を記さずに名前のみ。4の書簡は注記したように、封筒がないのは、5の中に同封されていたからであろうと推定される。13の日付を「三月二十日、二十二日」としたのは、この日付をもつ便箋が二枚入っているからである。

24は、本文末尾に「六月二日」、封筒裏に「六月三日」とあるが、これはそれぞれ、「七月二日」「七月三日」の勘違いと判断した。理由は、消印が「七月」と読めること、「梅雨時」とあり、また桓が生後「六十五日」になるとあるからである。61はNo.3、4、9が失われている。

橋本辰次郎はタカの父。現在の愛知県安城市高棚町の生まれで、農業を営み、二男五女があり、タカは三女。書簡中に出てくる「和田まさ」は辰次郎の妹、「和田義次」はまさの子、辰次郎の甥で、タカの従兄。

辰次郎書簡は二十通、参考書簡は一通で、いずれも新収。

9の「誓証」については本全集第三巻の敦書簡35に収録されている。参考書簡の飯田については次項参照。

飯田博吉は辰次郎の長女ゆきゑと結婚し、当時名古屋市に住んで小学校の教員をしていた。タカの結婚、入籍については飯田の一方ならぬ尽力があったようである。

飯田書簡は五通、参考書簡は一通で、いずれも新収。参考書簡の中島皐《こう》は敦の父の従弟で、この結婚をまとめてくれた。

中島端《たん》（戸籍名は端蔵）は敦の伯父（祖父・中島撫山の二男）で行動派の漢学者、「斗南先生」のモデルで、敦の才を愛した。年譜参照。書簡は二通で、いずれも既収。

中島竦《しょう》（戸籍名は竦之助）も同じく敦の伯父（撫山の三男）でこちらは書斎派の漢学者で、同じく敦を愛した。年譜参照。書簡は八通（この中、新収は4、7の二通）、参考書簡は一通（既収）である。

関翊《たすく》（戸籍名は若之助）も伯父（撫山の四男）で、関家の養子となり、聖公会の牧師として活躍した。年譜参照。書簡二通はいずれも既収。

山本開蔵も伯父（撫山の五男）で、山本家の養子となり、東大を出て海軍に入り、造船中将で退役。年譜参照。書簡七通は全て新収。

中島志津は伯母（戸籍では二女）で、国語の教員検定試験に合格して、浦和高等女学校などで長く教職にあった。収録した書簡一通は新収。

山本洸《たけし》は開蔵の長男で成蹊高から九州帝大航空科に進み、川崎製鉄に勤務した。収録の書簡は九大時代のもので、新収。

中島泱《ひろし》は開蔵の二男で、北海道帝大を出て、台北帝大教官となったが、出征して昭和十三年没。昭和十年に竦の養子となった。収録の書簡二通は新収。

氷上英廣は一高以来の親友で、終生家族ぐるみの交際であった。ドイツ文学、特にニーチェの研究者として知られ、翻訳『ツァラトゥストラはこう言った』上・下（岩波文庫）をはじめ著訳書多数。甲南高、一高を経て東大教授。書簡三十七通の中、新収は26、28、31、32の四通で、他は既収。8の自署は「十一月三日」だが、消印は「10・12・3」なので、カンチガイと判断して改めた。

釘本久春は一高の入学は同期であったが、中島が二年時に休学したため、以後大学卒業まで一年先輩となる。一高時代から敦の才能を評価し、作品が世に知られるよう終生尽力した。多才の人で、中世文学研究者、児童文学の創作、文部省に入って国語課長、天野貞祐文部大臣秘書官、ユネスコ次長などを歴任。収録の参考書簡一通のみが新収で、他の十四通は既収。

田中西二《せいじ》郎《ろう》とは、遠縁の岡本武夫（東京商大卒、三井金属取締役）を介して知り合った。敦は一高二年に復学した昭和三年四月から約一年間、渋谷の岡本邸に寄寓し（武夫の祖父は三井鉱山専務・三井合名重役待遇、父は三井合名顧

問弁護士。武夫の祖母いくと、敦の伯父関翊夫人てるとが姉妹で、当時関一家が岡本邸内の別棟に住んでいた縁による)、東京商大同級生であった二人も共に文学を愛好するところから知己となった。田中は中央公論社勤務などを経て、メルヴィル、フォースター、グリーンなどの翻訳家として著名。書簡六通の中、2、3が新収で、他は既収。

木村行雄は一高同期入学で、東大英文科を卒業後、佐賀高校で教えるが、昭和十九年八月五日に没した。書簡に言う翻訳は沢村寅二郎助教授の下訳(D・H・ロレンス「息子と恋人たち」)であったというが未刊に終った。書簡四通はいずれも既収。

吉田精一は一高同期入学(二年以後は一年先輩)で、敦と同じく近代文学を専攻し、「吉田精一著作集」全二十七巻がある。書簡四通は既収。

竹内端三は、当時東大理学部数学科の主任教授であった人で、東大卒業生から数学の教師を招きたいとの横浜高女理事長からの要請によって、敦がその任にあたった。首尾よく決まって着任したのが吉村睦勝《むつかつ》であるが、翌年九月に転任したために再度懇請した返事が後者である。二通とも既収。

高橋(田島)晴貞は一高同期入学の友人で、東大農学部卒業。二通の書簡ともに既収で、1は旧姓の田島で出されている。

宮下重寿は一高以来の同級生(大学は哲学科)で、戦後は宇都宮で活躍したという。二通の中、1は新収。

三好四郎は京城中学の一年後輩で、九州帝大卒業後、浅野学園に勤めていたが昭和十年に再会、交際を深めた。鎌倉の住居の隣家が深田久彌宅であったところから、十一年初夏頃に敦を深田に紹介し、原稿を見てもらうきっかけをつくった。東亜同文書院、愛知大学教授を務めた。書簡二通は既収。

吉田昂、石坂襄二は一高以来の友人で、収録の書簡は全て新収。

杉本長重《ながしげ》は一高同期入学だが、敦の休学で大学まで一年先輩となった。敦の世話で横浜高女に入り、後、転じた。共著書に『川柳 狂歌集』(岩波日本古典文学大系)がある。書簡は既収。

高岡旻は学生時代の友人であろうが、この時期の官報にも名前が無く、関係も未詳。書簡は新収。

上出《かみで》成孝は一高(理甲)以来の友人であるが、病弱だったようで昭和十一年三月一日没、三日会葬。敦には上出を小説に書く計画もあった模様。書簡は新収。

国文談話会、文三会の書簡はいずれも新収。後者は文三会有志の寄せ書きであろう。

岩田一男は東京外語出身で横浜高女の同僚。努力家、勉強家で高等教員の検定試験に合格して昭和十三年には小樽

高商（現在の小樽商大）へ去り、のち一橋大に移り、「受験の神様」として知られた。六通の中、新収は3で、他は既収。

土方久功《ひじかたひさかつ》については年譜参照。五通の中、4、5は新収で、他は既収。

滋賀貞は東大西洋史学科の出身で歴史担当の同僚。福井の藩儒滋賀莱計の子といわれ、漢詩をよくし、中島との応酬があった。三通とも既収。

高橋資雄は早稲田大学出身の同僚で、岩田一男の後任として、岩田の推薦で着任した。のち、母校の横浜三中（現在の緑ヶ丘高校）に転じ、召集で満洲へ行き、還らなかったという。二通とも新収。

久保田公平については未詳。収録の一通は新収。

田辺秀穂は慶応大学出身で、喘息の治療のためサイパン島の実業学校の教師をしていた時、出張中の敦が次の便船を待つ間、彼の宿舎に約二週間同居させてもらった間柄である。田辺「『スティブンソン』のいない島——中島敦との二週間」（『中島敦研究』筑摩書房、昭和五十三年十二月二十五日、再録）はこの時の回想である。書簡一通は新収。

寺井寛は横浜高女の同僚で英語の担当。書簡は新収。

深田久彌は一高・東大の先輩になる作家で、戦後は専ら山の文学、山の作家としてのみ知られているが、戦前はそうではなかった。昭和二十年までに刊行した小説は十七冊（異版は除く）、山の本は九冊というように逆転していて、制作力は旺盛であった。三好四郎の紹介で昭和十一年夏頃から師事するようになり、のちには土曜日に訪ねていたようであるが、中々深田を唸らせるような作品は出来なかった。しかし、敦から預った「光と風と夢」「古譚」などを深田が積んで置かずにもう少し早く読んでさえくれれば南洋へも行く必要はなく、事情は一変したのだがというのが中島ファンの幻想である。書簡三通、参考書簡二通、いずれも既収である。参考書簡の庄野誠一は慶応大学中退後、作家となるが病を得て、編集者となり、「文学界」発行の文藝春秋社などに勤めた。河上徹太郎は近代日本の代表的な文芸評論家で、代表作に『自然と純粋』『日本のアウトサイダー』などがあり、戦前は「文学界」の編集でも活躍した。

古田晁は創業（昭和十五年六月）間もない筑摩書房の社長で自ら中島宅に赴き、第一創作集『光と風と夢』を刊行した。参考書簡の小宮豊隆は東大独文科出身で、当時東北大教授。著書に『夏目漱石』などがある。1の書簡が新収で、他は既収。

小野詮造は「文学界」の、杉森久英は中央公論社出版部の、小川義信は今日の問題社の編集者であり、書簡はいずれも既収である。このうち、杉森は戦後小説家に転じ、島

田清次郎を描いた「天才と狂人の間」で直木賞を得て、この分野に新生面を開き、伝記小説の第一人者となった。

今日の問題社よりの書簡二通は氏名がないので不詳であるが、前出の小川義信のものかもしれない。２の本文の冒頭三行は判読不能。二通のうち、２は新収。

宇野浩二は言うまでもなく、「蔵の中」「枯木のある風景」などの作者である。中島とのかかわりについては未詳であるが、タカ夫人の言によれば第三母の飯尾コウの親戚とも言うので、訪ねたことがあるのかもしれない。これは宇野の名刺に書かれたもので、新収。

加納正吉は小山書店の編集者で同社刊の『昭和十七年前半期　日本小説代表作全集９』（昭和十八年一月二十日刊）に「光と風と夢」収録に関するもので、書簡は新収。

篠原敏之は「中央公論」の編集者で、「弟子」は翌年二月号に掲載。書簡は既収。

「新創作」（昭和十八年一月号）に発表したのはエッセイ「章魚木の下で」、書簡は新収。

竹之内静雄は筑摩書房の編集者で第一創作集の担当であったようだ。書簡は新収。

広瀬進は雑誌「文庫」の編集者で、このもとめに応じたのが「名人伝」（昭和十七年十二月号）である。書簡は新収。

山口英二は「政界往来」の編集者で、同誌七月号に既に「古俗」二篇（「盈虚」と「牛人」）を発表しており、二度めの注文であったが没後となった。書簡は新収。

年譜

家系図

従来生没年月日の記載は撫山親子のみであったが、敦との交友を知る上ではむしろ大勢の従兄姉弟妹たちの方が重要ではないかと考えて、つけ加えてみた。その他知りうる限りの情報を記したが、夭折者についてはどこまでのせるか判断が難しいので、家系図にのせた他は省略した。系図の続柄で従来と異なる点は三つあって、一つは敦の異母弟の続柄を戸籍に従って改めたこと。あと二つは同様に、山本開蔵の長男洸と三女順子の順序と、同じく二男泱と四女淑子の順序とを生年月日に従って正しく改めたことである。また、山本家の二女は「愛子」ではなく、「愛」が正しい。系図では紙面の都合で敦の従兄姉たちのうち、女性の婚家先を一部しか記すことができなかったので、以下に記しておく（文子については未詳）。

操子（秀島氏）、愛（牧野氏）、順子（稲垣氏）、淑子（鷲尾氏）、紀子（川井氏）、婓子（荘島氏）、美恵子（今村氏）、美奈子（増田氏）、都佐子（橋本氏）。

中島敦年譜

年譜作成にあたっては特に次の点に留意した。

第一に全集の年譜であることに鑑み、現時点で最も詳細であることをめざした。日記・書簡・手帳などを利用して一日単位で記述することは勿論、原稿では二十四時制で時間も明記していたのであるが、紙数の制約からやむなく時間の方は省略せざるをえなかった。

第二に、典拠を明示して、読者が事実を確認できるようにした。これによって問題解決の前進がはかられることを期待したい。なお、典拠資料のうち、中島家にかかわるものは、ことわりがない限り、中島家から県立神奈川近代文学館に寄贈されたものである。

来簡・家系図・年譜の作成にあたっては多くの先学の学恩のほか、特に中島桓・敏枝氏、折原澄子氏、中島甲臣氏、長根翠氏、関正通氏、中島元夫氏、塚本至氏、飯田初枝・喜哉氏、岡本国彦氏、秀島晃二氏、牧野董氏、稲垣実氏、山本雄一氏、川井忠夫氏、稲垣芳子氏、山口比男氏の御教示を得たことを記して謝意を表する。また、何年にもわたり、資料閲覧の労をとられた神奈川近代文学館の国正道夫氏、藤木尚子氏にも厚く御礼申し上げる。

（鷺只雄）

中島敦全集 別巻
二〇〇二年 五 月二〇日 初版第一刷発行
編 者 高橋英夫・勝又浩・鷺只雄・川村湊
発行者 菊池明郎
発行所 株式会社筑摩書房
東京都台東区蔵前二‐五‐三
郵便番号一一一‐八七五五
振替〇〇一六〇‐八‐四一二三
印刷 株式会社精興社
製本 株式会社鈴木製本所
ISBN 4-480-73814-2 C0395
ご注文・お問い合わせ、及び乱丁・落丁本の交換は左記宛へお願いいたします。
さいたま市櫛引町二‐六〇四 筑摩書房サービスセンター
郵便番号三三一‐八五〇七 電話〇四八‐六五一‐〇〇五三